KB072282

환락송 4

환락송

오로라, 블러드 메리

4

아나이 지음
박영란 옮김

팩토리나인

등장인물 소개

앤디(安迪): 뉴욕에서 중국으로 돌아온 인재. 투자회사에서 CFO(최고재무책임자)를 맡고 있다. 젊은 나이에 기업의 임원이 된 똑똑한 골드미스. 미모와 재능을 겸비한 그녀는 모든 것을 다 가진 듯하지만 지금의 자리에 오르기까지 너무 많은 것을 잃었다. 외모가 늘씬하고 아름답지만 성격이 차갑고 경계심이 많아 종종 오해를 받곤 한다. 고학력의 우수한 인재로 일에서는 완벽하고 결단력이 있지만 사람과의 감정 교류에 있어서는 서툰 면을 보인다. 출생의 비밀 때문에 진실한 사랑을 하지 못한다고 생각하고 마음을 닫고 산다.

관쥐얼(關雎爾): 조용한 성격이다. 취업한 지 얼마 되지 않은 말단사원이지만 자기 자리에 만족하며 열심히 일한다. 올해 서른이 되면서 결혼에도 조급해한다. 결혼에 급한 것과는 별개로, 차와 집을 자가로 소유하고 있는 잘생긴 남자가 아니면 쳐다보지도 않는다. 하이시에서 글로벌투자기업의 인턴으로 들어가 정직원이 되기 위해 갖은 노력을 하고 있다.

추잉잉(邱瑩瑩): 성격이 단순하고, 결과를 생각하기에 앞서 행동이 먼저 나가는 행동파라 종종 스스로 곤경에 빠지기도 하고, 주변을 힘들게 만들기도 한다. 그녀의 부모님은 농촌에서 작은 도시로 넘어와 고생하며 힘들게 일했기 때문에 자신의 딸만큼은 큰 도시에서 굳건한 입지를 다져 성공하기를 기대하고 있다. 사랑에 흠뻑 빠지는 스타일이다.

판성메이(樊勝美): 하이시 글로벌투자기업 인사팀에서 오랜 경력을 쌓아왔다. 집안 사정이 빈곤하고, 남자를 중시하는 가정 분위기 탓에 인정받지 못했던 데 상처를 많이 받았다. 매번 오빠가 사고 치는 일들에 연루되고, 그 일들을 해결하느라 번 돈을 다 쓰는 바람에 모아둔 돈이 없다. 그러나 그런 것들을 숨기고, 자신의 자존심과 체면을 내세우며, 다른 사람에게 얕보일까 봐 전전긍긍한다. 의리가 있고, 남을 도와주기 좋아하는 선량한 면이 있는 반면 허영심도 크다. 부잣집에 시집가서 이 고통을 끝내는 것이 목표였지만 여러 일들을 겪으며 스스로 강해지고, 인생의 변화를 겪게 된다.

취샤오샤오(曲筱綃): 재벌가 상속녀. 제멋대로인 성격에 툭하면 남을 무시한다. 좋은 일을 자주 하지만 항상 선한 마음으로 하는 것은 아니다. 얼굴도 예쁘고 능력도 좋아서 늘 자신감에 차 있다. 공부에 소질은 없어 고등학교를 졸업하자마자 미국 유학길에 올랐다. 걱정 없이 돈을 펑펑 쓰고 미국에서 놀다가 배다른 두 오빠가 재산을 물려받는 것이 싫어 다시 중국으로 들어와 직접 회사 경영에 나선다. 매력이 출중하고, 흡사 여우같은 느낌이다. 놀기 좋아하고, 재미있으며, 상대에게 직설적으로 말한다. 사업뿐만 아니라 원하는 남자는 무조건 자기 편으로 만들 수 있다는 자신감 충만한 캐릭터다.

46

어두컴컴한 방 입구에 서서 추잉잉이 의자를 들고 혼자 중얼거리며 들어오는 모습을 아무 말 없이 지켜보고 있던 판성메이는 왠지 언짢았다. 고개를 돌리니, 관쥐얼도 팔짱을 낀 채 벽에 기대어 멍하니 추잉잉을 바라보고 있었다. 두 사람은 잠자는 것도 포기한 채 추잉잉을 걱정하고 타이르느라 하루 종일 그녀 곁을 지키고 있었다. 하지만 정작 추잉잉은 두 사람이 문제를 해결하는데 도움이 되지 않는다고 생각하고 난 뒤부터 그녀들은 아예 안중에도 없었다. 그리고 취샤오샤오에게 모든 걸 의지하고 의견을 구했다.

관쥐얼도 판성메이가 넋 놓고 있는 것을 보고 추잉잉에게 눈길을 한 번 주고는 돌아섰다.

추잉잉은 종이에다 취샤오샤오가 가르쳐 준 내용을 적고 있었다.

"오늘 밤은 같이 있어주지 못할 것 같아. 친구가 헤비메탈 공연에 데려가 준다고 해서."

"응, 빨리 준비하고 가. 금방 어두워지겠다. 이제 곧 봄이라고 해도 저녁에는 아직 목도리가 필요해."

관쥐얼은 대답을 듣고 시무룩한 얼굴로 목도리를 가지러 갔다. 추잉잉의 방을 다시 지나가는데 판성메이가 애써 서운한 감정을 누른 채 웃으면서 말했다.

"그래도 추잉잉은 마음씨가 착하잖아. 수단과 방법을 그다지 중요하게 생각하지 않아서 가끔 사람들에게 상처를 줄 때도 있지만…. 너무 마음에 담아두지 마."

관쥐얼도 맞장구를 치고 잠시 어리둥절해하더니 말을 이었다.

"난 그렇게 생각하지 않아. 어…."

그녀는 지금 그 말이 판성메이가 추잉잉을 설득하면서 자기 자신에게 하는 말이라는 것을 깨달았다.

"나는 그저 우리가 하고 싶은 대로 해야 하는 건 아닐까라는 생각이 들어."

판성메이는 잠시 난처해하다가 웃으면서 말했다.

"살면서 한두 번은 마음대로 해봐도 되지. 너무 많이 생각하지 마."

한참 말하는 중에 추잉잉 방에서 비명소리가 들려왔다. 두 사람이 문 앞을 지키고 있지 않았다면 아마 취샤오샤오 집에서 들리는 소리라고 오해했을 것이다. 판성메이가 인상을 찌푸리며 말했다.

"또 무슨 일이지?"

하지만 추잉잉에게 다가가 다정하게 물었다.

"무슨 일이야?"

"나… 나…. 언니, 이것 좀 봐봐. 보라고…."

추잉잉이 울면서 핸드폰을 건넸다.

무슨 일인지 살펴보니, 잉친의 웨이보에 최근 소식이 올라온 것이다.

'여자 친구가 등기부등본에 자기 이름을 올려달라고 하는데, 추가 비용이 발생하는지, 비용은 얼마나 드는지 알고 싶다.'

"잉친이 이렇게 빨리 결혼할 생각을 하다니. 결혼을 한다고? 이제 아무것도 소용없어."

추잉잉은 판성메이 품에 안겨 엉엉 울었다.

관쥐얼이 세수를 하고 나오자, 천지를 흔드는 듯한 추잉잉의 울음소리 속에서 희미하게 울리는 판성메이의 휴대폰 소리가 들렸다. 그녀는 방 안을 한번 들여다보고는 판성메이에게 사실을 알렸다.

"언니, 전화 와. 이 팀장이라고 적혀 있네. 아, 끊어졌다."

판성메이의 직속상사에게서 온 전화였다. 새로 입사한지 얼마 안 되서 바쁜 척은 할 수 없었다. 판성메이는 관쥐얼에게 추잉잉을 부탁한다는 눈짓을 보냈으나, 관쥐얼은 꼿꼿이 서서 고개를 젓고는 방으로 들어가 화장품을 발랐다. 판성메이는 어쩔 수 없이 추잉잉에게 부드럽게 말했다.

"잉잉, 나 전화 좀 하고 올게."

하지만 추잉잉은 정신없이 우느라 다른 사람이 뭘 하는지는 신경도 쓰지 않고 그저 판성메이를 꼭 끌어안고 아무데도 못 가게 했다. 할 수 없이 추잉잉의 팔을 억지로 풀자 추잉잉이 더 크게 울었다.

"언니, 언니도 내가 필요 없는 거야? 날 필요로 하는 사람은 아무도 없어. 정말 살고 싶지 않아."

판성메이는 놀라서 추잉잉의 팔을 당겨와 다시 껴안았다.

관쥐얼의 귓가에 방금 테이블에 올려놓은 판성메이의 휴대폰 알람 소리가 또 들렸다.

"언니, 메시지 왔어. 볼 거야?"

"대신 좀 봐 줄래?"

판성메이는 아직도 추잉잉을 달래고 있었다.

관쥐얼이 휴대폰을 열어 판성메이에게 온 메시지를 읽어주었다.

"판성메이 씨, 중요한 일이 있어요. 바로 회사로 들어와서 의전 관련 계획을 논의했으면 좋겠어요."

판성메이는 자기도 모르게 긴장이 되었다. 이 얼마나 중요한 기회인가, 드디어 VIP 의전에 참여 할 수 있는 기회가 생겼다. 정말 굉장한 기회가 주어진 것이다. 그녀는 손을 뻗어 관쥐얼에게 휴대폰을 달라고 손짓하자 관쥐얼이 가져다주었다. 그리고 관쥐얼은 확실하게 말을 덧붙였다.

"언니, 나 오늘 저녁은 꼭 나가봐야 해. 남자가 초대한 거란 말이야."

판성메이는 추잉잉을 한 번 바라보고 다시 관쥐얼을 쳐다봤다. 눈빛을 보니 관쥐얼은 무슨 일이 있어도 나갈 마음인 것 같았다. 판성메이는 상사에게 전화를 걸었다. 이 팀장은 수화기 너머로 대성통곡하는 추잉잉의 울음소리를 듣고 심각한 일인지 물었다. 판성메이는 다급한 목소리로 친구가 생사의 기로에 있는 심각한 일이 생겼다고 둘러댔다. 이 팀장은 판성메이의 상황을 십분 이해하여 판성메이에게 급하게 와달라는 부탁을 취소했다.

"이해해주셔서 감사합니다."

쩔쩔매며 상사에게 인사를 건네는 판성메이의 얼굴을 보고 있던 관쥐얼이 뭔가를 결단한 듯 방에 들어가 종이에다가 큼지막하게 몇 글자를 적어 판성메이에게 보여줬다.

"언니, 또 예전처럼 다른 사람 때문에 언니 시간과 돈, 그리고 기회를 희생하는 과거를 반복할 거야? 벌써 잊어버린 거야?"

판성메이는 깜짝 놀라서 추잉잉을 위로하는 것도 잠시 잊은 채 우두커니 관쥐얼을 바라보고만 있었다. 무슨 말을 해야 좋을지 몰랐다. 관쥐얼은 판성메이 앞에서 손에 든 종이를 찢어서 주머니에 넣고는 나갈 준비를 했다. 그리고 때마침 씨에 경찰에게 전화가 와서 가방을 메고 나가버렸다. 관쥐얼의 뒷모습을 바라보고 있던 판성메이는 손에 든 휴대폰을 쳐다보긴 했지만 다시 이 팀장에게 전화하지는 않았다. 물론 깊은 슬픔에 빠진 추잉잉의 곁을 떠나지도 않았다.

　이번 주말, 바오이판은 친한 친구이자 비즈니스 파트너가 결혼을 하게 되어 하이시에 갈 수 없었다. 지금은 앤디에게 결혼 하자고 말도 꺼내지 못하는 분위기니, 감동스러운 결혼식을 통해 지난 30여 년 동안 속세와 떨어져 살던 사람을 감화시킬 수 있을 거라고 생각했다. 앤디는 생화가 많은 장소는 예민해지고 불안해져서 꺼려했기 때문에 그 날은 바오이판 혼자서 결혼식에 다녀오라고 하고 집에서 기다리기로 했다. 하지만 바오이판도 결코 물러설 수 없었기에 나름 승부수를 던졌다. 어떤 꽃이라도 앤디와 1미터 이상의 거리를 두게 해준다고 설득했다. 바오이판은 앤디에게 자극법이 통할 거라고 생각하고 도발을 시도했다.

　"오늘 오는 손님 대부분이 동창이에요. 그중에는 학교 퀸카에, 반 얼짱도 있을 거예요, 어떤 행사든 미인은 빼놓을 수 없잖아요. 예전에 내가 얼짱을 따라다녔었던가? 오랫동안 못 봤더니 은근 기대되네요, 어떻게 변했으려나?"

　앤디가 바오이판을 흘겨봤다.

　"실시간으로 생중계해줘요. 꼭!"

　"그때는 어리고 철없었잖아요. 어떻게 지금까지 기억하겠어요. 그리고 부끄럽게 사진을 어떻게 찍어요. 오랜만에 보는데 추한 꼴을 보이면 안 되잖아요. 같이 가시죠."

　"입고 갈 옷도 안 가져왔어요."

　"그건 간단하죠, 지금 삽시다. 가요."

　"나 옷 살 줄 몰라요, 어떤 옷이 어울리는지도 모른단 말이에요."

　"내가 있잖아요."

결국 그의 끈질긴 노력 끝에 앤디도 함께 결혼식에 참석하기로 했다.

앤디와 바오이판이 결혼식이 진행되는 호텔 주차장에 나타났다. 그 도시에서 손에 꼽히는 최고급 호텔이었다. 바오이판이 앞으로 일어날 일을 앤디에게 예고해줬다.

"저 앞에 레트카펫이 깔려 있을 거예요. 비록 오늘의 주인공은 신랑과 신부, 특히 신부지만 신랑측이 꽤 유명한 집안이라 결혼식에 여러 명문가 규수들이 구름같이 몰려오겠죠. 저길 들어서는 순간 아마 많은 여자들이 당신을 견제하느라 자기들의 미모를 뽐낼걸요. 카메라 플래시도 여기저기서 터질 거고요. 그렇다고 너무 겁먹을 필요는 없어요."

"사람들은 바이오판의 여자 친구가 누군지를 보겠죠, 그럼 두려운 건 당신일 텐데요. 쪽팔리는 것도 당신이고요. 나랑은 상관없어요. 흥, 나는 당신이 예쁜 여자들을 어떻게 바라보나 그것만 신경 쓸래요."

"아직도 학교 퀸카가 신경 쓰여요?"

앤디는 입을 꾹 다물고 웃기만 했다. 그녀는 갑자기 기분이 언짢아졌다. 그 여자들 대부분이 바오이판과 오래 알고지낸 사람들이면 예전에 얼마나 서로 다정하게 굴었을까. 그걸 생각하자 갑자기 기분이 좋지 않아 더욱 바오이판의 사기를 높여주고 싶지 않았다.

바오이판은 앤디가 임신한 사실을 알고 난 후 차도 안전한 랜드로버(Land Rover)로 바꿨다. 그리고 앤디가 차에서 내릴 때면 절대 혼자서 내리지 못하게 하고 본인이 안아서 내려줬다. 조금 전 친구가 차에서 내려 인사를 하고 담배를 건네며 얘기를 나누려고 하자, 바오이판은 밝은 추우니 안에서 얘기하자고 대충 둘러대며 자리를 피했다. 앤디는 어려서부터 지금까지 단 한 번도 이런 세심한 보살핌을 받아

본 적이 없었기 때문에 이런 상황이 낯설었다. 앤디는 예전부터 혼자 생활하는 게 익숙했던 터라 동료나 누가 결혼식에 초대를 하면 생화 알러지가 있다는 핑계로 거절하곤 했다.

　결혼식장에 들어서니 앞쪽에 꽃과 레이스로 장식된 꿈같은 무대와 무대를 환하게 비추는 조명이 먼저 눈에 들어오고 스크린에는 신랑신부의 로맨틱한 순간들이 재생되고 있었다. 앤디는 일 때문에 많은 파티에 참석하긴 했으나 이런 결혼식은 처음이었다. 바오이판은 역시나 사교계의 꽃처럼 아는 사람들과 인사를 나누느라 정신이 없었다. 그에 반해 앤디는 심심함을 느끼며 두리번거릴 뿐이었다. 바오이판이 그녀에게 자신의 친구를 소개시켜 줄 때만 정신을 차리고 여자 친구의 모습으로 돌아왔다. 자오치펑이 보내준 전문서적 리스트를 살펴볼 겨를 따윈 없었다. 바오이판은 고향에서 나름대로 유명한 사람인 데다 그가 여자 친구를 데리고 나타난 게 처음이다 보니 모두가 앤디를 돈 많고 힘 있는 집안에 안착한 아름다운 신데렐라라고 생각했다.

　오히려 바오이판이 그 시선을 신경썼다.

　"앤디, 다들 당신을 보고 있네요. 당신이 어떤 사람인지 궁금한가 봐요."

　"난 그런 거 신경 안 써요. 그런데 퀸카는 어디 있다는 거예요?"

　"저기, 끝 쪽 테이블에 진한 보라색 치파오 입은 사람이요."

　"아, 저 사람 온 지 이미 10분이 넘었는데, 아직도 인사하러 안 갔어요?"

　"누가 그래…."

　"헤헤."

　앤디는 살짝 얼굴을 찌푸렸지만 사실 걱정은 되지 않았다. 바오이판이란 남자는 자기가 하고 싶은 게 있으면 무슨 어려움이든 다 헤쳐 나갈 사람이었다. 그녀도 지금 겪고 있지 않은가. 그래서 추억 속의 퀸카도 이미 역사가 되어 버렸다. 그녀는 단지 주변의 화려하게 꾸민 여자들과 바오이판이 가까운 모습을 보니 무척 화가 났다.

잠시 후, 음악이 바뀌고 주례자가 무대로 오르자 결혼식이 시작되었다. 앤디는 무대에 오른 신랑신부를 보면서 연극과도 같을 거라고 생각했다. 하지만 신랑의 사랑의 서약이 시작되며 충만한 감정과 차분한 목소리로 두 사람의 연애사를 얘기한 뒤 신부에 대한 영원한 사랑을 맹세할 때 신랑은 감정을 추스르지 못하고 눈물을 흘리고 말았다. 그 모습에 신부도 함께 울었다. 신랑은 목이 메어 흐느꼈다.

"여기에 오신 분들 앞에서 맹세합니다. 오늘, 우리는…."

앤디의 시선이 바오이판을 향했다. 그는 한 남자의 아내가, 또 한 여자의 남편이 되는 맹세의 현장을 진지하게 바라보고 있었다. 그동안 결혼식은 저속한 것이라고 여겼었는데 지금은 오히려 신성하게 느껴졌다. 그 순간, 앤디는 자기 자신이 부끄러웠다. 과연 자신은 저 자리에서 떳떳하게 사랑하는 사람의 아내가 된 것을 선포할 수 있을지 그런 자격이 있는 사람인지 의심스러웠다. 그녀는 시작부터 많은 것을 숨겼다. 그렇게 자신의 마음을 꼭 끌어안고 바오이판과 만나왔다. 그런데 이 사람에게 이렇게 깊이 빠질 거라곤 생각도 하지 못했다. 심지어 그의 아이의 엄마가 된다는 일조차 말이다.

결혼식장에 감미로운 노래가 울려 퍼졌다.

"죽을 때까지 널 사랑할 거야. 어디든 널 따라갈 거야…."

그녀는 마음이 아파서 눈물이 났다. 태어나서 지금까지 무대에 오를 기회도 많은 사람들의 축복을 받을 기회도 없었다. 아름다운 외모와 지식으로 둘러진 껍데기를 벗고 내면에 있는 무엇인가를 터트리고 싶었다. 그녀는 어둡고 두려운 생활에만 익숙해 사랑하는 사람에게 행복을 전해주는 일은 해 본 적이 없었다. 지금 그녀는 마음이 뒤숭숭하고 눈물이 멈추지 않았다. 어떻게든 감정을 추슬러야 했다.

그녀가 바오이판을 호기심 가득한 눈빛으로 쳐다보자 바오이판이 웃으면서 말했다.

"저 친구 말이에요, 정말 저렇게 진심 가득한 말을 할 수 있는지 몰랐어요. 나까지 감동 받아서 울 뻔했다니까요. 당신, 저 사람한테 속은 거예요. 내가 다음번에 저 히죽거리는 얼굴의 진짜 모습을 보여줄게요. 어때요? 결혼식 본 소감이? 감동적이죠? 3개월 후에 저 위에 서 있는 사람이 우리가 될 거예요."

앤디는 당황했다.

"내가요?"

바오이판은 앤디가 자신 없어 하는 얼굴을 처음 봐서인지 웃음이 멈추지 않았다.

"그럼 당신이지 누구겠어요?"

앤디는 어쩔 줄을 몰라 시선을 다시 무대로 돌렸다. 자신이 여기서 물러선다면 언젠가 바오이판은 다른 여자와 함께 저 무대에 서서 오늘 신랑처럼 행복에 겨워 웃다가 울다가 하겠지. 그 모습이 눈에 선했다.

여기서 그만둬야 할까? 그녀가 먼저 그만둬야 할까 아니면 진상이 밝혀질 때까지 기다렸다가 그만둬야 할까? 어떻게 그만두지? 그녀는 아무것도 생각하지 않고 이 상황을 버텨 나갈 수 있었지만 언제 그만둬야 하는지에 대한 답은 분명했다. 바로 아이가 태어나기 전이었다.

"그쪽 룸메이트는 좀 괜찮아요?"

환락송 아파트 입구에서 기다리던 씨에가 관쥐얼을 보자마자 건넨 첫마디였다. 관쥐얼은 체념한 듯 고개를 가로저었다.

"안 물어보시면 안 될까요? 하루 종일 마음 졸이느라 밥도 못 먹었어요. 제가 저기 입구에 있는 식당에서 밥이라도 살게요."

"제가 사드리죠. 저도 아직 식사 전이거든요. 그쪽 룸메이트는 사소한 문제라도 끝을 봐야 하는 스타일인가 봐요. 저희도 가끔 그런 사람들을 만나는데 납득이 안 가면 납득이 될 때까지 뭐든지 하더라고요. 그래도 그쪽이 옆에서 보살펴줘서 다행이네요. 오늘이 지나면 마음이 좀 가라앉을 거예요."

"아휴…."

관쥐얼은 움직일 수 없었다.

"방법이 없진 않겠죠?"

"예전에도 이런 경우가 있었어요. 역시 실연당한 여자 분이었죠. 순찰을 돌다가 강으로 뛰어드는 걸 발견하고 저랑 제 동료가 힘으로 그녀를 난간에서 붙잡고 있었어요. 제 손까지 물더라고요. 그날 밤 내내 달랬는데도 계속 멍하니 있더라고요. 그런데 자고 일어나더니 태도가 완전히 변했어요. 저희 앞에 무릎을 꿇을 정도로 사과를 하더라고요. 사람은 한순간 자기도 모르게 사소한 일에 목숨을 걸게 되나 봐요."

관쥐얼은 고개를 푹 숙인 채 잠시 생각에 잠겼다.

"아무래도 저 못 갈 것 같아요. 제 룸메이트가 새로운 사실을 알게 됐어요. 원래 전 남자 친구랑 결혼 얘기가 나오다가 갑자기…. 아, 죄송해요."

"아니, 괜찮아요. 제가 좀 말이 많았죠. 아니면 제가 같이 올라가서 얘기 좀 해볼까요? 혼자 상대하기는 힘들 거 같은데."

관쥐얼은 입을 삐죽 내밀고 고개를 저었다.

"저희는 셋이 같이 사는데, 큰 언니가 중요한 일도 마다하고 그 친구랑 같이 있거든요. 죄송해요. 괜히 여기까지 오시라고 했네요. 제가 식사 대접해드릴게요. 근데 콘서트는 같이 못 갈 것 같아요."

"그럼 가시죠, 밥 먹으러. 이건 제 명함이에요. 아마 얼마 지나면 사용이 안 될 거예요. 저도 막내로 훈련 중인데 훈련 마치면 돌아가 거든요. 가지고 계세요. 그쪽 친구 분이 혹시라도 진정이 안 되고 상 태가 심해지면 제가 콘서트장에 있든 말든 신경 쓰지 말고 전화해도 괜찮아요."

"감사합니다."

관쥐얼은 명함을 건네받았다. 명함에 이름이 씨에빈이라고 적혀 있었다. 그녀도 자신의 명함을 건넸다. 원래는 쉬는 날이라 명함을 가지고 다니지 않는데 오늘은 어찌된 일인지 가방 깊숙한 곳에 숨겨 져 있었나 보다.

"아아, 중간에 이 글자, 다행히 알아보겠네요."

관쥐얼은 듣고 있자니 재미가 없어 한마디도 하지 않자, 씨에빈이 다시 입을 열었다.

"어렸을 때 연애편지 쓸 때 써본 적이 있는데, 마음속으로 기억하고 있었어요. 하하. 다시 만날 줄은 생각도 못했는데, 인연인가 보네요."

관쥐얼의 얼굴이 빨갛게 달아올랐다. 다행히 이미 해가 저물어 씨 에빈은 알아채지 못했다. 관쥐얼은 얼른 화제를 바꿔 말을 꺼냈다.

"제가 듣기로는 해외에는 헤비메탈 그룹이 더 많다면서요, 국내 헤비메탈 그룹은 전혀 몰라요. 저 좀 알려주세요."

"아! 정말 안타깝네요. 오늘 국내에서 헤비메탈 하는 사람들이 거의 나와서 한꺼번에 볼 수 있는 좋은 기회였는데, 원래 실제로 보는 게 제일 도움이 되잖아요. 그렇다고 그쪽이 덕후가 될 것 같지 않고, 그렇다면…. 완샤오리(万晓利)부터 시작해 볼까요?"

씨에빈은 국내 밴드에 대해 굉장히 잘 알고 있는 것 같았다. 몇몇 사람들의 특기에 대한 얘기만 시작했다 하면 그야말로 싱글벙글 희색이 돌았다. 테이블 위의 접시를 일렉 기타처럼 가지고 놀며 즐거워했다. 어려서부터 착한 어린이였던 관쥐얼에게는 모든 것이 처음 보는 풍경이었다. 다행히 바이올린은 배운 적이 있어서 대충은 알아들을 수 있었다. 씨에빈의 얘기만으로 그는 관쥐얼의 동경의 대상이 되어버렸다. 아마도 지금까지 자신이 살아온 평탄한 삶과는 많이 다른 모습 때문이었나 보다. 가장 중요한 사실은 이 세계에 대해 알고 싶으면 지금 눈앞에 있는 믿을 만한 경찰인 씨에빈을 찾으면 된다는 것이다. 하지만 시간은 사람을 기다려주지 않지 않는다. 특히 콘서트는 더더욱 관객을 기다려주지 않는다. 2202호의 난국도 결코 기다려주지 않았다. 두 사람은 급히 저녁식사를 마치고 바쁘게 헤어졌다.

나간지 얼마 되지 않아 관쥐얼이 2202호로 돌아오자 여전히 울고 있는 추잉잉을 안아주고 있던 판성메이가 깜짝 놀랐다. 관쥐얼은 밖에서 사온 음식을 식탁에 올려두었다.

"언니, 이것 좀 먹어. 잉잉, 너도 어서 와. 무슨 일이 있어도 밥은 먹어야지. 너 주려고 갈비도 포장해왔단 말이야. 언니, 언니는 저녁에 많이 안 먹어서 그냥 량피(중국식 비빔면)만 사왔어."

"너 근데…."

"안 갔어. 다음에 또 기회가 있겠지. 언니는 얼른 먹고 회사에 가봐. 그 기회는 놓치면 안 돼. 여기는 내가 있을게."

판성메이는 관쥐얼의 눈빛에 누가 봐도 눈치 챌 만큼의 아쉬움이 서려 있는 것을 보았다. 하지만 관쥐얼은 아무 말도 하지 않고 차분한 목소리로 추잉잉에게 저녁을 먹이려 달래고 있었다. 관쥐얼이 무슨 말을 하려다 멈추고는 팔짱을 끼고 서 있었다.

잠시 후, 추잉잉이 몸을 일으키자 얼른 도시락을 건네며 뚜껑을 열었다. 하루 종일 굶은 추잉잉이 김이 모락모락 나는 홍사오파이구(매운 양념 갈비)의 유혹에 넘어갈 수밖에 없다는 걸 너무나 잘 알고 있었다. 역시나 추잉잉은 일회용 젓가락을 받아 들었다.

판성메이는 그제야 숨을 돌리고 수건으로 추잉잉의 얼굴을 깨끗이 닦아 주고 관쥐얼 옆으로 갔다. 그리고 관쥐얼의 어깨를 가볍게 두드려주었다.

"자, 여기. 고마워."

관쥐얼은 고개를 끄덕이며 말없이 판성메이가 옷을 갈아입고 급히 나가는 모습을 바라봤다. 그 사이 추잉잉이 몇 번이나 계속해서 판성메이를 불렀지만 판성메이도, 관쥐얼도 모두 못 들은 척했다. 판성메이가 집을 나서고 관쥐얼은 음식을 한가득 입에 물고 있는 추잉잉을 지켜봤다. 추잉잉은 판성메이가 뒤도 돌아보지 않고 나가는 모습에 잠깐 멍하게 있더니 이내 관쥐얼에게 다 먹은 접시를 건넸다.

"쥐얼, 나 다 먹었어."

"응, 근데 너 이제 큰일 났어. 춘절 지나고부터 계속 그렇게 멍하니만 있고 나가서 일도 안했잖아. 이제 기본급만 나오고 성과급은 안 나올 텐데, 관리비도 못 내고 다음 분기 월세도 내야 하는데…. 염치없이 아빠한테 돈을 보내달라고 하지 않는 한 정말 허리띠를 졸라매야 할 거라고. 우리는 가진 거 없이 하이시에 와서 필사적으로 살면서 하루하루 일하는 걸로 겨우 먹고 사는 문제만 해결하고 있는 거잖아. 사랑 같은 건 우리에게 사치야. 이제 그만 해. 잘 생각해 봐. 너도 살아야지."

"네 말이 맞다는 건 나도 아는데, 내가 지금 그럴 기분이 아니야."

추잉잉은 억울한 듯 입을 꾹 다물더니 또 눈물을 흘리기 시작했다.

"우리 같은 월급쟁이는 사랑을 논할 자격이 없어. 지난번 일을 떠올려봐, 지난번 바이 팀장 때문에 회사에서 잘렸을 때 한동안 넋이 나갔었잖아. 그런데도 지금 또 사랑이 어쩌고 하고 있는 거야? 누가 네 기분까지 생각해 준대? 지금 하고 있는 일을 소중하게 생각해, 또 같은 일을 반복하지 말고."

관쥐얼은 잠시 머뭇거렸지만 그래도 냉정하게 말해 줄 필요가 있다고 생각했다.

"빠른 시간 안에 잉친을 정리하고 내일은 하루 종일 컨디션 조절을 하도록 해. 그리고 모레는 기운 차려서 아침 일찍 출근하고, 일해서 돈 벌어야지. 다른 옵션은 없어."

"관쥐얼, 너 몇 살이야? 왜 이렇게 잔인한 거야. 난…."

"천천히 먹어, 다 먹고 나서 지금 네 모습이 어떤지 한번 봐봐. 시간을 절대 사람을 기다려주지 않아. 관리비며 월세, 교통비, 전기세, 수도세, 다 계산해 보라고."

관쥐얼은 말을 마친 후 자기 방으로 돌아갔다.

추잉잉은 관쥐얼의 뒷모습을 멍하니 바라보며 혼잣말을 중얼거렸다.

"언제 저렇게 매정해진 거야?"

관쥐얼은 못 들은 체하며 무시해버렸다.

잠시 후, 저녁을 다 먹은 추잉잉은 서랍에서 잔돈으로 저녁 값을 맞춰서 관쥐얼에게 주었다.

"넌 너무 냉정해."

관쥐얼은 이번에는 참을 수 없어서 발끈하고 말했다.

"추잉잉, 너 말하기 전에 생각 좀 하고 말해. 내가 어디가 냉정하다는 거야? 일어나자마자 너 찾느라 허둥지둥하고 오늘 친구가 콘서트 가자는 것도 너랑 같이 있으려고 마다했는데! 그리고 너 먹으라고 저녁까지 챙겨왔잖아. 그런데도 내가 냉정하다고? 그런 말이 얼마나 상처가 되는 줄 알아? 무슨 근거로 나한테 이렇게 상처 되는 말을 쉽게 하는 거야? 날 네 친구로 동등하게 대해주고 있는 거 맞아? 난 잉친이 아니라고."

추잉잉은 관쥐얼에게 순식간에 혼쭐이 났지만 자신이 말실수를 했다는 걸 깨달았다. 추잉잉의 표정을 알아 챈 관쥐얼은 손을 내저었다.

"말실수 한 거 알았으면 됐어. 다음에는 제발 그러지 말아 줘. 잘 생각해보고 잘 지내. 네 스스로를 믿으라고, 믿을 사람은 자신밖에 없어. 사과할 필요는 없어. 잘 자."

추잉잉은 잔뜩 화가 나서 울그락푸르락해진 관쥐얼을 놀란 토끼 눈으로 쳐다봤다. 핑곗거리라도 찾아서 욕을 해주고 싶었지만 입 주변에서만 맴돌다가 목구멍으로 삼켜버렸다. 관쥐얼도 추잉잉을 물끄러미 바라고 있자니, 지난번 취샤오샤오가 말이 안 통하자 면전에서 문을 닫아 버리고 절교를 한 일이 생각났다. 하지만 자신도 차마 그렇게 할 순 없었다.

두 사람은 그저 멀뚱멀뚱 서로 바라보고만 있었다.

"용서해줄게, 넌 내 친구니까."

"네 용서는 필요 없어. 난 잘못한 게 없거든. 굳이 책임을 따지자면 너야, 너라고."

"내가 뭐? 난 실연당했어, 차였다고. 쓰레기처럼 보기 좋게 차였다고. 그런데 화도 못 내?"

"그럼 혼자 화내. 난 거기에 상대하고 싶지 않으니까."

관쥐얼은 정말 더 이상은 참을 수 없어서 문을 닫으려고 했지만 추잉잉이 필사적으로 막아서서 꿈쩍도 하지 않았다. 두 사람은 또다시 서로 눈을 부릅뜨고 급기야 한 뼘도 안 될 정도로 얼굴이 가까워졌다. 두 사람은 문을 사이에 두고 얼굴이 빨갛게 될 때까지 안간힘을 썼다.

오랜 대치 끝에 추잉잉이 푸 하고 웃음을 터뜨림과 동시에 눈물을 흘리기 시작했다. 관쥐얼도 후우 하고 한숨을 내쉬었다. 두 사람은 약속이나 한 듯 대치 상황을 끝내고 서로를 바라보았다.

"알겠어. 오늘 밤부터 웨이보와는 안녕이야!"

추잉잉도 고개만 끄덕일 뿐 혹시라도 '며칠이나 가는지 보자.'라는 말이 튀어나올까 봐 아무 말도 하지 않았다. 얼마 동안 서로 바라보고 서 있다가 추잉잉은 자기 방으로 돌아갔다. 비좁은 방에서 컴퓨터의 유혹을 이겨내는 건 결코 쉽지 않은 일이었다. 그녀는 웨이보 팔로우를 삭제해야 할지 더 나아가 웨이보 계정을 아예 없애버려야 할지의 기로에 서서 오랫동안 망설였다. 결국, 다시 관쥐얼을 찾아가기로 했다.

"쥐얼, 있잖아. 내 컴퓨터에서 그 사람의 흔적을 좀 지워줄 수 있을까?"

관쥐얼은 두말 하지 않고 추잉잉의 방으로 갔다. 추잉잉을 방에 들어오지 못하게 하고 문을 닫아버렸다. 그리고 빠른 손놀림으로 후다닥 잉친의 모든 흔적을 지워버렸다. 잠시 후 방문이 다시 열리더니 관쥐얼이 손을 내밀었다.

"휴대폰도 이리 줘."

추잉잉은 이내 울상이 되었지만 관쥐얼을 이길 수 없었기에 어쩔 수 없이 휴대폰은 건네주었다. 관쥐얼은 휴대폰에 있는 잉친의 흔적을 모조리 지워버렸다. 그리고 방으로 돌아와 모든 화근을 없애기 위해 잉친에게 메시지를 보냈다. 이미 추잉잉의 컴퓨터와 휴대폰에 있는 잉친의 모든 것을 지웠으니 잉친도 스스로 준비를 해달라고 했다. 휴대폰 번호를 바꾸거나 SNS의 아이디를 바꿔 달라는 부탁이었다. 답장은 생각보다 빨랐다. 잉친도 내일 휴대폰 번호를 바꿀 예정이고 그 외에는 이미 다 처리했다고 했다. 이제 추잉잉이 가지고 있던 잉친의 연락처나 SNS로 통하는 모든 방법이 봉쇄된 거나 마찬가지였다. 추잉잉이 신상을 털지 않는 한은 말이다.

추잉잉은 관쥐얼의 방문 앞에서 계속 멍하니 서 있었다.

판성메이가 회의를 마치고 피곤에 찌들어 돌아왔고, 관쥐얼은 책을 봐도 하나도 눈에 들어오지 않았다. 방안에서 헤비메탈 관련 정보를 마구 찾아보고 있었다. 작은 2202호가 잠시 처량한 울음소리로 뒤덮였다.

결혼식이 끝나자 바오이판의 친구는 가까운 친구들끼리 모여서 신혼집에 뒤풀이를 하러 가자고 했다. 앤디는 가고 싶지 않았지만 신랑이 바오이판과 친한 친구였기 때문에 막상 그럴듯하게 둘러 댈 이유가 없었다. 지금의 그녀는 이미 자신의 좋고 싫음만으로 결정하기에 그녀 스스로도 바오이판을 꽤 많이 신경 쓰고 있었다.

신혼집은 별장들만 밀집된 곳에 있었는데 입구는 이미 고급 차들이 즐비해 있었고 재벌 2세들로 북적였다. 테이블 위에는 프랑스산 고급 와인으로 가득 세팅되어 있었다. 앤디를 제외한 그곳에 있는 모든 사람들은 서로 아는 사이였다. 심하게 떠드는 그들에 비해 앤디는 천성적으로 시끄러운 걸 싫어하기에 그들이 노는 것을 구경만 하고 있었다. 바오이판도 앤디 곁을 지키며 가끔 앤디를 향한 짓궂은 장난을 막아주기도 했다.

"왜 마음이 계속 무거워 보이는 걸까요?"

"내가요?"

"얼굴에 다 쓰여 있거든요."

바오이판은 손을 뻗어 시끄러운 무리와 두 사람을 번갈아 가리키면서 말했다.

"화려하고 적막하고, 화려하고 적막하고, 화려하고 적막하고. 아주 대비가 선명하네요."

앤디는 웃음을 보였지만 무언가 숨길 수 없는 불편함이 보였다.

"무서워요."

바오이판은 여전히 웃고 있었다.

"뭐가 무서워요, 내가 있잖아요. 우리가 같이요."

"집에 가서 얘기 좀 해요, 우리."

바오이판은 대체 무슨 말을 하려고 하는지 궁금하지 않았다. 그저 곧 엄마가 될 사람의 불안함이라고 생각했다. 불안해하지 않는 것도 이상하지 않으니 말이다. 이런 일은 천재라고 하더라도 유연하게 대처할 수 있는 것이 아니다.

그는 신랑에게 조용히 속삭이며 인사를 하곤 앤디를 데리고 나왔다. 그러나 누군가가 나가는 두 사람을 쫓아오면서 소리를 질렀다.

"다음 차례는 두 사람이네!"

바오이판은 기쁨에 겨워 앤디를 안아 차에 태우고 문을 닫으며 말했다.

"말할 준비가 됐으면 해도 돼요."

그리고는 바로 운전석에 올라탔다.

"생각 다 했어요?"

"그러니까…."

앤디의 말이 시작되기도 전에, 운전석 문이 벌컥 열리며 셔츠와 반바지만 입은 한 친구가 외쳤다.

"바오즈, 증언 좀 해줘. 쟤네가 나보고 축구를 못한다잖아. 내가 졸업하고 나서 한 번도 공을 찬 적이 없대."

"네 하얗고 가녀린 두 다리를 보고 한 말이라면 내가 위증할 필요는 없지 않니?"

"벗어라! 벌주다, 벌주!"

그 친구를 뒤따라 온 다른 사람들이 환호성을 지르며 셔츠에 반바지를 입은 친구를 안으로 데리고 들어갔다.

바오이판은 친구들이 노는 모습을 바라보다가 친구들이 모두 들어가자 차에 시동을 걸었다.

"오해하진 말아요. 쟤네들이 저렇게 제멋대로 놀아도 일하는데 있어서는 끝내주는 애들이거든요. 다 괜찮은 놈들이에요."

"취샤오샤오가 생각나네요, 아마 비슷하겠죠? 재밌어요. 당신도 옛날에 저러고 놀았어요? 나랑 있느라 꽤나 답답하겠네요."

"뭐가 답답해요? 난 당신한테 첫눈에 반했는데. 근데 나한테 할 말이 뭐예요? 나는 내일 당신이랑 조용하게 계획을 세워보려고 했어요. 우선 당신 방부터 큰 방으로 옮기고, 당신 먹는 거랑 지내는 걸 챙겨줄 도우미 아주머니를 물색해 보려고요, 믿을 만한 사람으로요. 구체적인 사항은 아이가 있는 친구한테 물어볼게요. 내일 방법을 생각해봐요."

"음, 그건 별로 급하지 않아요. 일단 자오치핑이 추천해 준 책들을 다 읽은 다음에 다시 결정하는 걸로 할게요. 오늘은 돌아가서 내 출신에 대해서 할 말이 있어요. 내가 알고 있는 내 출신 배경 말이에요. 만약에 당신이 질문을 한다면 나도 대답해 줄 방법은 없겠지만, 웨이궈창 연락처를 줄 테니 당신이 직접 물어봐요."

"과거를 돌이킬 수 없다면 얘기하지 않아도 돼요. 우리는 현재를 살고 있으니까요. 난 신경 안 써요, 앤디."

"난 신경 쓰여요. 나는 결혼이란 두 사람이 함께 사랑이라는 감정을 마주하는 거라고 생각해요. 그리고 여기에는 반드시 공평함과 투명함이 존재해야 한다고 생각해요. 무엇보다 두 사람은 모든 면에서 공평해야 해요."

"아, 그렇게 진지하게 말할 필요 없어요. 당신이 기혼자일리도 없고 마음속에 다른 사람을 품고 있는 것도 아니잖아요. 당신은 숨길 줄 모르는 사람이에요. 나에게 항상 솔직했고. 또 뭐가 있을까? 내가 완벽주의자인 거?"

앤디는 말을 하지 않았다. 두 사람은 도착해서도 계속 주차장에 있었다. 시동이 꺼지자 앤디가 입을 열었다.

"당신한테 말했던 우리 엄마, 얼마 전에 돌아가신 외할아버지, 돌아가신 건지 행방불명인지도 모르는 외할머니, 그리고 요양원에서 지내고 있는 남동생까지. 외할아버지 말고는 모두 정신적으로 이상이 있었어요."

바오이판은 자기의 감정을 억누르려 애써봤지만 너무 놀란 나머지 그의 눈이 휘둥그레졌다.

앤디도 이런 반응을 예상하긴 했지만 마음이 아팠다. 그리고 손을 뻗어 차 문을 열었다.

"나…, 들어가서 짐 좀 챙겨 나올게요. 미안하지만…. 미안하지만 기다렸다가 나 좀 호텔…, 호텔로 데려다줘요."

바오이판이 앤디를 막아섰다.

하고 싶은 말이 있는 듯했으나 하지 않았다. 싱숭생숭한 듯 앤디를 바라보고는 차에서 내렸다. 앤디는 바오이판이 차 앞쪽으로 돌아와서 여느 때처럼 차 문 여는 것을 지켜보았다. 평소엔 앤디가 자연스럽게 바오이판의 어깨를 붙잡으면 그가 안아서 차에서 내리곤 했는데, 지금 앤디의 손이 잔뜩 위축되어 허공에 뜬 채로 있었다. 마치 바오이판은 이미 그녀와 아무 상관없는 사람 같아 보였다. 그런데 어떻게 아무 상관없는 사람을 귀찮게 할 수 있단 말인가.

그런데 바오이판이 앤디의 손을 잡았다. 그의 손은 여전히 따뜻하고 부드러웠다. 두 사람은 서로 말없이 바라보다가 바오이판이 앤디를 안아서 차에서 내려주면서 자신의 품에 꼭 안았다.

"사랑해요, 하지만 한 가지 묻고 싶은 게 있어요."

두 사람의 얼굴을 서로 가까이 맞대어 있었지만 누구도 더 다가가지 않고 그저 말없이 바라보고만 있었다.

잠시 후 앤디는 흥분을 가라앉히고 말했다.

"괜찮으니까 편하게 물어봐요."

"여기 추우니까 올라가서 얘기해요."

바오이판은 잠깐 망설이다가 앤디를 놓아주었다. 두 사람은 서로의 어깨에 기댄 채 엘리베이터로 향했다. 하지만 두 사람 마음에 틈이 벌어진 것처럼 서로 간에 거리가 존재함은 분명했다. 앤디는 무슨 일을 할 때면 자기는 잘못을 하지 않고, 미안해 할 일도 없고, 뭔가를 설명할 필요도 없는 매우 당당한 태도로 임했다. 하지만 지금은 아무것도 할 수 없었다. 그저 걱정스런 눈빛으로 평소와는 다른 진지한 모습의 바오이판을 바라볼 뿐이었다. 그의 눈빛이 수시로 변하는 것을 보며 내심 차분하게 모든 가능성을 예상해 보았다. 속으론 이미 최악의 상황을 생각하고 있었지만 그 순간이 다가온다면 받아들일 자신은 없었다.

바오이판은 진지하게 집 안으로 들어가더니 도우미 아주머니를 찾아 집으로 돌려보냈다. 도우미 아주머니가 가시자 그때까지 현관 입구에 서 있던 앤디 곁으로 갔다. 앤디는 그가 묻기 전에 먼저 말을 꺼냈다.

"처음부터 말할까요 아니면 당신이 묻는 말에 대답해줄까요?"

"내가 정말 알고 싶은 게 하나 있어요, 왜 지금 이 타이밍에 말하려고 하는 거예요?"

바오이판에게 진지함을 넘어 두려움까지 느껴졌다.

앤디는 이 문제 하나로 머릿속이 뒤죽박죽 돼 버렸다. 게다가 그녀가 걸치고 있던 무거운 외투 때문에 숨을 제대로 쉴 수 없어서 몸을 옆으로 살짝 기울여서 외투부터 벗었다. 반쯤 벗었을 때, 순간 몸이 가벼워졌다. 옆을 돌아보니 바오이판이 이미 외투를 거둬 가버렸다. 바오이판의 행동에 놀란 앤디는 궁금했다. 그저 흔히 신사들이 하는 단순한 행동인지 아니면 여전히 사랑하는 건지 말이다. 바오이판이 앤디를 바라봤다. 두 사람의 눈빛이 허공에서 찌릿하고 격렬하게 충돌했다. 할 말이 매우 많아 보였다.

"내가 잘못을 덮어서 감추려고 한건 아니니까 바로 본론으로 들어갈게요. 나는 내 정신적 상태에 대해 줄곧 경계하고 의심하고 있었어요. 그럴듯해 보였지만 실제론 그렇지 않았던 딱 한 번의 연애로, 나라는 사람은 혼자 사는 게 가장 좋겠다는 검증도 받았다고 생각했고요. 그래서 당신과 연애를 하려는 노력도 하지 않았고 당연히 당신에게 모든 걸 설명해 줄 필요도 없었던 거죠. 당신과 오랫동안 함께할 거라고 생각하지 않았으니까요. 나에 대한 당신의 마음도 오래갈 거라고 생각하지 않았어요. 그렇기에 당연히 설명할 필요가 없었고. 그 후에 당신한테서 계속 빠져나오려고 노력했는데, 나방이 불속으로 뛰어드는 것처럼 한동안을 그렇게 위선적인 모습으로 옆에 있고 말았어요. 그런데 오늘…. 아이는… 정말 생각지도 못한 일이어서, 어쩌면 필연인지도 모르지만요. 그리고 당신이 결혼 준비와 앞으로 함께할 미래를 얘기하니까 얼른 진실을 말해야겠다는 생각이 들었어요. 미안하지만, 난 결혼할 수 없어요. 안타깝지만 실현될 수 없는 환상에 불과할 뿐이에요. 그리고 정말… 고마워요. 나에게 너무나도 아름다운 시간을 보낼 수 있게 해줘서. 그런데 여기까지만 하는 게 맞는 것 같아요."

바오이판은 어안이 벙벙해 앤디를 바라볼 뿐 한동안 아무 말도 하지 못했다. 앤디는 어쩔 수 없다는 듯 어깨를 으쓱하고는 짐 정리를 하러 가려고 했다. 그 순간 바오이판이 앤디를 꼭 껴안았다. 앤디는 이 상황이 이해가 되지 않아 바오이판의 눈을 한번 보고 싶었다. 하지만 바오이판은 앤디의 어깨에 얼굴을 푹 묻고는 꼼짝도 하지 않았다.

앤디는 그리워하던 품으로 다시 돌아왔다. 그녀 역시 떠나고 싶지 않았다. 하지만 어떻게 떠나지 않을 수 있을까. 그녀는 바오이판을 밀어내려 했으나 그럴수록 더 세게 앤디를 안았다.

"움직이지 마요, 잘 생각해 봐요. 날 떠나면 누가 당신을 사랑해 줄 것 같아요? 움직이지 말고 우선 진정 좀 해요. 그냥 이렇게 좀 안겨 있으라고요. 나도 지금 마음이 복잡하니까."

놀란 앤디도 그의 품속에서 천천히 그가 한 말을 생각해봤다.

'날 떠나면 누가 당신을 사랑해 줄 것 같아요?'

하염없이 눈물이 흘렀다. 결국 그녀도 고개를 숙인 채 바오이판의 어깨에 얼굴을 묻었다. 눈물이 멈출 줄을 몰랐다.

"앤디, 앤디. 서 있지 말고 앉아서 얘기해요. 화도 내지 말고, 방금 내가 당신을 오해했어요. 다 내 잘못이에요, 내가 나빴어요. 그만 울고 여기 앉아요."

바오이판은 어쩔 줄을 몰라 허둥지둥 거렸다.

"알았어요, 내 생각에는⋯."

"내가 잘못했어요. 당신이 그렇게 반응하는 건 당연해요."

"난⋯. 처음부터 내 생각이 잘못됐어요. 처음에 당신이 날 사랑하지 않는다고 생각했어요. 아이를 가졌다는 걸 이미 알았는데 갑자기 무슨 진실을 얘기한다고 하는지 이해가 가지 않았다고요. 그저 또 변명거리를 찾거나 전진을 위해 한 발 물러서는 거라고 생각했어요. 이런저런 말도 안 되는 경우들이 내 머리에서 떠나질 않았어요. 아까는 너무 갑작스러워서 미처 제대로 반응하지 못했어요. 내가 좋아한 사람이 이런 사람이었나 싶어서 실망스럽기도 했고. 정말 당신을 의심했으면 안 됐는데. 미안해요."

"'무슨 진실'이 아니라 진짜 진실이에요."

"음⋯, 처음부터 줄곧 이해할 수 없었어요. 당신 같은 사람이 어떻게 이렇게 오랫동안 내가 나타나서 사랑해주기를 기다렸을까하고 말이에요. 내가 당신에게 다가가는 걸 꺼려했었죠. 오늘은 너무 놀라서 머리가 둔해졌던 것뿐이에요. 진실이 뭔데요? 그거 때문에 날 떠나려고 하는 거예요? 몇 달 동안 우리 서로 사랑한 거 맞잖아요. 근데 그걸 포기하겠다고요?"

"내가 언제 발작을 일으킬지 장담할 수 없어요. 아이도 태어나면서 물려받을 수도 있고요. 당신까지 힘들게 하고 싶지 않아요. 우리 외할아버지는 스트레스를 이기지 못하셔서 고향까지 떠나셨고요. 웨이궈창도 우리 엄마에게서 도망갔고요. 만약에 나한테도 그런 증상이 나타나면 당신도 버티기 힘들 거예요."

바오이판은 아랫입술을 꽉 깨문 채 한참을 생각한 후에야 힘겹게 입을 열었다.

"방금 다 생각해봤어요. 설령 정말 그런 날이 온다고 해도, 아니 그런 날이 오기 전에 매 순간을 소중히 여기면 되잖아요. 처음에는 불안할 수도 있지만 충분히 극복할 수 있어요."

"난 못하겠어요. 당신을 다치게 할 게 뻔하다고요."

"하지만 그렇다고 어떻게 나한테 당신을 떠나라고 할 수 있어요? 여기 이렇게 내 마음에 있는데. 당신 스스로에게 물어봐요. 당신도 떠날 수 있어요? 당신이 나보다 더 게임을 할 줄 모르는 사람이잖아요. 애초에 내가 그렇게 뻔뻔하게 당신을 만나면 안됐어요. 그렇다고 당신을 원망하진 않을게요. 그러니까 당신도 어떠한 태도를 명확히 하기 위해서 날 떠나지 말아줘요. 서로 사랑하기 때문에 함께 있는 거잖아요. 그거 말고 다른 이유는 없어요. 다시는 날 떠난다는 말 하지 마요. 어서요, 대답해 줘요."

앤디는 바오이판에게 들키고 말았다. 그녀 역시 바오이판을 떠나고 싶지 않았다. 앤디의 모든 상황이 드러난 순간에도 그녀는 결코 바오이판을 떠나고 싶지 않았다. 정말로 그를 사랑한다면 그를 아프게 하지 않는 게 맞았다. 그녀 역시 바오이판을 떠나고 싶지 않다는 걸, 진심으로 그걸 바라지 않는다는 걸 바오이판도 너무나 잘 알고 있었다. 하지만 그녀는 '예스'라는 대답을 할 수 없었다. 고개를 절레절레 흔드는데 눈물이 왈칵 쏟아졌다. 수십 년을 강인하게 버텨온 그녀가 한낱 나약한 인간이 되는 순간이었다. 그녀에게도 누군가에게 사랑을 받고 누군가가 아껴주길 바라는 건 너무도 당연한 일임에 틀림없었고, 아무런 거리낌 없이 뜨거운 사랑도 받고 싶었다. 그녀도 모두 하고 싶었다. 누군가에게 애교도 부리고 싶고, 의지도 해보고 싶고, 가장 은밀한 비밀도 함께 고민하고 또 마음에서 우러나오는 기쁨과 슬픔도 공유하고 싶었다. 그녀에겐 넓은 가슴을 가진 누군가가 필요했다. 지금까지 30년을 넘게 살아오는 동안 자기 것을 한 번도 가져본 적이 없었다. 그녀는 이미 천국과 가까이 있었다. 비로소 하늘의 불공평함을 기꺼이 받아들일 수 있었다. 그 순간, 그녀는 바오이판의 품에 안겨 대성통곡을 했다. 30년의 세월이 너무 억울했던 것이다.

바오이판은 처음에 조금 당황했지만 점점 뭔가를 이해하는 듯했다. 그리고 앤디가 시원하게 울게 그냥 그대로 두었다. 울음소리가 조금씩 흐느낌으로 변하자 바오이판이 다시 한 번 물었다.

"대답한 거죠?"

그의 품 안에서 "응" 하는 소리가 들려왔다.

잠을 설치다 한밤중에 깨어난 앤디는 바오이판이 곁에 없다는 걸 알고 놀라 몸을 일으켰다. 방안이 깜깜해서 눈이 어둠에 적응하는 데 한참이 걸려서야 침실에 아무도 없다는 것을 알았다. 그녀는 잠이 확 달아나서 신발도 신지 않고 맨발로 방을 나섰다. 몸을 돌리려는 순간 바오이판이 보였다. 그는 머리를 감싸 쥔 채 거실 소파에 앉아서 꿈쩍도 하지 않았다. 실루엣이 마치 사람 모양의 조각상 같았다.

앤디는 마음이 아팠다. 바오이판은 자신이 앤디를 붙잡은 것이 어떤 의미인지 잘 알고 있었다. 그는 절대 어리석은 사람이 아니었다. 그녀는 벽에 기대 말없이 그를 바라보고 있었다. 눈물이 쪼르륵 얼굴을 타고 흘렀다. 바오이판이 고개를 들어 테이블 위의 술잔을 잡고 나서야 그녀가 바오이판 쪽으로 다가갔다. 소파로 뛰어서 바오이판의 품속으로 들어갔다. 하지만 절대 그녀는 다시는 헤어지자는 말을 하지 않았다.

깜짝 놀란 바오이판이 술잔을 내려놓았다.

"당신 왜 일어났어요?"

"당신이랑 같이 있으려고요."

"걱정하지 마요. 그냥 뭐 좀 생각하고 있었어요. 아빠가 된다는 거, 은근 압박감이 있네요."

"나도 그래요, 압박감이 엄청 심하죠. 바오이판, 난 절대 아이를 포기하지 않을 거예요."

"제대로 생각한 거죠?"

"난 가족이 있었으면 좋겠어요. 당신 하나로는 부족하니까."

"한번 해보죠 뭐!"

사실 이게 도박이 아니면 대체 뭐란 말인가? 가식적인 빈말은 이제 필요 없다. 이후에 일어나는 모든 일에는 '책임' 이라는 두 글자만 있을 뿐이다.

판성메이는 추잉잉을 위로하는 일을 잠시 내려놓고 급히 호텔로 달려가 갑자기 생긴 큰 행사를 위한 회의에 참석했다. 상사는 몹시 흡족해 했다. 사실 호텔에서 VIP를 모시고 진행하는 행사는 이전 회사에서 큰 거래처를 상대했던 취지와 같았다. 그저 VIP를 사람이 아니라 신으로 생각하고 모시면 된다. 다른 점이 있다면 대상에 맞는 적절한 대책을 세우고 자신이 가지고 있는 모든 능력을 발휘하는 것뿐이었다. 하지만 여기에 VIP의 사랑스러운 지갑을 주시하는 것을 절대 잊어서는 안 된다. 판성메이는 이론은 빠삭하나 실전이 부족해 회의에서 사람들끼리 하는 말을 듣고만 있을 뿐 말을 할 상황이 아니었다. 가장 오래된 고참이 관리자마다 이름을 불러가며 의견을 말할 때에도 그녀에게 말할 기회는 주어지지 않았다.

주회의가 끝나자, 소회의가 시작되었다. 감독별로 각각의 업무를 배정받았다. 판성메이는 신입이지만 여러 조직을 어우르는 업무를 맡았다. 이미 두 달 동안 일을 해서 익숙하고 스스로도 자신 있는 영역이었다. 하지만 자신에게 진짜 업무가 주어지자 그에 따른 압박감도 만만치 않았다. 하지만 이건 어디까지나 관리 업무에 첫발을 내딛는 순간이었다.

일요일 아침, 관쥐얼과 추잉잉은 아직 일어나지 않았지만 판성메이는 어쩔 수 없이 일어나자마자 일을 시작했다. 오늘 오후부터 업무가 시작되기 때문에 신입이 현장에서 자신의 능력을 발휘하려면 오로지 열심히 예습을 하는 수밖에 없었다. 왕바이촨이 사준 컴퓨터가 빛을 발하는 순간이었다. 판성메이는 머리를 쥐어짜며 업무 순서를 하나하나 완벽하게 익혔다.

어제 일로 피곤했는지, 추잉잉은 깊은 잠에 취해 일어나지 않았다. 22층의 잠꾸러기 관쥐얼이 먼저 일어났다. 판성메이는 관쥐얼이 방에서 나오는 것을 보고 아무 생각 없이 물었다.

"어젯밤에 잉잉이 왜 네 방문 앞에 서 있었던 거야?"

"나도 몰라, 어디든 풀 데가 필요했었나봐."

"잉잉이 오늘도….'"

관쥐얼이 몸을 부르르 떨었다.

"언니, 나 30분 있다가 나갈 건데. 부탁할 거라도 있어?"

판성메이는 그 말을 듣는 순간 번쩍했다.

"그럼, 우리 같이 나가자. 지나가다 보니까 저기 스타벅스가 좀 조용해 보이더라. 인터넷도 되고."

30분 후, 관쥐얼과 판성메이는 각자 노트북을 들고 약간의 양심의 가책을 느끼며 집을 나섰다.

이른 아침의 스타벅스는 꽤 조용한 데다 손님도 별로 없었다. 그런데 저쪽에서 낯익은 얼굴이 하나 보였다. 취샤오샤오의 남자 친구 자오치펑이었다. 관쥐얼은 그를 보지 않는 게 마음이 편할 것 같아 기둥 뒤에 숨어 최대한 멀리 떨어져 있었는데 판성메이가 다가가서 인사를 했다. 그제야 관쥐얼도 어쩔 수 없이 인사를 나눴다. 판성메이가 보니 자오치펑의 노트북 화면이 영어로 가득 메워져 있었다. 의학 관련 설명 같았다. 자신이 왜 스타벅스로 피신을 왔는지 생각해보니 취샤오샤오의 모습이 상상이 갔다. 그녀는 순간 피식 웃음이 나왔다. 자오치펑도 고요함을 찾아서 집을 나온 게 분명했다. 얼마 지나지 않아 자오치펑에게 전화가 왔다. 취샤오샤오의 허스키하면서도 섹시한 목소리가 수화기 너머로 들려왔다.

"오빠, 어디야? 아침부터 병원에서 찾은 거야?"

"아아, 옛말에 선비가 3일 동안 책을 보지 않으면 거울에 비친 자기 얼굴을 바라보기가 가증스럽다는 말이 있잖아. 이것만 다 보고 들어갈게. 자기 먼저 뭐라도 먹여주고 있어."

"나 혼자…, 뭐? 나한테 고양이들 밥 먹이라는 거야? 어제 자기가 다 한다고 해놓고. 알았어. 내가 할게, 내가."

"먹여주라고… 한건 말이야. 먹을 걸 찾아보라는 거야. 고양이들한테 밥을 주라는 뜻이 아니었어. 이미 밥 주고 나왔어. 그저 자기, 아침에 뭐라도 먹으라는 뜻이었지. 손님 화장실엔 들어가지 마. 그 냄새 아직도 적응 못했잖아."

"응, 자기 어딘데? 이제는 전문서적 같은 거 안 봐도 되는 경지에 올랐다고 하지 않았어? 거짓말했구먼."

"책은 당연히 안 봐도 되지. 근데 논문들은 반드시 봐야 해. 안 그러면 변화에 따라갈 수가 없어. 여기 너무 조용해서 통화하기가 좀 그래."

"끊지 마. 저번에 자기한테 소개해 준 환자 있잖아, 그분이 오늘 꼭 밥을 사겠다며 하이시로 온다니까 내뺄 생각하지 말고 같이 가 줘. 내 고객이란 말이야."

"혼자 다녀와. 나는 급한 환자가 생겼다고 하면 되잖아. 나중에 필요하면 날 찾아오시라고 해."

"그 사람은 단지 당신한테 고마움을 전하고 싶다고 하는 거잖아. 난 그 사람과 사업을 하는 파트너일 뿐이고. 나 도와주는 셈 치고 같이 가자. 응? 제발 부탁이야. 어쨌든 오늘 쉬는 날이잖아. 내가 이미 괜찮을 거라고 했단 말이야."

자오치펑은 눈살을 찌푸리며 억지로 대답했다. 취샤오샤오는 수화기에 대고 메롱 혀를 내밀며 그의 대답에 통쾌해했다. 그녀는 이미 자오치펑이 예스를 할 거라는 사실을 알고 있었다.

한편에서는 판성메이가 왕바이촨의 전화를 받았다. 몇 개월 동안 호텔에서 일해서인지 판성메이는 바로 일어나 밖에 나가서 전화를 받았다. 호텔에서 몇몇 손님들이 자기 앞에서 시끄럽게 하는 걸 매일 보다 보니 예절 교육을 따로 받지 않았어도 조용한 공공장소에서 큰 소리로 말하는 것이 얼마나 무례한 행동인지는 잘 알고 있었다. 다른 사람이 어떻게 하든 상관없지만 그녀는 절대 그러지 말아야겠다고 결심했다. 호텔에서 일하면서 배울 수 있는 것 중 하나는 보기에는 진지한 척 쓸데없어 보이는 행동이 사실 다른 사람을 위한 배려 깊은 행동이라는 것이다.

"성메이, 어젯밤 술을 많이 마셔서…."

"술 먹고 운전한 건 아니지?"

"아니야, 음주운전 했다가 잡히면 큰일 나. 택시타고 갔어. 지금 차 가지러 가는 길이야. 같이 아침이나 먹을까?"

"음, 나 지금 먹고 있는데, 어젯밤에 회의가 있었거든. 오늘 오후에 출근해야 해. 그래서 지금 미리 준비 하고 있었어. 나는 신경 쓰지 말고 네 일 봐. 어제 많이 마셨으니까 오늘은 그냥 낮잠이나 자지."

"보고 싶어서, 아니면 어디 조용한 데로 갈까? 너는 일하고 난 그냥 너 보고 있을게."

판성메이는 고개를 숙인 채 방긋 웃었다.

"그냥 낮잠이나 주무세요. 나 지금 쥐얼이랑 같이 스타벅스에 있어. 저녁에 일 끝나면 전화할게.

판성메이는 통화를 마치고 들어가다가 문득 두 사람이 만나고 싶어지면 다른 공간을 찾아야 한다는 현실을 마주했다. 그렇지 않으면 판성메이의 작고 어두컴컴한 방이거나 왕바이촨의 간이 가구들로 꽉 들어찬 원룸이었다. 편안하게 쉴 소파 하나 없다. 두 사람이 다정하게 기대고 앉아 책을 볼 수 있는 공간은 침대밖에 없다. 하지만 침대가 있어도 남녀 사이의 다른 일은 생각해 볼 수도 없다. 결국 분위기를 잡으려면 다른 공간을 찾는 게 유일한 방법이었다.

정말 이런 비극이 또 어디 있을까. 몇 년 전까지만 해도 그녀는 전혀 개의치 않았다. 여기저기 돌아다니는 것도 심지어 즐거웠다. 하지만 서른이 되고도 조용히 책 볼 공간 하나 없다는 사실에 가슴이 아려왔다. 이런 생각이 계속되자 이유 없는 답답함이 몰려왔다.

그때 휴대폰이 울렸다. 추잉잉인 걸 확인하고 전화를 끊은 후 메시지를 보냈다.

"일 하는 중이야."

그러자 추잉잉도 더 이상 귀찮게 하지 않았다.

관쥐얼도 씨에빈에게 메시지를 받았다. 어떤 여자의 정면 사진을 보내며 지금 순찰 하던 중에 관쥐얼과 너무 닮은 사람이 있어서 찍어서 보냈다고 했다. 이리저리 아무리 살펴봐도 관쥐얼과 닮은 구석이라곤 찾아볼 수 없었다. 특히 그 여자의 화장이나 행동이 어딘지 모르게 저속해 보이는 느낌을 받았다. 그런 사람과 닮았다고 하다니 정말 굴욕이 따로 없었다. 씨에빈 눈에 관쥐얼이 그렇게 보였다는 건가? 관쥐얼은 참을 수가 없어 판성메이에게 휴대폰을 보여줬다.

"언니, 이 사람 나랑 닮았어?"

"머리카락 길이가 비슷한 거 말고는 하나도 안 닮았는데, 무슨 소리야."

관쥐얼이 안도의 한숨을 내쉬었다. 사진 속 여자와 닮지 않았다고 말해주는 사람이 있어서 너무나도 다행스러웠다. 하지만 한편으론 마음이 복잡했다. 대체 씨에빈은 그녀에 대해 어떤 인상을 갖고 있는 걸까? 그녀는 컴퓨터 앞에 멍하니 앉아서 어제 만났던 시간을 떠올려봤다. 대체 그녀의 어떤 행동이 저속해 보였기에 씨에빈에게 그런 이미지가 남은 것일까?

오랜 망설임 끝에 그녀는 짤막하게 답장을 보냈다.

'저랑 하나도 닮지 않았는데요.'

살펴보고 또 살펴본 후 보낸 메시지였다.

씨에빈의 답장 속도는 놀라울 정도로 빨랐다.

"풍기는 이미지는 당연히 완전 다르죠. 근데 우리 같은 사람들은 사람을 알아보는데 일가견이 있거든요. 눈, 코, 입 비율이 비슷해요. 못 믿겠으면 거울을 꺼내서 한번 봐요.”

관쥐얼은 아침 내내 특별한 일이 없었다. 그저 추잉잉을 피해 판성메이와 함께 나온 것뿐이다. 하지만 문자를 보고난 후 얼른 휴대폰을 꺼내 셀카를 찍어서 메일로 보내 컴퓨터에 있는 포토샵 기능으로 사진 속 여자와 자기 얼굴을 비교해 보았다. 신기하게도 씨에빈의 말대로 비율이 어느 정도 들어맞았다. 아예 그 여자 사신에 자기처럼 앞머리를 붙여 넣어보니 누가 봐도 자기 얼굴과 똑 닮은 얼굴이었다. 관쥐얼은 배시시 웃음이 났다. 포토샵 작업을 마친 사진을 씨에빈에게 보내면서 비슷한 비율이 어디인지 알려주었다. 콧구멍만 비율이 달랐다. 메시지가 이미 발송된 걸 깨닫고 나서야 자신이 엄청난 일을 저질렀다는 사실을 알았다. 잘 알지도 못하는 남자에게 자기 사진을 보내다니.

판성메이는 사방팔방을 관찰했다. 이게 현재 그녀의 직업병이다. 그녀는 관쥐얼의 평소와 다른 모습을 직감하고 관쥐얼의 표정을 몰래 지켜봤다. 컴퓨터 화면을 뚫어져라 쳐다보면서 웃다가 고민하다가 또 멍하니 앉아 있는 걸보니 뭔가 낌새가 이상했다. 얼마 후 관쥐얼에게 또 메시지가 도착하자 판성메이는 무성한 속눈썹 아래로 메시지를 몰래 훔쳐봤다. 관쥐얼은 당황한 기색이 역력했다.

‘와, 그쪽 사진이네요. 오늘 제일 눈부신 태양을 본 것 같은데요.’

관쥐얼은 얼굴이 붉힌 채 웃는 것도 아니고 웃지 않는 것도 아닌 오묘한 표정을 짓더니 답장도 안하고 얼른 휴대폰을 가방에 넣었다. 판성메이는 어젯밤 일이 떠올랐다. 관쥐얼이 누군가와 콘서트를 가기로 했다고 나가더니 갑자기 도시락을 들고 다시 들어왔다. 원래 거짓말을 못하는 성격이라 말하는 것보다 그냥 포기해버리고 마는 게 더 많았다. 생각해보니 관쥐얼이 어제 데이트를 포기한 것 같다는 생각이 들었다. 확실하게 관쥐얼은 어제 데이트를 포기한 것이다. 판성메이는 어젯밤 관쥐얼이 다시 돌아와서 자기 대신 추잉잉을 돌봐준 것도 고마웠는데, 지금 이 모든 걸 알고 나니 말할 수 없는 감동이 밀려왔다.

22층의 여자들은 너나 할 것 없이 모두 휴대폰으로 바쁜 일을 처리했다. 앤디도 예외는 아니었다. 그녀는 평소 습관대로 수면시간 6시간을 모두 채우고서야 일어났다. 눈을 뜨니 어젯밤 일이 떠올라 바오이판을 마주할 생각을 하니 눈을 뜨고 싶지 않았다. 그녀는 자신이 없었다.

그때 침대 테이블에 올려둔 그녀의 휴대폰 진동이 울렸다. 탄쭝밍의 친구 옌뤄밍이었다. 그녀가 일어나 전화를 받으려고 하자, 갑자기 바오이판이 다가와서 두 팔로 감싸 안았다.

"나도 일어났어요, 누워서 전화 받으면 안 돼요?"

앤디도 누운 채로 전화를 받다가 옌뤄밍의 첫마디에 벌떡 일어났다.

"방금 요양원 원장님한테서 전화가 왔는데, 누가 와서 당신 남동생을 데리고 갔대요."

"뭐라고요? 30년 전 몰래 동생을 데려갔던 사람이랑 같은 사람이에요? 신고는 했대요?"

"그 사람들은 아닌듯해요. 남자 1명은…, 정신병 있는 사람의 가족이라고…. 그 사람이 자기가 친부라고 했대요. 오늘부터 자기가 데려가서 기르겠다고."

"뭐라고요? 또 이런 일을 벌이다니. 그 사람이 내 동생을 기를 능력이나 있긴 하대요?"

"문제는 그거죠. 그 사람이 원장님한테 당신이 매월 보내주는 돈을 자기한테 달라고 했대요. 그 정도면 시골에서 한 가족이 충분히 먹고 살고도 남잖아요. 어디서 소문을 듣고 왔는지 모르겠지만 직접 찾아와서 아들을 데려간 걸 보면 당신이 주는 보육비를 가로채려는 게 분명해요. 원장님이 봐도 당신 동생이랑 그 남자랑 너무 닮았더래요, 발작하는 것도 비슷하고. 어떻게 했으면 좋겠어요? 내가 보기엔 안전 문제도 있고 하니 최대한 직접적으로 연락하지 않는 게 좋을 것 같아요. 나한테 넘겨요, 내가 처리할게요. 시골 사람들은 고집이 있어서 여자라고 우습게 보고 아무 말도 들으려 하지 않을 거예요. 당신도 지금, 밖으로 돌아다니기 편한 상황은 아니잖아요."

옆에서 듣고 있던 바오이판은 자기도 모르게 볼에 바람을 넣고 아무 말도 하지 않고 참았다.

앤디는 몹시 혼란스러웠다. 그럼 동생의 병이 어머니로부터 유전된 게 아니란 말인가? 그녀는 이 사실을 좋아해야 할지 좋아하지 말아야 할지 어찌할 바를 몰랐다. 지금까지 알음알음 쌓아온 유전지식에 따르면 이 소식은 그녀에게 엄청난 호재가 아닐 수 없었다.

그녀는 감정을 억누르지 못해 나오는 대로 말했다. "잘됐네요." 그리곤 말실수를 한 것 같았는지 바로 말을 이었다.

"미안해요, 제 말은 그런 뜻이 아니라…. 이번 일을 부탁해요. 제 생각에는 두 사람이 친자관계가 맞는 것만 확인되면 동생이 친부나 가족에게 돌아가게 할 수 있어요. 동생이 진짜 가족을 찾은 이상 내가 더 이상 부양할 책임은 없는 거니까요. 그래도 되겠죠? 법적으로 아무 문제없잖아요. 수십 년 동안 가족이라고 찾아오는 사람 하나 없다가 이제 와서 단지 제가 내는 보육비 때문에 이런다면 나도 똑같이 갚아주겠어요. 더 이상 그 돈을 지불하지 않으면 그 사람도 한 푼도 못 가져갈 텐데 그때 어떻게 나오나 보자고요. 다시 동생을 버린다면 그때는 가만히 있지 않을 거예요. 며칠이라도 동생이 그 사람한테 가 있는 건 정말 안타깝지만 설마 굶겨 죽이진 않겠죠. 한번 해봐요. 힘들지만 기다리다 보면 답이 나오겠죠."

"당신 말대로 하려면 당신만 잘 견뎌내면 돼요. 당분간은 그 사람이든 동생이든 만나지 말고. 그 사람들한테 잡히면 이거 해 달라 저거 해 달라 할 게 뻔하잖아요. 어쩌면 하이시까지 찾아갈지도 몰라요. 그렇게 되면 일을 수습하기도 어려워질 거예요."

"한동안 갈 수가 없어요. 고마워요."

통화를 마친 후 바오이판을 바라봤다.

"당신 나한테 할 말 있는 것 같아 보이는데요."

"당신 동생을 데려오죠. 내가 살 만한 곳을 마련해줄게요. 전문가도 데려다가 돌봐줄 수 있도록 하고요. 멀리 떨어져 있으니까 이렇게 문제가 생기네요."

"나도 처음에 당신 말대로 해보려고 했는데 요양원장님도 너무 좋은 분이시고 동생도 많이 의지하고 있어서요. 요양원에 있는 걸 더 행복해하는 것 같기도 하고요. 그래서 매달 생활비로 1만 위안씩 부쳐주고 쓰고 남은 건 요양원에서 사용할 수 있도록 했어요. 일종의 기부라고 할까, 사실 원장님이 개인 용도로 사용하신다고 해도 상관없어요. 그분이 안계시면 제 동생도 없는 거니까요."

"이봐요, 아가씨. 당신 방법이 원리적으로 틀린 건 아니지만 1만 위안이 농촌에서 얼마나 큰 돈인 줄 알아요? 그 사람들 쉽게 포기하지 않을 거예요. 어쩌면 나중에 동생을 학대하거나 죽일지도 모르죠. 내 말 잘 들어요, 내가 여기서 할 줄 아는 것도 없는 청년 농민 출신 노동자인데 죽기 살기로 일해도 한 달에 1,500위안을 받는다고 쳐요.

42

고향에다 조금 보내주고 생활비하면 한 달에 얼마나 남을 것 같아요? 근데 당신이 한 번에 1만 위안을 준다고 하면 당연히 눈 돌아가죠."

"진짜요?"

"오랫동안 공장을 운영해오면서 몇 천 명이 넘는 사람들과 일을 해봤잖아요. 그중의 반은 외지에서 온 사람들이었어요. 이래도 내 말을 못 믿는 건 아니겠죠. 어떤 사람은 지원할 때 너무 못 먹어서 눈이 퍼래서 그저 입에 풀칠이나 하게 해달라고 사정해서 밥도 먹여주고 회사 유니폼도 주면, 1주일치 식권을 가불 받고는 말도 안 되는 변명을 둘러대면서 도망가 버리더라고요. 며칠 후 잡혀온 걸 보면 유니폼은 어디다 갖다 팔았는지 없어요. 식권도 마찬가지고요. 그런 사람들이 1만 위안을 보면 어떨 것 같아요? 이해하기 어렵겠지만 당신이랑 당신 친구가 만나본다는 그 사람들도 아무리 가난해도 1만 위안이면 한 달도 안돼서 써 버리고 말 거예요. 애초에 동생을 그곳에 남겨두면 안 됐어요. 그 정도면 원장이랑 동생도 같이 데리고 나올 수 있을 정도의 돈인데."

"정말이에요?"

"좀 더 길게 물어볼 수 없어요? 하하, 당신이 이렇게 바보처럼 보이는 건 처음인 것 같네요. 주소 좀 알려줘요, 내가 한번 가볼게요. 가는 김에 그 동생 친부라는 사람 상태도 보고 올게요."

"아니에요, 가지 마요. 옌뤼밍 씨가 처리한다고 했어요. 동생을 하이시로 데려오려고요. 당신까지 나설 필요 없어요. 당신 어머니라도 알게 되면 어쩌려고 그래요."

"그럼, 안 갈게요…. 직접 동생 친아버지의 증상을 보러 갈 건가요?"

"무서워요. 그래도 이 소식으로 내 발병률은 낮아졌네요."

바오이판은 잠시 생각에 잠겼다가 단호하게 의사표현을 했다.

"그래도 가보는 게 좋겠어요. 내 눈으로 직접 봐야 두 사람 속에 있는 정확한 수치를 비교할 수 있죠. 옌뤼밍한테 얘기나 해 놔요."

바오이판의 단호함에 앤디도 어쩔 줄을 몰랐다. 마음속에 묵직하고 둥실한 짙은 먹구름이 천천히 지나가는 느낌이었다.

"무슨 생각을 하는데 그렇게 진지해요? 난 신경도 안 쓰고 말이에요. 모닝키스도 아직 안 해줬잖아요?"

"너무 복잡해요. 동생이랑 양로원 사람들이랑 사이가 좋았었는데 아주 즐겁게 생활했거든요. 동생을 그곳에서 아예 데려오는 건 쉽지 않을 것 같아요. 혹시 다른 방법이 있을까요?"

"직접 현장에 가서 봐야 무슨 수라도 생각이 날 것 같아요. 그 사람도 대단한 사람은 아니잖아요. 다른 빽이 있을 리도 없고. 그나저나 모닝키스는?"

앤디는 자기도 모르게 눈물이 났다.

"겪어보지 않은 일들이라 어떻게 하면 좋을지 모르겠어요. 나한테 시간을 좀 줘요."

"그렇다면 앞으로 내가 이 집의 가장이라는 의미죠? 그럼 내가 하자는 대로 할 거예요?"

"그만 좀 놀리면 안 될까요? 내가 머리 좀 굴릴 수 있게."

"내가 도와줄게요. 서로 도우면 좋잖아요."

"뭐 하는 거예요? 나 임신했잖아요. 이러지 마요."

하지만 바오이판은 사랑하는 사이에 원칙을 따지지 않는다는 철칙이 있었기 때문에 심리적 장애 같은 건 살아가는데 사치품일 뿐이다. 사랑만 하기에도 정신없는 상황에서 누가 사치품 따위를 신경 쓰겠는가.

47

점심때가 다 되어 판성메이와 관쥐얼은 근처 식당에 가서 라멘을 한 그릇씩 먹었다. 판성메이는 국물을 많이 먹으면 배가 나올까 봐 항상 면만 먹고 거의 다 남겼다. 관쥐얼을 그런 판성메이를 한 번 보고 또 자기 앞에 놓인 먹음직스러운 라멘 한 그릇을 보고는 결국 참지 못하고 반이나 넘게 먹어버렸다.

판성메이는 천천히 걸으며 부러운 듯 말했다.

"너처럼 먹어도 안 찌면 얼마나 좋을까, 그럼 나처럼 조절 안 해도 되잖아. 서른이 되니까 찬물만 마셔도 살이 쪄. 예전에는 내가 너보다 더 잘 먹었었는데, 매일 한밤중에 학교 근처에 가서 야식도 먹고 말이야. 그러다 '아, 이러면 안 되겠다.' 싶은 때가 오더니 그때는 조절하기도 힘들어 지더라고."

"나도 이미 조절하기 시작했어. 운동도 하고 있고."

"네가 조절할 곳이 어디 있다고. 나는 아까 라멘 먹을 때 정말 국물까지 마시고 싶더라니까. 근데 차마 그렇게 못하겠더라, 한 끼도 마음대로 못 먹다니, 정말 슬픈 일이야."

"진짜? 맞아. 내 동기도 그러더라고. 점심을 많이 안 먹으면 오후에 너무 배가 고파져서 과자를 찾게 되는데, 야금야금 조금씩 먹다

보면 결국 한 봉지를 다 먹게 된다고."

"버터가 안 들어간 음식을 먹으려면 바게트를 먹어야지. 소금이랑 이스트만 사용해서 만든 걸로. 다른 빵은 안 돼. 어휴, 정말 먹어도 살 안찌는 사람이 제일 부러워. 그런 사람들 위장은 분명히 우리 같은 사람들이랑은 다를 거야. 앤디 봐, 먹는 거 보면 딱 십대처럼 먹잖아. 진짜 씁쓸해! 어떨 때는 얄밉기까지 하다니까. 우리는 이렇게 젊었을 때는 그나마 태어난 대로 살다가 서른이 되고나서부터 오로지 노력만으로 외모를 유지해야 한다니."

관쥐얼은 순간 멍했다.

"난 타고났다고 할 것도 없는데, 정말 비참해. 고등학교, 대학교 다 남자보다 여자가 훨씬 많은 문과계열 이었는데, 항상 미운 오리 새끼 같았어."

"지금은 아니잖아. 충분히 잘 가꾸고 있어. 다른 사람이 봤을 때는 우아하고 부드러워 보이잖아."

"고마워, 언니."

관쥐얼의 얼굴이 붉어졌다. 내심 기쁘긴 했지만 웃자니 살짝 민망했다.

"하지만 상대에게 느끼는 매력이 남자와 여자가 서로 다르다는 건 반드시 명심해야 해. 진심으로 널 좋아해주는 남자 앞에서는 단호하게 행동해야 해."

"언니…."

관쥐얼은 몹시 부끄러웠지만 이 점은 정말 중요한 사실인 것은 인정했다. 지금까지 많은 남자들이 실속을 챙기려고 그녀에게 접근하곤 했었다. 그들의 목적은 언제나 단순하고 순수한 '결혼'이었다. 하지만 그녀에겐 쉽게 결정할 수 있는 일은 아니었다. 판성메이의 말을 듣고 나니 그녀의 머릿속에 씨에빈의 얼굴이 왔다 갔다 했다.

취샤오샤오는 화장대에 앉아 화장을 하면서 자오치핑에게 재촉 메시지를 보냈다. 어느 때보다 거울에 집중해야 하는 시간이었지만 그녀는 중얼거리며 조금 후 만날 고객 정보와 자신이 소개할 상품에 대한 정보를 외우고 있었다. 이 세상에서 부모님 외에 어떤 관계든 신경 써서 관리해야 한다고 생각하고 이익이나 취미, 어떤 목적을 쓰든 일단 사이가 가까워지면 무슨 대화든 서로 통할 수 있다고 생각했다.

현관 문 소리가 들리자, 취샤오샤오가 신나서 외쳤다.

"지핑 오빠, 고양이들이 밥 달래요."

자오치핑은 어금니를 앙다물고 비꼬면서 말했다.

"설마 그 옷 입고 나가려는 건 아니지? 샤오샤오. 허리가 다 드러나잖아. 다른 것도 아니고 비즈니스를 하러 가는 거라고."

"응, 이거 입고 갈 거야. 원래 이런 자리 나갈 때는 죽어가는 할머니처럼 입는데, 오늘은 자기랑 같이 가니까 괜찮아. 임자 있는 여자는 이렇게 입어도 돼. 이 옷 언제 입나 했더니 오늘에서야 입는구나. 뭐라고 하지 마. 알았지?"

자오치핑은 취샤오샤오의 드러난 허리를 보고 낯빛이 어두워졌다.

"'화야오'라는 말이 있어. 나중에 시간 나면 천천히 말해줄게. 일단 고양이 밥부터 주고."

취샤오샤오는 펄쩍 뛰면서 짧은 캐시미어 스웨터 아래로 나온 허리를 만져보곤 자오치핑이 들어간 손님용 화장실 문을 바라보며 눈동자를 이리저리 굴리다가 결국 드레스룸으로 들어가 옷을 갈아입었다. 그녀는 자오치핑이 말한 '화야오'가 결코 좋은 의미가 아니라는 것쯤은 눈치 챌 수 있었다. 그리고 그가 자신의 허리를 보며 설명할 때의 눈빛이 마치 저속한 분위기를 풍기는 사람처럼 쳐다보는 것 같아 견딜 수 없었다. 그녀는 그의 그런 눈빛이 두려웠다.

잠시 후 자오치펑이 마스크와 장갑을 끼고 일회용 우비를 입고 나타났다. 취샤오샤오가 옷을 갈아입은 것을 보고 그녀의 원망 가득한 시선을 받긴 했지만 득의양양하여 으쓱하더니 청소하러 들어갔다.

자오치펑은 평소 캐주얼 복장을 즐겨 입는 편이지만 공식적인 자리에 나갈 때는 취샤오샤오 보다 준비하는 시간이 오래 걸렸다. 그는 세수와 면도를 마치고 넥타이를 맸다. 취샤오샤오가 그 곁에서 중얼거렸다.

"남자에게는 세 가지 보물이 있는데, 앞머리와 컬러렌즈, 키높이 깔창이야. 내가 앞머리 드라이해줄게, 이리 와 봐. 내가 진짜 멋있게 해줄게."

자오치펑이 고개를 끄덕이자 취샤오샤오는 뛸 듯이 기뻤다. 그가 셔츠에 넥타이를 매는 동안 그녀는 열심히 드라이를 했다. 역시 다재다능한 취샤오샤오답게 그에게 훌륭한 앞머리를 만들어 주었다. 그녀는 자오치펑을 끌고 거울 앞으로 갔다.

"봐봐, 여태껏 이렇게 멋있었던 적이 없었지?"

"당신처럼 이렇게 생긴 사람들이 고대에 살았으면 요괴인 줄 알고 스님이나 도사들이 아마 목검을 휘두르면서 쫓아다녔을 거야."

자오치펑은 거울을 보면서 휘파람을 불었다.

"당연하지, 그리고 당신도 만약 고대에 살았으면 당신에게 어떻게 해서든 웅황주를 먹이려고 했을 거야."

"같이 밖에 나가서 날 보는 사람이 많은지 자길 보는 사람이 많은지 세어 보자고."

자오치핑은 넥타이를 고쳐 매며 웃었다. 두 사람이 문을 나서자 때마침 복도에서 막 엘리베이터에서 내리는 판성메이와 관쥐얼을 마주쳤다. 두 사람의 시선이 모두 자오치핑에게 꽂히자 취샤오샤오는 낙담했다. 자오치핑은 엘리베이터에 타더니 취샤오샤오를 위로했다.

"기죽지 마, 당신도 예뻐. 하하하."

취샤오샤오는 엘리베이터에 아무도 타지 않자 얼굴을 찌푸렸다.

"그렇게 잘난 척하지 마. 사람들은 당신이랑 그저 그런 상상을 하는 것뿐이라고. 쳇, 서금강(Tsui Kam kong) 2세 같으니라고." (서금강은 중국의 변강쇠로 불리는 배우로 옥보단 등 에로영화에 많이 출현하였음. 옮긴이)

자오치핑은 빵 하고 웃음이 터졌다. 취샤오샤오에게 항복하고 말았다.

관례대로라면 환자는 이미 회복했다 할지라도 의사 앞에서는 지위가 높든 낮든 고개를 숙이고 친절하게 대하기 마련인지라 취샤오샤오는 이 기회를 놓치고 싶지 않았다. 그녀는 오늘 아침 머릿속에 외워둔 고객의 정보를 하나하나 늘어놓으며 고객과의 거리를 조금씩 좁혀갔고 결국 자오치핑에게 집중된 고객의 시선을 자기에게로 돌리기 성공했다. 반대로 자오치핑은 굳이 화제를 자신에게 돌리고 싶지 않았기에 마시는 둥 마는 둥 하면서 해치 술을 다 먹어버렸다. 취샤오샤오는 그녀의 목표대로 사업 이야기만 이어나갔다. 그는 아침에 본 의학 논문 속에서 떠돌고 있었다. 그는 맡겨진 임무를 완수한 한낱 도구에 지나지 않았다.

하지만 자오치핑을 만나러 온 손님은 결코 은인을 잊지 않았다. 취샤오샤오와 얘기 중에도 계속 찾아와 그와 얘기를 나누고 건배를 했다. 자오치핑은 환자가 자기를 이렇게나 신경 써주니 걱정할 게 없었다. 그럴 때면 취샤오샤오가 끼어들어 자신의 고객을 가로채 가곤 했다.

그녀는 사업을 할 때 누구 못지않은 용기가 생긴다. 눈앞에 돈이 될 만한 것이 있으면 물불을 가리지 않는다. 그래서 자오치펑과의 첫 만 남도 그렇게 미뤄졌던 게 아닌가. 시간이 너무 흘러 하마터면 그의 얼 굴도 까먹을 뻔했었다. 지금도 그녀는 여전히 용감무쌍한 능력자이긴 하지만 남자 친구의 기분까지 살피기에는 아직 내공이 부족했다.

자오치펑은 몇 차례 말이 끊기자 어쩔 수 없이 취샤오샤오가 비즈 니스 하는 모습을 지켜볼 수밖에 없었다. 취샤오샤오가 비즈니스 하 는 모습을 보는 건 처음이었다. 직접 보기 전에는 점잖지 않은 아가 씨가 과연 어떻게 할지 상상이 가지 않았다. 설마 고객을 꾀지는 않 는지 그에겐 정말 큰 의문이었다. 하지만 오늘 그녀가 보여준 모습은 너무나도 낯설고 어색했다. 그는 심각하지 않은 정도의 속임수를 부 리는 그녀의 모습이 좋았지, 뻔뻔하게 사업을 얘기하는 모습은 그다 지 마음에 들지 않았다. 지금 그녀를 보니 마음에도 없는 말로 고객 을 치켜세우며 다른 한편으로 자신을 하나의 수단으로 삼아 고객의 마음을 이용하여 사업을 하게끔 유도하고 있었다. 그는 조금씩 마음 이 답답해짐을 느꼈다.

자오치펑은 환자를 대할 때 권위적인 태도로 서서 이야기를 나누 는 게 좋다고 생각했다. 하지만 지금 취샤오샤오는 환자에 대한 책임 감을 핑계로 그를 아무것도 아닌 사람으로 만들어 놓아 마치 자신이 소인배처럼 느껴지기까지 했다. 누구는 웃음을 팔고 몸을 판다면 그 는 의료기술을 파는 거나 마찬가지였다. 아니, 의사의 양심을 저버린 것이다. 취샤오샤오가 자신의 고객에게 그의 치료와 관련하여 얘기 를 다시 꺼내자 자오치펑은 부끄러워 어쩔 줄을 몰랐다. 사업을 하면서 만나는 비즈니스맨은 다양한 비속어로 대부분 묘사가 가능하다는 사실을 알게 되었다. 평소에 마주치던 비즈니스맨과는 완전히 다른 모습이었다.

자오치펑은 결국 중간에 나와서 친구에게 전화를 걸어 20분 후에 응급환자가 있다는 거짓 메시지를 보내달라고 했다. 자리로 돌아와서 20분 정도가 흐르자, 기다리던 메시지가 도착했다. 그는 충분히 납득이 가는 이유로 그 자리를 벗어날 수 있었다. 밖으로 나오니 이른 봄에 보기 힘든 화창하고 맑은 봄 날씨였다. 그는 시원하게 심호흡을 한 번 하더니 몸을 홱 돌려 방금까지 있던 호텔을 한번 쳐다보고는 재빨리 그 곳을 벗어났다. 하지만 평소에 그렇게 영리하고 눈치빠른 취샤오샤오는 자오치펑의 마음을 눈치 채지 못했다. 그녀는 지금 한창 사업에 집중하느라 자오치펑을 돌볼 여유가 전혀 없었다.

자오치펑은 다른 곳으로 새지 않고 기운이 다 빠진 채 2203호로 돌아와 고양이들이 더럽힌 손님용 화장실을 청소하고 아침에 보다만 논문을 다시 꺼냈다. 반면 취샤오샤오는 손님을 배웅하고 어차피 자오치펑도 병원에 가고 없으니 혼자만의 시간을 만끽할 수 있다는 생각으로 가득 찼다. 그녀는 친구를 만나 커피를 마시고 쇼핑을 하며 아무 거리낌 없이 혼자만의 시간을 즐겼다. 해가 질 때쯤 한창 바쁜 시간을 보내고 있을 자오치펑에게 메시지를 보내 지금 자기가 어디서 저녁을 먹고 있는지 알려줬다. 의외로 자오치펑은 그녀에게 사진을 보내 자신이 집에 있다는 사실을 알렸다. 그러자 바로 휴대폰이 울렸다.

"사실 나 응급환자 같은 건 없었어. 그냥 그 자리가 불편해서 핑계 댄 거야. 난 책 좀 보고 있을 테니까 놀다 들어와."

"내 고객한테 거짓말을 하다니. 언제부터 이렇게 능구렁이가 된 거야? 같이 가기로 해 놓고 중간에 사라지고 말이야….”

“당신 고객이라는 사람이 식사 마치고 전화 했더라. 아마 당신이랑 일을 하게 될 거야. 그러니까 그렇게 조바심 낼 필요 없어. 내가 핑계대고 나간 거 이미 알고 있더라고, 그것도 이미 사과했으니 걱정 말고. 그분도 충분히 이해했으니까.”

“말로는 당연히 이해한다고 하겠지. 당신이 그렇게 핑계대고 나가면 그 사람이 체면이 안서지. 원래 그런 사람들이 더 체면 같은 거 따지잖아. 휴, 됐다 됐어. 앞으로 어떻게 해야 되나.”

“그럴 것 없어. 그래도 내가 당신 고객에게 수차례 사과했어. 그 사람도 충분히 이해하고 용서했으니까 나한테 신경 써서 전화까지 하지 않았겠어. 나도 죄책감 느끼고 있으니까 그만해.”

“그 사람이 신사니까 그렇지, 알았어. 오늘 밤에 떠난다고 하니까 아빠한테 차 빌려서 공항까지 배웅이나 해드려야겠다.”

“그렇게까지 큰 공을 들여야 하나? 그 사람이 받아들일지는 모르지만 너무 지나친 것 같아. 내가 그를 치료할 때도 진심으로 최선만 다해도 만족해했다고. 그 후부터 이것저것 자주 물어보기도 하고….”

“그거랑은 다르지. 자기랑 그 사람은 의사와 환자 관계지만, 나는 비즈니스 파트너 관계잖아. 소위 이런 사장님들은 아랫사람들이 신처럼 대접해줘야 한다고. 그래야 충분히 예의 바르고 공손하다고 생각한단 말이지. 자기랑 논쟁해 봤자 당신은 우리 같은 사람을 이해 못할 거야. 아, 자기는 병원 직원들이 원장한테 대하는 태도만 봐도 바로 이해될 걸. 그치? 오늘 저녁은 같이 못 먹겠다. 공항까지 배웅해주고 올게.”

자오치펑은 더 이상 말리지 않았다. 단지 병원의 조직 내에 속하지 못한 사람들이 원장을 대하는 것처럼 취샤오샤오도 자신의 전 환자에게 다시 가서 원래 의도와는 다르게 알랑거릴 걸 생각하니 마음이 썩 좋지만은 않았다. 그는 어려서부터 이런 태도를 보이는 사람에게 반감이 있었다.

그는 책을 던져놓고 고양이들의 상처 부위가 얼마나 아물었는지 자세히 살펴보고 바로바로 처치를 해주었다. 이 고양이들은 사람과는 달라서 권위 같은 건 알아보지도 못한다. 그의 손을 벗어나려 이리저리 발버둥 쳤다. 딱히 옆에서 고양이를 잡고 있어 줄 사람이 없어서 그가 입고 있던 스웨터는 여기저기 실오라기가 터져나갔고 손등에도 고양이들이 할퀸 흔적이 여기저기 남았다. 자오치펑은 어찌해야 좋을지 도무지 알 수 없었다. 항상 제멋대로인 취샤오샤오를 생각하니 앞으로는 무슨 일이 있어도 취샤오샤오와 함께 비즈니스 자리에 나가는 일은 피해야겠다고 생각했다. 그리고 다시는 수의사가 되지 않기로도 말이다. 그는 더 이상 이 고양이들을 당해낼 수가 없었다.

통화를 마친 취샤오샤오는 화가 부글부글 끓어서 소리도 제대로 나오지 않았다. 그녀의 친구들이 무슨 일인지 궁금해 했다.

"왜 그래? 무슨 일이야? 또 누가 너 화나게 했어? 네 남친도 참 대단하다. 다음에 데리고 나와 우리가 정신교육 좀 시켜줄게. 여친한테 바짝 엎드려야지!"

"흑흑, 난 그 사람 뒤치다꺼리 하러 가야겠다."

"피하지 말고, 대답 해. 네가 그렇게 좋아하는데, 우리가 괴롭혀 봐야 얼마나 하겠어. 다시 말한다. 한 번 데리고 나와서 우리 좀 보여 달라고,"

"야야야, 나 시간 없으니까 나중에 다시 얘기하자, 사랑한다. 얘들아."

취샤오샤오는 친구들과 진한 포옹을 하고 헤어졌다. 그녀는 이를 악물고 원칙을 고수했다. 차에 올라탄 그녀는 혼자 속으로 중얼거렸다.

혼이 쏙 빠지도록 정신없는 오후를 보낸 판성메이는 몹시 지쳤다. 입사 첫 날 프런트에 서 있었던 것보다 훨씬 고된 하루였다. 다행히 그녀의 유연하고 매끄러운 일 처리로 주최 측과 호텔 간의 문제가 발생했을 때, 그녀 덕에 주최 측 직원이 흥분을 가라앉히곤 했다. 당연히 판성메이가 그들보다 실무를 더 많이 해서 그럴 수 있었다.

한창 바쁠 때 천자캉이 호텔 체크인을 하면서 프런트에 판성메이가 있는지 물었다. 프런트에서 즉시 판성메이에게 전화를 걸어 사실을 알리자 그녀는 재빨리 화장을 고치고 빛의 속도로 천자캉을 맞이하러 나왔다.

천자캉은 그녀를 보자마자 인사를 건넸다.

"성메이 양, 오랜만이네요. 춘절이 끝나고 계속 바빴어요. 간신히 조금 시간이 나서 미리 하이시로 돌아와서 아침에 예약을 해두었지요. 근데 내일 중요한 행사가 있다며 하루 밖에 예약을 안 해주더군요. 당신을 보러 특별히 하루 일찍 온 건데, 객실 하나만 내주시면 안 될까요? 제 체면을 좀 봐서요."

"중요한 행사가 있긴 한데, 잠시만 기다려주세요. 조절 가능한 객실이 있는지 한번 알아볼게요."

판성메이는 내일 있을 행사로 객실에 여유가 없다는 사실을 이미 알고 있었다. 이틀 전에 예약을 하지 않으면 어떤 투숙객에게도 객실을 내주지 않는 것이 내규였다. 하지만 고객을 앞에 두고 아무것도 하지 않을 수 없었기에 그녀는 프런트로 들어가 열심히 찾아보는 척하더니 동료와 잠깐 상의를 하는 것처럼 보이기도 했다. 그러다 잔뜩 미안해하는 얼굴로 천자캉에게 말했다.

"죄송합니다. 다른 방법은 없는 것 같네요. 하룻밤 자고 호텔을 다시 옮기는 게 싫으시다면 지금 다른 호텔을 연결해드리도록 할게요."

"그건 제가 알아서 하도록 하죠. 그럼 내일모레 회의실 예약 가능한가요? 식당은요?"

"회의실도 없어요. 행사가 내일부터 3일 간 진행돼서 말이죠. 식당은 괜찮긴 하지만 조금 시끄럽긴 할 거예요."

"그럼 3일 동안 당신을 볼 기회가 없는 건가요?"

판성메이가 당황한 듯 얼굴이 붉어지자 천자캉이 웃었다. 그리고 가방에서 예쁘게 포장된 선물 상자 하나를 꺼내어 판성메이에게 건넸다.

"제가 원래 미루는 버릇이 있어요. 정말 심각하죠. 그런데 지금은 말해도 그렇게 늦은 편은 아닌 것 같네요. 판성메이, 새해 복 많이 받아요. 정말 작은 선물이니까 거절 말고 받아줘요."

판성메이는 재차 거절하다 선물을 받자 천자캉도 바로 짐을 챙겨 자리를 떠났다. 판성메이도 입구까지 그를 배웅하고 다시 한창 진행 중인 업무로 복귀했다.

녹초가 다 돼서 퇴근했지만 왕바이촨은 바로 판성메이를 데리러 갔다. 탈의실에서 왕바이촨을 기다리던 판성메이는 아까 받았던 선물을 열어보았다. 상자가 가벼워서 초콜릿 같은 게 들어 있을 줄 알았다. 상자를 열어보니 동인당에서 파는 제비집 선물 세트(중국 여자들이 가장 좋아한다는 건강 식품. 옮긴이)가 들어 있었다. 백화점에서 파는 옷이라면 그녀의 손바닥 안이었겠지만 생각지도 못한 제비집이라니, 이건 그녀의 데이터에는 전혀 없는 선물이었다.

그 때 왕바이촨에게 전화가 와 곧 도착하니 길가로 조금 나와 있으라고 했다. 판성메이는 오늘 들고 온 가방이 작은 걸 확인하고 잠시 고민을 하더니 제비집을 탈의실 락커에 넣어두었다. 괜히 가지고 나갔다가 왕바이촨이 제비집을 보고 그 출처에 대한 의심하는 것을 피하고자 함이었다.

길가에서 기다리는 것은 어디까지나 판성메이의 의견이었다. 왕바이촨이 자기 때문에 호텔 주차장에 들어오면 주차비를 내야 하기 때문에 몇 푼이라도 아끼게 하는 게 맞는다는 생각에서였다. 도착하기 10분 전에 전화가 오면 근처 도로 근처로 나가 그의 차를 기다리면 되는 거였다. 왕바이촨이 먼저 도착해 그녀가 타길 기다리고 있었다. 하루 종일 보지 못해 안달이 난 왕바이촨은 판성메이를 이리저리 바라보다 자기 쪽으로 당겨 키스를 하려고 했다. 그 순간 코를 찌르는 듯한 술 냄새에 판성메이가 고개를 돌리고 말았다.

"아, 냄새! 어젯밤에 바이주를 마신 거야? 취하도록 마셨나본데?"

왕봐이촨은 손바닥에 대고 숨을 내뱉은 뒤 냄새를 맡아보았다.

"냄새 안 나는데, 난 모르겠어. 어제 손님이 술을 직접 들고 왔는데, 진짜 샤오다오즈(燒刀子, 소도자, 도수가 높고 목이 타는 듯한 강한 맛이 나서 붙여진 이름으로 요동성이나 길림성에서 많이 마시는 독주의 일종. 옮긴이) 더라고 술을 마시는데 목에서 위까지 타들어가는 느낌이었어. 어쩔 수 없지, 손님도 마시다 완전 뻗어버렸는데. 우리…"

"나 피곤해 죽겠어. 어디 가고 싶지도 않고. 그냥 집에 데려다 줘. 그냥 물이나 한 잔 마시고 자야겠어."

"어, 저기…."

"왜 그래? 뭐 잘못한 거 있어? 설마 또 손님과의 식사 자리에 날 데리고 갈 생각은 아니지? 다른 날이었으면 괜찮겠지만 오늘은 정말 날이 아니야, 내 상태 좀 봐."

56

"아니야, 오늘 면접 보러 두 사람이 오기로 되어 있었거든. 당신이 같이 만나보면 좋을 것 같아서. 1시간 후에 회사에서 만나기로 했어. 오늘 주말이라 일을 찾는 사람들한테는 좀 편한 시간이기도 하고. 나처럼 어리바리한 사람이 그 사람들이랑 무슨 얘기를 할 수 있겠어. 네가 같이 있어주면 좋겠어."

"알았어,"

"나 칭찬 안 해줄 거야? 사업 규모가 이만큼 커져서 인원도 확충하는데 말이야."

"어물쩍 넘어갈 생각하지 마. 너랑 취샤오샤오가 같이 하는 수출 사업, 딱 그 정도잖아."

"하하, 난 언제쯤 널 이겨볼 수 있을까. 그러니까 같이 일할 사람도 당신이 보고나서 뽑는 게 훨씬 안심이 된다는 뜻이지."

판성메이는 점점 다가오는 왕바이촨의 얼굴을 밀어내며 콧방귀를 뀌었다.

판성메이는 왕바이촨에게 낚였다. 그녀가 피곤해서 그의 말을 잘 못 들었다는 사실을 뒤늦게 깨달았다. 면접을 기다리는 사람이 차례차례 들어올 때마다 곧 다가올 재앙의 기운을 억눌렀다. 하지만 이건 그의 개인적인 일이 아니라 어디까지나 그의 회사 일이기 때문에 지금 와서 손을 뗄 수도 없고 무책임하게 아무나 뽑을 수도 없었다. 결코 왕바이촨의 회사 일을 그르칠 수 없었기에 그녀는 젖 먹던 힘까지 내서 버텨냈다.

더 이상 면접자가 없다는 얘기를 듣고 나서야 판성메이는 기진맥진하여 의자에 털썩 기대어 누웠다. 왕바이촨은 의자가 넘어갈까 봐 후다닥 달려와 그녀를 부축했다.

"우리 집으로 가자, 내가 세수도 해주고 양치질도 시켜줄게. 내일 아침 일찍 일어나서 옷만 갈아입고 출근하면 되잖아."

판성메이는 맥이 다 빠진 채 한숨을 내쉬었다.

"네 방에서 술 냄새가 진동하고 있을게 뻔한데, 안 갈래. 그냥 집에
데려다줘."

"집에 가자마자 환기 시키고 침대 시트도 다 갈아 놓을게. 그동안
욕조에 몸 좀 담그고 있어. 이렇게 피곤한데 혼자 집에 가서 물이나
마시게 둘 수 없어서 그래. 그럴 힘도 없잖아."

그 말을 듣고만 있어도 마음이 편안해지긴 했지만 서른 살이 되는
여자들에게는 철칙이 있다. 바로 자기 전에 반드시 클렌징 오일이나
크림으로 그날의 화장을 깨끗하게 지워주는 것이다. 그렇지 않으면
다음 날 아침 판다 같은 자신의 얼굴을 보게 될 수도 있기 때문이다.
그녀의 모든 클렌징 용품이 2202호에 있었기에 오늘 밤 왕바이촨이
말한 서비스를 받을 복 같은 건 애초에 없었다.

오늘 하루 푹 쉰 왕바이촨은 여전히 힘이 남아돌아 이런저런 얘기
를 하느라 몹시 바빠 보였다. 하지만 판성메이는 눈을 감은 채 듣는
둥 마는 둥 했다. 갑자기 친구들과 수시로 얘기했던 '사업가에게 시
집가지 마라.'는 일종의 법칙 같은 게 갑자기 떠올랐다. 규모가 그리
크지 않은 사업가와 결혼하면 아내는 자기의 일도 해야 할 뿐 아니
라 가족도 돌봐야 하고 남은 시간에는 남편 회사에 나가 일도 도와
야 한다고 했다. 그리고 그렇게 죽도록 고생해서 성공이란 걸 이루고
나면 아내는 볼품없는 '마누라'가 되어버린다. 세상에 돈 많은 남자
를 노리는 여자들이 얼마나 많은데, 어리고 예쁜 여자들의 유혹하는
눈빛을 이겨낼 남자는 세상 어디에도 없다. 결국 한평생 고생만 한
'마누라'에게 돌아오는 건 자글자글한 주름 뿐이다. 어쩌면 지금 판
성메이가 '마누라'의 길로 들어서고 있는 것은 아닐까, 그녀는 순간

깊은 한숨을 내쉬었다. 정말 이게 그녀의 운명인 것인가.

다행히 왕바이촨은 자상한 사람이었다. 환락송에 도착하자 그는 판성메이를 업어주려고 했다. 사실 그는 몇 년 동안 힘든 일을 하지 않았고 판성메이도 작은 편이 아니라 45킬로그램 정도는 나갔다. 그가 판성메이를 업고 일어나는 순간 살짝 휘청거리긴 했지만 땅에 떨어트리지 않고 힘겹게 무거운 한 발을 내디뎠다.

판성메이는 그에게서 술 냄새가 나긴 했지만 그의 등에 업혀 있는 순간만큼은 자신의 모든 짐을 그에게 내려놓을 수 있었다. 그녀는 눈을 감고 왕바이촨의 발걸음에 맞춰 들썩 들썩 거렸다.

"왕바이촨, 앞으로 한 달에 한 번씩 이렇게 업어줘."

"응, 1주일에 한 번도 좋아. 내일부터 운동을 시작해야겠어."

"참나, 그런 거래가 어디 있어. 인심 썼다! 한 달에 한 번이면 충분해."

"매일도 업어줄 수 있어. 검은 머리가 파뿌리 될 때까지 업어줄게. 성메이, 너는 머리가 하얗게 되도 제일 예쁜 할머니가 될 거야."

"제일 예쁜 것도 필요 없어, 그냥 그때도 네가 나밖에 몰랐으면 좋겠어."

"다른 건 몰라도 이것만은 약속할게. 나 왕바이촨은 15살부터 판성메이를… 읍!"

판성메이가 왕바이촨의 입을 막았다.

"다른 말을 할 필요 없어, 다 알아 들었어. 왕바이촨, 집에 가서 다시 샤워해야겠어. 술 냄새가 아직도 나. 내가 사준 바디워시 있지? 그걸로 씻어"

"알았어. 집에 가서 우선 오늘 면접 본 거 정리 좀 해서 지원자들한테 최종 결과를 알려줘야지. 내일부터는 시간이 없을 거야. 말이 나왔으니 말인데, 요즘 정말 바쁜데 그래도 기분은 좋더라."

판성메이의 기분을 좋게 하기 위해서 왕바이촨이 일부러 더 적극적이고 격양되어 말하긴 했지만 돌아가서 처리할 일이 있긴 있었다.

"그래야지. 열심히 해. 나도 무엇보다 기쁘니까."

왕바이촨이 키스를 하려고 다가오는 순간 판성메이가 그를 밀쳤다. 무슨 일이 있어도 결코 용납할 수 없는 일, 판성메이 그녀만의 원칙이었다.

취샤오샤오는 손님을 직접 운전해서 공항까지 데려다 주고 비싸기만 하고 맛도 없는 공항 식당에서 저녁까지 같이 먹었다. 연착된 비행기의 티켓팅이 시작되고 나서야 집으로 돌아갈 수 있었다. 그녀는 부모님에게 빌린 차를 가져다 놓고 택시를 타고 돌아왔다. 피곤에 찌들어 환락송에 들어가는 길에 말똥구리가 쇠똥을 지고 가는 것 같은 장면을 목격했다. 그녀는 주머니에 손을 찔러 넣고 오글거림을 꾹 참으며 두 사람을 따라갔다. 두 사람의 비밀스러운 대화를 듣고 있자니 너무 시답잖아서 얼굴이 저절로 찌푸려졌다. 왕바이촨도 그렇지 대체 가장 아름다운 할머니가 뭐란 말인가. 할머니와 아름답다가 서로 어울리기나 하나? 털 빠진 봉황보다 먹을 수나 있는 암탉이 낫지. 아파트 앞에 도착했을 때 키스를 하고 싶어 하는 왕바이촨과 그걸 거절하는 판성메이를 보니 그녀의 참을성도 한계에 다다랐다.

"거기 둘, 설사도 오래가면 변비가 된다고. 알아들어? 답답하게 하지 말고 어서 해. 빨리 하라고."

취샤오샤오가 끼어들자 두 사람은 서로 떨어졌다.

"안 올라가고 뭐 해? 내가 사람 불러서 돼지우리에라도 가둘까 봐?"

왕바이촨이 입을 열었다.

"회사에 두 사람 정도 뽑을 거야. 며칠 안에 출근할 테니 앞으로 그렇게 재촉하진 말라고."

취샤오샤오가 한바탕 웃더니 고운 자태를 뽐내며 기지개를 켰다.

"듣던 중 반가운 소리네. 나 먼저 올라갈 테니, 천천히 놀다 오라고. 너무 질질 끌지는 말고."

판성메이는 못 들은 척하고 넘겼다. 말주변이라면 판성메이도 어디 가서 지지 않을 솜씨였지만 질 떨어지게 굴고 싶지 않았다. 특히 왕바이촨 앞에서는 더더욱 그랬다.

"나도 올라갈게, 왕바이촨, 너도 어서 가 봐. 할 일도 많다며. 샤오샤오, 왕바이촨한테 할 말 없어?"

"있어. 있지만 지금은 안 할 거야. 왕 대표님, 내일 찾아뵙도록 하죠. 둘이 문 꼭 닫고 아주 친밀하게 얘기 하도록 하죠."

"그럼 나도 잘생긴 자오치펑이랑 얘기 좀 해봐야겠다."

판성메이는 마지막 남은 기력으로 맞섰다. 그리고 왕바이촨에게 어서 가라고 눈짓을 보내고 취샤오샤오를 아파트 안으로 데리고 들어갔다.

"그 사람은 그러고도 남을 거야. 날 못 떠나서 안달이거든. 내가 그 사람한테 목메고 있다는 건 아무도 모를 거야. 매일 응급 환자가 있다는 핑계로 나가는데, 누가 보면 병원에서 제일 잘나가는 의사인 줄 알 거야."

취샤오샤오는 왕바이촨에게 손을 흔들어 인사를 하고 엘리베이터에 올라탔다. 취샤오샤오가 어떻게 얘기를 해도 믿을 사람은 아무도 없었다. 때로 자신의 안 좋은 일을 얘기한다는 것은 그 안에 분명한 뭔가가 있다는 것이다.

엘리베이터 문이 닫히려는 순간 누군가 소리를 지르며 달려왔다. 추잉잉이었다. 세 사람은 서로 마주보더니 깜짝 놀랐다. 판성메이는 머리가 쭈뼛 서는 것 같았다. 오늘 내내 대화 할 사람이 없었을 텐데 혹시라도 잉친을 찾아간 건 아닌지 걱정이 되긴 했지만 오늘은 정말 다른 사람까지 신경 쓸 여력이 없었기에 그냥 인사만 간단하게 건넸다.

"잉잉, 늦었네?"

취샤오샤오는 추잉잉을 곁눈질하더니 판성메이의 인사에 몇 마디 덧붙였다.

"그러게, 남자 친구도 없는데 뭐하다가 이렇게 늦게 들어오는 거야?"

말을 다 내뱉고 나서야 어제 일이 떠올라 입을 가려보았지만 이미 늦은 타이밍이었다. 그러자 취샤오샤오는 얼굴 색 하나 안 변하고 아무렇지 않은 척 말을 이었다.

"하긴, 뭐 남자 친구를 집 안에 가둬두고 늦게 들어오는 사람도 있는데 뭘. 나 말이야 나. 하, 왜 사람은 일을 해야 하는 걸까? 매일 먹고 놀다가 죽으면 얼마나 좋아."

추잉잉이 반응하기도 전에 취샤오샤오는 성공적으로 화제를 돌렸다. 추잉잉은 판성메이에게 인사를 했다.

"언니가 나였다면 일하러 나갈 데가 있다는 게 얼마나 감사한지 깨달았을 거야. 심란할 땐 갈 데가 있어야 해."

"오늘 가게에 다녀 온 거야?"

판성메이가 조심스럽게 물었다. 속으로 아미타불을 외우며 추잉 잉의 대답이 미행을 했다는 등 그런 이야기 말고 아름다운 이야기가 나오길 빌었다.

"아니, 커피 팔러 갔었어. 그런데… 에휴. 내가 운이 없긴 없나봐. 오늘은 카페 사장들이 다들 날 엄청 귀찮아하더라고."

세 사람이 몇 마디 나누는 동안 엘리베이터가 22층에 도착했다.

취샤오샤오는 내리면서 혼잣말처럼 중얼거렸다.

"복도에 전신 거울 하나 가져다 놔야겠네, 오며가며 한 번씩 보면서 재수 없는 얼굴인지 아닌지 보라고."

"지금 나더러 재수 없다고 하는 거야?"

이번에는 추잉잉의 반응이 빨랐다.

판성메이는 생각은 굴뚝같았지만 몸이 따라주지 않아 두 사람 사이에서 완충벽 역할만 하고 있었다. 그러다 아예 두 사람이 시끄럽게 굴든 말든 포기하고 2202호로 들어갔다.

"네 얼굴 좀 봐. 나가서 사업 한다는 사람이 이런 얼굴로 다니면 누가 관심이나 가지겠어. 하지만 이해는 된다."

이해한다는 취샤오샤오 말에 추잉잉이 억울한 듯 하소연을 했다.

"맞아, 나 지금 너무 힘들어, 힘들어서 죽을 것 같아. 나도 웃고 싶지. 근데 그게 잘 안 되는 걸 어떡해. 오늘 얼마나 걸었는지 몰라. 다 헛걸음이었지만. 다리가 끊어질 것 같다고. 그런데 이런 얼굴 말고 어떤 얼굴이 나오겠어?"

"예전에는 네가 정말 이해가 안 갔어. 돈도 없고 그렇다고 매력이 있는 것도 아니고, 여기저기 성질말 부리고 다니고 말이야. 근데 우리 회사에 새로운 직원이 왔는데, 가난한 집안에서 태어나서 자랐더라고. 근데 어디서 그런 베짱이 생기는지 나한테서 밥그릇을 뺏길까 두려워하지 않더라고. 그 직원이 무슨 일을 할 때마다 표정을 유심히 지켜봤지. 그제야 널 이해하겠더라고."

"내가 언제 너한테 성질을 부렸다고 그래. 네가 우리 괴롭힌 건 생각도 안 하나 보지?"

"그래, 맞아. 넌 나한테 성질부린 적 없어. 그저 성격이 있다는 정도지."

취샤오샤오는 다시 말하기도 귀찮아서 그쯤에서 추잉잉에게 조언하는 걸 멈추고 2203호로 들어갔다.

2202호에 있던 관쥐얼은 후다닥 이불 속으로 들어가서 스탠드를 끄고 잠자리에 들었다. 그녀의 캄캄한 침실에서 빛이 새어 나왔다. 반면에 열심히 화장을 지워야 하는 판성메이에게 자는 척은 이미 물 건너간 얘기였다. 추잉잉이 투덜거리며 들어오자 그녀는 연거푸 하품을 해댔다. 지금 몹시 피곤하다는 무언의 표현이었다. 추잉잉은 판성메이에게 할 말이 많았지만 피곤해서 눈도 제대로 못 뜨는 그녀의 모습을 보니 포기할 수밖에 없었다.

"언니, 언니 먼저 씻어. 언니 다 씻고 나면 내가 쓸게. 그렇게 피곤해서 어떡해."

"고마워."

판성메이는 한숨을 내쉬었다. 이러다간 머지않아 정말 할머니가 될 것 같았다.

추잉잉은 방으로 들어가기 전, 제일 안쪽에 있는 관쥐얼 방을 한번 쳐다보았다. 문틈으로 가느다란 빛만 새어나올 뿐 인기척은 느낄 수 없었다. 크게 실망한 추잉잉은 가방을 내던지고 얼굴을 묻고 책상에 엎드렸다. 아무것도 생각하고 싶지 않았다. 일을 할 때는 어쨌든 사람을 대해야 했기 때문에 잉친 생각이 안 났는데, 지금은 다리도 아프고 아무런 기력이 없어서 머릿속으로 아무 생각도 못하겠는데도 잉친이 떠올랐다. 눈을 감으면 온통 잉친 생각으로 가득찼다. 판성메이는 세수를 하러 가는 길에 추잉잉이 책상에 엎드려 있는 모습을 보고 잠시 놀라긴 했지만 마음을 단단히 먹은 김에 눈물이 나도 참고 그냥 지나쳤다. 그리고 깨끗하게 세안을 마쳤다.

고향을 떠나 힘들게 일을 하면서 친구들과 기쁨은 함께 나눌 수 있지만 슬픔은 함께 나눌 수 없다는 사실을 깨달아야만 했다. 친구가 도와줄 마음이 있어도 자기 코가 석자인데 언제 남을 돌볼 수 있겠는가? 언젠가 추잉잉도 자신을 이해할 날이 올 것이다. 판성메이는 오늘이 바로 자기 코가 석자인 날이었다.

취샤오샤오는 2203호 문 앞에 섰다. 자오치펑이 무슨 할 말이 있기에 자기를 기다리고 있는 건지 알 수 없었다. 오늘 그녀도 이미 지칠 대로 지쳐 있었다.

취샤오샤오가 아무렇지 않은 척 당당하게 문을 열고 들어갔다. 서재에 불이 켜 있는걸 보고 더듬더듬 다가갔다. 검은 그림자가 서재를 향해 다가오는 것을 느끼자 자오치펑은 검은 그림자를 따라 문 앞에 나타났다.

"헤이, 왜 이렇게 늦었어? 비행기가 또 연착한 거야?"

"올해에는 비행기가 제때 뜨는 게 이상할 정도라니까. 자기야, 나 좀 안아줘. 피곤해 죽겠어."

자오치펑은 취샤오샤오를 안고 서재로 들어갔다. 그리고 목소리가 허스키해진 취샤오샤오게 물 한 컵을 건네고 소파에 나란히 앉았다. 갑자기 취샤오샤오가 선제공격을 시도했다.

"난 아무 말도 안 들을 거야. 정말 피곤해. 나 죽은 동태 눈 같지 않아?"

취샤오샤오는 눈을 흘길 듯 포즈를 취하더니 빈 잔을 내려놓다가 자오치펑의 품 안으로 넘어졌다. 자기 품으로 들어오는 취샤오샤오를 보니 양심의 가책을 느꼈다. 원래 하려고 했던 잔소리를 그냥 꿀꺽 삼켜버렸다.

"미안, 내가 식사 자리에서 나오지만 않았어도 오늘 이렇게 바쁘게 뛰어다니지 않았어도 됐는데. 정말 미안해. 다음부터는… 아니, 다음번에는 되도록이면 그런 식사자리에 날 빼줘. 나도 자기한테 부담주지 않을 테니까. 알았지?"

"내가 그런 자리에 자기를 데려가는 게 부담스러워?"

"부담이라기보단 좀 걱정되긴 해. 내가 걱정하는 건 가치관이 충돌하는 거야. 우리 관계에도 영향을 미치거든. 자기는 활발하고 행동이 빨라, 난 자기를 바꾸려는 내 마음을 누르고 있거든. 그러니까 당신도 나에게 강요하지 말아줘. 비비 꼬지도 말고 우리 진지하고 점잖게 지내자."

"나야말로 점잖은 사람이지. 아침에 누가 허리가 드러나는 옷을 못 입게 했더라? 그게 날 바꾸려는 거 아니야? 해놓고 안했다고 하는 사람이 제일 음흉해."

"그건 다르지, 소유권 문제라고. 더 이상 협상의 여지는 없어. 히히."

"자기가 매일 진지한 척하니까 내가 할 수 없이 진지하지 않은 척하는 거야. 내가 얼마나 희생하고 있는지 모르지?"

"항상 억지군."

"이건 억지가 아니야. 이건 당신이 말하는 독립적인 마인드, 자유로운 사고 뭐 그런 거라고. 자기야말로 생각이 꽉 막혀 있어. 그럼 이제 약속하는 거다. 다음번에 내가 섹시한 옷을 입어도…."

"섹시, 뭐? 뭐라고?"

"맞아, 그래. 섹시하다 섹시해."

취샤오샤오의 공격에 자오치펑은 웃음이 터졌다.

"당신은 저기 고양이들이랑 완전 닮았어. 오늘 오후에 상태가 어떤지 체크하는데 얼마나 할퀴어대던지, 병원 가서 파상풍 주사까지 맞고 왔다니까. 봐봐. 내일 누가 물어보면 당신이 그랬다고 할 거야.

맞다, 수고양이들은 모두 놓아줬어…."

"에이, 왜 놓아줬어, 며칠 더 있다가 보내지. 다시 가서 데려와야 겠어."

자오치펑이 취샤오샤오를 붙잡았다.

"내 말 먼저 들어봐. 걔네들은 거세를 한 게 아니라 정관수술처럼 묶어 둔거라 상처가 별로 크지 않아. 이틀 정도면 붓기도 가라앉을 거야. 그러면 자유롭게 활동도 가능하고. 당신이 이런 태도가 의사에 게 얼마나 모욕적인 줄 알아? 암고양이 2마리는 아직 여기 있어. 실 밥 풀고 나서 놓아주면 돼."

취샤오샤오도 순간 멈칫했다. 눈앞에 있는 사람이 명색이 의사인 데…. 하지만 그녀는 말도 안 되는 억지 부리기를 그만두지 않았다.

"당신이 의사 선생님일 때는 당연히 믿지, 하지만 지금은 내 자기 잖아. 그렇게 되면 당신을 믿을 수 없지. 옛말에 남자는 좋은 놈 하나 없다고 하잖아."

자오치펑은 취샤오샤오의 말도 안 되는 억지로 말문이 막혀 죽을 것 같이 답답해보였다. 취샤오샤오는 힘이 좀 들더라도 어쨌든 이 상 황을 만회해야 했다.

월요일 이른 아침, 22층은 여느 때처럼 '월요병' 분위기가 만연했 다. 판성메이는 알람시계 소리에 잠을 깨긴 했지만 이불 속에서 여러 번 발버둥을 친 후에야 이불 속을 빠져나왔다. 그녀는 두 다리를 바 닥에 내려 평평한 슬리퍼를 신자마자 아주 자연스럽게 아랫배에 힘 을 주고 가슴을 쫙 펴서 우아한 자태를 뽐냈다. 마치 파파라치 앞에 서 있는 연예인 같았다.

그다음으로 추잉잉이 일어났다. 그녀는 화장실 문이 닫혀 있는 걸 보고 2202호 현관문을 열러갔다. 그때 마침 앤디가 장을 봐서 집으로 돌아오는 길이었다. 앤디 손에 빵이 아니라 식재료가 들려 있는 걸 보고 놀란 그녀는 곰곰이 생각에 잠겼다. 앤디가 임신을 했다는 사실이 떠올랐다. 아마도 태아의 영양을 신경 쓰느라 빵 대신 이것저것 장을 봐 온 것 같다.

"앤디, 오늘도 일찍 일어났네? 언니는 어떻게 항상 생기발랄할 수가 있어?"

걱정거리가 한가득인 앤디가 어떻게 생기발랄해 보일수가 있겠는가. 앤디가 건성으로 물었다.

"너도 얼굴 좋아 보이는데."

"난 아니야, 이제 말할 기운도 없어. 온 몸에 힘이 쫙 빠지는데 정말 꼼짝도 하고 싶지 않아."

"아, 빨리 체온계로 열 있나 체크해봐. 감기 아니야? 물 많이 마시고, 과일도 많이 먹어."

"나 감기 아니야, 그냥 마음이 아파, 마음의 병. 힘도 없고 의욕도 없어서 웃고 싶지도 일하고 싶지도 않아. 배고픈지도 모르겠어. 그냥 잠이나 잤으면 좋겠어."

추잉잉은 너무 우울해서 누구라도 붙잡고 하소연을 하고 싶었던 것뿐인데 앤디는 그 사실을 모르고 너무 심각하게 받아들였다.

"거울 보고 웃는 걸 연습해 봐. 평소처럼 신나게 소리 내서 10분 정도 웃으면 스트레스 해소에 도움이 된다고 하더라고. 옛날 직장동료가 이 방법을 자주 쓰곤 했어."

"아, 진짜야? 나도 한번 해봐야지. 고마워. 들어가."

앤디가 집에 들어와서 인터넷으로 웃음의 효과를 검색해보니, 스트레스를 해소에 탁월한 효과가 있는 건 아니었지만 많이 웃는다고 해가 되지는 않으니까 상관없다고 생각했다. 그녀는 풍성하게 아침 상을 차리기 시작했다. 어제 바오이판이 믿을 만한 곳이라며 여기저 기서 가져온 각종 고기와 생선, 바오이판 집안에서 직접 심고 가꾼 유기농 채소로 냉장고 안은 가득했다. 앤디도 직접 시장에 가서 녹색 채소를 사왔다. 이제 임산부로서의 생활이 본격적으로 시작되었다. 맛이 있든 없든 영양만 풍부하다면 상관없었다. 그녀는 대구와 소고 기, 대하, 시금치를 넣고 메밀국수를 끓였다. 오랫동안 끓여서인지 대구 살이 이미 다 풀어져 국물이 탁해졌다. 그래도 대하와 시금치는 어느 정도 알아 볼 수 있었다. 빨간색과 초록색이 더욱 식욕을 불러 일으켰다. 맛은 먹어보나마나 맛있었다. 앤디도 자기가 만든 음식 맛 에 충분히 만족하는 눈치였다.

앤디는 음식을 입에 넣을 때마다 앞으로 태어날 아기가 충분한 영 양을 공급받아 건강하고 정상적인 아기로 태어나길 기도했다. 아이 가 3살이 되기 전까지는 항상 마음을 졸일 수밖에 없을 것 같아서 아이가 45개월이 될 때까지는 지금처럼 속 편하게 사는 걸 포기해야 했다. 일은 하되 그 사이는 임신육아 서적을 보는 것으로 대체하기로 했다.

추잉잉은 내심 앤디는 오르지 못할 나무로 생각하고 가깝지만 어 느 정도 선을 지키고 있었다. 하지만 앤디가 가르쳐준 방법만은 맹신 할 수 있었다. 방으로 돌아가 세수를 하고 양치질을 마친 후 거울을 보며 웃기 연습을 시작했다. 컴퓨터에 저장해 두었던 사진 중 가장 활짝 웃는 사진을 화면 전체에 꽉 차게 해놓고 거울과 번갈아 보면 서 나름 진지하게 웃기 연습에 돌입했다. 하지만 추잉잉은 연예인이 아니기에 마음 속 우울함이 조금만 나타나도 그녀의 웃음에 기괴한 기운이 묻어났다. 방금 잠에서 깬 관쥐얼은 깜짝 놀라 등골이 오싹해졌다. 앤디가 추잉잉에게 전수한 거울보고 웃기 치료법 때문에 관쥐얼이 귀찮아졌다. 관쥐얼은 황급히 옷을 갈아입고 판성메이에게 살며시 다가갔다.

"언니, 잉잉 괜찮은 걸까? 설마 미친 건 아니겠지?"

판성메이도 추잉잉의 웃음소리에 놀라 온몸에 닭살이 돋았다. 또다시 크고 낭랑한 웃음소리가 들려오자 걱정이 된 그녀는 살짝 열린 방문 틈 사이로 추잉잉을 지켜보면 눈썹을 그렸다.

"빨리 출근해야 되는데. 시간이 별로 없네. 네가 가서 문 좀 두드려봐. 내가 여기서 계속 보고 있을 테니까. 정 안되면 옆집에 있는 자오치펑이라도 불러오자."

관쥐얼은 간담이 서늘해 살금살금 추잉잉의 방 문 앞에 섰다. 노크를 하려는 찰나에 웃음소리가 또다시 들려왔다.

"하하 하하하하, 아하 하하하"

관쥐얼은 놀라서 판성메이 곁으로 도망쳤다.

"안 되겠어. 2203호에 다녀올게."

"응, 아니다, 내가 갈게. 너 아직 세수도 안했잖아. 얼른 가서 세수나 하고 와."

판성메이는 눈썹도 그리다말고 2203호로 뛰어갔다. 일찍 일어나 있었던 자오치펑은 판성메이의 얘기를 듣자마자 잠옷에 겉옷만 걸치고 나가려고 하자, 안에 있던 취샤오샤오가 자기도 가서 추잉잉의 상황을 보고 싶다며 같이 가자고 했다. 잠옷을 갈아입을 시간도 없어서 야시시한 실크 잠옷위에 캐시미어 코트만 걸치고 나와 곧장 2202호로 달려갔다.

여전히 2202호에서 기괴한 웃음소리가 들려왔다. 취샤오샤오는 문득 어제 일이 생각났다.

'그럼 그저께 미행이 전조였단 말인가? 아니면 오늘 제대로 발작이 일어난 건가?'

자오치펑이 앞장서고 그 뒤로 세 여자들이 따라갔다. 드디어 추잉잉 방에 노크를 했다.

추잉잉이 문을 열더니 깜짝 놀랐다.

"나 진짜 감기 아니야. 앤디 언니한테 무슨 얘기라도 들은 거야?"

"방금 너무 재밌게 웃길래 한 치료 사례가 생각나서. 한 번 더 웃어 볼 수 있어?"

자오치펑의 말이 끝나자 취샤오샤오는 얼른 그를 뒤로 물러서게 했다. 판성메이와 관쥐얼은 모두 자오치펑 뒤에 몸을 숨긴 채 심히 걱정스러운 눈빛으로 추잉잉을 관찰했다.

추잉잉은 갑자기 왠지 모르게 망설여졌다. 거울을 보고 웃는 건 상관없었지만 자오치펑을 보고 웃는 건 아무래도 어려웠다.

'아니, 이 남자는 단추도 제대로 못 잠그나!'

추잉잉이 손을 뻗어 자오치펑의 잠옷 단추를 가리키려고 하는 찰나, 취샤오샤오는 추잉잉이 실성해서 사람들 앞에서 자기 남자에게 집적거리는 줄 알고 사나운 어미 호랑이처럼 달려들어 잽싸게 추잉잉의 팔을 비틀었다. 취샤오샤오의 '내 남자는 내가 지킨다.'가 성공했다. 추잉잉은 아파서 고함을 질렀다.

"다들 그렇게 서 있지만 말고 줄이라도 가져와봐. 스타킹도 괜찮아. 안 묶어뒀다간 큰일 나겠어."

상황이 이상하게 돌아가자 판성메이는 아파서 소리를 지르고 있는 추잉잉을 꼭 안았다.

"잉잉, 언니 알아보겠어? 무슨 말이라도 해봐. 속상한 거 있으면 언니한테 다 말해봐. 왜 그렇게 웃은 거야?"

관쥐얼은 이미 자기 방으로 들어가 스타킹을 찾느라 열심히 서랍을 뒤지고 있었다. 추잉잉은 막말을 퍼붓고 있는 취샤오샤오를 무시하고 드디어 입을 열었다.

"내가 왜 몰라, 다 알아보지. 지금 다들 무슨 생각을 하는 거야? 방금 앤디가 이렇게 웃으면 기분이 좀 좋아진다고 가르쳐 줬어. 왜 그래? 다들 멀쩡한 거지?"

"앤디가? 언제 가르쳐 준 건데?"

"방금 언니가 화장실에 있을 때. 앤디는 시장에 다녀오는 길이었대."

판성메이는 무척이나 당황스러웠다.

"아, 정말. 내가 살짝 들어서 그랬다. 제대로 못 들어서."

"짜증나, 앞으로는 그렇게 웃지 마. 실연당해서 미쳤나 했잖아. 정말! 어쨌든 내가 제일 용감한 거다."

"그렇고말고"

자오치펑은 사람들 앞에서 취샤오샤오를 치켜세워 주는 게 조금도 두렵지 않았다. 그러자 취샤오샤오는 고양이 걸음으로 자오치펑 품에 꼭 안겼다. 두 사람은 천천히 2202호를 나섰다.

추잉잉은 어깨가 아픈지 꾹꾹 누르며 멍하니 사람들을 쳐다봤다.

"도대체 어떻게 된 거야?"

판성메이는 출근 시간이 다 됐음을 깨닫고 설명할 새도 없이 가방을 손에 든 채 신발을 갈아 신고 재빨리 집을 나섰다. 아직 눈썹 한쪽을 그리다 말았다는 사실을 전혀 깨닫지 못했다.

뒷수습은 관쥐얼이 맡았는데 마침 그때 씨에빈에게 전화가 왔다. 씨에빈은 밖에 비가 온다며 출근길에 데려다 줄지 물었다. 관쥐얼의 얼굴이 순식간에 빨개졌다.

하지만 관쥐얼 머릿속에 몇 가지 현실적인 문제들이 스치고 지나갔다. 앤디가 지금까지 반 년 넘게 출근을 시켜줬기 때문에 사전에 앤디와의 상의 없이 다른 사람의 차를 탈 수는 없었다. 또 자신은 출근 시간이 빠른 편이 아닌데다가 제 시간에 맞춰 가야 할 필요도 없는 반면에 씨에빈의 출근시간이 어떻게 되는지 알 수 없어서 조율이 필요했다. 그녀가 살고 있는 환락송이 씨에빈이 출근하는 길에 있는지 아니면 일부러 돌아서 와야 하는지도 알 수 없었고, 만약에 후자라면 씨에빈에게 귀찮은 일을 부탁할 수 없었다. 판성메이가 말한 '단호한 태도'에 대해서 생각나긴 했지만 안타깝게도 그녀는 씨에빈에게 미안하다고 말하고 있었다.

옆에서 줄곧 지켜보고 있던 추잉잉은 이런 엄청난 소식을 접하고 나니 방금 전까지 사람들이 자신을 정신 나간 사람으로 취급한 사실도 잊어버릴 정도로 흥분했다. 관쥐얼이 통화를 마치자마자 황급히 물었다.

"직장 동료? 피눈물 나는 경험을 한 나, 추잉잉이 한마디 할게. 사내 연애는 절대 끝이 아름다울 수 없어."

"직장 동료 아니야."

"그럼 동창? 하긴 너 같은 집순이들이 직장 동료나 동창 아니면 누굴 만나겠어. 그렇다고 네가 소개팅을 하지도 않을 테고."

"그런 거 아니라니까. 그냥 아는 사람이야."

"판성메이 언니라면 모를까. 누가 너나 나같이 평범한 사람을 아침부터 회사에 데려다주겠냐. 앤디 언니 정도 돼야 뭐 부탁이라도 하러 오지. 아무도 목적 없이 그러진 않아. 절대. 너도 얼굴이 빨개졌잖아. 근데 방금 왜 날 미친 사람 취급한 거야?"

"미안, 근데 네 웃음소리가 정말 무서워서 문도 못 두드리겠더라고. 나 씻으러 간다."

관쥐얼은 자신이 미인도 아니고 가진 것도 없는 것이 사실이었지만 추잉잉에게 그런 말을 들이니 기분이 썩 좋지는 않았다. 원래 미안하다고 말할 생각이었는데 그냥 그러지 않기로 했다.

"앤디 언니가 가르쳐 준 거야. 앤디 언니는 아마…."

관쥐얼은 걸음을 멈추고 추잉잉의 말을 가로챘다.

"당연히 앤디 언니가 아무 이유 없이 너한테 그런 말을 했겠어? 앤디 언니가 네 앞에서 그렇게 무섭게 웃은 적이 있는지 생각해 봐."

"그러고 보니, 없네. 앤디 언니는 나한테 거울을 보고 웃어보라고 한 것뿐이고 나는 활짝 웃고 있는 사진을 보면서 흉내 낸 것뿐이라고. 알았어, 알았어. 오해야 오해. 이번에도 화장실 순서가 너한테 밀렸구나. 근데 이거 아예 효과가 없진 않은 것 같아. 방금 전까지만 해도 힘이 하나도 없었는데 활력이 좀 생긴 것 같아. 가서 한 번 더 해 봐야지."

관쥐얼은 거울을 보고 눈을 흘겼다.

관쥐얼과 앤디가 회사로 출발할 때 즈음 판성메이에게서 메시지를 받았다.

'어른들이 하는 말이긴 한데, 임신하고 3개월 동안은 밖에다 말하는 거 아니래.'

관쥐얼이 앤디에게 읽어주니 그녀가 먼저 물었다.

"근거 있어?"

"그렇게 물어볼 줄 알았어. 내가 생각했던 것보다 두 글자가 모자라긴 하지만, '과학'. 히히. 엄마한테 물어봐야겠다. 앤디, 이거 일하면서 먹어. 우리 사무실에도 임산부가 있는데 시도 때도 없이 먹더라도. 왠지 너도 필요할 것 같아서."

"아, 잘됐다. 오늘 아침에 '임산부 식탐'이란 기사를 보긴 했는데,

저녁에 먹을 것 좀 사줘야 겠어. 고마워."

"아침에 잉잉이… 네가 가르쳐줬다면서 거울을 보고 웃더라고. 근데 너무 무서워서 우리는 다 잉잉이 어떻게 된 줄 알았어. 취샤오샤오가 잉잉을 병원에 데려가야 한다며 난리도 아니었다고. 근데 나중에 어떻게 된 일인지 알게 됐어. 그래도 다행이야. 잉잉이 막 생각이 복잡하고 그런 사람이 아니라. 마음에 오래 두진 않을 거야."

"잘 헤쳐 나갈 거야. 나 임신에 대해서 궁금한 게 몇 개 있는데 어머니께 여쭤봐 줄 수 있어? 방금 전 판성메이가 말한 것도 포함해서. 사실 이미 정리해서 네 메일로 보내놨어. 원래는 바오이판 어머니한테 물어보려고 했는데, 너무 간섭이 심해서 그만뒀어."

관쥐얼은 앤디가 걱정스러웠다.

"근데 우리 엄마는 중학교까지밖에 졸업 못해서 아마 과학적이지 않은 내용들이 많을 수도 있어. 어쩌면 미신 같은 것도 있을 수 있고. 그래도 괜찮아?"

앤디의 얼굴이 붉어졌다.

"지금은 뭐든 다 믿기로 했어. 과학으로 어떻게 할지 배우고, 미신으로 어떻게 피할지 배우면 돼. 앞으로는 힘 좀 빼고 살려고. 지금 내 앞에 있는 이 일이 너무 중요한데, 난 잘 모르잖아. 물어볼 사람도 없고. 최대한 모든 수단을 동원해서 불안함을 달래야겠어. 힘닿는 데까지 해봐야지"

앤디가 말하는 불안함이 무엇인지 관쥐얼은 알 수 없었다.

"맞아. 하나하나가 다 아기랑 관련되어 있는데 어떻게 소홀히 하겠어. 바오이판이 같이 있었으면 훨씬 좋을 텐데."

"그 사람이 옆에 없는게 제일 좋아. 안 그럼 스트레스가 엄청 날 거야."

"에이, 설마. 두 사람이면 부담도 나눌 수 있고 좋잖아. 언니가 혼자 있는 게 습관이 돼서 그래. 여자가 임신했을 때가 누군가의 보살핌이 제일 필요할 때라고 하잖아."

"나는 아무래도 다른 사람들이랑은 다른 성향을 갖고 있나 봐."

앤디는 자신의 상황을 차마 말로 내뱉지 않고 슬쩍 얼버무렸다.

그때 취샤오샤오는 바오이판의 전화를 받았다. 그녀는 왜 바오이판이 스스로 자기에게 전화를 걸었는지 도무지 알 수 없었다. 무슨 일이 있으면 앤디를 통해 전해주면 될 것을 부인의 친한 친구에게 전화를 하면 안 되는 게 금기사항인지 모르는 모양이다. 그렇기에 영문을 알 수 없는 그의 전화는 결코 좋은 일 일리가 없었다. 취샤오샤오는 전화를 받자마자 두 사람의 관계를 명확히 하기위해 큰 소리로 인사를 먼저 인사를 건넸다.

"에이, 바오이판 사장님, 좋은 아침이에요. 아빠가 된 걸 축하해요. 국수는 언제 먹여줄 거예요?"

"고마워요. 아, 내가 부탁이 좀 있어요. 제가 당분간 앤디 옆에 있어줄 수가 없어서 그런데 옆에서 앤디 좀 잘 챙겨줘요."

"당연하죠. 제 남자 친구도 벌써 앤디한테 좋은 책도 추천해줬더라고요. 저도 어떻게 도와주면 좋을지 생각하고 있어요. 구체적으로 지시해주면 전 좋고요."

"무슨 지시까지나. 그냥 앤디 소식을 몰래 전해주기만 하면 돼요. 참, 앤디가 독립적인 거 아시죠? 임신했으니까 출장은 가지 말라고 했더니 화를 내더군요. 결국 난 한 마디도 못하고 쫓겨났어요. 근데 지금 앤디 몸 상태로 출장이라니, 그게 말이 돼요? 그래서 말인데, 앤디가 하이시에 있는지 없는지 매일 체크해서 알려줄 수 있어요?

메시지를 보내줘도 좋고요. 정말 미안한데 다른 방법이 없어서 그래요."

"좋아요. 이건 어디까지나 앤디를 위해서지 당신을 벗겨 먹으려고 하는 건 아니에요. 그럼 오늘부터 시작하죠. 아침에 앤디가 22층을 혼란의 도가니로 만들어버렸어요. 그 여파가 엄청났죠. 하하하."

취샤오샤오는 바오이판과 통화를 마치고 궁금함을 참지 못하고 운전 중인 자오치펑에게 왜 바오이판이 앤디가 출장 가는 걸 걱정하는지 물었다. 임산부를 그렇게 못살게 굴어도 되는지 말이다.

"당신도 나 만나고부터 출장을 함부로 못 다니게 하잖아. 출장 중에 혹시라도 무슨 일이 생길 수도 있고, 바오이판은 비행기에서 나오는 X-선도 걱정돼서 그러는 걸 거야."

"듣고 보니 엄청 로맨틱하네. 바오이판 진짜 다정하다. 그렇다면, 난 절대 임신 같은 건 안 할 거야! 하는 일마다 간섭 받을 거 아니야. 으, 생각만 해도 싫어."

"나는 과학을 잘 아니까, 당신을 구속하진 않을 거야."

"과학적이면 더 오래살 수 있어!"

앤디가 출근하고 얼마 지나지 않아 비서와 얘기를 나누고 있는데, 사무실 전화가 울렸다. 바오이판이었다.

"5분 있다가 전화할게요."

딱 이 말만 하고 전화를 끊었다. 비서와 얘기를 다 마친 후 바오이판에게 전화를 걸었다.

"지금 나 감시하는 거예요?"

"마음이 안 놓이는데 어떡해요. 갑자기 생각이 바뀌어서 혼자 다 감당한다고 하고 헤어지자고 말 한마디 남기고 미국으로 돌아가면 어쩌나 싶다고요. 그 때 돼서 당신을 어떻게 찾겠어요?"

"어제 공항에서 수도 없이 대답했잖아요. 걱정하지 마요. 나 당신 안 떠나요. 탄쭝밍한테 신세진 것도 많은데 그냥은 못 가죠."

"알았어요. 당신도 나한테 대답해줘요. 힘들면 나한테 꼭 얘기한다고. 큰일이든 작은 일이든 혼자서 처리하려고 하지 말고요. 당신은 이제 혼자가 아니에요. 우리 셋이 한 가족이라고요. 알았죠?"

"무슨 말인지 알아요. 또 시키실 일이 있나요?"

"어디 불편한 데는 없고요? 아침은 뭐 먹었어요? 달리기 하러 나간 건 아니죠?"

"달리기 대신 산책하고 왔어요. 시장까지 걸어갔다 오는 데 딱 45분 걸리더라고요. 국수도 끓여 먹었고요. 아직 웨이보 못 봤죠? 웨이보에 만드는 법까지 다 올려놨어요. 진짜 맛있더라고요. 입덧도 없고."

오전 시간이 타이트해서 두 사람은 그만 대화를 마쳤다. 앤디는 책상 위에 있는 전화기를 한참 동안 바라보다가 탄쭝밍에게 전화를 걸었다. 아니나 다를까 탄쭝밍도 통화 중이었다. 앤디의 의심대로 역시 바오이판이 탄쭝밍에게 자신의 답답함을 토로하며 손을 쓰고 있었다. 앤디는 쓴웃음만 나왔다. 그녀에게는 아직 말 못한 비밀이 있지 않은가. 그래서 더욱 그를 마주하기 힘들었다. 특히 아이가 태어나는 그 순간 바오이판이 나타나지 않았으면 했다. 그녀는 바오이판이 자기를 따라와서 가로막을까 두려웠다.

사무실에 도착한 관쥐얼은 씨에빈의 메시지를 받았다.

"좋은 일이 생겨서 전해주려고요. 출근길에 연락이 왔는데 경찰 대로 임시 발령이 나서 중요한 행사에 참석하게 되었어요. 흥분되네요! 출장을 가게 됐어요. 원래 오늘 퇴근하고 그쪽 회사 앞에서 기다렸다가 같이 술 한 잔 하면서 음악이나 들으러 가자고 하려고 했는데. 다음 기회에 해야겠네요. The Protagonist의 Zoroaster를 듣고 있는데 흑암세계의 사악한 세력을 한 번에 몰아내는(주인공이 용을 물리친 후 공주를 구출해 낸다는 헤비메탈의 장르를 표현하는 내용임. 편집자 주) 내용이에요. 제가 잘 하고 돌아오도록 응원해주세요."

관쥐얼은 씨에빈처럼 한 곡 선곡해서 응원해주고 싶었지만 아무리 생각해도 적당한 곡명이 떠오르지 않았다. 무수히 많은 단어들이 머릿속을 떠다니고 있었지만 초등학교 때 들어서인지 뭐 하나 튀어나오지 않았다. 한참을 생각한 끝에 씨에빈을 너무 오래 기다리게 한 건 아닌가 하는 걱정에 부랴부랴 몇 자를 써서 보냈다.

"바라던 일이 이루어졌네요. 축하해요. 다녀오시면 저의 집 근처에 바가 있는데, 거기서 술 한 잔 살게요."

그 전날 씨에빈과 밥을 먹을 때 그가 근처에 정말 분위기 좋은 바가 있다고 말한 적이 있는데 그걸 기억하고 있었다. 이건 관쥐얼의 허락이었다. 단호한 허락.

48

중대한 행사가 폭풍우처럼 순식간에 지나갔다. 행사가 끝나고 손님들이 모두 체크아웃을 마치자 호텔 안은 오후부터 쥐죽은 듯 고요해졌다. 판성메이와 동료들은 모두 비바람에 쓰러진 풀처럼 지쳐 있었다. 며칠 동안 강행군의 여파가 얼굴에 고스란히 나타났다.

왕바이촨은 슬쩍 메시지를 보내 오늘 저녁에 만날 수 있는지 물어보았다. 물론 판성메이도 왕바이촨을 만나고 싶었지만 예전에 있던 회사에서도 이렇게 큰 행사를 마치면 다 같이 회식을 했었던 기억이 있어서 혹시라도 회식이 생기면 왕바이촨을 만날 수 없을 것 같아서 저녁 약속을 거절했다. 퇴근 시간이 가까워졌을 때 매니저가 주요 업무 담당자들을 불러 최종 회의를 열었다. 드디어 최고의 VIP가 참석한 거대한 행사가 그렇게 막을 내렸다. 총감독은 이후에 회식이나 이어지는 행사에 대해 한 마디도 언급하지 않자 판성메이는 놀라움을 감출 수 없었다. 최고급 호텔에 이런 중요하고 바쁜 행사는 평범한 것이라는 깨달음을 얻었다.

판성메이는 왕바이촨에게 전화를 해서 만나자고 하려다가 그만뒀다. 왠지 모르게 선뜻 행동으로 옮겨지지 않았다. 그만큼 피곤하기도 했다. 하지만 그녀가 옷을 갈아입고 나왔을 때 순간 눈에 불꽃이 일었다. 같은 부서의 젊은 직원들이 쇼핑 약속을 정하고 있는 모습에 이를 악물고 어쩔 수 없이 휴대폰을 가방 안에 집어넣었다. 그녀는 뒷방 할머니가 되고 싶지 않았다. 자기를 가꾸고 꾸미는 데 시간을 두 배로 투자해야 했다.

지난번 선물 받아 락커에 넣어둔 제비집을 가방 안에 넣고 천천히 집으로 향했다. 가는 길에 전자제품 매장에 들러 스튜 냄비를 하나 샀다. 날이 따뜻해지니 길가의 쇼윈도에도 형형색색 봄빛이 스며들었다. 판성메이가 좋아하는 퇴근길이었다. 번화하고 시끄러운 시내, 쇼윈도를 따라 걸으면 어느새 지하철역에 도착해 있었다. 이보다 더 좋은 휴식은 없었다. 물론 구경하다가 마음에 드는 것이 있으면 들어가서 직접 만져보기도 했다. 이것이야말로 힘들어하지도 지치지도 않는 그녀만의 최고의 취미생활이었다.

그러다 보니 환락송에 도착했을 때 이미 날은 저물어가고 있었다. 판성메이는 엘리베이터에서 앤디와 마주쳤지만 그녀는 정신없이 전자책을 보고 있어서 방해하고 싶지 않아 인사를 건네지 않았다. 22층에 도착하면 알려줘야겠다고 생각했다. 엘리베이터가 22층에 도착해서 문이 열리자 앤디가 고개를 들었다. 그제야 판성메이가 인사를 했다.

"앤디, 퇴근하는 거야? 뭘 그렇게 열심히 보고 있어?"

앤디도 그제야 판성메이를 알아봤다.

"아, 안녕. 오랜만에 보는 것 같다. 임신 관련 책 좀 보고 있었어. 맞다. 며칠 전에 임신한 걸 3개월 내에 다른 사람한테 말하면 안 된다는 걸 알려줘서 고마웠어. 또 뭐 조언해줄 거 있어?"

"조언은 무슨, 그냥 일종의 풍습 같은 거야. 과학적 근거가 전혀 없어서 혹시라도 네가 비웃는 거 아닌가 걱정했는데."

"풍습도 좋아. 어려서부터 이런 걸 가르쳐 주는 사람이 없었잖아. 미국에서는 더 그랬고. 네가 말 안 해줬으면 관춰얼 어머니에게 가르쳐달라고 했을 거야. 한꺼번에 이렇게 많은 정보를 얻을 줄 몰랐어. 정말 쓸 만한 게 많아. 근데 너 지금 뭔가 할 말이 있는데 못하고 있는 표정인데? 우리 집에 잠깐 들렀다 갈래?"

"아, 괜찮아. 너야말로 요즘 준비할 게 많잖아. 시간도 없을 텐데."

판성메이는 잠시 뜸을 들이다가 말을 이었다.

"근데 임산부들 중에 매일 제비집을 먹는 사람이 더러 된다며? 너도 먹을 거야?"

"난 행동 양식은 풍습을 따르고 생리적 양식은 과학을 따르기로 했어. 하하."

"정말이지 투기꾼의 성향이 다분하다. 근데 뭐, 당연한 일이지. 누구라도 자기 아이에게 가장 좋은 출생 조건과 가장 많은 행복을 주고 싶을 테니까. 그렇게 보면 엄마가 되는 준비에 이만큼 투자하는 건 일도 아니지. 다른 사람한테 피해만 되지 않는다면야."

"네 말이 맞아. 나도 그렇게 생각해. 나도 어떻게 하는 게 좋은 건지 정말 모르겠어. 아무것도 모르니까 뭘 어떻게 물어봐야 할지도 모르겠고. 그래도 너희들이 내 곁에 있어서 얼마나 다행인지 몰라. 혹시라도 생각나는 게 있으면 바로바로 알려줘. 부탁할게."

판성메이는 인간미 넘치고 모르는 것 투성이인 앤디를 처음으로 마주했다. 더 이상 과거의 잘 나가던 그녀가 아니었다.

그녀는 앤디와 헤어지고 2202호로 들어왔지만 눈앞에 앤디의 뒷모습이 아른거렸다. 보송보송한 슬리퍼에 헐렁한 옷을 입은 그녀는 이미 좋은 엄마가 될 준비를 조금씩 하고 있었다. 단지 의욕이 너무 강해서 살짝 서툴러 보일 뿐이었다. 갑자기 문득 앤디가 남들과 다른 고아 출신이라는 것이 떠올랐다. 다들 임신을 하면 경험이 풍부한 엄마가 옆에서 보살펴주는데 앤디를 보살펴주는 건 옆에 있는 친구들과 책뿐이었다.

판성메이는 앤디를 생각하니 마음이 아팠다. 방금 전 사온 스튜 냄비를 깨끗이 씻어서 제비집을 물에 담가두는데 순간 방금 전 말하려다가 만 일이 계속 떠올랐다. 무슨 일이든 남의 사생활을 괜히 얘기해봤자 결국 좋은 소리를 듣기 힘들기 때문에 마음속에 이는 충동을 가라앉히고 아무도 없는 2202호에서 혼자 인터넷에 접속했다. 그녀는 매일 22층 여자들의 하루를 대충 훑어보곤 하는데 그 김에 22층 여자들의 남자 친구들의 SNS에도 들어가 본다. 이는 다년간 인사담당자로 일한 그녀만의 본능이라고 할 수 있다.

잉친의 웨이보는 잉친이 직접 가르쳐 줬고 자오치펑과 바오이판의 웨이보는 그녀가 취샤오샤오와 앤디의 웨이보를 통해서 직접 찾아냈다. 판성메이가 노트북이 생기고 맨 처음 한 일이 이들의 웨이보를 팔로우한 일이다. 세 사람의 웨이보는 나름 각각의 특징이 있는데 잉친은 수다쟁이처럼 무슨 일만 있어도 SNS에 도움을 청한다. 그도 그의 친구들도 모두 집돌이, 집순이어서인지 그들을 연결해주는 유일한 수단이 컴퓨터라고 해도 과언은 아니었다. 잉친은 최근 결혼할 상대의 잇따른 무리한 경제적 요구 때문에 골치가 아파보였다. 반면에 자오치펑의 웨이보는 독서나 메모, 영화평론 그리고 음악평론으로 가득했고 그나마 고양이에 대한 얘기가 아주 사적인 내용이었다. 바오이판의 웨이보에는 거의 사생활이라곤 찾아볼 수 없었다. 말도 많지 않고 가끔씩 판성메이는 알아보지도 못하는 술이나 보기 힘든 차를 올리는 정도였다. 그래서 판성메이는 잉친의 웨이보를 가장 즐겨봤다.

앤디는 집에 들어가자마자 바오이판에게 전화를 걸었다. 방금 퇴근길에 집에 도착하면 전화를 달라는 메시지를 받았기 때문이다. 바오이판이 전화를 받고 제일 먼저 한 말이 앤디에게 빨리 소파에 앉아 있으라는 말이었다.

"난 벌써 다이산에 도착해서 씨우 원장님이랑 얘기 하고 왔어요. 그 사람들이 벌써 당신 동생을 데려갔더군요. 원장님이 보살펴 준다는 것도 마다했대요. 지금 동생 상태가 어떤지 확인이 안 되는 상황이어서 차 1대를 빌려서 밤을 새서라도 찾아보려고요."

"옌뤼밍 씨도 거기 있어요? 잘 알지도 못하는 곳인데 날까지 어두워지면 위험하잖아요."

"옌뤼밍 씨가 나랑 시간이 안 맞아서요. 그래도 여기 오랫동안 알고 지낸 고객이 한 분 있어요. 너무 걱정하지 말아요."

"안 돼요. 일이 커지지 않았으면 좋겠어요. 여기서 더 많은 사람들이 알게 되면…. 그냥 돌아와요."

"기왕 도착했으니 대충이라도 살펴보고 갈게요. 당신도 동생이 걱정되잖아요. 더군다나 내가 누구한테 말할 사람도 없고요. 안 그래요? 그냥 몇 년 동안 돕고 있는 아이가 있는데, 그 아이 만나러 왔다고 했어요."

"알았어요. 그럼 살펴만 보고 돌아와요. 다른 건 하지 말고."

"내가 알아서 할게요."

바오이판은 동생을 보고도 아무 조치도 취하지 않고 그냥 돌아간다는 약속을 차마 할 수 없었다. 앤디는 안절부절 못하고 있는 상황에서 자신이 어떻게 해야 할지 몰랐다. 앤디의 얼굴이 굳어졌다.

"아무것도 하지 말라고 분명히 말했어요. 임신 기간 동안 되도록 다른 문제가 일어나지 않았으면 좋겠어요. 제발 혼자 결정하지 말아

줘요."

바오이판은 어쩔 수 없이 앤디 말을 따를 수밖에 없었다.

"알았어요."

바오이판에게 확답은 들었지만 여전히 불안한 앤디는 바오이판이 어떤 상황을 마주하고 어떤 과거사를 듣게 될지 알 수 없었기 때문에, 내심 그가 이 일에 나서지 않기를 간절히 바랐던 것이다. 한참을 좌불안석이던 그녀는 요리책을 펴고 요리를 시작했다. 그때 판성메이가 노크를 했다.

"앤디, 나 또 직업병이 도진 것 같아. 어떻게 좀 해봐."

판성메이는 하이힐을 벗어던지고 소파 위로 털썩 쓰러졌다. 정말이지 요즘은 피곤한 일의 연속인 것 같다.

"그런 병이 있어? 왜 난 한 번도 들어본 적이 없지?"

"에이, 이 병은 전형적으로 돈은 벌어야 하는데 별다른 능력이 없는 사람들한테만 나타나는 거라고. 일부러 남의 결점을 찾아내는 거라고 해야 하나. 방금 잉친 웨이보에 들어가 봤는데 새로 만난 여자 친구가 욕심이 장난이 아닌 것 같아. 부동산 등기에 자기 이름도 올려달라고 하고 보증금 10만 위안이랑 집 인테리어 비용까지 요구했대."

"선 본 거라며, 어차피 감정이 먼저 생겨서 만난 관계는 아니니까 결혼 전에 피차 손해 볼 일 없도록 상의해야겠지. 잉친도 남자 경험 없는 여자를 만나고 싶어 했으니까 어쨌든 그만한 대가를 지불해야겠지.

"그러게. 보아하니 잉친 친구들 몇몇도 그 조건에 대해 반대하는 것 같던데, 만약에 결혼하면 바로 다음 날 이혼할 거라고. 그럼 재산의 반을 그냥 날리는 거잖아? 요즘 사람들은 대단해. 사랑 없는 결혼도 그냥 하고. 하긴 못할 게 뭐 있겠어."

"결혼하고 바로 다음날 이혼하게 된다면 그것도 잉친이 가진 가치관에 대한 대가라고 봐야지. 사람마다 각자의 뜻이 있으니까. 도박을 시작했으면 어떤 결과든 승복해야 하는 거야."

판성메이는 순간 멍해 있다가 입을 열었다.

"아, 그러게. 근데 나같이 마음이 여린 사람은 차마 눈뜨고 못 보겠더라고. 잉친 본성은 그래도 괜찮은 편인데."

앤디는 미심쩍은 얼굴로 판성메이를 바라봤다. 하지만 지금 앤디 자신도 상황이 좋지 않았기 때문에 판성메이의 애매한 태도를 기다려 줄 여유가 없었다. 딱 잘라서 물었다.

"성메이, 너 잉친 얘기하러 여기까지 온 건 아니지?"

"당연하지. 내가 그렇게 한가한 사람은 아니잖아. 너한테 세속적인 선입견을 무시하지 말라고 얘기해주려고 온 거야. 혼전임신에 대해서 아직까지는 선입견이 존재하잖아. 근데 잉친에 대한 네 생각을 들어보니 이성적인 포용력이 있는 것 같아서 안심이야. 내가 더 말할 필요도 없겠어."

앤디는 판성메이의 돌려서 말하는 스타일이 딱히 마음에 들진 않았지만 오랫동안 인사담당자로 일해서 그럴 수도 있다는 생각이 들어서 그냥 넘겨버리기로 했다. 그리고 판성메이가 해준 조언만 기억하기로 했다.

"어, 나도 세상이랑 맞설 생각은 없어. 단지 결혼을 하고 싶지 않을 뿐이야. 정말 하고 싶지 않아. 하고 싶지 않다고."

앤디의 반응에 판성메이는 너무나 당황스러웠다. 결혼을 하고 싶지 않다는 말을 3번이나 하는데 1번 할 때마다 그녀의 강력한 의지가 느껴졌다. 지금까지 냉정했던 앤디가 이런 반응을 보인다는 것은 그녀에게 분명 무슨 일이 있다는 증거였다. 하지만 판성메이는 그녀에게 섣불리 말을 걸 수 없어서 조심스럽게 물었다.

"이렇게 큰 도시에서는 결혼 안 하는 건 일도 아니지. 게다가 너는 경제적인 조건도 좋잖아. 옷도 마음껏 살 수 있을 만큼…."

앤디에게 판성메이의 말은 별로 위로가 되지 못했다. 판성메이는 반년 넘도록 함께 온갖 풍파를 견뎌온 이웃이 자기의 본심을 오해하게 둘 수 없었다.

"그럼 솔직히 말할게. 세상을 살아가려면 다른 사람들처럼 똑같이 사는 게 제일 편해. 뭔가 조금이라도 다르면 피곤해지지. 만약에 어쩔 수 없이 다른 사람들과 다른 삶을 택하게 된다면 훨씬 힘들게 살아가야 될 거야. 너는 그래도 강하니까 솔직히 말해서 타협해야 하는 건 타협하면서 살아. 괜히 비주류가 될 필요는 없어. 혼자일 때는 능력도 있고 경험도 많으니까 하고 싶은 대로 하고 살아도 괜찮고 무슨 일이 있어도 네가 충분히 수용할 수 있었겠지만, 아이가 생기면 완전히 다를 거야. 아기는 너무 작고 약한 존재잖아."

앤디는 야채 써는 일을 잠시 멈추고 판성메이의 말에 집중했다. 마음이 찢어질 듯 아팠다. 남들과 다르게 살 생각은 없었는데 이제는 어쩔 도리도 방법도 없지 않은가. 하지만 앤디는 차마 말 할 수 없었다. 어쩌면 정말 타협이 필요하다면 지켜야 하는 범위 내에서는 타협을 할 생각이 있었다. 판성메이는 앤디가 칼을 쥔 채 멍하니 고민에 빠진 모습을 보았다. 하지만 앤디에게 정확히 무슨 일이 벌어진 건지 알 수가 없었기에 도와줄 방법도 없었다.

그 때 마침 앤디의 휴대폰이 울렸다. 주변에 누가 있는지 그는 계속 영어로 말을 했다.

"앤디, 만났어요. 보니까 정말 닮긴 했네요. 자세히 보면 닮았다는 생각이 들 정도로 표정이나 행동이 거의 비슷해요. 발견하고 손전등

빛을 비췄는데, 둘 다 아무 반응이 없어요. 두 사람 다 철문, 철창으로 된 악취가 심한 작은 콘크리트 방 안에 갇혀 있었어요. 대소변을 그냥 방에서 해결한 거 같고요. 보살핌과는 거리가 멀어 보이네요."

돼지나 소처럼 우리에 넣고 사육하는 거랑 뭐가 다르단 말인가? 하지만 어려서부터 그런 모습을 종종 보고 자란 앤디에게 이 상황이 그리 낯설지만은 않았다. 그렇게 보내진 요양원은 아무도 입양해 가지 않은 정신지체의 아이에게 별반 다를 게 없었다. 그쪽에서 악의를 가지고 데려갔는데 무슨 방법이 있겠는가.

"어떻게 지내는지 확인했으니까 일단 그냥 돌아와요. 부자 관계가 맞긴 한 것 같네요. 그런 아버지를 계속 보살펴 왔으면 동생 하나 보살피는 거야 뭐, 경험이 있으니까 그나마 잘됐어요."

"사진 보내줄게요. 참을 수 있겠어요?"

"보내지 마요. 이미 어렸을 때 많이 봐서. 거기서 뭘 할 수 있겠어요? 납치라도 해오게요? 아니면 돈이라도 줄 거예요?"

"내가 알아서 할게요."

그리고 나서 바오이판이 먼저 전화를 끊었으나 노파심에 앤디가 다시 걸었다.

"이건 내 일이에요. 당신 마음대로 하지 말라고요. 내 의견을 존중해줬으면 좋겠어요."

"당신 일이 내 일 아니에요? 여기 왔으니까 내가 처리할게요. 난 당신이 나중에 이 일로 후회하지 않았으면 좋겠어요."

"그렇다고 당신 생각이 내 생각은 아니잖아요. 그냥 손 떼줘요."

"사진 봐봐요. 참을 수 있겠어요?"

"응. 참을 수 있어요. 그냥 돌아와요."

판성메이는 앤디가 일 얘기를 하고 있는 줄 알았는데 말이 점점 빨라져서 제대로 듣지도 못했다. 하지만 시간이 지날수록 누군가와 말다툼을 하고 있는 것 같았다. 판성메이는 앤디에게 집으로 가겠다는 손짓을 보낸 후 살며시 문을 열고 빠져나왔다. 마침 그때 앤디도 바오이판과 대화를 마무리하는 중이었기에 판성메이가 집을 나서는 뒷모습을 지켜보고 전화기를 내려놓았다. 휴대폰 메시지 알림이 왔는데도 확인하지 않았다.

가장 좋은 해결책은 씨우 원장님이 계신 요양원에서 지내는 것이었고 다른 옵션은 비슷비슷했다. 그 사람들이 이렇게 쓸데없는 일을 벌이는데, 어떻게 가만 둘 수 있겠는가. 한 입으로 두 말 할 사람들이 분명했다. 그냥 내버려 두는 것보다 양심이라고는 찾아 볼 수 없는 그런 작자들은 감당이 어렵기 때문에 조만간 사람을 보내면 되는데, 바오이판은 이런 상황을 차마 지켜볼 수 없었다.

바오이판도 워낙 자기주장이 강한 사람이라 그녀도 어쩔 수가 없었다. 타협? 판성메이가 말한 것처럼 어느 타협을 해보면 어떨까? 하지만 문제는 그녀 주변 모두가 제로섬 게임을 하고 있다는 것이다. 조금이라도 조심하지 않으면 그녀의 모든 것을 망칠 수가 있었기 때문에 타협할 방법은 어디에도 없었다.

요리를 하고 있는 그녀는 마음은 이미 딴 곳에 있었다. 국수가 다 끓었을 때 바오이판에게서 전화가 왔다.

"당신 동생을 데리고 나왔어요. 가는 길이에요. 미안한데 동생이 반항해서 줄로 묶어서 태웠어요."

"어디로 갈 건데요?"

"씨우 원장님 요양원으로 갈 수는 없으니까. 한번 찾아볼게요."

"내가 말했잖아요? 당신의 결정이 날 힘들게 할 거라고요. 내 걱정, 내 두려움 다 당신한테 말했잖아요. 분명히 무슨 일이 생기고 말

거예요."

앤디는 말을 마치고 차갑게 전화를 끊었다. 바오이판이 이렇게 제 멋대로 굴지 생각도 못했다. 그녀의 집 전화기가 울렸다. 수화기를 들었다가 듣지도 않고 그냥 끊어 버렸다. 손이 부들부들 떨리고 머리가 어지러워지면서 앤디는 순식간에 공포에 휩싸였다. 그녀는 황급히 수화기를 들어 탄쭝밍에게 전화를 걸어 지금까지 있었던 일을 말해주며 그에게 바오이판에게 동생을 빼내 반드시 하이시로 데려와 달라고 부탁했다.

"바오이판이 순순히 넘겨주지 않을 거야. 네가 그와의 관계를 끝내려는 게 아니라면…"

"끝내면 끝내는 거지. 두 사람이 같이 있는 게 이미 감당이 안 돼. 자기 마음대로 하는 그 사람 때문에 하루 종일 마음이 조마조마했어. 탄쭝밍, 무슨 수를 쓰더라도 동생을 데려와 줘. 내 눈앞에 보여야 마음이 놓일 것 같아."

"바오이판을 믿을 수 없어? 그 사람도 일을 제대로 하잖아."

"못 믿어. 그 사람은 자기 엄마 사이에도 비밀이 없어."

"알았어. 이 일은 신경 쓰지 마, 내가 알아서 할게."

앤디는 오늘에서야 자기가 믿을 수 있는 유일한 사람은 탄쭝밍밖에 없다는 사실을 확인하는 계기가 되었다. 탄쭝밍의 '내가 알아서 할 게.'라는 말을 듣고 나서야 비로소 소파에 앉아 천천히 냉정을 되찾았고 온 몸의 떨림도 멈췄다.

하지만 침착해지기가 무섭게 머릿속으로 최악의 경우가 떠올랐다. 요즘 교통경찰들이 도처에서 음주운전 단속 중인데 한밤중에 사지가 꽁꽁 묶인 장애인을 태우고 가다가 검문에 걸릴 경우, 차에 타고 있는 장애인에 대해 제대로 설명하지 못하면 경찰서에 끌려갈 것이다. 그럼 모든 게 탄로 나고 말 것이다. 앤디는 너무 불안한 나머지 뜨거운 솥 안의 개미처럼, 방안을 이리저리 돌아다녔다. 야간에 장거리 운전까지 하다 보면 음주단속 말고도 어떤 일이든 생길 수 있었다.

2202호 입구, 관쥐얼과 추잉잉은 거의 비슷하게 퇴근을 했다. 막 엘리베이터에서 내리려는 순간 넋이 나갈 대로 나간 앤디가 2202호 문을 두드리고 있었다. 얼마나 집중을 했는지 옆에 있는 두 사람도 못 알아봤다. 관쥐얼과 추잉잉은 무슨 일이 있음을 직감했다. 판성메이가 문을 열자 두 사람은 마치 약속이라도 한 것처럼 싸움을 말릴 준비를 했다. 하지만 앤디는 입구에 선 채 초등학생이 책을 읽는 것처럼 조근조근 말했다.

"성메이, 아까 전화 받느라 고맙다고 하는 걸 까먹었네. 조언 해줘서 정말 고마워."

판성메이는 얼굴빛이 좋지 않은 앤디를 보고나서 앤디 뒤에 있는 두 사람을 발견했다.

"고맙기는 뭘. 근데 앤디, 무슨 일 있어? 완전 넋이 나간 얼굴이야."

앤디는 넋이 나간 정도가 아니라 이대로 가다간 정말 실성이라도 할 것 같았다. 앤디는 고개를 젓고 금세 멀쩡한 얼굴을 보였다. 그리고 억지로 웃음을 지어 보였다.

"아무 일도 없어. 국수 끓여놨는데, 다 식겠다. 가서 먹어야지. 그럼 내일 봐."

앤디의 이런 행동은 사람들 눈에도 이상하고 심지어 추잉잉이 보기에도 평소와 너무 달랐다. 앤디와 가장 친한 관쥐얼도 뭔가 이상함을 느꼈다.

"앤디, 나 헷갈리는 영어 단어가 3개 있는데, 좀 가르쳐 줄 수 있어? 무슨 뜻인지 이해가 안 가더라고. 저녁 먹는데 방해 되려나?"

"아니, 괜찮아."

앤디는 아무렇지 않은 척 보이려 애쓰며 계속 웃고 있었다.

관쥐얼과 판성메이는 서로 눈빛을 교환하고 앤디와 같이 2201호로 갔다. 아무래도 앤디를 혼자 두면 안 될 것 같았다. 판성메이는 조금 전 들었던 전화내용을 관쥐얼에게 알려주었지만 관쥐얼은 여전히 갈피를 잡을 수 없었다. 어쨌든 2201호에 좀 더 있어야겠다고 생각했다. 관쥐얼은 핑계거리로 인터넷에서 어려운 영어 단어 3개를 찾아서 최대한 시간을 끌었다.

앤디는 힘든 하루를 보내서인지 멍하니 있다가 휴대폰을 들어 메시지를 보냈다. 바오이판이 계속해서 메시지를 보내자 앤디는 처음부터 차근차근 살펴보기로 했다. 첫 번째 메시지 속 사진에는 손전등 아래의 남동생이 바보처럼 아무것도 모른 채 불만 쳐다보고 있었다. 머리는 헝클어져 있고 입고 있는 옷은 원래 색도 알아 볼 수 없을 정도로 더러웠다. 여기서 더 최악인 것은 방 안에 있던 한 남자였다. 이것만 보면 결론은 뻔했다. 그 사람이 동생을 놓아주지 않는다면 언젠가 동생 역시 저 남자처럼 될 것이다.

두 번째 메시지도 역시 사진으로 차에 탄 후 찍은 듯 보였다. 뒷좌석에 앉아 있는 동생은 겁에 질려 눈에 초점도 없었다. 바오이판의 설명에 따르면 아주 협조적이지 않아서였다.

세 번째 메시지는 '원장님과 연락이 닿았어. 동행해 달라고 부탁했어. 원장님도 오케이하셔서 지금 요양원으로 모시러 가고 있어.'로 사진은 없었다.

네 번째 메시지도 사진이었다. 손과 발이 자유로워진 동생이 요양원 입구에 서 있었다. 얼굴에 웃음을 되찾았고 멍한 모습도 조금은 사라진 듯 보였다.

다섯 번째 메시지가 가장 마지막으로 보낸 온 건데, 즐겁게 목욕하는 모습이었다. 동생 어깨 너머로 수건을 가지고 있는 손이 보였다. 앤디에게도 익숙한 손, 그 손의 주인은 골프 90타 기록을 깨기 위해 손가락 마디에 굳은살이 박이도록 연습하곤 했었다.

앤디는 무슨 말을 하면 좋을지 머릿속이 몹시 혼란스러웠다. 마지막 사진을 보고 있으니 두 눈가에서 눈물이 고이더니 한 방울 한 방울이 모여 주르륵 흘러내렸다. 관쥐얼이 같은 공간에 있다는 사실도 잊어버렸다. 관쥐얼은 겨우 단어 3개를 찾아내긴 했으나 조용히 한쪽에서 기다리고 있었다. 앤디를 방해하면 안 될 것 같았다.

잠시 후 탄쭝밍에게서 온 전화에 앤디가 정신을 차렸다.

"바오이판이랑 얘기 해봤는데, 한 번 고생해서 앞으로는 문제가 생기지 않도록 하고 싶은가봐. 이미 요양원에도 연락을 해뒀다고 하더라. 내가 작년에 알아봐둔 곳이 있다고 조건도 좋고 믿을 만 하니 동생을 하이시로 데려가면 어떻겠냐고 돌려서 물어봤는데, 약간 기분이 상한 거 같아. 지금 그가 동생을 데리고 있으니 더 이상 신경을 건드리고 싶지 않아서 조금 있다가 다시 전화해 보려고. 하나 제안하자면 네가 다시 이성을 되찾았다면 직접 그와 얘기를 해보는 게 좋을 것 같아."

"그 사람이랑 연락하고 싶지 않아. 갈수록 그의 관심이 부담스러워서 받아들일 수가 없어. 이제 정말 갈 길이 없는걸. 너무 부끄럽기도 하고. 수많은 추측도 감당 못하겠고 갑작스런 사고도 두려워. 어떡하지? 깊이 생각하면 할수록 너무 복잡하고 혼란스럽기만 해. 지금 내 눈앞에 어두움이 있다면 그건 예측불가에다 알다가도 모르는 바로 그 사람이야. 그냥 도망치고 싶어."

앤디는 관쥐얼이 함께 있다는 사실을 까맣게 잊고 있는 듯했다. 통화 내용을 들은 관쥐얼은 순간 당황스러워 어안이 벙벙했다.

'지금 앤디가 바오이판과 끝내고 싶다는 건 아니겠지?'

관쥐얼은 헛기침으로 자신의 존재를 알렸다. 하지만 앤디는 아무 소리도 들리지 않았다.

한참 동안 생각에 빠졌던 탄쭝밍이 앤디를 진정시켰다.

"일단 진정해. 스스로 괴롭히진 말고 정 안되겠으면 피하면 되지. 뭐 그리 대단한 것도 아니잖아."

"난 정말 형편없어. 정말이야. 나 침착해져 볼게."

앤디가 통화를 마치자, 관쥐얼이 다시 한 번 가볍게 헛기침을 했다. 그때서야 앤디는 관쥐얼의 존재를 알아채고 멍하니 그녀를 바라보았다. 아무 말도 할 수 없었다.

그러자 관쥐얼이 나지막한 소리로 앤디를 안심시켰다.

"나 아무것도 못 들었어. 여기서 있었던 일은 아무한테도 말 하지 않을게."

앤디는 넋을 놓고 관쥐얼을 바라보고 있을 뿐 아무 말도 할 수 없었다. 사실 가슴 속에 쌓아둔 말은 많았지만 결코 얘기할 순 없었다. 지금까지 쓸데없는 소리 한 번 안하고 살아왔는데, 오늘 극심한 불안함과 초조함이 엄습하자 마음을 컨트롤 할 수 없을 것 같았다. 지금 그녀 앞에 있는 관쥐얼을 붙잡고 하소연이라도 하고 싶었지만 대체 무슨 말을 할 수 있단 말인가. 자신도 비밀 하나 지킬 수 없는데 다른 사람에게 비밀을 지켜달라고 하는 건 말도 안 되는 일이었다. 그녀는 그냥 참기로 했다. 답답해 죽는 한이 있더라도.

처음 보는 앤디의 무력한 모습에 관쥐얼도 적지 않게 혼란스럽긴 했지만 용기 있게 단호하게 말했다.

"앤디, 네 곁에 내가 있잖아. 오늘 아무것도 안하고 그냥 네 옆에만 있을게. 너무 걱정돼서 그래. 아무것도 안 물어보고 아무한테도 얘기 안 할 테니 안심해."

여전히 멍하니 있던 앤디가 고개를 끄덕였다. 그리고 쪽지에 전화 번호를 하나 적어서 건넸다.

"만약에 내가 상태가 안 좋아지면 여기로 전화 좀 해 줘."

"알았어. 알았으니까 어서 가서 저녁 먹어. 끼니 거르면 안 돼. 잊지 마, 넌 지금 임신 중이라는 걸."

온 신경이 딴 데로 가 있어서 국수 맛도 느껴지지 않았다. 시간이 멈춘 듯 아무 소리도 들리지 않았다.

앤디가 가까스로 국수 그릇을 비워갈 때 즘 바오이판에게서 메시지가 왔다. 앤디는 밀려오는 화를 꾹 참고 재빨리 휴대폰을 열었다. 사진에는 원장님과 어느새 말끔해진 남동생이 양로원 마당에 서 있었고 크고 작은 가방들도 그 옆에 놓여 있었다.

어디 가는 거지? 어떻게 가려고? 앤디는 궁금증이 가득했지만 자신이 먼저 전화해서 물어보고 싶진 않았다.

취샤오샤오는 동료들과 기술적인 문제를 논의하기 위해 회의를 소집했다. 사실 논의라기보다는 그녀와 다른 영업 사원을 교육하는 것이 더 맞았다. 교육 중에 자오치펑의 전화가 왔다. 휴대폰이 진동 상태였기에 발신자를 확인하고 바로 끊고 메시지를 보냈다.

'지금 바쁘니까 메시지로 얘기해.'

잠시 후 자오치펑의 메시지가 도착했는데, 이제 곧 출발했으니 퇴근 준비를 하라는 내용이었다. 취샤오샤오는 앞으로 30분은 걸릴 것 같다고 답장을 보냈다.

배워 둘 수 있을 때 배우라는 말이 있듯 기술관련 교육은 무조건 외울 뿐, 깊이 이해하려고 애쓰지 않았다. 솔직히 전혀 이해가 가지 않았다. 이해하려면 초, 중, 고등학교 물리부터 새로 배워야 했다. 기술 영역을 완전히 이해하든 못하든 기술과 영업은 서로 밀접한 관련이 있다는 사실을 알았기 때문에 취샤오샤오에게 기술을 여전히 어려운 대상이었지만 조금도 소홀히 하지 않고 모범생처럼 열심히 필기를 했다. 기술자의 말재주가 뛰어나서 많은 문제들을 문제화해서 심지어 수차례 반복적으로 들어도 제대로 이해할 수 없었지만 인내심을 갖고 자리를 지켰다. 그러다 보니 시간이 어떻게 흘러가는지도 까맣게 잊어버렸다.

드디어 입에 침이 마르도록 열정적이었던 기술 교육이 끝났다. 시계를 보니 이미 저녁 7시가 훌쩍 지났다. 자오치펑이 언제부터 와서 기다리고 있었는지 모르겠지만 주차장에서 기다리고 있다는 메시지가 남겨져 있었다. 그녀는 재빨리 사무실로 돌아가 퇴근할 준비를 마치고 후다닥 사무실을 빠져나오니 직원들이 느릿느릿 가방을 챙기고 있었다. 회사 문 열쇠까지 다 챙기고 서 있자니 아무리 그녀가 사장이라고 해도 직원들에게 빨리 나가라고 재촉할 수는 없었다. 그들이 매일 이렇게 출근해주는 것도 고마운데, 어떻게 감히 빨리 나가라고 하겠는가. 그러다 정말 안 돌아오면 어떻게 하려고….

어렵사리 직원들을 다 내보내고 나서야 사무실 불을 끄고 플러그를 뽑았다. 어린 사장이라도 좋은 사장이라면 당연히 해야 하는 일을 최선을 다해 해냈다. 하지만 회사 문을 닫고 복도를 나서면 그녀는 더 이상 사장이 아니었기에 황급히 자오치펑에게 전화를 걸었다.

"자기야, 미안해, 정말 미안해. 회의가 방금 끝났어. 지금 엘리베이터 기다리는데, 빨리 갈게. 나 지금 뛰고 있는 소리 들리지? 봐봐, 지금 숨이 차서 숨도 못 쉴 지경이잖아. 헥, 헥. 아, 엘리베이터 탔다!
금방 갈게."

늦은 퇴근 시간이었는데도 하행 엘리베이터에 사람이 꽉 차 있었
다. 취샤오샤오는 더 이상 통화가 불가능했기에 인내심을 가지고 엘
리베이터 층수가 천천히 내려가는 것을 지켜보고 있었다. 지하 주차
장에 도착하자마자 그녀는 뒷사람에게 가방이 끼어 약간 시간을 지
체하긴 했지만 사람들 틈을 비집고 제일 먼저 엘리베이터에서 내렸
다. 그리고 순식간에 그녀를 데리러 온 차를 찾았다. 문을 열고 앉기
도 전에 자오치펑에게 키스를 했다. 단숨에 모든 일을 마친 그녀는
숨을 헐떡이며 말했다.

"회의하느라, 너무 오래 기다렸지. 오늘은 정말 할 말이 없다. 자기
는 차 안에 앉아 있는데도 엄청 훤칠한 거 있지. 진짜 대박 멋있어.
근데 난 완전 엉망이야. 빨리 나오느라 화장도 못 고치고 왔단 말이
야. 지금 보면 후회할지도 몰라."

자오치펑은 겨우 끼어들 기회를 잡았다.

"우리 엄마가 출장 오셨거든. 지금 뒷자리에 앉아 계셔. 어디 가서
같이 저녁이라도 먹자."

취샤오샤오는 너무 놀라 얼른 뒤를 돌아보았다. 어두컴컴한 뒷좌
석에서 안경알이 희미하게 반짝였다. 그녀가 제일 무방비한 상태인
지금, 그의 어머니가 오시다니! 게다가 오히려 그의 어머니가 먼저
차분하게 인사를 건네니 취샤오샤오는 더욱 몸 둘 바를 몰랐다.

"안녕하세요. 한창 바쁘다는 얘기는 들었어요. 사업도 잘 된다면서
요. 근데 이렇게 어리고 똑똑하고 예쁜 아가씨일 거라곤 생각도 못
했네요."

취샤오샤오는 얼른 두 팔을 뻗어 자기를 향해 내밀고 있는 자오치

핑 어머니의 손을 잡고 힘껏 악수를 했다.

"안녕하세요. 오래 기다리셨죠. 너무 죄송합니다. 정말 죄송해요. 미리 알았더라면…. 미리 알았더라면 회의를 일찍 마치고 나왔을 텐데. 죄송해요."

취샤오샤오가 이토록 난감해하는 모습은 처음이었기에 자오치핑은 결국 참지 못하고 웃음을 내뿜었다. 취샤오샤오는 그의 웃음소리에 화가 발끈 했지만 차가 너무 작아서 뭘 해도 그의 어머니가 눈치를 챌 것 같아 오늘의 복수는 다음 기회로 미뤄두기로 했다.

"치핑한테 일하는데 방해하지 말라고 했어요. 듣자니 회사를 혼자 운영한다던데 역시 대단하네요. 설에도 안 쉬고 해외로 출장까지 가고 말이에요. 뿌린 대로 거둔다고 이렇게 젊은 사람이 혼자서 정말 대단하네요."

취샤오샤오는 그때까지도 그의 어머니 손을 잡고 있었다.

"아니에요. 과찬이세요. 다 저희 부모님께서 다 도와주셔서 할 수 있었던 거예요. 자기랑은 다르게, 아니 자오치핑은 혼자서 수술대 앞에 서고 집도하잖아요. 정말 대단한 건 이 사람이죠."

"너무 닭살 아니야!"

자오치핑이 히죽거리면서 한 마디 거들었다.

"나 채소 먹으러 갈래."

취샤오샤오가 아무 생각 없이 말을 내뱉고는 놀라서 눈동자를 이리저리 돌렸다. 그리고 다시 진중한 모습으로 어머니를 바라보았다. 어머니가 웃자, 그녀도 따라 웃었다.

"원래는 고기든 야채든 가리지 않는데 긴장해서 말이 잘못 나온 거 있죠. 제가 어려서 그런가보다 하고 어머니께서 이해해주세요. 아이고, 제가 계속 어머니 손을 잡고 있어서 계속 불편하게 앉아계셨죠. 아, 그리고 어머니께서 출장 오셨는데, 제가 어머니 기사라도 해드려야죠. 가능한 시간이 있는지 한번 볼게요."

"아니야, 아니다. 괜히 바쁜데 무리할 필요 없어요. 그냥 이렇게 만났으니 됐어요. 내일은 바빠서 시간도 없어요."

두 사람이 자주 가는 식당에 도착했다.

자오치핑의 어머니가 화장실을 찾기 전에 취샤오샤오가 먼저 나서서 화장실 위치를 알려주었다. 그리고 그녀가 잠깐 자리 비우자 가슴을 쓸어내렸다.

"오빠, 이렇게 갑자기 습격해도 되는 거야? 나 놀래켜 죽일 작정이구나. 어머니가 오시는 줄 알았으면 아까 낮에 사자성어나 단어라도 몇 개 외워 뒀을 거 아니야. 아니면 마음의 준비라도 하던지. 가슴이 철렁하네. 인공호흡이라도 할 판이라고."

"엄살 부리기는."

자오치핑이 웃으면서 말했다. 취샤오샤오도 피식 웃음이 났다.

"하여튼 알아서 해. 나 놀리기만 해봐. 내가 그렇게 쉬워? 근데 어머니 입으신 옷이 꼭 니모 같다. 하하하…."

취샤오샤오는 도저히 웃음을 참을 수 없어 자오치핑 뒤에 서서 몰래 웃었다.

"계속 웃으면 너 배신해버린다. 우리 엄마가 엄청 성실한 선임엔지니어라 아빠보다 더 해. 그러니까 쉽게 속일 생각은 안하는 게 좋아. 지켜볼 거야."

"그럴 리가, 하하. 그래도 좀 웃었더니 긴장이 풀린다. 어머니 오시면 다시 진지모드로!"

"오신다."

취샤오샤오 일행이 자리에 앉았다. 이 식당은 가격은 중간 수준

정도지만 가성비는 최고였다. 종업원이 메뉴판을 가져다주자, 취샤 오샤오는 바로 자오치펑의 어머니에게 보여드렸다. 하지만 어머니 는 아들에게 다시 넘겨주며 그녀에게 진지하게 말했다.

"말 편하게 해도 되지? 여자들은 다이어트 한다고 저녁을 아예 안 먹거나 적게 먹거나 하잖니. 나도 그런 편이야. 그렇지만 내가 내일 은 머리를 좀 많이 써야 할 것 같으니 오늘은 좀 먹어야겠구나. 넌 편 한 대로 하렴. 나 신경 쓰느라 일부러 무리할 필요 없다."

조금 전 차에서 내릴 때 보니 자오치펑의 어머니도 꽤나 날씬한 편인 것 같았다.

"네. 물론이죠. 어쩐지, 그래서 어머니도 몸매가 이렇게 좋으신가 봐요. 이해해주셔서 감사합니다. 그럼 저도 무리해서 먹지 않아도 되 겠어요."

그녀가 익살스러운 표정을 지어보였다. 자오치펑의 어머니가 이 렇게 시원시원하실 줄은 정말 몰랐는데, 너무 잘된 일이다.

자오치펑의 어머니는 그녀의 장난기 가득한 얼굴을 보고 웃으면 서 말했다.

"아이고, 얼굴을 그렇게 웃기게 해도 예쁘네. 춘절에 만났더라면 정말 좋았을 텐데, 너무 아쉽네. 이번에는 바빠서 이제 만날 시간이 없을 것 같은데."

"'시간이 없어서 못 만나는 게' 당연하지. 아들 말고 누가 엄마를 만나준다고 그러실까. 엄마, 이번에 저 다섯 글자 모았어요."

자오치펑의 어머니는 침착하게 종이 1장을 내보였다.

"난 세 글자 모았다. 글자 수는 너보다 못해도 글자들은 다 생소할 거야."

모자끼리 서로 종이를 교환했다. 어떻게 된 일인지 영문을 알 수 없었던 취샤오샤오는 재빨리 고개를 돌려 어머니 손에 있는 종이를 슬쩍 훔쳐봤다. 모두 다 생소한 글자들임에 틀림없었다. 다섯 글자도 취샤오샤오를 모르고 그녀도 다섯 글자를 못 알아보고, 서로 생판 모르는 상황에 처해버렸다. 그녀는 아직도 이런 게임을 즐긴다는 사실에 깜짝 놀라하면서도 얼른 눈빛을 돌려 못 본 척, 관심 없는 척했다. 하지만 두 사람은 헤헤 거리며 이리저리 생각하느라 취샤오샤오는 안중에도 없었다. 다행히 두 사람만의 연결고리를 끊어줄 음식이 나오기 시작하니 화제도 다시 자연스럽게 돌아왔다. 취샤오샤오도 다시 정신 줄을 붙잡았다.

접대용 식사 자리가 아니라 술도 마시지 않으니 식사 시간이 생각보다 짧았다. 취샤오샤오는 혹시라도 자오치펑의 어머니가 차라도 한 잔 마시자고 할까 걱정스러웠다. 그래서 먼저 생각해 주는 척하면서 입을 떼었다.

"저녁 먹고 나서 나는 택시 타고 갈게. 당신은 호텔까지 모셔다 드리고 어머니랑 시간 좀 보내."

자오치펑의 어머니는 기뻐하며 취샤오샤오에게 고마움을 전했다. 아마도 아들과 단 둘이 시간을 보내고 싶으셨던 것 같다. 취샤오샤오는 이렇게 쉽게 어머니를 보내드릴 수 있어서 너무 기뻤다. 생각보다 자유가 빨리 찾아왔다.

하지만 취샤오샤오는 잔꾀를 부려 자오치펑이 음식 값을 계산하고 화장실에 간 사이에 적당한 구실을 찾아 자오치펑의 휴대폰과 글씨가 적혀 있던 종이를 손에 넣었다. 그리고 능청스럽게 뭐라도 하는 듯 혼자 중얼거리면서 그의 휴대폰을 자기 휴대폰으로 연결해 둔 다음 아무 일도 없었던 것처럼 다시 코트 주머니에 쏙 넣어두었다.

취샤오샤오는 두 사람과 헤어지자마자 손으로 귀를 가리고 두 사람의 대화를 엿듣기 시작했다. 두 사람의 대화 주제는 역시나 생각대로 취샤오샤오에 관한 것이었다.

"취샤오샤오는 정말 개성도 있고 참 좋은 아가씨구나."

취샤오샤오는 이 말 한 마디에 순간 멍해졌다. 일이랑 상관 없는 어르신들이 그녀에게 좋은 사람이라는 소리를 듣다니! 정말이지 태어나서 처음이었다. 지금까지 그녀의 부모님 말고 다른 사람에게 이런 칭찬을 듣다니, 게다가 좋은 사람이라니. 분명 가식적인 멘트임이 틀림없었다. 하지만 또 한편으로 자오치펑 어머니 성격에 가식적인 말은 하지 않을 거라는 생각이 들었다.

자오치펑의 '네'라고 대답한 후에도 몇 마디 속닥속닥 하는 말이 들리더니 자오치펑의 어머니가 다시 말을 이었다.

"한 가지 당부하고 싶은 게 있어. 뜨거운 감정이 어느 정도 사라지고 난 결혼생활은 아주 지루하고 무미건조하게 느껴질 수도 있어. 그렇기 때문에 멀리 생각해 봐야 한다."

취샤오샤오는 이 말을 듣고 난 후 대체 무슨 의미일까 고민해봤다. 혹시라도 자기가 잘못 들은 건 아닐까 의심이 되긴 했지만 두 귀로 똑똑히 들은 게 확실했기 때문에 곱씹어 생각해보았다. 결혼? 자오치펑 어머니도 지루하게 생각하는 그 결혼? 그녀는 갑자기 그와의 전화 연결을 끊고 싶은 충동이 일었다. 결혼이라니, 너무 두려웠다. 그건 정말 더 이상 사랑 같은 건 기대할 수 없는 무덤 같은 생활밖에 아니지 않은가.

하지만 철저한 실속파인 취샤오샤오는 계속해서 통화를 엿들었다. 조금 있으니 자오치펑의 목소리가 들렸다.

"저도 고민하고 있어요. 서로 다른 사람 둘이서 함께 사는 거니까. 나중에라도…. 사람이 먼 앞일을 미리 생각하지 않으면 나중에 걱정이 생기기 마련이라고 하는데, 물론 병이랑은 다를 수 있죠. 병도 수시로 변하고 사람은 더 하겠죠. 너무 먼 미래 일에만 의지하면 자칫하다가 잘못된 방향으로 갈 수도 있어요."

"나도 네가 그 정도는 생각했을 줄 알았어. 내가 괜한 걱정을 했구나. 아무튼 다른 집 귀한 자식 마음 아프게 하지 말거라. 이 사회에서 여자로 사는 건 여간 힘든 일이 아니란다. 여자로서 좋은 사람, 좋은 일을 동시에 하기는 쉽지 않아."

"알겠어요."

자오치펑은 여느 집의 아들들이 엄마의 잔소리를 듣기 싫어하듯 살짝 귀찮다는 듯 대답했다. 반면에 취샤오샤오는 멍해졌다. 그의 어머니가 자신을 위해서 그런 말을 하다니, 자기편을 헷갈린 게 아닐까?

곧이어 두 사람의 화제가 전환되었다. 취샤오샤오는 궁금하긴 했지만 양심에 가책을 느껴 전화를 끊었다. 택시 안에 혼자 가만히 앉아서 방금 전 두 사람의 대화를 곰곰이 떠올려봤다. 정말 믿을 수 없을 정도로 바른 말만 하는 사람을 마주치다니. 더 믿을 수 없는 건 그 사람이 자기를 좋은 사람이라고 생각하고 있다는 사실이었다.

22층으로 돌아와 2201호 문에 한참을 기대섰다가 큰 소리로 문을 두드렸다. 이 말도 안 되는 일을 모두와 공유하고 싶었다. 그런데 문이 열리고 나오는 사람은 앤디가 아니라 관쥐얼이었다. 게다가 관쥐얼은 소리를 내지 않고 조용히 하라는 시늉만 했다.

"나 좋은 소식이 있어. 근데 너 왜 그래?"

관쥐얼은 잠시 머뭇거리자 그 틈을 타 취샤오샤오가 문을 열고 들어갔다. 그녀는 앤디가 컴퓨터 책상 앞에 앉아 있는 걸 보고는 의아해하며 관쥐얼을 한번 쳐다봤다.

"뭐야? 앤디를 혼자서 차지하겠다는 거야? 바오이판이 그러라고
하나 보자, 어디."

"그 사람 얘기 꺼내지마. 짜증나니까."

취샤오샤오는 놀란 토끼 눈으로 강력한 한 마디를 내뱉고 여전히
집중해서 일을 하고 있는 앤디를 바라보다 너무 웃긴 나머지 웃음이
나오는 걸 참지 못했다. 그리고는 아주 심각한 표정으로 서 있는 관
쥐얼을 놀렸다.

"그렇게 입을 꾹 다물고 서서 뭐하는 거야? 알았어, 귀찮게 안 할
게. 근데 말이야, 자오치펑의 어머니는 정말 세상에서 제일 좋은 분
이신 것 같아. 한 집 사람이 아니면 한 대문으로 못 들어간다고 하잖
아. 정말이지 나랑 인연이 있긴 한가봐."

"어머니께는 정말 죄송한데 너랑 한 집 사람이면 좋은 사람이라는
거야?"

"하, 내가 여태 너무 겸손하게 살아서 네가 내가 얼마나 지각 있는
사람인줄 몰랐나보다. 알았어. 가야겠다. 앤디, 무슨 일 있으면 말 해.
그럼, 두 사람은 천천히 놀아."

취샤오샤오는 문을 나서기 전 눈동자를 돌려 앤디의 옆모습을 슥
한번 살펴보고는 관쥐얼에게 혀를 삐죽 내밀고 돌아갔다.

"정말 유감이야. 내 이 기쁜 소식을 함께 공감할 수 없다니 말이야."

관쥐얼도 취샤오샤오를 잡지 않았다. 될 수 있으면 오늘 일에 대
해서 아는 사람이 적을수록 좋을 것 같았다. 밖으로 새나갈 위험이
적어야 앤디에게도 불리하게 적용되지 않을 것이니 말이다.

그렇지만 취샤오샤오는 그리 호락호락한 사람이 아니었다. 2203호
로 돌아온 그녀는 불을 켤 새도 없이 바오이판에게 전화를 걸어 오
늘 앤디의 상태를 그에게 보고했다. 사실은 적의 상태를 정탐하기 위

함이었기도 했다.

"바오 사장님, 오늘 내가 좀 늦었네요. 앤디 언니는 집에 있긴 한데 기분이 썩 좋아 보이지 않아요."

"그래요? 얼마나 안 좋아 보이는데요? 이유는?"

"이보세요. 아무것도 모르는 척 계속 할 거예요? 앤디 언니가 아주 직접적으로…"

취샤오샤오는 앤디 흉내를 냈다.

"그 사람 얘기 꺼내지마. 짜증나니까."

"앤디는 지금 뭐 하고 있어요? 지금 앤디네 집에서 오는 길이에요?"

"네. 오래 못 있게 하더라고요. 나 같이 이런 좋은 친구를 내쫓다니, 어디 얘기 좀 해봐요. 내가 어디 앤디를 배신할 사람이에요? 내 미래의 시어머니가 그랬어요. 이 사회에서 여성이 상대적으로 살기가 더 힘들고, 여자로서 좋은 사람이 되고 좋은 일을 한다는 것도 쉽지 않다고. 그러니까 여자한테 잘해도 절대 지나친 게 아니라는 말이죠. 근데 우리 앤디 언니는 임신까지 했잖아요. 어떻게 사과할 거예요? 내가 대신 전해 줄 테니까, 어서 말해 봐요."

"내가 사과해야 되는지 어떻게 알았어요?"

"아, 이런 남자들이란. 어쩜 이렇게 뻔뻔하지? 이런 걸 대놓고 물어볼 수 있다니! 바오 사장님 대신 내가 거짓말을 해줄까요? 어떻게 해줬으면 좋겠어요?"

취샤오샤오는 바오이판의 깊은 한숨 소리를 들었다. 그리고 얼마 후 아무런 소리도 들리지 않았다. 결국 취샤오샤오가 아무 두려움 없이 물었다..

"바오이판 사장님, 무슨 일이든 참아줘요. 당신은 큰 사업가니까 당신 회사에 임신한 여직원들 많잖아요. 그 사람들 다 참아주고 있을 텐데 왜 앤디 언니한테는 왜 그렇게 못해요? 역시 사람은 곧으면 곧을수록 바보 같다니까. 정말 단순한 진리인데 마음 넓게 가져야 하는 거, 그런데 저들은 이해 못하더라고, 쳇."

바오이판이 드디어 말문을 열었다.

"좋아요, 당신이 메신저 역할을 좀 해줘야겠어요. 앤디한테 내가 보낸 메시지를 다 안 봤더라도 이거 하나만 알고 있으라고, 여기 세 사람이 밤새 달려서 하이시로 갈 거라고. 그러니까 준비하고 있으라고 말이에요."

"근데 왜 난 하나도 못 알아듣겠지?"

취샤오샤오는 눈을 깜박거렸다. 그녀는 더 많은 정보를 캐내려고 했지만 바오이판에게 들키고 말았다. 바오이판도 말을 아꼈다.

'응, 당신이 말 안 해줘도 상관없어. 나한텐 앤디가 있거든. 앤디는 당신보다 훨씬 다루기 쉬우니까.'

취샤오샤오는 속으로 중얼거리며 옷도 갈아입지 않고 다시 2201호로 달려가서 문을 세게 두드렸다. 역시나 문을 연 건 화가 잔뜩 난 관쥐얼이었다. 취샤오샤오는 의기양양해서 말했다.

"이번에는 그냥 온 게 아니야, 바오이판 님께서 명령을 전달하라고 날 특별히 보낸 거라고. 두 가지 옵션을 줄게. 하나, 할 말만 빨리 하고 돌아가기. 둘, 그냥 가기."

관쥐얼은 취샤오샤오가 이렇게 대담하게 바오이판에게 연락을 할 줄 꿈에도 몰랐다. 그녀는 취샤오샤오에게 문을 열어주면서도 그 말은 잊지 않았다.

"흥!"

취샤오샤오는 넓은 아량으로 소인의 허물을 용서해주듯 관쥐얼의 얼굴을 쓱 한 번 쓰다듬으며 안으로 들어갔다. 관쥐얼은 너무 갑작스러워 미처 아무 반응도 하지 못하고 취샤오샤오에게 꼼짝없이 당하고 말았다.

"정말 못됐다니까."

취샤오샤오는 관쥐얼의 말에도 아랑곳하지 않고 실실 웃으며 앤디 곁으로 갔다.

그리고는 앤디에게 목소리를 낮추어 귓속말을 했다.

"바오이판이 미안하다고 전해달래. 부잣집 도련님 버릇이 나와 버렸다고, 자기가 잘못했대. 지금 어떤 사람 둘이랑, 그러니까 셋이서 밤새 달려서 하이시로 올 거래. 그러니까 이쪽에서 준비하고 있으라고. 무슨 일이야? 실컷 때려서 분풀이라도 할 셈인 거야? 그럼 거기 자오치펑도 껴주면 안 돼? 사실 나도 싸움은 좀 하는데, 내가 힘 좀 쓰고 경험 있는 애들 불러줄 수 있는데, 어때?"

앤디는 고개를 돌려 취샤오샤오를 한 번 보고는 휴대전화를 열어 읽지 않은 메시지를 다 읽었다.

"그 사람이 너한테 정말 그렇게 말했어?"

"응, 그렇다니까. 언니가 기분이 안 좋으니까 나도 마음이 아프더라고. 그래서 욕 좀 해줬지. 그랬더니 바로 꼬리를 내리던데. 그러고 보면 정말 착하긴 해."

"고마워, 샤오샤오. 그리고 또 뭐래?"

"아, 깜박할 뻔했네. 언니가 메시지를 봤든 안 봤든, 무조건 하이시로 간다고. 응, 아마 그렇게 말했던 것 같아. 아니면 내가 같이 보면서 분석해줄까?"

"아니야, 고마워. 그 사람이 한 말 그대로야. 근데 그 사람한테 뭐라고 욕했는지 말해줄 수 있어?"

취샤오샤오는 이들 모두 입이 무거워서 어떤 정보도 캐내기 힘들

것 같은 감이 왔다. 아무 근거 없는 소문이라도 꿈도 꿀 수 없는 일이었다. 그녀는 어쩔 수 없이 멋대로 말을 지어냈다.

"간단하지 뭐. 당신 같은 똑똑한 사람들은 못 한다."

"쥐얼, 관쥐얼. 너도 잘 보고 들어. 내가 아무한테나 가르쳐주지 않아. 남자 친구나 남편을 다룰 때 유용한 방법이라고. 잘 봐."

취샤오샤오는 주먹 쥔 두 손을 가슴 앞에 모으고 숨이 멎을 듯한 얼굴로 소리를 질렀다.

"그렇지만 난 여자잖아. 여자, 여자라고… 이렇게 말이지."

앤디는 자기 기분도 잊은 채 멍하니 서서 취샤오샤오를 바라보았다.

"여자가 뭐 어떻다고?"

"너네, 정말!"

취샤오샤오가 관쥐얼을 향해 고개를 돌려보았지만 그녀 역시 고개를 가로저었다.

"이런 아무것도 모르는 여자들을 돕고 있다니, 그러니까 바보짓만 할 줄 알지. 잘 기억해뒀다가 앞으로 싸울 일이 생기면 남자 친구한테 이렇게 말해주라고, 이 몸은 여자니까 남자가 양보해 줘야 해. 그리고 언니, 언니는 더군다나 임신 중이잖아. 내 베프가 말해준건데, 걔는 임신한 10달 동안 남자가 꼼짝도 못 하게 꽉 쥐고 살았더라고."

"차라리 그냥 몇 번 우는 게 효과가 더 좋지 않아?"

관쥐얼이 물었다.

"이제야 말이 통하네, 앤디는?"

"저 두 마디 때문에 바오이판이 사과를 했다고? 나는 여자고, 나는 임신했으니까, 그게 끝이야?"

취샤오샤오는 더 이상은 안 되겠는지 빽하고 소리를 질렀다.

"아, 답답해, 답답해 죽겠네. 나도 도저히 감당을 못 하겠다. 아아악!"

그때 앤디는 이미 머릿속으로 예전에 읽었던 자료들을 찾고 있었다.

"임신만으로도 이유가 되는 거 맞아. 임신 기간에는 체내 호르몬 기복이 심해져서 비합리적인 상황이 많이 발생하지만 충분히 정상 참작이 가능하지."

그녀는 방금 전 농담으로 '나는 임신했으니까'라고 하긴 했지만 설사 무슨 일이 생긴다 해도 결코 '임신'을 무기로 삼을 사람은 아니었다.

"어쨌든 논리적으로는 말은 되니까."

취샤오샤오는 귀를 막고 아까보다 더 크게 소리를 질렀다. 말을 다 이해는 하면서 왜 여전히 말이 통하지 않는단 말인가. 그녀는 맥이 탁 풀렸지만 말을 이었다. 앤디는 그녀의 카랑카랑한 목소리를 뚫고 탄쭝밍에게 전화를 걸어 현재 상황을 얘기해주었다.

"난 여자고, 난 임신했어. 그 말에 바오이판이 항복했대. 그리고 차를 돌려서 지금 하이시로 오고 있대. 정말 신기하지 않아?"

"그렇게 한다면 다행이네, 말이 좀 통했나 본데. 좋아, 그럼 당신도 바오이판을 너무 재촉하지 마, 어쨌든 내일 아침 사람들이 출근은 해야 요양원에 들어갈 수 있는 거잖아. 이번 일은 이렇게 처리하는 게 맞아. 잘했어. 두 사람 모두 너무 시시비비를 따지지는 말고. 그래도 당신이 직접 나서야 해, 직접 그 사람한테 말하라고. 바오이판은 마음이 넓은 사람인 편이야, 다른 사람 같았으면 자기를 못 믿나 해서 이미 화를 내고도 남았을 거야."

앤디는 "흥" 하고는 멍하니 취샤오샤오를 바라보고 있었다. 대체 뭐가 좋은 건지 이해할 수 없었다. 취샤오샤오는 아무 말 없이 눈을 내리깔았다. 앤디는 부드러운 목소리로 그녀에게 도움을 구했다.

"바오이판에게 뭐라고 말해야 하는 거야? '고마워, 일이 어느 정도 진행됐어?' 이렇게? 메시지로 보내야겠다."

"전화해!"

"메시지 보낼 거야!"

"전화하라고! 꼭 전화로 해야 해! 여보세요?"

앤디는 취샤오샤오의 '여보세요'라는 말에 갑자기 머리가 지끈거렸다. 그럼 바오이판에게 더 빚을 지는 꼴이 아닌가? 관쥐얼이 잘못된 방향을 다시 잡아주었다.

"침실 가서 통화하면 하나도 안 들릴 거야."

취샤오샤오가 관쥐얼에게 달려들어 목을 졸랐다. 앤디가 순순히 말을 듣게 할 수 있는 절호의 기회였는데 관쥐얼이 망쳐버렸다.

사실 앤디가 생각하는 만큼 그렇게 걸기 힘든 전화는 아니었다. 통화 연결이 됐지만 "여보세요."를 하지 못했다. 전화기 너머의 바오이판이 이미 스스로 말하기 시작했다. 방금 전 자신의 꼬인 태도에 대한 변명이 아닌 사과를 했고 그녀는 한 발 물러서서 두 번째 선택을 받아들였다. 다시는 남동생 가족들과 강제로 도박을 하지 않기로 했다. 결국 남동생을 원장님이 계신 요양원으로 보내서 함께 하이시로 오면 그때 원장님과 떨어지기로 했다. 바오이판은 그렇게 자신의 고집을 꺾었다. 하지만 취샤오샤오는 내막을 알 리가 없었기에 궁금해 미칠 지경이었다. 앤디가 침실로 통화를 하러 간 사이에 관쥐얼을 말똥말똥 바라봤다.

"쥐얼, 봐봐, 해결됐지? 넌 뭐 물어볼 거 없어?"

관쥐얼은 의심의 눈초리로 그녀를 바라봤다.

"근데 물어보고 싶어도 못 물어보겠어. 어떻게 해결한 거야? 도무지 모르겠어. 나는 여자잖아, 이 한 마디로 문제가 해결 될 걸 어떻게 안 거야?"

"이런 충성된 앞잡이 같으니라고. 입이 그렇게 무거워서야. 나중에 너 회사에서 그만두면 내가 너한테 원하는 자리를 줄게."

"말하는 것 좀 봐. 그게 칭찬이야?"

관쥐얼은 딱히 할 말이 없어서 아무것도 모르는 듯 멍하니 취샤오 샤오를 바라봤다. 취샤오샤오는 앤디가 통화를 마치고 방 안에서 나오는 것을 눈치 채고 얼른 무표정한 얼굴로 돌아왔다.

"왜 그래? 바오이판이 무례하게 굴었어? 안 물러나?"

앤디는 탄식하며 어쩔 수 없이 차선책을 택한 것에 대해 어쩔 줄 몰라 했다. 길게 아플 바에야 짧게 아프고 끝내는 게 낫다는 말을 하마터면 그대로 실행에 옮길 뻔했다. 바오이판이 모든 상황을 망쳐버린 것이다. 만약 이게 사업이었다면 바로 생수병을 찌그러트렸을 테지만 집안일이니 컵을 깨부숴버렸다.

"더 이상 물어보지 마. 두 사람 성향이 다르잖아. 네 휴대폰 울린다."

"일부러 안 받는 거야. 나중에 걸면 돼."

취샤오샤오는 휴대전화를 확인하고는 무시해버렸다. 그리고 더 억지를 부리고 말을 끝내고 나서야 전화를 받았다.

"자오치펑. 왜? 어머니 안 모셔다 드렸어? 알았어. 기다리고 있을게."

"응, 20분이면 도착해."

취샤오샤오는 왠지 말을 잘못했다는 느낌이 들자 바로 고개를 돌려 눈살을 찌푸리고는 곰곰이 생각했다.

"아무래도 무슨 일이 생긴 것 같아. 안녕! 나 간다. 무슨 일 있으면 나한테 물어보고, 별일 없으면 오늘 밤은 그냥 서로 신경 쓰지 말자."

그리고는 바로 2203호로 후다닥 돌아갔다.

취샤오샤오의 뒷모습을 바라보고 있던 관쥐얼은 자오치펑의 얘기에도 아무 반응이 없는 자신을 발견하고는 앤디에게 물었다.

"괜찮아?"

"아니, 예감이 좋지 않아."

"뭔가 막을 수 있는 방법을 생각해야 하나?"

앤디는 또 고개를 가로 젓더니 생각에 잠겼다.

"손 쓸 방법이 없어. 쥐얼, 너도 돌아가 봐. 이제 괜찮아. 고마워. 그리고 너에게 다 말해 줄 수 없는 점 이해해 줘. 미안해."

"이제 좀 괜찮아졌다면 다행이야. 한 숨 푹 자고나면 아무렇지 않을 거야, 그럼 난 가볼게."

앤디는 웃으며 관쥐얼을 마중했다. 그녀는 입구에 서서 관쥐얼이 2202호로 들어가는 모습을 지켜보고서야 문을 닫았다. 참 이례적인 일이었다.

2203호, 자오치펑의 얼굴빛이 썩 좋아 보이지 않았다.

"왜 그래? 어머니한테 혼이라도 난 거야? 말대꾸라도 한 모양이네. 근데 이렇게 빨리 돌아오면 어머니가 얼마나 무안해하시겠어."

"내가 혼났는지 안 혼났는지, 네가 제일 잘 알잖아."

취샤오샤오는 순간 멍해졌다. 휴대폰은 분명히 껐는데, 설마 몰래 엿들은걸 눈치라도 챈 건가? 하지만 그녀는 절대 먼저 인정하지 않았다.

"완전 똥 씹은 표정을 하고 있잖아. 혼난 게 아니면 뭔데?"

자오치펑은 취샤오샤오를 들여다보고는 고개를 절레절레 흔들었다.

"서로 최소한의 예의는 지켜야 되는 거 아니야? 정지 신호에 걸렸을 때 너한테 부탁할 게 있어서 전화하려고 봤더니, 휴대폰이 켜 있더라. 몰래 다 엿듣고 있었잖아. 그래도 어머니가 이해해주셔서 너한테 아무 말 하지 말라고 하셨는데, 혹시라도 네가 민망해질까 봐. 하,

정말 이러지 말자."

어쩐지 두 사람이 한참 자신에 대한 좋은 얘기를 나누다가 왜 갑자기 화제를 전환하나 했더니 그런 이유가 있었던 것이다. 자오치핑은 그녀가 최소한 변명이라도 할 줄 알았는데, 오히려 아무렇지 않은 얼굴로 자기를 바라보고 눈을 이리저리 굴리고 있는 모습을 보자 순간 헤어져야겠다는 생각이 들었다. 그녀의 불학무식한 방법과 수단을 가리지 않는 모습을 더 이상 견딜 수 없었다. 예전에 앤디와 마작을 할 때도 잔꾀를 부려 크게 실망하긴 했었지만 그 정도는 정상참작이 가능했다. 하지만 이번에는 도가 지나쳤다.

자오치핑은 그녀와 이 일에 대해 진지하게 얘기를 나눠보고 싶었지만 그녀가 귀찮아 할 걸 너무나 잘 알고 있는 데다가 또 되는 대로 상황을 무마시키고 말 그녀라는 것도 잘 알고 있었기 때문에 좀 더 치밀하게 생각하고 생각할 필요가 있었다. 취샤오샤오도 '도청'이 심각한 범죄라는 정도는 알고 있었으나 이런 심각한 문제를 자오치핑이 너무 담담하게 말하고 화장실로 들어가 버리자 기분이 영 좋지 않았다. 그녀는 자오치핑을 따라갔지만 그가 문을 닫아버렸다. 하지만 그의 이런 행동에도 전혀 아랑곳하지 않고 문 밖에서 크게 소리를 질렀다.

"걱정돼 죽겠어서 그랬어. 어머니는 많이 배우신 분이잖아. 혹시라도 뒤에서 나 못 배웠다고 비웃을까 봐 그랬어. 자신이 없었다고. 자기야! 말 좀 해. 그래도 어머니랑 당신이 다른 얘기로 넘어갈 때 바로 전화 끊었어. 다른 얘기까지 몰래 들을 생각은 없었어. 통화시간 확인해보면 알거 아니야. 못 믿겠으면 내일 통신사에 가보든지."

취샤오샤오가 밖에서 너무나 당당하게 말하자, 화장실 안에 있던 자오치핑은 기가 막혀서 볼 일도 제대로 못 보고 오줌이 마려워 죽을 뻔했다. 취샤오샤오는 화장실 문에 기대서 문을 두드렸다.

"나와 봐. 화장실에 숨어서 뭐하는 거야. 나한테 뭐라고 한소리 해야 되는 거 아니야? 할 말 있으면 해. 내가 악의로 그런 것도 아니고 그냥 걱정돼서 그런 것뿐이라고, 알아? 나한테는 우리 두 사람이 관계가 더 중요하니까. 당신이 아니었으면 내가 그런 짓을 했겠어? 자기야, 빨리 나와. 좋건 나쁘건 나와서 얘기해야지."

자오치펑은 취샤오샤오가 이대로 끝낼 것 같지 않자, 결국 점잖은 의사의 모습을 포기하고 울부 짖었다.

"볼일은 다 보고 나가야지!"

취샤오샤오는 나오는 웃음을 참으며 뒤로 한 발 물러섰다.

잠시 후 자오치펑이 서둘러 나왔다. 막상 취샤오샤오를 보니 아무 말도 나오지 않았다. 취샤오샤오가 순식간에 먼저 선수를 치며 이야기를 시작했다.

"일 다 봤어? 앞으로 다시는 자기 어머니가 나한테 좋은 여자라고 하지 않으시겠네. 그러게 왜 하필 그때 나한테 전화하려고 해서…."

말문이 막힌 자오치펑은 취샤오샤오를 한참 바라보았다.

"안 하시겠지. 통화를 끊지 않고 휴대폰을 꺼낸 내 잘못이라는 거지?"

"그렇지, 애초에 어머니가 못 보게 했어야지. 자기가 통화만 바로 끊어버렸으면 아무 일도 생기지 않았을 거 아니야. 난 그저 관심의 표현이었을 뿐이야. 네 말대로 그게 좀 지나쳐서 조바심이 났던 거고."

취샤오샤오는 말하면서 자오치펑 곁으로 다가갔다. 하지만 앤디처럼 무슨 말을 하기 위해서가 아니라 늘 하던 대로 생떼를 부릴 작정이었다.

"앞으로는 이런 일이 없었으면 좋겠어. 정말 마음에 안 들어. 궁금한 게 있으면 그냥 물어봐."

"당신이 나한테 사실대로 말해줄 거란 법이 없잖아. 특히나 이렇게 중요한 일은 무슨 얘기가 오가는지 토씨하나 안 틀리고 다 알아야겠단 말이야."

"내가 그때 기분이 어땠는지 알기나 해? 꼴도 보기 싫었어! 지금도 터무니없는 말로 억지를 부리다니, 정말 실망스럽다. 당신이 잘못했다는 생각은 하긴 하는 거야?"

"내가 잘못했다고 하더라도 다 우리 둘을 위해서 그러는 거잖아. 그러니까 누가 나는 알지도 못하는 단어로 게임하래? 그때 난 어땠을 것 같아? 내가 난감해하겠다는 생각은 안 해봤어? 한마디도 못하는 나 보고 혹시라도 어머니가 무시하면 어쩌나 얼마나 가슴 졸였는지 알아? 이래도 자기가 먼저 잘못했다고는 말 안 하지."

자오치펑은 또 한 번 목이 메었다.

"좋아, 내가 잘못했어. 인정할게. 우리 어머니는 누굴 함부로 무시하거나 하는 분이 아니란 걸 잘 알고 있었기 때문에 크게 신경 쓰지 않았어. 나 먼저 쉴게, 내일 수술이 2개나 있어."

"그럼 나도 인정할게, 잘못했어. 미안해. 그러니까 화내지 말고 웃어. 그런 얼굴 하지 말고."

"사과해줘서 고마워, 그리고 앞으로 장소도 신경 쓰고 당신이 할 만한 게 있는지도 신경 쓸게."

그녀가 대답하기도 전에 자오치펑은 샤워를 하러 들어가 버렸다. 그녀는 자오치펑이 정말 화가 났다는 것을 알았다. 차라리 나와서 욕이라도 하면 오히려 '어쩔 수 없는 척' 먼저 미안하다고 하면 됐는데, 자오치펑이 아무 말도 안하고 속으로 꽁해 있을 것을 생각하니 그게 더 큰 문제였다. 앞으로 취샤오샤오는 무슨 수를 써서라도 자오치펑이 다시는 이번 일을 꺼내지 못하게 해야 했다.

49

판성메이는 원래 며칠을 힘들게 일해도 10시간 정도 푹 자고 일어나면 거뜬히 회복이 되곤 했다. 그런데 서른이 지나서인지 이제 체력도 그녀 뜻대로 되지 않았다. 알람 시계의 요란한 소리에 그제야 겨우 고개를 들었다. 머리부터 발끝까지 몸이 천근만근이라 다시 이불속으로 파고 들었다. 조금이라도 더 자고 싶은 마음에 아무런 망설임 없이 왕바이찬에게 출근하는 길에 데리러 와달라는 메시지를 보내려고 했다. 그에게 부재중 전화가 1통 와 있었는데 아마 어젯밤 들어오자마자 완전 뻗어버려서 전화벨 소리도 듣지 못했던 모양이다. 그녀는 혹시라도 왕바이찬이 늦잠을 자서 메시지 소리를 못 들을까 봐바로 그에게 전화를 걸었다. 그런데 항상 24시간 켜 있던 그의 휴대폰이 이상하게도 오늘은 전원이 꺼져 있었다. 좀처럼 없던 상황에 그녀는 잠시 당황스러웠다.

판성메이는 불현듯 왕바이찬이 자신과 함께 밤을 보낼 때 누구의방해도 받고 싶지 않아서 일부러 전화를 꺼두곤 했었던 기억이 떠올랐다. 그렇게 점점 말도 안 되는 상상이 이어졌다.

'설마, 그가….'

하지만 아무리 생각해도 절대 일어날 수 없는 일이었다. 내일이 주말이기도 했고 거기다 그가 판성메이를 얼마나 사랑하는지 너무 잘 알고 있지 않은가.

그녀는 왕바이찬이 휴대폰을 꺼둔 이유를 이리저리 생각해보았다. 아침부터 찌뿌듯한 무거운 몸으로 머리까지 쓰려니 너무 정신이 없어 하마터면 클렌저 대신 치약으로 세수를 할 뻔했다. 그러다 밖에서 나는 문 두드리는 소리에 뒤죽박죽 얽혀 있던 그녀의 머릿속이 제 자리를 찾았다. 건너편에 초조해 보이는 취샤오샤오가 어쩔 줄을 몰라 하는 모습이 보였다.

다행히 오늘은 취샤오샤오도 약간 넋이 나간 상태였다. 아침 일찍 응급 호출에 허겁지겁 나가는 자오치펑 덕분에 취샤오샤오도 일찍 잠에서 깼다. 그녀에게 어젯밤 일은 이미 과거 속으로 묻혔기 때문에 아침부터 잠을 설친 그녀에게 자오치펑이 뭔가 속죄의 모습을 보일 거라 기대했지만 그는 그녀의 이마에 건성으로 입을 맞추고는 얼른 집을 나섰다. 그 순간 취샤오샤오는 그가 어젯밤 자기가 몰래 엿들은 일을 여전히 마음에 두고 있다는 것을 알았다. 그러고 나니, 다시 잠을 청하기가 쉽지 않았다. 지난번 자오치펑이 그녀를 떠났을 때, 그는 뒤도 안 돌아보고 깨끗하게 두 사람의 관계를 정리했었다. 그 기억이 떠오르자 심장이 계속 두근거렸다. 그 당시 온갖 방법으로 그의 마음을 겨우 돌려놨었는데, 이번에는 왠지 불가능할 것 같다는 불안함이 엄습했다.

2202호에서 사람 소리가 들리자 취샤오샤오가 문을 열고 들어왔다. 판성메이를 봤으면서도 못 본척하고 집 안을 살피기 시작했다.

"쥐얼, 일어났어?"

"아직 자고 있어. 한 30분 정도 있다가 다시 와. 시끄럽게 하지 말고. 지금 네가 깨워서 일어나도 30분은 있어야 정신이 돌아오니까."

"어, 그럼 쥐얼 일어나면 말 좀 전해줘. 내가 아주 급한 일로 찾는다고. 바이바이."

판성메이는 취샤오샤오에게 아주 조용히 물었다.

"요즘 왕바이촨 바빠? 어떻게 저녁마다 술인지."

"사업하니까 그렇지. 남자가 술 없이 어떻게 상대를 자기편으로 만들 수 있겠어. 모르긴 몰라도 왕바이촨 오빠 엄청 고생이 많을 거야. 예전에 우리 아빠 시대에는 술로 모든 사업을 했다고 해도 과언이 아닐 정도로 그게 가능했는데, 지금은 시대가 달라졌으니까. 작년에 언니네 아버지 집에 모셔다 드린 날 길에서 우연히 마주쳤었는데, 그날도 여전히 업무상 접대를 하고 있더라고. 하루 종일 운전하느라 무척 피곤했을 텐데 그러고 있는 걸 보고 진짜 성실하다고 생각했지. 근데 왜? 밤새 너랑 같이 못 있어 줄까 봐?"

"왕바이촨이 그랬다고?"

판성메이는 이 얘기는 처음 들었다.

"왜 그래? 그게 뭐 어때서? 더러워? 그럼 별 수 없지. 돈도 없고 백도 없으면 그 수밖에 더 있어? 언니, 나름 현모양처잖아. 그러니까 자꾸 데려다 달라 데리러 와라 하지 마. 돈 버는 게 그렇게 쉬운 줄 아나. 나 간다. 아, 쥐얼한테 말하는 거 잊지 말고."

판성메이는 자신도 모르게 놀라서 취샤오샤오가 가는 모습을 잠시 지켜보고 있었다. 그리고 다시 정신을 차렸다. 취샤오샤오 말이 맞았다. 왕바이촨이 일일이 말은 하지 않았지만 두 사람의 미래를 위해 최선을 다해 노력하고 있는 건 사실이니까.

판성메이는 왕바이촨에게 데리러 와달라고 해야겠다던 생각을 지워버리고 그에게 푹 쉬라는 메시지를 보냈다. 그리고 거울 앞에서 화장을 하며 주말에 탕이라도 끓여서 몸보신이라도 시켜줘야 하나라고 생각했다가 괜히 벌써부터 부인 행세 한다고 생각할 수도 있겠다 싶어 어찌해야 좋을지 이런저런 생각을 했다.

판성메이가 한창 생각에 빠져 있을 때 추잉잉이 뒤에서 졸음 가득 하품을 했다.

"내가 잘못 들은 거 아니지? 방금 취샤오샤오였어? 앤디 언니였어? 취샤오샤오가 이렇게 일찍 일어났을 리는 없고."

"취샤오샤오였어. 쥐얼 보러 왔더라고. 무슨 급한 일이라던데."

추잉잉은 한 치의 망설임도 없이 소리를 질렀다.

"관쥐얼, 취샤오샤오가 아침 일찍부터 널 찾았대. 무슨 일인지는 모르겠는데 급한 일이래."

판성메이가 막아보려 했으나 이미 늦었다.

취샤오샤오도 추잉잉의 소리에 2203호로 들어가려다가 다시 2202호로 몸을 돌려 삐죽 고개를 내밀었다. 그리고 혼잣말을 중얼거리면서 관쥐얼의 방문을 열었다.

"깼어? 이렇게 소리를 질렀는데도 안 일어나다니, 그럼 내가 들어가서 깨운다."

판성메이가 뭔가 수상함을 눈치 채고 추잉잉에게 속삭였다. 취샤오샤오에게 무슨 일이 있는 게 틀림없었다. 그렇지 않고서야 이렇게 꼭두새벽부터 서두를 리가 없었다. 추잉잉은 궁금해서 같이 따라 들어갔다.

취샤오샤오는 방에 들어가 급히 관쥐얼을 깨웠다.

"관쥐얼, 쥐얼! 눈 좀 떠봐, 응?"

관쥐얼은 잠결에 취샤오샤오의 목소리가 어렴풋이 들리는 건 알았지만 무의식중에 다시 이불을 푹 뒤집어쓰고 누워서 정수리만 빼꼼히 내놨다.

취샤오샤오는 목을 쭉 빼서 관쥐얼의 귓가에 소리를 빽 질렀다.

"너 음악 좋아하지, 그럼 음악들을 때 제일 하고 싶은 게 뭐야? 필요한 거라든지….'

너무 황당한 질문에 관쥐얼이 고개를 내밀었다. 하지만 눈은 여전히 감겨 있었다.

"친구지. 소울메이트."

취샤오샤오는 관쥐얼의 답에 온 몸에 힘이 쫙 풀렸다. 자기가 생각했던 답은 잠시 묻어두고 조심스럽게 물었다.

"그럼 음악을 좋아하는 사람들이 대부분 그렇게 생각해? 나같이 음악에 대해 아무것도 모르는 사람이 좋아하는 사람을 따라서 콘서트를 가거나 하는 게 그다지 좋은 일은 아니겠지?"

아직 잠이 덜 깬 관쥐얼이 기지개를 폈다.

"그렇긴 하지."

취샤오샤오는 목이 메었다. 그동안 자오치펑을 위해 옷도 예쁘게 차려입고 두 귀를 희생하면서까지 좋아하지도 않은 콘서트에 가서 그때마다 졸린 눈을 어쩔 줄 몰라 얼마나 고생했는데, 그런데 그것조차 별로 도움이 되는 일이 아니었다니, 하늘이 무너질 것 같았다. 그녀는 한참동안 멍해있었다. 관쥐얼이 눈을 깜박깜박 거리더니 떴다.

"무슨 문제라도 있어?"

취샤오샤오는 잠시 멍해졌다.

"있지. 방금 내가 한 말에 대답 안했잖아. 내가 묻고 싶은 건 네가 음악을 들을 때 필요한 물건, 물건 말이야. 스피커나 뭐 그런 거 있잖아."

이번에는 망설일 틈 없이 바로 대답했다.

"이어폰."

취샤오샤오의 눈이 반짝였다. 역시 제대로 찾아 온 게 맞았다. 얼마 전 자오치펑이 월급을 받자마자 아주 신이 나서 좋은 이어폰으로 바꾼 기억이 떠올랐다.

"근데, 이어폰은 싸잖아. 좀 비싼 건 없나? 예를 들어 5만 위안, 10만 위안, 뭐 그 이상도 좋고. 지금은 못 사지만 언젠가 꼭 사고 싶은 그런 거 말이야."

"내가 말했잖아, 좋은 앰프가 있으면 좋지. 음악 감상실이 있어도 좋고, 스크린이 있으면 물론 더 좋지. 그런데 요즘은 음악을 다 인터넷에서 다운로드 받아서 들으니까 이어폰이 더 실용적이긴 해."

잠이 완전히 깨자 관쥐얼은 말이 점점 많아졌다.

"근데 이런 거 왜 물어보는 거야?"

"아, 알았다. 좋은 장치냐 어울리는 음악이냐네, 그렇지? 이걸로 자오치펑한테 아부 좀 떨어봐야겠어. 진짜 고마워. 이따가 친구한테 어디서 사는지 물어볼게, 나중에 한 번만 더 도와주라."

이 모든 게 자오치펑에게 잘 보이기위해서라는 취샤오샤오의 말에 관쥐얼은 잠이 확 달아났다. 게다가 아침에 머리도 안 빗고 여기까지 달려온 그녀를 보니, 그것도 오직 음악을 좋아하는 자오치펑만을 위해서 열심인 그녀를 보니 갑자기 동정심이 느껴졌다.

취샤오샤오는 관쥐얼 방에서 나와 잽싸게 피하는 추잉잉을 보고 '흥' 하더니 '출세했네!'라고 한 마디를 남기고 가버렸다. 추잉잉은 얼굴이 붉어져서 추잉잉이 가자마자 바로 판성메이에게 달려가 보고를 했다.

한참 듣고 있던 관쥐얼은 취샤오샤오가 어떻게 그를 손에 넣었는지 생각해보니 그녀의 용기에 감탄하지 않을 수 없었다. 그래서 급히 옷을 갈아입고 2203호로 달려갔다. 사실 자기가 가장 하고 싶은 건 일반 스쿠터를 하나 사서 스피커를 교체한 다음, 좋은 음악을 들으며 지겨운 출퇴근길에서 해방되는 것이라고 말해주었다. 그리고 이게 집 안에 초호화 음악 감상실을 만드는 것보다 훨씬 간절한 바람이라고도 했다. 자신에게 꼭 필요한 답을 가져다 준 관쥐얼이 너무 예뻐서 취샤오샤오는 그녀를 꼭 안아주었다.

"쥐얼, 난 처음부터 네가 좋은 사람이라는 걸 알았어. 내가 사람을 정말 잘 본다니까. 농담이 아니라, 탕위원 말이야, 진지하게 한번 생각해봐. 내가 추천해주는 사람은 정말 괜찮은 사람이라고. 너도 알다시피 내가 보는 눈이 좀 있잖아."

"아니, 별로. 그 사람이 마음에 든 사람은 앤디 언니잖아."

취샤오샤오는 관쥐얼이 속으로 그렇게 생각하고 있을 줄 꿈에도 몰랐다.

"알았어, 그래도 나 한 번만 더 도와줘. 지나가다가 좋은 CD가 있으면 일단 무조건 사다 줘. 아, 잠깐 이리 와봐. 여기, 일단 5,000위안 먼저 줄게."

"에이, 괜찮아. 내가 인터넷으로 찾아 놓을게 네가 직접 사. 나 안 들어갈래, 불편하잖아."

"어차피 자오치펑은 병원 가고 없어. 나 혼자야."

관쥐얼은 웃으면서 돌아서서 나왔다. 가는 관쥐얼에게 취샤오샤오가 하트를 날렸다. 아주 만족스러웠다. 혹시라도 관쥐얼이 CD를 너무 많이 사오거나 안 좋은 음악을 사올 걱정은 사치였기에 그냥 믿기로 했다. 다른 사람도 아닌 관쥐얼에게 부탁했으니 결코 일을 그르칠 리 없었다.

관쥐얼은 2202호로 돌아와서도 여전히 멍해 있었다. 자오치펑에게 줄 CD를 사라고? 비록 그녀를 돕는 일이긴 했지만 뭔가 터무니

없어 보이긴 했다. 그 바람에 앤디가 아침 일찍 급하게 집을 나서는 것도 알아채지 못했다. 마침 취샤오샤오는 문을 닫기 전에 앤디를 발견하고 어젯밤 그녀와 바오이판이 다툰 일이 떠올랐다.

"앤디, 이렇게 일찍 나가? 보디가드 안 필요해? 내가 해줄게!"

관쥐얼은 그제야 정신이 돌아왔다. 앤디도 방금 일어난 모습이었다. 앤디는 마지못해 웃으며 엘리베이터를 눌렀다.

"지방에 볼일이 있어서 급히 가봐야 해, 일찍 갔다가 일찍 돌아오려고. 오늘은 이른 아침부터 다들 밖에 나와 있네?"

"내가 판성메이한테 저번에 아버지 모셔다 드린 날, 왕바이촨이 나무 붙잡고 토하고 있었다고 했는데, 앤디, 언니가 증언 좀 해줘. 그날 같이 있었잖아."

"그게 언제적 일인데, 지금 와서 꺼내는 거야?"

앤디는 판성메이가 보기 좋고 우아한 모습을 좋아하다는 걸 알고 있었기 때문에 그 당시 취샤오샤오와 비밀로 했었다.

집 안에 있던 판성메이가 대꾸를 했다.

"알겠어. 취샤오샤오. 왕바이촨을 좋게 말해줘서 고마워."

"그것 봐. 그러니까 지금 서로 협력하는 사이가 됐잖아. 네가 뒤에서 내조를 잘 해줘야 우리 쪽 일도 술술 잘 풀리지 않겠어? 안 그래?"

앤디는 지금 와서 저 얘기를 꺼내는 취샤오샤오의 의도를 알 수 없었다. 물어보고 싶지도 않았기에 마침 도착한 엘리베이터에 올라탔다. 여전히 취샤오샤오는 판성메이에게 호의를 갖고 있는 것 같아 보이지 않았다. 판성메이도 허둥지둥 가방을 들고 나오더니 앤디를 따라 엘리베이터에 탔다. 그리고 문이 닫히자마자 물었다.

"샤오샤오가 한 말 사실이야?"

"응! 그날 나랑 샤오샤오랑 심심해서 밖에 나갔었는데 우연히 왕바이촨을 보게 됐어. 나쁘진 않았어, 나무도 붙잡지 않았고. 그냥 옆에서 봤을 때 저렇게 술 먹다간 정말 죽겠구나 많이 힘들겠다는 정도랄까? 샤오샤오가 한 말이 어느 정도는 맞아."

"여기서는 접대라고 하거든. 원래대로라면…. 그러니까, 나도 왕바이촨이 당연히 손님을 접대해야 한다고 생각해. 근데 예쁘게 차려입고 데이트 좀 하려고 하면 항상 접대를 하러 나가니까. 어젯밤도 아마 술 마셨을 거야. 휴대폰도 꺼놔서 아침부터 연락이 안 돼."

"걱정하지 마. 이따가 오후에 보려면 볼 수 있으니까. 난 너랑 같이 나가서 택시나 잡아야겠어. 그쪽 길은 전혀 몰라서 택시가 나을 것 같아."

"그래도 걱정 되네. 술 마시고 무슨 일이라도 생겼을까 봐. 음주운전했을까 봐, 그게 제일 걱정이지. 나중에 만나면 신신당부 해야겠어."

"왕바이촨은 자기가 알아서 잘 하잖아. 그러니까 너무 조바심 내지 마."

"어떻게 조바심이 안 나겠어. 내 남자 친구니까 당연히 요구사항이 많을 수밖에. 안 그래? 뭐 하나 알려줄까? 남자랑 여자가 걸어오는데 여자가 무뚝뚝한 얼굴로 옆에 있는 남자를 나무라고 있다면 그건 두 사람이 부부사이가 아니라 이미 부부처럼 가까운 사이인 게 분명해."

"잘 하라고. 어머…!"

앤디는 어젯밤 바오이판에게 무섭게 굴었던 게 생각났다. 만약 그냥 평범한 친구사이였다면 그렇게 심각하게 굴 필요는 없었을 거다. 절대 그렇게 표독스러운 얼굴을 드러낼 이유가 없었을 것이다. 그녀가 멋쩍게 웃었다.

"나도 그런 것 같아."

판성메이와 앤디는 각자의 비밀을 하나씩 공유를 하게 돼서 기분이 좋은지 서로 마주 보고 웃었다.

"사실, 나도 왕바이촨이 괜찮은 사람이라는 거 알고 있어. 근데 가까워지면 가까워질수록 그의 작은 단점들이 더 많이 보이더라고. 하루 만에 완벽한 사람으로 만들고 싶은 거지. 네 말대로 다른 사람이었다면 지금처럼 불안하지도 않았겠지? 좋아! 고생하고 있는 내 남자를 위해서 내일 저녁은 나오지 말고 집에서 푹 쉬라고 해야겠다. 탕이나 끓여다 줘야지. 사람 냄새 풀풀 풍기는 마누라 행세 하루 해주지 뭐."

앤디가 눈동자를 이리저리 굴렸다.

"난 불합격인가 봐."

불합격뿐이겠는가, 앤디에게는 바오이판을 만나서 풀어야 할 문제가 산더미였다.

"나도 좀 고쳐 봐야지, 그 사람한테는 불공평할 수도 있겠어."

"뭘 고쳐, 여자는 좀 거만해도 괜찮아. 그럴 날도 며칠 안 남았잖아. 이제 아이가 태어나면 소처럼 일만 해야 할 거야."

"취샤오샤오도 그러던데, 가끔 너희 둘은 진짜 비슷할 때가 있어. 근데 왜 그렇게 서로 밀어내는지 모르겠네."

입구에서 헤어져서 앤디는 택시를 타고 판성메이는 전철역으로 향했다. 판성메이는 얼마 안가서 왕바이촨의 전화를 받았다.

"에이, 미안, 미안! 성메이, 어젯밤에 술을 너무 많이 마셨나봐. 휴대폰이 어떻게 꺼졌는지도 모르겠어. 지금 시간이…. 지금 데리러가도 늦겠구나. 택시타고 가. 며칠 동안 고생했는데 전철타면 힘들잖아."

"내가 알아서 할게, 차는 가져왔어?"

"아, 차는 어제 저녁 먹었던 식당에 주차해놨어. 어제 같이 술 마신 사람한테 대체 어떻게 된 일인지 물어봐야겠어. 어쩌다가 휴대폰을 껐는지."

"지갑은 있어? 안 잃어버렸지?"

"당연히 있지. 방금 지갑 안에 있는 돈도 세어봤어. 하하하."

그 말을 듣고 판성메이는 웃음이 터졌다. 그리고 바로 왕바이촨을 용서해줬다.

"내일 뭐 먹고 싶은지 말해 봐. 내가 가서 해줄게. 너무 복잡한 건 말고."

"진짜야? 성메이! 네가 만들어주는 거면 아무거나 다 좋아. 아, 나 이렇게 행복해도 되는 건가. 성메이…."

왕바이촨은 휴대폰에 대고 입을 맞췄다. 그 소리가 이어폰을 타고 판성메이에게 분명하게 전해졌다. 판성메이는 고개를 숙이고 씩 웃었다. 두통도 어느 샌가 말끔히 사라진 것 같았다.

반면, 앤디는 가는 길 내내 두통으로 고생하는 중이었다.

이른 아침이라 차가 적어서인지 택시 기사는 고가도로를 타자마자 창문 밖 길이 보이지 않을 정도의 엄청난 속도로 달려서 생각보다 훨씬 빠른 시간에 목적지에 도착했다. 도착해보니 앤디보다 먼저 도착해 있던 사람이 있었다. 그녀보다 먼저 도착한 바오이판은 무슨 생각을 하는지 차 안에 있지 않고 차에 몸을 기댄 채 고개를 숙이고 있었다. 그리고 차 안에는 앤디의 동생이 원장님에게 기대서 졸고 있었다. 밤새 달려 하이시까지 오느라 잠도 제대로 못 잔 상태였다.

앤디는 조심스럽게 다가가 바오이판을 부르자, 깜짝 놀라서 고개를 들었다. 그리고 마땅히 그래야 하는 것처럼 앤디를 꼭 안았다. 그녀는 여전히 고민이 많긴 했지만 어제부터 계속된 멀리 도망가고 싶단 생각이 바오이판을 보니 다 사라졌다. 아무것도 생각나지 않았다.

"내가 어젯밤에 좀 모질게 굴었죠. 미안해요."

"이해하죠, 마음이 조급하면 그럴 수 있어요. 그건 돌아가서 천천히 얘기하는 걸로 해요. 난 다음 주 월요일까지 하이시에 있다가 다시 돌아와서 원장님이랑 동생을 만나볼게요."

두 사람의 달콤한 사랑의 속삭임은 원장님의 등장으로 끝이 났다. 씨우 원장님은 자신이 이곳에 오는 것으로 인해서 식구들과 양로원의 어르신들 그리고 오랫동안 함께 지낸 앤디의 동생을 포기하고 싶지 않다고 말했다. 바오이판은 어쩔 수 없다는 듯 앤디에게 말했다. 그가 원장님과 얘기를 해보고 그 동안의 정으로 호소도 해봤지만 결국은 돈 문제라는 것이다. 돈이 많으면 무슨 일이든 충분히 할 수 있는 건 당연한 일이다. 지나칠 정도로 매정하거나 인간적 도리에 크게 어긋나지만 않으면 크게 문제 될 것도 없었다. 결국 그는 동생을 포기하기로 했다.

그렇지만 포기를 선택했을 때 그에 대한 대가를 반드시 치러야 한다. 앤디의 동생이 원장님과 같이 있다가 억지로 끌려 나오자 또 다시 소리를 지르고 발버둥을 치기 시작했다. 평상시와는 전혀 다른 모습이었다. 그러자 어디선가 건장한 남자 3명이 달려와서 동생을 제압했다. 앤디는 가슴이 찢어질 듯 아팠다. 어쩌면 미래의 자신도 저런 행동을 보이지 않을까 하는 두려움이 스멀스멀 올라왔다. 그녀는 고개를 돌렸다. 그리고 어떻게든 자신을 추스른 후 평소대로 침착하게 물을 마셨다.

바오이판은 차마 보고 있기가 힘들었는지 원장님께 부탁했다.

"원장님, 딱 1주일만 같이 있어주시면 안 될까요?"

그러자 앤디가 단호하게 말을 막았다.

"이왕 이렇게 된 거 한 번에 끊어내는 게 맞아요. 희망고문도 아니고. 그냥 이대로 해봐요. 요양원에서 알아서 해 줄 거예요. 저 사람들은 전문가잖아요."

"그래도 동생이 이곳 환경에 적응할 동안만이라도 원장님이 계시면 좋지 않을까요?"

앤디는 바오이판의 마음 약한 모습이 마음에 들지 않았다. 좋게 말하면 그의 정 넘치는 태도 때문에 지난번 그녀의 계획도 망치지 않았는가. 그렇지만 오늘 아침 판성메이와 나눈 대화를 떠올리며 되도록 돌려서 말하려고 애썼다.

"두 분 다 어젯밤에 제대로 못자서 피곤하겠어요. 먼저 쉬는 게 나을 것 같은데, 여긴 제가 있을게요. 바오이판, 제가 이따가 갈게요. 괜찮죠?"

"저기 좀 봐요. 저 사람들이 동생을 이상한 기구로 묶어놓고 있어요."

"여기 왔으니까, 이제 저 사람들 방식에 따라야죠."

앤디는 절대 돌아보지 않았다. 세 사람 중 가장 먼저 눈물을 터뜨린 건 원장님이었다. 원장님도 그 광경을 차마 지켜볼 수 없었던 모양이다.

"가봐야겠어요. 저 사람들 당신 동생을 정신병 환자 취급하고 있잖아요. 얼마나 착한 아이인데, 저렇게 하면 안돼요. 제가 가서 한마디 해야겠어요."

앤디는 물을 한 모금 마신 뒤 원장님을 가로막고 서서 차갑게 바오이판을 바라보았다.

"동생을 다시 집으로 돌려보내서 그 사람들이 귀찮아서 다시 요양원으로 보내지 않는 한 다시 요양원으로 돌아갈 수 없어요. 어젯밤에 당신이 제 계획이 불가능하다고 한 이상 어떻게든 여기 남아 있도록 해야죠. 모든 일은 다 과정을 거쳐야 하니, 어쩔 수 없어요."

바오이판이 목이 메어 호흡이 가빠졌다. 원장님도 앤디의 손을 뿌리치고 발끈했다.

"당신이 샤오밍의 친누나니까, 내가 반대해도 소용없겠죠. 하고 싶은 대로 하세요. 저는 안 볼래요. 아니 못 보겠네요. 제가 샤오밍을 보살펴 오면서 이렇게 모진 사람은 처음 봤어요. 정말로요. 당신 동생이 사리를 분별할 수 있는 건 아니지만 저 아이도 한 인간이에요. 살아 있는 사람이라고요. 당신 마음대로 할 수 있을 것 같아요?"

앤디는 아무 말도 하지 않고 물만 마셔댔다. 여전히 철문 안으로 들어가는 동생을 등지고 있었다. 바오이판은 혹시라도 원장님이 너무 흥분해서 앤디에게 거칠게 대할까 걱정이 돼서 원장님을 부축해서 차 안으로 모셨다. 바오이판이 원장님을 앉히고 앤디 곁으로 다가가자 앤디가 물었다.

"내가 여기서 뭘 어떻게 할 수 있을까요? 나도 어쩔 수 없이 두 번째 안을 선택한 것뿐이에요."

바오이판은 말을 하려다 말고 한숨을 쉬었다.

"그럼 난 원장님을 공항에 모셔다 드리도록 하죠. 천천히 있다가 와요."

앤디는 고개를 끄덕인 후 원장님이 탄 차로 발걸음을 옮겼다. 하지만 원장님은 앤디가 오는 것을 보자 고개를 돌려 버렸다. 앤디는 어쩔 수 없이 반대편에 멀찍이 서서 미안한 마음을 전했다.

"죄송해요."

다른 군더더기는 필요 없었다. 이것으로 충분했다.

그리고 미련 없이 떠나는 두 사람을 바라보고 서 있었다. 고개를 돌아보니 동생도 이미 철문 너머로 모습을 감추고 없었다. 앤디는 직원을 따라 수속을 마친 후 가방에서 물을 꺼내 스멀스멀 올라오는 메스꺼움을 달래보려고 했다. 하지만 이번에는 행운은 그녀를 비껴 갔다. 결국 메스꺼움을 견디기 힘들었는지 구토가 나왔다. 그 모습이 처량해 보이기까지 했다. 구토를 하고 난 후 그녀는 알아서 입을 닦 고 바닥도 깨끗이 치웠다.

모든 것이 착착 이루어졌다. 모든 수속도 안간힘을 다해 버텨내며 마무리했다. 탄쭝밍의 부탁 때문인지 직원들은 비교적 친절했다. 한 직원이 와서 앤디에게 진료를 받아볼 것을 권유했지만 그녀는 입덧 이라 그럴 필요 없다고 했다. 그 말에 직원은 살짝 놀라는 눈치였다. 어떻게 임산부 혼자 이런 큰일을 처리하게 두는지 가족들도 너무하 다며 흥분했다. 하지만 앤디는 오히려 어지러운 것도 아니고 단순한 입덧이 무슨 큰일이라고 저렇게 흥분하는 이해가 가지 않았다.

수속을 마친 앤디는 동생을 보러 갔다. 동생이 지낼 환경을 살펴 봤는데 그리 나쁘지 않았다. 남향에 싱글 침대도 놓여 있고 인테리어 도 깔끔하게 잘 되어 있었다. 또 방 안에 개인 화장실도 있었다. 일반 병실과 다른 점을 찾자면 창문과 문이 모두 쇠로 되어 있다는 것뿐 이었다. 동생은 팔다리가 와이어로 꽉 묶여 있어서 그런지 아직도 화 가 풀리지 않은 것 같았다. 보통 사람과 너무나 다른 동생의 행동에 앤디의 아드레날린도 대량 분비되어 온몸에 식은땀이 흘렀다. 하지 만 이번에는 피할 방법이 없었기에 태연한 척 급하게 달려온 간호사 와 이야기를 나누었다. 앤디는 온화한 미소를 띤 중년의 여의사에게 동생의 그 동안의 병력을 자세하게 얘기해준 후 앞으로 어떻게 치료 할 지 물었다.

"동생이 지금 겁에 질려 있어서 당분간은 약을 안 쓰려고 해요. 보 호자분이 친누나시니까 동생이 안정을 찾을 수 있도록 한번 도와주시겠어요?"

"저랑 동생은 전혀 안면이 없어서, 저나 선생님이나 마찬가지일 거예요. 아니, 선생님이 저보다 훨씬 전문적이죠. 그리고 제가 잠깐은 안정시킬 수 있다고 해도 제가 가고 나면 똑같은 일이 반복될 거예요. 그때마다 제가 계속 올 수는 없고 자기가 의지할 가족이 있다는 것도 인식하지 못하니까 눈앞에 보이지 않는 게 혼란을 줄일 수 있는 방법일지도 몰라요. 다른 좋은 방법이 없을까요?"

의사가 이해했다는 듯 고개를 끄덕거렸다.

"그렇다면 보호자에게 기대하지 않겠어요. 근데 동생과 친근감을 쌓아야겠다는 생각은 해본 적 없나요? 만약 그랬다면 지금이 아주 적당한 시기거든요."

앤디는 한참을 생각하다가 고개를 가로저었다.

"만약 한 달 전이었다면 가능했을지 모르겠지만 지금은 좀 힘들어요. 제가 임신 중이라 몸이 좀 약해졌거든요. 동생의 이상 행동을 보고 있으면 자꾸 생각이 많아져서요. 저희 가족에게 심각한 정신 병력이 있어서 지금처럼 심신이 약해진 상태에서 언젠가 제 자신에게 나타날지도 모르는 상황을 마주하게 하고 싶지는 않네요. 모든 일에 우선순위가 있듯이 어쨌든 저는 정상적으로 남아서 돈을 벌려고요. 그래야 모두가 편안하게 살 수 있죠. 다른 방법은 없어요. 선생님, 부탁드립니다."

앤디는 그 동안 쌓아온 말을 의사에게 마음껏 쏟아냈다. 수다스러워 보일까 걱정은 했지만 신경 쓰지 않기로 했다.

가만히 듣고 있던 의사도 웃었다.

"네, 알겠습니다. 그럼 문 앞에서 지켜보세요."

의사는 샤오밍에게 다가가 손을 잡고 조용하고 부드럽게 말을 걸었다. 그러자 동생은 조금씩 안정을 되찾아가기 시작했다. 앤디가 보기에도 거친 풍랑이 잠잠해지는 것 같이 평정을 되찾은 것 같았다. 앤디의 온몸에 흐르던 식은땀도 천천히 사라졌다. 역시 전문가는 전문가였다. 탄쭝밍이 선택한 곳이 틀릴 리 없었다. 역시 돈이 좋긴 한가보다. 쓴 만큼 톡톡한 효과를 볼 수 있으니 말이다. 그제야 앤디는 동생 얼굴을 유심히 바라보았다.

의사는 그런 앤디의 모습에 부드럽게 말을 걸었다.

"오셔서 얘기 좀 나눠보실래요?"

"아니요, 절 몰라 볼 거예요. 그리고 전 전문가도 아니고요. 별 효과 없을 거예요."

"당신을 위해서요. 효과가 없어도 그냥 해보는 것도 괜찮아요. 마음이 좀 편안해지거든요."

앤디는 자신이 해낼 수 없을 거란 생각 때문인지 임신 때문에 심신이 약해진 데다 현재 아무런 준비가 되어 있지 않다는 핑계를 대며 역시나 거절 의사를 밝혔다. 그녀는 자신을 향한 의사의 안타까운 시선을 마주해야 했지만 어쨌든 지금은 무섭게 발악하는 동생의 모습을 보고 있어야 했기에 그냥 외면해 버렸다. 현장에 있는 것만으로도 그녀에게는 쉬운 일이 아니었다. 앤디는 의사가 회진하러 간 사이에도 여전히 문 밖에 서서 동생을 한참동안 지켜보았다. 동생의 팔과 다리는 여전히 묶여 있었지만 아까만큼 격렬하게 반항하지 않았다. 그렇게 1시간 정도 안정을 찾아가는 것 같더니 갑자기 다시 소리를 지르고 몸부림을 쳤다. 앤디는 의사에게 이런 상태가 얼마나 지속될지 묻지 않고 그저 동생이 자유롭게 움직일 수 있도록 풀어줄 수 있는지만 물어봤다. 그녀는 전문가들을 믿었기에 그들이 해결할 수 있을 거라고 생각했다. 그리고 어느 날 자신에게도 이런 증상이 나타나면 이곳에 와도 되겠다는 생각이 들었다. 나름 마음 편하고 괜찮은 곳이었다. 자기 몸도 하나 제대로 가누지 못하는 사람이 요구사항이 있어봤자 얼마나 있겠는가.

앤디는 의사가 돌아와 동생을 진정시키는 틈을 타 그곳에서 나왔다. 건물을 나오니 그제야 푸르른 잔디와 아직 푸른빛을 띠지 않은 나뭇잎으로 가득한 주변이 보였다. 눈부신 태양을 보니 그제야 마음이 놓였다.

요양원은 외진 곳에 있어서 택시 잡기가 쉽지 않았다. 앤디는 누군가에게 데리러 와달라고 부탁하기가 애매해 어쩔 수 없이 한참을 기다려 시내로 들어가는 버스에 올라탔다. 버스 안에서 나는 기름 냄새와 사람 냄새에 속이 울렁거렸다. 그렇지만 않았더라면 취샤오샤오에게 데리러 와달라고 부탁하지 않았을 것이다. 나름 의리 있는 취샤오샤오는 없는 시간을 짜내서 앤디가 내린 곳으로 데리러 갔다. 못 보던 차를 보고 앤디가 물었다.

"직원 차 뺏어온 거 아니야?"

"아니야, 자오치핑 차야. 내 차 주고 나왔지. 이 차에다가 최신식 카 오디오 세트를 달아주려고 이런저런 핑계를 대고 가지고 왔어. 서프라이즈로 말이야."

앤디는 웃음을 참을 수 없었다.

"정말 매일매일 다이내믹하게 산다."

"지금 비웃는 거지."

"그럼 난 각박귀게?"

"내가 지루하고 내가 밀짚모자를 쓴 농민 같다고 생각한 적 없어?"

"없어. 오히려 너처럼 열정적으로 다이내믹하게 사는 게 부러우면

부러웠지."

"그럼 자오치펑도 그렇게 생각할까? 난 그 사람이 내가 모자라고 할 일 없는 사람이라고 생각할까 봐 항상 걱정이야. 너희도 말은 교양 있게 하면서 속으로 무시하는 건 아닐까 하고 말이지. 정말이지 자신감 제로야. 그 사람한테 정말 사랑받고 싶은데."

"으이그, 자신 없기로 하자면 내가 너보다 더 하지."

"그러게 말이야. 언니는 둘이 따로 떨어져서 살면 애정 전선에 문제가 생길 거야. 절대 남자들의 의지를 믿어선 안 돼. 나는 위대한 사랑은 결코 스스로 유지된다고 믿지 않아. 그래서 내가 이렇게 온갖 방법을 쓰는 거지. 쳇, 정말 할 수만 있으면 내 옆에 묶어두고 싶다니까. 오늘도 아침 일찍부터 응급 환자가 있어서 일찍 나갔는데 수술도 2개나 있대. 퇴근하면 녹초로 돌아오겠지. 기분도 그리 좋을 리 없고 말이야. 그래서 오늘 밤, 좀 신나게 해주려고. 나 없이 아무것도 못하게 만들어버릴 거야."

"만약에 그렇게 쪼아대면 나 같으면 진작 도망가 버렸을 거야. 나는 넓은 공간에 혼자 있는 게 습관이 돼서."

"솔로면 누구나 개인 공간이 필요하지, 근데 자오치펑은 내 사람이잖아. 이미 내 남자란 말이지. 둘이 같이 지내게 되니까 개인 공간도 같이 쓰게 되잖아. 그래야지. 난 그 사람 통화목록도 찾아보고 메시지도 몰래 보는데, 자오치펑도 내 꺼 보기도하고. 이 정도는 돼야 진짜 커플이지. 내숭 떨 필요 없어. 그냥 하고 싶으면 하는 거야."

"근데 왜 울어? 어제 자오치펑이랑 싸웠지?"

"응. 언니, 난 그 사람이랑 있을 때 스트레스를 받나 봐. 어떻게 하면 그 사람을 즐겁게 해줄까 고민하다가 나도 모르게 계속해서 그 사람을 웃겨주고 있더라고. 근데 아마 속으로 날 비웃고 있을 거야.

휴…."

취샤오샤오는 터프하게 차를 세우고 속이 시원하게 소리를 질렀다. 뒤 차가 계속해서 경적을 울려댔다. 앤디는 하는 수없이 얼른 차에서 내려 그녀 대신 운전대를 잡았다.

"그렇게 속이 답답해? 그럴 바에 헤어지는 게 낫지 않아?"

"안 돼. 난 그 사람이랑 같이 있을 거야. 반드시, 꼭! 사랑하니까, 죽도록 사랑하니까. 답답해도 어쩔 수 없어."

앤디는 도저히 이해할 수 없었는지 고개를 절레절레 했다.

"내가 뭐 도와줄 거라도 있어?"

"도와줄 거 없어. 그냥 지금 내가 말한 비밀만 잘 지켜주면 돼. 내가 그 사람 사랑하는 거…."

앤디는 더더욱 이해가 가지 않았지만 한편으로 취샤오샤오의 누군가를 사랑한다고 말할 수 있는 용기에 탄복하지 않을 수 없었다.

어려움만 생겼다하면 바로 도망가 버리는 그녀인데, 취샤오샤오를 좀 배워야 하지 않을까 생각했다.

취샤오샤오는 앤디를 데려다주고 눈물을 훔쳤다. 그리고 친구가 운영하는 카센터로 향했다. 친구가 직접 나와 그녀를 맞이했다. 자오치펑의 차를 보자마자 웃으면서 말했다.

"이 정도면 버려. 그냥 새 차로 바꾸지. 네가 설치한다는 카오디오가 저 차 값이랑 맞먹을 걸. 여기 차들 좀 봐봐. 이 차들 타이어가 저 차보다 비쌀 거다."

"친구야, 사람이 겸손해야지. 안 그래? 방음 처리도 해주고 스피커도 바꿔 줘. 계산은 내가 할테니, 빨리 해줘야 해."

"남자 친구 거야? 잘 생겼어?"

"당연하지. 끝내 줘. 내가 얼마나 사랑하는데."

"그럼 차라리 차를 바꿔 줘. 그 정도는 충분히 해줄 수 있잖아. BMW 3 시리즈 정도면 괜찮지 않아? 남자 친구 체면도 세워주고."

"안 바꿔. 이 고물 차에 오디오 설치하는 돈이 새 차 살 돈만큼 든다고 해도 안 바꿔. 그 사람이 이런 거 좋아한단 말이야."

취샤오샤오의 친구는 어리둥절해하며 그녀의 뒷모습을 지켜보다가 직원에게 취샤오샤오가 차를 찾으러 오지 않는다면 무슨 수를 써서라도 차를 찾으러 오는 사람을 잡아 놓고 자기에게 알려달라고 했다. 대체 어떤 사람인지 얼굴이라도 보고 싶었던 모양이다.

추잉잉은 일하던 중 겨우 짬이 나 주변을 둘러보았다. 그런데 이상하게도 잉친의 모습이 얼핏 스쳐보였다. 깜짝 놀란 추잉잉은 자기도 모르게 눈을 비비고 진열대 사이로 밖을 내다봤다. 역시, 잉친이었다. 양손을 주머니에 꽂은 채 길에서 배회하고 있었지만 잉친의 두 눈은 카페 안을 응시하고 있었다.

추잉잉은 자신이 꿈을 꾸는 줄 알고 점장에게 다가가 쿡쿡 찌르고 물어봤다.

"혹시 저 밖에 갈색 코트 입은 남자 있어요?"

"응. 남자 친구야?"

"진짜 있어요? 제가 잘 못 본 거 아니에요?"

"응. 있어. 지금 푹 움츠린 채 걸어오는데, 싸웠어?"

"헤어졌어요. 벌써 새 여자 친구가 생겼더라고요. 결혼한다나 뭐라나."

"아, 근데 여기 뭐 하러 온 건데? 정말 별로다. 사람 욕심은 끝이 없다더니. 무슨 연초부터 내연녀라도 만들겠다는 거야 뭐야."

"그러게요. 지난번에는 저 보고 귀신 보듯 하더라고요."

추잉잉은 도무지 이해할 수 없었지만 마음속에 한 줄기 따스함이 감돌기 시작했다.

'혹시 그 여자가 싫어져서 내 생각이 나서 온 걸까? 아니면 잉친이 마음을 돌린 걸까?'

관쥐얼의 도움으로 휴대폰에 있는 잉친의 전화번호를 지우긴 했지만 이미 그녀 머릿속에 똑똑히 새겨진 그의 번호까지 어떻게 지울 수는 없었다. 추잉잉은 전혀 망설임 없이 휴대폰을 꺼내 잉친에게 메시지를 보냈다.

'여기 나보러 온 거야?'

하지만 그녀는 잉친이 번호를 바꾼 사실을 알 턱이 없었다. 당연히 잉친은 감감무소식이었다. 그녀가 퇴근할 때까지 아무런 연락이 없었다. 추잉잉은 하루 종일 무슨 정신으로 일을 했는지도 모를 정도로 넋이 완전히 나가 있었다. 헛된 꿈을 얼마나 많이 꿨는지 지금도 잉친이 밖에 서 있는 줄 알았다.

추잉잉은 오늘 있었던 일을 차마 판성메이에게 말할 수 없었다. 그녀가 알면 분명 절대 잉친에게 연락하지 말라고 딱 잘라서 말할게 뻔했기 때문이다. 어쩌면 점장처럼 잉친에게 못된 놈이라고 욕을 한 바탕 퍼부을지도 몰랐다. 그들에게 잉친은 이미 적이었지만 유일하게 추잉잉에게는 아니었다. 그렇기에 어쩔 수 없이 오늘 일은 혼자만의 비밀로 간직하고 아무에게도 말하지 않았다.

그녀의 마음속 희망의 불씨가 다시 타오르기 시작했다. 퇴근길 그녀는 생기를 되찾았다. 잉친에게 답장이 오진 않았지만 일단 카페까지 왔고 못 올 데 온 것처럼 숨지도 않았으니 다시 해볼 만하지 않을까 생각했다. 추잉잉은 자신감이 솟아났다. 추잉잉 자신은 알지 못

했지만 카페에 들어가 커피를 판매할 때 자기도 모르게 얼굴에 환한 미소가 피어났다. 굳이 말하자면, 잉친이 추잉잉에게 행운을 가져다 준 건지도 모른다. 그가 카페 문 앞에 잠깐 나타났을 뿐인데 그녀의 사업 운이 다시 트였으니 말이다.

바오이판은 원장님을 데려다 주고 2201호로 돌아와 한숨 푹 자고 일어났다. 그는 이번에 앤디가 완전히 틀렸다고 생각하고 있었는데 앤디가 자신을 이해해줬다는 사실도 조금 알 것 같았다. 특히나 지금 완전한 제3자의 위치에서 냉정하게 어제의 일을 생각해보니 매일 기획을 짜는 결정권자로서 감정이 앞서 모든 일을 망쳐버렸다는 사실을 스스로 절실히 깨닫고 있던 참이었다. 어제 자기 고집대로 밀어붙인 걸 생각하니 부끄러워서 진땀이 다 났다.

게다가 오늘 아침 앤디를 만났을 때 그녀가 싫은 소리 한마디도 하지 않아, 마치 일이 원래 이렇게 됐어야 했나 싶을 정도였다. 뒷 마무리까지 잘 하고 왔어야 했는데 역시나 감정이 앞서 원장님을 데려다 준다는 핑계로 앤디를 혼자 남겨두고 오기까지 했다. 자기가 초래한 어수선한 상태 그대로 임산부에게 남겨두고 말이다.

바오이판은 온몸이 달아올라 더 이상 누워 있을 수가 없었다. 지금까지 자신이 아주 고상한 사람이라고 생각했는데 어제부터 오늘까지의 행동을 살펴보니 지금까지 앤디에게 무시당할 만했다. 앤디는 그의 이런 행동에 아주 명확하게 감정을 드러냈다. 그녀가 바오이판에게 바랬던 건 별 거 아니었다. 그저 일을 크게 만들지 말라는 것 뿐이었다. 평소 모자란 행동을 하는 바보처럼 바오이판은 누워서도 안절부절 못했다. 그는 앤디에게 어떤 존재일까? 바오이판은 동굴이라도 파고 들어가고 싶은 심정이었지만 그렇게 할 수 없는 상황이

한심스러울 뿐이었다.

휴대폰으로 이메일을 확인하고 바쁜 일을 처리하자 어느 정도 마음이 차분해지긴 했지만 안절부절 못하는 마음은 완전히 사그라지지 않았다. 그는 잠깐의 휴식을 취한 뒤 주방에서 간단히 먹을 만한 것을 만들고 있었을 때 앤디에게 전화가 왔다. 그는 휴대폰에 뜬 이름을 보자마자 또 식은땀이 주르륵 흘렀다. 앤디에게서 먼저 전화가 올 줄을 전혀 생각도 못했던 터라 시답지 않은 소리만 할 수 밖에 없었다.

"앤디, 나 방금 일어났어요. 역시 우리는 텔레파시가 통하나 봐요. 지금은 안 바빠요? 내가 그쪽으로 갈까요? 애프터눈 티라도 한 잔 해요."

"여긴 어느 정도 일단락 됐어요. 한 1시간 정도면 끝날 것 같은데 혹시 지하에서 차 가지고 데리러 올 수 있어요? 아침에 버스 탔다가 임신 중에는 냄새에 민감하다는 걸 온몸으로 경험했다니까요."

"아침에 버스를 탔다고요?"

"응, 택시 냄새도 적응 안 되고, 요즘 컨디션이 별로인가 봐요."

"내가 물어보잖아요, 당신 아침에 버스타고 갔냐고요?"

"택시타고 갔어요, 거기가 워낙 외져서. 알잖아요, 나 길치인거. 그래서 지금 차가 없어요. 올 때는 택시가 너무 안 와서 그냥 버스타고 왔어요. 근데 이따가 집에 갈 때는 택시는 못 탈 것 같아요. 마침 당신이 집에 있으니까 모처럼 기사노릇 좀 해줘요."

다시 한 번 민망함이 몰려왔다. 그는 앤디가 차를 가져오지 않았다는 사실도 눈치채지 못한 데다가 앤디를 외지고 낯선 마을에 남겨두고 충동적으로 차를 몰고 와 버렸다. 그 덕분에 아직 배가 나오지 않은 앤디는 아무도 자리를 양보해주지 않은 채로 버스를 타고 돌아와야 했던 것이다. 입덧을 꾹 참으면서 얼마나 힘들게 왔을지 안 봐도 다 알 것 같았다.

바오이판은 자기 가족 중 누군가가 이런 상황에 맞닥뜨렸다면 분명히 노발대발하며 세상에 그런 남자가 어디 있냐고 당장 헤어지라고 했을 것이다. 하지만 오늘, 그런 몹쓸 인간이 바로 자기 자신이라니. 하지만 앤디의 말투에서 이상한 낌새가 조금도 느껴지지 않았다. 오히려 자신을 데리러 오는 일에만 집중하는 걸 보니 오늘 아침에 이미 '그저 그런 놈'으로 단정 지었을 수도 있겠다는 생각이 들었다. 억지로 강요할 순 없었지만 앤디 마음속에 그가 여전히 일만 저지르는 쓸모없는 남자로 남아 있을까 걱정스러웠다. 그는 지금까지 한 번도 겪어보지 못한 자신감의 위기를 느꼈다.

그는 마음이 불안한 상태로 길을 나섰다. 앤디를 데리러 가는 내내 생각이 끊이지 않았다.

'꽃이라도 사갈까? 만나자마자 미안하다고 해야 하나? 오늘 저녁에 뭘 하면 좋지…?'

그러다 보니 머리에 마비가 올 지경이었다. 결국 그는 아무것도 하지 않는 게 낫겠다는 결론을 내렸다. 잔뜩 의기소침해진 그는, 만나기로 한 건물 앞에 도착했다. 길가에 우두커니 서서 노트북 가방을 손에 들고 있는 앤디를 보자 자기도 모르게 시계로 눈이 돌아갔다. 정신이 딴 데 팔려서 혹시라도 지각을 했을까 봐 걱정했지만 다행히도 지각은 아니었다. 그는 자기가 자신감을 상실한 새색시 같다는 생각이 들었다.

하지만 그는 유명한 바오이판이 아닌가. 그는 아주 자연스럽고 멋있게 차에서 내려 앤디에게 차 문을 열어주었다. 그리고 앤디가 차에 타는 순간 멋있게 키스했다. 예전에는 뭘 해도 분위기가 있어서 자신

만만했는데, 오늘 자신의 너무 위선적인 행동에 기가 푹 죽어버렸다. 그가 차에 올라타는 순간 앤디의 얼굴에 담긴 미소를 발견하고 한결 마음이 놓였다.

"자, 봐요. 불편한 데 없이 모두 괜찮으니까 걱정 안 해도 돼요."

앤디는 바오이판이 미안해할까봐 먼저 말을 꺼냈다.

바오이판은 앤디의 마음을 알기에 오히려 더 부끄러웠다.

"정말 미안해요. 다 내가 잘못했어요. 거기에 당신을 남겨두고 오다니, 내가 정말 미쳤었나 봐요."

"오늘 아침에는 당신이 원장님을 맡아줘서 다행이었어요. 원장님이 계속 그 자리에 있었으면 정이니 뭐니 해서 제대로 결정하지 못했을 거예요. 동생의 거처에 대해선 나보다 원장님에게 더 결정권이 있는 건 맞으니까. 난 피만 섞였지 나을 건 없잖아요. 그래도 당신이 원장님을 잘 돌봐줘서 내가 조금 더 떳떳하게 결정하고 처리할 수 있었어요. 당신이 있어서 정말 다행이었어요. 요즘 입덧하는 거 말고는 딱히 다른 변화는 별로 없는데 퇴근하고 오면 좀 피곤하더라고요. 그래서 일 끝나면 회사에서 좀 쉬었다가 집에 가요. 오늘은 당신이 데리러 왔으니까 편하게 집에 갈 수 있겠네요."

바오이판은 깜짝 놀라서 한참 동안 아무 말도 할 수 없었다. 앤디가 모노드라마 여주인공처럼 한참을 혼자서 떠들고 있다니. 빨간불에 걸린 후 간신히 바오이판도 입을 뗐다.

"이런 남자를 어디다가 써먹어야 할까라는 생각 안 들어요?"

"어젯밤에는 정말 화가 나서 이 남자 정말 귀찮고 짜증난다고 생각했죠. 하하. 근데 뭐, 나도 만만치 않았으니까. 암튼 잘 정리한 것 같아요. 어느 정도 적응기간은 필요하겠지만 그쪽 간호사들도 믿을 만해 보이고 시간이 좀 지나면 동생도 안정을 찾을 거라고 믿어요.

나에게 별 문제만 안 생기면 동생은 앞으로 계속 그렇게 지낼 수 있을 거예요. 혈육의 정은 없어도 생활은 걱정 없도록 해줘야죠."

바오이판은 그런 앤디를 보고 있자니 무슨 말을 해야 할지 몰랐다.

"여자는 말이에요, 그렇게까지 강인할 필요는 없어요. 당신 옆에 내가 있잖아요, 응? 나 자꾸 부끄럽게 만들 거예요?"

"그거랑은 아무 상관없거든요."

바오이판은 민망해하며 입을 다물자, 앤디는 왜 그가 이렇게 조바심을 내는지 알 수 없다는 듯 쳐다봤다. 그리고 조심스럽게 물었다.

"어제 있었던 일, 나한테 얘기 좀 해줘요. 최대한 군더더기는 빼고요. 그리고 되도록 이 일에 대해서 사람들이 몰랐으면 좋겠어요."

"걱정하지 마요. 다시는 이런 일 없을 거니까. 며칠 전 하이시에 도우미를 구해놨어요. 지금 우리 집에서 이것저것 배우고 있어요. 요리도 잘하고 센스도 있다고 하니까 다행이에요. 또 하이시 지사에 기사가 1명 있는데, 앞으로 당신 출퇴근할 때마다 도와줄 거니까 그런 줄 알아요. 제가 다 알아서 할 테니 다른 일은 걱정하지 말고요. 미안해요. 내가 항상 당신 곁에 있어주지 못해서."

"하하. 취샤오샤오 그 깍쟁이가 말한 게 맞네요. 임산부 찬스로 당신한테 뭐든 해달라고 하면 다 해줄 거라고. 마침 잘됐네요. 원래 출산 관련해서 아이디어를 얻고자 22층에서 회의를 하려고 했거든요. 마마왕(妈妈网, 중국 엄마들 전용 육아정보 공부 사이트)을 보니까 준비할 게 한두 가지가 아니더라고요. 지금 탄쫑밍도 영수증 처리하려고 준비 중이거든요."

바오이판은 중얼거리며 식은땀을 닦았다.

"아직 회의가 안 열린 게 다행이군요. 그랬으면 나 정말 뛰어내렸을 거예요. 앞으로 딱 한 가지는 알고 있어요! 모든 영수증은 내 앞

으로 청구해요. 내가 당신 남편이잖아요. 괜히 탄 사장 귀찮게 하지
말고."

'어제 일도 다 내가 처리했는데, 게다가 지금까지 모든 일은 당신
엄마가 사사건건 개입하고 있잖아요.' 앤디는 순간 속으로 반박할 말
이 떠오르긴 했지만 차마 내뱉진 못하고 다른 이유를 찾아내 애써
웃으면서 말했다.

"당신한테 빚을 너무 많이 져서 그렇죠. 탄 사장은 내가 열심히 일
해서 돈 벌게 해주잖아요."

바오이판은 무엇인가를 깨달은 듯 물었다.

"당신, 아직도 나랑 결혼할 생각이 없는 거예요? 그렇죠? 당신은
결혼이랑 아이는 따로 분리할 생각인 거죠?"

"당신이랑 어울리지 않는 것 같아요. 나 때문에 당신이 귀찮아질
까 봐 걱정만 돼요. 그렇다고 당신을 떠나고 싶진 않고. 진짜 아이러
니하죠."

바오이판은 뭔가 생각하고 있었지만 지금은 운전에 집중해야 했
기에 딴 생각은 잠시 접어두기로 했다. 주차장에 도착할 때쯤 희미하
게 떠다니던 것들이 명확하게 정리되었다. 앤디는 이번 일로 그의 수
준을 과소평가하지도 않았고 그의 존재를 무시하지도 않았다. 오히
려 계속 발생하는 어려움으로 혹여 그에게 피해가 갈까 봐 걱정했던
것이다. 그는 이제야 땅에 떨어진 자신감을 회복하고 원래의 바오이
판으로 돌아왔다. 차에서 내린 바오이판은 앤디의 가방을 받아들고
그녀를 자신의 품안에 꼭 안았다.

"지금까지 당신한테 말할 시간이 없었는데, 이제 안심해도 돼요.
어제 보니까 부자끼리 하는 행동이 신기할 정도로 닮았더라고요. 확
실히…."

그때 다른 사람이 엘리베이터에 타려고 하자 바오이판이 말을 멈췄다. 앤디도 그의 말을 어느 정도 이해했을 거라고 믿었다. 앤디가 고개를 끄덕였다.

"사실 진짜 피를 나눈 아버지가 누구든 상관없어요. 마음이 한결 놓이긴 하지만 그렇다고 내 눈으로 직접 확인하고 싶지는 않네요. 난 도피가 특기니까, 당신이 나 대신 가서 봐줘요."

"이건 도움이 아니에요. 다음부터 당신 용어와 개념부터 바로 잡아야겠어요. 우린 가족이잖아요. 당신 일이 내 일이죠. 나도 마음이 쓰이니까 가보는 게 당연한 거고요. 이번에는 그 현장이 보고만 있기 힘들었을 뿐이지만."

앤디가 살며시 웃어보였다. 이런 진지한 말투와 든든한 어깨가 얼마나 설득력이 있었는지 그녀는 더 이상 논리적으로 생각하기를 포기했다.

'그래, 좋아! 바오이판 말대로 해보지 뭐.'

바오이판도 틀에 꽉 막혀 있던 앤디가 어느 정도 느슨해졌음이 느껴졌다. 자기에게 몸을 기댄 채 온화한 미소를 짓고 있는 모습을 보니 그녀에게 입을 맞추지 않을 수 없었다.

엘리베이터가 1층에 멈췄다. 마침 판성메이도 퇴근 하는 중이었다. 판성메이는 이 커플을 보자마자 평소와는 다른 친밀감을 느낄 수 있었다. 그녀는 두 사람을 못 본 척하고 엘리베이터에 올라탔다. 앤디가 그녀를 보고 바오이판을 밀어내자 그도 판성메이를 보고 씩 웃었다.

'이 남자 잘 생긴 데다 돈까지 많아서 수많은 여자들이 울고 갔을 텐데, 얼음공주 같은 앤디를 저렇게 잘 다루다니, 하긴 이상한 일은

아니지.'

판성메이가 속으로 이런 생각을 하고 있을 때 앤디가 말을 걸었다.

"왕바이촨은 오늘 바빠?"

"오늘 영화 보러 가기로 해서 집에서 옷 갈아입고 퇴근하는 거 기다리려고. 피곤해할까 봐 그냥 앉아서 영화나 보기로 했어. 같이 갈래?"

"안 돼요. 우린 오늘 할 얘기가 많거든. 다음에 시간 있을 때 같이 가죠."

바오이판이 재빨리 끼어들자 앤디가 말을 이었다.

"우리, 방금 얘기 다 끝난 거 아니었어요?"

"아니요, 우리는 집안 규칙을 세워야죠."

판성메이는 풋 하고 웃더니 두 사람을 엘리베이터 밖으로 밀어냈다.

"정말 못 들어주겠네. 이따가 왕바이촨 만나면 혼 좀 내줘야겠어."

앤디와 바오이판은 2201호로 들어서자마자 격렬하게 키스하기 시작했다. 그때, 반갑지 않은 전화가 두 사람의 분위기를 깨버렸다. 아니나 다를까 역시 바오이판의 어머니였다.

"오후에 별일 없어서 단골들한테 안부 전화를 돌리는데, 천 씨가 네가 거기에 다녀갔다고 하더구나. 그리고 차에 기사를 빌려서 밤새 달려 하이시로 왔다고 하던데, 처음 보는 사람이 같이 있었다던데, 무슨 일이니?"

바오이판의 안색이 순식간에 어두워졌다. 어제 차를 빌리러 잠깐 들린 거여서 미처 천 씨에게 자세하게 설명하지 못했는데, 하필이면 어머니의 시간차 공격이 우연하게 들어맞다니 어떻게 일이 이렇게 꼬일 수 있는지….

"응, 일이 있었어요. 나중에 말씀드릴게요."

바오이판에게 붙어 있던 앤디도 수화기 너머로 들려오는 목소리의 주인공이 누구인지 알고 나자 얼굴색이 확 어두워졌다.

"대체 무슨 일인데? 너랑 어떤 미치광이 같은 사람이랑 왜 같이 있었던 건데? 그 사람을 하이시까지 데려다준 건 또 뭐고? 내가 걱정이 돼서 그래. 얼마나 중요한 일이기에 이렇게 말을 안 해. 그러니까 더 걱정되잖니."

"제가 오랫동안 후원하던 아이인데 정이 많이 들었어요. 근데 이번에 몸이 좀 안 좋아져서 아이 엄마랑 같이 하이시로 데려와서 전문 병원에서 치료를 받게 해준 거예요. 저 며칠 동안 앤디네 집에서 지낼 거예요. 이참에 앤디 생활패턴도 좀 봐주려고요. 어머니, 별일 아니니까 걱정하지 않으셔도 돼요. 여행 준비는 다 하셨어요? 아마 파티복도 몇 개 챙기셔야 할걸요?"

"알겠다. 그럼 지금 앤디랑 같이 있는 거니?"

"네, 저녁 먹을 준비하고 있어요. 식사 안 하세요?"

"그럼 식사해라."

바오이판 어머니는 잠시 침묵하고 있다가 한 마디 남기고 전화를 끊었다.

앤디는 그제야 소리를 냈다.

"완전 망했네."

바오이판도 눈살을 찌푸렸다. 그 또한 어머니의 성향을 너무나 잘 알고 있었기 때문에 어머니가 뭔가 시원하지 않게 전화를 끊은 걸 보니 의심을 하는 게 분명했다. 게다가 앤디를 직접 겨냥한 걸 보면 분명히 언젠간 이 일을 집고 넘어갈 게 분명했다.

"다 끝났네요. 내가 어젯밤에도 말했잖아요. 당신이 한 결정에 반드시 후회가 따를 거라고. 내가 그렇게 신중히 하라고 했건만…"

앤디는 말을 멈췄다. 이성적이려고 애써보았지만 잔뜩 놀란 얼굴로 바오이판을 바라보았다. 모든 원망이 얼굴에 다 드러났다. 모두 어젯밤 바오이판의 어리석음이 낳은 결과였다.

"당신 먼저 밥 먹어요. 난 천 씨한테 연락 좀 해봐야겠어요."

"그럴 필요 없어요. 어차피 당신 어머니가 이미 다 알아봤을 거예요. 그렇지 않았으면 당신한테 전화해서 선전포고를 하지도 않았겠죠. 한 가지 방법밖에 없어요. 당신이 어머니 곁에 있어요. 안 그러면 조만간 날 들들 볶아댈 게 뻔해요. 당신 아들을 위해서라면 무슨 일이든 할 분이니까."

바오이판은 앤디에게 이번 일은 자기를 믿고 맡겨달라고 말하고 싶었지만 차마 입이 떨어지지 않았다. 따지고 보면 그가 다 망쳐놓은 거나 마찬가지였기에 앤디가 믿고 안 믿고를 떠나서 자기 입으로 믿어달라는 말을 차마 할 수가 없었다.

"나한테 딱 3일만 줘요. 이번 일 다 마무리해 놓을게요. 당분간은 결정 같은 거 하지 말고, 알았죠?"

"난 당신 어머니가 물러나시는 것까진 바라지도 않아요. 아마 날 받아들이기 힘드실 거예요. 미치광이의 딸이고 외손녀를 누가 좋아하겠어요. 어쩌면 나 같은 아이를 낳을 수도 있는데. 아마 어떻게 해서든 날 당신한테서 떼어놓으려고 할 거예요. 어쩌면 나를 아예 무너뜨리실 지도 몰라요 그리고 일부러 날 미치게 만들지도 몰라요. 나도 이제 약해져서 한 번에 무너지고 말 거예요. 정말이지 이런 모험은 하고 싶지 않다고요."

"딱 3일만 줘요. 부탁이에요. 만약 3일 안에 내가 해결하지 못하면, 내가…. 당신 결정대로 따르도록 할게요."

"3일…."

앤디는 망연자실했다.

"1시간 만에 상황이 이렇게 순식간에 변하는데, 3일이라니. 이제 그만 가 줘요. 우리 집에 있는 당신 물건도 다 가져가고요. 당신이 갈 동안 베란다에 잠시 나가 있을게요. 미안해요. 지금은 내 자신을 지키는 거 말고는 달리 방법이 없어요."

바오이판은 앤디의 온 몸이 떨리는 걸 느낄 수 있었다. 그는 앤디가 아무데도 못 가게 꼭 안았다. 그녀의 떨림이, 그녀의 걱정과 두려움이 너무나 절절하게 느껴졌다. 지금까지 줄곧 강인했던 여인은 이제야 자신의 감정이 진짜이며 더 이상 이 사랑에 흔들림이 없다는 것을 깨닫게 된 것이다.

"내일 아침에 돌아갈게요. 당신을 정말 사랑해요. 내가 실수한 거 다 만회해 볼 테니 딱 3일만 줘요. 도망가지 말고. 제발 부탁이에요."

"내가 당신과 다시 도박을 할 수 있을까요? 그냥 가 줘요, 제발."

"우리가 시작한 날부터 당신은 날 밀어냈지, 그래서 난 내가 뭘 잘못하고 있다고 생각했어요. 그런데 오늘에서야 알았어요. 당신은 이런 날이 올까 봐 두려웠던 거예요. 내가 아까 주차장에서 당신은 나한테 좀 맡길 줄 알아야 한다고, 우리 지금부터라도 같이 해결해보자고 했잖아요. 자, 여기 앉아서 얘기해요. 당신이 이번 일로 생각을 너무 많이 해서 그런 것뿐이에요. 지금 우리가 직면하고 있는 큰 문제를 분리해서 보면 분명 최선의 답을 찾을 수 있을 거예요. 내 목표는 딱 하나예요. 우리가 함께 하는 것! 이건 우리 둘의 목표이기도 하잖아요."

앤디에게 그의 말이 들릴 리 없었다. 극도의 불안감으로 머리가 몹시 아파왔다.

"물, 물 좀 마시게 놔줘요. 난 긴장하면 물을 계속 마셔야 하거든요. 안 그러면 계속 신경질적으로 변할지도 몰라요. 이제 알겠죠? 그러니까 좀 놔줘요. 그게 당신한테도 좋을 거예요."

바오이판은 앤디의 손에는 항상 물이 있었고 긴장할수록 많이 마시는 정도라는 것까지는 알고 있었지만 이렇게 심각한 줄을 몰랐다. 그럼에도 그는 앤디를 놓지 않았다. 여기서 그녀를 놓는다면 영원히 그녀를 잡을 수 없다는 걸 너무나 잘 알고 있었기 때문이다.

그는 앤디를 안은 채로 주방으로 가서 그녀가 물을 벌컥벌컥 마시는 모습을 지켜보면서 두 손을 부들부들 떠는 앤디가 혹시라도 컵을 놓칠세라 자연스레 손을 뻗어 컵을 받쳐주었다. 그때 그는 앤디가 자제력을 잃은 모습을 처음 보게 되었다. 창백하고 연약한 그녀의 모습에 마음이 찢어질 듯 아팠다.

"당신한테는 내가 필요해요!"

바오이판이 확신에 찬 목소리로 말하며 빈 컵에 다시 물을 가득 따라주었다.

"당신한테는 내가 필요하다고요!"

마치 갓난아기를 보살피는 아빠처럼 그녀를 달래며 앤디가 안정을 되찾을 때까지 충분히 기다려줬다.

앤디는 다시 물 컵을 잡았다. 3개월 넘게 기른 머리가 얼굴을 덮고 물 컵까지 길게 늘어지자 극도로 짜증을 내며 머리를 이리저리 흔들었다. 결국 머리가 엉망이 되자 바오이판이 앤디의 귀 뒤로 머리를 넘겨주었다. 그는 슬픈 눈으로 앤디에게 말했다.

"나한테 미련 같은 건 없어요? 걸핏하면 그렇게 쉽게 날 포기한다고 하고 말이야!"

"난 당신을 받아들일 수도 없고, 포기할 수도 없어요."

"알았어요. 방금 자극법은 테스트였어요. 테스트 결과 당신이 이제 진정이 된 것 같네요. 어디 가지 말고 있어요. 난 베란다에 가서 어머니랑 통화를 해봐야겠어요.”

바오이판은 앤디의 얼굴을 꼭 감싸고 뜨거운 입맞춤을 나눴다. 그리고 베란다로 통하는 출입구는 꼭 닫았지만 커튼은 활짝 열어놓고 앤디의 동정을 계속해서 살피면서 어머니에게 전화를 걸었다. 그도 아들이기에 어머니와 등을 질 생각은 없었다. 다만 두 사람을 같은 진영 안으로 데려오려는 시도 정도는 해봐야 했다.

앤디는 꼼짝도 하지 않은 채 눈을 시퍼렇게 뜨고 바오이판을 지켜봤다. 그는 앤디 곁에 머물기 위해 온갖 방법을 다 쓰고 있는데 정작 그녀에게는 그를 몰아낼 방법이 전혀 없었다. 하지만 그의 곁에 남아 있으면 그의 어머니와 끝나지 않는 전쟁을 해야만 했다. 어떻게 하면 그를 몰아낼 수 있을까? 저 남자는 무슨 마음을 먹었는지 매우 편안해 보이는 자세로 의자에 앉아 두 다리를 쭉 펴고 앉아 통화하고 있었다. 하지만 여유 넘치는 자세도 잠시뿐, 팔뚝이 바쁘게 이리저리 움직이기 시작했다. 딱 봐도 뭔가 안 풀리는 모양이었다.

앤디는 그의 어머니가 쉽게 설득당할 사람이 아니라는 것은 진작부터 알고 있었다. 결과는 완전히 적중했다. 바오이판은 어머니와의 통화를 마치고 안으로 들어오지 않고 다시 어딘가에 열심히 전화를 걸었다. 그때 그의 어머니가 앤디에게 전화를 걸었다.

“앤디, 난 너에게 개인적인 악의는 없단다. 너에 대한 내 태도는 모두 내 아들이….”

“네, 제가 머리가 좀 아파서요. 아드님과의 관계는 정리하기로 했어요. 그러니까 할 얘기가 있으시면 아드님과 얘기하세요.”

“이왕 이렇게 된 거, 그럼 한 가지만 물어보자. 네 뱃속에 있는 우리 집안 아이는 어쩔 셈이니?”

“제가 진심으로 부탁드릴게요. 아드님 설득 좀 해주세요. 전 어떤

법적 문서든 사인할 의향이 있어요. 단 제가 생각해 둔 두 가지 조항이 있어요. 하나는 바오 집안의 누구도 아이를 접견할 수 없어요. 물론 아이도 그쪽 집안의 재산을 물려받지 않을 거고요."

"좋다. 초안을 어떻게 작성하면 좋을지 변호사를 한번 만나보마."

"그리고 한 가지가 더 있어요. 아이가 성인이 된 후에도 바오 집안의 누구도 부양할 의무는 없어요. 그리고 그쪽에서 아이가 가진 어떤 재산도 손 댈 권리도 없고요. 죄송하지만 제가 보기에는 제 개산이 그쪽 집안보다 많아질 것 같아서요. 만약을 위해 넣어두는 게 좋을 것 같아요. 변호사에게 깔끔하게 정리해달라고 해주세요."

바오 부인은 잠시 침묵하다가 다시 입을 열었다.

"그런데 네 동생은 어쩌다가 그런 거니? 다른 형제자매는 없는 거니? 다들 뭐 하고 사는지는 알고?"

"죄송한데, 전 형제자매가 얼마나 있는지 몰라요. 그들이 뭘 하고 사는지도 모르고요. 지금으로선 동생 하나뿐이에요. 불행히도 자기 행동을 분별하지 못하긴 하지만요."

"너희 어머니는…."

"그건 웨이궈창에게 직접 물어보세요. 제가 3살 때 고아원에 맡겨져서 기억이 없네요."

바오이판이 통화를 마치고 나와 보니 앤디와 그의 어머니가 더 없이 차분하게 대화를 나누고 있는 모습에 놀라지 않을 수 없었다. 둘 사이에 대체 무슨 얘기가 오가는지 모르겠지만 식은땀이 주르륵 흘렀다.

"젊은 사람이라 바쁠 테니 내가 대신 알아봐주마."

"그럴 필요 없어요. 이미 끝난 관계거든요. 괜찮아요. 이제 아드님이 들어오네요. 직접 말씀하시는 게 좋겠어요."

앤디는 바오이판에게 휴대폰을 건네주고 긴 한숨을 내쉬었다. 그리고 소파에 털썩 주저앉았다.

오히려 그의 어머니와 대화를 나누고 나니 어느 정도 진정이 되는 것 같았다. 아직 많은 걸 알고 있지 않은 걸 보니 그녀의 단골인 천 씨가 아는 게 별로 없는 것 같았다. 그렇다면 다시 원점으로 돌아가서 해결할 시간은 충분했다. 그녀는 말 그대로 진지한 대화를 주고받았기 때문에 그의 어머니도 충분히 알아들었을 거라 믿었다. 바오이판은 다시 베란다로 나갔다. 앤디는 이 모자가 무슨 대화를 나누는지 모르겠지만 이제는 더 이상 손해 보지 않겠다는 결단을 내렸다. 이번에는 절대 서두르지 않고 여유를 가지고 바오이판이 그림자 놀이를 하는 걸 지켜보고 있었다. 그는 폭발하기 직전이었다. 어머니는 늘 그렇듯이 아들을 살짝 떠보고 아무런 반응이 없으면 아무 일도 하지 않았다. 바오이판이 울그락불그락한 얼굴로 돌아와서 최대한 감정을 억누르며 상황을 설명하기 시작했다.

"방금 전 천 씨한테 전화해서 아무 말도 하지 말라고 부탁해뒀어요. 그 사람 나랑 하고 있는 일이 있어서 누구한테 붙어야 할지 잘 알고 있더라고요. 어머니한테 쓸데없는 소리는 안 할 거예요. 이번 일은 여기까지, 더 이상 일어날 일도 없을 거예요."

"물론 내가 문제가 많은 건 사실이지만 어머니 너무 여러 번 얼굴을 바꾸는 거 아니에요? 정말 참을 수가 없어요."

"앤디, 오늘 일은 다 해결됐어요. 그리고 다른 일도 내가 하나하나 해결해볼게요. 두 사람이 같은 도시에 있지도 못하게 할 테니 너무 신경 쓰지 말아요."

"방금 내가 한 말 있잖아요. 내가 문제가 많긴 하지만 당신 어머니 태도가 너무 돌변한다는…. 그 뜻은 내가 받은 상처가 이미 크다는 거예요. 설마 내가 그런 것도 못 느낄까 봐요? 그러니까 이제 그만 해요, 우리. 내가 문제가 많다고 해서 그 상처를 다 감당할 순 없어요. 그러기도 싫고요. 그리고 무엇보다 당신 어머니가 날 함부로 대하는 걸 용인하는 당신 태도도 이제 견딜 수가 없어요. 당신들이 뭐라도 되나요?"

바오이판은 말문이 막혀서 얼굴이 새파랗게 변했다. 겨우 정신을 차렸다.

"우선 숨부터 돌려봐요. 날 자극하려고 겨우 생각해 낸 방법이 나더러 떠나라는 건가요? 내가 바보인줄 알아요?"

"당신이나 당신 어머니나 똑같아요. 자신이 아주 대단하다고 생각하죠. 근데 내가 싫어할 거라고 생각해본 적 있어요? 난 다시는 당신 모자가 사랑이라는 명목으로 날 귀찮게 하지 않았으면 좋겠어요. 난 그만할래요. 당신은 당신 편할 대로 해요. 아이가 태어난 후 당신이 아이의 일에 관여하지 않는다면 나는 더할 나위 없이 좋겠지만 관여하고 싶다면 각자 역할을 나눠서 하는 방법을 찾아보도록 하죠. 이제 됐으니 그만 가봐요."

"귀찮게 하지 않을게요."

바오이판은 아무렇지 않게 소파로 달려와 앤디를 다리 위에 앉혔다. 뭔가를 하려던 순간 방금 전 베란다 창문 커튼을 치지 않은 것이 생각나 다시 커튼을 치고 돌아오자 앤디가 한 마디 외치고 달아났다.

"엉큼하기는"

취샤오샤오는 저녁에 아무 약속도 없었다. 그런데 자오치펑이 지금 하는 수술을 마치기 전에 다음 수술이 연이어 있다는 말을 듣고 바로 친구들을 만날 만한 모임이 있는지 확인해 보았다. 취샤오샤오는 워낙 노는 걸로 유명했기 때문에 그녀의 한 마디에 여기저기서 두 팔 벌려 환영했다. 그녀는 무슨 여왕이라도 된 것처럼 춤도 출 수 있는 클럽 하나를 골랐다. 물론 자오치펑을 사랑하고 같이 있으면 행복하긴 하지만 지금은 며칠 생선을 먹지 못한 고양이처럼 발바닥이 근질근질했다. 그녀는 자오치펑에게 지금 어디서 놀고 있고 누구와 있는지 메시지를 보내놓고 퇴근 하자마자 바로 클럽으로 달려갔다.

클럽이야말로 그녀의 영혼의 안식처였다. 그녀는 친구들과 같이 춤을 추다 보니 고수는 손만 내밀어도 안다고 3분도 채 되지 않았는데 주변에 남자들이 득실거렸다. 다 같이 몸을 맞대고 흥에 취해 춤을 췄다.

수술을 매우 순조롭게 마친 자오치펑이 샤워를 마친 후 옷을 갈아입고 나왔다. 흥에 겨워 취샤오샤오의 폴로를 몰고 그녀가 알려준 클럽으로 향했다. 취샤오샤오가 휴대폰 벨 소리를 들을 거라는 기대는 하지 않았기에 혼자서 찾아가기로 했다. 클럽에 도착 한 후 먼저 어두침침한 분위기에 적응하기 위해 위스키 반 잔을 비워냈다. 저쪽 편에서 여러 남자들에게 둘러싸여 신나게 춤을 추고 있는 취샤오샤오을 발견했다. 그는 그녀를 보자마자 고개를 돌려 방금 마신 술을 소화시킨 후 다시 그녀를 쳐다봤다. 몇 번을 다시 보고 나니 그제야 조금 익숙해지는 것 같았다. 저 모습이 진짜 취샤오샤오라는 것을 깨달았다.

취샤오샤오는 춤을 추며 약간 풀린 눈으로 유혹할 만한 훈남이 있는지 이리저리 살폈다. 그때 바에 앉아 있던 잘생긴 훈남, 자오치펑을 발견하고 하마터면 하이힐에 걸려 넘어질 뻔했다. 그녀는 황급히 사람들을 헤치고 나오려 했으나 양 옆으로 끼이는 바람에 자오치펑 쪽으로 넘어지고 말았다.

"어떻게 온 거야? 수술 하나 더 있다고 하지 않았어?"

"오늘은 수술이 잘돼서 생각보다 빨리 끝났어. 가서 놀아. 기다릴게."

"당신이 있는데 내가 어떻게 가서 놀아, 아니면 당신도 놀자. 내가 가르쳐 줄게. 근데 당신도 춤은 출 줄 안다고 했잖아. 앉아 있지 말고 가서 놀자."

취샤오샤오의 남자 친구가 누구인 줄 몰랐던 친구는 취샤오샤오가 어떤 잘생긴 남자에게 치근거린다고 생각하고 두 사람을 향해 달려갔다. 그리고 취샤오샤오처럼 자오치펑의 오른편에 팔을 걸쳤다.

"헤이, 클럽에 와서 허세부리면 벼락 맞아요."

취샤오샤오가 버럭 소리를 질렀다.

"야, 내 남자 친구한테 예의 좀 지켜주겠니! 점잖은 사람이라고."

이 말을 하고나니 뭔가 이상했다. 평소 클럽에서 친구들과 이렇게 남자를 꼬시고 논다는 사실을 인정하는 꼴이 돼 버렸다.

친구는 히죽이 웃으며 한마디 하고는 자리를 떠났다.

"와, 그렇게 오랫동안 숨겨 놓더니, 드디어 공개하는 거야? 완전 미남이시네. 가서 같이 놀아요. 저희도 꽃미남이랑 한번 놀아보게요. 샤오샤오, 너 몰래 숨기면 안 된다."

클럽 안 음악 소리가 제법 컸지만 자오치펑은 취샤오샤오처럼 소리를 지르지 않고 그녀에게 몸을 숙여 웃으면서 말했다.

"나 오늘 좀 피곤해. 아침부터 지금까지 수술을 4건이나 했더니 서 있기도 힘들다. 친구들이랑 가서 놀아, 난 여기서 기다릴게."

취샤오샤오는 잠시 망설이다가 친구에게 다가가 잔뜩 풀이 죽어 말했다.

"오늘은 같이 못 놀겠다. 나 먼저 갈 테니 너희는 더 놀다 가. 계산은 내가 할게. 너희는…."

"그냥 가. 지금 우리 무시하는 거야? 그냥 가. 남자한테 빠져서 친구는 뒷전이구나. 놀 맛 안 나네."

"어우야, 다음에 출장 간다고 하고 밤새 놀자."

친구들의 비아냥거리는 소리를 뒤로 하고 자오치펑을 데리고 나왔다. 두 사람 다 술을 마셔서 운전을 할 수 없어서 길가에서 택시를 기다렸다. 자오치펑이 아무리 잘생겼더라도 방금까지 정신없이 놀다 온 취샤오샤오에게는 그의 팔에 매달려 있는 것도 그리 재미난 일은 아니었다. 이 미치도록 신나고 아름다운 밤이 이렇게 끝나 버리니 조금은 우울했다. 그녀는 혼자 속으로 물어보았다. 대체 어느 생활이 더 재미있는 건지.

자오치펑은 조용한 밖으로 나오자 편하게 말했다.

"들어가서 놀래도. 난 혼자 가면 돼. 집에 가는 길에 데리러 온 거였는데, 내가 흥을 망쳐버렸네."

취샤오샤오는 손가락을 들어 자오치펑 이마에 동그라미를 그렸다.

"내가 다시 들어가서 놀면, 당신은 뭐 하려고?"

"딴 생각은 하지 말고."

"해야지, 천기누설도 아닌데. 대체 무슨 생각을 하고 있는 거야?"

"넌 정말 가식적인 동물이야."

취샤오샤오는 살짝 흘기고는 자오이펑의 팔을 어깨에 걸치고 클럽 안으로 힘껏 끌어당겼다. 자오치펑도 못 이긴 척 안으로 따라 들어갔다. 취샤오샤오가 권한 위스키 한 잔으로 자오펑은 그제야 긴장이 좀 풀리긴 했지만 여전히 다른 여자들 틈에 섞여 있는 건 적응하기 어려웠다. 아마도 무의식중에 그의 보수적인 성향이 드러나는 듯했다. 취샤오샤오가 이 광경을 보고 마음이 놓이는 한편 여전히 답답하긴 했다. 하지만 그가 더 이상 어제 일을 언급하지 않기로 한 이상 그녀도 신나게 놀기로 마음먹었다. 그리고 정말로 그의 입에서 말이 나오지 않도록 잘 마시고 잘 놀게 해서 집에 가면 완전히 뻗게 만들 생각이었다.

취샤오샤오는 많이 마시기도 했거니와 너무 놀아서 지친 나머지 자리로 돌아왔다. 그 와중에 자오치핑과 친구들 사이를 떨어뜨려 놓는 걸 잊지 않았다. 그가 점잖은 사람이란 건 알고 있지만 삼장법사에게도 여러 여자들이 들러붙지 않았던가. 취샤오샤오는 결코 신경을 쓰지 않을 수 없었다. 그래서 그녀는 자오치핑을 맨 끝자리로 밀어냈다.

밤이 깊어지자 클럽 종업원이 계산서를 가져와 맨 끝에 앉아 있는 유일한 남자, 자오치핑에게 계산서를 건넸다. 그는 자연스럽게 계산서를 받아들고 영수증에 적힌 금액을 보고 깜짝 놀랐다. 몇 명 되지도 않은 사람이 하루 밤새 놀았다고 이렇게나 많이 나오다니. 하지만 이미 계산서를 받았으니 계산을 안 할 수도 없고, 초과 지출이 걱정되긴 했지만 하는 수 없이 신용카드를 꺼내 시원하게 긁었다.

술에 취해 정신이 몽롱한 취샤오샤오는 자오치핑과 등을 지고 있어서 제대로 보지 못했지만 그녀의 친구들 중 그 모습을 본 누군가 달려와 고난이도의 동작을 선보이며 그의 손에 있는 계산서를 낚아챘다. 그리고 자기의 신용카드를 종업원 손에 찔러 넣었다.

"제가 할게요. 남자가 내야죠."

"저희랑 놀아주셨으니 당연히 저희가 내야죠."

자오치핑은 잠시 혼란스러웠다. 취샤오샤오가 둘의 대화를 듣고 하하거리고 웃더니 자오치핑의 귓가에 대고 속삭였다.

"쟤가 내게 내버려 둬. 요즘 돈 잘 벌거든, 오늘 원래 쟤가 내기로 하고 모인 거야."

"그래도 어떻게 그래."

"뭘 어떻게 그러긴. 그냥 두라니까. 아니면 내가 낼게. 여기 좀 비싸단 말이야… 당신 한 달 월급 다 털리고 싶어?"

자오치펑은 멋쩍게 웃어보였지만 이것이 현실이었다. 진료비가 병원 주차비보다 싼데 무슨 말이 더 필요하겠는가. 취샤오샤오는 취하긴 했지만 그의 기분이 어떨지는 알아차릴 수 있었다.

"마음 쓰지 마. 오늘 우리끼리 모이기로 한 거였으니까. 처음부터 당신이 오기로 한 것도 아니었고."

취샤오샤오는 그냥 가볍게 넘겨버려도 될 일이라고 생각했다. 자오치펑에 대한 그녀의 진심에 모두가 깜짝 놀라 집에 가며 하나둘씩 자오치펑에게 한 마디씩 해주었다. 그녀들 모두 전문직 인사들에게 감동받고 있지만 그들의 수입이 비교적 적은 편이라 그들도 이해한다며 나중에 만날 때도 부담가질 필요 없다고 했다. 취샤오샤오는 자오치펑의 뒤에 숨은 채 그만하라는 손짓을 했으나 자오치펑은 그 말에 딱히 뭐라고 대답할 길이 없었다.

떠들썩한 밤이 지나갔다. 취샤오샤오는 몹시 피곤했지만 올라오는 술기운을 꾹꾹 누르며 자오치펑의 기분을 살폈다. 그는 아무렇지 않은 얼굴을 하고 있었지만 취샤오샤오는 아무렇지 않지 않았다. 그 또한 아무렇지 않지 않다는 것을 느낄 수 있었다. 하지만 혹시라도 무슨 말을 했다가 불난 집에 부채질하는 격이 돼 버릴까 아무 말도 하지 않고 그저 행동으로 자신은 아무렇지 않다는 것을 보여줄 뿐이었다.

50

영업을 마친 추잉잉이 2202호로 돌아왔다. 문을 열었을 때 집안이 온통 깜깜하긴 했지만 크게 신경 쓰지 않았다. 그녀는 뭐가 그리 기분이 좋은지 싱글벙글하며 전기보일러의 전원을 켰다. 그리고 전기주전자에 물을 올리고는 컴퓨터로 주문서를 확인했다.

그런데 얼마 되지 않아 불빛이 깜박깜박하더니 집안이 컴컴해졌다. 추잉잉은 가만히 있다가 휴대폰 불빛을 손전등 삼아 곧장 1층에 있는 관리사무소로 향했다. 세입자에게 그리 친절하지 않은 관리사무소 직원은 지금 전기 기사가 없다며 추잉잉을 돌려보냈다. 전기 기사가 없다는 관리사무소 직원의 말을 철썩 같이 믿은 순진한 추잉잉은 전기 기사가 언제 돌아오는지 물어보지도 않고 잔뜩 주눅이 들어 집으로 돌아왔다. 오는 길에 2201호에 불이 환하게 켜 있는 것을 보고 망설임도 없이 문을 두드렸다.

바오이판이 나와서 문을 열어줬다. 홈웨어 셔츠만 걸친 바오이판이 씩 웃자 섹시함이 물씬 풍겼다. 추잉잉은 수줍어서인지 얼른 눈을 감아버리고는 우물우물 거렸다.

"앤디 언니 있어요? 저희 집이 정전이 됐는데, 앤디 언니가 저번에 고칠 줄 알았던 것 같아서요."

"어떻게 하다가 정전된 거에요?"

"나도 모르겠어요. 집이 어두워서 전등을 켰는데 바로 전기가 나가버렸어요."

바오이판은 퓨즈가 나간건가 싶어서 물어본 거였는데 앤디가 아직 침실에 누워 있어서 추잉잉에게 안으로 들어오라고 했다.

"앤디, 옆집이 정전됐대요. 당신이 고칠 수 있는지 묻는데, 내 생각에는 퓨즈가 나간 것 같아요, 혹시 예비 부품 같은 거 있어요?"

바오이판이 묻자, 앤디가 방 안에서 소리를 질렀다.

"그런 걸로 날 유인해 낼 생각 하지도 마시죠."

"진짜라니까요."

바오이판은 추잉잉에게 직접 말해보라고 했다. 추잉잉의 말에 앤디가 그제야 방문을 열고 나왔다. 나오자마자 바오이판을 한번 쩨려보고는 추잉잉과 2202호로 건너갔다. 물론 함께 따라간 바오이판이 수리를 맡게 되었다.

앤디가 정전되기 전의 상황에 대해 자세히 묻는 것을 보고 바오이판은 갑자기 뭔가가 떠올랐다. 퓨즈를 갈아주고 급히 2201호로 돌아온 그는 앤디를 붙잡고 얘기하기 전에 앤디 고향에 있는 천 씨에게 먼저 전화를 걸었다. 이번에는 어디까지나 '자세한 내용'을 위해서였다. 지난번처럼 몇 마디 주고받고 끝내는 것이 아니라 어머니가 이렇게 물으면 이렇게 대답하고 저렇게 물으면 저렇게 대답하라는 자세한 대응 방안을 마련하기 위함이었다. 누구보다 본인 어머니를 잘 알고 있기 때문에 어머니가 오늘 잡은 단서를 결코 그냥 포기할 분이 아니셨다. 이제라도 깨달았을 때 다시 천 씨에게 연락을 취해야 했다. 그는 체면 따위는 버려두고 집안 망신을 시킨다 하더라도 천 씨와 입을 맞춰야 했다. 다행히도 바오이판에게 체면은 그리 중요하지 않았다. 바오이판이 일을 처리하는 것을 들은 앤디는 그의 맞은편에 있는 탁자에 걸터앉아 종이와 펜을 꺼내 그때그때 도움을 주었다. 바오이판은 힘들어 보이는 척하며 조금씩 앤디 곁으로 다가갔다. 이번에는 말을 맞추는데 그리 오래 걸리지 않았다. 전화를 끊고 바오이판이 앤디에게 말했다.

"배 안 고파요? 우리 야식이나 먹으러 가죠. 내가 잘 가던 곳이 있는데, 아마 당신은 안 가봤을 거예요."

앤디는 능청스럽게 다가오는 바오이판을 흘겨보며 말했다.

"당신 정말 얄미운 거 알아요?."

"이 말은 당신만 누릴 수 있는 특혜예요. 아무도 나한테 그렇게 말하는 사람 없어요. 내가 왜 얄밉겠어요?"

"난 혼자서 나름 즐겁게 살고 있었는데, 당신이 비집고 들어와서 이렇게 골치 아픈 일들만 생기는 거잖아요. 가란다고 가지도 않고. 이제 당신한테 뭘 어떻게 할 수도 없으니, 정말 짜증 나 죽겠네요. 야식 먹으러 안 가요, 안 갈래요. 집에서 통보나 기다리고 있을래요."

바오이판은 앤디의 말을 들으니 웃음이 나왔지만 허세 가득하게 가슴에 손을 올리고 목을 잡더니 슬퍼하는 척하며 말했다.

"오! 이런 잔인한 사람 같으니라고. 당신을 향한 사랑은 세상이 말하는 그런 사랑이 아니에요. 왜 자꾸 날 아프게 해요?"

놀란 앤디는 어쩔 줄을 몰라 '당신 정말 얄미워.'라는 말만 되풀이할 뿐 딱히 할 말이 없었다.

바오이판과 함께 있으면 즐거운 건 사실이었지만 그로 인해 생기는 어려움은 그녀에게 재앙과도 같았다. 바오이판의 어머니를 만날 때 그녀는 완전히 소극적이었기 때문에 바오 부인이 이렇게 모든 상황에 판단이 빠르고 무슨 일이든 하는 사람일 줄은 생각도 못했다.

마치 정예 병사가 열대 우림의 늪에 빠졌는데 아무리 애를 써도 빠져나올 방법이 없는 상황에 처한 것과 비슷해보였다. 게다가 바오이판도 결코 바오 부인의 상대가 될 수 없었다. 그녀와 바오이판은 약속을 중요시 하는 데 비해 바오 부인은 모든 일을 쥐락펴락하고 약속이나 규칙 같은 건 안중에도 없을 뿐더러 심지어 기존의 규칙마저도 없애버리는 사람이었다. 바오이판과 함께 있기 위해 얼마나 말도 안 되는 일을 수없이 겪어야 할지 안 봐도 뻔한 상황이었다.

바오이판과 손을 잡고 야식을 먹으러 나온 것은 지금까지 느껴보지 못한 감정이었다. 한걸음씩 뗄 때마다 마치 구름 속을 걷는 것 같았다. 그리도 무엇보다 더 좋은 것은 그녀 곁에 누군가가 있다는 사실이었다. 아무리 밀어내도 떠나지 않는 사람. 이 사람은 그녀처럼 서툴고 교만하고 성질도 있고 자기주장도 강하지만 그녀가 아무 때나 도움을 청할 수 있고 마음 놓고 털어 놓을 수 있는 사람이었다. 서로 간에 잘못을 철저하게 인정할 수 있는 그런 사람이었다. 앤디는 예전에 자오치펑이 얘기했던 '재미'라는 말이 떠올랐다. 고기집의 초라한 원탁 테이블에 앉아 있는 바오이판에게 말했다.

"갈수록 느끼는 건데, 당신은 꽤나 재미있는 짝꿍인 것 같아요."

"그런데도 계속 날 떠나라고 할 거예요?"

앤디는 고개를 절레절레 흔들었다.

"뱃속에 있는 아이를 봐서라도 앞으로 당신으로 인해 생기는 일들을 용기 내서 맞서보겠어요. 그리고 다시는 도망칠 생각도 하지 않을 거고요."

"지금 한 말은 꼭 지켜야 해요!"

두 사람은 맥주잔을 부딪치고 바오이판은 시원하게 원 샷을, 앤디는 한 모금 마시고 내려놓았다. 두 사람의 일을 이렇게 일단락되었다.

관쥐얼이 아침에 일어나보니 메시지 2통이 와 있었는데 하나는 뜻밖의 인물인 취샤오샤오가 보낸 것이었다. 취샤오샤오는 자오치 펑의 차가 정비소에 들어가 있고 자기 차는 자오치펑이 사용하기로 해서 당분간 그녀도 앤디 차로 출근을 하겠다며 나갈 때 자기도 불러달라는 내용이었다. 그리고 또 다른 것도 역시나 의외긴 했지만 출장을 가서 며칠간 소식이 없던 씨에빈에게서 온 것이었다. 그는 새벽 3시 경에 보낸 메시지에 하이시로 돌아왔다는 내용이었다.

관쥐얼의 머릿속에 바로 나타난 반응은 '아, 오늘 금요일이구나!' 였다. 금요일 아침은 항상 뭔지 모를 즐거운 기대감으로 충만했다. 관쥐얼은 자기가 잘못 본 건지 모르겠지만 자기보다 일찍 일어난 추잉잉도 그동안의 침울함에서 벗어난 건지 걸음걸이가 마치 춤을 추는 것 같았다. 설마 벨리댄스 수업에 효과가 있었던 것은 아닐까? 관쥐얼은 하품을 하면서 추잉잉을 스치고 지나가다가 물었다.

"무슨 기분 좋은 일이라도 있어?"

추잉잉은 흥분을 억지로 참아냈다.

"나 정말 기분 좋아. 근데 말해 줄 수가 없어."

관쥐얼은 눈을 동그랗게 뜨고 대체 무슨 기분 좋은 일이기에 말해 줄 수 없다는 건지 궁금해졌다.

"음, 그럼 이따 저녁에 성메이 언니한테 몰래 물어보지 뭐."

"언니도 몰라, 음, 사실 나도 잘 몰라. 그냥… 기분이 좋아."

평소대로라면 아직 잠이 안 깨서 몽롱한 상태였을 관쥐얼은 더 정신이 없어지자 바로 화장실로 들어가 버렸다.

"알았어, 말하지 마. 나도 안 물어볼게. 말하고 싶을 때 얘기해줘."

"나…"

추잉잉은 입이 근질근질해서 화장실에 들어가려는 관쥐얼을 따라

갔다. 눈이 반쯤 감긴 관줴얼이 문을 닫자, 결국 참지 못하고 모조리 말해버릴 뻔했다. 오늘 조금 늦게 일어난 것도 판성메이를 피하기 위해서였다. 판성메이를 만나면 자기도 모르게 술술 얘기해버릴 것 같았기 때문이다. 관줴얼은 원래 생각을 많이 하지 않는 편이기에 추잉잉이 밖에서 말을 할까 말까 망설이느라 발을 동동 구르고 있는 줄도 몰랐다. 그냥 한 마디 던져봤을 뿐이다.

"취샤오샤오가 일어났는지 혹시 알아?"

추잉잉은 바로 2203호로 직접 확인하러갔다가 후다닥 돌아왔다.

"자오치펑이 그러는데, 어제 술을 너무 많이 마셔서 아마 못 일어날 거래."

관줴얼은 물고 있던 치약을 뱉었다.

"어제 밤에 메시지를 보내서 오늘 앤디 언니 차를 타고 간다며 자기도 데려가 달라고 하더니만."

"내가 다시 가서 전해줄게."

추잉잉은 온 몸에 힘이 넘쳐나는지 이내 2203호에 갔다가 돌아왔다.

"샤오샤오 일어났어. 제발 자기랑 같이 가달라고 소리를 지르더라. 쳇. 쟤는 택시 잡을 줄 모르나? 왜 군이 같이 가려고 하는 거야?"

"누가 아니래. 아무튼 말하지 마, 나도 안 물어볼게."

"웅, 줴얼, 나 정말 너무 말하고 싶어 죽겠으니까 제발 물어보지 말아 줘. 절대 말할 수 없어. 그러니까 내가 말 못 하게 꼭 좀 도와 줘."

"글쎄…."

관줴얼은 내심 궁금하긴 했지만 잉친의 냄새가 살짝 나는 것 같기도 했다. 설마 잉친과 관련 있는 건 아니겠지? 그녀는 스스로 고개를 내둘렀다. 차라리 추잉잉이 실연의 아픔에서 벗어나 새로운 사람을

만난다고 믿고 말지언정 잉친과 다시 만난다는 것은 절대 믿고 싶지
않았다. 관쥐얼은 궁금하긴 해도 취샤오샤오와 같은 차를 타고 가기
때문에 조금도 티를 내서는 안되었다.

오늘 앤디의 차에서 특별히 졸린 학생은 관쥐얼이 아니라 취샤오
샤오였다. 뒷자리에 파묻혀서 하품만 연신 해댔다. 그러다 갑자기 물
만난 고기처럼 냉정을 찾지 못하고 앤디에게 물었다.

"앤디 언니, 바오이판 갔어?"

"아직 있어. 오늘 하이시에서 처리할 일이 있어서. 근데 너는 출근
부 관리하는 사람도 없는데 이렇게 일찍 일어났어?"

"우울해서, 얘기나 좀 하려고. 얘기하고 나면 뭔가 기운이 날 것 같
아서 말이지. 휴, 나 더 이상 못 버틸 것 같아."

앤디는 어제 취샤오샤오가 자기를 데리러 왔을 때 잠깐 얘기를 꺼
내서 무슨 일인지 알고 있었지만 관쥐얼을 무슨 얘기인지 도무지 알
아들을 수 없었다.

"난 취샤오샤오는 항상 활력 있고 당당하다고 생각했는데."

취샤오샤오는 관쥐얼의 말은 듣지 않고 앤디에게 물었다.

"언니랑 바오이판 사이의 문제는 해결 됐어?"

"해결됐어. 네 말대로 서로 사랑하기로 했으니 무슨 일이 있어도
함께 하기로 했지. 어떤 어려움이 있더라도 헤쳐 나가기로 했어."

관쥐얼과 취샤오샤오는 앤디의 말에 깜짝 놀란 눈치였다.

"두 사람 너무 잘 어울려. 누가 방해하겠어? 바오이판의 전 여친들?"

"그 사람 엄마."

"그럼 정말 짜증나긴 하겠다."

"바오이판 어머니가 제일 짜증나게 하는 게 뭐야? 어떻게 해?"

"어, 언니, 나 차 좀 세워 줘."

관쥐얼의 소리에 놀란 앤디가 급히 브레이크를 밟았다.

"왜 그래?"

"미안해. 나 내릴게. 입구에… 아는 사람이 있는 것 같아."

관쥐얼이 입구에 있는 경비실 앞에 서 있는 한 남자를 가리켰다.

"기다리지 말고, 먼저 가."

"오오."

잠시나마 신이 난 취샤오샤오는 고난이도의 동작을 선보이며 앞자리로 넘어왔다. 그리고 창밖으로 목을 뻗어 관쥐얼이 만나러 가는 남자를 자세히 보려고 했지만 단지 내 차도가 좁은데다가 뒤에서 계속 빵빵거리는 통에 하는 수 없이 단지를 빠져나왔다.

"누구야? 누군데? 본 적 있어?"

"누군지 몰라, 들은 적도 없고."

"생긴 것도 그런대로 괜찮고 서 있는 자세도 꼿꼿하니 좋은데. 아주 말쑥하네. 어쩐지 내가 소개해준 탕위원은 싫다고 하더라니. 쥐얼이 보는 눈은 있네. 아, 그냥 내가 따라 내렸어야 했는데. 투 도어 차는 이래서 불편하다니까."

"22층에 사는 사람들 남자 친구를 한 번씩 놀려먹었잖아. 이번에 관쥐얼은 그냥 내버려 둬."

"히히. 이건 따로 얘기하는 걸로 하고. 그나저나 바오이판의 엄마가 어쨌다고?"

"나랑 바오이판이랑 헤어지게 하려고 얼마나 말도 안 되는 일을 했는지 알아? 왜 그런지는 묻지도 마. 한마디로 정리할 수도 없으니까."

"왜 그런지도 모르는데 그분이 무슨 일까지 했는지 내가 어떻게 알겠어. 아무튼 그런 사람들은 조심해야 해. 우리 부모님 세대에서 사업을 그렇게 크게 한 사람들은 기본적으로 이것저것 안 해 본 것

없이 다 해 봤다고 보면 돼. 나야 뭐 그런 사람들을 상대하기 어느 정도 괜찮을지 몰라도 언니는 아니야. 잘못하면 그런 사람들한테 뒤통수 맞을 수도 있다니까. 언니랑 바오이판이 같이 있는 게 그 사람들한테 도움이 되나보지. 말해 봐, 바오이판 엄마가 어떤데?"

"지금으로선 뭔가를 하지 않고 있는데 네 말이 맞아. 어제 내가 느낀 게 딱 그랬어. 그 사람들은 열대우림 습지에서 그냥 막 자란 것처럼 아무런 거리낌 없이 일을 한다니까. 알았어, 이제 나도 방법을 좀 찾아봐야겠어. 도저히 안 되겠으면 SOS 할게. 아, 너랑 자오치펑은?"

"휴…."

취샤오샤오와 전혀 어울리지 않는 한숨 소리였다.

"자오치펑도 내 단점을 덮어주려고 애쓰고 웃겨주려고 노력하는 건 알겠어. 심지어 어제 나랑 같이 클럽에 가서 놀아주기까지 했으니까. 내가 공연한 걱정을 하는 게 아니라, 우리 둘이 같이 있는 게 점점 힘들게 느껴져. 정말 힘들어. 가끔 웃음도 안 나와서 가짜로 웃은 적도 있다니까. 아마 이번 싸움이 영향이 컸나봐. 난 불안해지고 자오치펑은 기분이 언짢아졌지. 내 선물로 그 사람 기분이 좀 풀어졌으면 좋겠어. 며칠 동안 내내 그 사람 기분 풀어주려고 했는데, 난 정말 어려서부터 지금까지 누구 비위를 맞춰준 적이 없거든. 근데 지금은 그 사람 표정부터 살피게 돼 버렸어. 내가 제일 두려운 건 이게 계속 되면 내가 먼저 지쳐버리고 말까 봐. 그게 두려워. 그 사람이 아무리 잘생겨도 그때는 방법이 없을 거야. 당연히 마음속으로는 계속 만나고 싶지, 내가 좋아하는 사람은 자오치펑이니까. 그래서 비위도 맞춰주고 싶고 나만 봤으면 좋겠고, 그냥 다 좋아. 에휴…."

앤디는 취샤오샤오가 소리를 지르지 않고 한숨 섞인 목소리로 말을 하는 걸 보니 문제가 매우 심각하다는 걸 알았다.

"간단히 말해서 네가 그 사람이랑 같이 있는 게 힘들다는 거잖아. 나도 어제 바오이판한테 똑같은 감정을 느꼈어. 그런데 오늘 목표를 정하고 나니까 어떤 어려움도 전혀 힘들게 느껴지지 않더라고. 너도 한 번 해봐. 해결해야 하는 문제를 찾아서 목표를 정해."

"목표가 어디 있는지는 알지만 이번 생애에선 틀렸어. 그 사람은 저렇게 완벽한데 나는 완전 바보 멍청이잖아."

'이건 대체 무슨 상황이지?' 앤디는 손쓸 길이 없었다.

"네 심리상태부터 고쳐야겠다. 네가 무슨 바보야. 넌 너만의 지혜와 매력이 있어."

"언니같이 공부 많이 한 사람들이 정말 날 무시하지 않는단 말이야? 내가 말하다가 단어 하나라도 틀리면 서로 곁눈질하고 그런 적 없냐고?"

앤디는 진지하게 설명했다.

"두 가지 가능성이 있어. 하나는 완벽 주의적 성향. 주변의 잘못을 그냥 지나치지 못하는 거지. 눈꺼풀이 움직이는 정도의 원시적인 반응일 뿐이야. 그리고 다른 하나는 포용하지 않고 편파적으로 사람을 평가하는 거야. 자오치펑이 후자일 리 없잖아. 근데 너는 전자라고 과장할 수도 있겠다.

"봐봐, 보라고. 언니 같은 사람들은 말할 때도 최소한의 단어만 사용하려고 하면서 은근히 이런 걸 즐긴다니까. 전자니 후자니 하는 거 듣고 있으면 피곤해져. 들으면서도 전자와 후자가 뭔지 머리를 써야 되거든. 그냥 쉽게 쉽게 말하면 안 돼? 내가 그렇게 말했으면 아마 고객들한테 벌써 맞아 죽고도 남았고, 사업은 어림도 없었을 거야. 언니 같은 사람들이 전문가라는 이유로 사람들이 다 전문가 말을 듣잖아. 그러니까 말은 알아듣기 쉽게 해야지. 적어도 반 정도는 알아들을 수 있게 말이야. 정말 얄미워 죽겠네."

"싸운 건 너희 둘인데, 나랑 무슨 상관이야. 사람은 한결 같아야 해, 누군가를 미워해도 한결같아야 하고. 네 자오치펑이나 실컷 미워해."

"난 자오치펑 사랑해. 미워할 수가 없어. 미워하려고 해 봐도 그게 잘 안 돼. 억울하지만 희생양이 한번 돼 주라. 내가 일부러 그러는 건 아니잖아. 근데 언니는 정말 좋은 언니는 아니다. 내가 이렇게 하소연을 해도 여전히 이것저것 따지고 들잖아. 나중에는 판성메이를 찾아가야겠어."

"좋아, 난 네가 판성메이랑 있는 게 보기 좋더라."

"이것 봐, 언니가 내 푸념을 듣고 싶어 하지 않는 걸 처음부터 알았다니까. 그러고 보니 판성메이 언니는 내가 찾아가서 자오치펑 얘기를 하면 잘 들어주긴 했어. 근데 판성메이 언니는 완전 평범한 사람인데 스스로 목숨 걸고 상류층이 되고 싶어 하잖아."

"그건 또 무슨 논리야? 난 전혀 이해가 안 되는데."

"또 논리 타령은. 내가 제일 싫어하는 게 자오치펑이 눈을 깜빡거리면서 나한테 이건 무슨 논리냐고 물어보는 거야. 언니랑 바오이판이랑 얘기할 때 서로 다 알아들어?"

"논리로 모든 걸 해결할 수는 없지. 예를 들어 네가 말했던 '나는 여자고, 임산부잖아' 이 말에 바오이판이 바로 항복했거든. 난 널 따라갈 수가 없어. 그러니까 넌 네 마음만 잘 잡으면 돼. 네가 잘못된 게 아니라, 스스로 안 될 거라고 생각하는 그게 잘못된 거야. 만약에 자오치펑이 네가 잘못된 거라고 생각한다면 그건 그의 잘못인 거지. 근데 이거 말고 넌 태도를 고칠 필요는 있어. 그냥 네 기분대로 행동해서 상대방을 기분을 상하게 하면 안 돼. 너 아직까지도 판성메이랑 잘 어울리지 못하잖아. 네가 함부로 말해서 걔의 기분을 상하게 하는 건 어디까지나 너의 잘못이야. 자오치핑 앞에서도 그렇게 행동하면 아마 상대할 가치도 없다고 생각할 거야. 난 너의 거침없는 모습을 좋아하긴 하지만 가끔 그렇게 아무 생각 없이 다른 사람한테 상처 주는 말을 하거나 할 때는 머리가 지끈거리기도 해. 네가 너에게 거침없고 마음대로 하는 건 쿨하고 좋은데 다른 사람에게 그러면 악의가 될 수도 있다는 걸 기억해. 앞으로는 이걸 구분해서 행동하도록 해. 내가 너무 주제에 벗어난 말을 많이 했다. 자, 이제 계속 말해 봐. 한 귀로 듣고 한 귀로 흘려버릴 테니까. 근데 이건 알아줘. 내가 문제를 해결해줄 수 없다는 거! 네가 나보다 훨씬 잘났으니까."

앤디는 주제와 상관없는 말을 했다고 생각했지만 취샤오샤오는 순간 멍해졌다.

"그렇지만, 난 그저 심심풀이로 뒤에서 몇 마디 한 것뿐이라고, 그걸로 판성메이 언니가 큰 피해를 본 것 같지도 않고. 왜 이렇게 심각한 건데. 알았어. 역시 공부를 많이 한 사람은 이렇게 속이 꽉 막혀 있다니까. 흥."

"그래서 이건 여담이라고 했잖아. 어서 계속 말해 봐."

"내가 뭘 더 말하겠어. 모르는 척도 못하면서, 내가 뭐라고 하면 잠깐 동정하고 바로 자오치핑이 뭘 잘못했는지 말해줘야지. 그렇게 조목조목 따지니까 언니 말 때문에 그 사람은 다 잘했고 난 다 잘못한 것 같이 느껴진단 말이야. 이렇게 그 사람도 날 무시하겠지."

"알았어. 그렇다고 네가 원하는 대로 할 수는 없어. 난 지금 자오치핑에게 깊은 동정심을 갖고 있거든. 너희 평소에 대화는 어떻게 해? 자오치핑한테 여전히 트집 잡고 귀찮게 하고 그래? 아, 모르겠다. 난 방금 전까지만 해도 인정하는 것 같다가 지금은 또 이상한 논리로 부정하는 걸 보니 절대 적응 못 할 것 같아. 지난번에 나한테 그랬잖아, 연인 사이에는 시시비비를 가리지 않는 거라고 태도가 중요한 거라고. 뭐, 모든 사람이 다 그러진 않겠지만. 암튼 넌 반성 좀 해."

"정말 짜증 나! 언니도, 자오치펑도 다 바보야. 바보 멍청이! 정말 재미없어서 같이 못 놀겠어. 이렇게 융통성이 없는 사람들이 어디 있어. 어휴…."

무엇보다 취샤오샤오를 실망시킨 것은 그녀가 소리를 지르든 말든 앤디는 창문을 연 채 평소처럼 반듯하게 운전에 집중하고 꿈쩍도 하지 않는다는 것이었다. 만약 취샤오샤오의 부모님이었다면 아예 따지지도 않았을 텐데 말이다.

앤디는 취샤오샤오를 회사까지 데려다주고 욕먹을 각오를 하고 한마디 충고를 해줬다.

"문제의 해결을 위해서는 이성이 필요하지, 행동이 필요한 게 아니야."

"참나, 대체 지난 밤에 바오이판이 언니를 얼마나 열 받게 한 거야? 가서 좀 물어보고 와야겠어."

취샤오샤오는 분풀이라도 하려고 차 문을 발로 걷어찼다. 앤디는 지금까지 그녀가 만난 최악의 리스너였지만 생각해보면 앤디야말로 그녀의 마음속에 있던 질문을 가장 잘 이해한 사람이기도 했다. 그녀는 자오치펑의 생각도 앤디와 비슷할 거라고 확신했다. 하지만 그 답은 그녀를 몇 배로 더 압박해왔다.

그럼 자오치펑과의 문제를 이성적으로 해결해야 한다는 것인가? 대체 어떻게? 모두가 알다시피 그녀의 이성은 자오치펑의 비웃음에 반박할 수준에도 못 미치는데 어떻게 그 앞에서 이성을 찾을 수 있단 말인가? 취샤오샤오는 비틀비틀 건물 안으로 걸어 들어가 엘리베이터를 탔다. 그녀에게는 회사 대표가 자오치펑의 여자 친구보다 훨씬 쉬운 것 같았다.

관쥐얼은 물불 가리지 않고 앤디의 차에서 뛰어내리고 나서야 자신이 실수를 했다는 것을 깨달았다. 다른 사람도 아닌 취샤오샤오 앞에서 자기의 감정을 다 드러내보이다니, 아마 오늘 저녁 벨리댄스 수업에서 취샤오샤오는 어떻게든 구실을 만들어 사실을 캐내려할 게 뻔했다. 하지만 관쥐얼이 뒷일에 대해 깊게 생각할 겨를도 없이 저기서 절뚝거리며 걸어오는 씨에빈을 보자 얼굴이 불그스름해져 반갑게 마중 나갔다.

"왜 그래요? 부상당한 거예요?"

"제가 제대로 못 배워서요. 그냥 이대로 누구 좀 만나러 왔어요. 근육이랑 뼈에는 이상이 없어요. 그냥 타박상 정도라서 괜찮아요."

"이 동네 경비가 삼엄한 편이라, 누구 만나러 왔어요? 제가 가서 대신 알려드릴게요."

씨에빈은 가방에서 주섬주섬 뭘 꺼내면서 웃었다.

"저 그쪽 만나러 온 거예요. 출근할 때 정문으로 나올 것 같아서 기다리고 있었죠. 운이 좋았네요. 아… 그게 어디로 갔더라….."

씨에빈은 결국 스타일을 구기고 말았다. 얼굴을 가방에 밀어 넣어 이곳저곳을 뒤적거리더니 작은 상자 하나를 찾아냈다.

"이거 현지 화산석으로 만든 거예요. 일정이 좀 타이트해서 쇼핑할 시간이 없었어요. 길가에서 파는 거 하나 가져왔어요. 히히. 그렇다고 나 홍보는 거 아니죠?"

"고마워요."

관쥐얼은 건네받은 작은 상자를 열어보니 안에는 거무스름한 팬더 모형이 들어 있었다. 귀여울 뿐 아니라, 임무 중에 부상까지 입었는데 선물까지 챙겨온 그의 마음이 느껴졌다.

"우와, 귀엽네요. 책상에 놓고 문진으로 써야겠어요. 잠도 몇 시간 못 잔 거 같은데."

"어쩔 수 없죠. 동료들 중 부상이 심한 사람은 그쪽 병원에 입원해 있고, 경상자는 여기로 돌아와서 입원했어요. 저는 가벼운 부상이어서 심문하러 바로 들어가 봐야 해요. 가는 길에 데려다줄게요. 지각은 안 시킬 테니, 걱정 말아요. 아, 제 차 저기 있어요."

"다리 다쳤는데 운전할 수 있어요?"

"경상인데요, 뭐. 조금 지나면 괜찮아질 거예요."

"제가 운전 할게요. 그렇게 잘 하진 않지만 안심하셔도 돼요."

두 사람은 씨에빈의 차로 걸어갔다. 관쥐얼은 씨에빈을 부축해주고 싶었지만 먼저 손을 내밀기가 너무 부끄러운 나머지 씨에빈이 깽깽이로 뛰어가는 모습만 지켜보고 있었다.

그래도 한 발 보다는 두 다리 멀쩡한 사람이 빨리 가는 게 맞았기에 관쥐얼은 총총 걸음으로 먼저 차 앞에 도착했다. 그리고 혹시라도 다리가 불편한 씨에빈이 차에 타다 머리라도 부딪힐까 봐 차 문도 열어주고 차 천장에 매너 손도 빼놓지 않았다. 그러자 씨에빈의 얼굴이 붉어졌다. 남자가 여자의 보살핌에 얼굴이 붉어지다니, 사나이답지 않다고 생각했다.

"여기 올 때도 제가 몰고 왔어요. 진짜 괜찮아요. 그냥 칼에 살짝 찔린 거예요. 여기 앉으세요. 제가 운전석으로 넘어갈게요."

"들어가서 앉으세요. 저도 운전면허증 있어요. 보여드릴까요? 다리도 다친 데다 잠도 제대로 못 잤으니까 운전하시면 안 돼요. 얼른 타세요. 설마 여자 운전자를 무시하는 건 아니겠죠?"

"아니에요, 에이. 보지 마세요. 제가 혼자 들어가서 앉을게요."

씨에빈은 얼굴이 귀밑까지 빨개져서 관쥐얼이 보는 앞에서 차마 들어가 앉을 수가 없었다. 관쥐얼은 살짝 삐져서 잡고 있던 손을 놓고 반대편 운전석으로 돌아갔다. 씨에빈이 앉는 모습을 슬쩍 쳐다보니 역시나 다리 한 쪽으로 움직인다는 게 쉬워 보이진 않았다. 부상당한 사람이라면 누구라도 그랬을 텐데 대체 뭐가 그렇게 부끄러운건지. 씨에빈은 차에 타기 전에 자신을 걱정하는 관쥐얼의 얼굴을 보고는 장난스러운 표정을 지어보였다.

관쥐얼이 차에 타서 물었다.

"실례를 무릅쓰고 한 가지만 물어볼게요. 다친 데가 한 군데가 아니죠?"

씨에빈이 꽤나 난처해보였다. 관쥐얼이 시동을 걸자 머뭇거리며 말했다.

"미안해요. 일부러 숨기려고 한 건 아니에요. 우리 같은 형사들은 위험성이 높은 편이거든요. 엉덩이 쪽도 다치긴 했는데, 골절까진 아니고요. 동료들도 저더러 다 운이 좋았대요."

"그래도 범인은 잡은 거잖아요. 그럼 이긴 거죠!"

"비참한 승리죠. 죄명을 결정하기 전까지는 용의자여서 범인이라고 부르면 안 돼요. 잡은 후에도 후속처리가 더 귀찮긴 해요. 증거도 있어야 하고 변호사가 하는 질문에도 대답해야 하고. 근데 운전할 때 백미러 안 보나 봐요. 아, 미안해요."

"이번 사건이 공개되면 직접 있었던 일 얘기해줄 수 있어요? 정말 대단한 것 같아요. 이쪽으로 가면 그쪽 경찰서 나오는 거 맞죠?"

"좋아요. 자세하게 말해줄게요. 맞아요, 이 길. 근데 그쪽 회사부터 가요. 출근 시간 늦을 수도 있어요. 저는…."

"법을 알면서 법을 어길 순 없죠. 부상 운전에다 피로 운전까지, 모두 다 위법이잖아요. 전 괜찮아요. 요즘 야근이 많아서 정시에 출근하지 않아도 돼요."

"정말 제가 본 사람 중에서 제일… 제일 좋은 사람이에요."

씨에빈은 뭐라도 훔치는 사람처럼 눈치를 보다가 마지막 말을 뱉자마자 얼굴이 빨개졌다. 관쥐얼도 얼굴이 붉어졌다. 두 사람 다 애꿎게 앞만 바라보고 있을 뿐 서로 쳐다볼 생각도 못했다. 차 안이 너무 좁아서 더 이상의 애매한 분위기는 용납되지 않았다.

관쥐얼이 간신히 용기를 내서 물었다.

"제가 또 뭐 하나 물어봐도 돼요? 얼마 전에 배치된 부서요. 아직 동료들끼리 어색해서 부탁하기도 곤란할 텐데, 저녁에 퇴근하고 제가 데리러 가 드릴까요? 제가 야근을 할 수도 있어서 퇴근 시간이 정확하진 않아요. 만약에 제시간에 퇴근하면 미리 알려드릴게요."

"그쪽한테 부탁하기가 더 민망하긴 하지만…, 좋아요! 저도 오늘 퇴근까지도 바쁠 것 같으니까. 고마워요. 그럼 저 내려주고 이 차 가지고 출근하시면 되겠네요. 출근시간에 택시 잡기가 여간 힘든 일이 아니잖아요."

"차는 두고 갈게요. 전철타고 가면 돼요. 만약에 그쪽이 일찍 끝나고 제가 늦게까지 야근하게 되면 차 없이 퇴근해야 되잖아요. 오늘은 환자니까 그쪽 편한 대로 하는 게 나아요."

"아이고, 어디 좋은 약 없을까요. 하루 만에 회복할 수 있는 그런 약. 아프지만 않아도 좋겠는데. 정말 집에 갈 면목이 없어요."

관쥐얼이 살짝 웃어보였다. 씨에빈은 몰래 관쥐얼을 바라보면서 자기가 어떻게 이렇게 좋은 여자를 만난 건지 믿을 수 없었다. 물론 관쥐얼도 그가 몰래 훔쳐보고 있는 걸 알고 있었기에 억지웃음을 계속 짓고 있다가 살짝 힘들었는지 결국 다시 말을 걸었다.

"길 좀 가르쳐 주실래요? 제가 이쪽 길을 잘 몰라서."

"아, 미안, 미안해요. 계속 직진하시면 돼요."

두 사람은 또다시 얼굴이 붉어졌다. 점점 말하기가 민망해지는 어색함이 극에 달하는 순간이었다. 관쥐얼은 경찰서 지하주차장까지 바로 직진해서 엘리베이터 앞에 차를 세운 후 씨에빈을 내려주고 다시 적당한 장소에 주차를 마쳤다. 그리고 차 열쇠를 씨에빈에게 건네주었다. 씨에빈은 도저히 보답할 방법이 없었다.

"어떻게…."

그는 입버릇처럼 이 말을 입에 달게 돼 버렸다.

관쥐얼은 1층으로 올라와서 그와 인사를 나누고 급히 전철역을 찾아 출근했다. 가는 길에 제복을 입은 경찰들을 보니 문득 씨에빈의 제복 입은 모습을 본 적이 없다는 생각이 들었다. 마음이 매우 혼란스러웠다. 사람이 빽빽하게 들어찬 지하철을 타고 가면서 자신이 여자로서 적극적일 수 있을지, 무시당하지는 않을지라는 생각을 멈출 수 없었다.

취샤오샤오는 앤디에게 하소연을 할수록 마음이 더 복잡해지는 것 같았지만 그렇다고 그녀의 오지랖까지 막을 수는 없었던 모양이다. 그녀는 회사에 도착하자마자 사무실로 뛰어 들어가 부리나케 관쥐얼에게 전화를 걸었다. 좀 더 자세한 얘기가 듣고 싶었다. 하지만 휴대폰 너머로 들리는 시끄러운 소음에 그녀의 귀를 의심했다.

"너… 설마 그 사람이 회사에 데려다주지도 않은 거야?"

"나도 손이 있고 발이 있는데, 전철타고 가는 게 더 편해."

"참나, 아무리 훈남이어도 차가 없다면 아웃이야. 차가 있는데도 안 데려다줬다면 더더욱 아웃이고. 내 말 잘 새겨들어. 추잉잉도 차 있고 집 있는 잉친을 만났는데, 너는 더 좋은 사람 만나야지. 걱정하지 마, 네 일에는 내가 끼어들 생각 없으니까. 우리는 친자매 사이나 다름없잖아. 물어볼 거 있으면 뭐든 물어 봐. 판성메이 언니한테는 물어보지 말고. 시집도 못간 노처녀한테 물어봤자 뭐가 나오겠어."

"그… 그 사람은 형사인데, 작전 중에 다리를 다쳐서. 그래서 내가 그 사람 차로 데려다주고 오는 길이야. 이제 한두 번 만났나? 시간으로 따지면 1시간도 안될 걸. 이번에 세 번째 만나는 거야."

"쥐얼, 내가 남자라면 말이야, 네가 이렇게 해주면 평생 동안 너한테 헌신하면서 살 거야. 그렇지만 잘 들어! 네가 그 사람을 데려다주고 데리러가는 거 다 좋은데 그 사람 집까지 들어가서 집안일을 해주거나 그러면 안 돼. 특히 밤에는 거리를 유지해야 해. 넌 나랑 달리 부끄러움을 많이 타니까 거절할 줄 알아야 해. 그 형사가 좋은 남자라면 하이시에도 친구들 1~2명은 있을 테니까 웬만한 건 친구들한테 부탁하면 되잖아. 너랑 우정 어쩌고 하면서 너한테 부탁할 필요는 없다는 말이야. 만약에 그 사람이 집에 들어가서 뭐 좀 도와달라고 한다면 나쁜 의도는 아니어도 그럴만한 친구가 없다는 의미니까, 그것도 아웃이야. 알아들었지?"

"알았어."

"언니 말을 잘 들어야지."

"1분도 점잖게 못 있네!"

"내가 며칠 엄청 스트레스가 심했는데, 그래도 네가 자오치펑이 좋아할만한 방법을 생각해 줘서 얼마나 다행인지 몰라. 방금 앤디 언니한테 어떻게 하면 좋을지 물어봤다가 괜히 잔소리만 들었다니까. 아, 오후에 또 출장 가야되는데, 정말 인생 고달프다. 쥐얼, 만약에 너라면 말이야, 자오치펑이 널 무시한다면 어떻게 할 것 같아?"

"난… 네가 스트레스가 심한 거 이해해."

취샤오샤오는 할 말이 없었다. 다시 물어본다한들 똑같은 대답이 나올게 뻔했다. 그녀는 친구에게 전화를 걸어 자오치펑의 차 작업이 어느 정도 진행됐는지 물었다. 친구는 너스레를 떨면서 다른 사람도 아닌 그녀의 부탁인 만큼 어떻게든 오늘 오후에 차를 찾을 수 있게 해준다고 약속했다. 취샤오샤오는 잠깐 생각을 해보니, 오후에 출장이 있으니 출장에 다녀와서 자오치펑과 같이 와서 차를 찾으면 좋겠다는 생각이 들었다. 그러면 그가 기뻐하는 모습을 현장에서 볼 수 있으니 더 좋을 것 같았다. 취샤오샤오가 차 상태를 궁금해하자 친구가 사진을 찍어서 보내줬다. 역시 값비싼 오디오라 그런지 한눈에 시선을 사로잡았다. 차에 문외한인 취샤오샤오가 봐도 흥분될 정도였다. 결국 출장에서 돌아올 때까지 참지 못하고 자오치펑에게 바로 전화를 걸어 이따가 오후에 차를 찾을 수 있다고 알려주었다. 그는 정비소에 연락해서 예약을 해두었다.

자오치펑은 세상에 이렇게 많은 사람들이 남의 일에 관심이 많을 줄 몰랐다. 정비소 친구는 다른 친구들에게 늘 제멋대로인 취샤오샤오가 죽고 못 사는 남자가 있는데, 그 남자가 오늘 와서 차를 찾아갈 예정이라는 등의 소식을 잔뜩 부풀려서 전했다. 그러자 자오치펑을 보려는 사람들이 몰려들어 정비소 앞은 고급차가 잔뜩 들어선 주차장을 방불케 했다.

일찍 일을 마치고 먼저 정비소에 도착한 자오치펑이 이 광경을 보고 정비소가 아니라 회의 장소로 의심할 정도였다. 게다나 입구에 서 있는 슈퍼카를 보니 의심이 더욱 깊어졌다.

'내 차를 여기서 수리했다고?'

취샤오샤오는 항상 상식 밖의 행동을 많이 하는 편이었기에 자오치핑도 크게 개의치 않았다. 자동문을 지나 정비소 안으로 들어가니, 몇몇 사람들이 자기 차와 비슷한 차를 둘러싸고 얘기를 나누고 있었다. 조금 더 들어가서 번호판을 보니 그의 차가 틀림없었다.

'대체 어떻게 된 일이기에 알아보지도 못할 정도로 변한거지? 설마 취샤오샤오가 심하게 사고를 낸 건가? 아니지, 그 정도였으면 병원에 입원하고도 남았을 텐데. 어젯밤에 멀쩡하게 들어왔잖아.'

자오치핑이 미심쩍은 듯 다가가자, 차 주변에 있던 사람들 모두가 일시에 그를 쳐다봤다. 거의 매일 환자들에 둘러싸여 있어서인지 많은 사람들의 시선에 그리 당황하지 않았다. 그리고 무리 중 자기에게 할 말이 있어 보이는 사람을 골라 말을 걸었다.

"저는 자오치핑이라고 합니다. 차를 찾으러 왔는데요."

마침 자오치핑이 말을 건 사람이 바로 정비소 사장이었다.

"자오 선생님? 아, 취샤오샤오가 저희한테 남자 친구 이름을 얘기해준 적이 없어서요. 아주 비밀작업은 걔가 최고라니까요. 차 키는 차에 꽂아뒀어요. 어떤지 살펴보세요. 제가 O.S.T CD도 하나 넣어뒀으니까 차 문 닫고 한번 들어보세요."

자오치핑은 더욱 얼떨떨해졌다.

"정비 명세서 좀 볼 수 있을까요?"

차 안으로 들어가 앉아보니 그제야 어딘가 낯익은 느낌이 들었다. 의자는 그대로였지만 천장이나 다른 것들은 알아보지 못할 정도로 변해있었다. 내부 소재의 질감이 변한 것도 있었지만 스피커도 완전히 달라져 있었다. 정비소 사장도 혼잣말을 하면서 차 안으로 들어가더니 CD를 틀었다. 귓가에 음악소리가 몹시 거슬리게 들리자 카 오디오도 완전히 교체되었음을 알아 차렸다. 그는 다른 질문은 하지 않고 정비소 사장을 똑바로 바라보고 있었다. 그러자 정비소 사장이 자오치핑에게 솔직하게 말했다.

"취샤오샤오가 이미 계산 했어요. 선생님은 그냥 차만 가져가시면 됩니다."

"정비 명세서 좀 보여주세요. 누가 계산을 했든, 저도 뭘 수리했는지 알아야죠."

옆에 있던 어떤 사람이 애매한 말투로 말을 내뱉었다.

"어쩐지 취샤오샤오가 BMW 3 시리즈를 안 사주고 튜닝만 해달라고 하길래 이상하다 했더니…."

자오치핑은 바로 소리가 나는 쪽을 쳐다봤다. 잘생긴 남자가 하나 서 있었는데 대체 무슨 상관이 있어서 그런지 화가 많이 난 얼굴이었다. 자오치핑은 아무리 생각해 봐도 자기가 알고 있는 사람은 아니었다.

"무슨 뜻이죠?"

자오치핑은 차에서 내려 그 남자와 신경전을 벌였다.

"야오빈, 그만해. 너랑 상관없는 일에 왜 공연히 화를 내고 그래? 취샤오샤오가 롤스로이스를 사 주든 카오디오를 바꿔주든 네가 무슨 상관이야. 네 돈 쓴 것도 아닌데."

방금 삐딱하게 말한 사람은 취샤오샤오가 귀국 이후에 잠깐 만났던 야오빈이었다. 야오빈은 자오치핑의 잘생긴 얼굴을 쳐다보지도 않았다.

"기생오라비를 보는 사람은 무조건 침을 한 번 뱉어줘야 한다니까."

자오치핑은 이 말을 듣고 나니 이제야 어떻게 된 일인지 확실히 알게 되었다. 여기 있는 사람들은 그가 취샤오샤오처럼 돈 많은 여자에게 빌붙어 산다고 생각했던 것이다. 점원이 가져다 준 명세를 본 자오치핑은 더 이러지도 저러지도 못할 노릇이었다. 12만 위안짜리 낡은 차를 수리하는데 15만 위안을 들이다니, 정말 취샤오샤오라는 사람을 이해할 수 없었다.

"차 페인트는 명세서에 없네요."

"페인트는 제가 그냥 해드렸어요. 차가 차마 눈 뜨고는 볼 수 없더라고요. 취샤오샤오를 생각해서 서비스로 해드렸어요. 앞으로 왁스칠은 자주 해주셔야 해요."

그러자 야오빈이 큰 소리로 말했다.

"참나, 명세서 보는 척까지 하시네. 저 사람이 1위안이라도 내면 내 손을 지진다. 취샤오샤오한테 다 내라고 하겠지."

주변에 있는 사람들은 무슨 드라마라도 보는 것처럼 흥미를 보였다.

자오치펑이 조금 전 야오빈의 도발을 무시했던 이유는 누가 뭐래도 그는 결백했기 때문에 군이 나설 필요가 없어서였다. 하지만 지금 야오빈은 어떻게든 자오치펑에게 돈을 내게 할 심상이었기에 자오치펑이 곤란해질 게 뻔했다. 당연히 낼 돈도 없었을 뿐만 아니라 어젯밤에도 신용카드가 있어서 겨우 대처하지 않았는가. 자오치펑은 몹시 억울했다. 미리 알고 있었던 일도 아니고 취샤오샤오가 무턱대고 벌인 일로 웃음거리가 되게 생겼으니 나름 젊고 자존심 있는 그가 어떻게 화가 안 나고 베기겠는가. 자오치펑도 화가 나서 되물었다.

"당신이 무슨 상관이야? 대체 누군데?"

"내 이름? 난 당당하니까 알려주지. 야오빈. 난 잘난 얼굴로 빌붙어서 사는 누구랑은 다르거든. 당신이 어떻게 하나 지켜보지. 당신이 수리비를 내면 내가 방금 한 말 취소하고 정중하게 사과할게. 그렇지만 당신이 아니라 취샤오샤오가 낸다면, 당신을 정말 기생오라비라고 생각할 수밖에. 내 말이 틀려? 그 반반한 얼굴 하나 믿고 여자한테 빌붙어서 살다니. 기생오라비 같으니라고. 기생오라비!"

자오치펑이 화가 머리끝까지 치밀어 주먹을 휘두르자, 야오빈도 맞잡고 싸우기 시작했다. 주변 사람들은 뭐가 재밌는지 보고만 있었지만 정비소 사장은 자기 가게에 소란이 일어나는 걸 원치 않았기에 종업원 2명을 불러다가 두 사람을 간신히 떨어트려놨다. 야오빈은 뭐가 그리 억울한지 발버둥을 치며 소리를 질러댔다.

"저 자식 완전 깡패구만. 주먹으로 사람을 쳐! 아야, 빨리 병원 가서 검사 받아야지. 뼈가 부러진 것 같아. 너네 저 자식 도망 못 가게 꼭 붙잡고 있어."

"이봐요 형씨. 몇 대나 맞았다고 그렇게 엄살이에요, 남자답지 못하게. 제가 병원에 같이 가서 만에 하나 어디 부러진 데가 있으면 3배로 보상해드리죠. 근데 아마 그럴 일은 없을걸요."

정비소 사장은 얼른 취샤오샤오에게 전화를 걸어 예전 남자 친구와 지금 남자 친구 사이에 벌어진 소동을 어떻게 해결하면 좋을지 물었다. 공항에서 비행기 탑승을 기다리고 있던 그녀는 가뜩이나 비행기 이륙이 늦어져서 잔뜩 화가 나 있었는데 이런 전화까지 받으니 갑자기 머리가 하얘졌다. 잘 해보려고 한 일이 이렇게 어긋나버리다니 정말 헛다리를 제대로 짚었다는 생각이 들었다. 무엇보다 이번 일로 화가 많이 났을 자오치펑이 걱정되었다.

"남자 친구 먼저 보내. 야오빈은 잡아두고. 내가 바로 가서 해결할게."

사장은 바로 차에 시동을 걸고는 자오치펑을 밀어 넣었다.

"형님, 죄송합니다. 먼저 들어가세요. 나머지는 제가 처리하도록 하죠."

건장한 남자 몇 명이 자오치펑을 차에 밀어 넣고 밖으로 나오지 못하게 하자 여전히 화가 잔뜩 나서 욕을 퍼붓고 있던 야오빈이 그를 향해 주먹을 휘둘렀다. 하지만 그는 사장에게 자신이 정형외과 의사임을 알려주며 야오빈이 지금은 아프겠지만 조금 지나면 괜찮아질 거고 골절상은 아니라고 안심시켰다. 사장도 약간 어의가 없긴 했지만 바로 취샤오샤오에게 자오치펑이 떠났다는 소식을 알렸다.

취샤오샤오는 자오치펑에게 바로 전화를 걸고 싶었지만 휴대폰만 만지작거리며 전전긍긍하고 있었다. 그가 화가 난 상태에서 전화를 하면 당장이라도 헤어지자고 할 것 같았다. 하지만 야오빈이 기생오라비가 어쩌고 저쩌고 했다는 말에 더욱 화가 났다. 남자라면 무슨 일이든 잘 참을 수 있지만 야오빈이 한 말은 누가 들어도 결코 참기 힘들 말이었을 거다. 지금까지 한 번도 폭력을 쓴 적이 없던 점잖은 자오치펑이 주먹을 휘둘렀다는 건 분명히 화가 많이 났다는 의미였다. 게다가 원인 제공자가 바로 취샤오샤오 자신이라니.

바로 그때 비행기 탑승을 알리는 안내 방송이 흘러나왔다. 취샤오샤오는 고민스럽긴 했지만 두 발은 이미 탑승구를 향하고 있었다. 지금 당장 돌아가서 자오치펑의 얼굴을 볼 자신이 없었다. 그가 스스로 안정을 찾고 다시 얘기하는 게 차라리 나을 것 같았다.

하지만 누군가에게 부탁해서 자오치펑을 위로해줘야 마음이 놓일 것 같았다. 취샤오샤오는 바로 앤디에게 전화를 걸어 자초지종을 설명한 후 도움을 구했다. 바오이판의 동향회에 가느라 밀리는 차 안에 있던 앤디는 비행기 이륙 전 다급하게 부탁하는 취샤오샤오를 도와주고자 바오이판에게 이 일을 어떻게 해결하면 좋을지 물었다. 바오이판은 며칠 전 자기의 열등감이 무너져 내릴 뻔했던 그날의 기억이 떠올랐지만 앤디에게 차마 말할 수 없었다.

"이런 일은 답이 없어요. 해결하려면 취샤오샤오가 돌아와서 해결해야지. 당신이 자오치펑이랑 친구라면 같이 술 한 잔 하면서 얘기를 들어준 수 있겠지만, 당신이랑 그렇게 친한 사이도 아닌데 무슨 얘기를 하겠어요? 그리고 이번 일은 모르는 척 해주는 게 좋을지도 몰라요. 그가 주먹을 썼다는 건 그만큼 참을 수 없었다는 거니까. 무슨 사정이 있었겠죠."

앤디는 자기에게도 다른 사람이 몰랐으면 하는 아픔이 있다는 것을 깨달았다. 만약 누군가가 그 아픔에 대해 조언이라며 생각 없이 마음을 좀 풀라고 한다면 그녀 또한 마음을 풀기는커녕 더 마음을 꼭 닫고 있었을 지도 모른다.

"그렇구나, 도와 줄 방법이 없네요. 그럼 오늘 밤 22층 회의에는 누가 오는 건가?"

앤디는 주말에 22층에 남아 있을 가능성이 가장 큰 추잉잉에게 전화를 걸어 자오치펑의 동태를 살펴달라고 할 참이었다. 하지만 전화를 받은 추잉잉은 저녁에 카페에서 할 일이 남았다며 집에 없을 거라고 했다. 앤디는 어쩔 수 없이 관쥐얼에게 전화를 걸어 야근 여부를 확인했다. 관쥐얼은 야근이 너무 싫다며 원망 섞인 푸념을 쏟아냈다. 앤디가 오직 기댈 수 있는 것은 문 앞에 설치해둔 CCTV뿐이었다.

앤디는 오늘 바오이판의 여자 친구 자격으로 모임에 참석하는데 워낙 미인이어서인지 참석한 사람들은 당연히 그러려니 하고 앤디의 출신이나 직업을 묻지 않았다. 그녀의 신분은 바오이판의 여자 친구로 아주 간단했다. 누구를 만나더라도 오래 갈 사이가 아닌지라 깊이 이해하려고 하는 사람도 별로 없었다. 그저 그때마다 대강대강 알고 마는 것뿐이었다. 앤디도 여자 친구로서는 처음 모임에 나간 것이었기 때문에 감회가 새로웠다. 다른 사람들이 먹고 마실 때 예의바르게 그녀와 잠깐 인사를 나누는 것 말고 말 한마디 할 필요 없이 살며시 미소만 띠고 있으면 됐다. 그러다 가끔씩 짬이 나면 휴대폰으로 이메일을 확인하거나 하는 등 별 다른 일이 없었다.

하지만 모든 일에는 예외가 있듯이, 뛰어난 외모의 미녀가 혼자 연회장 안으로 들어오자 분위기가 갑자기 이상해졌다. 초반에 열심히 바오이판의 여자 친구 역을 수행하며 영혼 없이 휴대폰을 만지작거리던 앤디도 주변 분위기가 이상해졌음을 느꼈다. 그때 고개를 들어보니 그 여인이 앤디 앞에 와서 앉더니 앤디를 쭉 훑어보았다. 앤디는 이 여인이 명성 있는 사람이라고 생각했다. 이제 분위기에 익숙해졌는지 태연하게 휴대폰으로 이메일을 처리하느라 바빴다. 앤디는 바오이판이 그녀와 대화를 나누는 것을 들었다, 서로 근황을 얘기하는 듯했지만 원래 남의 일은 신경 쓰지 않고 자기 일에만 집중하는 스타일이기도 했고 집에 돌아가서 둘만 있을 때 일을 하고 싶지 않았기 때문에 미리 다 끝내버리려고 했다. 하지만 바오이판이 그녀의 손을 툭툭 쳤다.

"당신이랑 명함을 교환하고 싶다는데요."

앤디가 눈을 들어 보았다. 그 여인이 앤디를 향해 걸어오더니 두 손으로 명함을 내밀었다. 활짝 웃고는 있었지만 동기가 그리 순수해 보이지는 않았다. 그녀도 자리에서 일어나 명함을 건넸다. 어쩌다가 갑자기 바오이판의 여자 친구에서 벗어나 주목을 받게 됐는지 어리둥절했다. 그 여인이 앤디의 명함을 보고나서 눈빛이 더 복잡해보였다. 앤디가 바오이판을 보니 그는 뭔가 의미심장하게 웃고 있었다. 앤디도 그녀의 명함을 봤지만 뭔가 특별해 보이진 않은 처음 보는 회사의 직장여성일 뿐이었다. 만나서 반갑다는 말 외에 또 무슨 말을 할 수 있겠는가. 결국 그 여인은 씩씩거리며 사라졌다.

앤디는 그제야 앉아서 바오이판에게 물었다.

"왜 웃어요? 왜 저러는 거예요?"

"쟤가 내 고등학교 동창인데, 성적도 꽤 좋았고 예뻤는데 좀 거만해서 남자들 이랑만 경쟁하곤 했거든요. 근데 오늘 여기서 자기보다 더 잘난 여자를 만난거죠."

"자오치핑이 생각나네요. 사람마다 다 숨기고 싶은 아픔이 있다는 거. 난 안 맞으려고 화를 자초하진 않잖아요.

바오이판의 얼굴에 어쩔 줄 몰라 하는 기색이 역력하자 앤디는 뭔가 알아차렸다.

"아, 당신이랑 저 여자…. 설마…."

"맞아요. 원래 오늘 명단에 쟤 이름이 없었는데, 아마 여기서 당신을 보고 누가 연락을 해준 것 같아요. 그래서 당신 보려고 달려온 것 같네요. 굳이 그럴 필요 없는데."

앤디는 바오이판을 한 번 보고 또 연회장의 다른 남자들을 둘러보았다. 아무에게도 감정이 생기지 않았지만 유독 바오이판에게만 특별한 애정이 느껴졌다.

"나라도 당신을 포기 못할 거예요. 언젠가 당신이 날 떠나면, 저 여자보다 내가 더 할지도 몰라요."

앤디는 엄마가 발작을 일으켰던 것이 생각나자 몸서리가 쳐졌다.

바오이판은 앤디가 질투하는 걸 보니 내심 기분이 좋았다.

"아이고, 내가 어떻게 당신을 떠나겠어요. 당신이 날 필요로 하지 않으면, 아니 필요로 하지 않아도 난 절대 당신을 놔주지 않을 거예요. 아직도 가르침이 더 필요한 거예요?"

"네. 맞아요."

앤디는 그제야 마음이 놓였다. 비록 그의 전 여자 친구의 뜨거운 시선을 받고 있었지만 전혀 신경 쓰지 않았다.

그때, 바오이판에게 걸려온 1통의 전화가 앤디의 평온을 깨뜨렸다. 천 씨에게서 온 전화였는데 바오 부인이 사람을 데리고 다이산에 갔다는 내용이었다. 두 사람 모두 얼굴빛이 어두워졌다. 바오 부인이 이렇게까지 자기 뜻을 굽히지 않을 줄은 전혀 몰랐다. 게다가 바오 부인이 친히 나설 줄이야. 어젯밤 천 씨와 맞춰둔 시나리오가 전부 쓸모없게 돼 버렸다.

바오이판은 대충 둘러대고 앤디와 함께 연회장을 나왔다. 앤디는 자기도 모르게 그의 전 여자 친구에게 시선을 돌렸다. 역시나 그녀의 눈에 서운함이 잔뜩 묻어났다. 고등학교 때부터 지금까지 얼마나 깊이 사랑했으면 십여 년이 넘는 시간 동안 그를 놓지 못하고 오늘 이곳에 모습을 드러냈을까. 이를 위해 얼마나 많은 용기를 끌어냈을지 생각하니 앤디는 왠지 모르게 동정심이 느껴졌다. 아마 같은 상황이었다면 앤디는 그녀만큼 침착하게 행동하지 못했을 것이다. 지금만 해도 전화 1통에 당황하여 어쩔 줄을 몰라서 바오이판에게 어떻게 바오 부인을 막을 수 있을지 묻고 있지 않은가.

바오이판은 차에 올라탄 후 핸들을 붙잡고 한참을 생각하더니 입을 열었다.

"지금으로선… 웨이궈창에게 도움을 구하는 수밖에 없겠어요."

"웨이궈창?"

"네. 당신이 만나고 싶지 않으면 내가 할게요. 우리 어머니는 내가 모자관계를 끊는다고 해도 눈 깜짝 안하실 분이에요. 그런데 아마… 아니, 우리 같은 대기업들은 국가 관료들을 무서워하잖아요. 특히 우리의 숨구멍을 쥐고 있는 사람이라면 더 그렇죠."

앤디가 고개를 돌렸다.

"웨이궈창은 싫어요."

"만약에 어머니가 혼자 가셨다면 아무것도 알아내지 못할 확률이 크지만 누군가를 데리고 갔다면 그때는 얘기가 완전히 달라질 거예요."

"그렇게 되면?"

"아주 시끄러워지겠죠. 말하기 좀 그렇지만 우리 어머니는 나나 우리 아버지보다 집안의 명예와 미래를 중요시하거든요. 웨이궈창만이 그런 어머니를 막을 수 있어요."

"그래도 싫어요."

앤디는 말은 그렇게 해도 속으론 자신이 없었다. 예전에 바오 부인이 다짜고짜 그녀가 회의 중인 회의실에 쳐들어온 적이 있었지만 이번 일에 비하면 그건 아무것도 아니다. 바오 부인은 물불 가리지 않고 집안을 위해서라면 무슨 일이라도 할 사람이었다. 만약 앤디의 집안 내력을 알게 된다면, 아니, 다이산에 갔다면 이미 앤디 집안에 대한 모든 걸 알게 되었을 게 분명했다. 바오 부인은 앤디를 무너뜨리기 충분했다. 앤디는 몸이 부들부들 떨렸다. 그렇다면 웨이궈창에게 도움을 구해야 하나?

"웨이궈창은 안 돼!"

이번에는 앤디 자신에게 하는 말이었다.

"알았어요. 내가 어머니를 만나서 얘기해볼게요."

앤디는 아무 말도 하지 않고 눈을 감았다. 차라리 일로 생각하고 활용할 수 있는 자원이 뭐가 있을지 곰곰이 생각해보았다. 달리는 차 안에서 두 사람은 아무 말도 없었다. 둘 다 뭔가를 생각하고 있었다. 드디어 앤디가 눈을 뜨고 바오이판에게 물었다.

"내가 당신 아버지를 한번 만나볼까요?"

"내가 만나볼게요. 근데 아버지도 나보다 더 어머니의 그늘을 싫어하시는 분이라, 큰 기대는 하지 마요."

51

앤디는 생각에 잠겼다. 바오이판의 아버지는 이혼하고 나서 암도 깨
끗이 나았다는데. 그럼 정말 방법은 웨이궈창 밖에 없단 말인가? 다
시 생각해도 이해할 수 없었다.

"왜 아무 생산성 없는 일에 이렇게 끈질기게 매달리는 거예요? 누
구 하나 좋을 게 없잖아요?"

"몇 년 전에 나도 아버지에게 물어본 적이 있어요. 아마 불행한 삶
이 가져온 내분비 장애라고 할까. 나랑 아버지도 엄청 반항해 봤어요.
하지만 그러다가 어머니의 막무가내 성질을 막을 수 없다는 걸 깨달
았죠. 결국 어머니랑 다시 예전처럼 얘기하게 됐고요."

바오이판이 깊이 한숨을 쉬었다.

"모든 집안마다 어려운 일은 다 있나보네요."

앤디는 바오 부인을 처음 만났을 때가 떠올랐다. 바비큐 집에서
바오 부인과 마주치자마자 바오이판은 얼굴에 불편한 기색이 가득
했다. 당시에는 이렇게 다 큰 아들이 왜 이러나 했었는데 오늘에서야
그 이유를 알게 되었다.

"그래서 내가 두려워할 거 없다고 했잖아요, 아픈 사람들이 많다
고. 어머니한테 뭐라고 얘기를 하면 좋을까요? 아, 오늘 정말 즐거웠

는데, 기분 망쳤네요."

"내가 초, 중, 고를 못 나왔다고 아무것도 모른다고 생각하지 말아요. 당신 같은 애들은 어렸을 때 여학생들한테 쪽지 돌리고 그러죠? 그러니까 당신 어머니가 이렇게 목을 조이는 거예요."

"사랑은 얼마든지 변할 수 있어요."

바오이판이 너무 쉽게 말하자 앤디가 깜짝 놀랐다.

"그럼 언젠가는 나한테 전화해서 '사랑은 변하는 거야'라고 할 수도 있겠네요?"

"아, 그런건 아니에요. 내 생각에 사랑은 길이로 가늠하는 것이 아니라 온전히 느낌으로 가늠하는 것 같아요. 서로 사랑하면 상관없지만, 서로 사랑하지 않으면 억지로 같이 있을 필요는 없는 거니까요. 처참하게도 지금 우리 부모님이 그런 상황인거죠. 사람들이 본보기로 삼을 만하죠."

"우리 집도 당신 집이랑 비슷한 상황이에요. 무슨 일이든 억지로 밀어붙이면 결과는 참담할 수밖에 없어요. 당신이 맞아요. 언젠간 내 사랑이 변하면 당신한테 솔직하게 고백할게요. 우리는 서로 사랑하지 않으면서 억지로 관계를 이어갈 필요가 없다는데 의견이 같으니까 비참한 결과가 생기진 않을 거예요. 당신이 어머니한테 이렇게 솔직하게 말씀드려 봐요. 어머니는 아직도 바오 집안의 천추의 위업을 생각하고 계시겠지만요, 아. 우리 둘은 그런 게 아닌데 말이죠. 결혼을 하든 안하든 우리 두 사람의 흥미진진한 결혼 서약이 법적 서류가 돼버리면 오히려 만나고 헤어지는 데 있어서 더 귀찮아질 수도 있어요."

바오이판은 얼굴이 새파랗게 질렸다. 그는 찜해 둔 자리에 차를 세우고 앤디를 노려보았다. 반박할 만한 말을 생각해내려 했지만 자신의 논리로도 결국 앤디와 같은 결과에 도달하게 될 거란 것을 알고 있었다. 하지만 완벽한 논리라고해서 뭐든 맞는 결과를 내는 것은 아니다, 그는 앤디를 꼭 안았다.

"우리… 아니, 난 말이죠. 당신이랑 함께한 첫날부터 영원을 꿈꿔 왔었어요. 이제 우리에게 아이도 생겼잖아요. 이젠 사랑이 변했다는 둥의 말은 안 들을 거예요."

"나도 그렇게 생각해요, 하지만 이건 이론적으로 자신을 기만하고 남도 속이는 일이에요. 당신은 경험도 있으니까 나보다 훨씬 이해가 쉽겠죠. 게다가 당신 어머니가 계속해서 쓸데없는 감정소모로 상황을 몰아가시면 결국 어머니 바람대로 되고 말거예요. 나도 당신을 볼 때마다 어머니가 떠오를 텐데 어떻게 아무렇지 않게 당신을 사랑할 수 있겠어요. 물론 모두 이론적인 일 일뿐 현재로선 일어나지 않은 일이긴 하지만요. 지금은 당신이랑 같이 있고 싶어요. 휴, 정말 미워 죽겠어! 아무 일도 아닌 것처럼 사랑이 변하느니 얘기를 꺼내서…. 사랑을 이론적으로 해석하면 정말 재미없고 힘 빠진단 말이에요."

바오이판은 몹시 풀이 죽었다. 지금까지 '이론'이라는 두 글자는 항상 다른 사람에게 빗대어 사용했었는데, 오늘 처음으로 다른 사람이 자신에게 '이론'이 어쩌고 하는 얘기를 들으니 영 거북스러웠다.

"가슴이 아프네요."

"왜 가슴이 아파요? 주어가 뭐죠?"

"난 아직 감정을 얘기하는데, 당신은 자꾸 이론을 끌어들이고 있잖아요. 감정에 빠져 있는 사람은 상처받기가 쉽거든요."

바오이판은 지난 연애사를 떠올려보니 인정할 수밖에 없었다. 이전에는 이 단계까지의 사랑을 느끼게 해준 사람이 없었기 때문에 당연히 여기까지 생각해 본 적도 없었다.

"우리 엄마도 가슴이 아팠던 그날, 정신분열이 시작됐대요. 당신 어머니도… 이미 병색이 돌고 있는 거죠. 그래서 더욱 웨이궈창을 용서할 수 없어요. 우리 엄마가 너무 가여워서요. 당신 어머니께 이성적으로 잘 말씀드려볼게요. 당신이 어머니랑 얘기할 필요 없어요, 내가 해볼게요."

바오이판은 앤디가 자신의 반성에 대해 아예 관심이 없을 줄은 생각도 못했다. 그의 감정에 집중해주면 안 되는 건가? 그는 희한하게 이런 별 것 아닌 일을 마주하게 되는 것 같다. 그는 어쩔 줄을 몰라 했다.

"내가 말했잖아요, 앞으로 고칠게요. 일편단심이라니까."

잔뜩 풀이 죽은 앤디가 속삭였다.

"상처 받았어요. 지금 당신이 하는 말은 사기꾼들이 하는 거짓말처럼 들려요."

울상이 돼 버린 두 사람은 어떻게 표현하는 게 좋은 것인지 몰랐다. 그때 바오이판이 어쩔 수 없다는 듯 말했다.

"당신은 정말 신인가봐, 같이 있으면 매번 새로운 경험을 하게 되네요. 우리 급하게 처리해야 할 일은 집에 가서 다시 얘기하는 걸로 해요. 내가 어머니께 뭐라고 말씀드리는 게 좋을지 같이 생각해 봐요."

"괜찮아요, 내가 할게요."

바오이판은 반신반의하면서 휴대폰을 앤디에게 건넸다.

"여기 이게 전화번호예요."

앤디가 휴대폰을 밀어냈다.

"기억하고 있어요."

바오이판은 그녀가 휴대폰에 저장된 연락처를 찾지도 않고 바로 전화번호를 눌렀다. 꽤나 익숙한 번호 같아 보이더니 역시 어머니 번호였다. 그는 차를 몰고 길을 나설 참이었다가 혹시나 두 사람의 통화가 격해질지도 몰라서 일단 기다리기로 했다.

앤디가 바오 부인에게 인사를 했다.

"안녕하세요. 앤디예요. 지금 바오이판이랑 같이 있는데, 어머니께서 다이산에 가셨다는 얘기를 들었어요."

"아, 앤디, 그 소식을 빨리도 들었구나. 다이산이 아주 좋더구나. 친구들이랑 며칠 있다가 갈 생각이란다. 여기가 네 고향이라며?"

"어머니, 단도직입적으로 용건만 말씀드릴게요. 어머니와 친구 분이 북경 시간으로 저녁 8시까지 다이산을 떠나지 않으시면 처음 1시간째에는 1,000만 위안을 잃게 되실 거예요. 그리고 2시간째에는 2,000만 위안, 3시간째에는 4,000만 위안으로 손해가 늘어날 거예요. 만약 하루가 지나도 떠나지 않으셨다면 눈에 보이는 금전 손실을 넘어서 아예 파산하게 만들지도 몰라요. 미국 주식시장이랑 유럽 주식시장이 한창 호황이던데 두고 보세요. 돈을 버는 건 어려워도 잃는 건 순간이라는 거, 잘 아시잖아요. 앞으로 1시간에 1번씩 현지 지역 번호가 확인 가능한 전화로 전화를 주세요. 그걸로 어머니가 어디에 계신지 확인하는 걸로 하죠."

앤디는 할 말만 하고 전화를 끊어버렸다. 바오이판은 멍하니 앤디만 쳐다보고 있었다. 그리고 이내 고개를 끄덕였다.

"이제 주사위는 던져졌네요. 이런 방법을 생각해낼 줄 몰랐어요."

"농담 아니에요, 진심으로 한 말이에요. 애초에 어머니가 먼저 협의는 제쳐두고 뒤에서 손을 쓰게 하셨잖아요. 이제 어머니와 흥정 같은 건 하지 않을 거예요. 물불 안 가리고 이렇게 싸우자고 덤벼드는데, 누구라고 안 그러겠어요."

"어젯밤 내가 어머니한테 나는 진퇴양난에 빠졌다고 했는데, 오늘은 당신한테 해야겠네요."

바오이판은 잔뜩 위축되어 한숨만 내쉬었다.

하지만 분명한 건 이 모든 사건의 장본인은 그의 어머니라는 사실이었다. 문제는 두 사람 모두 보통이 아니어서 어머니도 참느라고 바오이판에게 전화해서 물어보지도 않고, 앤디는 노트북을 꺼내 전시 태세를 갖추고 있었다. 두 사람이 치열하게 싸우다가 여기까지 오게 된 이유는 단 하나, 바오이판이었는데, 이 쟁탈전에서 그는 한낱 방관자로 전락하고 말았다.

바오이판은 아무리 생각해도 이건 정말 아니라는 생각이 들었다. 노트북으로 빠져들어 갈 것만 같은 앤디를 보고 있자니 씁쓸한 마음을 감출 길이 없었다. 바오이판이 아버지에게 전화를 걸어 자초지종을 설명하자, 아버지도 무심결에 한 마디가 툭 튀어나왔다.

"둘 다 미쳤군!"

바오이판은 눈을 감은 채 아무 말도 하지 않았다. 특히 '미쳤다'는 그 말에 순간 깜짝 놀랐다.

"넌 네 여자 친구 정신 교육 좀 시키거라. 네 엄마는 내가 챙길 테니."

"아마 저희 둘 다 못 할걸요. 저 두 사람 중 한 명이 무너질 때까지, 아니, 어머니가 포기하고 앤디의 마음이 좀 누그러질 때까지 기다릴 수밖에 없어요. 지금은 우리 둘 다 할 수 있는 게 없다고요."

앤디가 그 말을 듣고 바오이판을 한 번 쳐다보긴 했지만 이미 활시위는 당겨졌기 때문에 돌이킬 수 없었다. 아버지도 계속해서 뭐라고 하시긴 했지만 아버지와 아들은 갈 데까지 가기로 작정한 여자 둘을 막기에는 역부족이었다. 바오이판은 방법이 없진 않았지만 할 수 없었다. 원래는 어머니가 일을 벌이기 전에 그가 먼저 어떻게든 막으려고 했다.

바오이판이 통화를 마치고 얼마 되지 않았을 때, 어머니로부터 드디어 전화가 왔다.

"네 아버지 말로는 네 여자 친구가 정말 나한테 말한 대로 한다고 하더구나. 대체 걔는 너랑 결혼한 생각이 있긴 한 거니?"

"앤디 눈에는 우리 집이 대단할 게 하나도 없어요."

"너 지금 앤디랑 같이 있는 거 아니니? 여자 친구랍시고 막지도 못하고, 두 사람이 같이 날 속이고 들어?"

"앤디 눈에는 저도 그리 대단한 놈이 아니라서요."

바오이판은 이 말을 하자마자 전화를 끊었다. 그리고 그는 아버지에게 전화가 와서 받으려고 휴대폰을 들고 밖으로 나왔다. 바로 그때 생각지도 못한 일이 벌어졌다. 앤디가 바오이판에게 큰 소리로 외쳤다.

"바오이판, 나 먼저 갈게요. 당신을 난처하게 하고 싶지 않아요."

그 말하기가 무섭게 앤디는 차를 몰고 쌩하니 가버렸다. 바오이판은 멍하니 서서 멀어지는 차의 뒷모습만 바라봤다.

"아버지, 앤디가 절 떼어놓고 혼자 가버렸어요. 아무래도 마음을 단단히 먹은 것 같아요."

"이런, 정말 정신이 나갔군. 어서 쫓아가거라. 전원을 끄든 무슨 일이 있어도 반드시 막아야 해. 나는 네 엄마랑 얘기해보마. 대체 왜들 이러는 건지."

바오이판은 통화를 하면서 열심히 차를 따라 가고 있었다. 더 늦기 전에 환락송으로 가야 했다. 하지만 아무리 택시가 빠르다고 해도 BMW M3를 따라 잡기는 역부족이었다. M3의 흔적은 전혀 찾아볼 수 없었다. 하지만 그를 놀라게 한 건, 가는 길을 재촉해서 2201호 문을 열고 들어갔더니, 집 안에 아무도 없다는 사실이었다.

다행히 앤디와 통화가 되었다.

"당신 어디에요?"

"불행히도 길을 잃어버려서 wifi 되는 데로 일단 왔어요."

"주소 불러줘요, 내가 데리러 갈게요."

"안 와도 돼요."

앤디는 또 자기 말만 하고 전화를 끊어버렸다. 그리고 바오 부인의 동태를 살폈다. 언젠가 바오이판과 헤어지게 되면 바오 집안의 돈과도 멀어지기 때문에 그렇게 되면 바오 부인과의 갈등도 자연스럽게 종식될 수 있을 거라 생각했다. 바오 부인이 가장 신경 쓰는 게 다름 아닌 돈이니까 말이다.

지금 바오이판 집안사람들이 어떻게 소통을 하고 있는지 모르겠지만 그녀는 기다리다가 약속한 시간이 되면 가차 없이 실행할 생각이었다. 바오 집안이 감당할 손해 따위는 신경 쓰지 않고 오로지 그녀 자신만을 생각했다. 그녀는 스스로를 지켜야 했다.

먹구름이 뒤덮인 것처럼 압박에 못 이긴 바오 부인에게 전화가 왔다. 처음 전화해서는 바오 부인이 여전히 의기양양해서 어른 공경이 어쩌고 하자 앤디는 단호하게 전화를 끊어버렸다. 그리고 5분도 안 되어 두 번째 전화가 걸려왔다. 이번에는 태도가 달랐다. 앤디는 그들이 차에 탄 사진을 보고 난 후 너그럽게 30분을 연장해주었다.

그녀는 천천히 차를 몰아 집으로 향했다. 이번에는 길을 잃지 않았다.

그런데 2201호 문을 열고 들어가자 예상 외로 텅 비어 있었다. 놀란 앤디는 신경이 잔뜩 곤두서서 집안 구석구석 찾아다녔지만 바오이판의 흔적은 찾아볼 수 없었다. 이때, 바오 부인에게 전화가 왔다. 앤디는 차분한 목소리도 전화를 받았다.

"어머니 아들이 떠났어요. 역시 아들은 엄마밖에 모르나 봐요. 앞으론 저 때문에 불안해하지 않으셔도 되겠어요. 그렇다고 해도 오늘 밤 저는 어머니가 다이산을 떠나는지 안 떠나는지 집에 도착하실 때까지 지켜볼 테니까 그런 줄 아세요."

"그렇게 빨리 큰 도시를 벗어나긴 힘들 것 같구나. 그래서 지역 번호가 바뀌지 않았을 거야, 내가 고속도로 휴게소에 들러서 찍은 사진을 보내주마."

앤디는 바오 부인이 보내준 사진을 보고 지도에서 위치를 찾아봤더니 다이산에서 오는 고속도로였다. 그녀는 코웃음이 나왔다.

앤디는 컴퓨터 2대를 다 켜놓고 즉시 작업할 수 있도록 계속해서 화면을 켜 두었다. 그리고 안 좋은 위를 달래 줄 물을 찾았다. 물을 마시려는 순간, 휴대폰이 울렸다. 그녀는 바오이판의 전화이길 기대하며 달려가서 휴대폰을 확인했다. 하지만 모르는 번호였다. 통화버튼을 누르자, 바오이판의 아버지 목소리가 들렸다. 앤디는 속에서 올라오는 메스꺼움을 참아내고 먼저 정중히 사과를 했다.

"죄송합니다. 본의 아니게 걱정을 끼쳐드리게 됐습니다. 정말 죄송합니다."

"대체 어떻게 된 일이니?"

"저는 더 이상 어머니가 제 삶에 간섭하는 걸 원치 않아요. 처음에는 저를 웨이궈창의 내연녀라고 생각하고 제 명예는 나 몰라라 회사까지 찾아와서 소란을 피우시더니, 그것도 모자라 저와 웨이궈창의 관계에 간섭하는 걸 멈추지 않으셨죠. 제 의중은 안중에도 없으셨어요. 하지만 전 어머니 인형이 아니기에 수차례 말씀을 드렸었지만 아무런 효과는 없었어요. 지금도 아무런 근거 없이 제 사생활을 몹시 침해하고 계시죠. 전 왜 그렇게 다른 사람에게 악의를 품고 있는지 정말모르겠어요. 이제 기필코 끝내야겠어요. 더 이상 타협은 없어요."

바오이판의 아버지는 앤디의 솔직함에 조금은 놀란 눈치였지만 다정한 태도를 끝까지 유지했다.

"내가 진작 너한테 전화할 걸 그랬구나. 난 네 편이다. 단, 내가 큰 피해를 받지 않는다는 전제 하에서다. 지금 어디까지 진행됐니?"

"어머니는 이미 호텔에서 체크아웃하고 나오셔서 오시는 길이에요. 그래서 아직 피해액은 발생하지 않은 상태예요."

"이미 지난 일들은 되돌릴 수 없단다. 아주 작은 부탁 하나만 하마. 네가 일을 진행하기 전에 나에게 전화해서 미리 알려줄 수 있겠니? 나도 내가 얼마나 손해를 보게 될지 알아야 하지 않겠니."

"죄송해요. 그건 대답해드릴 수가 없어요. 어머니에게 단호한 모습을 제대로 보여주지 않으면 저는 죽은 목숨이나 똑같아요. 특히 지난 일은 되돌릴 수 없는 것처럼 제가 중간에 수를 틀면 저에게 화살이 돌아올 거예요. 죄송합니다. 제 몸이 견딜 수 없더라도 오늘은 죽기 살기로 할 거예요. 어머니가 집에 도착하시면 제가 지정한 장소에서 사진을 찍어서 보내주시기로 했어요. 그러면 저도 멈출게요."

"그래, 이해한다. 너를 위해서 내가 제안을 하나 하마. 바보 같은 말일 수도 있다만, 내 아내가 이미 4시간짜리 여정에 올랐다면 한 3시간 정도 휴대폰 꺼놓고 눈이라도 붙이거라. 아내가 3시간 안에 출발지를 빠져나올 리는 절대 없으니까. 자고 일어나서도 위치는 계속해서 확인할 수 있으니까. 그렇게 하도록 해라."

"좋은 생각이네요. 감사해요. 그쪽 점심시간쯤 됐을 때 잠을 좀 자야겠어요. 감사합니다."

"고맙긴 뭘, 어차피 한 가족이 될 텐데. 앞으로도 같이 해결해야 할 문제들이 생길 거다. 그나마 내가 너보다 경험이 많지 않니. 하하. 그래도 조금은 관대하게 대해줬으면 좋겠구나."

앤디도 빙그레 웃었다. 몇 번 만나지도 않은 바오이판의 아버지가 이렇게 생각이 깨인 사람일 줄은 생각도 못했다. 그녀는 다시 한 번 감사를 표했다.

바오 부인이 보낸 메시지를 보니 정확하게 시속 100km정도의 속도로 집으로 오고 있었다. 앤디의 반격에 쫓기듯 다이산을 나와야 했기에 아는 사람에게 좋은 차를 빌릴 새도 없이 길가에 서 있는 아무 택시를 잡아탔을 것이 분명했다.

앤디는 그제야 바오이판에게 전화를 해볼까하는 생각이 들었다. 그녀는 딸기를 한 접시 씻어서 우유를 붓고 컴퓨터 앞에 앉았다. 먹으면서도 휴대폰에서 눈을 떼지 못한 채 계속해서 바오이판에게 전화를 걸지 말지 생각에 잠겼다. 전화를 걸어서 무슨 말을 해야 할지 몰랐다. 괜히 걸었다가 몇 마디 말도 안 하고 통화를 끝낼 것 같은 생각에 쉽게 행동으로 옮기지 못했다.

그렇게 망설이고 있는 순간 문이 열렸다. 앤디도 모르게 포크를 땅에 떨어트려 테이블 아래로 몸을 숙였다. 그리고 컴퓨터 뒤로 문을 열고 들어오는 바오이판이 보였다.

집에 불이 켜 있자, 바오이판은 사방을 둘러보았다. 몸을 숙인 채 아무 소리도 내지 않고 자기를 바라보고 있는 앤디를 발견했다. 그는 천천히 외투를 벗으면서 물었다.

"어때요?"

"방금 당신 아버지한테 전화가 왔고, 당신 어머니는 고속도로래요. 난 앞으로 2시간 정도 쉬려고요. 난 임산부잖아요. 당신 아버지랑 얘기 했는데 내가 쉬는 2시간 동안 어머니가 집으로 가시는지 지켜본다고 하셨어요. 미안해요! 내가 당신 집안을 엉망으로 만드는 게 아닌지 모르겠네요. 그렇지만 나도 이 방법 밖에는 없어요."

바오이판이 앤디 곁으로 와서 앉았다. 아무 말도 하지 않고 한숨을 내쉬며 앤디를 바라보았다. 그리고 잠시 후 입을 열었다.

"나 산책 좀 하고 올게요. 당신이 돌아오는 길을 찾으면 당신이 하는 걸 지켜볼게요. 말리지도 부추기지도 않을 거예요. 난 한가하니까, 당신한테 내 마음을 양보할게요."

"고마워요."

앤디는 풀이 죽어 있는 바오이판을 보니 무슨 말을 해야 좋을지 몰랐다. 말을 하지 않는 게 나을 것 같았다.

바오이판도 무슨 말을 하려다가 아무 말도 하지 않았다.

"나 누워서 책 좀 볼게요. 당신도 쉬엄쉬엄해요."

"당신의 양팔저울의 한 쪽은 어머니고 다른 한 쪽이 나라는 걸 알았어요. 참 곤란하겠어요. 하지만 어쩔 수 없이 반격하는 나를 원망한다면 난 댈 수 이유는 얼마든지 있어요. 알죠?"

바오이판은 앤디를 등지고 있었다. 몸을 돌릴 생각도 없었다.

"난 당신을 원망하지 않아요. 당신이 반격할 수밖에 없었던 이유가 나인데, 당신 내가 어머니를 막을 방법이 없어서, 그런 내 무능함이 원망스러울 뿐이에요."

앤디는 취샤오샤오가 말해준 자오치펑이 자동차 정비소에서 화가 났던 이유가 생각났다. 바오이판의 등을 보고 있자니 그의 팔에 얼굴을 묻고 싶었지만 말을 잘못할까 두려워 차마 말할 수 없었다. 앤디는 취샤오샤오의 걱정과 두려움을 뼈저리게 이해할 수 있었다. 바오이판은 몇 걸음 걷다가 뒤에서 아무 소리도 들리지 않자 몸을 돌려 앤디를 보았다. 그러자 그의 마음이 이내 수그러들었다.

"앤디?"

앤디는 고개는 들지 않고 그에게 가라는 손짓을 보냈다.

"나 11시에 자려고요. 당신… 괜찮으면 자리 좀 피해줘요. 부탁할게요."

하지만 바오이판이 문을 열고 나가려는 순간, 앤디가 참지 못하고 고개를 들었다.

"당신, 돌아올 거죠?"

"응!"

앤디는 자신도 모르게 갑자기 기분이 좋아졌다. 바오이판은 문 앞에서 잠시 머물렀다가 떠났다. 이제 곧 그의 어머니가 앤디에게 보고 전화를 할 테고 앤디는 유세를 부리며 지시를 할 게 뻔했기에 그 모습을 차마 볼 수가 없었다. 자신이야 부모님에게 차갑고 사납게 대할 수 있지만 앤디가 부모님에게 그런 태도를 보이는 데 가만히 앉아서 보고 있을 수가 없을 것 같았다.

추잉잉은 며칠 간 이리저리 뛰어다닌 덕에 타오바오로 들어온 주문서가 제법 많았다. 주문이 들어온 상품의 포장 작업을 위해 야근을 해야만 했다. 마지막 상품의 포장을 마치고 택배기사에게 물건을 보내고 나니, 창밖은 이미 땅거미가 내려앉아 가로등이 환하게 불을 밝히고 있었다. 그때 창밖의 플라타너스 나무 옆으로 익숙한 그림자가 보였다. 그녀는 잉친이 고개를 숙인 채 나무에 기대어 있는 모습을 보았다. 누구를 기다리고 있는지 알 수 없었지만 이번에는 우연치고는 너무 우연이었다. 어제도 한 번, 오늘도 한 번, 이런데 어떻게 그녀와 상관이 없을 수 있겠는가. 추잉잉은 아침처럼 흥분하기 시작했다. 설레는 마음을 억누르지 못하고 가방을 챙겨 급하게 퇴근했다. 입구에 다 와서야 잠시 머뭇거렸다.

'잉친 얼굴을 어떻게 보지? 먼저 인사를 할까, 아니지 그러다가 지난 번 기차역에서 만난 것처럼 날 귀신 보듯 하면 어떻게 하지.'

추잉잉이 아무 소리도 들리지 않을 정도로 조심스럽게 문을 열고 나가자 잉친이 갑자기 고개를 들어 그녀를 바라봤다. 그녀는 발을 뗄 수 없을 정도로 깜짝 놀라 그저 말없이 잉친을 마주했다. 그녀는 잉친과 만나는 장면을 상상해본 적이 있었다. 활짝 웃으면서 자기는 잘 지내고 있다며 잉친을 축복해주는 그런 그림이었다. 하지만 막상 현실로 닥치니 아무 말도 생각나지 않고 할 수도 없었다. 그저 멍하니 잉친만 바라보고 있었다. 점장도 퇴근하는 길에 두 사람을 쳐다보고 콧방귀를 뀌고는 자리를 떠났다. 추잉잉과 잉친은 콧방귀 소리에 놀랐다.

추잉잉이 멋쩍어하며 말했다.

"난 퇴근하는 길이야. 필요한 거 있으면 들어가서 사. 안녕."

추잉잉은 말과는 다르게 이상하게 두 발이 움직이지 않고 여전히 잉친 앞에 서 있었다.

"나랑 밥 한 끼 먹을 수 있어? 얘기 좀 하고 싶은데. 콜록콜록… 다른 사람한테 얘기하려니 잘 안 되네."

추잉잉은 속으로 울고 싶었지만 다른 사람한테는 차마 말을 못하겠다는 그의 말에 선뜻 대답하고 말았다.

"알았어. 저기 옆에 있는 식당가서 대충 먹자."

잉친은 어색한지 기침을 몇 번 했다.

"미안해. 저 가게는 내가 그 여자랑 자주 가던…. 우리 다른 데 가면 안 될까?"

집돌이인 잉친이 아는 맛집은 별로 없다. 그곳도 추잉잉이 데려가서 알게 된 곳으로 거의 집이나 회사 근처다. 아무리 견고한 부대라도 탈영병이 있기 마련이듯 새로 만난 사람을 데리고 갔다니 혹시라도 마주칠까 싶어서 가기가 꺼려졌다.

두 사람은 어색한 길이만큼 거리를 두고 걸었다. 몹시 혼잡한 지하철에서도 두 사람은 흡사 바람난 연인처럼 여전히 일정한 거리를 유지했다. 추잉잉은 내심 잉친이 무슨 할 얘기가 있어서 자기를 찾아왔는지 너무 궁금했다. 하지만 두 사람이 멀리 떨어져 있어서 이야기를 나누기엔 어려움이 있었다. 지하철에서 내려서도 둘은 나란히 걷지 않았다. 잉친은 길을 안내하느라 앞장서서 걷는 추잉잉을 말없이 따라갔다. 무거운 침묵이 두 사람을 감싸고 있었다.

드디어 작은 식당에 들어섰다. 추잉잉이 자주 가는 값싸고 맛있는 집이었다. 두 사람은 마치 약속이나 한 듯 식당 구석자리에 앉았다.

"내 웨이보 봤어?"

잉친은 방금 막 주문을 마친 추잉잉에게 간신히 입을 열었다.

"관쥐얼이 지워버렸어. 나중에는 못 찾겠더라고."

"키워드로 찾을 수 있는데. 되게 쉬워."

"아, 그렇구나. 거기까진 생각을 안 해봤네. 근데 웨이보는 왜?"

"사람들이 다 부동산 등기에 여자 친구 이름을 올리지 말라고 하도 성화를 하더라고. 다 내 돈으로 산거니까. 근데 여자 친구 말도 어느 정도 일리가 있는 게, 만약에 이혼이라도 하게 되면 어떻게 할 거냐는 거야. 뭔가 보증이 필요했나 봐. 근데 우리 집에서도 반대하시더라고."

"당연히 그러시지. 보증도 서로 동등해야지. 네가 이렇게 해주면 여자 쪽에서는 뭘 해준데? 그리고 결혼에는 두 사람의 믿음이 전제가 되는 건데, 그렇게 요구하는 거면 널 못 믿는 거 아냐?"

"맞아, 넌 한 번도 이런 얘기를 한 적이 없었잖아."

"당연하지, 그건 네 집인데. 그리고 결혼을 한다고 공동 명의를 해줬는데, 만약이지만 결혼한 지 며칠 안 돼서 이혼하자고 하면 어떻게 해? 그럼 넌 이중으로 손해를 보는 거잖아? 나 같으면 이런 불합리한 요구는 아예 안하지. 그리고 우리 아빠가 아시면 여기까지 쫓아와서 뜯어 말리실거야."

"맞아, 맞아. 우리 집도 그렇게 가르쳤어. 내가 번 것만 내 몫이고 다른 사람 몫은 탐내는 거 아니라고. 예전에 좀 고급스러운 식당에 가려고 하면 네가 항상 날 말렸었지. 정말 생각이 다르구나."

추잉잉은 오만 가지 생각이 다 들었지만 이런 생각을 갖고 있다고 해서 무슨 소용이 있단 말인가. 추잉잉은 마음이 뭉클해져서 눈시울이 붉어졌다. 얼른 고개를 돌리고 심호흡을 했다. 잉친도 그런 추잉잉의 모습을 보고 뭔가 말을 잇기가 어려워 음식을 먹으라고 권하기만 했다. 추잉잉은 감정을 억누르고 우걱우걱 음식을 입에 넣었다. 그러자 금방이라도 떨어질 것 같았던 눈물이 이내 쑥 들어갔다. 추잉잉이 쿨한 척 물었다.

"요즘 잘 지내?"

"아니, 원래는 여자 친구가 하이시에 와서 내가 어떻게 지내는지만 보고 내려가기로 했었는데 웬일인지 돌아가지 않더라고. 그리고 나한테 좀 널널하게 다닐만한 직장을 알아봐달라고 해서 아르바이트 자리를 하나 알아봐줬지. 그러더니 그녀의 친척들이 하나둘씩 올라오는 거야. 누구는 놀러오고 다른 누구는 일을 찾겠다고 올라오고, 매일 내 방에 최소 4명은 항상 있었어. 그런데 나한테 사람이 많아서 내가 자기한테 심술을 낸다는 거야. 집이 북적거리니까 나는 집에서 일도 못하고 사무실 책상 아래에다 이불 펴고 자는데도 친척들은 나 몰라라야. 며칠째 업무도 밀리니까 사장이 불러다가 몇 마디 하더라고. 냄새나니까 집에 가서 씻고 옷 갈아입고 오라고. 근데 내 옷은 다 자기들끼리 나눠 가져서…."

"그때 새로 산 캐시미어 스웨터는….”

"어디 갔는지 모르겠어. 안 보이더라. 혹시 좀 널널하게 할 수 있는 아르바이트 같은 거 소개해 줄 수 있어? 사무직이면 좋긴 한데.”

"나도 그런 일 못 찾고 있는데, 무슨 소개야. 인터넷에서 찾아 봐.”

잉친은 한숨을 내쉬고는 얼굴을 잔뜩 찌푸린 채 밥을 먹었다. 추잉잉도 속으로 깊은 한숨이 절로 나왔다.

"이왕 결혼하기로 했으니까 한 집안의 가장이 되는 법을 좀 배워 봐. 앞으로 너희 가정은 네가 책임져야 되잖아. 좋게 생각해. 아, 그냥 일종의 실습 기간이라고 생각해. 가장이 되는 법을 배우는 실습 시간. 이 모든 일이 결혼하고 나서 한꺼번에 닥치는 것보다는 낫잖아.”

"역시 넌 다르구나. 내 친구들은 다 결혼하지 말라고 난리야. 그들이 날 무시하는 행동인데다 날 벗겨먹을 생각만 하고 있다고.”

"네가 가진 게 있으니까 그런가보지.”

추잉잉은 기어들어가는 목소리로 말했다. 하지만 잉친을 압박하고 싶진 않아서 바로 말을 바꿨다.

"결혼은 신발을 신는 거랑 같아서 신발이 맞는지 안 맞는지는 다른 사람은 알 수 없대. 자기만 제일 정확하게 알 수 있는 거지. 잘해 봐. 뭔가 배울 만한 게 있을 거야.”

잉친이 또다시 한숨을 내쉬었다.

"나도 잘 모르겠어. 마음이 너무 복잡해서 줄곧 나 스스로에게 묻고 있는 중이야. 네 이웃 중에 키 큰 사람이 해준 말이 생각나더라고. 생각이 깨이신 분 같던데, 맞는 말만 하시더라고.”

"아마 지금 남자 친구가 와 있을거야. 안 그랬으면 지금 잠깐 불러서 너랑 얘기라도 해보면 좋을 텐데. 아쉽네.”

"너랑 얘기하는 것만으로도 좋아. 넌 항상 본질만 얘기해주거든.

나도 널 귀찮게 하면 안 된다는 걸 알고 있긴 한데, 어쩔 수가 없더라고."

"그래, 잘했어. 헤어져도 여전히 친구잖아. 신경 쓰지 마. 우리 여전히 고향 친구니까."

"고마워. 처음에는 생각이 좀 많았어. 근데 너랑 얘기하고 나니까 마음이 좀 편안해졌어. 요새 좀 답답했거든."

추잉잉은 마음이 아프기도 하고 기쁘기도 했다.

관쥐얼은 오늘도 야근을 피하지 못했다. 최근 몇 달이 회사가 가장 바쁠 때여서 그녀도 휴가가 얼마나 쌓여 있는지 기억나지 않을 정도였다. 오늘 야근은 사장의 컨디션 저조로 인한 눈치 야근이었다. 쥐얼은 어쩔 수 없이 씨에빈에게 미안하다는 문자를 보냈다. 그는 괜찮다고 했지만 오늘 아침에 데리러 오겠다고 한 것도, 지금 와서 못 가겠다고 한 것도 모두 자신이었기 때문에 혹시라도 씨에빈이 자기를 한 입으로 두 말하는 사람으로 알까 봐 걱정스러웠다. 그녀는 분노를 원동력으로 승화시켜 일을 끝내려고 기를 써서 그런지 평소보다는 빨리 마칠 수 있었다. 관쥐얼은 지하철 입구에서 환락송으로 가는 길에 작은 식당을 지나다가 무의식적으로 식당 안을 들여다보았다. 근데 구석에 낯익은 얼굴이 보였다.

'추잉잉 맞나?'

관쥐얼을 깜짝 놀랐다. 요즘 추잉잉은 돈을 아끼겠다고 식당은 고사하고 패스트푸드점도 거의 가지 않았었는데, 오늘 무슨 일로 저 식당에 간 걸까. 그녀는 목을 길게 빼고 더 안쪽을 들여다보았다. 그런데 추잉잉 앞에 앉아 있는 사람을 보고 더욱 놀라고 말았다. 바로 잉친이었다.

'저 두 사람이 왜 같이 있는 거지?'

관쥐얼은 혹시라도 추잉잉이 볼까봐 뒤로 물러났다. 그러고 보니 오늘 아침 추잉잉의 기분이 왜 저렇게 좋을까 싶었는데 모두 다 잉친 때문이었다. 그녀는 도무지 무슨 말을 해야 할지 몰랐다. 그녀가 알기로는, 아니, 판성메이가 몰래 귀뜸해준 대로라면 잉친의 약혼녀는 아직 하이시에 있고 두 사람은 지금 결혼 준비로 눈코 뜰 새 없이 바쁘다고 했다. 그렇다면 저 두 사람은 대체 무슨 상황이란 말인가. 오늘 아침 추잉잉이 그렇게 행복해하면서도 사정을 말할 수 없었던 이유가 모두 이 때문이란 말인가.

관쥐얼은 잠시 머뭇거리다가 바로 환락송 단지 안으로 들어갔다. 그런데 얼마 못가서 씨에빈의 목소리가 들리는 것 같았다. 소리가 나는 방향으로 몸을 돌리자, 진짜 씨에빈이 관쥐얼을 부르고 있었다. 역시나 낡은 차를 타고 온 모양이었다. 그가 차에서 내리려고 하자 관쥐얼이 다급하게 외쳤다.

"움직이지 말고, 그대로 있어요. 여기 어떻게 온 거예요?"

"동기한테 여기까지 데려다 달라고 했어요. 하하. 동기가 경찰서 기숙사가 이쪽으로 바뀌었냐며 이상해하더라고요. 그나저나, 일이 여간 빡센 게 아닌가 봐요. 원래는 같이 어디 가서 차나 한 잔 하자고 하려고 했는데, 그쪽 보니까 생각이 바뀌었어요. 얼른 들어가서 쉬세요. 얼굴 봤으니까 됐어요."

관쥐얼이 얼굴이 또 붉어졌다. 하지만 다행히도 날이 어두워서 씨에빈은 눈치채지 못한 것 같았다.

"그쪽이야말로 일찍 쉬어야 하는데. 제가 데려다드릴까요?"

"너무 늦었어요. 그리고 그쪽같이 장롱면허는 밤에 운전하면 더 피곤할 거예요. 그냥 택시타고 갈게요. 차는 여기에 두고 갈게요. 저

택시 잡는 데까지만 같이 가줄래요?"

"좋아요. 천천히 가요. 제가… 부축해드릴까요?"

"아니에요, 괜찮아요. 제가 너무 민폐죠. 그래도 제 팔은 멀쩡해요."

관쥐얼은 두 손을 고이 모은 채 그가 두 손으로 버티고 있는 모습을 바라볼 뿐이었다. 그때 씨에빈이 손에 지팡이 2개가 들려 있는 모습을 발견했다.

"하하, 저 지팡이 있어요. 동기한테 빌려 왔죠. 저희 사무실의 필수 아이템이기도해요. 사실, 이 정도로 목숨걸 만한 일이 많지는 않아요. 너무 겁먹지 말아요."

관쥐얼은 여전히 붉은 얼굴로 씨에빈을 길 입구까지 데려다주었다. 아파트 단지를 빠져나가는 바오이판을 보고 갑자기 심란해졌다. '오늘 앤디와 약속이 있었던 것 아닌가?' 그리고 얼마 후, 바오이판이 차를 몰고 아파트 단지를 나가는 것을 보았다.

'오늘 대체 무슨 날 이길래, 다들 저렇게 밖으로 나가는 거지? 참 이상하네.'

관쥐얼이 딴 생각에 잠겨 있는 사이, 어느새 길 입구에 도착했다.

빈 택시 1대가 오고 있었지만 두 사람 모두 귀신에 홀리기라도 한 듯 아무 소리도 내지 않고 다른 사람이 잡는 걸 보고만 있었다. 씨에빈이 지팡이 하나를 놓고 하나로 몸을 기대고 서서 몹시 부끄러워하며 말을 꺼냈다.

"좀 유치하긴 하지만 이거요. 그렇지만 저 전혀 여성스럽지 않아요."

관쥐얼을 잠시 멍하니 있다가 눈앞에 있는 종이 악어를 받았다.

"방금 기다리면서 만든 거예요. 좀 유치하죠."

"아, 귀엽네요. 어떻게 접은 거예요? 책이 있어요?"

"그냥 제 생각대로 접어봤어요. 짧은 다리 4개만 있으면 되겠다 싶어서요. 이건 초대장이에요. 헤헤."

"네?"

관쥐얼은 종이 악어를 이리저리 빛에 비춰보았다. 역시 악어 등에 작은 글씨들이 쓰여 있었다.

'내일 도서관에 가서 같이 책 봐요. 어때요?'라고 적혀 있었다.

관쥐얼은 웃음을 숨길 수 없었다. 지금까지 이런 특별한 초대장은 받아본 적이 없었다.

"좋아요. 안 그래도 도서관에 가고 싶었는데, 주소 주세요. 내일 제가 데리러 갈게요."

"다리가 시원치 않아서 도서관밖에 가자고 못 하겠네요. 제가 법률서적을 좀 찾아볼 게 있거든요. 요즘은 갈수록 법률의 중요성을 더 느끼는 것 같아요. 역시 사람은 평소에 많이 배워 놓아야 하나 봐요…. 요즘은 용의자들도 진화해서 지식형 범죄가 갈수록 많아지고 있거든요. 언제 제가 재무감사 관련해서 일어나는 문제들도 알려드릴게요."

"전 형사사건은 CSI나 범죄심리학 같이 과학수사나 행동수사를 하는 사람들이 해결하는 줄 알았는데. 하긴 법률을 더 알아야 할 필요가 있긴 하겠네요."

"그럼요. 저는 자백을 강요해서 사건을 해결하고 싶지 않아요. 제가 유일하게 의지할 수 있는 건 법뿐이라고 생각해요. 미안해요, 풋내기 주제에 푸념만 늘어놨네요. 단지 모든 일을 합법적이고 합리적으로 처리하고 싶을 뿐이에요."

"인문학 도서를 많이 보세요. 그럼 옆길로 샐 일은 없을 거예요. 우리 아빠가 항상 저한테 하시는 말씀이에요."

"맞아요, 맞아. 교과서 다음으로 인문학 도서를 많이 보라고 했어요. 그럼 허튼 짓은 안한다고. 우리 나중에 서로 책이나 바꿔볼까요? 내일 3권 먼저 바꿔보죠. 어때요?"

관쥐얼은 첸중수(钱钟书)의 명언이 떠올라서 키득거렸다.

'빌리면 돌려주는 게 당연하다. 책 한 권으로 두 번의 만남의 기회를 만들 수 있는 데다 흔적도 남지 않는다. 남녀가 사랑을 시작할 때 반드시 거치는 첫 단계라고 할 수 있다.'

관쥐얼은 내일 교환할 3권 중에《위성(围城)》을 꼭 넣을 생각이었다. 그리고 이 문장이 있는 페이지에 책갈피를 끼워둬야겠다는 생각을 했다.

두 사람이 길가에서 이야기를 나누는 사이에 얼마나 많은 빈 차가 지나갔는지 모르겠지만 커피 한 잔은 하고도 남았을 시간인건 분명했다. 결국 씨에빈은 민망했는지 무척 아쉬워하면서 빈 차를 잡았다. 관쥐얼은 얼굴 가득 미소를 띠며 종이 악어를 들고 집으로 돌아갔다.

아파트 로비로 들어와 밝은 불빛에서 보니 종이 악어가 더 정교해 보였다. 모든 각이 잡혀 있고 성의 없게 접은 것 같진 않았다. 관쥐얼도 어렸을 때 종이접기를 해본 적이 있긴 하지만 손에 힘이 없어서 꾹꾹 눌러 접지 못해 다 만들고 나면 무슨 모양이든 모두 그렇게 복스러울 수가 없었다. 종이 악어를 손에 올려놓으니 무게감이 있어서인지 안정감까지 들었다.

엘리베이터가 천천히 내려오고 있었다. 관쥐얼은 자기 뒤에 있는 사람도 엘리베이터를 기다리고 있는 것 같아서 고개를 돌렸다. 추잉잉이 발끝만 쳐다보며 바보처럼 실실 웃고 있었다. 잠시 후 덜컹하고 엘리베이터 문이 열리자 추잉잉은 멍한 얼굴을 들더니 곧장 엘리베이터 안으로 들어갔다. 코앞에 있던 관쥐얼을 보지 못한 것 같았다.

관쥐얼은 마치 아무것도 모르는 것처럼 살며시 말을 걸었다.

"추잉잉."

하지만 추잉잉은 아무 소리도 들리지 않는건지 그저 엘리베이터 층수가 바뀌는 것만 바라보는데도 얼굴 표정이 수시로 변했다. 22층에 도착했는데도 추잉잉이 움직이지 않자, 그제야 관쥐얼이 손을 뻗어 그녀를 엘리베이터에서 끌어당겼다. 추잉잉은 화들짝 놀라긴 했지만 앞에 있는 관쥐얼을 보고나서는 마음을 놓았다.

"쥐얼, 나 오늘 기분이 좋기도 하고 뭔가 착잡하기도 해."

"그래도 나한테 말 안 해줄 거잖아, 그렇지? 사실 나 방금 너 봤어. 입구에 있는 식당에서."

"뭐?"

추잉잉은 무의식적으로 주변을 살피고는 관쥐얼을 얼른 2202호로 데리고 들어갔다.

"너 뭘 봤다는 거야?"

"너희 두 사람 다시 합친 거 축하해."

추잉잉은 순간 멍해지더니 문에 널브러져 기댔다. 움직일 힘이 없었다.

"아니야, 그런 거. 어젯밤에는 나랑 다시 합치려는 건 줄 알았는데, 아니더라고."

얼마 전까지만 해도 추잉잉을 피해 도망 다니던 잉친이 오늘은 무슨 일로 자진해서 찾아온 것일까.

"그럼 왜 찾아온 거래?"

"그러니까…. 하소연 하러 온 거야. 약혼녀가 아직 철이 없어서 잉친이 힘들겠더라고. 돈도 함부로 쓰고 뭔가를 자꾸 얻어내려고 하는 것 같아."

관쥐얼은 눈이 휘둥그레져서 추잉잉을 바라봤다. 속으로는 온갖 욕설을 마구 퍼붓고 싶었지만 다행히 입으로 뱉어내지는 못했다. 추잉잉도 눈치를 챘는지 우울해했다.

"네가 반대할 줄 알았어. 그래서 말할 수 없었던 거야. 판성메이라면 벌써 욕을 하고도 남았을 거야. 그래도 어쩌겠어, 나 몰라라 할 순 없잖아."

관쥐얼은 자기 방에 들어가 컴퓨터 가방을 내려놓는 것도 잊어버리고 어느 정도 돌려서 말했다.

"요즘 괜찮아지는 것 같더니, 잉친 때문에 다시 망했네. 어쩔 셈이야? 지웠던 연락처 다 복구할 거야? 커피 파는 건 어쩔 건데?"

추잉잉은 멍하니 고개를 가로저었다.

"잉친이 날 찾아와서 하소연이나 할 줄 누가 알았겠어? 근데 나도 어떻게 하면 좋을지 전혀 모르겠어."

관쥐얼도 가슴이 아팠지만 할 말은 해야 했다.

"잉친은 결혼할 사람이 있으니까 신중해야 해. 오는 사람이라고 거절하지 않으면 넌 내연녀가 되고 말거라고."

"아니야. 그럴 리 없어."

관쥐얼은 추잉잉이 잉친을 만나기를 포기 하지 않을 것 같아 보이자 그녀를 설득하는 것을 포기했다. 추잉잉은 자기 방에 들어가자마자 조금도 지체하지 않고 컴퓨터를 켜고 잉친의 웨이보를 찾았다. 역시나 쉽게 찾을 수 있었다. 그리고 추잉잉은 댓글 하나까지 놓치지 않고 꼼꼼히 읽어 내려갔다. 잉친은 추잉잉에게 거짓말을 한 게 아니었다. 지금 그가 눈앞에 직면하고 있는 가장 큰 문제는 날로 커져만 가는 약혼녀의 욕심과 그의 제한적인 수입 사이에 발생하는 여러 갈등들이었다. 그리고 보니 추잉잉은 관쥐얼을 완전히 잊고 있었다. 관쥐얼 역시 오늘 감정이 충만한 상태였다. 그녀도 감정을 주체하지 못

하고 이 방 저 방을 왔다 갔다 했다.

관쥐얼은 다른 것에 신경 쓸 마음은 없지만 매번 추잉잉 방을 들어갔다 나올 때마다 추잉잉이 복잡한 얼굴로 컴퓨터를 주시하고 있는 모습을 보게 되었다. 너무 몰두하고 있는 모습에 그녀는 추잉잉 대신 한숨을 내쉴 수밖에 없었다.

퇴근 후 시장으로 달려간 판성메이는 오늘 생전 처음으로 생선코너에 가보기로 했다. 그녀는 어려서부터 청소든 빨래든 모든 집안일은 다 해왔지만 요리만은 엄마의 영역이었기 때문에 제대로 해본 적은 없었다. 하지만 어느 정도 보던 것이 있기 때문에 앤디처럼 시장에서 누군가에게 배우거나 할 정도는 아니라고 생각했다. 그녀는 갖가지 야채와 활어, 대하에 스테이크용 고기까지 잔뜩 사서 왕바이촨의 집으로 향했다. 처음에는 그런대로 괜찮은 것 같았는데 비린내 나는 음식을 들고 엘리베이터에 타니, 생긴 걸로나 꾸민 걸로 봐도 그녀보다 훨씬 못한 여자 2명이 엘리베이터 구석으로 바짝 비켜섰다. 그녀가 들고 탄 쇼핑백에서 멀어졌으면 그만이지 굳이 얼굴을 찌푸리며 불편함을 얼굴에 그대로 드러냈다. 판성메이는 확 짜증이 났다.

'어쩌라고. 이 아줌마가 살아 있는 생선 좀 샀다. 너희들은 평생 먹어보지도 못할 걸.'

그래도 마음 속 짜증이 가시지 않았지만 그 여성들이 엘리베이터에서 내릴 때가 되자 그녀는 옆으로 살짝 비켜주었다. 하지만 엘리베이터에 있는 다른 남성들은 그녀에게 별로 관심을 갖지 않았다. 판성메이는 살짝 우울했다. 그녀가 가진 최고의 자산이 매력이라고 생각했는데 이 안에 있는 남성들 아무도 관심을 갖지 않다니, 그녀는 지금 최악의 악몽을 꾸고 있는 거나 다름 없었다.

그녀가 쇼핑백을 들고 왕바이촨의 아파트로 들어온 순간 그와 한 약속을 제대로 지키지 못할 것이란 걸 짐작했다. 자기가 산 야채며 고기를 보고 있자니 뭐부터 손을 대야 할지 눈앞이 깜깜했다. 특히 아직도 살아서 팔딱거리는 생선 때문에 살짝 열린 봉지 사이로 물이 튀자 그녀는 생선을 바로 싱크대로 던져버렸다. 그리고 왕바이촨에게 전화해 빨리 와서 어떻게 해보라며 재촉하고 말았다.

왕바이촨은 평소와 다르게 흥분된 마음으로 퇴근을 했다. 판성메이가 직접 요리를 해준다니! 얼굴이 예쁜 것도 모자라 요리까지 할 줄 알다니 정말 완벽하다는 말이 잘 어울리는 여자가 아닐 수 없었다. 그는 부리나케 집으로 돌아와 가방은 아무 데나 던져놓고 생선 손질부터 도왔다. 그는 외아들이라 집안일을 해본 적은 없었지만 판성메이의 부드러운 손이 그의 눈앞에서 왔다 갔다 하는데 어떻게 도와주지 않을 수가 있겠는가? 그가 하지 않으면 아름다운 판성메이가 해야 했기 때문에 왕바이촨은 순종하는 마음으로 생선을 죽일 방법을 찾고 있었다. 아무래도 경험이 없는 사람은 허둥지둥하기 마련인지라 생선이 팔딱거리는 건 말할 것도 없고 왕바이촨도 긴장해서 이를 꽉 다물고 있었다. 그리고 판성메이에게 바닥에 떨어진 생선 비늘을 주워 쓰레기통에 버려달라고 부탁했다.

결국 한 끼 식사를 준비하는데 무려 3시간이나 걸렸다. 따지고 보면 거의 다 왕바이촨이 했고 판성메이는 행주로 여기저기 튄 기름을 닦았을 뿐이다. 그러다 두 사람은 밥이 없다는 사실을 알게 되었다. 판성메이가 쌀을 사는 걸 완벽하게 잊어버리긴 했지만 쌀을 사왔더라도 밥을 앉힐 전기밥솥이 없어서 어차피 불가능한 일이었다. 그나마 판성메이가 사온 빵이 있어서 다행이었다. 밤 9시가 되서야 두 사람은 배고픈 배를 움켜잡고 식탁에 앉았다. 식탁 위는 개인 접시 위에 놓인 빵, 야채볶음, 붕어찜, 그리고 새우요리와 스테이크로 아주 풍성했다. 왕바이촨이 와인을 1병 가져왔다. 와인은 스테이크와 새우요리가 너무 짜지만 그녀 앞에서 물을 마실 수도 없는 노릇이었기에 그가 몰래 입을 헹굴 때 쓰는 일종의 무기였다.

판성메이는 이상하게 속이 상했다.

"앞으로 다시는 집에서 요리 하지 말자."

왕바이촨이 얼른 대답했다. 그건 판성메이가 너그럽게 베풀어준 덕이었다. 요리를 하는 모든 과정이 그의 실기평가나 다름없었다. 판성메이는 그가 재빨리 대답하는 것을 보고 발로 휙 차버렸다.

"내가 못할 거라고 생각했잖아."

"하하, 정확히 말하자면 오늘 내가 다 했거든. 의심하려면 내 자신을 의심했을 거야."

"그럼 너의 발전을 위해 내일 오후에 다시 해보자. 어때? 경험이 있으니까 내일은 더 잘 할 수 있을 거야."

"그러지 말자. 내일 점심에는 고깃집이나 가자. 아니면 네가 제일 좋아하는 일식도 괜찮고. 나도 다시는 생선을 죽이고 싶지 않아. 지금 저 붕어찜만 봐도 속이 울렁거린다고."

"그러면 생선은 사지 말고, 갈비를 사서 찌개에 넣으면 어때? 그럼 좀 편하잖아. 잘할 거야. 오늘도 선생님 없이 혼자서 다 했잖아."

왕바이촨은 단호하게 거절했다.

"머리를 자르는데 피가 철철 나더라고, 요리는 정말 다시는 못 하겠어."

판성메이는 속으로 다시는 스스로 사서 고생은 하지 않겠다는 결정을 내렸다. 요리를 못한다고 하지 않고 할 줄 모른다고 하기로 했다. 무엇보다 그녀가 신경 쓰이는 건 자신의 아름다운 외모였다. 평범한 회사원에게조차 눈길을 받지 못하는 정도로 전락하고 싶지 않았다. 그녀는 영원히 아름답고 향기로운 판성메이여야만 했다.

하지만 왕바이찬은 실망한 마음을 감출 수 없었다. 지난 이틀 동안 판성메이가 직접 해준 요리를 먹게 된다고 기대하고 있었는데 먹기 곤란한 몇 개 빼고는 전부 자기 손으로 직접 만든 요리라니…. 그렇다고 피곤한 하루였는데 집에 와서까지 피곤해지고 싶지 않았다.

잠이 들었던 앤디가 휴대폰 알람이 울리자마자 알람을 끄고 일어났다. 그녀는 바오 부인이 신경 쓰여서 깊은 잠을 들지 못했다. 침대 한켠에서 바오이판이 조용히 자고 있었기 때문에 그녀는 발소리를 죽이고 살금살금 침대를 빠져나와서 방문을 닫았다.

휴대폰을 열어보니 1시간 30분 전에 메시지가 1통 와 있었다. 바오 부인이 휴게소에 들렀을 때 찍어서 보낸 거였다. 이것 외에 다른 메시지는 없었지만 바오 부인으로부터 부재중 전화 몇 통이 와 있었다. 앤디는 가슴이 조여 왔다.

'이런, 역시 바오 부인을 상대할 땐 조금도 마음을 놓아선 안 되겠어. 겨우 2시간 만에 계획을 세우다니.'

앤디는 방문을 한 번 보았다. 혹시라도 통화하는 중에 바오이판이 시끄러워서 깰까 봐 슬금슬금 거실 화장실로 들어가 문을 닫았다.

앤디가 바오 부인에게 전화를 걸었더니 수화기 너머로 남자 목소리가 들려왔다.

"바오 부인을 찾으세요? 쇼크가 와서 지금 가까운 병원으로 옮겼어요."

"뭐라고요? 저녁까지만 해도 괜찮다가 갑자기 왜요?"

역시 계획이 있었던 것이다. 앤디는 코웃음이 절로 나왔다. 바오 부인이라는 사람이 그렇게 쉽게 협박을 당할 리 없지.

"1시간 전만 해도 괜찮았어요. 아, 근데 누구시죠? 혹시 우리를 급하게 돌아오게 만든 사람 아니에요?"

"맞아요."

앤디가 대답을 하자마자 저쪽에서 전화를 끊어버렸다. 그 남자는 더 이상 앤디와 통화를 하고 싶지 않았던 모양이다.

앤디는 놀란 나머지 앞으로 일어날 수 있는 모든 가능성을 생각해 보았다. 그중 가능성이 가장 큰 것은 바오 부인이 약속을 어기고 다시 다이산으로 돌아가는 것이었다. 무슨 일이 일어 난건지 제대로 알아야 했다. 앤디는 한참을 생각하다가 화장실에서 나와 방으로 들어갔다.

"바오이판, 일어나 봐요. 방금 당신 어머니 전화로 통화를 했는데 다른 사람이 받더라고요, 그러면서 어머니가 쇼크가 왔다고 하는데, 일어나 봐요, 얼른!"

바오이판이 벌떡 일어나서 비몽사몽 하더니 곧 정신을 차렸다.

"어머니가요?"

"쇼크가 왔대요. 지금 기사가 고속도로 입구에서 제일 가까운 병원을 찾는 중이라는데. 어머니랑 같이 있는 사람이 그렇게 말했어요."

바오이판의 얼굴이 갑자기 굳어졌다. 앤디도 지금까지 본 적 없던 얼굴이었다. 바오이판은 자신의 휴대폰으로 바로 전화를 걸어보았다. 컬러링 소리가 들리자 그나마 안심을 하는 눈치였다. 하지만 전화를 받은 남자 목소리에 그는 눈살을 찌푸렸다.

"어머니에게 무슨 일이 생긴 거죠? 아, 아밍이에요?"

"아, 이제 연결이 되네요. 핸드폰이 계속 꺼져 있더라고요. 집으로 가는 길에 바오 부인은 뒷자리에서 쉬고 계셨고 저는 기사에게 길을 알려주고 있었어요. 근데 그때 당신 아버지에게서 전화가 왔어요. 두 분이 거의 1시간을 싸우셨어요. 무슨 선물… 어쩌고가 크게 손해를 봤다며 모든 게 어머니 잘못이라고 하셨어요. 그렇게 심한 말이 오가다가 마지막엔 큰소리까지 오갔어요. 그리고 쓰러지셨어요. 한 30분 정도 된 것 같아요. 이제야 출구를 찾았어요. 아직 2킬로미터는 남긴 했지만 최대한 빨리 병원을 찾아보도록 할게요."

"알겠어요. 어머니 가방을 한번 열어보세요. 약을 가지고 다니시는지 모르겠어요. 예전에는 이런 증상이 나타난 적이 없어서."

"이미 여기저기 뒤져봤는데 약은 없더라고요. 그나마 기사 아저씨가 응급처치를 해주셨어요. 120에도 신고했는데 출구에서 엠뷸런스가 기다리고 있을지 모르겠네요."

"지금 어디쯤이에요? 제가 지금 갈게요."

통화를 마친 바오이판은 망연자실하여 앤디를 바라봤다. 그의 차가운 얼굴을 처음으로 마주했다. 옆에서 듣고 있던 앤디도 깜짝 놀랐다.

'설마 또 허튼 장난을 치는 건 아니겠지? 그렇다면 정말 용서하지 않을 거야.' 앤디는 잔뜩 긴장하여 바오이판을 쳐다봤다.

"내 차로 가요."

"아니, 기다려 봐요."

"샌드위치 만들어 줄 테니까 가면서 먹어요. 커피도 한 잔 가져가고요."

"가지 말고 기다려 봐요. 방금까지 자고 있었으면서. 난 거의 잠을 자지 못했어요. 혹시 컴퓨터 자동조작도 설정할 수 있어요?"

"아니요, 컴퓨터도 다 꺼뒀잖아요. 왜요?"

"우리 아버지가 당신이 2시간 동안 휴대폰을 꺼놓고 잔 걸 알고 있어요?"

"당신 아버지는 당신도 2시간 동안 휴대폰을 꺼놓고 잤다고 알고 있어요, 무슨 일인데요?"

바오이판은 눈이 휘둥그레졌다. 그리고 뭔가를 알아낸 것 같았다.

바오이판의 아버지! 그가 이 작은 틈을 노리고 황당한 드라마 같은 상황을 연출한 것이다. 바오이판은 말을 꺼내기도 부끄러워 그저 앤디만 바라보고 있었다.

"바오이판, 무슨 일이에요? 대체 어떻게 된 거냐고요?"

바오이판은 한 걸음에 달려가 앤디를 숨을 쉬기 힘들 정도로 꼭 안았다.

"앤디, 두 사람 꺼 만들어줘요, 부탁인데, 우리 같이 가요. 지금 내 상태가 너무 별로라서요."

"내가 운전기사 불러줄게요. 당신 어머니가 날 보면 더…."

"아니, 어머니는 아버지 때문에 화가 나신 거예요. 아버지가 시간 차로 먼저 공격을 하신 것 같아요. 당신이 여기서 이미 손을 써서 엄청난 손해를 입은 것처럼 말이죠."

앤디 역시 말문이 막혀 바오이판만 쳐다보고 있자, 그는 어쩔 줄을 몰라 고개를 돌린 채 이를 부득부득 갈았다. 그렇게 다정한 바오이판의 아버지가 바오이판과 앤디를 제대로 엮어서 바오 부인의 뒤통수를 칠 줄은 정말 꿈에도 몰랐다. 바오이판은 두말할 것도 없고 앤디도 샌드위치를 만들면서 완전 넋이 나가서 우왕좌왕했다. 밤새 길을 가야 했기에 혼비백산한 바오이판 대신 앤디가 직접 운전대를 잡았다. 하지만 앤디는 그들의 행동이 너무 괘씸해서 노트북을 챙겼다. 그녀는 바오 부인이 무슨 짓을 할지 모르기 때문에 만일을 대비한 준비였다.

바오이판은 가는 내내 주먹은 꽉 쥐고 이도 앙다물고 있었다. 앤디는 바오이판의 이마에 툭 튀어나온 핏줄이 터질 것 같아서 걱정스러웠다. 입장을 바꾸어 생각해 봤을 때 만약 이 모든 것이 바오 부인이 꾸민 일이 아니라 정말 위독한 상황이라면 바오이판은 아버지에게 모든 수를 동원해서 복수를 할 것이고 그때 되면 누구도 말리지 못하는 상황에 이르게 되고 말겠였다. 바오이판은 아무것도 먹고 싶지 않아서 만들어 온 샌드위치는 모두 앤디 뱃속으로 직행했다.

그들은 날이 밝자마자 병원에 도착했다. 뜻밖에도 바오 부인은 아직 입원 중이었다. 부자가 상봉하는 일촉즉발의 상황이었다. 바오이판은 앤디에게 진지하게 말했다.

"근처 호텔에 가서 잠 좀 자, 여기는 내가 알아서 할게."

앤디는 대답을 하고 심각한 얼굴로 앉아 있는 바오이판의 아버지를 한번 쳐다보고 병원을 나왔다. 병원에 사람이 많은데 설마 자기 아들을 죽이진 않을 것이다. 뒤편에 있던 바오이판의 아버지가 앤디를 불렀다.

"앤디, 기다리거라. 이 일에 대해 얘기 좀 하자꾸나…."

아버지를 매섭게 쏘아보며 어깨를 스치고 지나가던 바오이판이 다시 돌아와 두 사람 사이를 가로막았다.

"앤디, 가서 쉬어요."

그리고 아버지께 성난 목소리로 물었다.

"무슨 일이신데요?"

바오이판의 아버지는 주변에 있는 사람들을 물리고 낮은 소리로 말했다.

"오늘 일에 대해 말을 맞춰야 하지 않겠니. 혹시라도 소문이 잘못 나기라도 하면 앤디의 이미지에 타격이 클 거야."

"지금 협박하시는 거예요? 앤디, 신경 쓸 거 없어. 당신은 가서 쉬는 게 좋겠어요."

바오이판은 그녀 앞에 섰을 때 오로지 그녀를 보호하겠다는 일념으로 잠깐이지만 어머니 만나는 걸 포기할까도 했다. 앤디 마음속에 이상한 감정이 솟구쳤다. 바오이판의 등을 보니 매우 기대고 싶어서 잠시 눈을 감았다. 하지만 장소가 장소이니만큼 그녀는 짧게 대답을 하고 자리를 떠났다.

"고마워요. 무슨 일이 생기라면 생기라지. 어차피 다 조작된 건데. 이제 상관 안 해요. 그러기에는 피곤하기도 하고요."

바오이판의 아버지가 담담하게 말했다.

"어쩔 수 없는 일이면 피하면 되지. 앤디, 어서 가서 쉬어. 정문으로 나가서 왼쪽으로 돌면 1km 못가서 호텔이 하나 있을 거다. 뒷일은 내가 아들이랑 같이 처리하마."

바오이판은 '뒷일'이라는 말을 듣고 얼굴이 일그러졌다. 그는 앤디를 데리고 서둘러 응급실로 향했다. 바오이판의 아버지는 서두르지 않고, 있던 자리에서 고개를 숙이고 있더니 같이 온 비서에게 몇 마디 건네고 혼자 호텔로 돌아갔다.

앤디는 호텔 로비에서 바오이판의 아버지를 보았지만 그는 앤디에게 손을 흔들고 그냥 방으로 올라가버렸다. 앤디는 속으로 호흡을 가다듬고 호텔 직원에서 될 수 있으면 그와 멀리 떨어진 객실로 달라고 부탁했다.

52

취샤오샤오는 저녁 식사를 마친 후 시간이 날 때마다 집으로 전화를 걸어보았다. 하지만 아무도 받지 않았다. 한밤중까지 계속된 고객 접대를 마치고 호텔로 돌아와서 잠들기 직전에 건 마지막 전화도 역시나 아무도 받지 않았다. 그녀는 스스로 찔리는 게 있어서인지 자오치펑에게 전화를 거는 건 엄두도 내지 못했다. 대신 자신과 비슷한 밤에 할 일 없는 친구에게 전화를 걸어 속에 쌓인 얘기들을 늘어놓았다. 친구는 두 사람의 집안 형편을 듣고는 솔직하게 말했다.

"원래 여자가 남자보다 돈이 많을 땐 남자가 기생오라비 정도면 됐지, 뭐. 혹시라도 악의적으로 처가에 빌붙어서 10년 정도 나 죽었네 하고 살 수 있는 남자라도 잘 어울리면 그만이지. 돈으로 해결할 수 있는 문제는 그렇게 큰 문제가 아니야. 제일 걱정되는 건 전문직이고 성품도 좋고 똑똑하기까지 한데 돈을 많이 못 버는 남자라는 거지. 그 남자는 안 될 것 같은데. 내가 더 설명해줄 필요가 있어? 너 혹시 뇌진탕이라도 걸린 거야?"

"어휴"

"한숨은 무슨, 말을 해 봐. 남자 친구가 의사라며. 혹시 네 밥에 최면제라도 섞은 거 아니야?"

"그럴지도, 아니면 말이 안 되잖아. 무슨 이러지도 저러지도 못하는 문제는 다 나한테 있다니까. 약을 처방 해주는 게 아니라 아주 사람을 잡아."

"어쩔 생각이야? 네 성격에 질질 끌리는 없고."

"더 이상 시간을 끌 것도 없어. 오늘 밤 집에 전화해봤는데, 우리 집으로 안 간 것 같아. 어쩌면 내가 돌아오는 날 와서 탁자에 편지만 올려놓고 갈지도 몰라."

"무슨 뜻이야? 아직 그럼 그 사람 휴대폰으로는 전화 안 해봤다는 거야? 야, 샤오샤오, 빨리 해봤어야지."

취샤오샤오는 대답은 못하고 소리만 질러댔다. 친구가 계속해서 혀를 쯧쯧 찼다.

"샤오샤오, 넌 끝났어. 출장 갔다가 집에 가면 전화해라. 내가 가서 네 시신은 거둬주마. 하는 꼴을 보니까 십중팔구 그 사람한테 차이겠어. 내 말 잘 들어, 제일 간단한 방법은 수면제를 먹고 가스를 켜 놔. 그럼 마지막 모습은 아름다울 테니까."

"내가 너부터 죽이고 간다! 근데 네 말이 맞아. 난 완벽하게 차일 거야. 더 이상 생각하지 말아야겠다. 너도 씻고 자."

취샤오샤오는 같이 있어준다는 친구의 배려를 거절했다. 지금 상황이 어떻든 출장 중이기 때문에 철없이 하고 싶은 대로 행동할 수는 없었다. 침대에 아무렇게나 몸을 뉘였지만 잠이 오지 않아서 영화를 봤다. 그런데 웨이보에 관쥐얼이 보낸 메시지 1통이 와 있는 것을 보았다. 앤디의 부탁으로 자오치펑의 동태를 살폈는데 몇 시였는지는 모르겠지만 저녁에 그가 차를 몰고 환락송을 빠져나갔다는 내용이었다.

취샤오샤오는 이리저리 생각하다 한 가지 결론에 도달했다. 분명히 자오치펑이 자기 물건을 정리해서 집을 나간 것이다. 그녀는 침대 위로 엎어져 이불을 꼭 움켜쥐고 눈물을 흘리기 시작했다. 그녀는 진짜 눈물을 흘릴 때는 결코 소리를 지르지 않았다.

밤새 한숨도 못 잤더니 눈이 통통 부어 있었다. 시계를 보니 아직 아침 6시였다. 기필코 용기를 내서 자오치펑에게 전화를 하고 싶었지만 여전히 그럴 용기가 없었다. 그녀는 또 생각에 잠기더니 한참을 침대 위에 널브러져 있었다. 눈동자를 이리저리 굴리다가 추잉잉에게 전화를 걸었다.

"추잉잉, 우리 집 전화 고장 났는지 확인 좀 해줄래? 2203호에 가서 자오치펑한테 얘기 좀 해 줘. 내가 급한 일로 찾는다고."

추잉잉도 어젯밤 잉친 때문에 한숨도 못 잤기 때문에 이른 아침에 일어나기가 쉽지 않았다. 그것도 취샤오샤오 때문에 말이다.

"왜 나한테 그러는데, 응? 자고 있던 거 몰라?"

"나도 모르겠어, 그냥 마음이 복잡한데 네가 생각났어. 우리 집 문 좀 두드려봐. 아무런 대답이 없으면 경찰에 신고해야겠다."

"앤디도 어젯밤에 자오치펑을 찾던데, 무슨 일이야?"

추잉잉은 하품을 하며 취샤오샤오 집으로 향했다. 추잉잉이 3번이나 문이 부서져라 두드렸는데 아무런 대답이 없었다. 그녀의 눈시울이 또다시 붉어졌다.

"어젯밤에 앤디 언니도 있었으니까 내가 가서 한번 물어볼게."

추잉잉은 취샤오샤오의 부탁을 들어주기로 한 이상 최선을 다해 제대로 도와주기로 했다. 취샤오샤오는 정신을 바짝 차리고 앤디에게 들을 소식을 차분히 기다렸다. 만약 덜렁이 추잉잉이 아니었다면 이른 아침에 임산부인 앤디를 깨울 엄두도 내지 못했을 것이다.

하지만 2201호에도 사람이 없었다. 추잉잉은 뭔가 이상했다.

'한밤 중에 나간건가?'

"설마 다 같이 나간건가?"

취샤오샤오는 내심 추잉잉이 그 정도로만 생각했으면 했다.

"고마워, 다시 가서 더 자. 나는⋯."

"신고할 거야? 무슨 일인데?"

"깜짝이야. 난 그냥 내가 집에 없으니까 자오치펑이 뭐 하는지 궁금해서 그런 거야. 됐어. 역시나 집에 없네."

"거짓말이지?"

"그래!"

취샤오샤오는 바로 전화를 끊어버렸다. 추잉잉이 얼마나 떠들어대든 상관없었다. 그녀는 다른 방법을 찾는 수밖에 없었다.

추잉잉은 단잠을 방해받아서 너무 약이 올랐다. 2202호로 돌아가서도 또 한 번 소리를 질렀다. 자기가 문을 두드리는 소리에 관쥐얼이 깼을 거라곤 생각도 못했다. 집안은 어두운데 관쥐얼의 잠옷만 하얘서 깜짝 놀랐던 것이다. 추잉잉이 지르는 소리에 잠이 깬 관쥐얼이 정신을 차리고 한 마디 내뱉었다.

"자오치펑이랑 바오이판이 같이 나갔어, 제발 쓸데없는 일에 참견하지 마."

"대체 무슨 일이야?"

"나도 몰라, 내가 아는 건 남의 일에 신경 써봤자 좋을 게 없다는 거야. 계속 신경 쓰면 취샤오샤오가 돌아와서 기분 나빠할 수도 있어."

"난 취샤오샤오 하나도 겁 안 나거든. 왜 이렇게 귀찮게 하는지 성가셔서 죽겠어. 아예 수신 거부를 해버려야겠어."

추잉잉은 말하면서 정말로 취샤오샤오를 수신 거부 해버렸다. 관쥐얼은 그런 추잉잉을 보면서도 말리지도 부추기지도 않았다. 자기

하품할 시간도 없는데 다른 사람까지 신경 쓸 수 없었다. 그리고 더 늦기 전에 얼른 씻으러 들어갔다. 씨에빈을 데리러 갈 준비를 해야 했다.

그러다 갑자기 화장실 문을 벌컥 열어 추잉잉에게 말했다.

"어젯밤에 잉친 전화번호 저장했지?"

"어…. 수신 거부 안 했어."

추잉잉은 얼굴이 붉어지긴 했지만 의외로 단호했다.

"어젯밤에 내가 생각해봤는데 절대 사심 같은 건 없어. 그리고 만약에 잉친 약혼녀가 날 불륜녀라고 모함하면 뭐, 나도 할 말은 있으니까. 따지고 보면 그 여자가 불륜녀잖아."

관쥐얼은 눈만 깜박거리고 있었다.

"그렇지만 네가 힘들어질 거야."

"힘들어 죽어도 산송장처럼 가만있지는 않을 거야. 요즘 마음이 좀 공허했었어. 네가 보기에 내가 평정심을 되찾은 것처럼 보였겠지만 사실 기쁘지 않았어. 쥐얼, 오늘 우리가 나눈 얘기는 절대 아무에게도 해서는 안 돼. 모두들 날 바보로 생각할 거야. 근데 나 딱 반 년 동안만 바보로 있어볼게. 딱 반 년 만 그냥 지켜봐줘. 나 아직 젊으니까, 한 번 해볼게."

"알았어. 그렇다면 어쩔 수 없지."

그 순간 누군가 문을 두드렸다. 무지막지하게 두드리는 걸 보니 교양 있는 사람은 아닌 것 같았다. 추잉잉은 현관문에 난 작은 구멍으로 밖을 내다보았다. 밖에는 처음 보는 중년 부인이 서 있었다.

"누구세요? 전 모르는 분 같은데요."

"저 판성메이 새언니예요. 남편이랑 같이 동생 만나러 왔어요."

추잉잉은 뭔가 대답을 해줘야 했지만 손으로 입을 꼭 막고 관쥐얼을 처다봤다. 관쥐얼은 뭔가 생각이 있는 것처럼 추잉잉 대신 대답했다.

"지금 찾는 사람이 30대 여자 분인가요?"

"네, 서른 정도 된 여자 맞아요. 31세고 예쁘게 생겼어요. 인사팀에서 일하고 있고요."

"아, 집주인한테 그런 사람이 살았었다고 얘기 들은 것 같아요. 춘절쯤 이사 갔어요. 지금은 저랑 제 친구가 살고 있고요. 다른 데 가서 찾아보시는 게 좋을 것 같아요. 지금 집 안에 여자만 둘이라 문을 열어드릴 수가 없네요. 죄송해요."

"네? 이사를 가요? 어디로 이사했는지 아세요?"

"모르죠. 집 주인은 알 수도 있겠네요. 연락처 남기고 가시면 오후에 집주인한테 물어봐 드릴게요."

"어머니가 여기 살고 있다고 하더니만, 어째 하는 일이 다 이 모양이래. 아휴, 알겠어요. 불러 드릴게요."

관쥐얼이 휴대폰 번호를 받아 적고 있는데 갑자기 옆집 현관문 두드리는 소리가 차례로 들렸다. 오늘 두 집 다 사람이 없어서 다행이었다. 잠시 후 판성메이 새언니는 씩씩거리며 엘리베이터에 올라탔다. 그들이 떠난 것을 확인 하고 난 후에야 관쥐얼이 추잉잉에게 말을 걸었다.

"판성메이 언니가 고향 집 팔아서 아버지 치료비로 썼는데, 지금 그거 따지러 온 것 같아. 빨리 언니한테 전화해서 며칠 동안 집에 들어오지 말라고 해. 필요한 물건은 우리가 가져다준다고."

추잉잉은 자기의 감정은 잠시 뒤로하고 급히 판성메이에게 전화를 걸었다. 주말 아침이라 사람들이 모두 자고 있을 거라는 것도 잊은 채 말이다.

판성메이는 휴대전화 벨 소리를 듣고 자신의 것인지 알았지만 그

냥 왕바이촨의 품 안으로 파고들며 잘못 걸린 전화이길 바랐다. 하지
만 포기를 모르는 추잉잉은 그녀가 전화를 받을 때까지 포기하지 않
았다. 결국 왕바이촨이 짜증 가득한 얼굴로 휴대전화를 확인했다.

"또 추잉잉이네, 꼭 아침 일찍부터 널 찾더라."

판성메이는 추잉잉이라는 말에 어쩔 수 없이 전화를 받았다. 그녀
가 불평할 새도 없이 추잉잉이 방금 있었던 일을 전했다. 판성메이는
순간 멍해졌다.

'오빠랑 새언니, 징역 6개월 받은 거 아니었나? 어떻게 나온 거지?'

다행히 관쥐얼의 기지로 위기를 모면할 수 있었다. 판성메이는 추
잉잉에게 고맙다는 인사를 전하고 통화를 마무리했다. 왕바이촨이
잔뜩 인상을 쓰며 다가왔다.

"무슨 일이야? 당신 집안일이야?"

그녀가 고개를 끄덕였다. 한참 후에야 정신을 가다듬은 그녀가 울
먹이며 말했다.

"우리 오빠랑 새언니가 2202호에 찾아왔었대."

"너무 걱정 하지 마. 그냥 여기서 며칠 지내. 그럼 당신 못 찾을 거
아니야. 그리고 수중에 돈이 없잖아. 여기까지도 일반 기차 타고 왔
을 텐데, 얼마나 더 있을 수 있는지 보자고. 그래도 안 될 것 같으면
당신 회사에서 주차증 하나 발급받자. 내가 매일 출퇴근 시켜줄게.
지하주차장으로 다니면 절대 못 찾을 거야."

"하…. 이렇게 내 평화로운 시간이 끝나버렸구나. 우리 엄마는 또
나한테 손을 벌릴 거고 오빠도 절대 날 놔주지 않을 거야. 내가 집을
팔아버렸으니."

"어머니는 어떻게 미리 말씀도 안 해주시나."

"그러게, 내가 방심한 틈을 타서 어떻게 해보려고 했나보지, 내가

228

거기 없었고 또 쥐얼이 지혜롭게 잘 처리해줘서 다행이지, 안 그랬으면 난 죽었을 거야."

판성메이는 정말 머리가 아파서 죽을 것 같았다. 겨우 며칠 안 되지만 그녀 마음대로 지냈던 날들은 이제 막을 내렸다. 빚쟁이들이 다시 나타났으니 말이다.

"그냥 모른 척하고 집에만 거는 용도로 휴대폰부터 다시 사자. 그러면 발신번호 표시만 봐도 알 수 있잖아, 누가 걸었는지."

"그래야겠다. 아, 맞다. 저번에 우리 오빠랑 싸웠던 사람한테도 가서 말해줘야겠다. 가서 돈 받으라고."

"내 생각에는 그건 안 하는 게 좋겠어. 괜한 일 했다가 그 사람들이 오빠만 찾는 게 아니라 사람 써서 무슨 일이라도 생기면 어떻게. 그냥 모른 척해. 네 어머니가 또 네가 부추긴 거라고 하시면 너한테 달라붙으려고 할 거야."

"매달 보내주는 돈이 부족하면 아빠 약값에서 빼서 쓸 수도 있어."

침대에 누워서 비몽사몽으로 판성메이의 집안일에 관여하고 있는 미래의 가장, 왕바이촨은 말을 많이 하지 않았다.

"만약에 돈을 더 부쳐주면 당신 오빠나 새언니 같은 사람들은 얼마나 돼야 충분하다고 생각하는 거야?"

"끝이 없지, 뭐."

판성메이는 돈을 더 보내준다고 해도 어차피 똑같은 상황이 벌어질 거란 것을 알고 있었다. 그녀는 눈을 내리깔고 앞으로 일어날 일들을 생각해보니 벌써부터 눈물이 글썽거렸다. 이번 주말은 그야말로 완전 망했다. 판성메이는 불안하고 걱정이 됐지만 왕바이촨은 아무렇지 않아 보였다.

앤디는 새벽에 돼서야 겨우 잠이 들었는데 밖에서 나는 시끄러운 소리에 잠에서 깼다. 정확하게 말하자면 침실 안으로 파고드는 격렬하게 싸우는 소리 때문이었다. 가만히 들어보니 영락없이 바오이판과 그의 아버지의 목소리였다. 앤디는 억지로 몸을 일으켜서 세수를 하고 밖으로 나가봤다. 그래도 3시간이나 잤다니, 다행이었다.

두 눈이 발갛게 부어오른 바오이판이 앤디에게 말했다.

"미안해요, 시끄러웠죠. 어머니가 돌아가셨어요."

앤디는 깜짝 놀라서 졸린 눈으로 바오이판의 아버지를 바라봤다. 부자끼리 싸우고 있던 일이 바로 이거라고?

"일이 이렇게 된 거 너무 상심하지 말거라."

그리고 얼마 있다가 한 마디 덧붙였다.

"앞으로 너도 이제 엄마가 없는 거다."

바오이판은 분노 가득한 눈으로 아버지를 바라봤다.

"아버지도 같아요, 전 이제 아버지도 없는걸요."

바오이판의 아버지는 아무 말도 하지 않았다. 앤디가 있어서 그는 조금 더 자유롭게 행동할 수 있었다. 화가 난 아들의 주먹이 날아올까에 대한 경계는 할 필요가 없었다. 그는 소파에 앉아서 얼음을 가져다 달라고 했다. 앤디는 우선 바오이판을 앉혔다. 머릿속은 여전히 정신이 없어서 아무것도 생각나지 않았다. 그리고 바오 부인의 죽음에 대해 아무런 슬픔도 느껴지지 않았다.

"앞으로 어쩔 생각이에요?"

그녀는 냉장고에서 물을 꺼내 마셨다. 그리고 지금 이 자리에서 물이 가장 필요할 것 같은 바오이판에게 건네주었다. 그의 아버지는 안중에도 없었다.

"차를 1대 불러서 바로 집으로 돌아가려고요. 그리 멀지 않으니까요. 당신은 여기서 좀 쉬다가 와요. 내가 기사는 남겨두고 갈게요. 좀 이따가 하이시로 돌아갈 때 우리 집으로 와도 되고, 당신 편한 대로 해요."

"응, 가면서 좀 쉬어요."

노크 소리에 앤디가 나가보니 호텔 직원이 얼음을 가지고 왔다. 앤디가 바오이판의 아버지에게 가져다주었다. 그는 여전히 아무렇지 않은 듯 앤디에게 고마움을 전했다. 누가 봐도 몇 십 년 동안 같이 살던 사람을 떠나보낸 사람의 얼굴이 아니었다. 그가 얼음을 수건에 싸더니 머리위에 얹어 두더니 금세 졸음이 가득한 모습이 싹 사라졌다.

앤디는 너무 가슴이 아파서 다시 바오이판 곁으로 돌아갔다.

"뭐 좀 먹을래요? 룸서비스 불러줄게요."

"못 먹겠어요. 그냥 좀 기대 있을게요."

바오이판은 앤디의 어깨에 기댔다. 조금 지나자 자신의 어깨가 따뜻해지는 걸 느꼈다. 앤디는 바오이판의 떨리는 어깨를 가볍게 쓰다듬어 주었다. 그리고 그가 울 수 있도록 내버려뒀다.

바오이판의 아버지가 일어나서 헛기침을 했다.

"이미 간 사람은 어쩔 수 없고, 남은 가족들끼리 잠깐 얘기 좀 하자꾸나. 내가 녹음하마."

앤디가 손을 내저으며 그의 제안을 거절했다. 지금 이 분위기에 무슨 회의를 한다는 건지, 말 한마디에 부자간의 말다툼은커녕 주먹이 오갈까 봐 심히 걱정스러웠다. 하지만 바오이판의 아버지는 이미 자기만의 계획을 가지고 있었는지 주장을 굽히지 않았다.

"내가 지난번 암에 걸렸을 때 깨달은 게 많단다. 몸이 내 맘대로 되지 않아 몇 년 간 지옥 같은 시간을 보냈지. 오늘에서야 난 해방된 것같다…."

바오이판은 번쩍 고개를 들더니 분노에 찬 몸을 일으켰다. 앤디가 그를 막아섰다. 아마 앤디가 임산부가 아니었다면 바오이판은 이미 그녀를 뿌리치고 달려들었을 것이다. 그는 날카롭게 노려보았다.

"내가 당신 가만두지 않을 거야! 가만두지 않는다고! 어머니 일 정리되면 당신이랑 끝장을 낼 거야."

바오이판의 고함소리에도 아랑곳하지 않고 바오이판의 아버지는 자기 말만 늘어놨다.

"우리는 아무런 문제가 없지 않니. 너는 의리와 정을 중요시 여기는 내 인생의 최대 걸작이란다. 이제는 나도 좀 쉬어야겠구나. 언제 또 암이 재발할지도 모르는 거고. 모든 재산은 네 명의로 돌릴 테니 앞으로는 네가 맡도록 해라. 난 1억 위안과 집 2채만 남겨두마. 나도 여생을 좀 즐겨야 할 거 아니니."

앤디와 바오이판은 기가 막혔다. 앤디는 바오이판 아버지 손에 들려 있는 최신식 보이스 펜을 보고 잠자코 보고 있었지만 바오이판은 아버지의 말이 끝나자마자 고래고래 소리를 질렀다.

"도망칠 생각은 하지 말아요. 내가 가만두지 않을 테니까."

"네 마음대로 해라. 나도 다 뒷일 정도는 생각하고 움직이는 거니까. 구체적인 인계는 장례를 치르고 나서 다시 얘기하자꾸나. 오늘은 돌아가서 은행 계좌를 동결시켜 놓을 거다. 내 얘기는 여기까지야. 앤디, 젊은 너한테 부탁 좀 하자꾸나. 여기 안에 들어 있는 녹음 파일을 우리 세 사람에게 보내줬으면 좋겠구나. 너도 하나 가지고 있고 말이다. 녹음 파일이 법적 구속력이 없다는 건 알고 있지만 내 자신의 양심적 구속력이라고 해두자."

"양심이 있긴 하세요?"

"내 평판은 항상 좋았단다. 네 엄마가 날 인정하지 않았을 때는 제

외하곤 말이다."

"어머니가 어떻게 했는데요? 아버지가 암에 걸렸을 때 엄마가…."

바오이판의 아버지는 조용히 물을 마시며 자기 아들이 하는 얘기를 듣는 둥 마는 둥하고 아무런 반박도 하지 않았다. 앤디가 녹음 파일 작업을 마치자 보이스펜을 받고나서 그 자리를 떠났다. 앤디는 이 사람을 어떻게 평가해야 할지 갈피를 잡을 수 없었다. 누구보다 앤디도 바오 부인의 손아귀에서 여러 차례 간섭을 받았기 때문에 마음이 조금 복잡하긴 했다.

뒤에서 바오이판이 앤디를 부르자, 앤디가 고개를 돌렸다. 바오이판의 아버지가 떠나자 바오이판은 긴장이 풀렸는지 소파에 털썩 주저앉았다. 그의 얼굴에 핏기는 사라지고 눈도 빨갛게 충혈 되어 있었다.

"앤디, 절대 속지 마요. 이미 수습하기 어렵다는 걸 알고 상대방이 눈치채지 못할 때 빠져나가려고 하는 거예요. 지난번 두 분이 이혼할 때도 우리 어머니 친정 식구들이 다 같이 트랙터를 몰고 와서 회사의 모든 입구를 다 막아버리고 각자 호미나 낫 같은 연장을 들고 서 있으니까 끝까지 밀고 나가지 못하시더라고요. 오늘 우리 어머니 형제분이 한마디만 하면 아버지는 절대 아무것도 숨길 수 없을 거예요. 그러고도 편안한 노후 생활이 가능한지 한번 보라죠."

앤디는 너무 놀라서 그 자리에서 꼼짝도 할 수 없었다.

"당신네 집안은…."

"그래요, 우리 집안! 이거에 비하면 당신 집안의 일은 정말 아무것도 아니라니까요. 어서 가서 눈 좀 붙여요. 난 갈게요. 나중에 장례식장에 안 와도 괜찮아요. 그런 친척들이랑은 안 마주치는 게 나을 수도 있어요. 이런 말이 있잖아요, '부자는 깊은 산 속에 살아도 먼 친척이 찾아온다.' 근데 우리 집은 깊은 산 속도 아니어서 어머니가 아

233

버지가 자기편으로 끌어들인 친척들을 대응하느라 힘드셨죠. 당신은 견디기 힘들지도 몰라요. 아, 그리고 아버지가 또 당신을 찾으면 그냥 무시해버려요."

앤디는 바오이판을 멍하니 바라보고만 있었다. 그가 다가와 앤디를 꼭 안았다.

"많은 걸 알 필요는 없어요. 많이 알면 그 사람들이 하는 짓이 우스워지거든요. 나도 최대한 많이 개입하지 않으려고 해요. 내 부모님인 걸 어쩌겠어요."

놀라움의 연속이었다. 앤디는 여전히 뭐라 할 말이 없었다. 가만히 생각해보니, 어젯밤 바오이판의 아버지가 어머니에게 위협을 가한 것은 이혼할 수 없는 부부가 제3자를 끌어들여 같은 편끼리 싸운 꼴이었다. 앤디가 손을 쓰려던 것에 바오이판의 아버지가 숟가락을 얹은 셈이었다. 금융에 대한 이해가 없었던 바오 부인은 남편의 기습 공격에 꼼짝없이 당하고 만 것이다. 아마 바오이판의 아버지도 이 일로 사람 목숨이 어떻게 될 거라곤 생각하지 못했겠지만 어쨌든 어쩔 수 없이 자기가 자리에서 물러나는 것으로 이 일을 마무리 지으려고 했다. 이게 무슨 가족이고 식구인지, 분열 증세가 있는 앤디의 동생이 가족이라는 말에 더 어울려보였다.

넋이 나간 바오이판이 앤디의 얼굴을 쓰다듬자 멍해 있던 앤디가 정신을 차렸다.

"무슨 생각하고 있어요?"

"어젯밤 정말 큰일 날 뻔했구나, 하마터면 이용당하거나 내 손에 피를 묻혔을 수도 있었겠다라는 생각이요. 당신이 옆에 있어줘서 다행이었어요."

바오이판은 침묵했다. 그는 가족들 틈에 껴서 너무 무력했다. 모두

234

가 그를 사랑한 건 맞지만 아무도 그를 위해 이 싸움을 멈추지 않았다. 그 또한 막을 힘이 없었다.

"앤디, 지금 머리가 아파서 그런데 아무것도 묻지 말아줘요. 그리고 절대 두려워하지 말아요. 일이 이렇게까지 됐으니 거의 끝났다고 보면 돼요. 주사위는 던져졌어요. 집에 가서 쓸데없는 생각하지 말아요. 집안일이 다 정리되면 나중에 다 설명해줄게요."

"당신도 내 걱정하지 말고 당신 할 일 해요. 틈틈이 쉬는 것도 잊지 말고요. 끝까지 버텨 봐요."

그런데 바오이판은 자신은 없었다. 이렇게 쉽게 보낼 수 있을까? 하지만 이미 녹초가 돼 버린 바오이판은 생각할 힘도 없었기에 앤디와 인사를 나누고 호텔을 떠났다.

앤디는 다시 침대로 돌아가 휴식을 취했다. 하지만 지난 12시간의 일이 머릿속에서 사라지지 않았다. 생각만 해도 소름이 끼쳤다. 바오이판이 없었다면 그의 아버지에게 꼼짝없이 속아 넘어갈 뻔했다. 바오이판이 부모님의 성향을 잘 간파하고 있었기에 냉철한 판단으로 아버지를 떼어낼 수 있었다. 그리고 그녀가 아무것도 하지 않았고 애초에 바오 부인을 해칠 생각이 없었다는 걸 잘 알고 있었다. 만약 작은 착오라도 있었다면 다음날 출근할 때 바오이판의 친척들에게 둘러싸여 어떤 해코지를 당할지 모르는 일이었다. 앤디는 생각만 해도 너무 두려워서 식은땀까지 났다.

관쥐얼이 아침 거리를 찾고 있는데, 마침 씨에빈에게 전화가 왔다. 자기가 아침을 준비할 테니 따로 살 필요가 없다고 했다. 관쥐얼은 자기와 비슷한 나이의 씨에빈이 아침을 만든다고 하니 조금 놀랐다. 아무리 생각해 봐도 그에게서 여성스러움이라곤 찾아볼 수 없었다.

씨에빈이 사는 곳은 환락송에서 차로 10분 정도 되는 거리였다. 관쮜얼이 씨에빈이 사는 기숙사에 도착했을 때 그는 이미 나와서 기다리고 있었다. 그런데 저 사람이 다쳤었나 싶을 정도로 지팡이도 온 데간데없고 멀쩡해 보였다. 그녀는 서툰 솜씨로 먼저 유턴을 한 후 씨에빈이 타기 편하도록 그와 가깝게 차를 댔다. 사실 그가 차를 보자마자 너무 반갑고 기쁜 나머지 온 몸으로 인사를 했지만 관쮜얼은 잔뜩 긴장한 탓에 앞만 보고 운전하느라 아무것도 듣지도 보지도 못했다. 차가 멈추자 그가 날쌔게 차에 올라탔다. 역시 어제보다 많이 회복한 것 같았다.

"잘 잤어요? 저는 어제 너무 꿀잠을 자서 그런지 아침에 일어났더니 몸이 너무 가벼운 거 있죠. 다 나은 것 같아요. 아, 그리고 꿈을 꿨는데, 누가 나왔는지 알아요?

"전 아니겠죠."

관쮜얼은 씨에빈이 만든 아침을 건네받았다. 아주 깔끔한 밀폐용기에 담겨 있어서 안심하고 먹어도 될 것 같았다. 근데 양이 엄청나 보였다.

"하하, 그쪽이 나왔어요. 꿈속에서 병원을 갔는데 붕대를 감으려고 보니까 의사가 그쪽이더라고요. 근데 상처를 보여주기 부끄러워서 그냥 도망쳤어요. 근데 깨고 나서 좀 후회했어요. 하하. 제가 만든 지단빙(중국의 길거리 음식)이 어떤지 맛 좀 보세요. 길거리 상점에서 만드는 방법대로 한 거라 분명히 맛있을 거예요. 저도 아침을 안 먹었는데, 같이 먹어요."

관쮜얼이 뚜껑을 열자 지단빙 냄새가 코를 찔렀다. 너무 먹음직스러워 보였다. 씨에빈이 소질이 있는 것 같았다. 두 사람은 사이좋게 나눠 먹었다. 관쮜얼이 한 입 베어 물고 채 씹기도 전에 씨에빈이 초조해하며 물었다.

"괜찮아요? 처음 만들어 본 건데."

그녀는 얼른 씹어 넘기고는 잘 모르겠다는 듯 대답했다.

"진짜 딱 그 맛이에요. 길에서 사먹던 그 지단빙 맛이 나요. 파도 있고 달걀이랑 자차이(중국식 김치, 짜사이)도 있고요. 소스도 들어 있네요."

"하하,"

씨에빈이 기분 좋게 웃었다.

"예상이 딱 적중했어요. 고기도 먹어본 사람이 먹는다고 하더니, 제가 재주가 있나 봐요. 앗, 이게 뭐지?"

그가 크게 한 입 베어 물자 알 수 없는 허연 액체가 새어나왔다.

"안 익었어요?"

"이게 첫 번째로 만든 건데. 헤헤, 혹시라도 탈까 봐 덜 구웠더니. 그리고 손에 익숙하지가 않아서 반죽이 두꺼워서 안에가 안 익었나 봐요."

"안 익은 건 먹지 말아요. 배탈 날 수도 있잖아요."

"그래야죠. 두꺼운 부분은 떼어내야겠어요. 여기 주변은 괜찮아요. 먹을 때 조심해서 드세요."

씨에빈이 웃으면서 말했다.

"만약에 제 동료가 봤으면 아마 바링허우(80년대 이후에 태어난 젊은 세대)가 어쩌고저쩌고 했을거예요. 비위생적인 음식을 거절하면 우리세대가 너무 호강하고 자라서 그렇다고 꼴불견이라고 생각해요. 그리고 항상 바링허우를 85년 이후와 이전으로 나눠야 된다며 우스갯소리도 하고요. 85년 이후가 더 심하다나 어쨌다나. 암튼 저 기숙사에서 저 혼자 아주 나쁜 놈이 된다니까요."

"제 동료들은 그래도 괜찮은 편이긴 한데 더 심각하게 환경을 몰아가긴 하죠."

"상상이 가네요. 사실 겉만 보고는 모르잖아요. 사건 현장에 나가서 잠복근무를 할 때 이틀 밤을 내내 샐 수 있는 사람은 저밖에 없어요. 새벽 3시쯤 가장 졸릴 시간일 때 용의자가 나타나면 저 혼자 쫓아갈 수밖에 없죠. 물론 상황에 따라 필요하면 쉰밥도 먹고 더러운 물도 마시기도 해요. 물론 억지로 하는 게 티가 나긴 하지만요."

"맞아요. 겉과 속이 다른 사람도 있어요. 다른 사람 앞에서는 함부로 이래라저래라 하면서 집에 있는 자기 자녀들에게는 절대 그렇지 않죠. 응석받이도 응석받이지만 가장 좋은 것만 주려고 할 거예요. 제건 그래도 잘 익었나 봐요. 진짜 맛있어요."

"하하하, 하나 더 먹을래요? 전 그쪽이 먹는 걸 별로 안 좋아할 줄 알았어요."

"진짜 배불러요. 나오기 전에 케이크랑 우유도 먹고 나왔거든요."

"그럼 사양하지 않고 제가 먹겠습니다."

관쥐얼은 집중해서 운전을 하고 씨에빈은 정말 사양하지 않고 집중해서 지단빙을 깨끗이 먹어 치웠다. 관쥐얼은 남자가 잘 먹어도 이렇게 많이 먹을 줄은 생각도 못했다. 게다가 이렇게 많이 먹었는데도 트림 한 번 하지 않다니 관쥐얼은 정말 웃고 싶었다. 하지만 혹여나 그에게 실없는 사람으로 보일까 꾹 참았다.

관쥐얼은 두 사람이 열람실에 들어가서 그가 무의식적으로 날카롭게 주변을 슥 한 번 살피는 모습을 보고 흠칫 놀랐다. 프로다운 느낌이 물씬 풍겼다. 이 사람이 여성스럽다고 생각했다니…. 여기까지 걸어오면서 여전히 절뚝거리긴 했어도 남자다움은 결코 사라지지 않았다.

두 사람은 각자 책을 가져와서 자리를 잡고 앉았다. 관쥐얼은 자꾸만 그의 시선이 느껴지자 혹시라도 그의 예리한 눈빛에 앞머리로 잘 가려둔 여드름을 들킬까 걱정스러워 바늘방석에 앉아 있는 것 같았다. 그녀는 결국 불안함을 견디지 못하고 자리에서 일어나 그의 옆으로 가서 앉았다. 그가 왜 자리를 옮기는지 물어볼 것 같아서 열심히 머리를 굴리면서 대답을 찾고 있었는데 갑자기 그가 조용히 몸을 일으켜서 젊은 남자 쪽으로 향하더니 그를 바닥에 눕혔다.

"바지에서 휴대폰 빼!"

씨에빈이 소리쳤다. 그러자 그 남자가 순순히 휴대폰 하나를 꺼내 땅에 던졌다. 씨에빈은 그 광경을 흥미롭게 지켜보고 있던 학생에게 말했다.

"너 휴대폰 번호가 몇 번이야? 이 사람이 네 주머니에서 휴대폰을 꺼내간 것 같은데."

관쥐얼이 급히 달려가 씨에빈 대신 학생이 불러준 번호로 전화를 걸었다. 역시나 바닥에 있는 휴대폰이 울렸다. 씨에빈은 아까부터 몰래 휴대폰 도둑을 지켜보고 있었던 거였다. 조용하던 열람실이 순식간에 소란스러워졌다. 많은 사람들이 몰려와 휴대폰을 꺼내 사진을 찍었다. 도서관 관계자도 달려와 감사의 뜻을 전했다.

"안 그래도 요즘 휴대폰 도난 사고가 많이 일어나서 걱정하고 있었는데, 정말 감사합니다."

관쥐얼은 씨에빈의 다리에 피가 났을까봐 무척이나 걱정스러웠다. 다친 지 얼마 되지도 않은데다 심지어 여러 바늘을 꿰매지 않았던가. 씨에빈은 아무 일 없다는 듯 그녀에게 윙크를 보냈지만 그녀는 그 의미를 도통 알 수 없었다. 어쨌든 그녀는 지금은 아무것도 묻지 않기로 했다.

경찰이 도착해서 보니 같은 소속이라 생각보다 일이 빨리 처리 되었다. 씨에빈은 다리의 상처가 벌어져서 병원에 먼저 들렀다가 파출소로 간다고 했다. 관쥐얼이 보니 역시나 청바지 위로 피가 배어나와 있었다. 얼마나 아팠을까 생각하니 관쥐얼은 자기도 모르게 숨을 한번 들이켰다. 그녀는 자리로 돌아가 두 사람이 보던 책과 노트북을 정리하고 대출카드도 챙겼다. 그리고 씨에빈을 따라 밖으로 나왔다.

주변 사람들이 조금 줄어들자 씨에빈이 관쥐얼에게 미안해했다.

"못 봤으면 모를까, 봤는데 가만히 있을 수가 없겠더라고요. 정말 미안해요. 주말에 조용히 책이나 보자고 해놓고, 다 틀어졌네요. 미안해요. 그래도 아까 아무 말도 안 해줘서 다행이에요. 그 놈 딱 봐도 상습 절도범인 것 같았는데 제가 다리를 다친 걸 알았다면 아마 제 다리만 공격했을 거예요."

"전 괜찮아요. 그나저나 상처가 덧날까 봐 걱정이네요. 근데 저 사람이 상습절도범인건 어떻게 알았어요? 겉으로는 진짜 멀끔하게 생겼던데. 제가 부축이라도 해드릴까요?"

"정말 영광이지만 한 발로 걸으면 돼요. 천천히만 가면 괜찮아요."

두 사람은 하루 종일 병원, 파출소, 식당을 바쁘게 뛰어다녔다. 갈 때마다 기다림에 줄을 서야 했다. 심지어 차에 타 있을 때도 밀리는 도로에서 기다림은 계속되었다. 모든 일을 마치는 동안 두 사람은 많은 대화를 나누며 서로의 이십여 년 간의 역사를 모두 알게 되었다. 두 집안은 전형적인 중산층 가정으로 많은 부분이 닮아 있었다.

결국 1주일이 지나서야 씨에빈은 관쥐얼에게 헤비메탈을 들려주겠다는 약속을 지키게 되었다. 음악은 모두를 미치게 했다. 심지어 숙녀까지도.

취샤오샤오는 식당에서 밥을 먹으면서도 온 몸에 기운이 없었다. 예쁜 치마를 입고 있고 많은 사람들의 시선을 받아도 여전히 기운이 나지 않았다. 그녀는 자기 자신에게 화가 났다.

'어제 한숨도 못 잤으니 기운이 없는 게 당연하지. 내가 왕년에는 감히 아무나 들러붙지도 않았었는데. 이젠 한낱 자오치펑한테 끌려 다니다니…. 그나마 밥 먹으면서 위로라도 받아볼까 했더니 상태가 더 악화되는구나.'

식당에 나오는 순간 자오치펑에게서 전화가 왔다. 취샤오샤오는 울고 싶었다. 아니 욕이라도 해주고 싶었지만 차마 그럴 수 없었다. 할 말이 아주 많았지만 "여보세요."로 수만 마디를 잠재웠다. 자오치 펑이 아무 일 없었다는 듯 말했다.

"해가 서쪽에서 떴나, 웬일로 이렇게 일찍 일어났어?"

취샤오샤오가 폭발하고 말았다.

"멍청아. 아무 일 없는 척하지 마. 어젯밤부터 집 전화로 계속 전화 했었어. 한숨도 못 잤다고. 어디 갔었어? 불만 있으면 말해 봐. 내가 못 알아들을 건 걱정하지 말고. 나도 내가 사고 친 거 알아. 당신도 불쾌하고 나 같은 건 상대도 하기 싫겠지. 그래도 끝낸 건 당신이야. 난 어젯밤 내내 기다렸다고."

자오치펑은 잠시 침묵했다. 그때 취샤오샤오 뒤에 있던 남자 2명 이 미녀의 박력 있는 모습에 반했는지 그녀를 지나가며 몇 번이나 뒤를 돌아보았다. 그녀는 전화기를 손으로 막고 소리를 질렀다.

"뭘 봐. 저리 안 가!"

그리고 다시 휴대폰을 귀로 가져갔더니 자오치펑이 뭔가 열심히 말하고 있다가 갑자기 주춤했다.

"아, 잠깐 일이 있어서 앞부분을 못 들었어. 다시 말해줄 수 있어?"

"사랑해…."

"하지만…."

"하지만이 뭐야, 예전 그대로 사랑해. 한 가지 부탁이 있어. 앞으론
내 소득 상태를 좀 고려해줘. 당신이 준 선물 정말 마음에 들어, 어젯
밤에 내내 음악 들었다니까. 그런데 이건 내 능력 밖이야. 너무 과분
한 선물을 받으면 뭐랄까… 조금 불안해. 앞으로는 우리 소득 차이와
이로 인해 발생되는 문제를 잘 받아들여 볼게. 내 부족함으로 당신의
즐거움을 막는 건 이기적인 것 같기도 해. 하지만 당신도 날 위해 가
끔은 자제해 줘. 예를 들어, 어제 같은 선물 말이지. 한 마디로 정의
내리긴 어렵지만 내가 좀 모순이긴 하지. 2203호에 살면서 이미 당
신 덕을 많이 보고 있잖아. 그리고 앞으로도 계속 그럴 수도 있고. 내
가 지금 무슨 말을 하는 건지."

방금 그의 말을 반 정도 들었을 때까지만 해도 그녀의 눈에 눈물
이 그렁그렁하여 눈가를 타고 흘러내렸는데 마지막 부분이 조금 이
상하게 들렸다. 그녀는 눈물을 닦아내고 발끈했다.

"그래서 어떻게 하고 싶은데? 난 당신이 어떻게 하려는 건지 모르
겠어. 당신 마음대로 해. 어제 일만 용서 해준다면 당신이 뭐라고 하
든 그렇게 할게."

자오지펑은 아무 말도 하지 못했다.

그녀는 다시 눈물이 났다. 엘리베이터에서 나와 호텔방으로 달려
가 침대를 두드리며 소리를 질렀다.

"아무 말도 하지 마. 당신의 뜻이 뭔지 알겠으니까. 우린 이제 끝
이야. 사랑해. 진짜 죽도록 사랑하지만 우리는 함께 할 수 없어. 나도
우리 집이 망하는 걸 원치 않고 당신도 자존심을 버릴 수 없잖아. 사
실 난 당신의 그런 자존심이랑 재능이 좋았는데. 그래도 우린 함께

할 수 없는 것 같아! 만약 우리가 계속 만나면, 난 흥미를 잃을 거고 당신도 잘생겨 보이지 않을 거야. 우리 헤어지자. 오늘 끝을 내자. 당신은 나에게 참 좋은 사람이었어."

"취샤오샤오, 사실 네가 나보다 훨씬 좋은 사람이야. 안녕. 차 수리비는 내가 꼭 매달 계좌로 보내줄게."

취샤오샤오는 비록 말을 그렇게 했지만 속으로는 자오치펑이 부정하고 잡아주길 간절히 바랐다. 하지만 '안녕'이라니, 그리고 '나보다 당신이 더 좋은 사람'이라니, 이제 와서 이게 무슨 소용이 있다는 말인가? 게다가 '안녕'이라니. 더 이상 무슨 말이 필요한 걸까?

그녀는 휴대폰을 꺼버리고 침대에 쓰러져 펑펑 울었다. 그녀의 인생이 갑자기 캄캄해졌다.

한참을 울다가 머릿속으로 '이건 아니야'라는 생각이 들었다. 그녀는 출장 중이지 않았던가. 고객과 점심도 같이 먹어야 했고 다른 고객들도 만나야 했다. 하지만 이런 상태로는 도저히 평소처럼 프로다운 면모를 뽐낼 수 없을 것 같았다. 여기서 물러서야 하나? 취샤오샤오는 멍하니 앉아 있었다. 전화를 걸까? 말까? 한참을 고민하던 그녀에게 고객의 전화가 걸려왔다. 그녀는 조건반사적으로 몸을 일으켜 화장을 하고 옷을 갈아입었다. 그리고 하루 일과를 시작했다. 비록 멀쩡한 정신이 아니어서 말이 머리를 거치지 않고 나왔지만 그런대로 잘 진행해 나갔다. 저녁식사 후 바로 호텔로 돌아와 문을 걸어 잠그고 또다시 울기 시작했다. 하루 종일 우느라 눈물이 말라 금방이라도 미라가 될 것 같았다.

울면 울수록 무력함을 느낀 그녀는 퉁퉁 부은 눈으로 앤디에게 전화를 걸었다. 앤디에게 하소연이라도 하고 싶었다. 그리고 앤디가 지금 가까운 곳에 있다는 사실을 알고 급히 체크아웃을 하고 앤디가 있는 곳으로 향했다. 앤디가 묵고 있는 호텔에 도착하니 앤디가 로비에 나와 있었다. 낮 동안 호텔에 있다가 이제 하이시로 출발할 거라고 했다. 두 사람은 서로 놀랐다. 고작 하루 안 봤을 뿐인데 둘 다 폭삭 늙어 있었다.

"자오치펑은?"

"헤어졌어. 언니는?"

"바오이판 어머니가 돌아가셨어. 그 집안 아마 한바탕 난리가 날 거야. 그게 나한테까지 불똥이 튈까 봐 걱정이야."

취샤오샤오는 앤디의 첫 반응이 같은 신세에 있는 사람이 만난 것처럼 껴안고 한바탕 울 거라곤 생각도 못했다. 특히 포옹을 싫어하는 앤디였지만 이번에는 웬일인지 마음 깊이 취샤오샤오를 안아주었다. 눈물은 흘리지 않았지만 속으로 무지 감개무량했다. 마치 얼마 전 그녀가 바오이판에게 자신의 가족사를 고백했던 밤처럼 인생의 엄청난 압박에도 힘든 선택을 해오지 않았던가, 오늘 밤도 그런 날이었다.

"근데 그렇게 사랑하면서 왜 헤어진 거야?"

"모르겠어. 그냥 계속 사랑할 수 없을 것 같았어. 어, 저기 어떤 늙은 남자가 널 보고 있는데, 변태인가?"

고개를 돌려보니 바오이판의 아버지였다. 산책을 나갔다 들어오는 모양이었다. 바오이판과 함께 집으로 돌아가지 않았다니 뜻밖이었다. 두 사람은 오랫동안 서로 바라보고 있다가 먼저 바오이판의 아버지가 걸어왔다. 취샤오샤오가 자리를 피하려 했으나 앤디에게 붙잡혔다.

"연로하신 분이 술수가 대단하시네요. 제가 좀 배워야겠어요."

취샤오샤오는 얼떨떨했지만 앤디 옆에 찰싹 붙어서 세게 고개를 끄덕였다. 자매들끼리 뭉치는 건 당연한 일이었다.

바오이판의 아버지는 몹시 피곤해보였다.

"난 내일 올라갈 거다."

그는 탁자위에 올려둔 가방을 발견했다.

"지금 체크아웃 한 거니?"

"네. 밤에 올라가려고요. 제가 할 일이 있을까요?"

"장례식에는 가지 않을 거냐?"

앤디는 어깨를 으쓱하더니 의중을 밝히지 않았다.

바오이판의 아버지는 취샤오샤오를 보고 말했다.

"일행이면 자네도 같이 가지. 나중에 거기서 만난 사람들에게 도움을 받는 날이 올수도 있으니 서로 좋은 일 아닌가."

앤디는 또 한 번 어깨를 들썩였다.

"이해가 안 가네요. 그렇게 복잡하게 굴 필요는 없잖아요. 저는 지금까지 제 영역이 아닌 곳에는 함부로 개입하지 않았고, 제 영역에 다른 사람이 개입하지 못하게 해 왔어요."

바오이판의 아버지는 잠시 침묵했다.

"내일 올라갈 때, 뭐 전할 말이라도 있니?"

"없어요. 거긴 제 영역이 아니니까요. 한 가지 부탁이 있다면 바오이판을 더 이상 압박하지 마세요. 그 사람, 이미 한계까지 찼어요. 제가 가지 않는 것도 그 사람한테 부담주고 싶지 않아서예요."

"그 아이는 현실을 똑바로 바라보고 있는 거지, 스트레스는 없단다. 다 자기가 자처한 거지. 만약 너처럼 개입하지 않고 개입 받지 않는다면 모든 게 간단해질 텐데 말이다. 근데 걔가 어려서 그런지 그걸 잘 못 보는 것 같구나. 내가 돌아갔을 때 그 아이가 나랑 같은 편에 선다면 많은 갈등을 줄일 수 있을 텐데 말이다."

"그 말은 전하지 않을게요. 죄송해요."

바오이판의 아버지가 웃음을 보였다.

"네가 이미 다른 사람 일에 개입하지 않는다고 했는데, 어떻게 말을 전하라고 하겠니. 알겠다. 조심해서 올라가거라. 고속도로 타기 전에 기름 넣는 것도 잊지 말고. 한밤중에는 되도록 휴게소에 들리지 않는 게 좋을 거다. 화물차가 많아서 위험하거든. 그 시간에 여자들이 돌아다니면 다들 눈에 불을 켤 게 뻔하지 않겠니."

취샤오샤오는 그가 앤디에게 말하는 걸 듣고 하마터면 구역질을 할 뻔했다. 그가 돌아가고 나서 그녀와 앤디 두 사람은 밖으로 나가서 차를 찾았다.

"저 사람 대체 무슨 얘기를 하는 거야? 너무 음흉해 보여."

"나도 저 사람이 무슨 말을 하는지 모르겠어. 말 한마디에 많은 생각을 하게 만들거든. 변하지 않는 대책으로 모든 변화에 대응하는 수밖에 없어. 너도 무슨 말인지 모르겠지?"

"언니가 얘기해주지 않았으면 정말 좋은 사람인 줄 알았을 거야. 언니한테도 잘해주는 것 같아 보이니까."

앤디도 그렇게 생각했었다. 하지만 어젯밤 바오 부인의 일로 인해 그의 실체를 알게 되었다. 누가 바오이판의 아버지를 믿을 수 있을까.

"나도 모르겠어. 아무튼 나는 바오즈랑 사귀는 거지, 그의 아버지랑 사귀는 건 아니니까. 저 사람이 너 똑똑하다고 칭찬했잖아."

"쇼하는 거지, 칭찬은 무슨. 저 사람 얘기는 그만하자. 자오치펑 얘기 하려고 온 건데, 말을 꺼내면 또 울 것 같아."

앤디가 운전을 하고 취샤오샤오는 지난 이틀 간 자오치펑과 있었던 일을 구구절절 늘어놓았다. 클라이맥스에 다다르자 취샤오샤오는 새끼 고양이처럼 앤디 어깨에 낑낑거리며 얼굴을 비벼댔다. 취샤

246

오샤오 입에서 '끝났다'라는 말이 나오고 나서야 앤디가 물었다.

"너 저번에도 헤어진다고 하지 않았어? 그런데 그 후로는 더 좋았 잖아?"

"이번에는 좀 달라. 지난번에는 그 사람이 내가 싫어진 거였는데, 이번에는 그 사람 스스로가 싫대."

"내 자신이 싫을 때가 있지. 나도 있었어. 얼마나 많다고."

"똑똑한 사람들은 책을 많이 봐서 마음이 더 혼란스러운 거야."

"맞아. 나는 지금도 자신을 돌아보고 그런 거 짜증 나. 매일 자신을 들추면서 결점을 찾아내지. 그런데 결과적으로 밖을 내다보면 많은 사람들이 나보다 더 심할 거야. 자오치핑에게 이렇게 말해 봐."

"자오치핑은 좀 달라. 반성할 필요 없이 다른 사람이 다 말해주거 든. 처음에 친구 시켜서 자오치핑에 대해 알아보라고 했을 때, 친구 가 경고했었어, 하지만 난…."

취샤오샤오가 또 울기 시작했다.

"문제는! 너 이렇게 그냥 자오치핑을 포기할 거야?"

"그러고 싶지 않아. 내가 얼마나 그 사람을 사랑하는데. 근데 내가 포기하지 않으면 그 사람 스스로 자신을 학대해서 내 마음속에 있던 자오치핑의 모습은 찾아볼 수 없을 거야. 그럴 바에야 차라리 내 마 음속에 가장 좋은 사람으로 영원히 있는 게 나아. 나 정말 대단하지 않아?"

"그럼, 넌 그냥 위대한 게 아니라, 나보다 훨씬 제대로 사랑할 줄 아네. 아, 내가 뭐 하나 알려줄게. 관쥐얼이 말해준 건데, 판성메이의 오빠가 풀려나서 22층에 자기 동생을 찾아 왔었나 봐. 근데 쥐얼이 기지를 발휘해서 판성메이는 이미 이사 갔다고 말했대. 앞으로 판성 메이의 인생이 얼마나 힘들지…. 잠깐만, 나 바오이판한테 전화할 테니까 조용히 있어 봐."

취샤오샤오는 그 말을 듣고 정신이 바짝 들었다.

"판성메이? 어쩐지, 왕바이촨이 그렇게 열심히 일하더라니."

앤디는 취샤오샤오의 말에 일리가 있다고 생각했다. 그녀는 바오이판에게 전화를 걸었다. 전화기 너머로 시끄러운 소리가 들렸다. 그녀는 그가 휴식을 취했는지, 밥은 먹었는지, 피곤하지 않은지 다정하게 물었지만 그의 아버지를 만난 건 얘기하지 않았다. 그렇게 안부 통화를 마친 앤디를 보고 취샤오샤오는 중년 부부들이 통화하는 모습이 떠올랐다. 앤디는 지금 상황을 이해하기 쉽게 설명했다.

"그 사람은 정신 없고 나는 안정적이고, 그에겐 내가 필요한 거지."

"우리 여자들은 모두 위대해. 나도 그 사람의 좋은 면만 생각나. 이상하지? 예전에는 누군가와 헤어질 때 다시는 나보다 좋은 여자 못 만나게 하고 그랬는데. 진짜 자오치핑을 사랑하나 봐."

집으로 돌아가는 내내 앤디는 신경질적인 취샤오샤오의 '나는 진심으로 그 사람을 사랑했어.'라는 푸념을 들어야 했다. 취샤오샤오는 하이시에 도착할 때쯤 돼서야 뒷좌석에서 잠이 들었다. 하지만 꿈속에서도 뭔가 할 말이 많은 듯 보였다. 환락송에 도착한 후, 앤디는 그녀를 집으로 데리고 올라가서 침대에 눕혔다. 취샤오샤오는 잠결에 한 마디 또 내던지더니 엎드린 채 잠이 들었다. 앤디는 그제야 한숨을 내쉬었다. 잘 수 있다는 건 심각한 상태는 아니라는 말이다. 그녀가 손님 화장실에서 나오면서 바오이판에게 전화를 걸었다. 그냥 한 번 해본 거여서 그가 받을지는 몰랐다. 앤디는 벌컥 화가 났다.

"아직도 안 자요? 속상해도 잠은 자야죠. 이러다 당신까지 잘못되면 난 어떻게 해요?"

"앤디, 앤디, 지금 당신이 너무 필요했는데, 전화해 줘서 고마워요.

당신도 빨리 자야죠, 아이까지 있는데."

"같이 있어줄까요?"

"괜찮아요. 처리할 게 많아서, 어차피 같이 있을 시간도 없을 거예요. 아버지는 내일 오신다니까, 그래도 저한테 하루 동안 처리할 시간을 벌어 준거나 마찬가지니까 고마워 해야죠. 내일 아버지가 오시면 여기 국면이 어떻게 변할지 모르겠어요."

"어떻게 할 생각이에요?"

"저들은 이미 날 부추기고 있어요. 생각해보니 오늘 아침에 재산을 저에게 넘긴다고 한 녹음 파일 있잖아요. 그걸로 사람들을 유도하려는 것 같아요. 지금은 일단 장례식 치르는 것만 생각하려고요."

"나는 당신이 잠을 좀 잤으면 좋겠어요."

"알겠어요. 이제 잠을 좀 자볼게요, 약속해요. 7시간을 꼭 채워서 잘 테니까 8시간 후에 전화 1통 해줘요. 당신이 옆에 있어줘서 정말 다행이에요."

"네."

앤디는 코끝이 찡해져서 더 이상 아무 말도 할 수 없었다.

이튿날 아침, 판성메이의 새언니가 2202호에 또다시 찾아왔다. 관쥐얼은 아직 자고 있었고 추잉잉은 정신을 바짝 차리고 문밖 상황을 예의주시하고 있었다.

"뭐예요? 아파트 관리인이 판성메이가 아직 여기 산다고 했다고요? 내가 어떻게 그걸 모를 수 있죠? 어쨌든 모르는 사람에게 문을 열어줄 수 없어요."

추잉잉은 문을 열어주지 않았다. 판성메이의 새언니가 문을 한참 동안 두드려도 아무런 소식이 없자 2201호와 2203호에 가서 또 다시 문을 두드렸다. 그녀는 숨을 죽인 채 문에 귀를 대고 있었는데, 2201호에서 누군가가 나와 얘기를 하는 것 같았다. 관쥐얼이 앤디에게 미리 얘기해둔걸 몰랐기 때문에 가슴이 쿵쾅거리고 모든 것이 들통 났다고 생각하는 순간이었다.

시끄러워서 잠이 깬 앤디는 옆에 누군가가 있는 것 같아 깜짝 놀랐지만 취샤오샤오인걸 확인하고서야 한숨 돌렸다. 하지만 취샤오샤오도 밖에서 들려오는 문 두드리는 소리에 몸을 뒤척거리다가 벌떡 일어났다. 본인이 남의 집에 와 있는 줄도 모르고 반쯤 감긴 눈으로 문 앞에 나가 소리를 질렀다.

"누구야! 죽고 싶어?"

문밖에 있던 판성메이의 새언니가 깜짝 놀랐는지 표정이 싹 변했다.

"판성메이를 찾으러 왔는데요."

"뭐야? 나는 판성메이도 아닌데, 우리 집 문을 두드려서 어쩌겠다는 거야?"

취샤오샤오는 어젯밤 앤디가 했던 얘기가 문득 떠올랐다. 그러자 또 흥미가 당겼는지 일단 문을 열었다.

"봤지? 나는 판성메이가 아니라고요!"

앤디도 나와서 판성메이 새언니 뒤에 서 있었다.

"판성메이는 두 달 전에 이사 갔어요. 게다가 이 집에 살았던 것도 아니고요. 저 집, 중간 집에 살았었어요."

"연락처나 주소 같은 건 남겨놓지 않았나요?"

"알려준다고 해도 싫어요. 판성메이 집에 하도 일이 많아서, 번호 알려주면 나중에라도 돈 빌려달라고 할 게 뻔한데, 안 그래요? 근데 누구세요? 친척 되세요? 이런, 저리 가세요. 또 돈 빌려달라고 온 거겠네."

취샤오샤오가 문을 금방 닫을 것 같지 않자, 앤디가 나섰다.

"돌아가세요. 판성메이가 직장을 옮기면서 회사 근처로 이사를 갔다고 들었어요. 언젠가 만나게 되면 집에 전화하라고 전해드릴게요."

판성메이의 새언니는 앤디의 말을 믿는 눈치였다.

"그럼, 저, 돈 좀 빌려주시겠어요? 저랑 남편은 아침 먹을 돈도 없어서요."

취샤오샤오는 그녀의 말을 듣고 큰 소리로 웃었다. 그리고 단호하게 딱 잘라서 말했다.

"역시 그런 거였군. 또 돈 문제였네. 이제 판성메이 보기도 겁나네. 절대 그럴 수 없어요."

앤디가 100위안을 꺼내 주려고 하자, 취샤오샤오가 재빨리 달려들어 가로챘다.

"주지 마, 오늘 주면 내일 또 와서 달라고 할 거야."

"그러게. 내가 잠을 못자서 정신이 하나도 없어."

"들어가서 자. 엥? 근데 내가 왜 이 집에 있어?"

"나도 몰라, 난 가서 잔다."

취샤오샤오도 잠시 생각에 잠겼다가 재빨리 침실로 들어가 문을 닫았다. 문 밖에서 판성메이 새언니가 또 문을 두드렸지만 두 사람은 신경 쓰지 않고 잠을 청했다. 취샤오샤오가 앤디에게 바짝 다가가서 들러붙자 앤디가 그녀를 떼어냈다. 하지만 그녀는 굴하지 않고 또 앤디를 귀찮게 했다. 앤디는 할 수 없이 소리를 질렀다.

"또 달라붙으면 진짜 가만 안 둘 거야."

"헤헤. 하나도 안 무섭지. 어떻게 할 건데? 근데 나 진짜 불여우 같아?"

"자오치핑, 자오치핑, 자오치핑…."

이 말에 취샤오샤오는 몸을 다른 쪽으로 돌리더니 순순히 잠을 청했다. 앤디가 취샤오샤오를 알고 난 후 처음으로 그녀가 가엽다는 생각이 들었다.

추잉잉은 판성메이의 새언니가 가기를 기다렸다가 얼른 2201호에 가서 문을 두드렸다. 하지만 아무런 반응이 없었다. 추잉잉은 분명히 안에서 취샤오샤오가 방해를 하고 있다고 확신했다.

관쥐얼도 판성메이 새언니의 소란에 잠을 깼다가 다시 자고 일어나서 커튼을 열었다. 하늘이 너무 맑아서 마음도 날아갈 것 같았다. 침대에 누워 씨에빈이 보낸 메시지를 확인했다.

'오늘은 다른 지단빙을 만들어 보려고요.'

관쥐얼은 미소를 머금은 채 답장을 보냈다.

'조금 달게 만들어 줄 수 있어요?'

'고민해 볼게요.'

관쥐얼이 입을 가리고 웃었다.

그녀는 씻고 나와서 치마와 롱부츠로 오늘 코디를 마친 후 황급히 집을 나섰다.

추잉잉은 심심한 듯 혼자 방에 앉아 있다가 궁금한지 물었다.

"내가 생각한 게 맞지?"

"뭔데?"

"남자 친구!"

관쥐얼은 부인하고 싶었지만 자기도 모르게 피어나는 달콤한 미소는 결코 감출 수 없었다.

"아, 아니야."

"처음에 말하기 좀 그렇지. 근데 매일매일 같이 있고 싶고 그리고 조금 지나서 사랑한다는 고백을 받고 나면! 그때, '네 여자 친구가 되어줄게.'라고 대답하면 돼."

관쥐얼은 얼굴이 확 달아올라 추잉잉의 말을 잘랐다.

"쓸데없는 소리 하지 마. 아직 어떻게 될지 모른다고."

추잉잉은 벌떡 일어나서 활짝 열려 있는 문밖에 누가 있는지 확인하고 조심스럽게 말했다.

"내가 보수적이라고 생각해도 괜찮아. 내 말 새겨들어. 결혼하기 전에는 반드시 여자의 마지막 자존심은 지켜야 해."

관쥐얼은 추잉잉의 말이 그리 와닿지는 않았지만 그래도 대답하는 것은 잊지 않았다.

"알려줘서 고마워."

추잉잉이 갑자기 소리를 질렀다. 그러자 밖에서 취샤오샤오의 소리가 들려왔다.

"깜짝이야! 지금 장난해?"

관쥐얼은 웃지도 울지도 못했다. 두 사람이 또 외나무다리에서 만나고 말았다.

추잉잉은 낄낄거리며 크게 웃었다.

"놀랐대요, 놀랐대요. 그러게 아침에 누가 날 속이래? 다 주는 대로 받는 거야."

취샤오샤오는 눈을 흘기며 추잉잉을 본척만척했다. 추잉잉이 취샤오샤오 뒤에다 대고 중얼거렸다.

"뭐 잘못 먹었나? 아님 정말 개과천선이라도 한 건가? 아, 맞다. 자오치펑이 바람을 피웠나보군."

"바람을 피긴 누가 바람을 펴!"

취샤오샤오는 집에 들어가다가 그 말을 듣고 분노에 차서 달려왔다. 관쥐얼도 걱정이 돼서 얼른 뛰어 나와 두 사람 사이를 가로막았다.

"하지 마. 좋게 말해야지."

"어제 네가 말했잖아. 자오치펑이 뭐 하는지 살펴봐 달라고. 그건 너도 못 믿어서 그런 거 아니야?"

추잉잉은 그 동안 쌓인 게 많아서인지 취샤오샤오에게 약한 모습을 보이고 싶지 않았다.

"그래 나 남자한테 차였다! 나한테 빌붙어 살던 남자한테!"

"입 다물어! 추잉잉, 다른 사람한테 상처 되는 말은 하는 게 아니야. 취샤오샤오, 너도 스스로 비하하지 마. 너도 추잉잉이 헤어지고 오면 만날 놀리고 공격하잖아. 너도 다른 사람이 너한테 그렇게 할 수 있다는 걸 받아들일 줄 알아야 해."

"내가 뒤에서 흉본 건 아니잖아? 그리고 너한테 내 욕하지 말라고 한 것도 아니고! 나쁜 계집애 같으니라고, 너는 다음 생에도 돈 없고 못생기고 멍청하게 태어날 거야! 이런 질투덩어리야! 앞으로 내가 널 다시 상종하나 봐라! 흥!"

"왜 이래? 무슨 일이야?"

앤디도 시끄러운 소리에 화들짝 놀라서 뛰어나왔다. 그리고 맹수처럼 으르렁거리는 취샤오샤오를 붙잡았다.

"취샤오샤오 그만 해. 그러다 내 배랑 부딪치기라도 하면 큰일 난다."

관쥐얼은 너무 화가 나서 말 대신 손이 나올 것 같은 추잉잉을 꼭 붙잡고 있었다. 취샤오샤오는 몸을 돌려 앤디에게 안겼다. 그리고 펑펑 흐느껴 울었다.

"저 멍청이가 자오치펑 가지고 장난쳤단 말이야."

그 말 한마디에 몹시 흥분해있던 추잉잉도 상황 파악이 되었다. 앤디는 취샤오샤오의 어깨를 다독이며 추잉잉에게 진정하라고 눈치를 줬다. 추잉잉이 외면하자, 그녀가 취샤오샤오에게 말했다.

"이번에는 잘 지나가는 것 같더니, 왜 그렇게 화를 냈어."

2202호의 두 사람은 놀란 눈으로 취샤오샤오를 바라보았다. 대체 왜 그런 건지 더욱 이해가 가지 않았다. 그녀는 살며시 관쥐얼에게 말했지만 관쥐얼은 아무 말도 하지 않았다. 추잉잉은 대답이 없자 답답했는지 발끈해서 방으로 들어서 문을 세게 닫았다. 하지만 궁금한건 참을 수 없어서 문에 딱 달라붙어서 바깥 소리를 엿들었다.

한참을 울던 취샤오샤오가 말했다.

"안 그래도 속상해 죽겠는데, 쟤가 일부러 더 긁잖아."

"네가 하도 울어서 이 옷 다 버렸잖아. 이제 그만 울어."

"쥐얼, 너도 나빠. 다른 사람이 너처럼 하는 걸 받아들여야 한다니. 변했어."

"또 그런다. 평소에 네가 어떻게 했는지 생각해 봐."

"너 나 싫어하잖아."

"사람 태도가 이렇게 빨리 변하냐. 도와주면 형제고 안 도와주면 남이라더니. 국수 만들어 줄 테니까 들어와서 먹어. 어른 말을 잘 들으면 자다가도 떡이 생긴다잖아."

"그거 먹을 수 있는 거지? 쥐얼, 네가 가서 봐봐. 면은 다 뭉쳐 있고 조미료 투성이에 어떻게 될지 몰라."

"다 영양을 생각해서 만든 거야."

이런 대화가 오가고 나서야 관쥐얼은 마음을 놓을 수 있었다.

"임신한 사람도 먹는데 네가 이걸 왜 못 먹어?"

취샤오샤오는 관쥐얼을 유심히 살펴봤다.

"너 이렇게 예쁘게 화장하고 어디 가? 데이트? 흑흑, 나도 같이 갈래. 오늘 안 그래도 멘붕인데 같이 가자, 응응응?"

그러자 추잉잉이 문을 벌컥 열고 끼어들었다.

"쥐얼, 내가 경고 하나 할게. 절대로 취샤오샤오가 끼어들게 하면 안 돼. 게다가 쟤는 이제 완전히 솔로잖아."

앤디가 재빨리 취샤오샤오의 입을 막고 2201호로 밀어 넣었다. 관쥐얼이 그 모습을 보고 있다가 다시 시계를 봤다. 아무리 생각해도 몇 분 정도 늦을 것 같았다. 지각은 정말 그녀 스타일이 아닌데 말이다.

"쥐얼, 문 좀 닫아줘. 다시는 저렇게 심보 고약한 사람이 못 건드리게 해야겠어. 이 건물에서 쟤만! 이제 모르는 척 할 거야. 너 왜 그래? 내가 한 말이 귀에 거슬리는 거야? 너도 알잖아, 쟤 때문에 내 연애가 어떻게 됐는지, 설마 까먹은 건 아니겠지?"

관쥐얼은 고개를 끄덕였다.

"알지. 정말 못 말린다. 으이그. 나 먼저 나갈게. 오늘 날씨 좋으니까 집에만 있지 말고 나가서 쇼핑도 하고 그래."

"나…, 그럴 기분이 아니야. 미안해. 널 실망시키지 않으려고 했는데."

관쥐얼은 아침에 일어났을 때까지만 해도 기분이 좋았는데, 지금은 마음이 무거웠다.

특히 취샤오샤오와 자오치펑 사이에 무슨 일이 있었던 건지, 취샤오샤오가 뭘 잘한 건지 알 수가 없었다. 설마 자오치펑이 정말로 취샤오샤오를 배신한 건가? 관쥐얼도 속상했다. 그럴 리는 없겠지만 설마 자오치펑이 나처럼 소탈한 사람을 좋아할 리 없겠지 생각하니 더욱 기분이 가라앉았다.

관쥐얼과 씨에빈은 어느 찻집에서 차를 마시고 있었다. 그곳은 조용하고 운치 있었다. 씨에빈은 이런 곳이 아직 익숙하지 않은지 자신의 굵고 낮은 목소리에 찻잔이 깨지진 않을지 걱정스러웠다. 하지만 두 사람의 대화는 끊이지 않고 계속되었다. 도대체 그 많은 주제들이 어디서 나오는지, 한 주제의 이야기가 시작되면 그 뒤로 꼬리에 꼬리를 물고 비슷한 주제의 얘기들이 오고갔다. 두 사람은 서로 먼저 말하려다가 또 서로 양보하고 하면서 몇 차례 훈훈함을 자아내기도 했다. 혹시라도 다른 사람에게 피해를 줄까 봐 관쥐얼은 입을 꾹 막고 웃거나 고개를 푹 숙이고 웃었다. 씨에빈은 그녀의 귀여운 웃는 모습에 그녀를 계속 웃겨주고 싶었다.

"그만해요. 배가 너무 아파요. 아, 웃겨."

"OK. 딱 10분만 참을게요. 왜 그쪽 앞에서만 이렇게 수다쟁이가 되는 걸까요."

관쥐얼이 고개를 들자, 저 만치서 낯익은 얼굴이 눈에 들어왔다. 자오치핑이었다. 하얀 벽 쪽에 혼자 앉아 있는 그가 어딘지 모르게 외로워 보였다.

씨에빈은 관쥐얼이 잘생긴 남자를 한참이나 쳐다보고 있자 약간 질투 섞인 말투로 물었다.

"근데 약간 못생긴 남자가 제일 섹시하대요."

관쥐얼은 정신을 차렸지만 자기도 모르게 한 번 더 눈길이 갔다.

"아는 사람이에요. 저번에 제가 말했던 이웃 중에 취샤오샤오라고 있는데, 걔 남자 친구예요. 오늘 아침에 두 사람이 헤어진 걸 알았거든요. 어떻게 된 건지 봐도 봐도 이해가 안가서요."

"그럼, 저희는…."

씨에빈은 방금까지만 해도 그만 보라고 하려고 했으나 마침 자오치핑이 손가락에 물을 묻혀 벽에다 글씨를 쓰기 시작했다. 한 획 한 획 거침없이 써내려갔다. 하지만 안타깝게도 손가락에 묻힌 물이 충분치 않아, 한 글자 쓰면 뒷 글자가 지워져서 글자의 처음 점만 남았다.

그 모습이 마치 벽에 떠 있는 별이 눈물을 흘리는 것처럼 보였다. 그러다 눈물이 말라버리면 하얀 벽이 처음의 깨끗했던 모습으로 되돌아왔다.

관쥐얼이 보니 분명히 '샤오'라는 글자였다.

"제 이웃 이름이에요."

"쿨 하진 않네요. 여기서 저러고 있느니 만나서 얘기하는 게 낫지 않아요?"

관쥐얼은 설명해주고 싶었지만 씨에빈이 이해할 수 없을 것 같았다. 그저 멍하니 아무 말 없는 씨에빈만 바라보고 있었다. 그러다가 결국 참지 못하고 자오치펑 쪽을 바라보는데 그녀도 모르게 눈물이 쪼르륵 흘러내렸다. 그런 관쥐얼을 모습에 씨에빈은 이상하다고 생각했다.

"왜 그래요?"

관쥐얼은 뭐라고 설명하기 어려워 종업원을 불러 계산서를 달라고 했다. 그녀는 계산을 한 후 두 사람은 아무 말 없이 찻집을 나왔다. 관쥐얼은 운전석에 앉아서도 계속 앞만 보고 있다가 힘겹게 말문을 열었다.

"미안해요. 집에 데려다 드릴게요. 우리 앞으로 못 만날 것 같아요."

"저 사람 때문에요?"

관쥐얼은 고개만 끄덕일 뿐 아무 말도 하지 않고 입술만 깨물었다. 그리고 눈물을 쓱 닦고 차에 시동을 걸었다. 씨에빈이 다시 물어봐도 그녀는 대답은 하지 않고 운전만 했다. 차가 왔다 갔다 하자 씨에빈은 사고가 날까 걱정되어 다시 물어보지 않았다.

씨에빈은 관쥐얼을 어떻게 해야 할지 몰랐다. 기숙사에 도착해서 주차까지 끝내자 그가 말했다.

"가슴이 아프네요."

관쥐얼이 또다시 눈물을 흘리면서 고개를 가로저으며 말했다.

"미안해요. 정말 고의는 아니었어요. 나도 몰랐어요. 근데 이렇게 깨달았는데 계속 당신을 만날 수는 없어요. 미안해요. 제가 나빴어요."

"그 사람 잊어버려요."

씨에빈이 관쥐얼의 두 손을 꼭 잡고 자기 가슴에 갖다 댔다.

"그 사람 잊어요. 전 괜찮아요. 그냥 당신만 내 옆에 있으면 돼요."

관쥐얼을 어쩔 줄을 몰라 고개를 흔들었다. 그가 잡은 손을 뿌리치고 나왔다.

그녀는 이렇게 오랫동안 그 사람을 향한 감정이 자리하고 있었을 줄은 정말 몰랐다. 어쩌면 그녀가 잊고 있었을 지도 모르겠다. 관쥐얼은 택시를 타고 환락송으로 향하다가 목적지를 바꿔 해양공원으로 가달라고 했다. 그녀는 그곳에서 오후 내내 멍하니 앉아 있었다.

53

앤디는 늘 그랬던 것처럼 순식간에 국수 한 그릇을 먹어 치웠다. 먹으면서도 위경련을 참느라 계속 인상을 쓰고 있었다. 취샤오샤오는 입맛이 전혀 없는지 국수를 앞에 두고 제사를 지내고 있었다. 이 탁한 국물의 알 수 없는 출처와 부드러운 맛을 내기 위한 각종 조미료의 조합은 전혀 그녀 스타일이 아니었으므로 선뜻 젓가락을 댈 수 없었다. 앤디가 왔다갔다 나갈 준비를 하느라 그녀를 위로해 주지 않자, 왠지 모를 억울함이 밀려왔다. 주방 한편에 풀썩 엎드려 궁시렁거렸다.

"어디 가? 나도 같이 가면 안 돼?"

앤디는 오늘 동생을 보러 갈 참이었다. 원래 어제 가려고 했는데 일이 틀어지는 바람에 오늘 길을 나서게 되었다. 새로운 요양원으로 옮긴지 이틀이 지났는데 잘 적응하고 있는지 궁금했다. 다른 곳이면 몰라도 여기만은 취샤오샤오와 함께 갈 수 없었다.

"회사 일이라서 널 데리고 갈 수 없어."

"내가 운전해줄게. 목적지에 내려주고 난 차에서 자면서 기다리면 되지, 어때?"

"집에 가면 되잖아. 아니면 친구라도 만나서 놀든가."

"걔네들은 만나면 분명히 자오치펑 얘기를 할 거야. 우리 아빠도 볼 때마다 언제 데려와서 식사 할 거냐고 묻는단 말이야. 게다가 친구들은 자오치펑이랑 야오빈이랑 한판 한 걸 다 알고 있어서 날 보면 그 일부터 물어볼 게 뻔하고. 그냥 언니랑 같이 있는 게 제일 편해. 다른 사람 일에 신경도 안 쓰고 쓸데없는 소리도 안 하잖아. 쥐얼도 나쁘진 않지만. 물어보고 싶어도 참아줄 줄 아니까. 역시 난 언니 옆에 딱 붙어 있어야겠어."

앤디는 자기가 취샤오샤오의 눈에 그런 사람으로 비춰질 줄 몰랐다. 그녀가 남의 일에 관여하는 것도 싫어하고 남이 자기 일에 관여하는 것도 싫어하는 건 사실이긴 하지만 말이다.

"그럼, 쥐얼한테 가봐."

"안 돼. 쥐얼이 지금 나 멀리하는 중이야. 추잉잉이 나랑 쥐얼을 같은 편이라고 오해하고 있거든. 쥐얼도 난처해할 것 같아서. 그러니까 지금 나한테 언니 말곤 아무도 없어."

"또 무슨 일로 그런 거야? 쥐얼한테 가봐. 난 간다. 어디 안 나갈 거면 집안에다 가둬놓고 갈 거야."

"내가 헛소리 하는 거 봤어? 초중고를 다니면서 추잉잉 같은 애들을 많이 봐 왔다고. 언니는 나랑 좋은 사이니까, 내 원수한테 절대 잘해주면 안 돼. 엄청 간단하지? 알았어. 언니가 나 못 따라가게 하니까 그냥 출근이나 해야겠다."

"그러면 되겠네."

취샤오샤오는 앤디가 이상하리만큼 홀가분해하는 모습에 뭔가 의심스러웠지만 너무 멀리까지 생각하진 않았다.

"그럼 난 좋은 일 좀 해서 덕이나 쌓아볼까?"

취샤오샤오는 앤디에게 찰싹 붙어 엘리베이터를 기다리면서 일부러 2202호를 향해 소리로 웃었다. 방 안에 혼자 있던 추잉잉은 약이 올라서 죽을 지경이었다.

그때까지만 해도 앤디는 취샤오샤오가 나쁜 일을 할 거라곤 생각도 못했다. 앤디는 취샤오샤오가 자기를 따라 1층까지 내려오자 뭔가 꿍꿍이가 있음을 눈치 챘다. 그녀는 로비에 있는 경비원과 나름 정정당당한 협상을 시도하며 판성메이의 새언니를 들여보낸 일을 강력하게 항의했다. 그녀는 문 앞에 설치해둔 CCTV에 2201호 집주인과 싸운 영상이 찍혔다며 만약에 그 사람을 또다시 들여보내면 그 영상을 가지고 관리사무소 책임자를 찾아가겠다고 으름장을 놓았다. 다시는 이런 일이 생기지 않도록 하겠다고 철썩같이 약속을 한 경비원은 저 구석에서 혼자서 궁시렁거렸다.

'쳇, 지난번엔 그 여자 어머니가 출입카드가 없어서 못 들어가게 했다고 관리사무소에 찾아와 사람이 죽을 뻔했네 뭐네 그렇게 난리를 치더니 이번에는 또 들여보내지 말라니. 거기다 이번에는 옆집 사람이 찾아와서 저러는 건 뭐람.'

경비원은 대체 어디에 장단을 맞춰야 할지 몰라서 취샤오샤오에게 물었다.

"그럼 나중에 판성메이가 와서 가족들한테 왜 문을 열어주지 않았냐고 하면 어떻게 해요?

"당연히 집주인 말을 들어야 하는 거 아니에요? 세입자 말은 무시해도 돼요."

앤디가 그새를 틈타 몰래 빠져나가려고 하자, 그녀가 앤디를 붙잡았다. 좋은 일을 했으니 상으로 같이 가게 해달라며 졸랐다. 혼자 있으면 너무 적막해서 미쳐버릴 수도 있다고 했다. 하지만 오늘만큼은 마음을 단단히 먹고 확실하게 처리해야 했기에 소매를 잡고 있는 취샤오샤오의 손을 모질게 뿌리쳤다. 취샤오샤오는 어쩔 수 없이 회사로 발길을 돌렸다. 누군가 사랑은 뜻대로 할 수 없지만 도박은 뜻대로 할 수 있다고 하지 않았던가. 사람 혼자서 할 수 있는 능력은 매우 제한적이기 때문에 두루 다 살피기 어려운 건 당연한 이치였다. 앤디도 취샤오샤오를 혼자 내버려 두고 나온 게 마음에 걸려 가는 내내 마음이 불편했다.

차에 타고 나서야 잠깐 짬이 생긴 앤디는 바오이판에게 위문 전화를 했다. 그는 아무렇지 않게 전화를 받았다.

"우리 아버지 방금 오셨어요, 어마어마한 패거리를 거느리고 말이죠. 어머니 식구들과 지금 대치 중이에요. 이러다가 장례식장이 전쟁터가 되는 게 아닌가 모르겠어요."

"당신 아버지가 모든 재산을 당신 이름으로 넘길 거래요. 은행계좌도 입금만 되도록 다 막아 놓은 상태고요. 어머니 가족들이 돈이 없어졌으니 힘으로 소란을 피울 수도 있을까요?"

"어쩔 수 없이 아버지의 치밀하게 계산된 이 게임을 받아들일 수밖에 없겠죠. 모든 재산을 저한테 줬다고 할 테니까요. 그럼 제가 어머니 가족들을 도와줄 방법이 없을까요? 나는 여전히 'too simple, sometimes naive.'예요. 아버지는 모든 일을 다 처리해놓고 무대에 오른 것 같아요. 피곤한 건 정말 질색인데."

"당신 아버지가 어제 당신이 끼어들지 못하게 하라고 돌려서 말하더라고요. 완벽하게 준비를 마쳤으니 당신은 그냥 가만히 있으라고요."

"아마 어머니에게도 그렇게 했을 거예요. 고등학교 기숙사에 들어가기 전 즐거웠던 기억을 떠올려보면 그때는 우리 집에 돈이 그렇게 많지 않았거든요. 두 분은 너무 바빠서 낮에 집에 계신 시간이 거의 없었어요. 한 가족 한 마음이었죠. 근데 지금은 아들인 나조차도 한 마음이 아니니…. 단도직입적으로 말하면 되지 꼭 그렇게 돌려서 말을 해야 하나요. 혹시 아버지가 당신에게 영향을 준 건 아니죠?"

"나는 아예 남의 일에 관여하지도 않고 남이 내 일에 관여하는 것도 싫어하는 스타일이라고 먼저 말해놨거든요."

"어렸을 때는 나한테 좋은 일이 소중하다고 생각했는데, 이제 알았어요. 입장을 분명히 하고 자기 생각을 확고히 하는 사람이 진짜 소중한 것 같아요. 앤디, 여기 일은 너무 걱정하지 말아요. 이 일과 떨어져 있는 게 어쩌면 나한테 유리한 일일지도 몰라요. 그럼 훨씬 더 정확하게 바라볼 수 있거든요. 다만 냉정하지 못해서 일을 제대로 못할 때도 있긴 하죠. 그렇지만 않으면 아버지와 어머니 식구들을 부추겨서 완전 어부지리를 얻게 될 수도 있을 텐데 말이죠. 무슨 세상이 어머니가 돌아가셨는데 마음대로 슬퍼할 수도 없는지…."

"음, 전 지금 동생이 적응 잘 하고 있나 보러가요. 자고 있어났더니 피곤하진 않네요. 당신도 시간 날 때마다 좀 쉬어요."

"냉정해지지 않으면 더 큰 문제가 생긴다고 얘기한 적 있었죠?"

"공연한 걱정하지 말아요. 당신 집안일에는 관심 없으니까. 지금 동생한테 가는 길인데, 못 믿겠으면 사진 찍어서 보내줄게요."

"아, 자라 보고 놀란 가슴 솥뚜껑 보고 놀란다고, 며칠 동안 저들이랑 얘기할 때 말 한마디에 여러 마디의 뜻을 숨겨놔서 정말 머리가 아팠거든요. 가족 기업의 폐단이죠, 역할도 직책도 완전 엉망이에요. 어휴, 며칠을 더 이렇게 지내야 할 텐데, 당신 귀가 쓰레기통이 될 수도 있어요. 화 내지 말아요."

"당신 스스로 잘 챙겨요. 난 아무 일도 없어서 화낼 일도 없어요. 혹시라도 화가 나면 당신한테 직접 얘기할게요. 그러니까 미리 짐작할 필요 없어요. 이따가 동생 보고 나올 때 다시 전화할게요."

"블루투스예요?"

"그럼요. 티 나요?"

"아니요, 이어폰 끼고 통화하는 거라면 좀 더 하면 좋을 것 같아서요. 나 지금 엄청 답답해요, 여기 오는 사람들이 다 각자 꿍꿍이를 품고 오는 게 빤히 보여서 만나고 싶지 않아요. 그리고 그럴 때마다 당신이 보고 싶어지더라고요. 똑똑하고 예쁘고 단순한 당신, 당신 얼굴 좀 봐야겠어요!"

앤디는 갑자기 입덧이 심하게 올라왔다. 이렇게 다정한 말에 속이 메스꺼워지다니, 아마도 뱃속에 있는 아기가 참을 수 없었나 보다. 이런 생각을 하니 웃음이 저절로 나왔다.

판성메이는 이번 주 내내 기운이 하나도 없었다. 저녁도 먹지 않고 왕바이촨을 완강하게 뿌리치고 나왔다. 그녀가 어떤 결정을 하든 왕바이촨은 항상 지지한다고 말하긴 했지만 그녀 혼자만의 시간이 필요했다. 그렇다고 무턱대고 집으로 돌아갈 수도 없었기에 관쥐얼에게 먼저 전화를 걸었다. 하필 그때 관쥐얼이 외출 중이어서 하는 수 없이 추잉잉에게 전화를 걸어 새언니가 아직도 밖에 있는지 확인해달라고 부탁했다. 드디어 뭔가 할 일이 생긴 추잉잉은 여기저기 살피고 와서 아무도 없다고 말했다. 그리고 아침에 2201호 앞에서 있었던 일도 몽땅 얘기해줬다. 그 말을 듣고 나서 판성메이의 눈이 휘둥그레졌다. 지금 당장 먹고 살 방법이 없는 사람들이기 때문에 어떻게든 그녀를 찾아내어 돈을 뜯어낼 게 뻔했다. 직장을 찾을 생각을 한다는 건 언감생심이었다.

판성메이는 추잉잉의 말을 백퍼센트 안심할 수 없어서 한참을 망설이다가 결국 앤디에게 전화를 걸었다. 앤디도 분명 그 시간에 집에 있었을 것이다. 주말이라고 해서 딱히 어디 갈 데가 있는 사람도 아니니까.

마침 그때 앤디는 동생과 나란히 앉아 있었다. 그녀는 간단히 먹을 음식과 글자도 크고 화면도 큰 계산기를 하나 가져오긴 했는데 동생과 어떻게 소통을 해야 할지 막막했다. 그녀가 아는 거라곤 동생이 흥분을 해서 발작을 일으키지만 않으면 축 처져서 누구를 봐도 의기소침해한다는 것이었다. 당연히 그녀에게도 관심을 보이지 않았다. 그녀는 동생 옆에 앉아서 몇 마디 물어보긴 했지만 아무런 대답이 없자 심심해지기 시작했다. 계산기를 켜고 음식을 꺼내어 먼저 먹었다. 가장 원시적인 방법이 역시 잘 통하는 법. 앤디는 동생이 음식 냄새에 즉각 반응을 보이자 음식으로 동생을 유인하여 함께 숫자 놀이를 시작했다. 이 놀이는 그녀가 어렸을 때 혼자서 구석에 앉아 신나게 하던 건데 그녀가 직접 만들어 낸 거나 다름없었다. 한 번 시작하면 그 변수가 너무 다양해서 쉽게 빠져나오기 힘들었다. 동생을 데리고 이 놀이를 하면서 각각 숫자간의 연결 규칙을 찾아냈다. 동생은 이해력도 뛰어나지 않았고 그녀만한 암산 능력도 없었지만 같이 놀고 싶어 하는 것만으로도 그녀는 충분히 만족스러웠다. 판성메이가 오전에 있었던 일을 사과하려고 전화하기 전까지 오후 내내 끈기 있게 동생과 함께 놀고 있었다.

"나는 뭐, 상관없어. 다 취샤오샤오가 쫓아버렸어. 마침 그때 우리 집에 있었거든. 그리고 취샤오샤오가 너 대신 경비원한테 가서 앞으로 아무나 문 열어주지 말라고 했어. 앞으로 차 타고 지하 주차장으로 들어오면 괜찮을 거야."

"취샤오샤오가? 그런 말도 할 줄 알아?"

"너한테 말하지 말라고 했는데 두 사람, 친하다기보다는 서로 싫어하잖아. 그래서 그랬나."

판성메이는 그 말을 듣고 한참을 숨을 쉴 수 없었다. 앤디가 웃으면서 말했다.

"어린 것이 반항하잖아. 신경 쓰지 마. 샤오샤오가 오늘 기분이 안 좋아서 온몸이 가시투성이야. 너도 그냥 무시하고 말아. 이건 내가 진심으로 하는 충고야."

"고마워. 너도 취샤오샤오도. 맞다, 바오이판 씨 집에…."

"응, 그래서 지금 그 사람 엄청 바빠. 난 안 가보려고. 다른 일 더 있어? 지금 누구랑 얘기 중이어서."

사실 판성메이는 할 말이 더 있었지만 그만뒀다. 오빠와 새언니가 어떤 상황인지 좀 더 알고 싶었지만 취샤오샤오에게 물어볼 수는 없었다. 추잉잉은 미덥지 못했고 관쥐얼에게 물어보자니 자존심이 상했다. 상황을 자세히 더 많이 알아야 제대로 피할 수 있을 것 같았다. 하지만 그녀 마음속에도 회피가 불가능하다는 걸 너무나 잘 알고 있었다. 그녀가 팔아버린 집 때문에 오갈 데가 없어진 오빠와의 전쟁은 결코 피할 수 없었다.

왕바이촨은 그녀가 통화를 마친 걸 확인하고 말을 이었다.

"환락송 친구들이 네 대신 잘 정리해줬으니 저녁이라도 먹고 가는 게 어때?"

"그래도 날이 밝을 때 가는 게 나을 것 같아. 혹시나 오빠랑 새언니가 근처에서 기다리고 있는지도 모르니까 살펴봐야겠어."

"지금 굳이 확인할 필요 없잖아. 어차피 내일부터 내가 차로 출퇴근 시켜 줄 텐데. 두 사람이 고향으로 돌아간 걸 확인하기 전까지는 최대한 눈에 안 띄는 게 좋아. 지금 돌아갔다가 차 창문 사이로 널 보기라도 하면 어쩌려고 그래?"

판성메이는 안절부절 못하며 손사래를 쳤다.

"가자, 가. 내 눈으로 직접 확인하지 않으면 계속 찜찜할 것 같아서 그래. 생각보다 올 게 너무 빨리 왔어."

왕바이촨은 하는 수 없이 판성메이를 환락송까지 데려다 줬다.

"봐봐, 내가 그랬잖아. 친구 놈한테 부탁해서 네 오빠랑 새언니가 고향에 돌아갔는지 확인해달라고 했어. 성메이, 제발 그렇게 신경 쓸 필요 없어. 두 사람 돈도 없는데 어딜 가겠어."

"너는 몰라, 돈 없는 사람이 제일 무서운 법이야. 흉악무도하다는 말 알지? 사흘 굶으면 도둑질 안 할 사람 없다잖아. 내가 걱정되는 게 그거야. 물불 안 가리고 무슨 짓을 할지 몰라서. 오늘은 운이 좋아서 두 사람만 온 거일수도 있어. 다음번에 우리 아빠라도 업고 오면 내가 어떻게 계속 숨어 있을 수 있겠어."

그녀의 추궁에 기가 죽은 왕바이촨은 혹여나 바보 같은 소리를 할까 봐 더 이상 입을 열지 않았다. 그녀는 집에 가까워지자 황급히 창문 뒤쪽으로 몸을 숨긴 채 긴장을 늦추지 않고 밖을 살펴보았다. 역시 판성메이의 생각이 맞았다. 그녀는 거지 행색을 하고 있는 새언니를 보았는데 진짜 거지처럼 구걸하고 있었다. 그렇다면 아마 그녀의 오빠도 근처에 있을 게 분명할 텐데 찾지 못했다.

판성메이는 어찌나 화가 나는지 소리를 지르고 싶었지만 옆에 왕바이촨이 있어서 꾹 참았다. 그녀는 혹시라도 입을 열면 소리를 지를까 봐 새파랗게 질린 채 입술을 꼭 깨물고 아무 말도 하지 않았다. 지하 주차장에 도착하자마자 아파트 안으로 뛰어 들어갔다. 뒤에서 왕바이촨이 소리를 질렀다.

"내일 아침 7시에 여기서 기다릴게."

판성메이는 뒤를 돌아보지도 않고 "OK" 하는 손 모양으로 대답을 대신하고 엘리베이터에 탔다. 왕바이촨은 그저 멍하니 그녀를 바라보고만 있을 뿐 아무 말도 하지 않고 차에 올라탔다. 그녀는 엘리베이터에 타자마자 소리를 지르고 싶었지만 춰샤오샤오 같은 배짱은 없었기에 실속 없이 마른기침만 해댔다. 어찌나 세게 하는지 엘리베이터에 타는 사람들이 다 그녀를 피할 정도였다. 판성메이가 문을 열자 추잉잉이 달려 나와 그녀를 끌고 2201호 앞으로 데려갔다. 그리고는 모기처럼 아주 작은 소리로 속삭였다.

"오늘 아침에 관쥐얼이 데이트 하러 나갔는데, 기분 좋은 얼굴로 갔다가 방금 얼굴이 완전 어두워져서 들어왔어. 조심해야 할 것 같아."

판성메이는 한숨을 쉬며 고개를 끄덕이고는 몹시 심각한 얼굴로 들어갔다. 추잉잉도 판성메이를 따라 심각한 얼굴을 하고 들어왔다. 관쥐얼이 두 사람이 이렇게 공감해 주는 걸 알면 얼마나 감격스러워할까 생각하면서 말이다.

2202호의 저기압은 4월까지 계속되었다.

4월 1일, 출근 한 관쥐얼은 안내데스크에서 파란 연꽃 한 다발과 작은 선물상자를 하나 받았다. 그 광경을 목격한 동료가 회심의 미소를 지었다. 알고 보니 오늘은 '만우절'이었다.

선물 상자 안에 들어 있는 두툼한 편지를 열어보니 정교하게 접은 종이 게 한 마리가 들어 있었다. 그녀는 그걸 보자마자 가슴이 두근두근 거렸다. 딱 봐도 누가 보낸 건지 알 수 있는 선물이었다. 숨을 깊게 여러 번 들이마시고 종이 게를 이리저리 살펴보았지만 아무리 살펴봐도 하얀 바탕에 아무 메시지도 찾을 수 없었다. 그렇게 몇 번을 더 살펴보다 게 껍데기를 열어보니 역시 그 안에 몇 글자가 적혀 있었다. 정말이지 전문가의 수준을 넘어선 정교함이 아닐 수 없었다.

"감히 꽃을 보내 봅니다. 그쪽이 생각나서요. 혹시라도 받고 싶지 않으면 상자를 열어봐요. 그 안에 씨에빙이 있는데 세게 한 입 깨물어 버려요. 그리고 그냥 만우절 장난이라고 여기고 웃어넘겨줘요. 즐거운 하루 보내요. 씨에빈 드림."

관쥐얼은 마음이 찢어질 듯 아파서 하루 종일 일할 만한 상태가 아니었다. 그에게 미안해야 할 사람은 정작 자신인데 이렇게 여전히 마음을 써주니 미안함이 더 컸다. 그녀는 수십 번 서랍을 열어 휴대폰을 꺼냈지만 뭐라고 답장을 해야 할지 몰라 다시 휴대폰을 집어넣었다.

결국 퇴근 시간까지, 아니 야근할 때까지 내내 휴대폰을 꺼냈다 넣었다를 반복했다. 녹초가 돼서 집에 돌아가는 길에도 일이 있어서 다행이라고 생각하며 딴 생각을 하지 않으려고 머릿속에 온통 일 생각만 가득 집어넣었다.

같은 날. 추잉잉은 잉친에게 메시지를 1통 받았다. "만우절 즐겁게 보내." 이렇게 한 줄이 다였다. 만우절이 즐거울 게 뭐람? 신경 써서 보낸 메시지가 아닌 건 확실했다. 하지만 추잉잉은 그가 자신을 생각했다는 것만으로 기분이 좋아졌다.

판성메이도 꽃 한 다발을 받았다. 이름도 알 수 없는 정말 예쁜 꽃이 아름아름 정성껏 포장되어 있었다. 그녀는 어려서부터 지금까지 이렇게 많은 꽃을 받아본 적이 없을 뿐더러 이렇게 예쁜 꽃도 처음이었다. 천자캉이 그녀에게 마음이 있을지 생각도 못했다. 카드에 이런 메시지가 적혀 있었다.

'무슨 핑계로 당신한테 꽃을 보내야 할지 몰라서요. 오늘도 나름 기념일이니. 그냥 한 번 웃으세요.'

그녀는 너무 기뻐서 한 번으로 부족했는지 하루 종일 웃음이 떠나지 않았다.

퇴근 시간이 다 되어 받은 1통의 메시지가 그녀의 웃음을 완전히 날려 버렸다. 왕바이촨이 보낸 메시지였다. '네 오빠라는 사람이 너희 아버지랑 약 봉지를 잔뜩 들고 우리 집에 놓고 갔대. 급히 전화 좀 부탁해.' 그녀는 만우절 메시지라고 생각하고 싶었다. 하지만 술에 취해도 거짓말을 못하는 왕바이촨이 이런 일로 장난칠 리 없다는 것쯤은 너무 잘 알고 있었다. 몹시 걱정되고 불안해진 그녀는 화장실로 달려가 빈 칸에 숨어서 그에게 전화를 걸었다. 왕바이촨은 그의 부모님이 화가 너무 많이 났으며 혹여나 그녀의 아버지가 어떻게 되실까 이러지도 저러지도 못하고 있다고 했다.

결국 그녀의 오빠가 해서는 안 될 극악무도한 일까지 벌이고 말았다. 더 이상 앉아서 보고만 있을 수는 없었다. 당장 뭐라도 해야 했다. 일도 손에 잡히지 않았다. 퇴근 시간이 되기만을 기다렸다가 부리나케 왕바이촨 사무실로 달려갔다. 하필이면 회의 중이어서 회의가 끝날 때까지 앉아서 기다릴 수밖에 없었다. 어떻게 해야 할지 너무 불안했지만 집에는 전화할 수 없었다.

잠시 후 왕바이촨이 회의를 마치고 나왔다. 그는 저절로 판성메이 손에 들려 있는 꽃다발에 눈이 갔다.

"나가면서 얘기하자. 나 정리하고 나올게."

판성메이는 그제야 자기 손에 꽃다발이 들려 있다는 걸 깨달았다. 그녀는 꽃을 한 번 쳐다보고 나서 옆에 있는 쓰레기통을 한 번 쳐다봤다. 그리고 고개를 들어 뒷정리 중인 왕바이촨을 바라봤다. 가슴이 조마조마하긴 했지만 두렵진 않았다. 차에 탄 두 사람은 약속이나 한 듯 동시에 말을 꺼냈다.

"어떡하지?" 그녀가 먼저 말을 이었다.

"차마 집으로 전화는 못 하겠어. 그 인간은 아빠한테 무슨 일이 생기는 건 안중에도 없는 거야. 그나저나 너의 부모님이 사고라도 날까봐 걱정하실 텐데, 어떡해. 아니 우리 엄마는 오빠랑 새언니가 이렇게 말도 안 되는 짓을 하는데 보고만 있었던 건가?"

"이건 말도 안 되는 정도의 일이 아니라, 완전 악독한 짓이야. 우리 부모님은 어떻게 밥을 먹이고 약을 먹이는지 몰라. 너가 우리 부모님이 잘 돌보고 있는지 모르겠다고 했는데, 너희 아버지를 설사 어떻게 한다고 해도 어차피 문제는 생기고 말 거야."

"그런 말투로 말하지 말아줘. 내 탓해 봐야 무슨 소용이야? 안 그래도 저 사람들이 내 목을 죄어오고 있는데 너까지 야단을 떨어야겠어? 다들 날 못 잡아먹어서 안달이군. 알았어!"

왕바이찬은 판성메이가 평소와 다르게 심하게 화를 내자 입을 다물었다.

그때 그의 어머니에게 전화가 와서 한시라도 빨리 판성메이와 상의를 해서 방법을 찾으라고 하셨다. 어머니의 불만과 원성이 끝날 줄 몰랐다. 춘절 이후로 두 사람이 헤어진 줄 알고 있었는데 지금까지 만나고 있을 줄은 몰랐던 것이다. 결과적으로만 보면 판성메이 같은 여자를 만나면 평생 조용할 날 없이 살게 될 거라는 어머니의 예상이 적중했다며 중년 아주머니의 잔소리는 쉽게 그칠 기미가 보이지 않았다. 두 사람은 작고 조용한 차 안에 있는지라 그의 어머니의 목소리가 너무나 선명하게 전해져 왔다. 왕바이찬이 통화를 마치자 그녀는 속에 있던 분노를 끌어올려 애꿎은 의자를 세게 내리치면서 소리를 질렀다.

"이런 멍청이! 인간쓰레기! 개자식! 머저리."

왕바이촨은 가만히 그녀의 화가 충분히 풀릴 때까지 기다렸다.

"어떻게 할 건지 얘기를 해보자."

"어떡하지? 지금 어머님은 나더러 피하지 말라는 게 분명하잖아. 그리고 너희 집에 가서 아빠를 모시고 나오라는 거지. 저 사람들 돈이 떨어지면 또 저렇게 나올 거야. 그럼 그때는 어떡해야 해?"

"그럼 엄마한테 경찰에 신고하라고 할까?"

"그래. 그게 제일 나을 것 같아."

왕바이촨은 다시 집에 전화를 걸었다가 엄마의 잔소리만 진탕 들었지만 일단 신고는 하기로 했다. 두 사람은 차 안에 꼼짝없이 갇힌 채 신고 처리가 어떻게 됐는지 소식을 기다리고 있었다. 생각보다 빨리 그의 어머니로부터 전화가 왔다. 하지만 경찰들도 집안일은 가족들끼리 알아서 잘 해결해보라고 권유했다고 했다. 그녀는 경찰들이 아버지 같은 환자를 다루기 꺼려한다는 걸 알았기에 시원한 답을 주지 못할 거란 것도 알고 있었다. 게다가 오늘 경찰이 와서 아버지를 다시 집에 모셔다 드린다 해도 오빠네 부부가 언제 또 아버지를 그의 집에 보낼지도 모르는 일이었다. 정말 막장 드라마가 따로 없었다.

"왕바이촨, 방법 좀 생각해 봐. 아니면 네 친구들한테라도 어떻게 도와달라고 할 수 없을까? 나한텐 너밖에 없어. 아버지에게 아무 일만 일어나지 않으면 무슨 방법을 써도 상관없어."

왕바이촨은 멍하니 그녀를 바라보고 있었다.

"일단 우리 집에 갔다 오자. 주말 이틀 동안 처리하고 올라오면 되잖아. 비행기 표가 있나 모르겠네."

취샤오샤오는 퇴근하면서 앤디에게 전화를 걸었다.

"언니, 주말인데 우리 둘 다 약속도 없는데, 뭐라도 하는 게 어때?"

"난 바오이판한테 가보려고."

"만우절 장난이지? 거기 지금 완전 난장판일 텐데, 거길 가겠다고? 신문마다 완전 스캔들처럼 다루고 있던데. 언니, 설마 모르는 건 아니지?"

"바오이판이 괜찮다면 괜찮을 거야."

"절대 안 돼, 그럼 내가 같이 가서 보디가드 해줄게."

"만우절 장난이지? 네가 보디가드를? 임신한 내가 하는 게 낫겠다."

"하하, 마침 빈자리도 있네. 언니 비즈니스 타고 갈 거지? 같이 가."

앤디는 하늘을 올려다보며 말했다. "만우절 장난?"

취샤오샤오는 작은 쥐 마냥 킥킥거리고 웃었다. 그리고는 얼마 지나지 않아 전화가 왔다. 지금 회사 근천데 차마 삐까번쩍한 건물 안까지는 못 들어가겠으니 아래로 내려오라고 했다. 앤디는 취샤오샤오의 차를 타고 함께 공항으로 향했다. 공항에 도착한 두 사람은 생각지도 못하게 긴장한 기색이 역력한 판성메이와 왕바이촨을 마주쳤다.

"여기서 만나네? 만우절을 꽤 리얼하게 보내나 봐?"

취샤오샤오는 자동 체크인 중인 판성메이를 멀리서 바라보고 있었다. 가서 아는 척까지 할 생각은 없었기에 앤디와 같이 짐을 부치러 갔다.

"생각해 봐. 저 두 사람이 왜 집에 가는 걸까? 성메이네 오빠랑 관련 있는 거 아닐까?"

"그럴 확률이 크지. 그렇지 않고서야 저렇게 우거지상을 하고 있을 리 없잖아. 저런 거 보면 형제가 있는 것보다 없는 게 낫다니까. 너희 오빠들은?"

"하하, 최근 반년 동안 내가 완벽하게 따돌려놨지. 어쩔 수 없어.

그들은 끙끙거리며 어떻게든 인맥을 넓혀보려고 애쓰고 있는데 내 친구들이랑 그 부모님들이 이미 하이시는 꽉 잡고 있거든. 비교가 안 되지. 언니 같은 머리만 있으면 나 하나 날아가는 건 아무것도 아니겠지만."

앤디는 그녀를 노려보았지만 그녀 말이 사실이었다.

네 사람은 공항 검색대에서 마주쳤다. 취샤오샤오는 두 사람을 머리에서 발끝까지 유심히 살펴만 보고 아무것도 묻지 않았다. 어찌되었든 왕바이촨이 그녀의 동업자이기 때문에 괜히 말 한마디 꺼냈다가 성가신 일이라도 생기면 상관하기도 그렇고 안하기도 애매한 상황이었다.

왕바이촨은 두 사람을 보자 두 눈이 반짝거렸다.

"두 사람 어디…. 아, 바오이판 씨 보러 가는군요?"

"네. 요즘 그 사람한테 일 좀 생겨서 기분이 좋지 않거든요. 가서 위로 좀 해주려고요. 샤오샤오가 기어코 같이 가겠다고 해서…. 못 떼어 놓겠더라고요."

"우리는 집에 가서 처리할 일이 있어서요. 성메이네 오빠가…."

왕바이촨은 판성메이가 뒤에서 발로 차는 것도 모르고 계속 말을 이었다.

"성메이네 오빠가 아버지를 우리 집에 버려놓고 가 버렸어요. 당장 뭘 어떻게 해야 할지 모르겠어서 일단 내려가서 생각해 보려고요."

앤디뿐만 아니라 취샤오샤오도 사고뭉치 오빠 얘기에 두 눈이 휘둥그레졌다. 쉽게 해결 될 일이 아니었다. 누가 이런 망나니 같은 사람과 상대를 해본 적이 있겠는가.

"어휴, 원수 집에 찾아가서 그런 일을 저지르다니, 언니네 오빠가 아버지를 문 앞에 두고 갔는데 누가 또 뭘 어쩌겠어. 혹시라도 인명 사고라도 나면…. 지금 언니 아버지는 지금 오빠 손에 있는 핵무기나 다름없는데."

취샤오샤오는 혼자 중얼거렸다. 그 말을 들은 판성메이는 얼굴색이 변했다. 아닌 게 아니라 그녀도 이런 생각을 해보긴 했었다.

"차라리 아버지를 하이시로 모셔와. 방 하나에 도우미 1명 구해서 아무도 모르는 데서 살면 언니네 오빠가 아버지를 인질로 잡을 일도 없지 않아?"

앤디도 그게 제일 간단하고 좋은 방법이라고 생각했다.

하지만 취샤오샤오가 먼저 반박했다.

"지금 왕바이촨네 집 앞에 아무도 없을 것 같아? 아마 3교대로 감시하고 있을걸. 누가 먼저 멘붕이 되나 지켜보는 거지."

"도망가면 그만이지. 그 사람들 좋은 차 리스해서 다니잖아? 아무 고속도로나 타서 그냥 따돌려버리면 되지."

"근데 뛰어봐야 벼룩이야. 근데 그렇게 되면 왕바이촨네 집이 앞으로 더 힘들어지지 않겠어?"

앤디는 취샤오샤오의 말에 아무 말도 할 수 없었다. 왕바이촨과 판성메이도 그녀의 말에 아무 말도 없이 풀이 죽어 있었다.

그들 앞에 놓인 길은 딱 하나, 판성메이가 보상해주는 길밖에 없었다. 판성메이는 몹시 낙담했다. 아무리 생각해도 가족들에게 휘둘리고 착취 당한 기억뿐이었다. 그녀는 정말 그 수렁에 빠져서 다시는 헤어 나오지 못하는 것인가? 정말이지 누군가를 해칠 수도 있겠다는 생각까지 들었다. 게다가 처음부터 그녀를 못마땅해하던 왕바이촨의 어머니를 대면해야만 했다.

앤디는 비행기에 탄 후 취샤오샤오에게 물었다.

"정말 방법이 없을까?"

"있지, 어떻게 없겠어. 근데 왕바이촨 오빠가 그럴 능력이 없는 거지. 건장한 남자 2명한테 부탁해서 성메이 언니네 오빠 손 좀 봐달라고 한 다음에 멀리 갖다가 버리면 돼. 그럼 구걸하든 뭐라도 해서 돌아오겠지. 새언니가 없으면 언니네 오빠 입에 풀칠이라도 하고 좋을 거야. 근데 새언니가 있으면 무슨 수를 써서라도 여비를 모으려고 할 거야. 재미없어. 오빠가 없으면 그 새언니란 사람이 설치고 다니지 않겠지.

앤디가 태연하게 이런 얘기를 하는 취샤오샤오를 진정시켰다.

"그런 방법은 안 돼."

"그러니까 말하는 거잖아. 도와줄 수 없다고. 이런 돈 한 푼 없는 망나니는 아무리 협박해도 소용없어. 오빠가 감옥에 들어가고 나서 판성메이 언니가 엄청 즐거워했다며, 그때부터 뭔가 심상치 않다 했어. 감옥은 어떻게 보면 좋은 학교야. 내가 보기에 판성메이 언니는 가망이 없어. 나는 오빠 둘이나 하나씩 깔끔하게 처리했는데, 그 언니는 그런 머리는 없나 봐. 죽기 살기로 달려들어서 해결해야지. 이런 능력은 나나 언니한테나 있는거야. 그래서 우리는 이렇게 일등석에 타는 거고 저들은 뒤에 껴서 탈 수밖에 없는 거야."

앤디도 할 말이 없었다. 사실, 취샤오샤오가 하는 말에는 반짝이는 지혜가 녹아 있었다.

최근 바오이판에게 골치 아픈 일들이 자꾸 일어났다. 휴대폰을 꺼두지 않으면 계속해서 전화벨이 울렸다. 친한 사람이건 모르는 사람이건 몇 번이고 전화를 해서 진척 상황을 궁금해했다. 갑자기 바오이판의 집안이 현지 경제 발전에 막대한 영향을 미치는 거물이 돼 버렸다. 그는 사용하던 휴대폰은 꺼버리고 새로 하나 구입해서 필요한 사람들에게만 연락을 했다.

앤디를 마중하기 위해 공항에 데리러 나오는 일도 선글라스에 모자까지 쓰고 몰래 숨어 있다가 시간을 계산하고 딱 맞추어 로비에 나타났다. 그런데 취샤오샤오만 같이 오는 걸로 얘기를 들었는데 놀랍게도 입국장에 네 사람이 나타났다. 바오이판은 흠칫 놀랐다. 앤디가 신변의 위험을 느껴서 보디가드로 몇 명을 더 데려온 건지 아니면 다른 계획이 있는 건지 알 수 없었다.

취샤오샤오는 나오자마자 바오이판에게 다가가 크게 웃었다.

"아이고, 탑스타 님 납시셨네요. 바오이판 오라버니."

바오이판은 어의가 없어서 피식 웃고는 앤디와 포옹을 나누고 짐을 받아들었다.

"저 두 사람은….'

"저 둘은 집에 일이 생겨서 온 거야. 우연히 비행기에서 만나서 같이 나왔어. 제발 아무 말도 하지 마. 이따가 내가 얘기해 줄게."

바오이판은 왕바이촨과 악수를 하고 공손하게 말했다.

"제 차에 다 탈 수 있을 것 같은데, 데려다 드릴게요."

"제가 바오 사장님을 귀찮게 해 드릴 수 없죠. 저희는 택시 잡아서 바로 시내로 들어가면 돼요. 시내에서 만날 사람도 있고요."

"아, 그럼 서둘러 출발해야겠네요. 여기는 하이시보다 사람들이 2시간 정도 일찍 자는 것 같더라고요."

앤디는 바오이판이 하는 말을 듣고 그에게 여유가 생긴 것 같아 가슴을 쓸어내렸다. 취샤오샤오는 판성메이를 한 번 흘겨보고 속으로 중얼거렸다. '이 언니는 대체 뭐 하고 있는 거야, 빨리 인사나 하지 않고. 설마 일이 더 엉망진창이 될 때까지 기다리겠다는 거야 뭐야. 설마 눈물 콧물 흘리며 앤디 언니한테 도와달라고 부탁하는 거

아니야? 정말 체면 때문에 별 짓을 다 하는구나.'

왕바이촨은 판성메이와 사뭇 달랐다. 그는 차에 올라타서 취샤오 샤오에게 말을 걸었다.

"샤오샤오, 부탁이 하나 있는데, 오늘 밤 네가 성메이 좀 보살펴주 면 안 돼? 판성메이랑 하루만 같이 자 줘라."

"서로 얘기 다 된 거야?"

"쟤 생각이야."

하지만 판성메이가 말했다.

"근데…, 아빠를 안 보면 안심이 안 될 것 같아."

"아무리 생각해 봐도 너희 오빠의 목적은 나를 미끼로 너를 어떻 게 해보려는 거 같은데, 너는 가지 말고 내가 해결할 수 있게만 해주 면 내가 인정사정 봐주지 않고 해결할게. 너랑 아무 관계가 아닌 것 처럼만 보이면 앞으로도 네 오빠도 내 약점을 잡지는 못할 거야. 그 리고 아버지는 집에 안전하게 모셔다 드릴게. 이번 일은 이렇게 해결 하는 수밖에 없어."

"이 방법은 너희 집에 변명하는 것 밖에 안 돼. 근본적으로 해결되 는 건 없잖아."

판성메이는 뭔가 불만스러웠다. 그런데 가만히 듣고만 있을 수 없 었던 취샤오샤오가 중간에 끼어들었다.

"왕바이촨 오빠도 변명할 생각하지 마요. 오늘 형님 몇 명 불러다 가 판성메이 오빠를 흠씬 패준다고 쳐요. 그러면 당신이 하이시로 돌 아가면 연로하신 부모님만 남아 계시겠지. 그럼 성메이 언니네 오빠 가 당신 부모님한테 들러붙지 않겠어요? 판성메이 언니와의 관계를 부인한다고 그게 해결될까요?"

"맞아. 내가 보기에도 너희 집에다가 서둘러 변명하고 싶어 하는 얼굴이야. 샤오샤오, 가장 좋은 방법이 뭐 있을까?"

판성메이의 말에 왕바이촨의 얼굴이 일그러졌다.

"방법이 있어도 언니는 못해. 언니처럼 소심해서 큰일을 벌일 생각도 못하는 사람은 눈앞에서 저렇게 날뛰는 사람이 있어도 뺨 한대 못 때리잖아. 즉, 방법이 있는 게 방법이 없는 거야. 내가 언니라면, 쇠 파이프 하나 가져가서 텔레비전이나 전등, 유리창같이 깰 수있는 것들을 다 깨부술 거야. 그리고 아버지를 모셔다가 놓고 앞으로한 번만 더 아버지를 괴롭히면 다음번에는 그들 머리가 날아갈 거라고 말하는 거야. 할 수 있겠어? 아마 그 가녀린 팔로 쇠 파이프 드는것도 쉽지 않을걸."

판성메이는 지푸라기라도 잡는 심정으로 왕바이촨을 쳐다봤더니얼굴이 새파랗게 질려 있었다.

"그런 일은 너 혼자서는 못해. 내가 같이 하거나 나 혼자 해야지. 근데 해도 아무 효과 없고 괜히 부모님만 끌어들이는 계기가 되고말 거야."

"왕바이촨 오빠 말이 맞아."

취샤오샤오는 판성메이가 또 화를 내서 여러 사람 앞에서 난처함을 당하기 전에 얼른 그의 말에 동의해주자, 그가 어둠 속에서 취샤오샤오에게 눈빛으로 고마운 마음을 전했다.

"왕바이촨 오빠가 딱 두 가지 정도는 도와줄 수 있을 거야. 하나는중노동, 그건 언니네 아버지를 집으로 모셔다 드리는 일일 거고. 다른 하나는 자금줄, 언니네 집을 부양하는 가장이 되는 거지."

판성메이는 왕바이촨을 한 번 보다가 취샤오샤오도 돌아봤다. 왕바이촨이 한마디도 하지 않자, 판성메이가 재촉했다.

"왕바이촨, 말 좀 해봐."

취샤오샤오는 자기도 모르게 판성메이를 째려봤다. 앞에 있던 바오이판이 인상을 찌푸렸다. 앤디만 얼굴빛 하나 변하지 않았다. 왕바이촨은 가만히 있다가 마침내 입을 열었다.

"샤오샤오가 말한 첫 번째는 이제 가서 하면 되고, 두 번째는, 너랑 같이 너희 부모님을 모시는 건 당연하지. 하지만 네 새언니를 도와주는 거나 그들의 강요로 모시게 된다면 그건 못 할 것 같아. 근데 오늘 일어난 일을 보면 너희 부모님을 보살피는 것보다 너희 새언니를 보살펴야 한다는 게 문제지. 아직 서로에게 좋은 방법이 떠오르지가 않네. 아무튼 오늘 밤에는 먼저 아버지를 집에다 모셔다 드리고 나서 반응을 보고 다음 수순으로 넘어가도록 하자."

"나도 같이 갈게. 가서 그냥 멀리서만 보고 있을게."

"날 믿는다면 오늘은 샤오샤오랑 같이 있어. 네가 같이 가면 너까지 돌보지 못할까 봐 그래. 한밤중에 골목에 혼자 있으면 위험해. 너희 오빠쪽 사람들이 너를 보기라도 하면 더 복잡해질 뿐이야. 그 사람들은 우리 부모님을 찾아야 널 찾을 수 있다고 알고 있으니까, 한도 끝도 없을 거야."

"우리 집 밑에서 보고 있을게, 일이 어떻게 돌아가는지 직접 봐야 안심할 수 있을 것 같아. 넌 네 일만 신경 써."

"알았어."

판성메이는 왕바이촨이 이렇게 갑자기 대답할 줄을 꿈에도 몰랐다. 게다가 딱 한 마디뿐이라니, 조금 이상했다. 하지만 왕바이촨이 휴대폰을 켜서 친구들과 만날 장소를 정하느라 판성메이와 논의할 새도 없었다.

그때 갑자기 취샤오샤오가 애교를 부리며 왕바이촨에게 말을 걸었다.

"왕바이촨 오빠, 나도 같이 갈래."

"샤오샤오, 거기엔 안 가는 게 나아. 괜히 다른 문제나 일으키지 말고."

앤디가 드디어 입을 열었다.

"아니, 가서 도와주려고. 내가 왕바이촨 오빠 여자 친구인 척하면 되지. 어차피 언니랑 오빠가 사귀는 사이가 아니라고 할 거라면, 오빠네 집에 변명하기에 이만한 방법이 또 어디 있어? 단지, 내 생각에도 판성메이 언니는 오빠네 집에 가지 않는 게 제일 좋을 것 같아. 어쨌든 내가 가서 사람들 앞에서 오빠랑 키득거리고 그러는 거 보면 속상하잖아."

왕바이촨은 그런 취샤오샤오가 고마웠다.

"한밤중에 너만 귀찮게 됐네."

"응, 그럼 너희 집으로 먼저 가자. 잘됐네."

판성메이가 어금니를 꽉 깨물면서 말했다. 판성메이는 자신을 도와주려고 하지 않고 그의 집에 변명할 생각부터 하는 왕바이촨이 몹시 실망스러웠다. 우습지만 어쩌면 엄마와 여자 친구가 물에 빠졌을 때, 둘 중 누구를 먼저 구할 건지 묻는 질문에 한 치의 망설임도 없이 엄마를 선택할 사람이었다. 세상 모든 남자들이 왕바이촨 같다면 이 유치한 질문이 지금까지 남아 있지 않았을 것이다.

취샤오샤오는 판성메이의 기분 따위는 신경 쓰지 않고 먼저 왕바이촨의 일을 해결해 주기로 했다. 그가 일에 집중할 수 있어야 본인의 사업에도 영향을 미치지 않을 수 있기 때문이었다. 친구들과 만나기로 한 장소에 도착하자 그녀는 앤디에게 짐을 넘기고 차에서 내렸다. 바오이판은 그들이 다 내리고 나서야 겨우 한숨을 돌렸다.

"정말 못 참겠던데요. 그냥 왕바이촨을 믿고 맡겨 주면 될 일을…,

저렇게 막무가내로 나오는 사람을 상대하기가 물론 쉬운 일은 아니지만 그 사람이 사업도 오랫동안 해와서, 알아서 잘 해낼 거예요. 근데 여자 친구라는 사람이 자기 남자친구를 믿지 못하고 무시하는 것 같아요. 그걸 다 참아주고 있는 왕바이촨이 대단하네요. 저 두 사람…."

바오이판이 고개를 절레절레했다.

"나도 좀 그랬어요. 자기가 직접 하면 안 되는 건지. 취샤오샤오가 말한 것처럼 죽기 살기로 몽둥이라도 하나 들고 쫓아가서 덤벼보면 누가 먼저든 꼬리 내리는 사람이 있을 테니까 말이에요."

바오이판은 웃음이 절로 나왔다.

"당신도 참, 어쨌든 좋네요. 당신한테서 취샤오샤오를 떼어놓으려고 친구한테 부탁해 뒀는데, 지금 보니까 그녀 스스로 재밌거리를 찾은 것 같네요."

"당신 수척해보여요. 기운도 없어 보이고."

"며칠 잠을 잘 못자서 그런가 봐요. 일이 많았잖아요. 긴장을 풀 수가 없어서. 우리 이틀 동안은 호텔에서만 지내요. 저 사람들 피해서 당신이랑 나랑 만요."

"그나저나 당신 아버지는 무슨 생각인 거예요? 당신한테 다 넘겨준다고 한 거 아니었어요?"

"그분 말을 믿을 수 있겠어요? 지금 기세등등해서 어머니가 부동산 회사에 심어둔 사람들을 정리하고 계세요. 미련 없이 떠날 수 있겠어요? 이런 얘기는 하지 말아요. 아, 그리고 여기서 아는 사람이라도 만나면 시끄러워질 테니 호텔에 도착하면 직원통로를 통해서 들어가요. 살짝 불륜 같긴 하겠지만, 괜찮죠?"

요즘 바오이판을 보면 가엽다는 말과 딱 들어맞았다. 앤디를 내려준 후, 오며가며 만나는 사람들이 거의 아는 사람들이라 혹시라도 누구라도 그가 여기 있다는 사실을 알게 될까 봐 차량용 덮개까지 씌워 두었다. 앤디가 팔짱을 끼고 웃으면서 말했다.

"난 아무것도 안 하고 당신이 하는 것만 지켜볼게요. 느낌이 이상하긴 하지만 그래도 좋네요."

"당신이 기회를 준 적이 없잖아요. 남자들은 말이죠. 마음에 드는 여자를 위해서 하는 일이라면 그게 뭐든 상관없어요. 단지 판성메이처럼 모든 걸 해주길 바라면서 무시하는 것만은 하지 말아요."

"무시하기 때문에 상대방에게 부탁하지 않는 거라고 할 수 있는 거네요? 논리적으로 따져 보면 그게 맞는 것 같은데."

"앞으로 당신이 나에게 맡겨 주지 않으면 이 논리로 대응을 하면 되겠네요. 당신이 날 무시하는 거라고 생각하고 말이죠."

앤디는 방금까지만 해도 논리적으로 반박하고 싶었지만 그간 있었던 일을 생각하니 바오이판을 아예 관여하지 못하게 했었다. 그가 약간의 서운함을 내비친 것이다.

"나는 혼자 있는 게 습관이 돼서 거의 모든 일을 혼자서 해결하곤 했어요. 당신한테 맡겨도 될 일도 나름의 계획이 있어서 당신한테 넘기기 싫었던 거예요. 앞으로는 당신한테 맡겨 볼게요. 자, 나랑 취샤오샤오의 짐부터 넘겨 드리죠."

양손에는 앤디와 취샤오샤오의 짐이 들려 있고 어깨에 자기 짐까지 메고 있는 모습이 조금 힘들어 보이긴 했다. 사실 앤디는 이해가 되지 않았다. 합리적으로 분담하는 게 훨씬 효과적이지 않나? 보아하니 앤디는 남녀 사이의 심리적 영역에 적응이 더 필요해 보였다.

판성메이는 왕바이촨 친구 차를 타고 먼저 집 근처에 도착했다. 왕바이촨은 친구들이 있어서 웃으면서 내리긴 했지만 그녀의 따가

운 시선을 느꼈다. 취샤오샤오는 그 광경을 지켜보면서 낄낄거리며 웃었다.

"왕바이촨 오빠, 정말 판성메이 언니네 식구들을 먹여 살릴 생각이에요?"

왕바이촨은 대답을 피했다.

"샤오샤오, 내가 친구들이랑 일을 시작하면 넌 알아서 숨어 있어. 내가 너까지 신경 쓰지 못할 수도 있어."

"상관없어요. 차에서 내리면 뒤에 있는 공구함을 뒤져서 스패너라도 들고 있을 테니까. 근데 판성메이 언니가 근처에서 지켜보고 있을 텐데 괜찮겠어요? 나중에 오빠한테 책임이라도 물으면 어떡해요?"

왕바이촨은 깊은 탄식을 쏟아냈다.

"얘네 집안일은 처리하기가 참 어려워. 오빠가 일을 못 구하니까 판성메이가 보내주는 돈으로만 생활을 하는데, 세 식구가 살 돈으로 다섯 식구가 살려니 쉽진 않겠지. 결국 불쌍한 건 부모님 두 분 뿐인데 어떻게 냉정하게 굴 수 있겠어. 오늘 밤은 무슨 일이 있어도 우리 집 일은 해결해야 해. 그리고 앞으로 어떤 협박도 안 통한다는 걸 완벽하게 보여줘야 우리 두 사람이 잘 지낼 수 있을 것 같아."

"그래서 결론은 판성메이 언니네 집안을 먹여 살리겠다는 거네요."

왕바이촨은 아무 대답도 않았다. 그의 집에 도착하자 취샤오샤오가 애교 넘치게 말했다.

"왕바이촨 오빠, 문 열어 줘야지. 이제부터 내가 여자 친구잖아."

왕바이촨은 그때서야 취샤오샤오가 맡은 역할이 떠올라 재빨리 에스코트를 해줬다. 그의 친구들은 너무 우스웠지만 그녀는 아랑곳하지 않고 그의 팔에 손을 얹었다. 정말 그럴듯해 보였다. 왕바이촨의 어머니가 다급하게 내려오시는 걸 보고 달려가서 안아드렸다. 그

러자 깜짝 놀란 어머니는 뒤로 물러서서 끽소리도 하지 못했다. 그
러자 취샤오샤오는 왕바이촨이 붙잡을 때까지 어머니를 부르며 용
감하게 다가갔다. 그녀도 배가 아플 정도로 웃기긴 했지만 이 상황을
충분히 즐기고 있었다.

가뜩이나 뭘 해야 할지 안절부절 못 하던 왕바이촨은 취샤오샤오
가 살짝 거슬리긴 했지만 마음속으로 이 연극이 어느 정도 효과가
있을 것 같다는 생각이 들었다. 왕바이촨의 어머니 앞까지 다가간 취
샤오샤오는 판성메이 아버지의 상태를 확인하는 일을 잠시도 지체
할 수 없었다. 방금 이 집에 들어오면서 그녀의 아버지가 이불에 싸
인 채 허술한 들것에 누워 있는 모습을 보았는데 살아 있는 사람 같
지가 않았다. 왕바이촨의 어머니가 어쩔 줄을 몰라 했다.

"건드릴 수가 없더구나, 손도 못 대겠더라고. 대체 누가 이런 짓을
할 수 있겠니. 저런 사람을 문 앞에 버려두고 가버렸어. 아무것도 없
이 이렇게 차가운 바닥에 앉아 계시더라고. 나는 그 사람들이 소란을
피우다 가겠지 하고 생각했는데, 문을 여니까 우리 집 대문 안까지
들어와서 여기다 내던지고 가버렸어. 네가 와서 정말 다행이다. 얼른
모셔다 드려. 그 집 딸은?"

취샤오샤오가 웃으면서 말했다.

"그 집 딸은 찾아서 뭐하시게요? 다 과거인데. 지금은 제가 있으니
까요."

그의 어머니는 믿지 않는 눈치였다. 오후까지만 해도 새로운 여자
친구에 대해서 일언반구도 없었는데 그럴 리 없지 않은가. 그녀는 제
멋대로 행동하는 취샤오샤오가 못마땅한지 아들이 돈을 주고 연극
배우를 데려왔다고 확신했다.

왕바이촨도 굳이 설명하지 않고 친구들과 같이 판성메이의 아버

지를 모시고 판성메이의 집으로 향했다. 누군가 이 근처에 숨어서 왕바이촨을 지켜보고 있을 게 분명했다. 왕바이촨 일행이 판성메이의 집 앞에 도착하자 그녀의 오빠와 새언니, 그리고 몇 사람이 아래로 내려왔다. 상대방의 수도 만만치 않은데다가 손에 흉기까지 들고 있는 게 전력적으로 이쪽이 질 가능성이 농후했다. 자칫하면 큰일이 일어날 수도 있는 상황이었다. 취샤오샤오가 "NO!" 하고 소리를 꽥 질렀다. 왕바이촨도 그녀의 의도를 눈치채고 황급히 차 문을 열어 판성메이의 아버지를 바닥에 내려놓고 바로 현장을 빠져나왔다. 차 안에 있던 사람들은 그제야 안도의 한숨을 내쉬었다. 다행히 반응속도가 빨라서 늦지 않게 빠져나올 수 있었다. 그녀의 오빠를 잡아 혼쭐을 내주겠다던 원래 계획은 완전 망쳤다.

먼저 도착해서 나무 뒤에 숨어 있던 판성메이는 왕바이촨이 허둥지둥하다가 아버지를 바닥에 내려놓고 누워 있는 아버지 옆을 쌩하니 도망치는 모습을 보자 왕바이촨에게 전화를 걸어 미친 듯이 욕을 퍼붓고 싶었다. 하지만 그 순간 누군가 내려오는 모습이 보였다. 역시나 그녀의 오빠와 새언니, 심지어 새언니의 친척들까지 모두 그녀가 아는 사람들이었다. 그녀는 너무 놀라 아무 말도 나오지 않았다. 휴대폰 진동이 계속 울렸지만 차마 받을 수 없었다.

그들은 아버지를 짊어지고 다시 집에 돌아가야 할지 한창 의논 중이었다. 그들이 걱정하는 것은 아버지의 안위가 아니라 늦은 밤이라 다시 왕바이촨네 집으로 데리고 갈 차를 잡기가 어렵다는 것이었다. 그녀는 너무 화가 났지만 지금 당장 아무 것도 할 수가 없었다. 눈물이 마구 쏟아져 나왔다. 그때 판성메이의 어머니가 밖으로 나와 흐느끼며 아버지를 끌어안고 놓지 않았다. 오늘은 무슨 일이 있어도 절대 보낼 수 없다며 이러다가 아빠를 떠나 보내야 할지도 모른다고 애원

했다. 하지만 그녀의 오빠는 쇠뿔도 단김에 빼야 한다며 더 이상 지체하지 않고 아버지를 다시 보내기로 했다. 판성메이의 어머니는 울며 소리쳤다.

"아버지를 죽일 작정이냐! 네 아빠 퇴직금도 한 푼도 없는데 어쩌겠다는 거야."

그녀의 오빠는 뭔가 깨달았는지 사람들을 불러 아버지를 등에 업혔다. 판성메이는 너무 두려운 나머지 한참을 울었다.

집 앞 상황이 잠잠해진 것을 확인하고 나서야 왕바이촨에게 전화를 걸었다. 왕바이촨의 친구와 취샤오샤오가 그녀를 데리러 왔다. 차에 타면서 그녀가 물었다.

"왕바이촨은?"

"왕바이촨은 지금 정신 없어. 그 집 식구들은 이 밤에 짐 챙겨서 도망갔고 지금 문도 철문으로 막을 판이야. 그거 정리하러 갔어. 우리는 일단 시내로 돌아가 있으면 돼."

판성메이는 순간 멍해졌다.

"무슨 뜻이야?"

"무슨 뜻이긴. 오늘 밤 우리가 진 거라고. 왕바이촨 오빠네 부모님이 여기 계시는 한 언니네 오빠가 계속해서 못살게 굴 거야. 일단 언니네 집 일 먼저 해결하고 다시 얘기해. 이게 정말 무슨 일인지…. 취샤오샤오 사전에 지는 일이라는 건 한 번도 없는데."

취샤오샤오는 자기와는 관계가 없는 일이었지만 누구보다 침울해 보였다.

모든 게 엉망이 돼 버렸음을 안 판성메이는 할 말을 잃었다. 대체 뭘 어떻게 해야 할지 도무지 감이 오지 않아서 마음이 너무 복잡했다. 아버지는 저렇게 고통을 받고 있고, 어머니는 눈코 뜰 새 없이 바쓰고 오빠라고 하나 있는 망나니는 동생 돈을 뺏겠다고 저렇게 칼을 갈고 있으니, 대체 언제부터 집안이 이렇게 엉망진창이 됐는지 알 수가 없었다. 게다가 왕바이촨 부모님은 이 밤에 야반도주라니. 처지를 바꿔서 생각해보면 졸지에 자기 집안이 엉망진창이 됐으니 그의 어머니의 원한이 뼈에 사무치지 않을 수 있겠는가. 앞으로 그의 부모님 앞에서 고개나 들 수 있을지 입술을 꼭 깨물고 눈물만 닦고 있었다.

앞자리에 있던 취샤오샤오가 물었다.

"언니, 그래서 어쩔 생각이야?"

3번이나 물었지만 아무런 대답이 없기에 뒤를 돌아보니 판성메이의 얼굴이 눈물로 가득했다. 울고 있는 얼굴에 뭐라고 비꼬면 좋을지 모르겠어서 얼굴만 찡그리고 다시 물어보지 않았다.

취샤오샤오가 판성메이를 방으로 끌고 들어가자 그녀가 물었다.

"내가 오빠를 만나서 담판을 지어 볼까?"

"뭘? 내가 보기엔 지금 방법은 딱 하나야. 마음 독하게 먹고 언니네 아버지가 오빠 손에 돌아가시는 걸 기다리는 수밖에."

"내가, 내가 돈을 줘버리면?"

"그러네, 언니 돈 많잖아. 저번에 오빠 집 팔고 몇 만 위안 정도 남지 않았어? 다 줘버려."

판성메이는 그건 아닌 것 같았다.

"샤오샤오, 머리가 너무 복잡하니까 너까지 날 궁지로 몰지 말아 줘. 일단 나 잘게. 왕바이촨한테 전화 오면…. 근데 전화를 할까?"

취샤오샤오는 판성메이의 어깨를 토닥였다.

"왕바이촨 오빠도 사람인데, 너무 많은 걸 요구하지 마. 집안이 엉망이 된 것도 모자라 여기도 못 돌아오고 있잖아. 마음이 얼마나 괴롭겠어. 어휴, 나도 기운이 하나도 없네. 내려가서 스파나 하고 와야지."

"샤오샤오, 왕바이촨이 우리 아빠를 차 밖에다 내려놓고 나서 뭐라고 했어?"

"잠깐만, 지금 언니 말은, 그러니까… 왕바이촨 오빠가 언니 아버지를 차에서 내려놨다고 원망하는 거야?"

판성메이는 목이 메어 아무 말도 하지 않았다.

"스파 갔다 올게."

취샤오샤오는 판성메이를 보고 있다가 소리를 꽥 지르고 나와 버렸다. 그리고 판성메이와 같은 방을 쓰고 싶지 않아서 다른 방으로 새로 체크인 했다. 당분간은 저 얼굴을 보고 싶지 않았다. 오늘 하루도 견딜 수 없었다. 취샤오샤오는 스파를 마치고 짐을 가지고 갔다. 판성메이는 이미 잠들어 있어서 살금살금 조심스럽게 짐을 챙겨서 나왔다. 사실 판성메이가 어떻게 마음 편히 잘 수가 있었겠는가, 그녀는 취샤오샤오가 돌아온 것도 알고 있었다. 원래부터 취샤오샤오는 그녀를 상대하고 싶지 않아 했는데, 오늘이라고 해서 다르지 않았다. 판성메이는 어둠 속에서 천장만 바라보고 있었다.

'어떡하지?' 그녀의 아버지가 허름한 포대 자루에 싸여 아무렇게나 버려져 있던 걸 생각하면 마음이 이리도 심란해지는데 어떻게 마음에 독기를 품지 않을 수 있단 말인가.

쉬고 있던 취샤오샤오는 왕바이촨의 전화를 받았다. 그가 슬며시 물었다.

"성메이는 자? 복도로 나와서 전화 받을 수 있어?"

"응, 판성메이 언니 혼자 자라고 방 바꿨어요. 오빠나 어디 들어가서 통화 하시죠."

"난 못 갈 것 같아. 어머니가 화가 너무 많이 나셔서 계속 울고 계서. 성메이는 뭐래?"

"언니가 뭐라고 말했을지 아직도 모르겠어요? 왜 직접 전화 안 하고 나한테 한 거예요? 무슨 좋은 소리 들으려고."

왕바이촨은 가슴이 답답했다.

"아, 알겠어."

"솔직히, 뭐 좀 물어볼게요. 내일 몇 사람 더 불러서 판성메이네 집에 안 갈 거예요?"

"네 말대로라면, 이건 완전 패싸움인데, 그건 범법행위잖아. 다른 방법이 있는지 좀 더 생각해…."

"악! 짜증나!"

취샤오샤오는 화가 나서 전화를 끊어버렸다. '패싸움이라 안 되고, 범법행위라 안 된다고 하면, 그럼 오늘 저녁에 그쪽에서 데리고 온 남자 2명은 대체 뭔데?' 그녀 역사상 처음으로 진 싸움이었다. 이 두 남녀의 의견 충돌로 일이 어디로 갈지 해결이 날지 모르는 일이었다. 취샤오샤오는 화가 나서 어쩔 줄을 몰라 소리를 질렀다. 어쩌면 이렇게 하나같이 다 겁쟁이인지, 혈기 있는 사람은 찾아볼 수도 없었다.

그러다 갑자기 머리가 맑아졌다. 왕바이촨은 뭐 때문에 판성메이를 위해서 이렇게까지 죽기 살기로 하는 걸까? 그도 나름의 방법이 있을 것이다.

방금 스파를 마치고 온몸이 나른해진 취샤오샤오는 침대 가운데에 떡하니 엎드려서 눈동자를 이리저리 굴렸다. 마음에 갈등이 일었다. 작년 말 환락송 22층에 사는 여자 5명이 모두 판성메이 집에 모여 집까지 쳐들어 온 채무 독촉자를 쫓아냈을 때 얼마나 통쾌했는지. 당시 그녀를 주축으로 앤디는 배후에서 인력을 배치하고 조종했었다. 의지할 수 있는 데라곤 오직 다섯 사람, 그녀들 뿐이었다.

반면, 오늘 그녀가 기대했던 건 아주 통쾌한 웃음거리 정도였다.

앞에 서 있는 주인공 2명 중 1명은 집중하지 않고 1명은 딴 마음을 갖고 있는데 어떻게 이 연극이 제대로 끝날 수 있겠는가. 취샤오샤오는 누군가와 이 답답함을 나누기로 마음먹었다. 하지만 전화를 받은 사람은 바오이판이었다. 취샤오샤오는 혀를 날름 내밀고 히히 거리고 웃었다.

"바오이판 사장님, 판성메이 언니네 집에 무슨 일이 있었는지 듣고 싶지 않죠? 그러니까 앤디 언니 좀 바꿔주세요."

"여긴 내 구역이니까, 앤디 전화지만 날 거쳐야 돼요. 말해 봐요. 뭐가 마음에 안 드는지."

"바오이판님, 안 그래도 바쁘신 분한테 이런 쓸데없는 일로 귀찮게 하고 싶지 않아요."

"하하."

바오이판이 앤디에게 말을 전하고 바로 그녀에게 말했다.

"언니가 여기 와서 얘기하래요. 안 그러면 당신이 이 호텔을 무너뜨릴 수도 있을 것 같다고."

취샤오샤오 큰 소리로 웃었다. 앤디가 그랬기는, 바오이판이 혹시라도 취샤오샤오가 앤디를 못살게 굴까 봐 걱정돼서 그랬던 거겠지. 하지만 앤디 생각이 맞긴 맞았다. 취샤오샤오가 이 답답함을 풀지 못하면 오늘 밤 이 호텔을 초토화가 되고도 남았을 것이다. 그녀는 실내 슬리퍼를 신고 앤디 방으로 발걸음을 옮겼다.

앤디가 웃으면서 들어오는 그녀를 맞았다.

"판성메이 집에서 재미없었어? 아니면 완승을 거둔 거야?"

"지금까지 방에 불이 켜 있는 걸 보니 밤중에 잠도 안 자고 날 기다리고 있었던 것 같은데, 내가 어떻게 두 사람을 기다리게 하겠어."

취샤오샤오는 방으로 들어와서 바오이판과 인사를 나눴다.

"널 기다리고 있었던 건 아니지만, 바오이판 집안에도 일이 많아서 밤새 얘기해도 끝이 안 날 지경이라 머리가 터질 것 같아. 저 사람 그만 얘기하라고 해. 너무 잔인해."

취샤오샤오도 순간 멍해졌다. 그렇지! 바오이판 집안도 지금 쑥대밭이 돼 버렸지. 그녀가 중얼거렸다.

"알았어. 두 사람한테 말 안 할래. 얘기 계속 나누시죠. 난 자러 갈게."

취샤오샤오는 얼른 뒤돌아 밖으로 나가려고 했다.

앤디는 어리둥절해서 취샤오샤오를 붙잡았다.

"왜 그냥 가게? 방금 전에 말한 건, 너보고 가라고 한 건 아니야. 미안해."

취샤오샤오는 바오이판을 한 번 보고 재빨리 대답했다.

"아니, 괜찮아."

그리고는 쌩하고 도망치듯 나가려고 했지만 여전히 옷깃이 앤디에게 잡혀 있어서 멀리 가지는 못했다.

"언니, 방 안에 남자도 있는데, 이런 망가진 모습을 보이면 안 되지."

"그러니까 말해 봐. 말 안하면 이 호텔이 어떻게 될지 몰라."

취샤오샤오는 웃으면서 자리로 돌아와서 방금 전까지 보고 들은 일을 모조리 얘기해주었다.

바오이판은 너무 의아했다.

"왕바이촨이? 정말 부모님을 모시고 판성메이 오빠를 피해서 도망까지 갈 생각이라고? 자신의 힘으로 일을 해결해야지 집안 사람들까지 동원해서 일을 크게 만들면 나중에 판성메이가 부모님을 어떻게 뵐 수 있겠어?"

취샤오샤오는 소파 팔걸이를 탁 치며 말했다.

"그래서 지금 왕바이촨이 멍청한 놈이란 말이죠? 뭐 다른 생각이 있나보죠. 또 그렇게 대단한 일도 아니고요. 내가 봤을 때는 판성메이처럼 삐뚤어진 사람이 배신할 수도 있어요. 근데 왕바이촨도 똑같아요. 그렇게 애매하게 구는데 저게 무슨 남자예요? 어떻게 믿을 수 있겠어요?"

바오이판도 한마디 거들었다.

"예리하군."

그러자 앤디가 미간을 찌푸렸다. 두 사람이 말한 가정 내 갈등은 경험해 본 적이 없어서 좀처럼 납득이 되지 않았지만 취샤오샤오가 마지막으로 한바탕 퍼붓고 나니 뭔가 명확하게 이해가 되는 것 같았다. 취샤오샤오는 그토록 사랑했던 자오치펑과 헤어지고 나서 아무말도 못하고 혼자서 끙끙 앓고 있었으니 얼마나 답답했을까. 오늘에서야 드디어 그 답답함을 풀 기회가 제대로 생긴 것이다. 왕바이촨에 대한 불만은 둘째 치고 그녀는 며칠 간 쌓아 둔 울분을 다 쏟아 냈다. 앤디가 방에 들여 줘서 얘기라도 할 수 있어서 얼마나 다행인지, 그렇지 않았으면 오늘 밤에 무슨 소란을 피웠을지 몰랐다.

바오이판이 취샤오샤오에게 물었다.

"판성메이의 분풀이를 해주고 싶은 거예요? 이미 좋은 아이디어가 있는 것 같은데?"

"분풀이를 해주려면 여기 건달 몇 명이 필요한데. 나 도와줄 거죠? 안 도와주면 그만두고 가서 잠이나 잘래요."

"친구들한테 의리녀라고 통하던데, 당연히 도와줘야죠."

"아, 이건 확실히 해두죠. 판성메이는 제 친구는 아니에요. 내가 그녀를 돕는 건 그녀와 왕바이촨의 관계가 끝날까 봐 그러는 거예요. 그럼 또 그녀가 유부남을 만날지도 모르고. 내 목적은 단 하나, 불륜녀 제거예요. 그럼 사회에도 좋은 일이잖아요. 안 그래요?

"또 함부로 말한다. 그건 네가 갖고 있는 선입견이야."

앤디가 중간에 끼어들었다.

"함부로 말하는 거 아니야. 판성메이 언니 성격이 그래. 그녀가 왕바이촨 오빠를 잡는 걸 도와주지 않으면 이미 서른이 넘은 사람한테 너무 가혹한 일이 벌어질 게 뻔하잖아. 바오이판 사장님, 딱 10명만 구해 줘요. 밤에 가서 쥐도 새도 모르게 처리하고 올게요. 아주 끝장을 내고 올 거예요. 그런 망나니는 손 좀 봐줘야 정신을 차리니까."

달빛도 없고 바람도 세차게 부는 깊은 밤, 차량 4대가 판성메이 집 앞에 도착했다. 차가 멈추자 취샤오샤오가 멋지게 등장했다. 앤디와 바오이판은 눈에 잘 띄지 않는 산타나 맨 뒷자리에 앉아서 그녀가 사람들을 이끌고 올라가는 모습을 지켜보고 있었다. 그들은 판성메이 집 현관문을 매우 세게 두드렸다. 그런 소리가 3번 정도 들리다가 갑자기 쾅하는 소리가 났다. 바오이판은 그들이 문을 부수고 들어갔다고 판단했다. 그리고 시끄럽게 싸우는 소리가 3분 정도 들리더니 취샤오샤오가 욕하는 소리까지 들렸다. 주변이 너무 조용해서 밑에서 기다리고 있는 사람들에게까지 생생하게 들려왔다. 취샤오샤오는 여전히 자기가 왕바이촨의 여자 친구인 척하며 그들을 혼쭐을 내줬다. 차안에 있던 앤디도 듣고 있으니 속이 후련하고 상쾌한 기분이 들었다. 마치 어린 시절로 돌아간 것 같았다. 그때는 머리가 좋은 건 소용없었고 살아남으려면 오직 원시적이지만 주먹과 입만 있으면 됐었다.

바오이판이 차에 타면서 혼자 중얼거렸다.

"좋은 학생이 되면 많은 손해를 보게 되지. 놓치는 것도 많고."

"당신이 좋은 학생이라고요?"

"선생님이 항상 날 학급 대표나 학생회 대표로 세워서 차마 못되게 굴지는 못했죠."

여전히 두 사람은 넋을 잃고 최후의 처절한 비명까지 듣고 있다가 위에서 취샤오샤오와 사람들이 내려오는 걸 보았다. 그녀는 앤디의 차에 올라타서 흥분을 감추지 못했다.

"빨리 가요, 빨리. 누가 신고라도 하면 어떡해요. 천천히 갔다가 귀찮은 일이 생길지도 몰라요."

"우리 고기나 먹으러 가죠."

바오이판은 질주하듯 그곳을 빠져나갔다.

"누가 알아보는 사람이 있던가요?"

"선글라스에 베레모까지 쓰고 갔는데 누가 알아보겠어요. 판성메이 언니네 오빠는 참 황당하기 그지없더라. 2대 맞고 바로 뻗어버리는 거 있죠. 나중에는 나 혼자 밟고 때리고 했는데, 죽은 사람처럼 반항도 안 하더라고. 비열하기 짝이 없어."

"그럼 비명을 지른 사람은 누구야?" 앤디가 궁금해 했다.

"히히, 그것도 그 사람이야. 내가 몽둥이로 엉덩이에 거북이 한 마리를 새겨 놓고 왔거든. 마지막 마무리하는데 소리를 지르더라고. 내가 손끝이 좀 맵거든."

바오이판이 놀라서 웃었다. 누가 엉덩이에 거북이를 새긴다는 기발한 생각을 할 수 있겠는가.

"오늘 밤이 아주 시원하네요. 바오이판 사장님, 제가 맥주 살게요. 앤디 언니는 어차피 임신해서 못 마시니까 운전에 집중하는 걸로. 아, 우리 흩어져서 가야 되는 거 아니에요? 각자 작은 도로로 빠져서 몇 바퀴 정도 돌다가 시내로 돌아와야 하는 거 아닌가?"

바오이판은 그녀의 코믹함에 빵 터졌다.

"그럴 거까진 없어요. 저 앞에 형님이 이건 별일도 아니래요. 가정사에 불과하니까, 걱정 말아요. 알아서 다 처리해 뒀으니."

앞 차에 탄 형님에게 전화가 오자 바오이판은 사투리로 한참을 대화하고 통화를 마쳤다.

"아무 일 없대요. 걱정하지 말라고 하네요. 우리는 고기 먹으러 갑시다."

"그럼 전 왕바이촨 오빠한테 전화해서 부모님 모시고 떠날 필요 없다고 전해줄게요. 판성메이 언니네 그 겁쟁이가 또 와서 행패를 부리면 얘기해 달라고 말이죠."

"나랑은 상관없는 일로 해줘요." 바오이판이 부탁했다.

"아, 좋은 일은 남 모르게 하라는 말이 있죠. 벌써 왕바이촨 오빠한테 얘기해 놨어요. 판성메이 언니한테 말하지 말아달라고, 이 일로 나한테 고맙다며 친구라도 된다면 그건 정말 아닌 것 같아요. 앤디 언니, 언니도 말하지 말아 줘."

앤디는 두 사람이 말한 좋은 일을 할 때는 남 모르게 하는 거라고 했던 말이 무슨 뜻인지 이해가 갔다. 혹시라도 자기에게 일이 생기거나 끝나지 않은 싸움에 휘말릴까 봐 그런 것이라니 정말 이런 비극이 또 있을까.

54

판성메이는 잠이 오지 않았다. 창가에 엎드려 보니 근처에 PC방이 하나 보였다. 가방에서 담배 한 갑을 꺼내 그곳으로 갔다. 지금 이 시간에 취샤오샤오가 호텔을 빠져나와 앤디와 함께 자신의 집에 갔을 줄은 전혀 몰랐다.

정말 공교롭게도 2202호의 세 사람은 각자의 고민 때문에 잠은 안 자고 재미없는 웹서핑만 하고 있었다. 그들은 우연히 QQ 단체방에서 만났다. 순간 판성메이는 저절로 흐르는 뜨거운 눈물을 참을 수 없었다. 마치 가족을 만난 것 같았다. 그녀는 담배 한 모금을 들이마시고 애써 눈물을 참았다. 그리고 열심히 메시지를 적어 내려갔다.

"나 집에 내려 왔어. 오빠가 유치장에서 나왔는데 딱히 먹고 살 방법이 없어서 그랬는지 꼼짝도 못하는 우리 아빠를 왕바이촨네 집 문 앞에 데려다 놓은 거 있지. 나한테 돈을 내놓으라는 협박으로 말이야."

관쥐얼과 추잉잉은 어떻게 이런 일까지 할 수 있는지 정말 놀랐다. 관쥐얼은 재빨리 노트북을 들고 추잉잉 방으로 갔다. 두 사람은 대화를 하면서 키보드를 두드렸다.

"그래서 돌아오셨어?" "어떻게 그럴 수가 있어?" "진짜 인정머리도 없다." "아버지는 괜찮으신 거지?"

관쥐얼과 추잉잉 두 사람은 쉴 새 없이 걱정하느라 본인들의 고민도 다 잊어버렸다.

"왕바이촨 친구 2명이 도와줘서 옮겨 드리러 갔는데 우리 집에서 더 많은 사람들이 나오는 거야. 그래서 아버지를 그냥 바닥에 내려놓고 도망갔어. 하마터면 아빠가 차에 치일 뻔했어."

"왕바이촨 오빠 은근 거친 면이 있나보네."

추잉잉이 빠르게 답문을 달았다.

"이번에는 실패했으면 다음 기회에 성공하면 되지."

관쥐얼은 왕바이촨을 비난하진 않았지만 실망스럽긴 했다.

"그치?"

판성메이는 더할 나위 없이 안심이 되었다. 드디어 자기와 잘 통하는 사람들을 만난 것이다.

"근데 만약에 차에 치이기라도 했으면 어쩔 뻔했어. 그렇게 하면 안 되지. 게다가 언니네 아빠잖아. 최소한의 존중하는 마음은 있어야지."

추잉잉이 빠른 동작으로 왕바이촨을 비난하는 메시지를 한 줄 쓰자, 판성메이는 담배를 피다가 사레에 걸릴 뻔했다. 당시의 심각했던 상황을 생각해보면 왕바이촨이 그렇게 재수 없는 정도까지는 아니지만, 추잉잉이 또 그에 대해 안 좋은 이야기를 할까 봐 그녀는 말을 이어갔다.

"우리 오빠랑 새언니가 내일 아빠를 또 왕바이촨네 집에 데려다 놓을까 봐 그게 제일 걱정이야. 걔네 집은 오늘 밤에 문도 다 막아놓고 부모님도 다른 곳으로 피해 있으려고 하시더라고. 아휴."

"왕바이촨 오빠도 참 재수가 없네. 그런 사람을 만나다니."

추잉잉의 말이 항상 먼저 올라왔다.

"왕바이촨 오빠도 연루된 거네. 언니, 이런 상황에서 두 사람의 관계는 아주 불리해."

관쥐얼이 말했다. 추잉잉도 말을 아끼지 않았다.

"언니, 왕바이촨 오빠네 집까지 연루되는 건 아닌 거 같아. 단지 언니를 사랑한 것밖에 없잖아. 또 언니네 오빠한테 잘못한 것도 없고 말이야."

"언니가 오빠랑 얘기를 나눠봐야 할 것 같은데, 기대는 건 아무 소용없어. 다른 사람을 연루시키면서까지 언니에게서 돈 받을 생각을 하면 안 되지. 스스로 물러날 거야. 얼마 정도 줄 수 있는지 생각해 봐. 아니지, 담판을 지어야지. 언니, 오빠한테 숨어서는 안 돼. 언니가 너무 다정한 사람인 건 알겠는데 오빠한테는 예의 같은 거 차릴 필요 없어. 절대 여지를 주면 안 돼."

판성메이는 추잉잉의 말에 또 한 번 사레가 들었다.

"네가 생각하는 것처럼 그렇게 간단하지가 않아. 막무가내로 나오는 사람은 말로 해봤자 아무 소용이 없거든."

"그럼 왕바이촨 오빠네 부모님은 집에 계신거야? 퇴직하셨나? 아직 일하시는 거면 곤란해지시긴 하겠다."

판성메이는 이 말에 뭐라고 대답할 말이 없었다.

"왕바이촨한테 물어봐야겠다. 내일…. 아이고, 내일도 힘든 하루가 되겠군. 잠이 안 와도 가서 누워야겠다. 나 간다. 바이바이."

그녀는 PC방에 들어갈 때보다 더 우울해졌다. 추잉잉이 아무 생각 없이 쏟아낸 말들이 그녀가 피하고 싶었던 현실과 마주하게 했다. 왕바이촨 집안은 그녀로 인해 피해를 겪고 있으니 직접 찾아가서 용서를 구하는 게 맞았다.

너무 조용해서 적막하기까지한 도로를 바라보고 있던 그녀는 빈택시가 지나가는 것을 보고 까치발만 살짝 들고 손을 차마 흔들지 않았다. 택시가 천천히 다가왔다. 택시 기사와 그녀의 눈이 마주치는 순간 그녀가 고개를 돌렸다. 왕바이촨 집에 가서 부모님, 특히 어머니를 뵐 용기까진 없었다. 이런 상황에서 도망치고 싶은 생각이 또 그녀를 사로잡았다. 이런 생활을 더 이상 견딜 수가 없었다. 어떻게 이런 마음의 짐을 갖고 평생 살아갈 수 있을까.

승용차 1대가 그녀 쪽으로 다가오는 바람에 소스라치게 놀라 얼른 인도로 올라갔다. 운전석에 앉은 사람이 창문을 내리더니 머리를 내밀었다.

"100위안이요. 탈래요?"

놀란 그녀가 정신을 차리고 큰 소리로 욕을 퍼부었다.

그 지역 출신인 그녀 입에서 사투리가 터져 나오자 기사는 황급히 자리를 떠났다. 그녀는 너무 화가 나서 그 차의 모습이 사라질 때까지 욕을 퍼부었다.

"뭐? 100위안? 이런 또라이 같으니라고."

이를 부득부득 가는 걸 보니 그녀는 아직도 화가 안 풀려 이를 부득부득 갈며 신호가 바뀐 줄도 모르고 사거리를 건넜다. 주머니에서 울리는 전화도 받기 귀찮았다. 그녀는 호텔로 돌아와서야 휴대폰을 확인했다. 메시지도 여러 개 와 있었는데, 모두 왕바이촨이었다.

"너희 집 일 다 해결됐어. 너희 오빠도 다시는 이런 소동을 부리지 않을 거야. 우리 부모님도 다른 곳으로 피해 있지 않아도 되고, 모두 한 시름 놓게 됐어. 지금 짐 다시 풀고 있어. 흥분돼서 잠도 안 오네."

판성메이도 좀처럼 믿어지지 않아서 왕바이촨에게 전화를 걸었다.

"진짜야? 진짜냐고? 왕바이촨, 너 어떻게 해결한 거야? 언제? 방금? 왜 나한테 말 안 해줬어. 정말 어떻게 된 건데? 빨리 말해 봐. 우리 집은 좀 어때?"

왕바이촨은 그가 한 일이 아니기 때문에 쉽게 입이 떨어지지 않았다. 그는 더듬거리며 애매하게 대답했다.

"내가 한 거 아니야. 친구가 도와줬어. 나 혼자 그 많은 사람을 어떻게 상대하겠어. 너희 집 문을 부수고 들어가서 다 때려눕혔지. 협박도 좀 하고. 너희 오빠도 좀 다쳤어. 그게 다야. 너무 많이 알려고 하지 마."

하지만 그의 말이 다 끝나기도 전에 저쪽에서 아직도 그런 콩가루 집안 출신인 그녀와 통화를 하냐며 어머니의 분노 가득한 원망의 목소리가 들려왔다. 그녀는 황급히 통화를 마무리했다.

"우리 돌아가서 얘기하자. 고마워. 정말 고생 많았어."

그녀는 기분이 너무 좋아서 로비를 빙글빙글 돌았다. 끝이 나지 않을 것 같던 일이 이렇게 해결되다니, 그리고 무엇보다 왕바이촨이 이렇게 노력해줬다는 사실을 믿을 수가 없었다. 마음이 한결 가벼워진 그녀는 엘리베이터에 탔다가 바로 내렸다. 그리고 취샤오샤오가 묵고 있는 방 호실을 확인했다. 지금은 기분이 좋아서 취샤오샤오의 어떤 눈빛도 다 받아들일 수 있을 것 같았다. 엘리베이터에서는 마구 움직일 수 없었기 때문에 추잉잉에게 이 기쁨을 전했다.

"왕바이촨이 아주 원만하게 해결했대. 쥐얼한테도 전해줘."

추잉잉도 급히 관쥐얼에게 이 소식을 전했다.

"방금 왕바이촨 오빠 뭐라고 욕했는데, 일을 이렇게 잘 해결할지 정말 몰랐네. 네 말이 맞아. 너무 빨리 결론을 내면 안 돼. 내가 좀 경솔했어."

"빨리 언니한테 답장 보내줘. 왕바이촨 오빠가 참 잘했다고, 칭찬한다고. 언니도 네 마음 다 알 거야."

"맞아. 칭찬해줘야지."

추잉잉은 두 손으로 번개같이 답장을 보냈다.

"이렇게 멋있는 남자 친구가 또 있을까. 언니 진짜 부럽다."

그때 관쥐얼의 마음속에 씨에빈의 모습이 스쳐 지나가자 영혼이라곤 찾아볼 수 없는 리액션이 나왔다.

"맞아, 얼마나 좋을까."

머릿속에는 씨에빈이 보낸 파란색 연꽃이 떠올랐다. 아직 피지 않은 꽃봉오리들이 마치 스님이 두드리는 목탁의 퇴자 같았다.

추잉잉은 메시지를 다 보내고 마지막으로 최신 지시를 전했다.

"한 가지 좋은 방법이 있어. 연애 문제는 판성메이 언니한테 물어보면 돼. 이제 집안일도 다 해결됐으니까 기분이 엄청 좋을 거야. 사람은 좋은 일이 생기면 머리가 맑아지거든."

"무슨 연애 문제야, 나 며칠째 계속 야근하느라 피곤해 죽겠는데. 다음 달은 좀 해방되려나."

"오, 그럼 다음 달에는 연애 좀 하겠는데. 하하."

관쥐얼은 컴퓨터를 저쪽으로 밀어놓고 잠을 청했다. 어떻게 하면 좋을지 정말 몰랐다.

취샤오샤오는 지방 도시의 밤 풍경은 어두컴컴하고 황량할 거라고 생각했었다가 골목마다 제 각각 개성 있는 상점들과 식당이 들어선 모습에 깜짝 놀랐다. 바오이판이 고기를 사기로 해서 맥주는 기어코 그녀가 샀다. 앉자마자 그녀는 맥주 6병을 주문해서 바오이판과 나눠 마셨다.

"맥주는 술도 아니잖아, 그렇지? 앤디 언니."

"응, 마셔. 오늘의 공로를 축하해야지. 오늘은 특별한 날이니까 나도 한 잔만 마실게. 오늘 진짜 통쾌했어. 뭐랄까, 말 그대로 내가 꿈

꾸던 그런 모습이랄까."

앤디는 직접 그녀의 술잔을 채워줬다. 하지만 거품으로 가득 채워진 잔을 보자 술 따르는 기술이 전혀 없다며 취샤오샤오에게 핀잔을 들었다.

"샤오샤오, 진짜 장하다. 정말 대단했어. 인정!"

바오이판은 자기 잔에 술을 따르고 취샤오샤오와 건배를 했다. 취샤오샤오는 두 사람이 자기를 띄워주는 게 신통치 않았는지 뭔가 찜찜했다.

"어이, 거기 두 사람. 지금 나 놀리는 거죠?"

"누가 놀려요, 앤디한테 물어봐요. 열심히 의협심을 발휘하는 모습을 보고 얼마나 감탄하고 있었는데. 아무리 생각해도 나였더라면 10명을 거느리고 가도 절대 당신만큼 못했을 거예요. 게다가 잘못해서 몇 명은 이미 골절상으로 병원에 입원했을지도 몰라요. 그랬으면 여기서 최소한 1명은 유치장에 있었겠죠. 진짜 범죄를 저지르는 건 피하는 게 맞아요. 오늘 많이 배웠어요."

"두 사람 다 박사 출신이라 날 몰상식하다고 생각하죠? 실연 당한 비참한 여자? 흥. 좋아요…."

취샤오샤오는 고기는 거의 먹지 않고 맥주만 계속 들이키는 바람에 술병은 금세 비워졌다. 그녀는 겉으로는 강해 보였지만 아주 소심하고 무뚝뚝하게 물었다.

"만약 오늘 밤 자오치펑이 차 안에서 보고 있었다면 뭐라고 했을까? 저기요. 바오이판 사장님. 이 질문은 꼭 대답해줘야 해요. 만약 오늘 제가 아니라 앤디 언니가 위에서 그 놈들을 때려눕히고 있었다면 그렇게 웃어넘길 수 있어요?"

"아마 앤디는 그렇게 못 할걸요. 사람을 때리는 재능 같은 건 없는 사람이잖아요. 다른 건 할 수 있겠죠. 마음 아픈 말은 당신보다 잘할 걸요."

"됐어요. 그런 거 본 적 없죠?"

앤디가 웃었다.

"지난번에 샤오샤오랑 같이 추잉잉 전 남자 친구를 때려준 적이 있어요. 정말 환상의 파트너였죠."

"맞다. 맞아. 바오이판 사장님, 이건 어떻게 생각해요?"

"앤디가 신경질적이어도 다 사랑스럽죠. 당신 남자 친구도 현장에 있었으면 아마 분명히 좋아했을 거예요."

"괜한 소란을 피운다고 생각하지 않을까요?"

"점잖게 해결할 수 있는 일이 아니었잖아요. 뭐, 효과도 좋았고. 근데 이게 왜 쓸데없는 소란이에요? 당신 남자 친구가 별로라고 생각했다면 내가 더 좋은 사람 소개해 줄게요."

"이미 전 남자 친구예요. 아마 오늘 내가 이렇게 했어도 그 사람은 날 막지 않았을 거예요. 그리고 나중에 앞으로 그러지 말아라, 교양 없이 그게 뭐냐 하면서 교육을 하겠죠. 그렇지 앤디 언니?"

앤디는 잠시 생각하다가 고개를 끄덕였다. "그렇긴 하지."

"봐요, 아, 정말 생각하면 할수록 이 남자 한 대 때려주고 싶네. 안 그래도 오늘 밤은 뭔가 성이 안 차는데."

"그렇다면 이미 전 남자 친구니까, 잘된 거 아니에요?"

"아니요. 자꾸 그 사람이 생각나요."

앤디는 이런 취샤오샤오에게 이미 적응이 돼서 아무렇지 않았지만 바오이판은 깜짝 놀랐다.

"하지만 그렇다고 그 사람한테 가지 않을 거예요. 담배를 끊는다고 생각하고 그 사람을 끊어버릴 거예요. 나중에 어느 날, 그가 젊은 날을 떠올리며 불여우 같은 여자를 한 번 만났었는데 정말 즐거웠다. 하지만 그녀가 그의 원기를 다 빨아먹어서 하루하루 쇠약해져 갔다. 결국 그녀가 그를 떠났고 그는 다시 원기를 되찾았다. 훗날 그는 최고의 의사가 되고 자녀도 낳고 행복한 삶을 보내다가 늘그막에 생각하겠죠. 아, 그 불여우 참 가엽다 하고요."

취샤오샤오는 테이블에 엎드려 엉엉 울기 시작했다. 방금 전까지 위풍당당했던 그녀의 모습은 온데간데없이 사라졌다. 이 말을 듣고 나니 바오이판도 취샤오샤오와 자오치펑 사이에 무슨 일이 있었던 건지 이해가 갔다.

취샤오샤오는 자기 감정이 어떤지 알아갈 수록 마음이 더욱 아파왔다. 앤디가 그녀의 머리를 쓰다듬으며 몇 마디 위로해주고 싶었지만 바오이판이 말렸다.

"그냥 둬요. 금연할 때도 보면 다들 울고불고 하거든요. 자기 스스로 이해해야 비로소 견뎌낼 수 있어요. 천천히 해도 돼요."

"계속 충고 좀 해줘요. 아, 앤디 언니나 안고 있어야겠다."

취샤오샤오는 몹시 슬프긴 했지만 말하는 솜씨는 여전했다. 단숨에 앤디 품에 파묻혔다.

"앤디는 제 아내예요. 이렇게 눈치 없이 끼어드는 경우가 어디 있어요."

"나랑 앤디 언니랑 같이 있는 시간이 훨씬 많은데요. 그쪽이 방해하고 있는 거라고요."

바오이판은 웃기만 했다. 하지만 뭔가 납득이 가긴 했다. 이상하게도 며칠 동안의 우울함이 싹 사라지는 것 같았다.

"샤오샤오 씨, 내가 내일 괜찮은 친구 하나 소개해줄게요. 위 사장이라고. 제 친구예요."

"아, 진짜요? 내일이요?"

취샤오샤오는 바로 몸을 일으켰다. 갑자기 두 눈에 생기가 넘쳐났다.

"그래요. 그러니까 앤디는 나한테 넘겨요."

취샤오샤오는 바람과 같이 앤디에게서 물러났다.

추잉잉은 아침에 일어나 무의식중에 휴대폰을 찾았다. 아니나 다를까 어젯밤 언제 보낸 건지는 모르겠지만 잉친에게 메시지가 와 있었다.

"나 야근중인데 아무래도 밤을 새야 할 것 같아. 집에 가서 일하긴 글렀으니까. 혹시 로그인 상태야?"

시간을 확인한 추잉잉은 후회가 물밀 듯이 밀려왔다. 어젯밤 딱 30분만 더 있다가 잤으면 잉친의 메시지를 받을 수 있었을 텐데. 그녀는 바로 답장을 보내고 좌불안석 그의 소식을 기다리며 속으로 주문을 외웠다. 제법 짧은 시간에 잉친에게 메시지가 도착했다.

"헐, 토요일인데도 이렇게 일찍 일어나? 설마 또 커피 팔러 나간 거야?"

추잉잉은 잠시 멍해 있었다.

"당연하지. 이제 가게로 가서 샘플 몇 개 가져오려고. 그렇게 일찍도 아니야. 벌써 해가 이렇게 밝았는데."

"그럼 너 카페에 도착하면, 연락 줘. 같이 점심이나 먹자. 너 바쁘니까, KFC갈까?"

"좋아."

추잉잉은 벌떡 일어나서 침대에서 내려왔다. 쿵 소리가 나긴 했지만 다행히 옆방에 관쥐얼을 깨우진 않았다. 추잉잉은 마치 발레를 하듯 화장실로 들어가 신속하게 세수를 마치고 나와서 관쥐얼 방 앞을 배회했다. 그리고는 결국 참지 못하고 문을 두드렸다.

"쥐얼, 일어나. 아침 먹으러 안 갈래? 같이 가자."

시끄러운 소리에 잠이 깬 관쥐얼은 이불 속으로 파고들어 갔다. 하지만 잠에서 깨고 나니 심란한 일이 자연스럽게 머릿속에 떠올랐다. 그녀는 이불을 차고 나와 방문을 활짝 열었다.

"왜 이렇게 시끄럽게 구는 건데?"

추잉잉은 관쥐얼이 이렇게 큰 소리를 칠 줄 몰랐다. 그녀는 웃으면서 관쥐얼을 안았다.

"일어나, 일어나. 오늘 햇빛이 너무 좋아. 내가 커튼 열어줄게."

관쥐얼은 추잉잉을 째려봤다. 그리고 혼잣말을 하면서 커튼을 열었다. 과연 찬란한 태양이 와르르 쏟아져 들어왔다. 마치 사람의 마음까지도 따뜻하게 비춰주는 것 같았다. 관쥐얼은 햇빛이 너무 눈부셔서 눈을 찡긋하고 짜증은 내지 않았다.

"밖에서 10분만 기다려."

목적을 이룬 추잉잉은 기뻐서 폴짝폴짝 뛰었다. 관쥐얼이 꾸물거리긴 했지만 10분도 안 돼서 준비를 마쳤다. 여전히 하품에 반쯤 감긴 눈으로 추잉잉 손에 이끌려 밖으로 나왔다. 그동안 돈을 아끼기 위해 주로 집에서 밥을 해 먹었는데, 오늘은 특별한 날이니 약간의 사치 정도는 자신에게 허락해 주기로 했다.

관쥐얼은 추잉잉의 팔짱을 끼고 마음 놓고 걸어가고 있었다. 그런데 추잉잉이 작은 소리로 속삭였다.

"어, 누가 너한테 인사하는 거 같은데? 누구야?"

관쥐얼은 누군지 확인하려고 눈을 반쯤 떴다가 완전히 잠이 깼다. 씨에빈이었다. '저 사람이 여기 왜 온 거지?' 추잉잉은 두 사람이 서로 멋쩍게 바라보고 있는 모습을 보고 갑자기 한 단어가 떠올랐다.
'전기가 통했다! 와우!'

깜짝 놀란 관쥐얼의 얼굴이 갑자기 빨개지기 시작했다. 빨개진 얼굴을 숨길 수가 없어 당황한 관쥐얼은 추잉잉 뒤로 얼른 숨어버렸다.
그러자 씨에빈이 자연스럽게 말을 건넸다.

"추잉잉 씨, 안녕하세요."

"내가 추잉잉이라는 걸 어떻게 알아요? 전 판성메이예요."

"본 적 있어요. 지난번에 기차역에서…. 제가 집까지 모셔다드렸었죠."

추잉잉은 난처해지자 필사적으로 관쥐얼 뒤에 숨었다.

"오늘은 날이 아닌 것 같다. 밖에 나가면 안 되겠어. 쥐얼, 둘이 가서 먹고 와, 난 안 갈래."

"같이 가서 드시죠. 제가 낼게요. 그냥 친구 사이로 생각하고 너무 부담 갖지 말아요."

관쥐얼은 한사코 가지 않겠다는 추잉잉을 절대 놓아주지 않았다.

"같이 가자, 같이 가. 우리 각자 내는 걸로 해요."

추잉잉은 따라가는 척하다가 아파트 입구에 다다랐을 때 관쥐얼의 느슨해진 경계를 틈타 얼른 빠져나왔다.

혼자 남게 된 관쥐얼은 씨에빈과 아주 어색한 시간을 보내야 했다. 물론 그도 긴장한 티가 나긴 했지만 아무렇지 않은 척 관쥐얼에게 말을 걸었다.

"신경 쓰지 마요. 우리 그냥 친구잖아요. 오늘 날씨도 좋은데 어디 안 갈래요? 식물원? 동물원?"

관쥐얼은 단순한 친구가 될 수 없다는 걸 잘 알고 있었다. 그에게 사실대로 말하고 싶었지만 얼굴이 새빨개지고 아무 말도 안 나올 것 같았다. 너무 부끄러웠다. 결국 그녀는 손가락으로 식당 한 곳을 가리켰다.

"저 집 셩지엔(중국식 군만두)이 맛있어요."

"그럼 저 집으로 가죠."

두 사람은 각자 먹을 것을 고르고 계산을 한 후 마주보고 앉았다. 관쥐얼이 휴대폰을 꺼내자 씨에빈이 고개를 쭉 빼고 그녀를 보고 있었다.

"미안해요. 메시지 좀 보낼게요."

그는 고개를 끄덕이고는 셩지엔과 취두부를 먹는데 집중했다. 잠시 후 그가 주머니에 넣어 둔 휴대폰이 울렸다. 그는 잠시 머뭇거리다가 관쥐얼을 한 번 쳐다보고 메시지를 확인했다. 그녀가 보낸 메시지였다.

"제 마음이 너무 혼란스러워서 무슨 말을 해야 할지 모르겠어요. 어떻게 해야 할지도 모르겠고요. 하지만 분명한 건 그쪽에게 불공평한 일은 하지 않는 것이 맞는 것 같아요. 정말 정말 미안해요. 용서해주세요. 방금 하신 제안은 거절할게요."

메시지를 확인한 씨에빈이 고개를 푹 숙이고 있는 관쥐얼의 붉어진 얼굴을 바라봤다.

"알았어요. 관쥐얼 아가씨."

관쥐얼은 호칭이 마음에 들진 않았지만 그래도 나름 재미있어 하며 코를 찡긋거렸다.

씨에빈은 금세 후루룩 다 먹었지만 관쥐얼은 할머니처럼 천천히 오물거리며 천천히 먹고 있었다. 그가 지켜보고 있어서인지 관쥐얼은 더 이상 먹지 못하고 젓가락을 내려놓았다.

"저 다 먹었어요. 그만 가요."

그러자 씨에빈이 젓가락을 들더니 관쥐얼이 남긴 성지엔을 입에 물었다. 관쥐얼은 너무 부끄러워서 얼른 밖으로 나갔다. 뒤따라 나온 씨에빈이 그녀를 자기 차 근처까지 가도록 막아 섰다.

"식물원 가죠. 요즘 꽃도 많이 피었던데. 가면 분명히 좋아할 거예요. 이쪽이에요."

씨에빈이 팔과 다리로 모두 막고 있어서 길이 막히자 그녀는 짜증이 났다.

"제가 방금 메시지로 얘기했잖아요…."

"까먹었어요. 뭐라고 했는데요?"

"저는…."

관쥐얼은 화가 나서 고개를 들고 이 능글맞은 남자를 어떻게 하고 싶었지만 그를 보는 순간 또 얼굴이 빨개지는 바람에 아무것도 할 수 없었다. 마음이 조금 누그러든 것 같아 보이자, 씨에빈은 얼른 그녀를 차에 태웠다. 씨에빈은 그제야 긴 숨을 내쉬고는 뜀틀을 넘듯 팔짝 뛰어서 운전석에 앉았다. 그리고 혹시라도 그녀가 수줍어서 마음을 바꿀까 봐 바로 시동을 걸고 출발했다.

"아침 먹은 걸로 배가 안 부르면 뒤에 간식 있으니까 좀 먹어요. 뭘 좋아하는지 몰라서 이것저것 샀어요. 음, 마실 것도 있어요. 커피 마시는 거 좋아하죠? 물이랑 요거트, 과일 주스도 있으니까 좋아하는 걸로 골라 먹어요. 남으면 제가 다 처리할게요."

관쥐얼은 얼마나 있겠나 싶어 뒤를 돌아봤다가 깜짝 놀랐다. 흡사 편의점을 옮겨 놓은 것처럼 뒷좌석에 가득 채워진 큰 봉지 2개가 놓여 있었다. 관쥐얼이 고개를 돌리기도 전에 그가 물어봤다.

"음악은 뭐 좋아해요? 골라줄래요?"

관쥐얼은 망설이다가 입을 열었다.

"그럼, 추잉잉도 불러도 돼요? 같이 놀이공원에 가는 건 어때요? 맨날 저희 둘이서 놀이공원 가고 싶어서 노래를 불렀었거든요. 근데 차가 없어서 가기가 불편해서 못 가고 있었어요. 당연히 비용은 각자 부담하고요. 우리 둘 다 직장인이니까요."

관쥐얼 생각에 이런 분위기에서 단 둘이 식물원을 가는 것보다 사람 많은 놀이공원을 가는 게 훨씬 나을 것 같았다. 추잉잉이 같이 가면 어색한 분위기도 모면할 수 있을 테고 말이다.

"좋아요, 그럼 추잉잉한테 물어봐요. 일단, 여기 어디다 차를 세워 둘게요. 만약에 추잉잉이 가면 저도 친구 1명 부를게요."

"아, 그래요. 간식도 충분하니까요."

관쥐얼은 바로 추잉잉에게 전화를 걸었다. 하지만 추잉잉의 대답은 단호한 'No'였다.

"쥐얼, 오늘은 안 돼. 내일은 갈 수 있는데."

"아, 오늘 고객 방문하기로 했어? 내일로 미루면 안 돼? 잉잉, 만약에 약속 미룰 수 있으면 제발 나랑 같이 가주라. 응?"

추잉잉은 관쥐얼이 이렇게까지 부탁하자 마음이 잠시 흔들리긴 했지만 그래도 오늘 약속은 절대 미룰 수 없었다.

"쥐얼, 사실… 오늘… 잉친이랑 점심 먹기로 했어."

관쥐얼의 눈이 휘둥그레졌다. 아침부터 기분이 좋아보였던 이유가 바로 이것 때문이었다. 지난번 추잉잉이 자기는 불륜녀가 아니고 잉친을 먼저 안 것도 자기라고 한 말이 생각났다. 분명 그 말을 행동으로 옮기기로 마음을 먹은 게 틀림없었다.

"아, 알겠어. 점심 맛있게 먹어."

"쥐얼, 나 응원해 주는 거야? 사실 어떻게 해야 할지 모르겠어, 진짜. 아무것도 모르겠어. 그래도 나한테 온 기회는 잡으려고. 난 하나도 두렵지 않아. 자신 있어."

관쥐얼은 추잉잉이 마지막으로 한 두렵지 않다는 말이 오히려 자신을 격려해주는 것처럼 들렸다. 하지만 여전히 추잉잉을 이해할 수 없었다. 저렇게 좋은 사람이 왜 군이 사람들에게 손가락질 받을 짓을 하려고 하는지. 어쨌든 그녀는 씨에빈과 단둘이 놀이공원으로 향했다.

놀이공원에 도착하자 관쥐얼은 자신이 '섭공호룡'에 나오는 주인공처럼 겉으로는 좋아하지만 실제로는 두려워하고 있다는 생각이 들었다. 다양한 색채의 놀이기구를 보니 너무 흥분돼서 다 타보고 싶어 하자 겁 없는 씨에빈도 놀랄 정도였다. 하지만 순서를 기다리면서 놀이기구를 타고 내려오는 사람들의 헝클어진 머리와 힘 빠진 모습을 보니 그제야 두려워지기 시작했다. 관쥐얼은 이미 이를 앙 물고 얼굴은 경직되어 있었다. 두 사람의 차례가 되자, 관쥐얼은 용기를 내서 놀이기구에 탑승했다. 씨에빈이 그녀를 안심시켰다.

"걱정 말아요. 제가 옆에 있으니까. 여기, 손도 여기 있으니까 너무 무섭다고 생각하면 꽉 잡아요."

관쥐얼은 검게 그을린 그의 투박한 손을 보고 자신의 하얀 손을 보니 자기 손이 너무… '아가씨' 손 같았다. 그 단어가 떠오르자 갑자기 웃음이 터져 나왔다. 그녀가 제대로 웃기도 전에 놀이기구가 움직이기 시작했다. 갑자기 머릿속이 하얘지더니 엄청난 속도에 비명이 절로 나왔다. 심지어 숨을 제대로 쉬지도 못할 정도였다. 잠시 후 속도가 천천히 줄어들어 종착점에 가까워질 때쯤 정신이 돌아왔다.

그제야 씨에빈의 목소리가 들렸다. "엄청나네요."

씨에빈은 자신의 안전바를 올리고 관쥐얼 것도 올려줬다.

"여기 롤러코스터는 빠른 것도 아니래요. 다음번에는 이틀 일정으로 더 큰 데로 가봐요. 부축해 줄까요?"

"혼자 할 수 있어요." 관쥐얼은 단호했다.

하지만 여전히 두 다리는 솜 위를 걷는 것 같았다. 그 순간 아침에 아침을 먹으러 나오느라 돈 말고는 빗이나 거울, 기름종이 같은 걸 하나도 가지고 나오지 않았다는 사실을 깨달았다. 그리고 주변의 여자들을 둘러보니 그녀 모습이 너무 참담했다. 하지만 어쩔 수 없이 손으로 대충 머리를 정리했다.

씨에빈은 오늘따라 관쥐얼이 자연스럽고 예뻐 보여서 휴대폰을 꺼내 사진을 찍었다. 관쥐얼이 눈을 부릅뜨고 말했다.

"찍지 마요. 완전 엉망이란 말이에요."

"하나도 안 이상해요. 손으로 정리한 머리 좀 봐요. 엄청 부드러워 보이잖아요. 손가락도 그렇고. 진짜 예뻐요."

관쥐얼은 반신반의했다. 어려서부터 지금까지 아빠 외에 엄마를 포함한 다른 사람들에게 예쁘다는 말을 들어본 적이 없었다. 모두 객관적인 눈으로 그녀를 바라보는 사람들뿐이었다. 하지만 씨에빈이 건넨 휴대폰에 있는 자신의 옆모습을 보니 정말 손가락이나 머리카락이 다 부드러워 보였다. 또 눈은 감고 있었지만 너무나 환하게 웃고 있었다. 정말 예뻤다. 아니 당연히 예뻐 보였다. 아빠 말고 다른 누군가가 그녀를 예쁘게 봐준다는데 얼마나 좋은 일인가.

관쥐얼은 휴대폰을 보고 한참을 멍하게 있었다. 씨에빈은 그런 그녀의 모습이 이상했다. 자기 사진을 보고 저렇게 넋이 나갈 수 있나? 그녀를 깨우려는 순간 그녀가 휴대폰을 돌려주었다.

"잘 찍으셨네요. 제 이런 모습을 한 번도 본 적이 없어서요."

"그럼 제가 계속 찍어줄게요."

씨에빈도 다른 말은 하지 않았지만 허락을 얻은 후부터는 정말 열심히 사진을 찍어댔다.

점심 먹을 때가 되자 두 사람은 식당으로 향했다. 씨에빈이 이상하게 생각했던 것은 입장료도 더치페이를 한 관쥐얼이 이번에는 그런 말을 꺼내지 않았다. 씨에빈은 여러 생각이 들었지만 오랜 생각 끝에 다다른 결론은 그녀가 더 이상 자신을 불편하게 생각하지 않는다는 것이었다. 그는 밥을 먹으면서 관쥐얼이 웃는 모습을 기쁘게 바라봤다. 그녀도 어색해지지 않으려 나름 애를 썼다.

"조심해서 먹어요. 밥 속에 모래가 들어 있을 수도 있어요."

"괜찮아요. 모래가 씹히면 말해줄게요."

"식당에 도둑이 있을지도 몰라요. 주의해야 해요."

"오늘은 하늘이 무너져도 상관 안 할 거예요."

"저 좀 쳐다보지 마세요. 밥을 못 먹겠단 말이에요."

"알았어요, 알았어. 안 볼게요."

씨에빈은 고개를 숙이고 열심히 밥을 먹더니 배시시 웃었다.

"지금 나 봤잖아요. 딱 걸렸어요."

"아니요, 아니요. 고개를 들지도 않았는데 어떻게 봐요."

"내 손 봐봐요. 나 어떤 사람 같아요? 뭔가 전문가 같지 않아요?"

관쥐얼이 코웃음을 쳤다가 좀 미안한 생각이 들어 손을 제대로 쳐다봤다. 정말 늠름한 손이었다. 두 사람은 꽤 오랫동안 점심을 먹었다. 누군가 그들 옆에 앉아 있다가 두 사람의 대화를 다 듣고 나면 아마 보기에 멀쩡한 젊은 남녀가 이렇게 바보 같은 말만 하고 있는지 정말 재미없는 건 둘째 치고 두 사람의 지능이 낮을 거라고 생각하기에 충분할 정도였다. 바보 같은 대화는 저녁까지 이어졌다. 두 사람은 피곤한 줄도 모르고 2편의 영화를 다 보고 나서야 실실거리며 웃다가 놀이공원 입구에서 헤어졌다.

관쥐얼은 제 딴엔 너무 늦게 들어왔다고 생각해서 샤워를 마치고 침대에 몸을 누우려고 하자, 추잉잉이 소란스럽게 문을 열고 들어오더니 곧장 관쥐얼 방으로 뛰어 들어왔다. 그리고는 상기된 얼굴로 우두커니 관쥐얼을 바라보고 웃었다.

"왜 그래?"

"나…. 웃지 말고 들어. 방금 잉친이 데려다줬어. 점심 먹고 커피숍에 가서 얘기하다가. 저녁 시간이 돼서 저녁도 먹었어. 내가 집에 가야 한다니까 잉친이 영화를 보자는 거야. 영화를 보고나서 야식까지 먹었어. 아, 또 내가 무슨 말 했더라. 헛소리만 한 것 같은데. 아무튼 오늘 너무 즐거웠어. 맞다.. 너 주려고 두리안 파이 가져왔어. 먹을래? 지금 안 먹으면 냉장고에 넣어둘게. 하하. 진짜 너무 행복하다."

관쥐얼도 나름 로맨스가 피어나고 있었지만 추잉이의 말을 듣고 질문이 하나 튀어나왔다.

"잉잉, 네 기분을 망치고 싶진 않은데, 잉친이 너랑 같이 있을 때 그 약혼녀는? 집에 있었어?"

"지금 나한테 뭐라고 하는 거야?"

"아니, 잉친한테 하는 말이야. 이러면 안 되지. 너한테도 그 약혼녀한테도 이건 해서는 안 될 일이야."

"우리 그냥 밥만 먹은 것뿐이야. 얘기만 하고…. 쥐얼, 잘 자. 나 이제 씻을게. 우리 아무것도 안했어. 손도 안 닿았다고."

추잉잉은 나가버렸다. 관쥐얼은 지금 당장 잉친을 찾아가서 말해주고 싶었다. 하지만 혹시라도 잉친한테 한소리 했다가 그가 다시는 추잉잉을 만나지 않으면 그녀가 다시 우울해질 게 뻔했다. 어떻게 해야 하지? 관쥐얼은 한참을 생각하다가 결국 판성메이가 돌아올 때까지 기다리기로 했다. 판성메이와 상의하면 뭔가 좋은 해결 방안이 나올 것 같았다.

316

둘째 날 아침, 추잉잉은 관쥐얼이 일어나길 기다리지 않고 장을 보러 나갔다 온다는 쪽지만 달랑 남겨놓고 오후가 되도록 돌아오지 않았다. 관쥐얼은 일요일이라 모처럼 독서를 하고 있었는데 계속해서 법률 수업을 듣고 있을 씨에빈의 얼굴이 떠올랐다.

앤디와 취샤오샤오, 판성메이, 왕바이촨은 돌아가는 비행기도 같은 일정이었다. 하지만 왕바이촨 혼자만 따로 올라가고 판성메이와 일행들은 공항에서 다시 만났다. 판성메이는 왕바이촨을 보고 달려가서 마중하진 않았지만 생긋 웃으면서 왕바이촨이 다가오는 것을 사랑스럽게 바라보고 있었다. 취샤오샤오는 판성메이와 같이 있다가 둘의 모습을 보고 있으려니 속이 메스꺼워져서 앤디가 있는 곳으로 갔다.

"연인들 중간에 있는 것도 쉽지 않네. 역시 이 두 사람 사이에 끼는 게 제일 좋아. 아무튼 두 사람도 방해 받을 거잖아요. 나 하나 더 낀다고 큰 차이 있겠어요."

역시나 왕바이촨과 판성메이는 가볍게 포옹을 나눈 후 바로 바오이판에게 다가갔다. 그저께 판성메이네 집에서 있었던 일은 아무리 생각해도 그가 아니면 도와줄 사람이 없었기에 직접 감사의 마음을 전하고 싶었다. 바오이판이 취샤오샤오를 보니 그녀는 영웅의 자리를 거절하겠다는 의지가 확고해 보였기에 그는 어쩔 수 없이 주인공이 될 수밖에 없었다. 바오이판도 딱히 인정하고 싶지 않았지만 왕바이촨이 두 손을 꼭 잡고 고마움을 표하는데 뭐라고 할 수 없었다.

하지만 판성메이는 두 사람이 악수하는 모습이 뭔가 이상해 보여서 이 상황과 그녀의 집안일을 연결해서 생각해 보았다. 판성메이는 모든 일을 왕바이촨이 했다고 생각하고 있었는데 알고 보니 바오이판이 도와준 것이라는 사실을 깨달았다. 순간 낯빛이 순식간에 변하기 시작했다. 바오이판이 나선다면 해결 못 할 문제는 없었다. 지난번에도 그녀 눈으로 직접 확인하지 않았는가. 그녀도 만약 이번일이 해결되지 않으면 뻔뻔하지만 앤디를 찾아가서 부탁해볼 생각이었다. 왕바이촨이 먼저 찾아갈 생각을 했을 줄은 생각하지 못했다. 그런데 왕바이촨은 왜 그녀에게 말해주지 않은 걸까, 왜 지금까지 숨겼던 것일까. 그녀가 앤디와 취샤오샤오 앞에서 칭찬을 얼마나 많이 했는데, 그들은 처음부터 알고 있었던 것이다. 그녀 한 사람만 모르고 다 알고 있었던 것이다. 왜 그녀에게 숨긴 것일까? 판성메이는 주체할 수 없는 화로 얼굴 전체가 붉어지긴 했지만 역시 훈련이 잘되어 있어서인지 미소를 잃지 않았다. 웃고, 웃고 또 웃었다.

비행기에 탑승하여 앤디와 취샤오샤오는 앞쪽 비즈니스 석에 앉고 그녀와 왕바이촨은 뒤편 이코노미 석에 앉았다. 그제서야 판성메이는 입을 열었다.

"드디어 우리 두 사람뿐이네. 이제 말해 봐. 어젯밤 대체 어떻게 된 거야?"

"사람들이 한 무더기가 내려와서⋯."

"문 부수고 들어갔다고 하지 않았어?"

"응, 문을 부수고 들어갔지. 문을 두드리면 열어주겠어? 더 이상 시간을 끌 수도 없었으니까."

"우리 엄마, 많이 야위었지? 무슨 옷을 입고 계셨어? 어제 정신없어서 다른 사람은 못 봤을 테니까, 우리 엄마랑 오빠는 확실히 봤지?"

"어머니가 피곤해 보이긴 했어. 옷은⋯ 위에는 회색이었고 검은색 바지였나. 다른 무늬는 없었던 것 같은데. 어머니는 건드리지도 않았어. 걱정 안 해도 돼. 아버지도 털끝하나 안 건드렸어."

"근데 그저께 밤에 우리 엄마는 분명히 내가 사준 검붉은색 폴라 폴리스 재킷을 입고 계셨거든. 내가 나무 뒤에 숨어서 정확하게 봤단 말이야."

판성메이는 뚫어져라 지켜보고 있었기 때문에 자세한 부분까지도 모두 기억이 났다. 결국 어젯밤 일은 바오이판이 사람을 보내고 지휘까지 해서 해결된 일이었다. 왕바이촨은 그 현장에 가지도 않았던 것이다. 그게 아니라면 왕바이촨이 아무리 다른 사람을 신경 쓰지 않았다고 해도 그녀의 어머니를 기억하지 못한다는 건 불가능한 일이었다. 그녀는 왕바이촨이 거짓말이 들통나자 몹시 난처해하며 깊은 한숨을 내쉬는 걸 보았다.

"너희 집에도 네가 필요했으니까. 그리고 너희 집에 아무 일도 일어나지 않아서 너무 다행이야. 정말 무슨 일이라도 생겼으면 양심의 가책 때문에 너무 힘들었을 거야. 고마워. 바오이판 씨를 찾아가서 부탁해줘서. 이 은혜는 정말 잊지 않을게. 돌아가서 앤디한테도 고맙다고 제대로 인사해야겠어."

왕바이촨은 얼굴이 시뻘게졌다. 아무리 생각해도 판성메이가 앤디에게 고마운 인사를 전할 때 또 한 번 거짓말이 밝혀질 뻔했다. 그때 가서 또 난처함을 겪으니 차라리 지금 한꺼번에 겪는 게 나을 것 같았다.

"그저께 일은 말이지. 저들이 다 처리한 거야. 취샤오샤오에게 전화가 와서 다 말해줬어. 나 도망가지 말라고. 그리고 저들도 딱히 밝히고 싶지 않아 했어. 너한테 말하지 말고 내가 한 것처럼 하라고. 나도 저 사람들이 왜 그런지 모르겠지만 어쩔 수 없었어. 그렇게 대답하는 수밖에."

당혹감을 감추지 못한 판성메이는 마지못해 고개를 돌려 왕바이찬을 쳐다봤다. 그는 고개를 푹 숙이고 말을 맺었다.

"왜?"

"모르겠어. 모든 게 취샤오샤오의 작품이야. 물어볼 거면 취샤오샤오한테 물어봐야 해. 이런 생각을 할 거라고 누가 생각이나 했겠어. 참 신기한 애야."

판성메이의 마음속에 가장 먼저 떠오른 생각은 취샤오샤오가 그녀를 웃음거리로 만들고 싶어한다는 것이었다. 하지만 생각이 떠오르자마자 지워버렸다. 이틀 동안 그녀가 왕바이촨을 칭찬할 때 취샤오샤오가 코웃음을 몇 번 친 거 말고는 그녀들 사이에 아무 일도 없었다. 아무리 생각해도 납득될 만한 이유를 찾을 수 없었다. 취샤오샤오가 이상하다는 것 말고는 딱히 그럴듯한 이유가 떠오르지 않았다. 그리고 왕바이촨을 생각하니 끝없는 탄식이 터져 나왔다. 기대할 만한 게 하나도 없었다. 앤디 그들이 왕바이촨을 도와주고 싶었던 것도 어쩌면 그의 무능함을 알아차려서 일수도 있다. 아마도 비즈니스 협력관계인 취샤오샤오라면 알고 있을지도 모르겠다.

왕바이촨이 조심스럽게 판성메이의 기분을 살폈다. 그녀는 계속 눈을 감고 있었다. 승무원이 주는 음식과 음료를 서빙할 때도 눈을 뜨지 않았다. 왕바이촨은 그녀가 무슨 생각을 하는지 도통 감이 오지 않았다. 어쨌든 그에게 좋지 않을 거라는 것은 확신했다.

드디어 비행기가 착륙했다. 판성메이는 일어나면서 왕바이촨에게 말했다.

"일이 이왕 이렇게 된 거 그냥 잊어버려. 가서 푹 쉬어."

그녀가 더 이상 다른 말을 하지 않자 왕바이촨은 무조건 알았다고 대답하고 얼른 짐을 챙겨서 그녀를 따라 비행기에서 내렸다. 그들보다 앞서 내린 취샤오샤오와 앤디는 휴대폰을 들고는 다급하게 그들을 기다리고 있었다. 왕바이촨은 그들도 다 알고 있는 것 같아 판성메이 뒤에서 어쩔 수 없었다는 표정을 지어보였다. 왕바이촨만 보고 있던 앤디에게 판성메이가 물었다. "얼른 휴대폰 켜서 추잉잉이 보낸 단체 메시지가 와 있는지 봐봐. 왕바이촨은 가지 말고 기다려. 우리 데려다줘야지. 추잉잉한테 무슨 일이 생긴 것 같은데."

"'나 취샹루야.'라는데. 이게 난데없이 무슨 말이야? 일이 생긴지 어떻게 알아? 앤디 언니 너무 긴장하지 마."

취샤오샤오는 메시지를 확인하고 중얼거렸다. 그 말을 듣고 판성메이가 대답했다.

"쥐얼한테 물어봐야겠다. 이틀 동안 둘이 같이 있었으니까. 내꺼 너무 느리네. 아직도 안 켜져."

앤디가 바로 관쥐얼에게 전화를 걸었다. 취샤오샤오는 자기만 모르는 것 같아 기분이 좋지 않았다. 관쥐얼이 바로 전화를 받았다.

"아, 지금 도착한 거야? 난 이미 취샹루에 다 와 가는데, 지난번에 우리 회식했던 거기야. 잉잉이 오늘 잉친을 소개해주려고 했던 것 같은데, 바람 맞은 듯해요. 내가 여기 주소 보내 줄게. 난 거의 도착했으니까 오면서 연락 줘."

"대체 무슨 일인데? 우리 방금 내렸는데 바로 가야 하는 거야?"

네 사람은 신속하게 공항을 빠져나갔다.

"추잉잉이 어제 하루 종일 잉친이랑 같이 있다가 밤늦게 돌아왔는데, 오늘은 아침에 장보러 나가놓고 아직도 안 돌아왔어. 그리고 아까 30분 전에 메시지가 와서 이쪽으로 오라는 거야. 난 혹시라도 잉친 약혼녀랑 무슨 일이 생긴 건가 싶어서 경찰 친구랑 같이 가고 있으니까 서두르지 말고 천천히 와."

"알았어, 상황보고 연락 줘. 우리도 바로 갈 테니까. 무슨 일이 있긴 하나 보네."

통화를 마친 앤디의 상황 설명에 판성메이가 가장 먼저 뭔가를 알아차렸다.

"잉친 웨이보 보니까 잉친이 여자 친구에 대한 불만이 점점 많아지는 것 같더라고. 내 그럴 줄 알았어."

취샤오샤오가 눈을 부릅떴다.

"이런 귀여운 놈 보게. 전 여자 친구를 불륜녀로 만들어 놓고. 이런, 뭐 하자는 거야. 우리가 거기 가서 뭐 해? 본인이 확 박살을 내버려야지!"

취샤오샤오는 말한 것은 반드시 행동으로 옮기는 스타일이기 때문에 공항을 빠져나가자마자 앤디의 차를 타지 않고 바로 택시를 잡으려고 하다가 앤디에게 붙잡혔다. 앤디의 부드럽고 온화한 한 마디에 그녀는 마음을 바꿨다.

"네가 안 가면 우리 중 누가 대처할 수 있겠어?"

그래, 맞아! 취샤오샤오가 왕바이촨을 한 번 흘겨보았다.

'사람은 역시 타고난 기질이 있는 법이야. 너 같은 남자는 타고나길 여자보다 못 싸우게 태어났으니. 어쩌겠어.'

택시 기사 옆자리에 앉은 관쥐얼은 습관만 아니면 안전벨트를 풀고 자동차 계기판에 바짝 엎드려서 동태를 살폈을 것이다. 추잉잉이 보낸 밑도 끝도 없는 메시지를 보고 바로 전화를 했는데 역시나 연결이 되지 않았다. 그녀가 잉친과 함께 있는 게 분명했다. 어쩜 저렇게 단순하게 생각하는지, 그리고 어쩜 저렇게 사람을 걱정시키는지 모르겠다. 그녀는 옷 갈아입을 시간도 없어서 운동화만 갈아 신고 허겁지겁 나왔다. 그리고 엘리베이터가 올 때까지 신발 끈을 묶고 씨에빈에게 전화를 걸어 도움을 청했다. 취상루에 도착하긴 했는데, 마치 아무 일도 없는 듯 식당 안이 너무 조용했다. 순간 멍해진 관쥐얼 뒤에서 씨에빈의 목소리가 들려왔다.

"쥐얼, 장소가 여기 맞아요?"

관쥐얼이 뒤를 돌아보니 씨에빈과 건장한 남자 1명이 같이 서 있었다. 씨에빈이 식당 종업원을 잡고 몇 가지 물어보자, 종업원이 뒷문을 가리켰다.

"싸우던데요. 그래서 우리가 뒷문 쪽으로 가달라고 했어요. 경찰도 금방 올 거예요."

씨에빈과 친구는 후다닥 달려 나갔다.

"쥐얼, 따라오지 마요. 해결되면 부를 테니까."

어떻게 따라가지 않을 수 있을까, 그녀는 씨에빈의 뒤를 쫓았다. 너무 빨리 뛰어 가는 바람에 따라갈 순 없었지만 방향 정도는 알 수 있었다. 그녀는 앤디에게 바로 전화를 걸었다.

"나 여기 도착했는데, 종업원 말로는 건물 뒤에서 싸우고 있대. 경찰은 아직 안 왔고. 진짜 싸우는 거면 어떡해, 걱정돼 죽겠어. 잉잉은 아직 안 보여. 너무 어두워."

"거기 몇 명이나 있어? 괜히 섣불리 나서지 마."

"여기 경찰 친구도 2명이나 있어. 내가 출발하면서 불렀어. 저 앞에 가고 있는데 누굴 봤나 봐. 아! 잉잉이 쓰레기통 쪽에 넘어져 있어. 잉친도 잉잉 옆에 누워 있고. 내 친구가 일단 싸움은 말렸는데, 말려도 멈출 기미가 안 보여. 자꾸 뿌리치고 달려가서 잉친이랑 잉잉을 때리려고 해. 보니까 저기는 남자 4명, 여자 2명 합쳐서 6명이 있는 것 같고, 자기네 사투리로 뭐라고 욕하는데 무슨 말인지 모르겠어. 특히 여자 하나가 엄청 흥분해있어. 어, 그만 끊을게. 잉잉 한테 가봐야겠어."

차 안에서 스피커폰으로 다 듣고 있던 네 사람은 어떻게 된 영문이지 대충 이해가 되었다.

"샤오샤오, 이게 무슨 상황이야?"

"뭐겠어, 본처가 사람을 시켜서 불륜녀를 때려잡는 상황인거지. 원래 잉친이랑은 상관없는 일이야. 멍청한 새도 불륜녀만 때리지 남편은 안 건드리거든. 보아하니 잉친이 잉잉을 보호하려드니까, 어쩌겠어, 둘 다 맞는 거지. 상황은 이미 어느 정도 정리된 것 같네. 경찰이 와서 피해나 상해 정도를 파악한 다음에 구속여부를 결정하겠지. 우와, 잉친이 그 약혼녀 앞에서 추잉잉 편을 들다니, 완전 의외네."

그러자 판성메이가 중얼중얼 거렸다.

"잉잉이 많이 맞은 건 아니겠지. 남자 4명이 달려들었으면 아무리 잉친이 막아줬다고 해도 여자라 한 대만 맞아도 엄청 아플 텐데. 바닥에 넘어져 있다는 건 엄청 심각하다는 거 아닌가 모르겠네. 얼른 응급차 부르자. 사람 먼저 살리고 봐야지. 쥐얼, 쥐얼!"

차 안에 있는 사람들은 입이 바짝바짝 마르고 속이 탔다. 오늘 따라 공항에서 시내까지의 거리가 너무나 멀게 느껴졌다.

현장에 도착한 관쥐얼이 추잉잉 곁으로 다가가자 악취가 강렬하게 느껴졌다. 아마 식당에서 나온 음식 쓰레기 냄새였을 거다. 하지만 냄새 같은 걸 신경 쓸 겨를도 없이 추잉잉을 불렀다.

"잉잉, 추잉잉."

휴대폰 조명으로 바닥에 쓰려 있는 두 사람을 비춰보니 추잉잉의 공포에 질린 눈동자가 눈에 들어왔다.

"잉잉, 괜찮아? 나 쥐얼이야."

"잉친 좀 도와줘. 얘가 다 맞았어."

하지만 추잉잉도 많이 다친 것 같았다. 입가에 피까지 흘렀다. 관쥐
얼은 추잉잉을 온 몸으로 막아 낸 잉친의 얼굴이 제대로 보이지 않았
지만 그는 머리를 들지 못하는 것 같았다. 힘이 하나도 없어보였다.

"씨에빈, 저 사람들 못 도망가게 해요. 이 사람 잘못될 수도 있을
것 같은데. 어서 빨리 구급차 불러요."

그때 마침, 경찰이 도착했다. 씨에빈과 친구는 신분증을 내보이며
경찰 신분을 밝힌 후 동료에게 현장을 넘겼다. 구급차를 부를 겨를도
없이 잉친과 추잉잉을 각각 부축하여 밖에 있는 경찰차에 태웠다. 혹
시라도 부상이 심해질까 봐 뒷좌석에 잉친을 아주 조심스럽게 눕혔
다. 그리고 앞좌석에는 관쥐얼이 추잉잉을 안고 탔다.

추잉잉은 눈물이 멈출 줄을 몰랐다.

"조금만 참아, 조금만. 말하지 말고."

관쥐얼은 급하게 나오느라 가방에 아무것도 안 챙겨 오는 바람에
소매로 추잉잉의 얼굴에 묻은 피를 닦아 주었다.

추잉잉이 엉엉 울면서 말했다.

"잉친, 잉친은 어때? 괜찮아?"

씨에빈은 잉친이 안전하도록 다시 자리를 잘 정리해주며 말했다.

"쥐얼, 여긴 못 앉겠는데요. 택시타고 와요. 저랑 친구가 먼저 병원
에 가 있을게요. 계속 연락해요."

관쥐얼은 지갑에서 택시비 100위안만 남겨두고 나머지 돈을 모두
주었다.

"먼저 가서 접수 좀 부탁드려요."

씨에빈은 거절하지 않았다.

"밤에 혼자 택시 타는 거 괜찮겠어요? 조심해서 와요. 차 번호판
먼저 보고 타는 거 잊지 말고요."

그녀는 눈물을 글썽이며 고개를 끄덕였다. 씨에빈은 재빨리 운전석에 앉더니 무서운 속도로 현장을 빠져나갔다. 그녀도 얼른 큰 길로 나가서 택시를 잡았다. 그녀도 다 큰 성인인 데다 매일 야근 때문에 밤늦게 택시를 타는 일이 그리 대수롭지 않았는데, 씨에빈이 그렇게 걱정해주니까 나름 기분이 좋았다. 그리고 그가 추잉잉과 잉친을 병원에 데려다주고 있으니 조금은 안심이 되었다. 택시를 잡아 탄 후 관쥐얼은 앤디 일행에게 전화를 걸어서 상황을 보고했다.

샤오샤오는 병원 이름을 듣고 휙 고개를 돌리더니 아무 말도 하지 않았다. 싸워서 근육과 뼈를 모두 다쳤다면 볼 필요도 없이 자오치펑의 영역이었다. 판성메이는 추잉잉의 부상보다는 다른 일에 관심이 더 있었다.

"잉친이 목숨 걸고 잉잉을 구했다는 건 드디어 자기의 마음을 확인했다는 거네."

앞에 앉아 있던 앤디가 운전 중인 왕바이촨의 눈치를 슬쩍 보다가 말을 삼켰다. 하지만 취샤오샤오는 그냥 넘어가지 않고 쌀쌀맞게 말했다.

"모름지기 남자라면 양심은 다 있지. 친구가 자기 때문에 맞고 있는데 안 막아 주고 그냥 갈 사람이 어디 있어? 그리고 일단 싸움이 나기 시작하면 발을 뺄 새가 어디 있겠어. 그런데 자기 마음까지 확인한다고? 말도 안 되지. 잉친은 애초에 추잉잉이랑 헤어지면 안 됐어."

"위기 순간에는 무의식이 튀어나와서 그랬을 수도 있어. 평소였다면 못 했을 거야."

"깨어나면 자신이 뭘 했는지 기억 못 할 수도 있어. 그럼 정말 헛맞은 거지. 나중에 판성메이가 잉친한테 알려줄 거야?"

"안 될 이유 없지. 추잉잉을 위해서라면, 그리고 그렇게 해서 그녀의 백년지대사가 해결된다면 누가 못하겠어."

"결혼, 백년지대사? 진짜 무섭네. 그럼 이 일은 판성메이가 맡아서 해결하는 게 맞네."

앤디는 아무 말도 하지 않았다. 왜 취샤오샤오가 왜 판성메이를 도운 일을 말하고 싶어 하지 않았는지 이해가 되었다. 말했다면 앞으로 그녀를 볼 때마다 열등감에 사무쳐 부딪치고 싶어 하지 않을게 뻔한데 어찌 취샤오샤오가 생떼 부리는 즐거움을 포기할 수 있겠는가.

"결혼과 같이 한 사람을 만나서 일평생 함께하고 자녀를 낳고 늙어가는 거. 그야말로 인생 최대의 큰일이지, 아니야?"

"으, 소름끼쳐."

취샤오샤오는 자기도 모르게 판성메이와 왕바이촨이 결혼하는 것은 판성메이가 안고 있는 큰 부담을 그럴듯한 명분으로 왕바이촨에게 넘겨버리는 것이나 마찬가지라는 생각이 들었다. 그것도 한평생을 말이다.

그녀는 순간 등골이 오싹했다.

"비극이 따로 없네."

오히려 앤디는 그냥 느낌대로 말했다.

"나름 괜찮아. 사람들은 말이야, 취샤오샤오 네가 생각하는 것보다 훨씬 강인하다고."

"그렇게 살아갈 게 뻔한데 결혼을 한다고?"

취샤오샤오가 눈을 부릅떴다.

"그건 진짜 연애가 지겨워지면 가는 거지. 나는 결혼이 인생의 종신대사라고 생각하지 않아. 각자가 능력을 키우고 즐겁게 사는 거야말로 인생에서 제일 중요한 일이지. 너희랑 논쟁하진 않겠어. 너희는 다 고지식하고 융통성이란 찾아볼 수 없으니까. 결혼만 생각하지 결

혼해서 어떻게 살지는 생각하지 않는다고. 아무것도 모르는군, 쯧쯧
쯧….".

판성메이는 취샤오샤오가 누구 들으라고 한 소리인지 너무나 잘
알고 있었다. 그녀가 반박하려고 하는 순간 앤디가 먼저 말했다.

"하하, 책을 안 읽어서 밑천이 다 드러났나 보다. 성메이가 말한 건
인생의 각 단계마다 우리 인생에 영향을 미치는 결정을 해야 할 때
가 있다는 거야. 결혼도 그중 하나지. 네가 말한 평생 자기계발을 멈
추면 안 된다는 건 서로 별개의 일이야. 네가 뭐라고 반박하든 난 네
의견에 동의해. 자기계발이나 결혼생활이나 다 소홀히 할 순 없어.
결혼이 외적인 거라면 자기계발은 내적인 거라고 할 수 있지."

겨우 말할 기회를 얻은 판성메이가 말을 이었다.

"결혼은 신발 신는 거랑 똑같아. 발에 맞는지 안 맞는지, 반드시 자
기 수련이 잘된 두 사람이 만나면 행복하고 아름다운 생활을 할 수
있는 거지. 자칫하면 덤앤더머처럼 되는 거고."

취샤오샤오가 앤디를 쳐다보면서 그녀가 덧붙여서 말해주길 바랬
지만 앤디는 그 자리에 있는 왕바이촨이 신경 쓰여서 말하지 않았다.
취샤오샤오는 잠시 지켜보다가 판성메이의 만족해하는 모습에 화를
이기지 못하고 말았다.

"판성메이 언니는 너무 고리타분해. 평생 결혼만 생각하고 있잖아,
안 그래? 그럼 결혼만 하면 덤앤더머처럼 살아도 상관없다는 거네,
그렇지?"

"거의 다 도착했다."

왕바이촨이 결국 입을 열자 두 사람의 대화가 멈췄다. 대화가 계
속되면 다른 사람들이 불편해할 것 같았다. 하지만 취샤오샤오는 전
혀 그렇지 않았다. 아무리 듣기 힘들 말이라도 얼마든지 할 수 있었

다. 상처받는 건 판성메이뿐이겠지만 말이다.

그들이 탄 차가 병원에 도착하자 모두 차에서 내렸다. ATM을 찾던 앤디가 말했다.

"너희들 먼저 들어가서 쥐얼부터 찾아봐. 난 돈 좀 찾아갈게."

왕바이촨이 말했다.

"내가 할게, 내가."

취샤오샤오가 그를 막아섰다.

"오빠는 판성메이 언니랑 들어가서 쥐얼이나 찾아. 내가 앤디 언니랑 갈게."

취샤오샤오는 왕바이촨을 보내고 앤디와 함께 기다렸다가 돈을 찾았다. 이 밤에 병원이 이렇게 정신없을지 생각도 못했다.

"앤디 언니, 나⋯ 먼저 가고 싶은데. 자오치펑, 오늘 당직이란 말이야."

샤오샤오는 의아해하는 앤디의 얼굴을 보고는 자세히 설명했다.

"당연한 거 아니야, 그 사람 일이라면 내 손바닥 보듯 훤해. 만약에 잉친 상태가 심각하면 그 사람이 오고도 남을 거야."

"가, 추잉잉 만나면 전화해 줄게. 그냥 통화만 몇 마디 해."

"말할 게 뭐 있어. 내 얼굴만 봐도 퉁명스럽게 굴 텐데. 지금은 그냥 건드리지 않는 게 나아. 나도 현금 좀 줄게. 언니 거랑 같이 모아서 줘."

"됐어. 내거로도 충분해. 괜히 여기 있지 말고, 어서 가."

"응."

취샤오샤오는 또 앤디 등에 딱 달라붙어서는 몸을 이리저리 비틀고 발을 떼지 않았다. 방금 전까지 바오이판이 죽기 살기로 매달리더니, 지금은 취샤오샤오가 매달리고 있자, 이미 조금씩 적응이 됐는지 그냥 그대로 두었다.

관쥐얼도 병원에 도착하자마자 황급히 응급실로 들어갔다. 역시나 씨에빈과 친구가 입구에 서서 기다리고 있었다. 추잉잉과 잉친은 이미 안으로 들여보낸 상태였다.

"남자 분이 그래도 호흡은 있었는데, 여자 분이 계속 남자 분을 부르는데 아무 반응이 없네요. 어떻게 된 일이에요? 경찰서 동료도 곧 올 거예요."

"연애 문제요. 나중에 얘기해줄게요. 지금 아무 정신도 없어서."

그때 간호사가 나와서 그들의 대화가 멈췄다.

"보호자 분이세요? 링거 맞고 검사 중이고요. 가서서 수납하고 오세요."

"생명에는 지장이 없는 건가요?"

"지금 응급처치 중이에요. 어서 가서 수납하고 오세요."

관쥐얼이 서둘러서 수납을 하러 가는 길에 병원 안으로 들어오는 판성메이와 엇갈렸다. 가진 현금이 많지 않았기 때문에 수납처에 물어봐서 ATM으로 향했다. 그곳에 가니 마침 현금을 찾으려고 줄을 서 있는 앤디와 취샤오샤오를 보고 헐레벌떡 달려갔다.

"앤디 언니, 나 돈 좀 빌려줄 수 있어? 가져온 현금이 부족해."

취샤오샤오는 이번에 관쥐얼에게 딱 달라붙더니, 손에 쥐고 있던 영수증을 낚아챘다.

"그렇게 많이 나오진 않았네. 내가 먼저 낼 테니까 천천히 와. 이거 낸 다음에 응급실에 보여주면 돼?"

"맞아. 빠를수록 좋아."

취샤오샤오는 신속하게 일을 처리했다. 관쥐얼보다 훨씬 박력 있었다. 응급환자인 만큼 새치기라도 해서 빨리 처리해야 했기에 소리를 지르며 꾸역꾸역 앞으로 가서 수납을 마쳤다. 그리고 바로 영수증을 들고 응급실을 향해 내달렸다. 중간에 빠른 걸음으로 지나가는 의사를 앞질렀다. '방금 지나간 사람이 누구지?'라고 생각하는 순간, 그녀는 가던 길을 멈추고 고개를 돌려 자오치펑을 쳐다보고 멍해졌다. 그러다가 카트를 밀고 오는 사람과 정통으로 부딪칠 뻔했는데 자오치펑이 재빨리 그녀를 잡아 당겼다. 두 사람은 습관적으로 너무나 자연스럽게 서로 꼭 붙어서 카트와의 충돌을 피할 수 있었다. 하지만 상황 파악이 된 두 사람은 서로 멀찍이 떨어진 채로 함께 응급실에 들어갔다. 취샤오샤오는 마음이 너무 복잡했다.

"잉잉이랑 잉친이야. 최선을 다해줘."

"넌 괜찮아?"

"괜찮아, 난 싸우지도 않았어."

"아, 서두를 거 없어. 무슨 일이 있으면 바로 알려줄게."

"응."

취샤오샤오는 그가 있어서 다행이라고 말해주고 싶었지만 입을 꾹 다물었다. 약한 모습은 보이고 싶지 않았다.

판성메이는 취샤오샤오가 이미 끝난 사이라고 떠들어대던 자오치펑과 함께 오는 것을 보고 너무 놀랐다. 그녀와 자오치펑은 인사를 나누고 그는 다시 응급실로 들어갔다. 취샤오샤오는 그제야 거친 숨을 내쉬고는 이내 저 쪽에 서 있는 남자 2명에게 눈길이 갔다. 그녀는 그 중 1명이 자오치펑을 이상한 눈빛으로 쳐다본 것을 눈치 챘지만 나서지 않았다. 심장이 미친 듯이 뛰어서 지금은 많은 생각을 할 수 없었다.

취샤오샤오가 안정된 호흡을 되찾자, 간호사가 나와서 간단한 상황을 얘기해줬다.

"자오치펑 선생님께서 알려 드리래요. 추잉잉 씨는 생명에 지장이 없다고 합니다."

"감사합니다."

취샤오샤오는 이게 다 그녀의 입김이 작용한 것이란 걸 알고 있었다. 여기서 이렇게 그를 만날 줄 몰랐지만 이왕 만났고 그가 나쁜 놈은 아니니 몰래 떠나는 걸 다시 고려할 필요는 없었다. 그저 그녀가 멍해 있었다는 사실은 누구에게도 말하고 싶지 않았다.

판성메이가 그녀에게 무슨 말을 했지만 그녀는 들리지 않는 듯 천천히 모퉁이를 돌아 구석에 자리를 잡고 계속 멍하니 앉아 있었다. 앤디와 관쥐얼이 현금을 찾아서 가는 길에 취샤오샤오가 멍하니 앉아 있는 모습을 보고 앤디는 순간적으로 그녀가 자오치펑을 만났다는 것을 직감했다. 그녀를 방해하고 싶지 않아서 관쥐얼을 끌고 응급실로 향했다. 관쥐얼은 평소답지 않게 취샤오샤오가 멍하니 있는 모습을 보니 이유 없이 짠해 보였다. 그리고 그날 찻집에서 혼자 앉아 있던, 벽에다 취샤오샤오의 이름을 쓰고 있던 자오치펑의 모습이 떠올랐다. 두 사람은 정말 운명인가 보다 라는 생각이 들었다. 그런데 관쥐얼이 고개를 드는 순간, 뭔가 알고 있는 듯한 씨에빈의 눈빛과 마주쳤다. 그녀는 이렇게 복잡 미묘한 상황에 처하게 될지 꿈에도 몰랐지만 깊게 숨을 들이마셨다.

"앤디 언니, 성메이 언니, 왕바이촨 오빠. 제 친구 씨에빈이에요. 이 두 분이 잉잉 구하는 거 도와줬어요. 원래 경찰서에서 일하는 분이에요."

관쥐얼은 다시 씨에빈에게 환락송 식구들을 소개해주었다.

관쥐얼과 씨에빈, 이 두 사람의 관계가 특별한 사이라는 건 모두가 알 수 있었다. 마지막으로 취샤오샤오 쪽을 가리키며 말했다.

"저기는 취샤오샤오야."

씨에빈은 고개를 끄덕였다.

"씨에빈 씨, 추잉잉을 대신해서 정말 고마워요. 두 분이 그렇게 나서주지 않았으면 진짜 큰일 날 뻔했어요. 그리고 염치 없지만 파출소 일도 좀 부탁드려요. 뒷일을 어떻게 처리해야 할지 저희는 잘 모르니까. 부탁드릴게요."

"당연하죠. 이제 다 오신 것 같으니까. 저희는 상황을 살피러 들어가 볼게요."

"네, 그러세요. 그쪽 일은 부탁드리겠습니다. 쥐얼, 네가 중간에서 잘해드려. 이번 일은 네가 확실히 알고 있으니까. 잉잉은 잘못한 게 없으니까 저 사람들이 한 행동에 대해선 엄중한 대가를 치르게 해야지."

"알았어. 언니, 내가 잘 해볼게."

"좋아, 우린 여기서 기다릴게. 왕바이촨, 우리 먹을 것 좀 사다주면 안 돼? 오늘 늦게까지 있어야 할 것 같은데."

그녀는 침착하게 모든 것을 착착 처리해갔다. 왕바이촨은 간식을 사러가고 파출소에서 사람이 오자 관쥐얼과 씨에빈이 맞이했다. 판성메이가 아무 말도 하진 않았지만 앤디는 스스로 병원비를 담당하면 된다고 생각하고 임산부라 여기저기 다니기가 불편했기 때문에 수납 같은 일은 모두 판성메이가 직접 움직였다. 취샤오샤오만 풀이 죽어서 구석에 멍하니 앉아 있었다.

카트가 끊임없이 들락날락거리는데도 모두가 보고만 있을 뿐 아무런 도움을 주지 못했다. 추잉잉이 검사를 받으러 나오자 판성메이가 얼른 뒤따라갔다. 가면서 모두가 그녀를 걱정하고 있다며 치료 받는데만 집중하라고 그녀를 안심시켰다. 하지만 추잉잉은 아무것도 들리지 않는 듯 잉친의 상태만 계속해서 물었다.

판성메이도 자세한 상태는 몰라서 거짓말을 했다.

"자오치펑이 잉친을 치료하고 있어. 방금 자오치펑이 와서 얘기해 줬는데 잉친도 괜찮대. 많이 다친 것 같긴 한데 그렇게 위험할 정도 는 아니래."

"진짜? 잉친이⋯ 잉친이 날 보호해줬어."

"그래, 잉친이 필사적으로 널 보호했다며. 그가 마음속에 무슨 생 각을 하고 있는지 이제 명확해진 걸 거야. 잉친은 널 사랑해. 그러니 까 네가 얼른 기운 차려야 해. 그래야 잉친도 보살펴주지. 알겠지?"

"언니⋯."

추잉잉은 알아들었다는 듯 아무 말 없이 눈만 깜박거렸다. 그러다 점점 눈물이 차오르기 시작했다. 판성메이는 눈물을 이렇게 빨리 흘 릴 수 있는지 몰랐다. 추잉잉은 줄기차게 내리는 비처럼 눈물을 쏟아 내고는 검사실로 향했다. 그런 추잉잉을 보고 있자니 판성메이도 절 로 눈물이 흘러내렸다.

한편 저쪽에서는 앤디 혼자 기다리고 있었다. 관쥐얼과 씨에빈은 다른 편에서 경찰들과 얘기를 나누고 있었고 왕바이촨은 아직 돌아 오지 않았다. 취샤오샤오 역시 여전히 멍하니 앉아 있었다. 앤디는 취샤오샤오를 방해하고 싶지 않았다. 그녀도 마음이 복잡할 때 누가 와서 방해하는 걸 별로 좋아하지 않았기에 지금 취샤오샤오의 마음 이 어떤지 이해할 수 있을 것 같았다.

갑작스런 자오치펑의 등장에 모두가 응급실 입구로 달려왔다. 자 오치펑 역시 환락송 22층 식구들을 위해 약간의 편의를 봐주고 있었 다. 그는 막간을 이용해 앤디에게 두 사람의 부상 정도를 상세히 설 명해주고 아울러 수술 스케줄까지 배정했다. 멍하게 있던 취샤오샤오는 익숙한 목소리가 들리자 순식간에 뭔가에 사로잡혔다. 이렇게 매력적이고 섹시한 목소리라니, 마치 두 사람이 처음 만났을 때의 상황 같았다. 그녀는 눈을 감고 조용히 목소리를 듣고 있으니 주변의 잡음은 들리지 않고 그의 목소리만 귓가에 꽂혔다. 그가 무슨 말을 하고 있는지 알 수 없었지만 목소리에만 집중하고 또 집중했다. 과거의 모든 시간들이 스치듯 지나가면서 눈가에 눈물이 고이더니 심장도 같이 뛰기 시작했다.

판성메이는 추잉잉의 병원 침대를 끌고 돌아가는 길에 취샤오샤오를 지나서 앤디와 얘기를 나누고 있는 자오치펑을 보니 마침내 모든 상황이 이해가 갔다. 그녀는 걸음을 멈추고 추잉잉이 잘 들어간 것을 확인한 후 취샤오샤오에게 다가가 휴지를 건네주었다.

앤디는 자오치펑과 대화를 마친 후 취샤오샤오를 찾았다. 그녀를 보니 너무 마음이 아파서 자기도 모르게 손을 내밀어 취샤오샤오의 눈물을 닦아주고 꼭 안아주었다. 앤디에게 이 모든 게 처음이었다.

판성메이는 잠시 망설이기 했지만 결국 취샤오샤오를 안아주지 못했다. 왕바이촨이 오고 있는 걸 보고 그에게 달려갔다. 그녀의 눈에서도 눈물이 멈추지 않았다. 그녀에게 왕바이촨이 얼마나 소중한 존재인지 깨닫게 되었다. 그녀는 그의 지지가 필요했다. 비록 그가 능력이 뛰어난 사람은 아니지만 그가 옆에만 있어준다면 그걸로 되었다.

관쥐얼이 멀리 떨어지지 않은 곳에서 지켜보고 있다가 씨에빈에게 자랑스럽게 말했다.

"우리 환락송에 사는 식구들은 정말 다 좋은 사람들이야."

55

깊은 밤, 입원 병동의 복도는 인적이 없어 고요했다. 추잉잉을 간호하기 위해 스스로 병원에 남은 관쥐얼은 병실을 살그머니 빠져 나와 조용한 걸음으로 잉친의 병실로 갔다. 병실 입구에서 유리창을 통해 안을 들여다보니 칠흑처럼 캄캄했다. 그녀는 잉친을 보살피겠다고 자청한 씨에빈을 병실 밖으로 불러낼지 말지 한참을 망설였다. 저녁 동안 체력이 바닥나서 지친 씨에빈은 아마 이미 이동식 침대에 누워서 쉬고 있을 것 같았다. 관쥐얼은 텅 빈 복도를 멍하니 바라보다가 저도 모르게 옷깃을 끌어당겨서 여몄다. 자라면서 지금까지 낯설고 탁 트인 공간에서 혼자 밤을 지새운 적이 없던 터라 병원에서의 첫 밤이 몹시 불안했다. 병원에서 귀신 소동이 일어나는 공포 영화를 오래전에 봤던 기억이 떠올라서 더욱 무서웠다. 심지어 엘리베이터 문이 열렸다가 닫히는 소리에도 깜짝깜짝 놀라고 심장이 두근두근 뛰었다.

그러는 사이에 다행스럽게도 건장한 체격에 활기가 넘치는 씨에빈이 복도에 떡하니 나타났다. 관쥐얼은 그제야 마음이 안정되어 활짝 웃으며 그에게 달려갔다. 관쥐얼의 웃는 모습에 상기된 씨에빈도 반갑게 다가와 조용조용 말했다.

"야식을 사왔어요. 아쉽게도 따뜻한 건 없고 과자랑 빵뿐이네요. 잉잉 씨는 어때요?"

"겨우 달래서 재웠어요. 계속 잉친 타령을 하더니 또 입이 닳도록 부모님께 알리지 말라고 부탁하고 마지막엔 병원비 때문에 전전긍긍하다가 잠들었어요. 오늘 정말 진심으로 고마워요. 잉친 씨는요?"

"6시간 만에 마취에서 깨어났는데 계속 자게 뒀어요. 좀 전에는 링거를 큰 병으로 바꿔 꽂았고요. 그 틈에 잠깐 먹을거리를 사러 서둘러 다녀왔어요. 오늘 밤에 우리 둘 다 잠은 못 잘 거 같네요."

씨에빈은 말을 마치자마자 곧장 병실로 들어가서 잉친의 상태를 살폈다. 관쥐얼은 조용히 과자 봉지를 뜯었다. 바스락거리는 소리가 거의 나지 않게 조심스럽게 뜯느라 용을 바짝 썼다. 관쥐얼 곁으로 돌아온 씨에빈은 그녀가 건넨 과자를 받아서 입에 넣었다. 그가 과자를 씹자 와작와작 소리가 고요하던 복도에 청량하게 울렸다. 관쥐얼은 과자가 들어 볼록한 볼을 우물우물거렸다. 씨에빈은 그 모습을 보고 과자가 촉촉해질 때까지 입에 물고 있다가 씹는 것이라고 추측했다. 그가 감탄하며 말했다.

"이렇게 얌전한 사람은 처음 봐요. 과자를 먹는데도 소리가 안 나잖아요."

"아이, 쳐다보지 말고 과자나 먹어요. 환자들이 간신히 잠들었을 텐데 소음이 들리면 방해될까 봐 조심하는 거예요."

관쥐얼은 씨에빈의 칭찬에 얼굴이 빨개져서 그의 눈을 피해 이내 고개를 돌렸다.

"지금 머리가 복잡해서 갈피가 안 잡히는데 같이 방법을 좀 생각해 봐요. 나라도 이 정도 일로는 고향 집에 연락하지 않을 거예요. 그런데 잉친 씨 가족은 내일 병원으로 온다고 하니 가족들한테 간호를 맡기면 되겠죠. 잉잉 간호는… 우리 22층에 잉잉 빼고 4명이 있는데 앤디 언니는 임신 중이라서 당연히 안 되고 성메이 언니는 새로 옮긴 회사에서 자리를 잡아야 하니까 휴가를 내기가 어려울 거예요. 샤오샤오는 여건이 되지만 오히려 잉잉을 더 아프게 할까 봐 걱정이고요. 나도 요즘 회사 일로 정신없이 바빠서 휴가를 못 써요. 어떡하면 좋을까요?"

"잉잉 씨가 다친 직후라서 지금은 혼란스럽겠지만 심각하게 생각하지 말아요. 내일이면 잉잉 씨도 정신을 차릴 거고 그때 다시 상의해요. 곤란한 상황도 얘기하고요."

"난… 내가 마음이 조급해서 아까 잉잉한테 말했더니 간호사가 있어서 괜찮다고 했어요. 퇴근하고 들려도 된다고요. 하지만 그러면 안 되잖아요."

"한 가지 방법은 있어요. 간병인을 쓰는 거죠."

관쥐얼은 고개를 흔들었다.

"잉잉은 돈을 걱정할 거예요. 내일 다시 잉잉이랑 얘기해야겠어요. 어쨌든 씨에빈 씨랑 의논하고 나니 마음이 훨씬 편해졌어요. 오늘 여러모로 도와줘서 정말 고마워요."

씨에빈은 솔직하게 맞받았다.

"쥐얼 씨 일이니까요."

관쥐얼은 하마터면 그의 가슴에 얼굴을 묻을 뻔했다.

월요일 새벽녘, 2명이 없는 22층은 평소와 달리 유난히 조용했다. 판성메이는 늘 일찍 일어나는 앤디를 찾아가서 문을 두드렸다. 그녀의 노크 소리가 22층의 정적을 깼다. 문을 열고 나온 앤디는 예상대로 판성메이보다 정신이 훨씬 맑은 상태였다.

"이따가 병원에 들를 텐데 아침밥도 챙겨서 갈 거야. 넌 임산부니까 병원 같은 곳에는 안 가는 게 좋다고 알려주러 왔어."

"세심하게 배려해 줘서 고마워. 너도 출근해야 하는데 병원 때문에 일찍 일어나면 잠이 부족해서 어떡해? 하루 이틀에 해결될 일도 아니잖아."

판성메이가 웃으며 말했다.

"그러게 말이야. 그래서 잉잉한테 간병인을 구하는 게 어떨지 물어보고 상의하려고 하는데 쥐얼이 보낸 메시지로는 잉잉이 간병인은 싫다고 하나 봐. 그렇다고 샤오샤오한테 계속 부탁할 수도 없잖아. 병원에 있다가 치펑 씨랑 마주치면 난처할 거 아냐."

"그렇지. 성메이, 너는 배려심이 정말 대단해. 간병인 비용은 일단 내가 대신 지불하고 잉잉이 나으면 그때 다시 얘기하자. 잉잉이 마음쓰지 않게 말이야."

판성메이는 중얼거리듯이 말했다.

"넌 평소에는 좀 냉정해 보이는데 이렇게 무슨 일이 생길 때 보면 마음이 참 따뜻해. 그럼 사양 안 하고 네 말대로 할게. 서둘러야겠어."

이때 한 목소리가 불쑥 대화에 끼어들었다.

"누가 자오치펑 얘기하는 거야? 성메이 언니, 어젯밤에 생각이 났는데 말이야, 언니네 오빠가 이번에 계획한 꿍꿍이가 뜻대로 안돼서 분명히 다른 짓거리를 또 꾸밀 거 같아. 마음 단단히 먹어. 언니는… 언니 일에나 신경 써. 병원은 내가 갈게."

앤디가 냉큼 말을 받았다.

"지금 잉잉은 상황이 예전하고 다르고 몸도 아프니까 애틋한 성메이를 가장 보고 싶어 할 거야. 샤오샤오 너는 낮에 시간 나면 들려."

"성메이 언니가 꼭 가야 한다면 가고 나도 따라 갈래. 이른 아침이라

회진이 있겠지만 나 취샤오샤오가 누굴 두려워할 사람은 아니잖아."

판성메이가 곧이어 말했다.

"그래, 오늘 아침에는 네가 가. 어젯밤에 발에 불이 나도록 바쁘게 고생하고 잠도 부족할 텐데 운전 조심하고."

취샤오샤오는 판성메이를 곁눈질로 보았다. 취샤오샤오가 무척 불편한 판성메이는 그녀와 또 충돌할까 봐 애써 미소를 지으며 서둘러 자리를 피했다. 판성메이가 2202호로 들어가는 것을 확인한 앤디는 취샤오샤오에게 속삭였다.

"지금은 환자가 가장 중요하다는 걸 잊지 마."

"알아. 하지만 잉잉은 아예 생각이란 게 없는 애고, 성메이 언니는 잉잉을 적당히 구슬리기만 할 텐데 그러면 문제가 해결되지 않잖아. 내가 가야 해결할 수 있어."

앤디가 웃으며 말했다.

"넌 항상 의외의 '기막힌' 방법을 생각해 내는구나."

취샤오샤오가 생색을 냈다.

"꼭 그런 건 아니고, 그냥 몸조심해야 하는 언니 몫까지 하려는 거뿐이야. 언닌 나한테 고마워해야 해."

"그럼, 당연하지. 너한테 또 빚을 졌네. 꼭 갚을게. 그나저나 성메이 집에 무슨 일이 또 생길까? 한번 예상해 봐."

취샤오샤오가 폴짝거리며 다가섰다.

"내가 신은 아니지만 신기가 있거든. 손가락을 짚어가며 점을 쳐봤더니 확실히 큰일이 날 거 같아."

단장을 마친 뒤에 문을 열고 나오던 판성메이는 취샤오샤오의 말을 듣고 울먹거리며 한참이나 멍하니 앤디를 쳐다봤다. 사실은 판성메이도 마음이 조마조마했다. 그녀의 오빠 같은 사람은 사고를 치지 않는 게 오히려 이상한 일이니 말이다.

취샤오샤오는 판성메이 앞에서 센 척했지만 차에 타자마자 심장이 힘차게 고동치기 시작했다. 자오치펑을 만날 경우를 대비해 눈동자를 바쁘게 굴리며 갖가지 대응책을 마구 짜냈다. 그리고 병원까지 가는 내내 자오치펑 앞에서 할 말을 중얼거리며 연습했다.

"응, 난 괜찮아. 걱정 마."

그러다가 다시 마음을 바꿨다.

"아니야, 공기처럼 여겨야 화가 안 나겠지. 내가 누구야? 취샤오샤오잖아. 여태까지 상대한 사람이 몇 명인데 떨면 안 돼! 하하. '어제 고생했어. 잉잉은 어때? 잉친 씨는?' 이렇게 태연하게 말이야. 젠장, 어제 사람들 앞에서 추태를 보여서 오늘은 무조건 침착해야 해. 자존심을 회복해야지."

취샤오샤오는 이렇게 마음을 단단히 먹었는데도 여전히 긴장되는지 수시로 거울에 얼굴을 비춰 보며 담담한 미소를 억지로 지었다. 병실에 들어서자 잠에서 깬 추잉잉은 사정도 모르면서 자오치펑과 엇갈려서 안타깝다며 철없는 소리를 했다. 취샤오샤오는 떨려서 하마터면 폭삭 주저앉을 뻔했지만 추잉잉의 말에 막혔던 숨을 크게 내쉬며 안도했다. 그런 와중에도 앞질러서 말하는 버릇은 여전해서 관쥐얼에게 말할 기회를 주지 않고 자기가 할 말부터 했다.

"쥐얼, 내가 여기 있을게. 넌 집에 가서 쉬든지 출근하든지 맘대로 해. 가여운 우리 아가 쥐얼의 손바닥 만한 얼굴에 못된 여드름이 또 돋았네."

관쥐얼은 마지못해 웃으며 말했다.

"알았어. 잉친 씨도 네가 좀 챙겨 줘. 그쪽 부모님은 오후에 도착하신대. 그 사람도 출근해야 하거든. 이리로 따라와 봐."

"그 사람이 누구야? 잘생긴 경찰 오빠?"

취샤오샤오는 그새 긴장이 풀렸는지 유난스럽게 웃으며 괴상한 소리를 냈다. 관쥐얼은 얼굴이 빨개져서 한마디도 못 하고 취샤오샤오를 밖으로 밀어내며 병실에서 멀찌감치 떨어진 뒤에야 다시 입을 열었다.

"잘 돌볼 수 있겠어? 너한테 맡기려니 마음이 안 놓여."

"나 취샤오샤오하고 그나마 상대가 되는 사람은 앤디 언니밖에 없거든. 그래서 언니는 너처럼 그런 질문은 안 해. 어험…."

취샤오샤오는 관쥐얼의 말을 무시하고 다짜고짜 잉친의 병실로 쳐들어갔다. 그런데 바로 눈앞에서 자오치핑이 의식을 회복한 잉친과 대화를 주고받고 있었다. 놀라서 눈이 휘둥그레진 취샤오샤오는 곧장 몸을 180도로 홱 돌려서 오던 길로 되돌아 나가며 뒤따라 들어오던 관쥐얼까지 병실에서 밀어냈다. 몇 걸음 가다 보니 갑자기 정신이 들면서 순간적으로 화가 치밀어 올랐다. 그래서 발을 탕탕 구르며 다시 병실로 돌진하려고 하는데 관쥐얼이 그녀를 와락 껴안았다.

"의사 선생님이 계시니까 나도 안 들어갈래. 혹시 이불을 들춰서 검사하는 중이면 우리가 없는 게 낫잖아."

복도에 서서 끙끙거리던 취샤오샤오는 한참 만에 어느 정도 진정이 되었는지 돌아서서 추잉잉의 병실로 갔다. 관쥐얼은 그녀의 뒤를 따라가면서 씨에빈에게 메시지를 보냈다. 취샤오샤오는 허리에 손을 올린 채로 추잉잉의 침대 머리맡에 서서 눈동자를 요리조리 굴리더니 다시 자리를 옮겨서 침대 끄트머리에 요염하게 기댔다. 관쥐얼은 침울한 표정으로 자세를 이랬다저랬다 바꾸는 취샤오샤오를 무심하게 바라보기만 할 뿐 간섭하지 않았다. 추잉잉이 잇달아 물었다.

"어떻게 됐어? 잉친은 어때?"

"깨어났어. 괜찮아 보여. 여자라서 불편할까 봐 그냥 왔어. 넌 누워서 링거나 잘 맞아. 주사 바늘 빠지지 않게 조심하고. 쥐얼, 그만 쳐다보고 만두 먹어. 내 얼굴에 꽃이라도 폈니?"

관쥐얼은 누우려는 추잉잉을 부축하면서 은근슬쩍 당부했다.

"쟤 또 시비 건다. 조심해."

다행히 메시지를 받은 씨에빈이 금방 와서 냉랭하던 병실 분위기가 풀어졌다. 추잉잉은 씨에빈을 보자마자 큰 소리로 말했다.

"씨에빈 씨, 고마워요. 정말 고마워요."

"씨에빈? 경찰 씨요? 우리 복도에서 인수인계해요."

관쥐얼은 갑자기 심장이 쿵쾅거리고 떨리면서 취샤오샤오와 바이 팀장 사이에 있었던 일들이 한 장면씩 번개처럼 눈앞을 스치고 지나갔다. 아니나 다를까 추잉잉도 걱정스러운 눈빛으로 관쥐얼을 쳐다봤다. 관쥐얼은 조심스럽게 밖으로 따라 나가서 취샤오샤오에게 주의를 주었다.

"아무래도 마음이 안 놓여. 잉잉한테 상냥하게 할 수는 없어? 환자잖아."

"30분쯤 지나면 기분이 나아질 거 같아. 씨에빈 씨, 잉친 씨 상태가 어떤지 얘기해 주세요."

취샤오샤오는 말하면서 휴대폰에서 뭔가를 찾는 듯했다. 관쥐얼은 취샤오샤오가 씨에빈을 주시하지 않자 약간 안심이 되었다.

"어, 그거 잉잉 휴대폰 아니야?"

관쥐얼이 물었다.

"맞아. 내가 이런 낡은 휴대폰을 쓰겠니. 침대 머리맡에 있길래 잉잉 아빠한테 전화하려고 가지고 나왔어. 조용히 해 봐."

"안 돼. 일단 상의부터 해야지."

"상의는 무슨. 네가 계속 돌볼래? 내가 할까? 아니면 성메이 언니 시킬까?"

"내…내가 할게."

관쥐얼은 취샤오샤오의 손을 꽉 잡으며 단호하게 말했다.

"간병인을 부르면 되고 저녁엔 내가 와서 있을 테니까 넌 신경 쓸 거 없어."

"왜 사서 고생을 해? 그러면 우리 다 힘들어져서 안 돼. 어리석게 굴지 마."

"제발 부탁이야, 전화하지 마. 잉잉 아빠가 잉잉한테 거는 기대가 얼마나 큰지 넌 모르잖아. 아마 이런 일이 생긴 걸 알면 굉장히 실망하실 거야. 게다가 잉잉 집 형편도 썩 좋지 않은데 다녀가시려면 여비도 들고 무급 휴가도 내야 해서 곤란하실 거야."

취샤오샤오는 감동한 눈빛의 씨에빈을 힐끔 쳐다보더니 못마땅해하며 마음을 바꿨다. 세 사람은 복도에서 두 환자의 상태를 서로 묻고 대답했다. 때마침 다른 병실에서 나오던 자오치펑은 취샤오샤오를 한눈에 알아보고 도둑놈처럼 후다닥 비상계단으로 도망쳤다. 씨에빈은 이 광경을 목격했지만 못 본 척 잠자코 있었다. 그 모습을 보지 못한 취샤오샤오는 주의할 점을 수첩에 꼼꼼하게 메모했다. 사람의 목숨이 달린 일이라서 진지하게 임했다. 그녀는 메모한 내용을 훑어보더니 말했다.

"잉잉 문제는 쥐얼한테 물으면 되고 잉친 씨한테 문제가 생기면 이쪽에 물어야 하니까 잘생긴 오빠는 연락처나 알려 줘요."

관쥐얼은 경계하듯이 대답을 가로챘다.

"나한테 연락하면 돼."

그리고 황급히 한마디 더 보탰다.

"내가 연락처 아니까."

"아, 알았어. 어서 가 봐. 수고했어."

관쥐얼은 그제야 가슴을 쓸어내렸다. 그런데 갑자기 취샤오샤오가 고개를 바짝 쳐들고 씨에빈을 뚫어지게 쳐다보았다. 관쥐얼은 순간 머리털이 쭈뼛 서더니 용기가 불끈 솟아서 냉큼 취샤오샤오의 시선을 가로막았다.

취샤오샤오는 한숨을 쉬며 관쥐얼의 귓가에 대고 소곤거렸다.

"앙큼하게 날 속이다니. 내가 가로챌까 봐? 잉잉이 하는 짓을 고대로 배웠네."

관쥐얼은 똑 부러지게 말했다.

"불에 놀란 놈은 부지깽이만 봐도 놀라거든. 선의를 베풀다가 억울하게 뒤통수 맞지 않으려면 단단히 대비해야지."

취샤오샤오는 속이 끓었지만 차분한 표정으로 씨에빈에게 잘 가라고 인사하고는 관쥐얼에게 곧장 말했다.

"난 간호사한테 가서 간병인 좀 알아볼게."

취샤오샤오는 자리를 떠났고 놀란 관쥐얼은 온몸에서 땀이 났다.

관쥐얼이 씨에빈에 관한 정보를 차단했음에도 여간내기가 아닌 취샤오샤오는 알고 있던 몇 가지 정보로 추잉잉을 살살 구슬려서 두 가지 정보를 더 캐냈다. 그러고는 당장 친구한테 연락해서 씨에빈의 뒷조사를 부탁했다. 그녀는 사무실에서 친구가 보낸 메일을 읽고는 혼잣말로 주절거렸다.

"뭐야, 시골 출신이야? 개천에서 난 용이었어?"

지도를 찾아보니 씨에빈의 고향은 아주 외진 곳이었고 직감적으로 가난한 시골 마을임을 알 수 있었다. 취샤오샤오는 손가락으로 책상 위를 톡톡 두들기며 눈동자를 상하좌우로 계속 움직였다. 이윽고 마음을 정했는지 판성메이에게 메일을 재전송했다. 메일의 마지막에는 "언니가 어떻게 해 봐."라고 한 마디 덧붙여서 보냈다.

판성메이는 점심시간에 연달아 2통의 메일을 받았다. 당연히 왕바이촨이 보낸 메일을 먼저 열었다. 급한 출장이 잡혀서 못 만난다고 양해를 구하면서 우선 링크한 웹페이지를 클릭해서 살펴보라고 했다. 판성메이는 왕바이촨이 보낸 여러 개의 링크를 하나씩 열어보다가 이내 얼굴이 환하게 밝아졌다. 마치 만개한 봄꽃처럼 얼굴이 활짝 피었다. 왕바이촨이 보낸 링크에는 모두 집에 관한 정보가 담겨 있었다. 그중에는 새집도 있고 기존 주택도 있었다. 모두 방 두 칸짜리 소형 주택이었지만 판성메이는 기뻐서 입이 귀에 걸렸다. 점심 식사를 빨리 끝내고 조용한 구석으로 가서 왕바이촨에게 전화를 걸었다. 그녀는 마음이 설레어 잠시도 기다릴 수 없었다. 기쁨에 들뜬 나머지 그가 오빠 사건을 성의 없게 처리한 전력은 까맣게 잊었다.

"여보세요. 나한테는 낌새도 보이지 않더니 언제 다 알아봤어?"

"비밀로 하려던 건 아니야. 아침에 은행에서 연락이 왔는데 대출이 가능하대. 대출은 처음인데 앞으로는 이렇게 자금을 융통해서 사업에 투자하면 될 거 같아. 가진 돈을 불려서 자금을 마련하는 것만이 능사는 아니었어. 그래서 소식 듣고 기뻐서 얼른 집도 좀 알아보고 너한테도 자료를 보냈지. 네 의사가 중요하니까. 네가 직접 보고 우리한테 맞는 집을 골라야 할 거야."

판성메이는 왕바이촨의 말을 듣고 감격해서 눈가가 빨개졌다.

"바이촨, 반년 만에 하이 시에 정착하다니 진짜 대단해. 겨우 반년 만에 오롯이 혼자 힘으로 이만큼 일궜잖아."

왕바이촨은 판성메이 집안의 일처리를 미숙하게 하는 바람에 판성메이의 마음이 돌아설까 봐 여간 불안하지 않았다. 그래서 대출을 받을 수 있다는 희소식을 듣자마자 판성메이와 기쁨을 나누고 싶었다. 예상대로 판성메이가 기뻐하며 진심으로 그를 칭찬하자 그도 저절로 눈가가 붉어졌다.

"성메이, 내가 하이시에서 이룬 성공의 절반은 네 덕이야. 너는 내 정신적 지주고, 가성비 훌륭한 사무실을 구해줬고 구멍가게 같은 회사를 번듯한 회사처럼 보이게 힘써줬어. 또 널 통해서 샤오샤오 씨도 알게 되고 파트너도 되었지. 내가 마음에 덜 차는 면이 있어도 이해해 줘. 더 잘하도록 계속 노력할게."

"바이촨…."

판성메이는 그의 이름을 부르다가 목이 메어 흐느꼈다. 지난 반년을 돌이켜 보니 시련도 많았고 우여곡절도 많아서 감정이 북받친 것이다.

"응, 성메이. 듣고 있어."

"나…, 이제 일해야 해. 너는… 넌 정말 좋은 남자야."

통화를 마치고 왕바이촨은 기뻐서 껑충 뛰었다. 판성메이는 탈의실에서 화장을 고치다가 취샤오샤오가 보낸 메일을 바삐 읽었다. 고삐 풀린 망아지처럼 그새를 못 참고 또 사고를 친 취샤오샤오를 생각하니 눈물이 마르기도 전에 웃음이 났다.

판성메이는 관쥐얼에게 메시지를 보냈다.

'샤오샤오가 네 연애에 끼어들려나 봐, 조심해.'

판성메이는 이 말 외에 다른 말은 하지 않았다. 취샤오샤오의 뜻대로 확성기 역할은 할 수 없었다.

관쥐얼은 졸려서 몽롱한 상태로 근무하다가 판성메이의 메시지를 보고 현기증이 났다. 그녀의 예상이 들어맞았던 것이다. 취샤오샤오

가 그냥 넘어갈 리가 없다고 병원에서부터 생각했는데 역시나 관쥐
얼도 2202호에서 예외가 될 수 없었다. 관쥐얼은 판성메이에게 답장
을 보냈다. '일단 두고 볼게.' 그러나 관쥐얼은 추잉잉과 판성메이가
취샤오샤오한테 당했던 과거를 생각하니 머리가 깨질 듯이 아팠다.
취샤오샤오는 관쥐얼에게 어떤 장난을 치려는 걸까?

앤디는 퇴근해서 회사 1층에 있는 카페로 갔다. 바오이판의 아버
지는 정시에 도착해서 자리를 잡고 앉아 있었다. 앤디는 말을 돌리지
않고 솔직하게 얘기했다.

"죄송해요. 이판 씨한테 오늘 회장님과 만날 거라고 얘기했어요."

앤디는 임신 중에 커피를 마실 수 없어서 코코아를 주문했다. 바
오 회장은 한숨을 깊이 쉬며 말했다.

"언짢아했을 텐데?"

"당연히 못마땅해 했지만 설득했어요. 회장님도 사모님처럼 마음
먹은 일은 절대로 포기하지 않는 분이고 이판 씨보다는 절 만나는
게 편하실 거라고요. 저한테는 과격한 대응을 안 하실 테니 만나도
괜찮다고 잘 설명했어요."

바오 회장은 당황스러웠지만 앤디의 진지한 표정을 보고 조롱이
아닌 진심으로 받아들였다.

"알다시피 부자간에 연락이 완전히 끊겼다. 너 아니면 연락할 방
법도 없어."

"말씀 중에 죄송하지만 바오 회사 일에는 개입하지 않겠다고 이미
분명히 밝혔어요. 전 한번 뱉은 말은 꼭 지키거든요."

"내 말에 신의가 없다고 비웃는 것 같구나. 네가 우리 부자 사이에
끼어드는 건 나도 바라지 않는 바이지만 내 생각은 말해야겠다. 아내

가 세상을 떠난 날, 회사 경영에서 물러나겠다고 한 말은 진심이었어. 아들 마음을 달래려고 임시변통으로 한 말이 아니었단 뜻이다. 그때만 해도 그럴 계획이었어. 이미 살 만큼 살았고 나한테 무턱대고 도전장을 내미는 사람도 이제는 없으니 여생을 즐기면서 나 자신만을 위해서 살아도 되겠다고 생각했지. 그런데 뜻밖에도 인수인계 준비를 하는 동안 내가 특별히 할 일이 없더구나. 머리를 쓸 일도 없고 사람하고 돈 관리만 하면 되더란 말이다. 아들한테 경영권을 완전히 넘겨주고 나면 가뿐할 줄 알았는데 그게 아니었어. 오히려 더 자유롭지 못하고 종일 해가 넘어갈 때까지 뭘 해야 할지도 모르겠더구나. 정말 상상도 못 한 일이지. 전에 접견이 2건 있었는데 일부러 시간을 마련해서 골프를 치는 일정도 잡았지만 즐기지 못했어. 며칠 동안 공을 칠 시간이 많았는데도 이상하게 온몸에 기운이 없고 치기가 싫더구나. 밥맛도 없더라고. 그제야 아차 싶었지. 난 놀고먹을 팔자가 아니구나, 돈 버는 재미로 살아야 하는 사람이구나 하고 깨달았어. 그래서 아들한테 말했더니 나한테 속았다며 내 말은 아예 들으려고 하질 않았어. 우린 지금 대화가 안 돼. 입만 열었다 하면 그냥 폭발해버리니까. 이판은 아주 미친 소 마냥 길길이 날뛰는데 누가 말리지 않으면 나한테 달려들 판이라서 당최 대화를 할 수가 없어. 날 왜 그렇게 의심하는지 모르겠다. 내겐 하나밖에 없는 아들이고, 내가 번 돈은 결국 다 아들 몫이 될 텐데 말이다. 내가 힘을 보태면 아들 혼자 경영하는 것보다 훨씬 좋은 성과가 나오리란 건 바보도 알 거다. 안 그러냐? 네 의견을 듣자고 하는 얘긴 아니다. 오늘은 그냥 내 얘기를 들어주기만 하면 돼. 집안의 허물을 터놓고 얘기할 곳이 없다 보니 속이 답답해서 숨도 못 쉬겠구나."

바오 회장은 곧 죽을 사람처럼 말했지만 그의 말투는 언제나처럼 차분하고 침착하다 못해 마치 아무 일도 없는 사람처럼 담담하고 평온했다.

앤디는 진지하게 끝까지 다 듣고 대답했다.

"잘 듣고 있어요. 전 듣기만 할 거고, 오늘 하신 말씀은 이판 씨에게 한마디도 전하지 않겠다고 미리 약속 드려요."

"아무래도 상관없다. 난 입 밖으로 말을 꺼낸 것만으로도 이미 속이 시원하게 풀렸으니까. 하지만 네가 우리 가족의 화목을 위해 중간에서 힘써 주겠다면 사양하지 않으마."

"아니요, 간섭하지 않겠다고 선언했으니 말에 책임을 져야죠. 예외는 없어요. 전 제 자제력을 못 믿거든요. 화목한 가정이라는 미명으로 말을 번복하고 회사 일에 관여하기 시작하면 아마 이후에도 자제하지 못하고 사사건건 참견하려 들 거예요. 그러면 전 언젠가 제2의 바오 부인이 되고 말겠죠. 그래서 제가 한 말은 지키려고요. 구두 계약도 반드시 지켜야 할 약속이잖아요. 모두에게 이로운 선택이니까 이해해 주세요."

"하지만 생각해 봐라. 지금 이판과 전혀 소통이 안 되는데 이대로 있는 건 방법이 아니야. 이판이 이런 식으로 나와 계속 대치하다가는 처가 쪽의 별 볼일 없는 사람들한테 이용당해서 판단이 흐려지고 감정적으로 일을 처리할 수도 있어. 그러면 회사는 막대한 손해를 입게 된단 말이다."

앤디는 어깨만 으쓱할 뿐 대꾸하지 않았다.

바오 회장은 체념한 듯 말을 이었다.

"알았다. 그래도 회사의 이익 다툼과는 무관한 사적인 얘기는 이판에게 전해줬으면 좋겠구나. 이렇게 전해다오. 이판은 내 유일한 혈육이고 이판이 날 어떻게 대하든 난 이판을 사랑한다고 말이다. 말하고 나니 참 낯간지럽군."

앤디가 웃으며 말했다.

"이판 씨의 마음을 움직일 만한 말이군요. 꼭 전할게요. 그런데 전하지 않아도 될 거 같기도 해요. 전에 한 번 말씀하셨고 당연한 거잖아요. 결과적으로 말하자면 세 식구는 모두 가족을 사랑해서 아끼느라 함부로 남에게 상처를 주고 사생활을 심각하게 침해했어요. 가족이 무탈하면 피와 살은 나눈 가족을 위해서 할 일을 했다고 여겼고요. 다른 집은 가족끼리 어떤지 모르겠지만 일방적으로 남의 권익을 무시하면 결국엔 역풍을 맞아요. 가족 구성원의 독립성을 존중하고 가족끼리 평등하게 대하면 그 가족은 기탄없이 서로 사랑할 수 있고요. 오늘 회장님이 제게 도움을 청하신 김에 저도 회장님께 제 생각을 들려드렸어요. 이판 씨한테도 똑같은 말로 충고했지만 지금은 어머니를 잃은 슬픔 때문에 감정이 격한 상태라서 잘 받아들이지 못하더라고요. 이 말도 물론 회사의 이익 다툼과는 무관한 사적인 영역에 해당해요."

바오 회장은 마지못해 헛웃음을 웃었다.

"그래, 이 이야기는 이쯤에서 그만 하자. 나도 너한테 강요하지 않을 테니 너도 내 아들한테 강요하지 말거라. 어쨌든 어머니의 죽음 앞에서 초연할 사람은 없지 않겠냐. 아내가 생전에 너하고도 옥신각신했으니 네가 가타부타 말이 많으면 이판이 너도 원망할 거다."

앤디는 잠시 생각하다가 고개를 끄덕였다.

"알려 주셔서 감사해요. 저로서는 굉장히 이해하기 어려운 인간관계에 적응하는 중이거든요."

바오 회장은 앤디의 말에 잠시 어리둥절하다가 이번에는 정말로 웃음이 났다. 자신의 생각을 또박또박 말하는 앤디의 태도는 그의 심기를 불편하게 할 의도가 아니었음을 뒤늦게 알아차린 것이다. 그는 아내의 죽음에 앤디가 간접적인 '기여'를 했다고 여겼지만 아들은 일절 앤디를 탓하지 않았다. 앤디는 항상 책임질 말만 하고 언행이 일치하는 사람이어서 남들이 앤디의 행동에 특별한 동기나 음모가 있는지 추측하는 수고를 하지 않아도 된다. 앤디에게는 이것도 일종의 생존 방법인 셈이었다.

바오 회장은 앤디와 헤어지기 전에 선의의 충고를 했다.

"결혼을 고려해 보려무나. 중국에서는 미혼모로서 아이를 키우는 게 쉬운 일이 아니다."

앤디는 고개를 끄덕였다.

판성메이는 퇴근하는 즉시 병원으로 향했다. 해가 아직 지지도 않았는데 추잉잉은 따분한 나머지 꾸벅꾸벅 졸고 있었다. 판성메이가 과일 봉지를 들고 나타나자 추잉잉은 가족을 만난 것처럼 반기며 판성메이를 껴안고 말없이 울었다. 사고가 난 후 처음으로 울음을 터뜨린 것이다. 판성메이는 다정한 말로 위로하며 추잉잉의 마음을 달래고 상처를 보듬어주었다.

추잉잉은 한참을 울다가 겨우 말을 꺼냈다.

"간병인이 그러는데 잉친 어머니가 오셨대. 언니, 잉친이 괜찮은지 한번 보고 올래? 어떤지 궁금해 죽겠어."

"아휴, 너도 참. 네 걱정은 팽개치고 잉친 생각만 하고 있구나. 알았어, 가보고 올 테니까 기다려. 당장 안 가면 네가 또 안절부절못할 거 아냐."

"역시 언니밖에 없어. 어떤지 알아야 마음이 놓일 거 같아."

판성메이는 사 온 과일의 절반을 챙겨서 들고 나가며 가서 무슨 말을 할지 곰곰이 생각했다. 천천히 걸어서 잉친의 병실 앞에 도착한 판성메이는 잠시 머뭇거리다가 이내 활짝 웃으며 노크하고 안으로 들어갔다.

마침 잉친은 깨어 있었다. 판성메이를 발견한 잉친은 눈을 번뜩이더니 이내 그의 어머니를 쳐다보고 당황해서 시선이 갈팡질팡했다. 판성메이는 부드럽게 웃으며 잉친의 어머니에게 인사하고 자신을 소개했다.

"안녕하세요. 어머니, 잉친의 회사 동료 판성메이라고 해요. 잉친이 다쳤다고 해서 동료들 대표로 문병 왔어요. 잉친은 좀 어때요?"

잉친은 판성메이의 말에 안도의 한숨을 쉬며 힘겹게 말했다.

"그럭저럭 버틸 만해요. 의사 선생님이 회복할 수 있다고 하셨어요. 신체장애는 없을 거래요."

"다들 잉친 씨 걱정 많이 해요. 핵심 팀원인 잉친 씨가 없으니 일도 엉망이 됐지 뭐예요. 그래도 너무 염려하진 말아요. 건강을 회복하는 게 우선이니까 업무 이야기는 나중에 다시 해요."

잉친의 어머니는 판성메이와 아들을 번갈아 보았다. 여자의 직감으로 두 사람이 연인 사이는 아닌 듯해서 동료라는 판성메이의 말을 믿고 친절하게 앉을 자리를 내주었다. 잉친은 힘에 겨워서 우물거리며 말했다.

"의사 선생님 말로는 가벼운 뇌진탕 증상이 있지만 심각한 건 아니라고 하는데…."

판성메이가 말을 끊었다.

"그럼, 그렇겠죠. 지금은 의사 말만 잘 들으면 돼요. 제가 듣기로는 주치의 선생님이 지인의 간곡한 부탁으로 잉친 씨 치료를 맡았다고 하니까 정성껏 봐주실 거예요. 안심해요."

잉친의 어머니가 끼어들었다.

"어머나, 방금 전에 회사 팀장님한테 물었더니 오늘 아침에야 잉친의 소식을 들어서 어젯밤 상황은 자세히 모른다고 하던데 성메이 씨는 잘 아네요. 나한테 얘기해 줄 수 있어요?"

판성메이는 과감하게 대응했다.

"그게 사실은요, 잉친 씨가 어제 저녁에 여자랑 같이 밥을 먹었는데 잉친 씨의 여자 친구가 불쾌했는지 사람들을 데리고 와서 다짜고짜 잉친 씨와 그 여자를 때렸대요. 의사 선생님은 그 여자의 친구들이 부탁한 분이고요. 어머니가 오시기 전까지 그 친구들이 잉친 씨를 간호했어요. 잉친 씨의 여자 친구와 일당은 지금 경찰서에 있고요."

잉친의 어머니는 화가 폭발해서 아들을 나무랐다.

"어쩌자고 그런 짓을 했어? 여자 친구를 두고 다른 여자를 넘본 거야? 맞아도 싸다, 이 못된 놈아. 어쩐지 입을 꾹 다물고 있더라니. 아가씨, 사실대로 말해 줘서 고마워요. 이런 사정을 몰랐으면 여자 친구 쪽 부모님한테 실수할 뻔했네요."

판성메이는 아들을 감싸지 않는 어머니의 태도에 당황했다. 잉친은 눈꺼풀을 내리깔고 찍소리도 못 내고 있었다. 어머니는 잉친을 호되게 꾸지람했다.

"도대체 이게 무슨 일이야? 혼자 살면서 여자 관계를 어떻게 했길래 이런 일이 생겨!"

판성메이가 황급히 말렸다.

"어머니, 이 일은 잉친 씨가 다 나으면 다시 말씀 나누세요. 요즘 젊은이들 연애는 좀 복잡하거든요, 잉친 씨도 아마 마음이 심란할 거예요. 하지만 잉친 씨는 정말 좋은 사람이에요. 제가 보증해요. 저희 회사에서 직원들의 신뢰를 한 몸에 받고 있거든요. 특히 여직원들 사이에서는 신사라고 소문이 자자해요. 야근할 때 잉친 씨만 있으면 겁날 게 없다고 한다니까요. 참 든든해요. 잉친 씨가 잘못한 점은 있지만 본의 아니게 저지른 실수일 거예요."

씩씩거리던 잉친의 어머니는 판성메이가 적극적으로 변명하자 귀를 기울이며 차츰 숨을 골랐다. 그렇게 진정되나 싶었는데 느닷없이 판성메이의 손을 붙잡고 눈물을 흘렸다.

"성메이 씨, 어미는 날마다 자식 걱정뿐인데 저 녀석은 오히려 날 실망시키네요. 잉친이 어제 만났다던 아가씨 병실이 어딘지 알아요? 같이 좀 갑시다."

이때 잉친이 입을 열었다.

"엄마, 내가 다 말할게요. 잉잉은 전 여자 친구예요. 정말 좋은 사람인데 그때는 제가 생각이 짧아서 헤어지고, 지난 춘절에 집에 갔다가 맞선 자리에 나간 거예요. 그런데 하필이면 아주 우악스러운 여자한테 걸려서…."

판성메이는 냉큼 말을 끊으며 자리에서 일어섰다.

"미안하지만 제가 들을 얘기는 아닌 거 같아서 이만 가야겠어요. 내일 또 들를게요."

잉친이 판성메이를 불렀다.

"누님, 잉잉한테 전해주세요. 다시는 잉잉을 떠나지 않을 거라고요."

판성메이는 놀라서 턱이 밑으로 빠질 뻔했다. 입을 떡 벌린 채로 잉친의 어머니와 잉친을 차례로 한 번씩 쳐다보다가 줄행랑을 치듯 병실을 빠져 나왔다.

판성메이한테 잉친의 소식을 전해들은 추잉잉은 기뻐서 펑펑 울었다. 판성메이는 어쩐지 그 상황이 퍽 개운치 않았다. 22층 친구들에게도 반가운 소식을 모두 전했는데 취샤오샤오만 축하한다고 말하지 않았다. 그녀는 상황을 정확하게 짚었다.

"그 놈이 사과는 했어? 사과부터 하고 재결합하자고 해야지."

추잉잉은 울다가 웃으며 말했다.

"아니야, 난 괜찮아. 잉친의 마음을 알았으니 됐어. 얻어맞은 보람
이 있었네."

판성메이는 처음으로 취샤오샤오와 생각이 일치했다. 두 사람은
때려서라도 어리석은 추잉잉이 정신을 차리게 해주고 싶은 마음이
들었다.

이른 아침, 6시 30분쯤 되었을 때 앤디는 22층 친구들에게 단체
메시지를 보냈다.

'아가씨들, 오늘부터 우리 동 302호에 도우미 아주머니가 상주합
니다. 오전 7시 30분에는 아침 식사가 준비될 테니 다들 와서 같이
먹어요.'

앤디는 7시 30분이 채 되기도 전에 집을 나섰는데 의외로 취샤오
샤오가 먼저 나와서 엘리베이터 앞에서 기다리고 있었다.

"벌써 나왔어? 웬일이래."

"원래 애인이 없는 사람은 일찍 일어나. 언니도 남자 친구가 옆에
없으니까 일찍 일어났잖아. 그나저나 도우미 아주머니를 아래층에 모
신 건 꽤 괜찮은 아이디어인데? 나도 1,000위안 내고 숟가락 얹을게."

"바오 부인의 일을 돕던 아주머니인데 이판 씨가 여기로 모셔왔
어. 너도 아주머니 도움이 필요하면 이판 씨하고 상의해 봐."

"이 언니가 뭘 모르네. 언니, 친한 친구를 남자 친구와 직접 연락하
게 하면 절대로 안 돼. 백발백중 바람난다고. 이건 연애의 기본 원칙
이야."

앤디가 웃으며 말했다.

"그렇게 위험해? 알았어. 그럼 차라리 아주머니한테 내일부터 1인분 더 준비해 달라고 말씀드리자. 비용은 이판 씨가 처리할 거야, 하하. 오늘 셩메이가 없어서 2202호가 아직 조용하구나."

엘리베이터 문이 열리자 취샤오샤오는 앤디를 밀고 안으로 들어가서 닫힘 버튼을 꼭 눌렀다. 문이 닫히는 사이에 2202호의 현관문을 슬쩍 훔쳐보더니 금세 생글거리며 말했다.

"그저께 병원에서 본 쥐얼 남자 친구 기억나? 그 남자 뭐하는 사람이게?"

"경찰이잖아. 그날 쥐얼이 얘기하지 않았어?"

"어휴, 그날은 내가 혼이 빠져서 아주 끔찍했지. 어떤 집안인지 맞춰 보란 말이야."

"스캔들 사냥꾼께서 또 뒷조사를 하셨어?"

두 사람은 엘리베이터에서 내려서 302호로 들어갔다.

"22층 여자들의 남자 친구는 네가 싹 다 조사하는구나."

"전 남친, 현 남친 할 거 없이 모조리 알아봐야지. 다 친구를 아끼는 마음에서 하는 일이야. 에이, 옆길로 새지 말고 빨리 맞춰 보라니까."

"알고 있어. 쥐얼한테 이미 다 들었어."

"피, 재미없게. 와, 샤오룽바오(중국식 만두)를 직접 만드셨네. 내가 가장 좋아하는 거잖아. 요구르트도 있고 과일은…. 내일은 밥값 내는 셈 치고 과일이나 몇 상자 들고 와야겠다."

재잘거리던 취샤오샤오는 도우미 아주머니를 불쑥 껴안으며 자신을 소개했다. 아주머니는 취샤오샤오의 돌발 행동에 얼굴이 홍당무처럼 빨개졌다. 앤디는 준비된 아침 식사를 사진으로 찍어서 곧바로 웨이보에 올렸다.

"언니, 난 그 경찰 오빠가 시골 출신인 줄은 꿈에도 몰랐어. 게다가 굉장히 가난한 농촌이더라고. 겉모습은 전혀 그렇지 않잖아. 한 달 뒤에 그 지역에 출장갈 일이 있는데 시간 내서 경찰 오빠 고향집 근처에 가봐야겠어. 엄청 재밌을 거 같아."

앤디는 어리둥절했다.

"잘못 짚었어. 서북 지역의 작은 도시에 사는 중류층 가정이야. 너 그런 짓 하지 마. 아무 상관도 없는 사람이 남의 뒤를 캐는 거 정말 싫어. 난 누구든 내 뒷조사를 하는 사람은 무조건 혐오해. 그러니까 그 경찰한테도 신경 꺼. 네가 이판 씨 뒷조사 한 일도 나로서는 많이 참은 거야, 알았지? 여기서 STOP!"

"쳇, 언니랑 안 놀아. 나도 기분 나빠."

취샤오샤오는 입이 짧아서 몇 개만 먹고는 배부르다며 젓가락을 놓았다. 반면 앤디는 도우미 아주머니도 깜짝 놀랄 정도로 상당히 많이 먹었다.

출근길에 앤디는 조수석으로 고개를 돌려 모처럼 아침에 정신이 맑은 관쥐얼을 보며 말했다.

"아침밥이 꽤 푸짐했어. 늦잠 자느라 못 먹어서 아쉽네."

"사실은 아까 일어났었는데 취샤오샤오가 있길래 안 갔어. 좀… 보기가 불편해서."

"그랬구나. 걔는 정보력이 보통이 아니야. 전에 이판 씨 뒷조사도 했었거든. 내가 나중에 다시 타이를게."

"관둬. 싫은 소리 들으면 더 난리칠 텐데. 그냥 상대하지 않고 피하는 게 상책이야. 나한테 관심을 거두기만을 바라야지."

앤디는 인상을 찌푸리는 관쥐얼을 보며 취샤오샤오가 그간 벌인 일들이 떠올라서 고개를 흔들었다.

"참 어려워."

앤디가 말하자 관쥐얼은 미간을 잔뜩 찡그리며 이어서 말했다.

"난 다른 거보다 취샤오샤오가 씨에빈의 앞길을 망칠까 봐 겁나. 씨에빈은 공무원인데 혹시 무슨 문제라도 생기면 내가 그 사람 인생에 빚을 지는 셈이 되잖아."

"샤오샤오가 지금까지 너한테는 참 잘했는데."

"어제부터 내가 자길 친구로 여기지 않는다는 걸 알고 있을 거야. 씨에빈한테 연락처를 알려 달라고 하는 걸 내가 안 된다고 막았거든."

"걔도 참 어지간한 말썽쟁이다. 아까도 내가 이판 씨한테 볼일이 있으면 직접 말하라고 하니까 절친과 남자 친구는 단둘이 만나게 두면 안 된다고 나한테 훈계하더라니까."

"휴…."

관쥐얼은 멍해졌다. 전날 취샤오샤오가 언짢은 안색을 내비추던 모습을 떠올리니 마음이 더욱 불편했다.

"망했어. 내가 잘못한 거 같아. 샤오샤오가 기분 상하게 만들었어."

앤디는 무슨 말로 위로해야 할지 몰랐다. 난국을 어떻게 해결해야 하는지는 더더욱 몰랐다. 늘 어디로 튈지 예측이 불가능하게 사고를 치는 취샤오샤오의 다음 행동은 무엇일까. 앤디는 도무지 감이 잡히지 않았다.

판성메이는 퇴근하자마자 출장에서 돌아온 왕바이촨과 함께 새로 운 지은 주택의 분양사무실에 갔다. 으리으리하게 꾸며진 분양 사무실의 직원은 하나같이 잘생기고 예뻤다. 그러나 병실에서 밤새 간호하느라 지친 판성메이와 출장으로 파김치가 된 왕바이촨의 외모도 그들과 견주어 전혀 뒤지지 않았다. 미남과 미녀가 팔짱을 끼고 주위를 둘러보며 느긋하게 걸어오자 여직원이 눈짐작으로 두 사람을 판단하고 다가와서 말을 걸었다.

자리에 앉아서 다양한 구조의 평면도를 살펴본 뒤에 판성메이가 왕바이촨에게 속삭였다.

"자기가 궁금한 거 물어보면 나도 거들게."

왕바이촨은 손을 흔들어 여직원을 불렀다.

"분양 신청은 언제부터 하고 가격은 어떻게 결정되나요? 특별한 혜택은 없나요?"

판성메이는 상담하는 왕바이촨을 사랑스러운 눈빛으로 바라봤다. 직원은 서식 1장을 건네며 말했다.

"확실한 날짜는 아직 정해지지 않았어요. 가격이나 혜택도 당분간은 미정이고요. 여기 의향서를 작성해서 제출하시면 나중에 모든 조건이 확정되고 나서 모집 공고를 내기 전에 미리 전화를 드릴 거예요. 그때 사전 준비를 하시면 돼요."

판성메이가 웃으며 말했다.

"내가 적을게."

왕바이촨은 판성메이를 한번 보고는 미소를 지으며 말했다.

"의향서를 작성하는 고객이 많으면 구입 의향이 있는 고객이 그만큼 많다는 의미인데, 그렇게 되면 개발사에서 가격을 불공정하게 책정할 우려가 있겠는데요. 전 이 서식을 작성하기가 좀 꺼려지네요, 하하."

판성메이는 웃으며 서식을 작성해 내려가다가 '구입 목적' 항목에서 멈칫했다. 순간 어떻게 적어야 할지 몰라서 우물쭈물하는데 옆에서 "신혼집!" 하고 살짝 재촉하는 목소리가 귓가를 울렸다. 판성메이는 왕바이촨의 이 한 마디에 알 수 없는 행복감이 차오르고 마음이 편안해졌다. 옆에서 지켜보는 그의 태도는 퍽 진지했다. 판성메이는 눈을 돌려 왕바이촨을 응시했다. 그렇게 두 사람은 마주보며 눈빛을 교환했다.

분양사무실의 여직원이 두 사람을 보고 웃으며 말했다.

"꼭 구입하셔야겠네요."

판성메이가 병원에 도착했다. 밖은 해가 넘어가서 캄캄해졌고 추잉잉의 병실은 관쥐얼이 미리 와서 지키고 있었다. 판성메이는 관쥐얼을 보자마자 농담하며 말했다.

"씨에빈 씨는? 씨에빈 씨는 어떻게 됐어?"

"갑자기 비상 임무가 떨어졌다면서 병원 입구에 날 내버려 두고 사라졌어. 언니, 마침 잘 왔어. 잉잉이 잉친 씨한테 가보라고 계속 졸라대서 귀찮아 죽겠어."

판성메이는 손뼉을 딱 쳤다.

"아이고, 서둘러 오느라 아무것도 못 사왔네. 그쪽에 빈손으로 갈 수는 없으니까 내려가서 과일이라도 좀 사올게."

추잉잉이 판성메이를 말렸다.

"괜찮아, 언니. 살 필요 없어. 잉친은 그런 거 신경 안 써."

"그래도 빈손은 안 돼. 거긴 어머니도 계시는데 정체가 탄로 나면 큰일 나."

판성메이는 말하면서 지갑을 들고 밖으로 나갔다. 밖에서 잠시 서성거리던 그녀는 다시 병실로 되돌아갔다.

"아 참, 현금이 부족한데 과일 가게에서 카드 결제가 안 될지도 모르겠어. 쥐얼, 현금 좀 있니?"

관쥐얼은 판성메이가 문 뒤에서 그녀에게 슬쩍 눈짓을 보내자 얼른 눈치를 채고 일어났다.

"나한테 있어, 같이 가자. 잉잉, 잠깐만 혼자 있어. 늑대 조심하고."

관쥐얼이 병실 밖으로 나오자 판성메이는 그녀를 잡아당기며 계단 쪽으로 끌고 갔다. 오가는 사람이 없을 때까지 기다린 뒤에 판성메이가 입을 열었다.

"나 잉친 씨 병실에 가기가 겁나. 어제 잉친 씨가 자기 엄마한테 솔직하게 털어놨는데 지금 우리가 가면 또 무슨 일이 벌어지지나 않을는지. 엄마들은 정말 상대하기 힘들어. 특히 잉친 씨 엄마는 원칙주의자고 굉장히 깐깐한 사람이야. 글쎄 어제는 잉잉을 만나겠다고 그러더라고. 혼자는 도저히 못 가겠고 너랑 같이 가야 든든할 거 같아."

관쥐얼이 바짝 긴장해서 말했다.

"그럼 가지 말자. 가서 좋은 소리를 듣는다면 모를까 혹시 불미스러운 일이라도 생기면 가뜩이나 몸도 아픈 잉잉이 어떻게 감당해."

"안 가면 잉잉한테 뭐라고 말하게? 우릴 얼마나 들들 볶을 텐데."

두 사람은 머리를 쥐어뜯으며 고민했다. 결국 판성메이가 결심했다.

"하, 가자 가. 가봐서 상황이 안 좋으면 잉잉한테 비밀로 하면 돼. 나중에 얘기하지 뭐. 좋은 소식이 있으면 더없이 다행이고."

두 사람은 잉친의 병실로 들어섰다. 관쥐얼은 잉친의 어머니와 눈이 마주치자 장딴지가 바들바들 떨렸다. 마치 학창 시절의 호랑이 선생님을 만난 것처럼 무서웠다. 관쥐얼은 어색한 미소를 지으며 판성메이의 뒤에 반걸음 정도 떨어져서 섰다.

판성메이는 언제나처럼 생글생글 웃으며 말했다.

"안녕하세요, 어머니. 잉친 씨, 오늘은 좀 어때요? 보기에는 제법 기운을 차린 거 같아서 좋네요."

"아, 성메이 씨. 바쁠 텐데 또 왔군요. 잉친한테 마음 써줘서 고마워요. 의사 선생님 말씀이 회복이 빠른 편이래요. 젊어서 그런지 자가 회복력이 좋대요. 자, 이쪽으로 앉아요. 이 아가씨는…."

"정말 잘됐네요. 불행 중 다행이에요. 여기는 잉잉의 친구 관쥐얼이에요. 그저께 밤에 잉친 씨와 잉잉을 구하고 친분이 있는 의사 선생님한테 야간 수술을 부탁한 사람이 쥐얼과 쥐얼의 친구들이에요. 잉친 씨 가족한테 전화한 사람도 쥐얼의 친구고요. 오늘은 잉친 씨 문병 차 같이 왔어요."

관쥐얼은 일어서서 인사했다.

"안녕하세요."

모두 관쥐얼의 다음 말을 기다렸지만 그녀는 달랑 인사 한 마디만 하고 멍하니 있었다. 잉친의 어머니는 관쥐얼의 손을 끌어당기며 감사 인사를 전했다.

"정말 고마워요. 어떻게 보답을 해야 할지 모르겠어요. 인상이 아주 착해 보이네요. 모두 쥐얼 양 덕분이에요."

"당연한 일인걸요. 잉잉과 저는 아주 가까운 사이에요. 잉친 씨하고 같이 식사한 적도 있고요."

관쥐얼은 판성메이와 달리 말주변이 없고 조용한 성격이어서 남의 비위를 맞추는 말을 잘 못했다. 속에서는 하고 싶은 말은 많았지만 겨우 몇 마디만 하고 말을 맺었다. 그러나 잉친의 어머니는 관쥐얼의 이런 수줍은 모습이 마음에 들었는지 그녀를 잡은 손을 놓지 않았다. 반면 관쥐얼은 어색해서 온몸을 쭈뼛거렸다.

"아가씨가 참한 걸 보니 친구인 잉잉도 이렇게 참하겠네요. 유유상종이라고 하니까 분명히 괜찮은 아가씨일 거 같아요."

잉친은 기다렸다는 듯이 대화에 끼어들었다.

"제가 좋은 여자라고 했잖아요."

어머니가 잉친을 보며 눈을 부릅뜨자 그는 곧장 입을 닫았다. 판성메이는 냉정한 눈빛으로 상황을 지켜보면서 왠지 기분이 찜찜했다.

관쥐얼은 말이 나온 김에 잉잉의 칭찬을 늘어놓기 시작했다.

"잉잉은 순수하고 착하고 마음이 따뜻해요. 고생도 마다않고 일에 대한 열정도 대단하고요. 고향에서 맛있는 음식을 보내오면 항상 친구들한테 나눠 줘요. 우리는 주로 패스트푸드를 먹는데 잉잉은 직접 장을 봐서 음식을 만들어 먹어요. 참 부지런하죠. 제가 늦잠을 자는 편이라서 이불 속에서 꾸물거리면 잉잉이 와서 깨워주고 눈도 못 뜬 절 데리고 같이 지하철 타고 출근해요. 자기 실속만 챙기는 친구가 아니라서 허물없이 친하게 지내요."

"잉잉과… 한집에 살아요?"

"네, 방 두 칸짜리 집에서 세를 얻어서 같이 살고 있어요."

"아, 네."

잉친의 어머니는 고개를 계속 끄덕이며 말했다.

"그런 사이군요."

판성메이는 어딘지 심상치 않은 느낌이 들어서 냉큼 대화에 끼어들었다.

"어머니, 하이시에서는 다들 그렇게 살아요. 전부 사회 초년생들이고 연봉도 많지 않아서 혼자 힘으로 집을 얻기는 불가능하죠. 마음이 맞는 친구 2~3명이서 같이 세를 얻으면 경제적이고 안전해서 좋아요. 어려운 일이 있을 때 서로 돕고 챙겨 주고요."

잉친의 어머니는 생각에 잠긴 듯한 표정으로 두 아가씨를 보면서 한동안 말이 없었다. 분위기가 어색해지자 판성메이는 바삐 인사를 하며 관쥐얼을 데리고 나갔다.

두 사람은 또 계단으로 향했다. 관쥐얼이 조심스럽게 말했다.

"언니, 잉친 씨 어머니를 만나고 나니 어쩐지 예감이 안 좋아."

"난 병실에 들어가기 전부터 불길했어. 그래서 걱정했던 거야. 에이, 일단 잊고, 잉잉한테는 얘기하지 말자. 다행히 잉잉은 의심이 많지 않으니까 비밀로 하면 돼."

관쥐얼은 간호사가 시킨 대로 아래층에서 약을 타서 돌아오다가 공교롭게도 공용 화장실 앞에서 잉친의 어머니와 맞닥뜨렸다. 마주친 이상 피할 수 없어서 먼저 알은체했다.

"세수하세요? 병실 안에도 화장실이 있잖아요."

"아, 참한 아가씨네. 남자 병실이라서 다른 남자 환자들도 이용하니까 난 불편해요. 약 타오는 길이에요?"

"네. 간호사가 받아오라고 해서요. 주사를 놔야 하거든요."

"나도 잉잉 만나게 같이 가요."

관쥐얼은 본능적으로 잉친 어머니의 앞을 가로막았다.

"죄송하지만 안 되겠어요. 잉잉이 다친 뒤에 몸이 쇠약해져서 면회는 삼가는 게 좋거든요."

잉친의 어머니는 가겠다고 억지를 부리는 대신 한마디 물었다.

"아가씨, 대도시의 젊은이들이 연애를 어떻게 하는지 궁금해서 물어볼게요. 여기 아가씨들은 전 남자 친구한테 약혼녀가 있는 걸 알면서도 저녁에 따로 불러내서 같이 밥도 먹고 그러나요? 그건 바람직하지 않은 거 아닌가요?"

관쥐얼은 갑작스러운 질문을 받고 금방 추잉잉이 생각이 났다. 잉친의 어머니가 추잉잉과 잉친을 빗대어 한 말이었기 때문이다. 관쥐얼은 신중하게 대답했다.

"저기…, 저는 아직 전 남자 친구가 없어서 그런 경우에 어떻게 처신할지 생각해 보질 않았어요."

잉친의 어머니는 고개를 끄덕였다.

"그렇겠죠. 살아온 흔적은 얼굴에 남는 법이거든요. 난 초등학교 교사여서 아이의 얼굴만 척 봐도 누가 어떤 아이인지 금방 알아요. 쥐얼 양처럼 말이죠. 아가씨가 젊고 순진하면 뭘 몰라서 한 번쯤 실수할 수도 있으니 충분히 이해해요. 설사 몸을 버렸다고 해도 눈감아 줄 수 있어요. 하지만 실수한 뒤에도 깨우치지 못하고 계속 경솔하게 행동하면서 철이 없어서 그랬다는 변명은 더 이상 통하지 않아요. 그래서 말인데 잉잉한테 내 말 좀 전해줘요. 잉친이 대단히 잘못했고 또 조심성 없이 굴었던 거 인정하고 내가 대신 사과한다고요. 사실 나는 이미 퇴직할 나이지만 학교에서 졸업반을 계속 맡아 달라고 부탁해서 남았는데 돌아가면 당장 그만두고 여기로 와야겠어요. 잉친이 다시는 여자 문제로 말썽 피우지 않게 옆에서 감시도 하고, 젊다는 핑계로 격이 맞지 않는 친구와 함부로 어울리는 것도 단속하게요. 잉친의 태도를 완전히 뜯어고쳐야겠어요. 지금은 잉잉의 몸 상태가 안 좋을 테니까 나중에 완쾌되면 방금 내가 한 말을 분명하게 전해요. 아, 그리고 잉잉의 치료비는 사과의 뜻으로 우리 쪽에서 전액 부담할게요."

관쥐얼은 마음이 급해졌다.

"어머니, 잉잉은 정말 좋은 친구고 잉친 씨를 진심으로 사랑해요. 그날 밤에도 잉친 씨가 잉잉더러 만나자고 해서 어쩔 수 없이 나갔던 거예요. 그러니까 제발 잉잉이 회복하고 나면 한 번 만나주세요. 아마 한눈에 참한 아가씨라는 걸 알아보실 거예요."

"어쩔 수 없이 한 번 만났다가 순결을 잃을 수도 있어요. 두 번 만나면 남의 연인 사이를 갈라놓는 훼방꾼이 되고요."

366

잉친의 어머니는 이해할 수 없다는 듯이 고개를 절레절레 흔들며 말을 이었다.

"아가씨, 약 가지고 그만 가봐요. 간호사가 눈이 빠지게 기다리겠네."

"언제 시간 되면 두 사람이 어떻게 만났는지 제가 자세히 설명 드리고 싶어요. 그럼 가볼게요."

"치료비 청구서 나오면 우리 집으로 전화해요."

관쥐얼은 어쩔 도리 없이 발걸음을 돌려 간호사실로 가서 약을 전했다. 병실로 돌아가는 길에 복도를 살피니 잉친의 어머니는 보이지 않았다. 애초에 잉친의 어머니는 추잉잉의 병실이 어디인지는 관심이 없었던 듯했다. 관쥐얼은 방금 전의 상황을 받아들이기가 버거워서 판성메이에게 전화를 걸었다.

"언니, 방금 잉친 씨 어머니를 우연히 만나서 얘기를 나눴는데 도저히 표정 관리가 안 돼서 병실에 못 들어가겠어. 난 그냥 집에 갈 테니까 언니가 잉잉한테 대충 둘러대."

판성메이는 놀라고 당황했지만 휴대폰을 내려놓으며 금세 안색을 바꾸고 추잉잉에게 말했다.

"쥐얼은 남자 친구가 데리러 와서 간호사실에 약만 전해주고 쌩하게 가버렸어. 쯧쯧, 얌전한 고양이가 부뚜막에 먼저 올라간다더니."

"하하, 친구보다 남자가 먼저다 이거구만. 쥐얼도 그럴 줄은 상상도 못했어, 하하. 오늘 밤에 나랑 같이 있겠다더니 앙큼해."

판성메이는 잉친의 어머니가 관쥐얼에게 무슨 말을 했기에 관쥐얼이 병실에도 오지 못하고 가버렸는지 내심 걱정스러웠다. 하지만 걱정하는 티가 나면 추잉잉이 눈치챌까 봐 태연한 척 웃으며 백에서 분양 카탈로그를 꺼내어 보여주었다.

"이것 봐. 오늘 바이촨이랑 가서 보고 온 거야. 어떤 집이 좋은지 골라 봐. 난 다 마음에 들어서 결정을 못 하겠어."

추잉잉은 전혀 의심하지 않고 기쁘게 카탈로그를 받아들고 훑어 봤다.

시무룩한 기색으로 귀가한 관쥐얼은 22층 복도에서 판성메이의 메시지를 받았다.

'쥐얼, 오늘은 내게 너무 기쁜 날이라서 부탁하는데 안 좋은 소식은 사흘 뒤에 들을게. 모처럼 느끼는 행복한 기분을 사흘만 만끽하고 싶어.'

관쥐얼은 2202호 문 앞에 서서 눈물을 펑펑 쏟았다. 힘들게 사는 22층 자매들 생각에 울컥했던 것이다. 그녀는 2201호로 향했다. 현관문 앞에 다가가서 초인종을 눌렀지만 이내 후회했다. 앤디는 금방 문을 열었다. 울고 있는 관쥐얼을 발견하고는 얼른 집안으로 데리고 들어갔다.

"무슨 일이야? 샤오샤오가 괴롭혔어?"

관쥐얼은 고개를 가로저었다.

"나 하나라도 걱정을 덜어주려고 참았는데 못 견디겠어. 언니는 임산부가 문을 왜 이리 빨리 열어, 몸조심해야지."

"그렇게. 힘든 일이 있으면 혼자 감당하지 말고 나눠야 가벼워져. 이리로 앉아. 여기 주전부리 잔뜩 있으니까 맘대로 먹어. 다 건강에 좋은 것들이야."

"뭐 하고 있었어? 컴퓨터를 2대나 켜놨네."

"인터넷에서 설전 중이었어. 휴대폰까지 아이디 3개를 동시에 접속해서 싸우고 있었어. 말도 안 되는 출산 지식을 올려놨잖아. 사람 잡을 정보야. 이걸 믿는 사람도 있을 텐데 완전 엉터리야. 어휴, 열

받아."

관쥐얼은 멍하니 컴퓨터 모니터를 쳐다봤다. 앤디의 말대로 웨이보에서 공방이 벌어지고 있었다.

"저런 사람들이랑 말싸움하지 마. 시간 낭비, 체력 낭비야."

"헤헤, 식사 준비와 집안일을 대신해 줄 사람이 생겼으니 하루에 30분 정도는 이렇게 놀려고."

"태교에 안 좋아. 이럴 바에야 차라리 잉잉이나 도와 줘. 좀 전에 잉잉한테 갔다가 하필이면 잉친 씨 어머니랑 마주쳤는데…."

관쥐얼은 잉친의 어머니가 한 말을 그대로 앤디에게 전했다.

22층 복도에는 막 엘리베이터에서 내린 취샤오샤오가 멀건 눈을 하고는 넋이 나간 채로 우두커니 서 있었다. 한참을 그렇게 꼼짝 않던 그녀는 갑자기 몸을 틀어 2201호로 걸어갔다. 취샤오샤오는 벨을 누르지 않고 팔을 번쩍 든 채로 문에 온몸을 기대어 울부짖었다.

"언니, 나 죽어, 죽을 거 같아. 연예인처럼 잘생긴 남자랑 마주쳤는데도 전혀 감정이 안 생겨. 아무래도 병이 단단히 났나 봐. 나 어떡해."

관쥐얼은 취샤오샤오의 목소리를 듣자마자 자기도 모르게 벌떡 일어나서 긴장한 듯이 주먹을 꽉 쥐었다. 관쥐얼의 반응을 눈치 챈 앤디가 나지막이 소리를 냈다.

"쉿!"

두 사람은 조용히 현관문을 주시했다. 취샤오샤오는 잠시 문에 기대어 있더니 안에 아무도 없다고 여겼는지 우거지상을 하고는 바람 빠진 풍선처럼 휘청거리며 자기 집으로 갔다.

56

앤디는 CCTV로 밖에 아무도 없음을 확인한 뒤에야 다시 말을 시작했다.

"솔직히 나는 잉잉과 잉친 씨의 관계가 도무지 이해가 안 돼. 아마 내가 중국 일반 가정의 분위기 속에서 자란 사람이 아니어서 그런 거겠지. 하지만 이건 너무 굴욕적인 일이야. 두 사람은 아주 당연하게 서로를 위해서 기꺼이 얻어맞아도 괜찮다고 하잖아. 도저히 이해가 안 가. 네 생각은 어때?"

"잉친 씨는 약혼녀가 있으니까 따로 만나지 않는 게 좋겠다고 내가 처음부터 잉잉한테 말했거든? 만나고 싶으면 잉친 씨가 약혼녀와의 관계를 정리한 다음에 만나라고 말이야. 그런데 자긴 그냥 잉친씨의 하소연을 들어주는 것뿐이고 두 사람의 사이를 갈라놓을 뜻은 없다고 하더라고. 잉잉이 밉기도 하고 가엽기도 해. 두 사람을 어떻게 하면 좋을까? 잉잉은 마냥 행복감에 푹 빠져 있는데."

"두 사람은 성인이고 우린 친구로서 둘의 가치관을 존중하는 게 좋아. 나와 생각이 다르면 충고는 할 수 있지만 간섭하면 안 된단 말이지. 우리는 그냥 지켜보다가 두 사람한테 도움이 필요할 때 적절히 나서서 힘을 보태면 돼."

"잉잉이 잘못된 길을 가는데도 구경만 하라고?"

"그래. 간섭하는 사람들은 대부분 관심과 사랑을 명분으로 내세우거든. 잉친 씨 어머니도 마찬가지야. 그래서 이런 일이 벌어진 거고."

"잉잉은 지금 폭탄을 안고 있어."

앤디는 어깨를 으쓱거렸다.

"성인이라면 자기가 한 선택에 책임질 줄도 알아야지."

"난 그럴 순 없어. 불구덩이에 들어가는 애를 어떻게 그냥 둬. 몸이 나으면 잉친 씨를 보러 갈 거고 보나마나 그 어머니한테 수모를 당할 텐데 그러면 얼마나 마음이 아프겠어."

"진정해. 만약 잉친 씨 어머니가 막상 잉잉을 보고 마음에 들어할 수도 있잖아. 또 잉잉 입장에서는 피투성이가 되더라도 후회하지 않고 모든 걸 달게 받아들이려고 할 수도 있고."

관쥐얼은 "그렇게는 못 해."라고 반발하고 싶었지만 끝내 하지 못하고 입술을 깨물며 속으로 삼켰다. 사흘만 행복한 기분을 만끽하고 싶다던 판성메이의 처연한 한 마디를 곱씹어보았다. 어쩐지 추잉잉도 곧 "행복했던 때가 까마득해."라고 말할 것만 같았다. 관쥐얼은 도저히 보고만 있을 수는 없었다.

"언니, 평범한 여자 혼자서 타향살이하는 건 정말 힘든 일이거든. 도시에서 살아남으려면 옆에서 지켜 주고 도와주는 친구가 꼭 필요해. 난 내가 할 수 있는 한 잉잉을 돕고 싶어."

"그렇게 해. 생각이 다 같을 수는 없으니까."

잠시 뒤에 관쥐얼은 앤디에게 인사하고 자기 방으로 돌아갔다. 앤디는 관쥐얼과 함께 집을 나서면서 그녀에게 "네 몸도 잘 챙겨."라며 거듭 당부했다. 그녀는 평소 자신의 소신에 따라 관쥐얼의 뜻을 억지로 꺾지 않았다. 관쥐얼은 마음이 울적했다.

앤디는 나선 김에 맞은편에 있는 2203호로 가서 취샤오샤오에게 말을 붙였다.

"아까는 일이 있어서 대답 못 했어. 대화가 필요해?"

"친구 맞아? 친구가 뭐 이래? 죽어도 나 몰라라 하겠네."

"그래서 왔잖아. 술 마시러 나갈까? 하고 싶은 얘기 있으면 술 마시면서 해. 내가 들어주고 술값도 내고 운전도 할 테니까."

"술친구는 언니보다 내 친구들이 훨씬 쓸 만해."

"그럼 내가 어떻게 해 줄까?"

"집안 곳곳에 자오치펑의 흔적이 남아 있어서 혼자 못 있겠어. 이불에도 온통 그 남자 체취야. 혼자 있으니까 그 남자 목소리가 계속 귓가에서 들리는 거 같고 허깨비가 보여. 언니랑 같이 있을래. 언니 집에서 재워 줘."

"가자. 그 대신 얌전히 있어."

"나 어떡하지? 머리에서 자오치펑 생각이 떠나질 않아. 아까는 다른 사람을 자오치펑으로 착각하기까지 했다니까."

취샤오샤오는 베개를 안고 앤디를 따라서 2201호로 갔다.

"내 짧은 경험으로는 새로운 사랑을 찾으니 지나간 사랑이 잊히더라. 그것도 아주 빨리."

취샤오샤오가 피식 웃었다.

"너무 요망한데? 언니는 그렇게 솔직하게 말하면 안 돼. 이미지 관리해야지. 그런 소리는 나 같은 사람 입에서나 나올 말이지."

"그래서 네 걱정은 안 해. 며칠 끙끙거리다가 금방 기운 낼 테니까."

"틀렸어. 이번에는 좀 오래 끌어서 언제 정리될지 모르겠어."

앤디가 현관문을 여는데 집안에서 휴대폰 벨소리가 울렸다. 눈이 밝은 취샤오샤오는 잽싸게 안으로 뛰어 들어가서 휴대폰을 찾아와 앤디에게 건넸다. 판성메이의 전화였다.

"앤디, 금융업계에서 일하니까 한 가지만 물어볼게. 방금 잉잉이 잠들어서 인터넷 뱅킹으로 엄마한테 이번 주 생활비를 보내려고 하는데 비밀번호가 잘못 입력됐다는 거야. 이런 경우도 있어? 비밀번호는 틀림없어. 확실해."

"잠깐만, 인터넷으로 방법을 검색해 볼게. 은행 카드하고 신분증은 네가 가지고 있어?"

"예금주는 아빠야. 아빠 퇴직금 카드에서 돈을 빼서 보내야 하거든. 아빠 신분증은 엄마가 가지고 있어. 혹시… 엄마가 신분증 가지고 은행에 가서 분실 신고를 했나?"

앤디는 취샤오샤오에게 판성메이의 상황을 간단히 설명했다.

"성메이 아빠 퇴직금 카드의 비밀번호가 오류가 난대. 아빠 신분증은 엄마가 가지고 계시고. 어떤 상황이야?"

취샤오샤오는 눈동자를 사방으로 굴리더니 앤디에게 다가가서 휴대폰에 대고 말했다.

"언니네 오빠가 카드 분실 신고를 했거나 비밀번호를 변경한 거 같아. 엄마는 은행 업무를 잘 모르니까 돈에 환장한 오빠가 나선 거 아닐까? 신분증만 있으면 호적 서류 떼는 거야 일도 아니고 아빠를 업어서 은행에 모시고 가면 뭐든 바로바로 처리되지. 조만간 무슨 일이 또 생길 거라고 내가 진작 말했잖아."

"성메이, 샤오샤오 말 들었어?"

"응… 그래. 들었어. 죽겠다, 진짜."

"내가 도우미 아주머니 모시고 병원으로 갈 테니까 일단 넌 집으로 와. 아주머니한테 밤새 돌봐 달라고 부탁하면 돼. 샤오샤오랑 상의해서 방법을 찾아보자."

취샤오샤오가 곧바로 딱 잘라 말했다.

"나도 몰라. 상의할 것도 없어."

"응, 괜찮아. 내가 알아서 할게. 별일도 아닌 걸. 고마워, 앤디. 샤오샤오한테도 고맙다고 전해줘."

앤디는 휴대폰을 내려놓고 취샤오샤오를 보았다.

"성의껏 도와줘. 또 무슨 일일까?"

취샤오샤오는 고개를 흔들었다,

"난 모르지. 그 쓰레기 같은 인간들이 무슨 짓인들 못 하겠어."

판성메이는 이동식 침대에 누워서 계속 몸을 뒤척였다. 낮에 어렴사리 느껴 본 행복감은 그녀의 마음을 잠시 설레게 해놓고 밤 12시가 되니 신데렐라의 드레스처럼 흔적없이 사라져 버렸다. 그녀는 인생에 회의가 들었다.

다음 날 아침, 날이 희뿌옇게 밝아 오자 판성메이는 잠을 깼다. 씻는 소리에 다른 사람이 깰까 봐 수건을 들고 조용히 공용 세면장으로 갔다. 거기서 뜻밖에 판성메이처럼 일찍 일어나서 무기력한 상태로 나온 잉친의 어머니와 마주쳤다. 그런데 이상하게도 잉친의 어머니는 정면을 응시한 채로 그녀의 앞을 그냥 스쳐 지나갔다. 마치 모르는 사람처럼 눈길도 주지 않았다. 자세히 살펴보니 그 뒤에는 한 중년 여성이 잉친의 어머니 뒤를 바짝 뒤따라가고 있었다.

판성메이는 의아했지만 잉친의 어머니가 이른 아침에 병원에 있는 자신을 의심할까 봐 조마조마해서 말도 못 붙이고 조심스럽게 멀찌감치 떨어져서 씻었다. 그런데 씻다 보니 잠이 부족해서 머리가 띵한 와중에도 어딘가 짚이는 데가 있었다. 낯선 중년 여성은 마치 잉친 어머니를 감시하는 사람 같았다. 잉친 어머니가 가는 곳마다 졸졸

따라다녔고 눈에는 분노가 가득 차 있었다.

세면장에서 나온 판성메이는 곧장 잉친의 병실로 가서 유리창을 통해 안을 들여다보았다. 병실 바닥에는 커다란 여행 가방 몇 개가 놓여 있었고 잉친의 침대 뒤쪽으로는 몇 사람이 어수선하게 앉아 있었다. 판성메이는 눈이 휘둥그레졌다. 분명 선한 사람들처럼 보이지는 않았다. 아무래도 잉친의 가족이 무척 곤란한 처지에 놓인 듯했다.

관쥐얼은 앤디의 거듭된 요청을 받아들여 이른 아침 302호에 차려진 식사 자리에 함께 했다. 앤디는 잉친 가족에게 닥친 상황을 취샤오샤오에게 설명했다. 내막을 눈치 챈 취샤오샤오가 말했다.

"그 여자가 잉친 씨를 포기하지 않을 줄은 진작부터 알고 있었어. 여자 혼자서 잉친 씨 집에 그렇게 오래 머무는 건 두 사람끼리는 양해된 일이라고 해도 남들은 그렇게 안 봐. 당연히 잉친 씨의 여자라고 생각한다고. 그런데 이제 와서 그 여자가 떨어져 나갈까? 턱도 없지. 조만간 잉잉을 찾아 갈 거야. 경찰서에서 나오면 병원을 샅샅이 뒤져서라도 잉잉을 찾아내서 계속 괴롭힐 게 뻔해. 누가 치펑 씨한테 잉잉을 다른 병원으로 옮겨 달라고 얘기 좀 해. 잉친 씨 쪽은 되도록 신경 끄고."

앤디가 말했다.

"도우미 아주머니한테 병원에 같이 가자고 부탁해야겠어."

"저기 있잖아…."

관쥐얼은 우물쭈물하다가 결국 작심하고 말했다.

"자오 선생님한테 잉친 씨도 같이 옮겨 달라고 하자. 수술실로 데리고 가는 척하면서 뒷문으로 빠져나가면 되잖아. 그렇게 우리가 도와주면 잉친 씨는 인정상 빚을 진 셈이 되니까 그 어머니도 잉잉을 받아들일 거 같아. 언니, 나도 같이 가. 회사에 휴가 낼게."

취샤오샤오가 말했다.

"쳇, 이 아가씨가 이렇게 철이 없어요. 넌 참 오지랖도 넓다. 잉친 가족은 독 안에 든 쥐야. 병원에서 못 찾으면 고향에 가서 찾겠지. 암만 도망쳐도 뛰어야 벼룩이라니까. 이건 네 경찰 오빠도 참견할 수 없는 일이야. 남의 집 일이라고."

앤디가 관쥐얼에게 말했다.

"샤오샤오 말을 듣는 게 좋겠어. 얘가 그런 쪽으로는 빠삭하니까 믿을 만해."

취샤오샤오는 앤디의 말에 기쁜 나머지 앤디를 껴안고 입을 맞췄다. 당황한 앤디는 곧바로 욕실로 뛰어 들어가서 구역질했다.

그 사이에 취샤오샤오는 관쥐얼을 붙잡고 얘기했다.

"쥐얼, 경찰 오빠도 시골 사람이더라. 골치 좀 아프겠어. 시골에서는 친척끼리 한 마을에 모여 살잖아. 아마 온 마을 사람이 찾아와서 너한테 매달릴 수도 있어. 그 사람들이 널 곤경에 빠트리진 않을지 몰라도 문턱이 닳도록 너희 집에 들락거리느라 주방이 대형 식당으로 변할걸. 그러면 너처럼 곱디고운 아가씨가 감당할 수나 있겠니."

"괜한 소리 마. 우리 그런 사이 아니야."

"괜한 소리가 아니야. 경찰 오빠 신분증에 적힌 주소지는 직장이고 각종 서류에 기록된 본적은 아주 외진 곳에 있는 가난한 시골 마을이야. 진짜야. 앤디가 내 말은 믿을 만하다고 했잖아. 내가 경찰 오빠 채갈까 봐 경계하는 거 아는데 내가 가장 예뻐하는 우리 쥐얼의 남자한테는 군침 안 흘리니까 날 믿어."

관쥐얼도 고개를 돌려서 토하는 시늉을 하다가 이내 취샤오샤오를 똑바로 보며 강단 있게 말했다.

"네가 잘못 본 거야. 시골 출신이 음악 이론을 그렇게 잘 알 리가 없어. 나도 어렸을 때 바이올린을 배워서 좀 아는데 그 정도면 대단한 실력자거든. 오지의 가난한 농촌에서 배울 수 있는 수준이 아니야. 어떤 건 어렸을 때부터 쭉 배워서 익혀야 잘 알 수 있는데 인터넷에서 사흘 밤낮으로 검색해서 습득한 지식하고는 차원이 달라. 네 정보가 틀렸어."

이번에는 취샤오샤오가 놀라서 입을 떡 벌렸다. 그녀는 평소처럼 눈동자를 굴리면 한참을 생각하다가 말했다.

"알았어. 그럼 둘이 잘해 봐. 합격시켜 줄게. 다른 문제는 없으니까. 씨에빈이라고 했나? 굉장히 똑똑하고 유능해서 좋아하는 상관들이 엄청 많다고 하더라."

관쥐얼은 눈을 동그랗게 떴다.

"앤디 언니가 잉잉 병원에 가면 난 지하철 타고 출근해야 하니까 일찍 출발해야겠다. 먼저 갈게."

취샤오샤오는 관쥐얼의 뒷모습을 보며 착잡한 마음이 들었다.

"이상하다. 틀렸을 리가 없는데."

"쓸데없는 참견 그만하고 손 떼. 그러다가 좋은 친구 하나 잃을라."

앤디가 화장실에서 나오며 말했다. 관쥐얼은 문밖으로 나가면서 성호를 긋고 기도를 하며 한숨을 크게 내쉬었다. 취샤오샤오가 더 이상 문제를 키우지 않을 것 같았다. 취샤오샤오는 석연치 않은 표정으로 식탁을 탁 하고 내리치며 말했다.

"쥐얼이 날 속인 게 아니라면 내 친구가 실수했다고 봐야지."

앤디는 언짢은 표정을 지었다.

"그만 좀 해."

"오케이, 끝. 헤헤."

취샤오샤오는 웃음으로 마무리했다.

앤디는 8시가 넘어서야 추잉잉의 병실에 도착했다. 수심에 잠겨 있던 추잉잉은 앤디가 들어오자 마치 구세주를 만난 사람처럼 반기며 꼬깃꼬깃한 쪽지를 허둥지둥 꺼내어 건넸다. 앤디가 쪽지를 펼쳐 보니 '구해 줘.' 라는 세 글자와 그 밑에 쓰인 '잉친'의 이름이 눈에 들어왔다. 뒷면에는 '1512호 병실에 전해주세요.' 라고 적혀 있었다.

"방금 간호사가 와서 줬는데 어떻게 해야 할지 모르겠어. 성메이 언니가 전화를 안 받아서 언니랑 다른 사람들한테 막 연락하려던 참이었어. 어떡하지? 잉친한테 무슨 일이 생겼으면 어떡해? 몸 상태가 더 나빠진 건 아닐까?"

"성메이가 그러는데 잉친 씨 여자 친구의 친척들이 와서 잉친 모자를 감시하고 있대. 아마 너한테도 찾아올 수 있어서 병원을 옮기려고 해. 잉친 씨는…, 일단 1명씩 차례로 옮기자. 같이 움직이다가 들키면 위험해."

"언니, 그럼 잉친부터 구해 줘. 잉친이 나보다 더 많이 심각한 상태잖아. 저렇게 감시당하다가 죽으면 어떡해. 언니, 제발… 제발 부탁해. 잉친부터 도와 줘."

"알았어. 치핑 씨한테 상의해 볼게."

앤디는 병실을 나가서 이런 일에 상당한 묘수를 발휘하는 취샤오샤오에게 먼저 전화를 걸어서 조언을 구했다.

취샤오샤오가 말했다.

"잉친 씨 일에 치핑 씨는 관여시키지 마. 젊은 의사는 진료와 상관없는 일에 별 영향력을 미치지도 못해. 병원의 담당 부서에 얘기해서 처리하는 게 좋겠어. 언니도 그만 무시해. 그런 이기적인 놈은 당해도 싸. 쌤통이야. 잉잉처럼 생각이 없는 애들이나 싸고돌겠지. 또 징징거리면 치핑 씨한테 수면제 한 방 놔주라고 해."

"세상에, 넌 모르는 게 없구나."

"어릴 때부터 치고받고 싸우면서 터득한 삶의 지혜가 무궁무진해."

"절친의 남자 친구한테 직접 찾아가도 되겠니?"

"물론. 배불뚝이 아줌마니까 특별히 허락할게."

앤디는 폭소를 터트렸다. 자오치펑과 약속을 하고 찾아가니 마침 진료가 없는 시간이었다. 두 사람은 진료실 문을 닫고 비밀리에 의논했다.

자오치펑은 앤디에게 자초지종을 듣고 나서 제안했다.

"잉잉 씨가 소동을 피울 수도 있으니까 일단 진정제 주사를 한 대 놓을게요."

앤디는 깜짝 놀랐다.

"샤오샤오도 그렇게 제안했는데 내 생각에 좀 비인간적인 처치 같아서 아예 말도 안 꺼냈죠. 치펑 씨가 난감해할까 봐요. 휴."

자오치펑은 상기된 표정으로 고개를 숙였다가 다시 들면서 말했다.

"바로 움직이죠. 차는 뒷자리에 누울 수 있는 해치백으로 준비해 주세요. 저는 다른 병원에 근무하는 제 친구한테 연락해서 잉잉 씨 입원 수속을 부탁하고 여기서 퇴원 수속을 할게요."

"정말 고마워요. 그리고 주제넘은 참견 같지만, 두 사람 정말 헤어질 거예요? 내 눈엔 두 사람이 천생연분으로 보여요. 학벌은 다르지만 둘 다 요염한 분위기를 물씬 풍기거든요. 하하. 요염한단 말을 고깝게 듣진 마세요. 제 중국어 실력 아시잖아요. 샤오샤오가 치펑 씨 아주 많이 사랑해요. 요즘 저희 집에서 같이 지내는데 퇴근만 하면 와서 저한테 찰싹 달라붙어 있어요. 집에 혼자 있기가 괴롭다나. 나한테 하는 것처럼 치펑 씨한테 매달려 보라니까 싫대요. 쿨하던 샤오샤오는 어디로 갔는지 영 낯설어요."

"샤오샤오가요?"

자오치펑은 뜻밖의 얘기에 놀라서 멈칫했다.

앤디는 어깨를 으쓱할 뿐 다른 말은 하지 않았다. 자오치펑은 진료실을 나가는 앤디의 뒷모습을 보며 생각에 잠겼다.

판성메이는 평소보다 일찍 퇴근했다. 태양이 새싹이 돋은 나뭇가지를 비추며 땅바닥에 얼룩얼룩한 무늬를 그리고 있었다. 휴대폰을 들여다보며 걷던 그녀는 호텔에서 조금 멀리 떨어진 길목에서 왕바이찬의 차에 올라탔다. 왕바이찬은 바로 시동을 걸며 흥분해서 말했다.

"해 지기 전에 아파트 공사장에 가보자. 직접 현장도 보고 밥도 먹고. 우리 같이 밥 먹은 지 한참 됐잖아."

"휴, 병원으로 가자. 오늘 반나절 동안 잉잉이 보낸 메시지만 23개야. 내가 안 가면 당장이라도 혼자 잉친한테 찾아갈 판이야."

"네가 엄마야? 하나부터 열까지 다 돌봐달라고 하네. 평생 챙겨달라고 할 건가? 아무리 도움이 필요해도 네 시간을 다 빼앗으면 어쩌자는 거야. 우리 데이트하다가 네가 불려간 게 도대체 몇 번인지 알아?"

"전생에 내가 남편이었나 봐."

"참나, 할 말이 없네. 그럼 죽는 날까지 돌봐야겠구나."

판성메이는 왕바이찬을 곁눈질로 보면서 눈웃음을 지었다.

"있잖아, 어제 분양 사무실에 갔을 때 왜 방 세 칸짜리를 봤어? 두 칸짜리 보기로 하지 않았어?"

"목표는 세 칸짜리인데 적어도 두 칸은 되어야 한단 얘기였지. 세 칸짜리 살 수 있게 노력하고 있어. 아마 분양 신청할 때쯤이면 세 칸짜리 장만할 계약금은 충분히 마련될 거야. 내 야심이 어때?"

"최고야. 자기가 이렇게 하나씩 이루는 모습을 보니까 어젯밤의 근심이 좀 가셨어. 아무래도 오빠가 아빠 신분증으로 퇴직금 카드의 비밀번호를 변경한 거 같아. 퇴직금 카드는 이제 내 손을 떠났어. 어젯밤에는 너무 당황스러웠는데 지금 생각하니 가져가도 상관없겠더라고. 앞으로 매달 생활비 부칠 때 퇴직금 부분은 제하고 내 몫만 보내면 되니까 결국 내가 보내는 금액은 똑같아. 오빠는 뭐가 급해서 그런 짓을 했는지 몰라."

"그래, 잘 생각했어. 털어버려야지."

"맞아. 넓게 생각하고 쓸데없는 걱정도 안 할 거야."

판성메이는 계속 곁눈질로 왕바이촨을 보며 입술을 살짝 삐죽하다가 다시 시선을 정면으로 돌렸다. 그러고는 다른 화젯거리를 찾았다.

판성메이는 추잉잉이 옮긴 병실에 처음으로 방문했다. 문으로 들어서자마자 옆 침대에 누운 환자의 두 다리가 붕대에 칭칭 감긴 채로 허공에 매달린 모습이 눈에 들어왔다. 그녀는 신기한 광경을 접하고 자기도 모르게 몇 번이고 다시 쳐다봤다. 추잉잉은 온종일 애타게 기다리던 판성메이가 들어오자 그녀를 소리쳐 불렀다.

"언니, 언니, 얼마나 기다렸는지 몰라."

판성메이는 잰걸음으로 다가가서 추잉잉의 뺨을 가볍게 어루만졌다.

"안색이 좋아졌네. 상처는 아직도 가려워?"

"응. 개미가 무는 것처럼 간질간질해. 언니…."

"휴, 이제 간병인 교대할 시간이네. 러시아워에 갇히지 않게 일찍 보내드려야지."

간병인은 반색하며 전달할 내용을 서둘러 판성메이에게 자세히 설명했다. 추잉잉은 잉친 걱정에 속이 바작바작 타들어갔지만 어쩔 수 없이 꾹 참고 기다렸다. 판성메이가 얘기하다가 슬쩍 훔쳐보니 추잉잉이 초조한 듯이 한 손으로 침대 시트를 긁고 있었다. 그러나 모른 척 아예 몸을 돌려서 추잉잉을 등지고 앉았다. 판성메이는 예의를 갖춰서 간병인을 배웅하고 다시 추잉잉에게로 돌아왔다. 추잉잉이 절박하게 외쳤다.

"언니….."

"잉친 씨 때문에 그래?"

"응. 언니 휴대폰은 근무 시간에 꺼져 있더라. 자다가 깼더니 내가 다른 병원에 와 있는 거야. 어떻게 된 일인지 여기저기 전화하니까 앤디 언니가 잉친한테 문제가 생겨서 나만 먼저 여기로 옮겨 왔대. 앤디 언니는 딱 이 말만하고 전화를 끊어버렸어. 바쁜가 봐. 쥐얼은 자기도 모른다고 저녁에 다시 얘기하자고 했어. 언니, 어떡하지? 잉친이 그 사람들 등쌀에 시달려서 죽을지도 몰라. 잉친은 날 보호하려다가 다친 건데 내가 도와줘야지 나만 살겠다고 병원까지 옮기고 외면할 수는 없잖아. 언니, 잉친을 구할 방법을 좀 찾아 봐. 제발 부탁해."

추잉잉은 말하면서 우느라 눈이 빨개졌다.

"잉잉, 네 마음은 이해해. 하지만 우리가 잉친 씨를 안 돕는 게 아니라 도울 수가 없어. 아침에 몰래 가서 보고 왔는데 덩치가 우람한 사람 몇 명이 잉친 씨를 둘러싸고 있더라고. 우리 22층 여자들이 전부 다 가도 그 사람들한테는 상대가 안 돼. 아양을 떨어서 쫓아낼 수도 없잖아. 잉친 씨한테 접근할 방법이 없는데 병원을 옮기는 건 꿈도 못 꿔. 잉친 씨가 보낸 쪽지도 간호사가 몰래 전해준 거라며. 간호사도 겁을 내는데 우리가 뭘 어쩌겠어."

"그대로 두면 잉친은 들볶여서 죽을 거야. 잉친은 순전히 나 때문에 얻어맞은 거란 말이야. 원래 잉친을 때리려던 건 아니고 날 때리러 왔는데 잉친이 날 지켜 줬어. 그런 잉친은 고통받게 내버려 두고 나 혼자만 안전하게 도망 나오면 내가 너무 양심이 없잖아. 언니, 제발 방법 좀 찾아 줘. 좋은 방법이 없을까? 도와 줘, 언니."

"잉친 씨를 일부러 팽개친 게 아니야. 정말로 도울 방법이 없어. 방법이 있으면 앤디가 너만 데리고 나왔겠어? 앤디하고 자오 선생님이 의논했는데도 잉친 씨를 데리고 올 방법이 없었던 거라고."

"혹시… 앤디 언니하고 샤오샤오가 잉친을 싫어하는 건 아닐까? 전에 잉친을 때린 적도 있고…."

"그런 말은 하면 안 돼. 샤오샤오는 단언하기 어렵지만 앤디와 자오 선생님은 그런 옹졸한 사람들이 아니야. 잉잉, 걱정 말고 쉬어. 병원 식당에 먹을 만한 게 있는지 보고 좀 사올게."

"언니, 나 못 먹어. 지금 잉친이 어떤 상황에 있는지도 모르고 가볼 수도 없잖아. 이도 저도 안 되면… 원래 있던 병원으로 돌아갈래. 가서 차라리 그 사람들한테 발각되면 그 중 반은 날 감시할 테니까 잉친의 고통도 반으로 줄겠지."

"엉뚱한 생각하지 마. 자꾸 그런 소리하면 화낼 거야. 너 지금 이 언니도 소용없고 앤디도 최선을 다하지 않았다고 투정부리는 거니?"

"언니, 그런 뜻은 아니야. 미안해, 정말 미안해. 다들 날 많이 도와준 거 알아. 난 단지 잉친이 너무 걱정돼서. 흑흑."

판성메이는 눈물을 펑펑 쏟는 추잉잉을 보고 한숨을 쉬면서도 다정하게 눈물을 닦아주었다. 그리고 추잉잉이 실컷 울고 나서 울음을 그치자 따뜻한 수건으로 그녀의 얼굴을 깨끗하게 닦았다. 추잉잉은 상처 입은 새끼 고양이처럼 판성메이에게 기대어 떨어지지 않았다. 베개 옆에는 잉친이 보낸 쪽지가 펼쳐져 있었다.

판성메이는 식당으로 가는 길에 방금 전 상황을 녹음한 음성 파일을 22층 친구들에게 메일로 보내며 한 마디 덧붙여 적었다. '틈날 때 들어보고 좋은 아이디어가 있는지 생각해 봐. 마땅한 방법이 없으면 잉잉 혼자 삭이라고 하는 수밖에 없어.'

취샤오샤오는 불빛이 환한 작은 회의실에서 흑인 고객 2명과 가격을 흥정하느라 분주했다. 사업을 시작한 이후로 약 반년 동안 그녀의 영어 실력은 유학을 마치고 막 돌아왔을 때보다 훨씬 늘어서 이제는 웬만큼 유창하게 의사소통할 수 있게 되었다. 이윽고 상담이 끝나고 고객과 함께 식사를 하러 가기 위해 업무를 마무리했다. 그 사이에 잠깐 짬을 내서 새로 도착한 메일도 처리했다. 그중에서 판성메이가 보낸 음성 파일을 듣고는 불쾌해서 곧장 앤디에게 전화를 걸었다.

"언니, 음성 파일 들었어? 갠 어쩜 이렇게 염치가 없지? 우린 이웃일 뿐이야. 난 개랑 친구 사이도 아닌데 내가 왜 도와? 나한테 하등의 도움도 안 되는 바보 같은 짓을 하라고? 그 멍청한 계집애 눈에는 남자만 보이고 다른 사람은 보이지도 않나 봐. 미치지 않고서야 어떻게 우리한테 이런 요구를 해? 지금은 좀 바쁜데 끝나고 늦게라도 가서 전에 있던 병원에 다시 데려다줘야겠어. 그렇게 소원이라는데 들어줘야지. 그 싹수도 없는 놈이랑 같이 죽어보라고 해. 내 알 바 아니야."

"우리는 잉잉의 안전과 치료에만 신경 쓰면 돼. 다른 건 관여하지 마. 성메이도 더 이상은 못 봐주겠어서 감정적으로 우리한테 상황을 알린 거 같아. 아참, 성메이도 오빠 일 때문에 기분이 언짢을 텐데, 어쩐지 감정적이다 했더니…. 우리 각자 일도 많고 바쁜데 잉잉 일에는 더 이상 신경 쓰지 말자."

"싫어. 난 관여할래. 까짓것 잉잉이 원하는 대로 해주지 뭐. 이따가 밤에 예전 병원으로 데려다줄 거야. 마침 회사에 아프리카에서 온 오빠 2명이 있거든. 그 사람들하고 반나절이나 흥정했는데 이윤을 겨우 1,000달러 정도밖에 못 남겼어. 저녁 식사 대접하는 비용만 해도 1,000위안은 족히 될 텐데 잉잉 데려다주는 데 이용하고 인건비로 충당하는 셈 쳐야지. 원래 알던 사이도 아닌 사람들이 가격을 후려치는 바람에 흥정하느라 목이 다 쉬었어. 이렇게라도 앙갚음해야 해."

"그러지 마. 공연히 긁어 부스럼 만들 거 뭐 있어."

앤디는 취샤오샤오를 말릴 작정으로 그녀의 구미를 당길 만한 다른 이야깃거리를 찾아 늘어놓았다.

"성메이네 오빠가 무슨 일을 벌였을지 생각하고 있었는데 말이야 …."

"걱정도 팔자야. 난 고객한테 친한 척하러 가야 해. 그만 끊어."

취샤오샤오는 앤디의 전화를 끊자마자 곧장 판성메이한테 전화를 걸었다.

"오늘 저녁에는 누가 잉잉 돌볼 거야? 다들 바쁘면 내가 갈게."

판성메이는 취샤오샤오한테 무슨 꿍꿍이속이 있음을 직감했다.

"쥐얼 차례인데 야근 때문에 늦는다고 해서 내가 좀 더 있을 거야."

"쥐얼한테 내가 간다고 전해."

"그럴 필요 없어. 넌 잉잉이랑 잘 안 맞잖아. 너 같은 부잣집 아가씨는 남의 시중을 못 들어. 얼굴이랑 발도 씻기고 화장실 수발도 해야 하는데 네가 할 수 있겠어?"

"그거야 돈이 있으니까 사람을 쓰면 되지. 언니랑 쥐얼이 편하게 자라고 선심 쓰는 거야. 긴말 필요 없고, 지금 고객 접대 중이니까 끝나는 대로 가서 언니랑 교대할게."

취샤오샤오는 다짜고짜 자기가 할 말만 하고 전화를 끊었다. 판성메이는 저녁거리를 들고 병실 앞 복도에 서서 갈팡질팡했다. 그런데 추잉잉이 안에서 판성메이의 목소리를 얼핏 듣고 소리쳤다.

"성메이 언니 왔어? 누구랑 통화해?"

판성메이는 곧장 안으로 들어갔다.

"샤오샤오야. 이따가 밤에 와서 네 옆에 있겠대."

"뭐? 오지 말라고 해. 절대로 안 돼. 걔 오면 난 죽어."

"나도 오지 말라고 했는데 말을 안 듣네. 쥐얼더러 있으라고 할 테니까 염려 마."

"무조건, 절대로, 죽어도 싫어."

"그렇게 야박하게 굴지 마. 너 다친 날에 샤오샤오가 얼굴이 시뻘게지도록 이리저리 뛰어다니면서 얼마나 애썼는데. 자오 선생님도 샤오샤오 덕분에 알게 됐잖아. 이번 기회에 둘이 화해도 하고 관계를 회복해 봐. 고맙다는 인사도 꼭 전하고."

"고맙다는 인사는 다 나으면 꼭 할 거고 보답도 하겠지만 지금은 아니야. 아직 환자인데 걔가 옆에 있으면 스트레스 받아서 죽을 거 같아."

판성메이는 추잉잉에게 이미 한바탕 타일렀고 대꾸할 말도 딱히 생각나지 않아서 말없이 사온 음식만 정리했다. 그녀는 침대 뒤쪽에 있던 밥상을 펼쳐서 깨끗하게 닦고 음식을 올려놓다가 불현듯 할 말이 떠올랐다.

"안심해. 샤오샤오는 평소에는 고약하게 굴면서 사람들을 불안하게 하지만 정말로 큰일이 생겼을 때는 누구보다 적극적으로 돕는 친구야. 그러니까 걱정하지 말라고."

"설마? 그래도 언니 말이니까 믿을게."

판성메이는 추잉잉이 똑바로 앉아서 밥을 먹을 수 있게 침대 머리 쪽을 들어 올려 세웠다.

관쥐얼은 어김없이 밤이 깊어서야 퇴근했다. 이번에는 평소와 달리 차가 있는 동료와 함께 지하주차장으로 내려갔다. 씨에빈이 그곳에서 기다리고 있었기 때문이다. 동료는 관쥐얼이 누굴 만나는지 궁금해서 보려고 했는데 막상 지하로 내려가니 씨에빈이 자동차 밑으로 들어가서 무언가를 만지작거리고 있었다. 동료는 그 자리에 더 있기가 뭐해서 먼저 떠났다. 관쥐얼은 쪼그리고 앉아서 물었다.

"뭐해요?"

"배기관을 손보고 있어요, 하하. 떨림이 있어서 봤더니 헐거워졌네요. 일단 임시로 고정시켰어요. 똥차라서 하루가 멀다 하고 말썽이에요."

관쥐얼은 아침에 취샤오샤오가 씨에빈을 뒷조사한 내용을 알려준 것이 생각났다. 잠시 고민하던 그녀는 신중하게 말을 꺼냈다.

"옆집에 산다고 했던 취샤오샤오 기억나요?"

"그럼요. 일요일 밤에 서럽게 울던 그 아가씨잖아요."

"그 친구가 한가했는지 씨에빈 씨 직장에 가서 씨에빈 씨에 대해 알아봤나 봐요. 어떻게 알아냈는지는 모르겠는데 이름도 알고…."

'쿵' 하는 소리가 차 밑에서 들렸다.

"왜 그래요?"

"머리를 부딪쳤어요. 날 조사했다니…. 젊은 아가씨가 내 직장에서 와서 나에 대해 알아봤다고요? 사람들이 오해했겠어요. 그래서 뭐래요?"

씨에빈은 타이어 사이로 머리를 내밀면서 말했다.

"내가 샤오샤오를 단속한다고 했는데도 그렇게 됐어요. 그 친구는 뭐에 한번 꽂히면 절대로 포기 하는 법이 없거든요. 속 시원히 다 알아봤는지 이젠 손을 놨어요. 특별한 얘기는 없었고 상사한테 사랑받는 훌륭한 청년이라고 하던데요. 혹시 직장에서 그 일로 누가 놀리면 미리 대비하라고 알려주는 거예요."

씨에빈이 웃으며 말했다.

"만만치 않은 친구군요. 아, 이쪽으로 몸을 빼는 게 더 편하겠네."

그는 젊고 유연한 몸을 몇 번 움찔거리더니 곧장 차 밑에서 빠져나와서 바닥에 깔았던 신문지를 정리했다. 관쥐얼은 조금 멀리 떨어져 서서 웃으며 말했다.

"등에 먼지가 두 군데 묻었어요."

"좀 털어 줄래요?"

"윗도리를 벗어서 털면 훨씬 깨끗해질 거 같아요. 지금까지 야근하다가 나왔더니 너무 피곤하네요. 먼저 차에 타서 메시지 좀 보고 있을게요."

관쥐얼은 씨에빈의 몸에 묻은 먼지를 털어 주기가 무척 쑥스러워서 억지스러운 핑계를 대며 냉큼 차 안으로 들어갔다.

씨에빈은 유쾌하게 웃으며 상의를 벗어서 깔끔하게 먼지를 털고 차에 탔다.

"뭐예요? 무슨 일 있어요?"

"샤오샤오는 자기가 곧 병원에 도착한다고 저더러 오지 말라고 하는데, 성메이 언니는 샤오샤오가 병원에 도착할 시간이 다 됐다고 제가 빨리 와야 한대요. 샤오샤오가 가면 안 좋은 일이 생길 확률이 높거든요. 빨리 가야겠어요. 오늘은 확률이 높다 못해서 무조건 큰일이 터질 거 같아요."

"당장 데려다 줄게요. 사람이 많으면 문제를 해결하기가 수월하잖아요."

"병원 주차장까지만 가요. 샤오샤오는 장난이 심해서 마주치지 않는 게 좋아요."

"근처에 있다가 무사히 들어가는 거 보고 갈게요."

"괜찮아요. 병원에 사람이 많아서 걱정은 안 해도 돼요."

"하하, 사실은 좀 더 오래 가까이에 있고 싶어서요. 우리 둘 다 너무 바쁘다 보니 만나면 1분1초가 아깝게 느껴져요."

관쥐얼은 살짝 미소를 지으며 고개를 숙였다. 어둠 덕분에 다행히도 그녀의 발개진 얼굴을 아무에게도 들키지 않았다.

취샤오샤오가 추잉잉의 병실로 들어서자 병실 안에 있던 모든 사람이 놀라서 어리둥절했다. 몸매가 근사한 미녀의 뒤로 철탑처럼 건장한 흑인 남자 2명이 따라 들어오는 광경이 진기하기 이를 데 없었기 때문이다. 판성메이는 호텔에서 별의별 광경을 다 봤는데도 눈앞에 펼쳐진 상황이 놀랍기는 마찬가지였다.

"샤오샤오, 어쩌려고?"

"잉잉이 병원을 옮기겠다고 해서 도와주려고. 잉친 씨하고 고통을 분담하려면 예전 병원으로 돌아가야지. 이 두 분은 내 고객이고 기꺼이 짐꾼이 되겠다고 오셨어."

판성메이는 순간 감정에 치우쳐서 단체 메일을 보냈던 것을 후회했다.

"그럴 필요 없어. 여기도 좋아. 어차피 그쪽 병원에는 잉잉을 받아 줄 야간 당직 의사가 없어서 입원 수속도 못 해. 지금 여기 주치의 선생님도 안 계셔서 못 가."

"상관없어. 치핑 오빠한테 전화 1통만 하면 도와줄 거야. 어쨌든 이 골치 아픈 커플을 한데 몰아 놓아야겠어."

"또… 무슨 일이 생겼나?"

관쥐얼은 병실 입구에 도착하니 대화 소리가 밖으로 또렷하게 들렸다. 아니나다를까 취샤오샤오의 등장과 함께 사건이 터진 것이다. 병실로 들어서려는데 건장한 흑인 남자 2명이 문 앞을 가로막고 서 있었다. 관쥐얼은 까치발로 병실 안을 들여다보았다. 철탑 같은 두 남자는 다행히도 매너가 좋아서 관쥐얼이 들어가도록 살짝 비켜서 공간을 내주었다. 추잉잉이 말했다.

"그렇잖아도 잉친 씨를 어떻게 구할지 너랑 상의하려고 했어."

"여자한테 도움이나 청하는 약골을 뭣 하러 도와?"

취샤오샤오는 단칼에 거부했다.

"그 쪽지는 잉친이 쓴 게 아니고 어머니가 쓴 거야."

추잉잉은 희망이 불씨가 켜졌다 꺼졌다 하는 통해 더욱 초조했다.

"그렇다면 더 뻔뻔하지. 며칠 동안 병원에 있으면서 코빼기도 안 비추더니 이제 와서 도와달라고? 너더러 총알받이가 되라는 거잖아. 못돼 먹은 아줌마 때문에 욕이 나오네. 그 아줌마가 네 시어머니가 되면 넌 아마 죽고 싶은 생각이 하루에도 수십 번은 들 거다."

관쥐얼은 당황해서 멈칫했다. 잉친의 어머니가 잉잉의 행동을 나무란 일은 자신과 앤디만 알고 있었는데 취샤오샤오가 금세 그 어머니의 성격을 훤히 꿰어 찼을 줄은 예상 밖이었다. 취샤오샤오는 과연 명불허전 강호의 고수였다. 그럼에도 관쥐얼은 심각하게 말했다.

"그래도 사람을 구하는 게 먼저잖아. 오는 길에 씨에빈 씨랑 의논했는데 그 사람이 일처리가 깔끔한 친구들 몇 명을 데리고 와서 힘을 보태겠대. 그럼 다치는 사람 없이 잉친을 빼낼 수 있을 거야. 하지만 이번에도 자오 선생님의 도움이 필요해. 시간은 언제쯤이 좋을지 같이 상의해 보자."

"와, 일이 점점 흥미진진해지는데?"

취샤오샤오는 눈을 반짝이며 문 앞에 있는 두 고객에게 다가가서 침대에 누운 여자의 남자 친구를 구하러 가야 한다며 도움을 부탁했다. 더불어 손짓을 써가며 두 사람에게 상황을 설명했다.

"이 친구가 어떤 남자랑 연애를 했거든요. 그런데… 남자 집안에서 얘를 싫어해요. 왜 싫어하느냐, 이유는 이 친구 집이 가난하다는 건데…"

이야기를 듣던 관쥐얼은 곧장 유창한 영어로 취샤오샤오의 말에 끼어들었다.

"가난 때문만은 아니에요. 집안이니 봉건사상이니, 그런 고리타분한 것들을 따지며 교제를 반대하고 있어요. 하지만 이 친구와 남자는 아직도 서로 사랑해요. 그걸 아는 남자 집안 쪽 사람이 두 사람에게 폭력을 행사했고 결국 두 사람은 각각 다른 병원에 입원하게 된 거예요. 친구는 맞아 죽더라도 남자와 함께 있겠다며 남자가 있는 병원에 가려고 아우성치는 중이고요. 하지만 저희 입장에서는 전쟁터에 친구를 보낼 수는 없어서 차라리 남자를 병원에서 빼내서 숨겨 주려고 해요. 괜찮으시다면 저희 좀 도와주세요. 경찰인 제 친구한테도 연락할 거예요. 사람이 많을수록 좋으니까 함께 갔으면 해요. 도와주시겠어요?"

취샤오샤오가 중국어로 말했다.

"얘 좀 봐. 평소에는 쥐 죽은 듯이 조용해서 얌전한 줄만 알았더니 순 내숭덩어리였네? 와, 감동적이야."

"헛소리 그만하고 어서 잘 얘기해봐. 난 씨에빈 씨한테 전화하고 올게."

판성메이가 물었다.

"자오 선생님한테는 누가 연락해?"

취샤오샤오가 새된 목소리로 말했다.

"앤디 언니. 지금은 앤디 언니가 치펑 오빠랑 가장 친해. 빌어먹을."

모두 킬킬거리며 숨어서 웃었다.

판성메이가 적극적으로 나서서 "내가 앤디한테 전화할게."라는 말을 남기며 밖으로 나갔다.

취샤오샤오 물었다.

"왜 나가서 전화해?"

그녀는 두 고객에게 잠시 양해를 구하고 판성메이를 따라 나갔다. 그러나 판성메이가 앤디에게 병실에서 벌어진 상황을 설명하는 것을 듣고는 다시 병실로 돌아왔다.

앤디는 조리대에서 혼자 집안일을 하다가 판성메이의 전화를 받고는 꽤 놀랐지만 끝까지 차분하게 듣고 난 뒤에 대답했다.

"치펑 씨 연락처는 줄 수 있지만 난 이 일에서 빠질래. 못 도와 줘. 미안해."

판성메이는 한숨을 길게 내쉬었다.

"나도 네 생각이랑 같은데 샤오샤오가 또 말썽을 피울까 봐 걱정돼서. 외국인 2명까지 데리고 왔거든. 이러다가 또 무슨 일이라도 터지면 우리만 덤터기 쓰겠지. 게다가… 말하기는 좀 뭣하지만 잉친 씨가 죽기야 하겠어? 지금 여자 친구 집안에서는 잉친 씨가 나으면 둘이 결혼시켜서 잉친 씨한테 빌붙으려고 벼르고 있잖아. 닭이 죽으면 달걀도 못 얻으니까 해코지하진 않을 거야. 다만 잉친 씨가 고달픈 나날을 보내야 하고 몹쓸 소리를 들어야 하는 게 안타까울 뿐이지."

"맞아. 그것도 이유가 돼. 그렇지만 난 이유를 막론하고 돕고 싶지 않아. 사실 너무 어리석은 짓이라서 발을 담그기가 싫어. 모두에게 그렇게 전해줘."

판성메이는 당황했다.

"그게… 네 말은 맞지만 막상 애걸복걸하는 잉잉을 보면 안 된다고 딱 자르질 못하겠어."

앤디도 당황했다.

"그럼 샤오샤오 좀 바꿔."

판성메이는 병실 입구에서 목청을 높여 취샤오샤오를 불렀다. 취샤오샤오는 곧장 팔짝 뛰어나와서 전화를 받았다.

"언니, 지금 여기 엄청 재밌어. 언니도 꼭 와서 봐야 해."

앤디가 말했다.

"너 아침에 잉친 씨는 뛰어야 벼룩이고 도와주는 건 바보 같은 짓이라고 하더니 그새 마음이 변했어? 치핑 씨 보러 갈 핑계가 필요했던 거야?"

"말도 안 돼. 언니가 돈을 덜 쓰게 하려고 그러는 거야. 잉친 씨를 안 구해주면 잉잉이 날마다 울고불고 할 거고 그러면 치료가 더뎌서 퇴원도 늦어지잖아. 입원 기간이 길어지면 병원비도 많이 드는데 잉잉 월급으로 그 돈을 못 갚으면 언니만 손해지."

"어차피 돌려받을 생각도 없었어. 넌 네 고객들 데리고 가서 싸움질하면 오히려 단가를 더 깎아줘야 할 것 같은데? 나도 네 돈을 걱정해서 하는 말이야. 어쨌든 난 관여하지 않을 거고 치핑 씨한테 전화도 안 걸어."

"알았어. 그럼 한발 양보할게."

취샤오샤오는 판성메이를 힐끗 봤다. 앤디에게 거절당해서 판성메이한테 얕보일까 봐 앤디를 설득시킬 방법을 악착같이 생각해냈다.

"언니는 안 와도 돼. 그냥 치핑 오빠한테 전화해서 도와달라고만 해."

"싫다니까. 날 설득할 생각이라면 관 둬. 성메이는 내 말에 동의했어. 쥐얼은 아마 무슨 말을 해도 안 통할 거야. 잉잉을 돕겠다는 생각뿐이니까."

취샤오샤오는 또 판성메이를 슬쩍 쳐다봤다.

"아직도 거기 있었어? 날 감시하는 거야? 아참, 나한테 덤비지도 못하지?"

판성메이는 끓어오르는 화를 꾹 삼키며 말했다.

"그래, 내가 감히 너한테 어떻게 덤비겠니. 됐냐?"

앤디는 수화기에다 대고 소리를 버럭 질렀다.

"싸우지 마. 샤오샤오, 깜빡 잊을 뻔했는데, 오늘 아침에 치핑 씨랑네 얘기했거든⋯."

"둘이서 나 몰래 무슨 얘기했어?"

"당연히 좋은 말이지. 성메이 바꿔 줘."

취샤오샤오는 "끊을게." 하며 제멋대로 전화를 끊고는 허리에 손을 걸치고 눈동자를 요리조리 굴리며 판성메이를 쳐다봤다. 판성메이는 취샤오샤오의 시선을 받자 간담이 서늘했다. 또 시비를 걸어올 것 같아서 온몸의 세포 하나하나를 뜨거운 피로 채우며 싸울 태세를 갖췄다. 두 사람은 마치 싸움닭처럼 대치했다.

잠시 후, 취샤오샤오가 고개를 돌려 병실로 들어가며 두 고객에게 말했다.

"오늘 계획은 취소됐어요."

그러고는 고객들을 데리고 병실을 나갔다. 판성메이는 복도에서 떠나는 그들을 바라보며 곧장 앤디에게 전화를 걸어서 따끈따끈한 뉴스를 전하고 다시 병실로 들어갔다. 판성메이는 놀라서 눈을 휘둥그렇게 뜨고 있는 두 룸메이트를 향해 말했다.

"앤디는 반대하고 샤오샤오는 그냥 갔어. 나는⋯, 늦어서 그만 집에 가서 자야겠다. 이 일은 천천히 다시 생각해 보자."

"언니…."

관쥐얼과 추잉잉은 취샤오샤오의 변덕에 어안이 벙벙하던 참이었는데 판성메이의 말을 듣고 더 어리둥절했다.

"미안해. 요 며칠 정말 너무 피곤했거든. 주말에 오빠가 저지른 일을 수습하고 오느라 쉬지도 못했는데 어젯밤에 오빠가 또 잇달아 새로운 사고를 치는 바람에 지금 멘붕 상태야. 아무래도 집에 가서 쉬어야겠어."

"어머, 언니 그럼 어서 가서 자. 다크서클도 장난이 아니야."

관쥐얼은 벌떡 일어나더니 침대 머리맡의 수납함에 두었던 판성메이의 백을 챙겨서 그녀에게 건넸다.

추잉잉이 소리쳤다.

"언니!"

추잉잉은 눈물이 그렁그렁한 눈으로 판성메이를 바라봤다.

판성메이는 "미안해." 하며 백을 받아들고 미안한 웃음을 지으며 병실을 나갔다. 복도를 따라 죽 걸어가다가 병실에서 멀찌감치 떨어진 뒤에 긴 한숨을 내쉬며 잠시 멈춰 섰다. 그러고는 고개를 좌우로 몇 차례 흔들더니 다시 걸음을 옮겨 병원을 빠져나갔다.

"앤디 언니가 무슨 말을 한 건 아닐까? 앤디 언니가 다들 병원에서 쫓아냈나?"

추잉잉이 의심스러운 듯이 관쥐얼에게 물었다.

"앤디 언니는 남의 일에 참견 안 해."

"성메이 언니랑 샤오샤오가 처음엔 병원에 데려다주겠다고 하더니 앤디 언니랑 통화하고 와서는 갑자기 다들 가버렸잖아. 그러니까 아마도…."

관쥐얼도 의심이 없진 않았다. 왜냐하면 앤디의 생각을 일찌감치 알고 있었기 때문이다. 판성메이와 취샤오샤오가 앤디에게 설득 당해서 애초의 계획을 접었을 가능성이 매우 컸다. 관쥐얼의 표정에도 의심의 기색이 어리자 추잉잉은 더욱 초조해져서 눈물을 뚝뚝 흘렸다.

"또 하룻밤이 미뤄졌어. 잉친이 밤에 잠은 잘 잘까? 많이 아플 텐데… 흑흑흑. 앤디 언니한테 자오 선생님한테 전화해 줄 수 있냐고 물어봐야겠어. 그 정도 부탁은 들어주겠지."

"하지 마. 밤이 너무 깊었어. 임신부인데 자꾸 휴식을 방해하면 안 돼."

"쥐얼, 제발 부탁이야. 방금 전에 통화했으니까 아직 안 잘 거야. 딱 1분만 통화할게. 앤디 언니 힘들게 안 한다고. 잉친의 생사가 달린 일인데 나로서는 달리 방법이 없잖아. 지금은 여러 사람 신세를 질 수밖에 없어."

"그래도 안 돼. 저번에 널 구해 준 경찰 친구한테 연락해 볼게. 방법이 있을지도 몰라."

관쥐얼은 앤디의 태도가 확고함을 알고 있었다. 또한 통화를 하면 앤디가 추잉잉에게 자신의 생각을 곧이곧대로 말할 거라고 충분히 짐작되었다. 하지만 현재 추잉잉의 감정 상태로는 앤디의 단호한 태도를 받아들이지 못하고 실망할 게 뻔했다. 그렇게 되면 앤디가 그동안 추잉잉을 위해 물질이나 마음으로 성의를 다 한 것도 모두 헛수고가 되고 만다.

관쥐얼은 도저히 손을 놓고 보고만 있을 수는 없었다. 추잉잉에게 새로운 희망을 심어주기로 마음먹고 일부러 추잉잉의 침대 가에 앉아서 씨에빈에게 전화를 걸었다. 도움을 주고자 하는 자신의 의지를 분명하게 드러낸 행동이었다. 추잉잉은 눈물을 훔치며 애절한 눈빛으로 관쥐얼을 바라봤다.

"씨에빈 씨, 혹시 출발했어요? 잉잉의 남자 친구 일로 상의하고 싶어서요. 오늘 밤에 저쪽 병원에 갈 수 있어요?"

"당장이요? 친구들한테 가능한지 물어볼게요. 사람은 몇 명이나 필요해요? 정확한 인원을 알려줘요."

"나도 몰라요. 성메이 언니가 가 버려서."

"일단 내가 먼저 가 볼게요. 병실 호수랑 침상 번호만 알려줘요."

관쥐얼은 휴대폰을 내려놓으며 추잉잉에게 말했다.

"친구가 잉친 씨한테 가서 상황을 보겠대. 이런 걸 지피지기(知彼知己)라고 하지. 성메이 언니가 아침에 몰래 슬쩍 보기만 해서 거기에 몇 명이 있는지는 몰라. 시간이 늦었으니까 넌 일단 자. 소식이 있으면 알려줄게"

"나는… 잠이 안 올 것 같아. 나도 소식 기다릴래."

"그럼 눈이라도 감고 있어. 난 네 옆에서 단어나 몇 개 외우고 있을게. 전화벨 소리가 나면 저절로 눈이 떠지겠지."

관쥐얼은 노트북 가방을 만지작거리다가 문득 생각이 떠올랐다.

"아무래도 자오 선생님한테 연락하는 게 좋을 거 같아."

"앤디 언니한테 묻지 말고 샤오샤오한테 연락처를 물어보자."

추잉잉은 관쥐얼에게 다급하게 부탁했다. 그러나 취샤오샤오는 자초지종을 듣더니 일언지하에 거절했다.

"싫어. 안 돼. 아직 경찰 오빠한테 소식이 없잖아. 그쪽 상황을 확실히 파악해야 알려줄 수 있어."

관쥐얼은 울며 겨자 먹기로 제안했다.

"그러면 내가 씨에빈 씨 연락처를 너한테 알려줄 테니까 네가 씨에빈 씨한테 직접 자오 선생님 전화번호를 알려줘."

"그거야 문제없지. 씨에빈 씨더러 나한테 연락하라고 해. 그런데 말이야, 진짜 그렇게 해도 돼?"

관쥐얼은 갑자기 말문이 막혔다. 취샤오샤오가 씨에빈과 직접 연락하면 그에게 어떤 간교한 수작을 부릴지 도통 예측이 불가능했기 때문이다. 관쥐얼은 한참을 생각한 뒤에 굳은 마음을 먹고 취샤오샤오에게 씨에빈의 휴대폰 번호를 알려주었다.

취샤오샤오는 두 고객을 호텔에 데려다 주고 홀로 남으니 또 기분이 밑바닥으로 착 가라앉아서 그대로 앤디 집으로 향했다. 문을 열고 들어가니 컴퓨터 앞에 앉아 있던 앤디가 고개를 돌려 보며 물었다.

"어떻게 됐어?"

"난 안 갔어. 그런데 쥐얼은 갈 거 같아. 나더러 씨에빈인가 그 사람한테 치핑 오빠 연락처를 알려주래. 치핑 씨가 접대부도 아닌데 아무나 전화를 걸면 다 받아줘야 하나? 덕분에 손쉽게 경찰 오빠의 연락처를 알아냈지만 메시지는 아직 못 보냈어."

"궁금한 게 있어. 경찰이 근무 시간도 아닌데 사람을 강제로 데려 갔다가 사람들한테 알려지면 불이익을 당하는 거 아니야? 중국 실정은 어떤지 몰라서 말이야."

"어! 잉친 씨의 여자 친구는 이미 풀려났을 거야. 보통 패싸움으로 잡혀 온 여자들은 오래 가둬두지 않거든. 쥐얼한테 알려줘야겠지?"

"됐어. 치핑 씨 전화번호를 알기 전에는 아무것도 못 하니까 그냥 내버려 둬. 전화번호를 알려줘도 문제야. 만약 씨에빈 씨가 사랑에 눈이 멀어서 쥐얼한테 잘 보이려고 용감하게 나섰다가 뒤탈이 생기면 큰일이잖아. 너랑 내가 잉잉한테 원망을 듣는 걸로 마무리를 짓자. 나야 그 정도는 너끈히 감당할 수 있고 너도 뻔뻔해서 끄떡없잖아."

"피, 한 마디로 쥐얼을 보호하자는 거잖아. 혹시라도 씨에빈 씨 친구들이 막판에 옆에서 말리면 쥐얼도 난처해지고 두 사람 사이의 애정전선에도 문제가 생기겠네. 그치? 결국 씨에빈 씨가 곤란해지지 않게 언니랑 내가 방패막이가 돼야 하는구나. 언니는 쥐얼한테 왜 그렇게 잘해줘? 나는 털끝만큼도 안 도와주면서 뻔뻔하다고 핀잔이나 주고."

"또 내 탓하네. 치핑 씨한테 전화해서 오늘 아침에 한 말은 다 뻥이라고 얘기해야겠다."

"그럴 배짱도 없으면서. 어휴, 분해. 치핑 오빠를 인질로 날 협박이나 하고. 자러 갈래."

"치핑 씨한테 잘 보이려면 그런 바보 같은 짓은 안 하는 게 좋아. 성메이도 내 말이 옳다고 했어. 그 여자 친구 집안에서 잉친 씨를 해치진 않을 거야. 잉친 씨가 돈줄인데 기껏해야 비위를 거스르게 하는 정도겠지."

"그런 짓이라도 해서 스트레스를 풀고 싶었어. 스트레스를 풀어야겠다고! 스트레스를 해소할 멍청이 짓이 뭐가 있을지 누워서 궁리해봐야겠어. 안 그러면 화병으로 죽을 거 같아. 하, 철없이 쌈박질하던 어릴 때가 이렇게 그리울 줄이야." '

앤디는 씩씩거리는 취샤오샤오의 뒷모습을 보면서 슬쩍 한 마디 던졌다.

"자기 전에 메일함은 확인 안 해도 돼?"

앤디의 말에 취샤오샤오는 끝내 참지 못하고 날카롭게 비명을 질렀다. 비명 소리를 계속 내면서도 휴대폰을 더듬어 꺼냈다. 관쥐얼에게 전화가 온 것이다.

"샤오샤오, 씨에빈 씨한테 아직 전화번호 안 알려줬어?"

"안 알려줄 거야!"

앤디가 옆에서 주의를 주었다.

"성질 좀 죽여. 괴팍하게 굴지 말고 차분하게 이유를 설명해."

"좋아, 이유를 말해줄게. 치핑 오빠는 내 거야. 공용이 아니라고. 이상!"

관쥐얼과 추잉잉은 병실에서 휴대폰의 스피커 모드로 듣다가 할 말을 잃었다.

답답해진 추잉잉이 말했다.

"샤오샤오가 앤디 언니랑 같이 있네. 역시나 그럴 줄 알았어."

관쥐얼은 잠시 고민하다가 앤디에게 직접 전화를 걸었다.

"언니, 자오 선생님 전화번호 알려 줘. 꼭 부탁해."

추잉잉이 관쥐얼에게 바싹 다가가서 간절하게 말했다.

"언니, 잉친을 구해야 해. 잉친을 살려야 한다고. 제발 부탁이야."

"병원은 공공장소야. 게다가 3인용 병실이라서 보는 눈도 많은데 무슨 일이 생기겠어. 걱정하지 마."

"하지만 잉친 엄마가 구해달라고 쪽지를 보냈어. 거짓말했을 리는 없잖아. 잉친이 괴롭힘을 당하고 있는 게 분명해."

앤디는 인상을 찌푸리며 휴대폰을 끊고는 한쪽으로 휙 던져버렸다.

앤디가 취샤오샤오를 돌아보며 말했다.

"내 자문료는 분당 계산하는데 이렇게 질질 끌면 완전 마이너스야."

취샤오샤오는 피식 웃음을 터뜨리며 나갔다. 병실에서는 흥분한 추잉잉이 감정을 추스르지 못하고 벌떡 일어나려다가 상처가 쓸리는 바람에 아파서 고래고함을 지르며 데굴데굴 굴렀다.

잠시 후, 정신을 차린 추잉잉이 더듬거리듯이 관쥐얼에게 물었다.

"앤디 언니가 왜 그럴까? 왜 잉친한테 야박하게 굴지?"

관쥐얼은 그저께 앤디가 허심탄회하게 밝혔던 생각을 추잉잉에게 솔직하게 전할 수는 없어서 에둘러서 앤디 대신 변명했다.

"앤디 언니는 똑똑한 사람이고, 똑똑한 사람은 자기 판단에 대한 신념이 아주 강해. 언니는 잉친 씨한테 위험 요소가 없다고 판단하기 때문에 자기 생각을 고수하고 있어. 다른 사람들도 앤디 언니가 똑똑하다고 생각하니까 언니의 판단을 믿는 거고. 대충 그렇게 이해하면 돼."

추잉잉은 힘겹게 쪽지를 다시 꺼냈다.

"언니 판단을 이것보다 더 신뢰한단 뜻이야?"

관쥐얼은 반박하지 못했다. 설움이 복받친 추잉잉은 절로 흐르는 눈물을 감추려고 고개를 들고 하늘을 바라보며 입술을 꾹 깨물었다. 결국 그녀는 눈물로 밤을 지새웠다. 입 밖으로 소리를 내지 않으려고 애써 참았지만 캄캄하고 고요한 병실 안에서는 아주 작은 움직임도 큰 소리로 울려 퍼져 나갔다. 그런 탓에 관쥐얼도 거의 뜬 눈으로 밤을 보내다시피 했다.

57

미인에게 최고의 화장품은 수면이다. 판성메이는 숙면을 한 덕분에 일찍 잠을 깼음에도 생기가 넘쳤다. 그녀는 일어나자마자 집 밖으로 나가서 오른 편에 있는 앤디 집의 현관문을 두드렸다. 문을 열고 나온 사람은 뜻밖에도 취샤오샤오였다. 판성메이는 자기도 모르게 세 걸음 뒤로 물러나서 반대 방향으로 온 건 아닌지 주위를 둘러보았다. 앤디의 집이 틀림없었다.

당황한 판성메이는 다시 취샤오샤오 쪽으로 고개를 돌렸지만 그녀는 이미 눈앞에서 사라졌고 문만 휑하니 열려 있었다. 취샤오샤오는 판성메이가 자신을 찾아왔을 리 없다고 확신했기에 들어오도록 문만 열어두었던 것이다. 판성메이는 취샤오샤오가 자신을 보고도 별 반응을 보이지 않아서 오히려 마음이 놓였다.

그때 앤디의 목소리가 복도 엘리베이터 쪽에서부터 들려왔다.

"어, 성메이. 나 만나러 왔어?"

"응, 벌써 운동하고 오는 거야? 어젯밤에는 정말 고마웠어. 네 덕분에 빠져나왔거든."

"당연한 일인걸. 도와줄 게 그거밖에 없네."

"어젯밤에 어떻게 됐는지 궁금해서 왔어. 마음이 영 불편해. 요 며칠 너무 피곤해서 어제는 집에 오자마자 곯아떨어졌지 뭐야."

"아무 일 없었어. 잉잉은 꽤 실망했겠지. 쥐얼은 씨에빈 씨한테 부
탁해서 그 친구들하고 같이 잉친 씨를 병원에서 빼내려고 했는데 나
랑 샤오샤오가 협조를 안 했거든. 쥐얼도 달리 방법이 없어서 포기했
지만 역시 실망했을 거야. 안으로 들어가자. 이따가 302호에 내려가
서 아침밥도 같이 먹고. 이판 씨가 도우미 아주머니를 모셔왔는데 거
기서 상주하시거든."

"아, 고마워. 바오 사장님은 참 자상하단 말이지. 오늘은 일찍 출근
해야 해서 그냥 여기서 얘기할게. 느긋하게 앉아서 아침밥 먹을 팔자
가 못 돼. 잉잉이 원래 고집불통이잖아. 더구나 사랑에 빠지면 정신
도 못 차리고 말로는 도무지 설득이 안 되니까 네가 이해해. 바쁘지
않으면 잉잉의 투정을 좀 받아 주고 바쁠 때는 일부러 상대해 줄 필
요 없어. 어차피 모든 걸 도와줄 수는 없잖아. 어쨌든 다 잉잉이 철이
없어서 그런 거니까 마음에 담아 두지 마."

앤디는 판성메이의 얘기를 들으니 웃음이 났다. 바오이판도 잉잉
처럼 곧잘 혼을 쏙 빼놓기 때문이었다.

"알아. 서운하지도 않고 잉잉과 서먹해지지도 않을 거야. 넌 역시
2202호의 맏언니다워."

"하하, 그렇지도 않아. 참, 이건 다른 얘긴데, 오늘 바이촨이 중
요한 고객을 접대하는데 나더러 같이 가자고 해서 잉잉한테는 못 갈
거 같아. 너도 알고 있으라고."

"알았어. 즐거운 시간 보내. 간병인한테는 내가 말할게. 돈을 좀 더
주면 종일 봐줄 거야. 낮에 근무하고 밤에 병원에 있으면 힘들 거라
고 내가 말했잖아."

"당분간인데 뭐. 간병인 문제는 당연히 네가 우리보다 잘 처리하

지만 아픈 잉잉 옆에서 정신적인 위로가 되어줄 사람으로는 나나 쥐얼이 훨씬 나을 거야."

취샤오샤오는 멀찍이서 들으면서 눈을 흘겼다. 취샤오샤오를 줄곧 경계하던 판성메이도 그녀를 흘끔 보고는 서둘러 출근해야 한다는 핑계로 인사하고 돌아갔다. 앤디가 문을 닫고 들어오자 취샤오샤오가 말했다.

"자기 앞가림도 못하면서 남의 일에 참견하기는. 취미도 참 별나다. 오지랖도 넓어. 착한 척 좀 그만 하라고 해."

"까칠하게 굴지 마. 그저께 밤에는 잉친 씨 어머니가 쥐얼을 따로 불러서 잉잉을 나쁘게 얘기하는 바람에 쥐얼이 무척 속상해했어. 그래서 성메이한테 알리려고 했는데 성메이가 뭐라고 했는지 알아? 모처럼 느끼는 행복한 기분을 사흘만 만끽하고 싶다면서 사흘 뒤에 듣겠다고 했대. 난 그 말을 듣고 나니 마음이 아프더라. 그거 알아? 성메이는 이제 거절하는 법을 배우기 시작했어. 생각해 봐. 어젯밤에는 잉잉의 일에 개입하지 않았고 오늘 밤에는 간호하러 가지 않는다고 했어. 잉친 어머니가 한 말도 안 듣겠다고 했지. 또 오빠 일도 심각하게 고민하지 않고 가볍게 털어버렸잖아. 이건 아주 좋은 변화야. 우리가 응원해야지."

"가만 보니 성메이 언니는 2202호의 맏언니, 언니는 22층의 맏언니가 되고 싶은가 봐? 어머, 다들 별꼴이야."

앤디는 취샤오샤오를 흘겨보기만 할 뿐 상대하지 않았다. 그러다가 문득 심상치 않은 느낌이 들어서 다시 고개를 돌려 보았다. 아니나 다를까 취샤오샤오는 무슨 앙큼한 짓을 벌이려는지 눈동자를 굴리며 묘한 표정을 짓고 있었다.

"또 꿍꿍이 부리려는 거야?"

"성메이 언니가 무슨 일로 그렇게 행복한지 생각하는 중이야. 그 언니한테는 꿈에도 그런 일이 없을 거 같거든."

취샤오샤오는 302호에서 아침을 먹는 내내 생각하더니 마침내 떠올랐는지 젓가락을 내동댕이치며 말했다.

"생각났어. 바이촨 오빠가 은행 대출을 받아서 집을 살 수 있게 됐나 봐. 맞아, 확실해. 어쩌면 프러포즈도 받았을 거고. 그럼 그렇지, 하하. 역시 돈 냄새에 얼굴이 활짝 핀 거였어. 내가 아는 성메이 언니는 분명 그런 사람이지."

"집?"

"그래, 집. 언니한테는 집을 사는 게 대단한 일이 아니지만 성메이 언니는 달라. 아마 평생 제 힘으로 화장실 한 칸도 못 살 걸. 그러니까 지난주에 패륜을 저지른 오빠 때문에 속상해서 죽고 싶다던 성메이 언니가 자다가도 웃음이 날 만큼 행복해진 거 아니겠어. 말하자면 바이촨 오빠를 미끼로 대어를 낚은 셈이지."

"참 신기해. 내 눈에 넌 분명히 마음이 꽤 따뜻한 사람이거든? 그런데 한사코 악독한 척을 한단 말이야. 혹시 사람들 관심을 끌고 싶어서 그러는 거야?"

"언니야말로 마음이 따뜻하지. 언니 가족은 다 그럴 거 같아. 참, 청명절(淸明節, 우리나라의 식목일 개념) 연휴에는 언니가 바오 사장님한테 가? 아니면 사장님이 오시나? 아, 청명절이니까 당연히 언니가 가겠구나."

"내가 왜 가? 그 사람 어머니도 날 반가워하지 않을 거야. 며칠 동안 불공인지 뭔지 드린다는데 내가 가면 어머니 혼령이 노하실 거 같아서 안 가."

"하하, 언니는 자기 주제도 참 잘 알아. 옳은 말씀이야. 가서 괜히 애틋한 척할 필요 없어. 원래 좋은 사이도 아니었으니까."

앤디는 하하 소리를 내며 크게 웃었다. 취샤오샤오와 대화하면 시원시원하고 통쾌한 맛이 있었다. 판성메이와 대화할 때처럼 상대를 배려하느라 말을 가리지 않아도 돼서 편했다. 판성메이에게 악한 마음이 없는 건 알지만 같이 있으면 왠지 모르게 피곤했기 때문이다.

"잉잉네 아빠한테 전화해서 오시라고 할까? 그 바보 같은 계집애가 영 불안해. 이틀 있다가 실밥 뽑고 나면 맘대로 돌아다닐 텐데 그럼 우리도 막을 방법이 없어."

"몰래 잉친 씨한테 갈까 봐?"

"응. 잉친 씨 여자 친구 쪽 사람들한테 맞아 죽게 내버려 둘 수는 없잖아. 그 멍청이는 분명히 갈 거거든."

앤디는 미간을 찌푸렸다. 보통 문제가 아니라는 생각이 들었다.

"그럼 이렇게 해. 내 돈으로 간병인 1명을 더 쓰자. 잉잉 아버지한테 알리는 건 안 돼. 잉잉네 형편도 어려운데 아버지가 와서 내가 치료비를 대신 지불한 걸 알면 피랑 신장을 팔아서라도 당장 돈을 갚으려고 할 거야. 아무래도 잉잉이 천천히 갚는 게 낫잖아. 못 갚으면 할 수 없고."

"언니, 돈 벌기가 얼마나 어려운지 알아? 돈을 써도 가치 있게 써야 하고 기부를 해도 고맙다는 인사 한마디는 들어야 할 거 아냐. 하물며 잉잉은 지금 언니를 원망하고 있어."

"넌 잉잉한테 고맙다는 인사를 받으면 마음이 편하겠어? 너는 성메이를 그렇게 도와주고도 뻐기지 않고 공을 숨겼잖아. 네가 뒤로 물러난 바람에 성메이는 나만 보면 고맙다고 살갑게 구는데 양심에 찔려 죽겠어."

"하하… 그건 그거고. 치펑 오빠랑은 무슨 얘기했어?"

"네 근황을 곧이곧대로 알려줬어. 나 거짓말 못하는 거 알잖아."

"어떻게?"

취샤오샤오는 놀란 고양이처럼 눈을 똥그랗게 뜨며 말을 이었다.

"나의 사랑스러운 자태를 묘사했어? … 아니면 콧대 높은 모습? 그것도 아니면…."

"네 모습을 있는 그대로 말했어. 꽤 우울한 상태라는 것까지 포함해서."

"그걸 말하면 어떡해! 아이 참, 지금 억지로 연기하고 있는데…."

"진정해. 치펑 씨는 내 말을 듣고 잠깐 멍하더니 금방 나한테 싹싹하게 대하더라."

"그래?!"

"얘 좀 봐. 너도 별 수 없구나. 앞으로 잉잉 나무라지 마. 너처럼 똑 부러지는 사람도 사랑 앞에서는 어쩔 수 없이 바보가 되잖아. 솔직해져도 괜찮아. 그게 훨씬 인간적이야. 어울리지 않게 허세나…."

"허세부리다가 벼락 맞는다고?"

"그래."

취샤오샤오는 말이 없었다. 눈동자도 굴리지 않고 테이블 위의 꽃병만 뚫어져라 쳐다보며 숟가락으로 밥공기 바닥을 계속 톡톡 쳤다. 앤디는 밥공기에서 나는 소리에 신경이 곤두서서 자리를 떴다. 취샤오샤오는 오히려 무감각하게 혼자 식탁에 앉아서 이런저런 생각에 빠졌다.

관쥐얼은 가까스로 정시에 퇴근했다. 정시 퇴근이라고는 하지만 사실상 정시보다 1시간가량 더 지나서야 회사를 벗어났다. 간밤에 잠도 부족했는데 종일 일이 많아서 무척 피곤했다. 하지만 씨에빈이 그녀를 기다리고 있고 그의 차를 타고 잉잉한테 갈 생각을 하니 피곤이 달아나는 듯했다.

씨에빈은 멀리서 관쥐얼이 나오는 모습을 보고 이내 차에서 내렸다. 굳이 차를 빙 돌아와서 관쥐얼에게 차문을 열어 주었다. 그러고는 차에 타는 관쥐얼을 문에 기대어 바라보면서 다정하게 말했다.

"다크서클이 생겼어요. 이렇게 피곤한데 오늘은 다른 이웃들한테 부탁하면 안돼요?"

"앤디 언니가 간병인 1명을 더 불렀대요. 지금 2명이 잉잉을 간호하고 있어서 사실 전 안 가도 되지만…."

막 차에 탄 씨에빈은 관쥐얼에게 작은 상자 하나를 건넸다.

"뭐예요? 아, 청명절 경단이구나. 그렇잖아도 먹고 싶었는데 정말 좋아하거든요."

씨에빈은 기뻐하는 관쥐얼을 보며 신이 나서 몸을 들썩이다가 머리를 차 천정에 부딪쳤다. '쿵' 하고 소리가 크게 나자 두 사람은 마주 보며 활짝 웃었다.

"그래도 잉잉 씨 혼자 있으니까 들러서 보고 가요. 잠시 앉았다가 나와서 파오자오뉴와(泡椒牛蛙, 절임 고추 개구리 볶음) 먹으러 갈래요? 요즘 형제들끼리 밥 먹을 때마다 가는 곳이 있거든요."

"음…. 잉잉이 잠들 때까지 같이 있고 싶어요. 우리 중에서 샤오샤오는 원래 잉잉 간호를 안 하는 사람이고, 성메이 언니는 집안에 복잡한 일이 있는데도 잉잉의 든든한 버팀목이 되어 주고 있어요. 앤디 언니는 치료비를 전부 부담하고 치료와 관련된 일도 도맡고 있죠. 모두 잉잉을 위해서 기꺼이 발 벗고 나섰지만 유독 잉친 씨를 돕는 일은 아무도 내켜하지 않아요. 그래서 잉잉이 마음에 상처를 입었어요. 난 잉잉이 혼자 있다가 엉뚱한 생각을 하거나 나쁜 마음을 먹을

까 봐 걱정돼요. 특히 앤디 언니와 감정적으로 대립하는 건 정말 싫
거든요. 임신 중이어서 호르몬이 불안정한 언니한테 안 좋은 영향을
줄 수 있으니까요. 지금 잉잉한테 도움을 줄 사람은 나밖에 없다 보
니 씨에빈 씨까지 귀찮게 만들었네요."

"내가 도울 수만 있다면 아무래도 상관없어요. 별 도움이 되지도
못했지만요. 사실은 하고 싶은 말이 있는데…, 난 쥐얼 씨만 원한다
면 뭐든 다 할 수 있어요. 너무 오글거렸나요? 이 말을 하려고 꽤 오
래 전부터 준비했는데 입이 영 안 떨어졌어요. 이제는 들어도 닭살이
돋을 것 같진 않은데, 그죠? 맞죠? 그렇다고 말해요. 나 힘내게."

"그게…. 어쩐지… 오글거리지 않네요."

"오, 예스! 나도 병실에 같이 올라가도 돼요? 사람이 많으면 떠들
썩하고 좋잖아요."

"잉잉을 자극하지 않았으면 해요."

"알았어요. 빈말 아닌 거 아니까 그렇게 해요. 그럼 난 사무실에 가
서 보고서나 읽어야겠어요. 과거 보고서를 보면 간접 경험도 쌓이고
아이디어도 풍부해지거든요."

"씨에빈 씨는 정말 대단해요. 자기한테 필요한 게 뭔지 척척 찾아
내잖아요. 난 잡다한 일에 파묻혀서 다른 일은 엄두도 못 내요. 어째
서 그럴까요? 언제까지 이런 일만 되풀이 하며 살지 모르겠어요. 남
들은 이렇게 고급스러운 오피스 타운에 드나들면 굉장히 주목받는
일을 하는 줄 알지만 실상은 생산직에 종사하는 사람들과 다를 게
없어요. 같은 일을 하고 또 하고 계속 반복하거든요. 하던 일이 끝나
지도 않았는데 다른 일을 떠안는 일이 다반사라서 도통 일이 끝나질
않아요. 그래서 절망스러울 때도 가끔 있어요. 날마다 삶을 무의미하
게 소모하는 게 아닌가 생각이 들어서요."

"오늘 우울한 생각만 하는 걸 보니 확실히 많이 피곤한가 봐요. 나중에 편안한 마음으로 다시 얘기 나눠요. 경단은 따뜻할 때 얼른 먹어요. 병원에 도착하면 먹을 시간이 없을 테니까."

관쥐얼은 어둠 속에서 빙그레 웃음을 지었다. 퇴근 후에 누군가와 하고 싶은 말을 맘껏 할 수 있어서 무척 기분이 좋았다.

"어, 이 셔츠 새거죠? 보지 말고 운전만 해요. 실밥 잘라 줄게요."

"아, 괜찮아요. 정차하면 내가 할게요. 잘못하면 사고 나요. 어서요."

관쥐얼은 저도 모르게 소리를 내며 웃었다. 웃다 보니 어쩐지 얼굴이 화끈거려서 얼른 입을 틀어막았다. 쑥스러워서 얼굴이 홍당무가 된 두 사람은 한참이나 말이 없었다.

관쥐얼은 병원까지 가는 내내 얼굴에서 미소가 떠나지 않았다. 그러나 병실에 도착해서 안절부절못하는 두 간병인에게 날벼락 같은 소식을 듣고는 이내 얼굴이 굳어버렸다. 추잉잉이 사라진 것이다. 관쥐얼은 곧장 씨에빈에게 전화를 걸어서 병원으로 다시 돌아와 도와달라고 했다. 그런 뒤에 22층 이웃들에게 단체 메시지를 보냈다. 간병인이 잠시 소홀한 사이에 벌어진 일이었다. 1명은 밥을 먹을 순서가 되어서 식당에 가 있었고 다른 1명은 식사를 마치고 공용 세면장에서 설거지를 하던 틈에 추잉잉이 도망친 것이다. 관쥐얼은 화도 나고 초조하기도 해서 제자리를 뱅뱅 맴돌았다. 추잉잉에게 전화도 걸었지만 그녀는 당연히 받지 않았다.

판성메이는 퇴근한 뒤에 왕바이촨이 도착하기를 잠시 기다렸다. 이윽고 왕바이촨이 도착하여 함께 차를 타고 약속 장소인 호텔로 향했다. 왕바이촨은 호텔로 가는 길에 오늘 접대 자리에 참석하는 사람들을 간략하게 소개하고 주빈에 관해서도 알려주었다.

"20명 정도 오고 테이블 하나에 죽 둘러 앉아. 주인공은 리(李) 사장님인데 위세가 아주 대단하셔. 아무나 상대하는 분은 아니지. 국영기업의 사장이라 사람들이 줄을 대려고 하거든. 내가 사장이었어도 고개를 빳빳하게 쳐들고 거만하게 굴었을 거야. 넌 앉아서 구경만 하면 돼. 사실 이런 모임은 되게 재미없어. 있다가 답답하면 나가서 바람 쐬고 들어와도 괜찮아. 내키지 않으면 지금이라도 돌아가도 되고."

"내 걱정은 하지 마. 나도 덕분에 숨통을 틔울 핑계를 찾은 셈이니까. 매일같이 잉잉 뒤치다꺼리하느라 너무 답답하고 힘이 쭉 빠졌었거든. 이렇게 밥도 먹고 네 사업이 잘 풀리는 것도 볼 수 있는 기회를 차버리면 안되지. 어쨌든 오늘은 집에 늦게 들어갈 거야."

"하하, 너도 내 옆에 오래 같이 있고 싶지? 네가 참석하겠다고 해서 얼마나 기뻤는지 몰라."

"치, 누가 너랑 같이 있고 싶대? 드문 일이라서 구경삼아 가는 거지. 어쩐지 외진 곳으로 가는 거 같네."

"굉장히 럭셔리한 장소래. 탁 트인 정원이랑 널따란 주차장이 구비된 곳이라니까 아무래도 도심에서 멀리 떨어진 위치에 있겠지. 이제 길을 알았으니까 다음에는 우리끼리 또 오자."

판성메이는 웃으며 화장품 파우치에서 손거울을 꺼내어 들고 화장을 꼼꼼하게 고쳤다.

사업가 20여 명이 한자리에 모인 이런 연회에서는 술 마시기 시합이 흔히 벌어진다. 왕바이촨과 뚝 떨어져서 앉은 판성메이도 주변의 권유로 고량주를 꽤 여러 잔 받아 마셨지만 몰래 냅킨에다가 도로 뱉어냈다. 리 사장은 성격이 호탕하고 주량이 어마어마했다. 사람들과 잔을 부딪치며 한 잔씩 입에 탁 털어놓는 모습이 마치 물을 벌컥벌컥 마시는 것처럼 보였다.

그런데 시간이 갈수록 판성메이는 이상한 낌새가 느껴졌다. 아첨꾼처럼 리 사장의 뒤에 서서 정성스럽게 술을 따르는 비서의 손이 예사롭게 보이지 않았던 것이다. 비서는 다른 사람에게 술을 따를 때와 리 사장에게 술을 따를 때 각각 다른 술병을 손에 들었다. 판성메이는 조심스럽게 제법 오랫동안 관찰했다. 급기야 리 사장이 마시는 것은 술이 아닌 물이라는 의심이 들었다. 왕바이촨에게 주의를 주려는 찰나, 리 사장이 왕바이촨 앞으로 와서 와인 잔을 내밀며 고량주를 권했다. 뒤에 있던 종업원이 얼른 다가와서 왕바이촨의 앞에 놓인 와인 잔에 고량주를 가득 채웠다. 고량주는 48도짜리여서 한 잔을 다 마시면 정신을 잃을 만큼 독한 술이었다.

판성메이는 애가 탔다. 왕바이촨의 위가 상할까 봐 걱정이 되었고 매일 접대로 술에 절어 사는 그가 또 고통을 당할 생각을 하니 초조해졌다. 그녀는 왕바이촨이 술을 마시기 전에 자기가 먼저 입을 뗐다.

"왕 사장님, 리 사장님은 그렇게 많이 마시고 이렇게 큰 잔으로 또 술을 권할 만큼 대주가신데 왕 사장님은 가능하겠어요? 아예 시원스럽게 리 사장님 술까지 다 마셔보는 건 어때요?"

판성메이의 말이 떨어지자마자 리 사장은 술잔을 꽉 틀어쥐었다. 그러고는 판성메이의 정수리를 거의 스칠 듯이 팔을 휘둘러서 판성메이의 뒤쪽에 조각으로 장식된 벽을 향해 잔을 내던졌다.

"이 아가씨 이름이 뭐야? 지금 한 말이 무슨 뜻이지? 내 술버릇을 의심하는 건가? 평생 전국 방방곡곡을 돌아다녀 봤지만 나한테 이런 말을 한 사람은 없었어. 대체 무슨 의미야? 어떤 의도로 한 말이냐고!"

판성메이는 얼이 빠져버렸다. 예의를 충분히 갖춰서 최대한 완곡하게 말했다고 생각했는데 예상 밖의 상황이 벌어진 것이다. 리 사장이 이렇게 편협하고 적반하장으로 나올 줄은 몰랐다. 그녀는 왕바이촨을 쳐다봤다. 왕바이촨은 고개를 푹 숙인 채로 입을 꾹 다물고 있었다. 판성메이는 오해도 풀고 상황을 수습하고 싶었지만 어쩔 줄을 몰라서 쩔쩔맸다. 변명하려고 입술을 달싹거려 봐도 "어…" 한 마디 외에는 나오지 않았다. 끝내 속절없이 눈물만 펑펑 쏟아졌다. 그렇게 앉아 있던 그녀는 입을 막으며 기어이 자리를 박차고 나갔다.

판성메이는 빠르지도 느리지도 않은 걸음으로 호텔 로비까지 걸어 나갔다. 얼굴이 눈물로 뒤범벅되었지만 왕바이촨은 따라 나오지 않았다. 더욱 화가 난 그녀는 눈물이 그렁그렁한 눈으로 걸어왔던 방향을 잠시 돌아보다가 휴대폰을 꺼내 앤디에게 전화를 걸었다.

"앤디, 바빠? 나 지금 아주 외진 곳에 밥을 먹으러 왔는데 문제가 생겼어. 미안하지만… 데리러 와 줄래? 부탁해. 고마워. 정말 고마워."

앤디는 곧장 판성메이를 데리러 출발했다. 판성메이는 길가에 앉아서 입술을 깨물며 눈물을 하염없이 흘렸다. 한편으로는 방금 전에 벌어졌던 상황을 한 장면씩 되새겨 보았다. 오만방자한 리 사장과 어떤 감정인지 알 수 없는 무표정한 왕바이촨의 얼굴도 다시 떠올렸다.

판성메이가 가까스로 눈물을 그치고 난 뒤에 앤디에게 전화가 왔다. 앤디는 호텔 입구에 도착했다고 했다. 판성메이는 주변에 눈길을 주지 않고 고개를 떨군 채로 앉아서 천천히 매무새를 가다듬었다. 그녀는 호텔러어다. 보통 젊은 여자가 홀쭉이면서 호텔 로비에 나타나면 프런트 직원들은 수군거리며 의심의 눈초리로 본다. 판성메이는 제 눈으로 그 상황을 직접 보고 싶지 않았다. 마음만 더 괴로울 것 같아서 일부러 시선을 피했다. 로비를 오가는 사람들도 쳐다보기 싫었다. 그녀가 정작 기다리는 사람은 그중에 없었기 때문이다.

판성메이는 백을 움켜쥐고 호텔을 빠져 나가 한눈에 앤디의 차를 발견했다. 앤디가 고개를 숙이고 전자책을 집중해서 읽는 모습이 차창을 통해 보였다. 판성메이는 깜짝 놀라며 차문을 열고 곧장 앤디에게 사과했다.

"미안해, 앤디. 네 시간을 너무 방해했나 봐. 여기가 너무 외져서 택시도 안 잡히고 콜택시도 못 온다고 해서 어쩔 수 없이 너한테 연락했어."

"어지간히 구석진 곳이야. 택시 기사 3명한테 길을 물었는데 겨우 1명만 여길 알더라고. 그 택시 기사가 길을 안내해서 뒤따라왔어. 이제부턴 네가 길잡이야."

"어머나, 너무 급해서 네가 길치라는 걸 깜빡했네."

판성메이는 지갑을 뒤져서 100위안짜리 지폐 1장을 꺼내어 계기판 위에 놓았다.

앤디는 곁눈으로 힐끗 보았다.

"50위안이면 충분해. 방금 오는 길에 쥐얼한테 메시지를 받았는데, 쥐얼이 벌써 씨에빈 씨랑 출발했대. 나까지 가면 번잡스럽기만 할 거 같아. 넌 어떡할래?"

"오늘은 내 코가 석 자야. 무슨 책을 보고 있었어? 넌 정말 1분 1초도 허투루 쓰지 않는구나."

"청명절과 중양절(重陽節, 음력 9월 9일) 풍습이 궁금해서 보던 중이야. 잉잉은 이제 걸어 다닐 수 있는 거야? 회복이 빠르네."

"자유자재로 걸을 정도는 아닌 거 같은데 애가 워낙 무던하고 씩씩하잖아."

판성메이는 이렇게 대답하고는 재빨리 화제를 바꿨다.

"청명절 풍습이 궁금한 이유가 바오 사장님과 관련이 있어? 만약에 그렇다면 올해는 어머니가 돌아가시고 첫 번째 맞는 청명절이니까 바오 사장님의 슬픔을 잘 위로해야 할 거야. 풍습은 예의에 어긋나지만 않으면 돼."

앤디는 무심결에 웃음이 났다. 아침에 취샤오샤오가 판성메이더러 오지랖이 넓다고 핀잔했던 말이 생각난 것이다. 하지만 앤디는 당장 도움이 필요한 상황이므로 어떤 조언도 기꺼이 받아들였다.

"그런 게 알고 싶었어. 사실은 나하고 이판 씨 어머니하고 사이가 안 좋았거든. 어머니가 돌아가시기 직전까지도 갈등을 겪었는데 어머니를 추모하는 자리에 내가 있으면 이판 씨가 불편하지 않을까? 그 점이 마음에 걸려. 아무래도 이판 씨 감정을 자극하지 않는 게 낫겠지."

"청명절에 언니랑 마주하기 불편했다면 어머니가 돌아가신 날에 언니랑 한바탕 다투고 당장 헤어졌지 여태 옆에 뒀겠어?"

"물론 논리적으로 말하면 그렇지만 심리적으로는 혼란한 감정이 남아 있을 거 같아서 너무 두려워서…. 그래 결정했어. 내일 가서 깜짝 놀라게 해줄래. 집에 가면 항공권부터 예약해야지."

"분위기 깨는 말해서 미안한데 웬만하면 애인한테 깜짝 이벤트는 하지 마. 까딱하다가 못 볼 걸 보게 되는 경우가 생기거든. 우리 나이에 그런 일은 아주 치명적이야."

"재미있네. 난 오히려 더 하고 싶어지는걸."

판성메이는 마음이 울적한데도 불쑥 코웃음이 나와 버렸다. 앤디는 두 가지 마음이 교차했다. 예고 없이 가면 과연 바오이판이 딴 여자를 끼고 있는 장면을 목격하게 될까? 그에게 내일 일정을 미리 알릴지 말지 생각이 오락가락했다. 판성메이의 안내로 두 사람은 병원에 들르지 않고 곧장 집으로 갔다. 주차장에 도착해서 차가 멈추자 판성메이는 긴 한숨을 내쉬며 좌석 등받이에 몸을 기대고 말했다.

"아무것도 묻지 않아줘서 고마워. 휴, 지금은 아닌 밤중에 홍두깨 격으로 어리둥절하기만 한 데다가 머저리 같은 내가 말도 못하게 실 망스럽거든."

"네가 날 걱정해주는 통에 물어볼 새가 없었어."

"하하, 그럼 너한테 관심을 좀 더 가져볼까? 올라가서 뭐 할 거야?"

"이 책 다 읽고 나면 다음 책을 이어서 볼 거야. 그리고 샤오샤오가 집에 오면… 참, 샤오샤오가 병원에 갔을지도 모르지. 물어봐야겠네."

"샤오샤오가 요즘 너희 집에서 지내?"

"눌러 앉았어."

엘리베이터를 기다리는 앤디와 판성메이 옆에는 젊은 남녀가 함께 서 있었다. 그중에서 여자가 주변의 이목은 아랑곳하지 않고 마치 옆에 아무도 없는 것처럼 남자한테 말했다.

"셋방살이도 괜찮아. 크게 문제될 건 없어. 방문 닫고 들어가면 알게 뭐야. 그래도 나처럼 초라한 셋방살이 신세인 사람들과는 어울리지 않을 거야. 친구도 사람을 봐 가면서 사귀어야지. 안 그래? 그렇게 살다가 성공해서 째깍 이사 나가면 돼. 서로 누가 누군지도 모르니까 뒤도 깔끔할 거야."

앤디와 판성메이는 남녀의 뒤쪽에 서서 서로 얼굴만 쳐다봤다. 판성메이는 여자의 말이 끝나자 자기도 모르게 팔을 뻗어 앤디를 가볍게 안으며 속삭였다.

"고마워."

앤디도 화답했다.

"고맙긴. 나도 네 도움 많이 받았어."

앤디와 판성메이는 엘리베이터 안으로 앞서 들어가는 두 남녀를 자세히 훑어봤다. 겉보기엔 대학을 다닌 배운 젊은이들 같았다. 졸업하고 취직한 지 2~3년쯤 된 사람들에게서 느낄 수 있는 패기가 뿜어져 나왔다. 특히 여자의 깔끔한 외모와 반짝이는 눈빛에서는 영리한 기운이 엿보였다. 엘리베이터에 탄 앤디와 판성메이는 약속이나 한 듯이 몸을 돌려 문을 향해 섰다. 그러고는 또 의미심장한 미소를 지었다.

취샤오샤오는 관쥐얼의 메시지를 받고 상스러운 욕을 지껄이기 시작했다. "바보!"는 기본이고 "등신!"도 빠지지 않았다. 그녀는 곧장 하던 일을 정리하고 퇴근해서 주차장으로 갔다. 차에 올라 가속 페달을 힘껏 밟고 내달려서 병원에 도착했다. 병원까지 가는 동안 휴대폰을 손에 쥐었다가 놓았다가 다시 쥐었다. 그리고 빨간 신호등이 켜졌을 때 자오치펑의 전화번호를 찾았다.

취샤오샤오는 두 번째 정지 신호가 들어올 때까지도 마음을 정하지 못하고 머뭇거리다가 마침내 통화 버튼을 눌렀다. 입만 열면 청산유수처럼 말하던 그녀는 일순간 과묵해졌다. 통화가 연결되자 가슴이 두근두근 뛰었다. 가까스로 더듬더듬 말을 시작했다.

"음…. 나야."

"응…. 저녁은… 먹었어?"

"먹었어. 아니, 아직. 방금 퇴근했거든. 부탁 좀 할까 해. 잉잉이 병원에서 도망쳤는데 아무래도 그쪽 병원에 잉친 씨를 만나러 간 거 같아. 혹시 퇴근 전이면 잉잉이 왔는지 찾아보고 내가 갈 때까지 잡아 둬. 잉친 씨 여자 친구한테 걸리면 맞아 죽어."

"혼자 나갔대? 걸을 수 있어? 요도관도 안 뺐을 텐데."

"걔는…."

'등신이야.' 라는 말이 취샤오샤오의 목구멍까지 올라왔지만 꾹 삼키며 말을 이었다.

"어떻게 나갔는지 모르겠어. 벌써 퇴근했으면 할 수 없고."

"방금 수술실에서 나왔어. 내려가서 찾아보고 발견하면 바로 연락할게."

대화가 갑자기 뚝 끊겼다. 둘은 한참동안 말없이 전화기만 들고 있었다. 이윽고 취샤오샤오가 다시 입을 열었다.

"지금 운전 중인데 곧 도착해. 도와줘서 고마워. 끊을게."

취샤오샤오는 대답도 듣지 않고 바로 전화를 끊었다.

빨간불이 녹색불로 바뀌었는데도 취샤오샤오는 넋을 놓고 있었다. 뒤에 늘어선 차들이 시끄럽게 울리는 경적 소리에 겨우 정신을 차렸다. 그녀는 '끽' 소리를 내며 시무룩하게 계속 차를 몰았다. 차가 달릴수록 그녀의 심장은 고동쳤다.

병원 주차장에 관쥐얼과 씨에빈이 먼저 도착했다. 잠시 기다리니 취샤오샤오의 차가 질주하듯이 다가왔다. 취샤오샤오는 우선 차를 두 사람의 앞쪽으로 몰고 가서 멈췄다.

"치펑 오빠가 잉잉을 찾아서 자기 진료실로 데리고 갔대. 우리도 거기로 가면 돼. 거기서 다시 방법을 의논해 보자. 주차하고 올게."

관쥐얼은 그제야 한숨을 놓았다.

"사고가 안 나서 다행이에요."

씨에빈은 고개를 끄덕였지만 내심 긴장되었다. 관쥐얼이 짝사랑했던 자오치펑을 마주해야 했기 때문이다. 관쥐얼은 씨에빈의 표정을 읽었다. 뒤늦게 그녀도 긴장되기 시작했다. 태연하게 자오치펑을 마주할 수 없을 것 같았다. 그래서 취샤오샤오가 다가오자 이렇게 말했다.

"너는 자오 선생님이랑 방법을 찾아 봐. 난 씨에빈 씨랑 잉친 씨가 어떤지 가볼게. 잉친 씨 어머니랑 상의할 일도 있거든."

"덕분에 치핑 오빠 얼굴도 보게 생겼네. 너는 문병하러 왔다고 둘러대면서 잉친 씨 어머니를 따로 불러내서 모시고 와. 그다음엔 나하고 같이 진료실 앞을 지키자. 그리고 씨에빈 씨는 안에서 다른 사람들하고 같이 대책을 세워요."

씨에빈이 한마디 보탰다.

"저기… 사람이 많을수록 좋아요. 아무래도 지혜를 합치면 좋은 해결책이 나오잖아요. 아참, 앤디 누님과 판성메이 누님도 오실 텐데. 제가 정신이 없어서 깜빡했네요."

씨에빈이 멋쩍게 웃었다.

"두 언니는 답장이 없는 걸 보니 다른 일이 있나 봐. 언니들이 안 와도 우리끼리도 충분히 해결할 수 있어. 잉잉도 벌써 찾았잖아."

관쥐얼은 앤디가 더 이상 관여하기 싫어서 답장을 보내지 않았음을 알고 있었다. 하지만 아무에게도 이런 사실을 말하지 않았다. 약속이 있다고 미리 알렸던 판성메이의 이유에 묻어서 얼렁뚱땅 넘겼다.

세 사람은 엘리베이터에서 내려서 두 방향으로 흩어졌다. 씨에빈은 혼자 잉친의 병실로 향했고 취샤오샤오는 익숙하게 자오치핑의 사무실로 발길을 옮겼다. 노크를 하고 안으로 들어서자마자 취샤오샤오는 기분이 상했다. 추잉잉은 침대에 누워서 끙끙 앓는 소리를 내고 있었고 자오치핑이 그 옆을 지키고 있었기 때문이다. 갑자기 화가 치밀어 오른 취샤오샤오는 관쥐얼을 데리고 문밖으로 나갔다.

"쥐얼, 내가 자오치핑 씨랑 불편한 사이라서 네가 대신 말 전해줘. 잉잉은 신음 소리 좀 그만 내고, 자오치핑 씨는 핑계 김에 집적거리지 말라고 말이야."

관쥐얼은 자오치핑 앞에서 몹시 긴장해서 우물쭈물하며 난감한 기색을 드러냈다.

"난 말 못 해."

"말 안 하면 난 그냥 갈래. 너희들끼리 알아서 잘해 봐."

관쥐얼은 입을 살짝 오므리며 웃었다.

"가고 싶으면 가. 여긴 자오 선생님이 계시니까 문제없어. 애초에 잉잉을 찾으러 오지 않겠다고 했던 사람이 지금에 와서 하는 행동치고는 너무 유치해. 투정부려 봐야 이미 때는 늦었어."

취샤오샤오는 답답함에 히스테리를 마구 부리며 "쥐얼!"하고 소리를 날카롭게 질렀다. 그러고는 사나운 눈초리로 관쥐얼을 몇 차례 노려보고 나서야 씩씩거리며 사무실로 들어갔다. 취샤오샤오는 추잉잉이 자오치펑의 관심과 배려를 받는 게 불쾌했다. 그 자리에 자오치펑이 없었더라면 아마 추잉잉에게 욕을 한 바가지는 퍼부었을 것이다. 현재로서는 추잉잉의 상처를 침착하게 살피고 붕대를 다시 싸매는 자오치펑을 골이 나서 볼을 잔뜩 부풀린 표정으로 지켜볼 수밖에 없었다. 그렇게 하염없이 자오치펑만 바라보던 취샤오샤오는 시선이 자연스럽게 손에서 얼굴로 옮겨갔고 이내 그의 매력에 또 푹 빠져버렸다.

관쥐얼은 이 광경을 잠시 지켜보다가 살그머니 그곳을 빠져 나왔다.

씨에빈은 잉친의 어머니를 모시고 간호사실 쪽으로 빙 둘러서 오다가 문 앞에 혼자 서 있는 관쥐얼을 발견했다. 반가워서 표정이 절로 활짝 피었다. 잉친의 어머니도 관쥐얼을 알아보고는 "참한 아가씨네." 하고 반기며 긴장해서 잔뜩 굳었던 표정을 편안하게 풀었다.

씨에빈이 말했다.

"저쪽 사람들이 기웃거릴 수도 있으니까 제가 여기서 지키고 있을게요. 간단하게 대화 나누세요."

"어머니, 저 잉잉의 친구예요."

관쥐얼은 소리가 안으로 들어갈까 봐 문을 닫았다.

"그럼요, 알죠, 알다마다요. 우리 도와주러 왔어요?"

"어제 보낸 쪽지는 받았어요. 잉잉이 도와야 한다고 안달복달했지만 저희는 들어줄 수가 없었어요. 그래서 잉잉한테 진정제를 놓고 잠든 사이에 다른 병원으로 옮겼어요. 죄송해요. 잉잉이 깨어나서 잉친 씨를 찾으러 가겠다고 했는데 친구들이 극성 피우지 말라고 말렸죠. 그런데 잉잉이 기어코 멋대로 행동해서 지금 이 안에 있어요. 함께 해결 방법을 찾으려고 경찰도 의사 선생님도 다 불러 모았고 지금 어머니까지 모신 거예요. 단번에 손쉽게 잉친 씨를 구할 방법을 궁리해 봐야죠. 그 전에 부탁 한 가지만 드릴게요. 그동안 잉잉은 간병인 2명한테 철저하게 감시를 받고 있었어요. 그런데 몰래 아픈 몸을 이끌고 혼자 도망쳐서 여기까지 오느라 지쳐서 몸도 못 가누고 지금 의사 선생님한테 치료받고 있어요. 그러니까 잉잉한테 불만이 있으시더라도 오늘만은 잉잉 앞에서 삼가주세요."

"잉잉이 안에 있다고요?"

"네. 잉잉이 잉친 씨를 위해서 기를 쓰고 여기에 오지 않았다면 사실 저희는 잉친 씨를 돕지 않을 생각이었어요. 죄송해요. 일단 안으로 들어가시죠. 저는 밖에서 기다릴게요."

잉잉의 어머니는 어안이 벙벙했다. 관쥐얼이 참한 아가씨인 줄 알았는데 잘못 봤다 싶어서 놀란 것이다. 관쥐얼이 시종일관 진지한 눈빛으로 쳐다보자 잉잉의 어머니는 고개를 끄덕이며 조용히 문을 열고 안으로 들어갔다. 들어선 순간 개성이 뚜렷해 보이는 환자 추잉잉이 곧바로 눈에 띄었다. 문밖에서는 씨에빈이 관쥐얼을 향해 엄지손가락을 세워 보였다.

"의리가 대단해요."

관쥐얼은 다시 얌전한 아가씨로 돌아와서 수줍은 미소를 지었다.

잉친의 어머니를 본 추잉잉이 몸을 일으키려고 하자 자오치펑이 눌러서 앉혔다. 그런데 취샤오샤오가 대뜸 달려들어 자오치펑을 밀치며 자기가 대신 추잉잉이 앉도록 도왔다. 자오치펑은 빙긋이 웃으며 뒤로 물러났다.

"어머니, 제 이름은 취샤오샤오고, 잉잉의 친구예요. 전 잉친 씨를 도울 생각이 없어요. 그쪽은 어차피 빠져나갈 구멍도 없잖아요. 오늘 병원을 옮겨도 내일이면 그 사람들 등쌀에 고분고분 병원을 알려 줄 거고 그 사람들은 또 와서 지키고 있겠죠. 집안 사정을 뻔히 아는 고향 아가씨랑 선은 왜 봐서 일을 이렇게 복잡하게 만드는지. 하여간 잉잉은 워낙 고지식한 친구라서 죽어도 잉친 씨를 구하겠다고 하네요. 이왕 어머니가 오셨으니까 좋은 방법이 있는지 함께 상의해 봐요. 일단 잉친 씨를 구하려면 그쪽 집에서는 뭘 준비할 수 있는지 말해주세요. 우린 의사도 있고 경찰도 있어요. 필요하면 사람은 얼마든지 부를 수 있어요."

추잉잉은 간절한 눈빛으로 잉친의 어머니를 바라봤다. 잉친의 어머니도 근심스러운 표정으로 추잉잉을 쳐다봤다. 두 사람은 눈짓을 주고받으며 취샤오샤오의 말을 들었다. 자오치펑은 정색한 취샤오샤오의 모습이 낯설어서 고개를 돌려 몰래 웃다가 다시 앞을 보며 계속 그녀의 쇼를 구경했다.

잉친의 어머니는 눈썹을 찌푸리고 한참을 고민하다가 입을 열었다.

"전화 좀 빌려줘요. 고향 친척들을 부를게요. 저쪽 사람 수만큼 우리도 사람이 있어야죠. 저 사람들이 우리 쪽에서 사람을 못 부르게 하려고 잉친 휴대폰을 빼앗았어요."

취샤오샤오는 휴대폰을 잉친의 어머니에게 건넸다. 잉친의 어머니는 사용 방법을 모르는지 밝은 액정 화면 위의 글자판을 보지 못하고 다시 돌려주며 전화번호를 불러주었다. 취샤오샤오가 대신 전화를 걸며 물었다.

"사람 불러서 저쪽이랑 한판 붙으시게요? 아니면 한쪽이 먼저 나가떨어질 때까지 사람을 고용해서라도 똑같이 지키고 서 있게 하려고요? 어쨌든 둘 다 시시한 방법이네요. 저쪽 집안 입장에서는 다 키운 딸의 평생이 달린 거사라서 끝장을 보기 전까지는 한 걸음도 안 물러날 걸요. 다른 방법을 생각해 보세요."

"샤오샤오, 어머니께 예의 바르게 해."

참다못한 추잉잉이 죽을 각오로 취샤오샤오에게 주의를 줬다.

잉친의 어머니는 취샤오샤오가 강경하게 반대하자 잠시 생각한 뒤에 낮은 소리로 말했다.

"이미 시도해 봤어요. 협상도 안 통하더군요."

취샤오샤오는 자기가 한 말이 일리 있다고 여겨 기고만장했다. 이에 반해 추잉잉은 꽤 공손해 보이는 태도를 취했다.

"말이 안 통한 게 아니라 협상 기술이 부족했던 거겠죠."

취샤오샤오는 매우 거만하게 잉친 어머니의 말을 무시했다. 아파서 안색이 이미 창백해진 추잉잉은 없는 기운을 쥐어짜서 취샤오샤오에게 따지듯이 물었다.

"그럼 넌 좋은 방법이 있어?"

"방법이 없으면 왜 여기 와서 설치겠니. 이건 뭐 싸움도 못 걸고 발을 빼기도 늦었고. 너랑 잉친 씨 어머니랑 잘 얘기해서 나한테 다시 알려 줘."

추잉잉이 말했다.

"뭘 얘기하란 거야? 같이 잉친 씨 문제 상의하러 온 거 아니었어?"

"그러게요. 내 생각도 잉잉과 같아요. 적당한 방법이 없을까요?"

잉친의 어머니도 기대에 찬 표정으로 말했다.

"어머니, 제가 이미 말씀드렸잖아요. 전 오늘 잉잉의 남자 친구 잉친을 구하러 왔지 댁의 아드님 잉친을 구하러 온 게 아니에요. 일단 두 사람이 먼저 대화를 나눈 다음에 어머니는 잉잉을 며느리로 인정할지 말지 결정하세요. 인정하지 않을 거면 그만 얘기 끝내고 돌아가시면 돼요. 성격이 어떤 분인지 몰라서 번거롭지만 경찰까지 불렀어요."

"샤오샤오… 사람부터 구해야지."

추잉잉은 잉친 어머니의 눈치를 보며 소심하게 부탁했다.

"등신…."

취샤오샤오는 욕을 더 하고 싶었지만 자오치펑 때문에 억지로 참았다.

"잉친 씨 어머니는 여기 들어와서 여태 너한테 안부 한마디도 안 물었는데 왜 너 혼자만 안달이야?"

"나는…. 샤오샤오, 날 위해서 부탁해."

"닥쳐. 난 확실하지 않은 일에는 돈도 힘도 안 써. 어머니, 말씀해 보세요. 잉잉을 받아들이실 거예요? 허락하시면 제가 당장 가서 해결할게요."

"샤오샤오, 날 봐서 한 번만…."

"입 다물라니까. 네가 길거리에 나가서 아무나 데리고 오면 내가 다 구제해야 해? 내가 그렇게 한가한 사람이야? 어머니는 어떻게 생각하세요?"

문이 닫혔는데도 소리가 밖으로 새어나와서 문밖에서 지키는 두 사람의 귀에 대화가 또렷이 들렸다. 씨에빈이 가볍게 물었다.

"경찰서에서 내 뒷조사를 한 사람이 샤오샤오 씨예요?"

관쥐얼이 고개를 끄덕이며 취샤오샤오를 두둔했다.

"악의는 없어요."

씨에빈도 고개를 끄덕였다.

"날카로운 사람이네요."

취샤오샤오는 잉친의 어머니를 거듭 재촉했다. 잉친의 어머니는 미간을 찌푸리더니 입을 오므리고 눈꺼풀을 내리깐 채로 추잉잉을 바라봤다. 그렇게 한참을 고민하다가 말을 시작했다.

"사람은 원칙이 있어야 해요. 내가 잉잉한테 도움을 요청하긴 했지만 잉친을 도와주는 대가로 내가 원칙을 어겨야 한다면 도움은 필요 없어요. 나는 원칙도 없고 부도덕한 아가씨와는 타협할 생각 없어요. 안 해요."

자오치펑은 추잉잉의 연애 과정을 알고 있던 터라 참지 못하고 변호했다.

"사모님, 잉잉 씨는 좋은 사람이에요."

"선생님, 고맙지만 그만 가볼게요."

잉친의 어머니는 추잉잉에게 눈길을 한번 주고는 그대로 나가려고 고개를 돌렸다. 이때 취샤오샤오가 냉큼 문 앞을 막아섰다.

"어머니, 혹시 제 태도가 마음에 안 드셨다면 사과할게요. 사람은 구해야죠. 하지만 잉잉이 마음에 들지 않는다는 건 뭘 모르고 하시는 말씀 같네요. 아드님이랑 잉잉이 사귀는 걸 본 적도 없으시잖아요. 두 사람이 사연이 있어서 헤어졌던 건 맞아요. 하지만 생각해 보세요. 두 사람이 결국 이렇게 다시 만난 이유가 뭐겠어요? 어머니, 시대가 변했어요. 요즘은 부모가 자식의 연애를 막을 수 없어요."

밖에서 듣던 관쥐얼은 자기도 모르게 이가 아픈 것처럼 "악!" 하는 소리를 냈다. 잉친 어머니에게 하고 싶은 독한 말을 대신한 것이 었을까?

잉친의 어머니는 아예 추잉잉의 코앞까지 다가가서 모질게 말했다.

"잉잉, 내 아들과 함께 하겠다고요? 난 절대 반대예요. 우리는 본분을 아는 아주 평범한 집안이고 며느리를 얻는 건 평생이 걸린 일이에요. 인생은 길어요. 살다 보면 수많은 일을 겪고 유혹도 많죠. 우린 크게 바라는 거 없어요. 훌륭한 집안과 빼어난 미모 같은 건 생각조차 안 해요. 그저 분수를 알고 원칙을 지키면서 편안하게 한평생을 같이 할 수 있는 사람을 원해요. 달콤한 말 몇 마디에 귀가 솔깃하고 화려한 옷 몇 벌과 염치를 맞바꾸는 여자는 우리 집안 며느리로 자격이 없어요. 그래서 잉잉은 안 돼요."

잉잉의 얼굴이 빨개졌다. 그녀는 눈을 계속 깜빡이며 가까이서 노려보는 잉친 어머니의 눈길을 피했다. 다행히도 두 눈에 눈물이 고여서 잉친 어머니의 노여운 시선이 흐릿해 보였다.

"죄송해요, 어머니. 정말 죄송해요. 제가 잘못했어요. 이제 안 그럴게요. 제가 노력할게요."

잉친의 어머니는 고개를 가로저었다.

"사람의 본성은 쉽게 변하지 않아요."

취샤오샤오가 따져 물었다.

"돼먹지 않은 여자라고 생각하면서 구해달라는 쪽지는 왜 보냈어요? 잉잉을 이용할 작정이었어요? 그렇다면 정말 나쁜 사람이군요. 염치는 그쪽이 더 없어요."

잉친의 어머니는 잠시 멍하니 있다가 취샤오샤오를 밀어젖히며 문을 박차고 나갔다. 취샤오샤오는 그 뒤에 대고 큰 소리로 말했다.

"난폭하고 못생긴 시골 아가씨를 며느리로 맞이하게 된 걸 미리 축하드립니다!"

"샤오샤오, 하지 마…. 그만해…."

추잉잉은 흐느껴 우느라 말소리가 나오지 않았다. 관쥐얼이 들어와서 티슈를 꺼내 추잉잉의 눈물을 닦아 주었다.

"울 가치도 없어. 잘못한 것도 없고. 일어나. 병원으로 돌아가자."

"잉친은 어떡하고?"

"저 아줌마가 관두라잖아. 넌 아직도 상황 파악이 안 되니?"

취샤오샤오는 자오치펑 앞에서 험한 말을 할 수 없어서 급한 마음에 입에 거품을 물고 말했다.

"널 창녀 취급했는데 못 알아들었어? 아휴, 답답해. 코앞에서 삿대질하며 욕하는데도 질질 짜네. 울긴 뭘 울어…. 네가 뭘 잘못했는데? 응? 너 지금 모욕당한 거야, 알아?"

"어머니가 잘못한 거지 잉친의 잘못은 아니잖아. 잉친은 그런 말 안 해. 진짜야."

"알았어. 원하는 대로 해줄게. 오빠, 이 침대 움직여? 얠 잉친 씨한테 데리고 가서 얼굴 보고 분명히 물어봐야겠어. 씨에빈 씨, 경호 좀 부탁해요."

"안 갈래…."

"죽을까 봐? 여기까지 와놓고 죽는 건 겁나?"

관쥐얼이 추잉잉 대신 대답했다.

"잉친 씨 어머니가 방금 한 말을 잉친 씨 앞에서 또 할까 봐 겁나서 그러겠지. 그러면 마음만 더 아프잖아."

추잉잉은 관쥐얼의 말을 듣고 서럽게 펑펑 울었다. 관쥐얼은 한숨을 쉬며 취샤오샤오에게 손을 내밀었다.

"티슈."

취샤오샤오는 자기 티슈를 꺼내 관쥐얼에게 주었다. 관쥐얼은 침대 가에 쪼그리고 앉아서 추잉잉과 시선을 맞추며 살살 달랬다. 취샤오샤오의 눈빛은 초조했다. 그 초조함은 당연히 뒤에 있는 자오치펑 때문이었다. 그녀는 등에 불이 붙은 것처럼 뒤가 후끈거렸다. 결국 초조함을 견디지 못하고 입을 열었다.

"됐어. 쥐얼 네가 잉잉을 병원으로 데려 가. 난 밥이나 먹으러 갈래. 배고파 죽겠어."

"데려다줄게."

자오치펑의 한 마디에 그곳에 있던 모든 사람이 고개를 들어 그를 쳐다봤다. 추잉잉은 주위에 아랑곳하지 않고 여전히 슬피 울고 있었다. 취샤오샤오는 잠시 얼어붙었다가 이내 정신을 차리고 억지 미소를 지었다.

"하하, 됐어. 난 잉잉과 달라. 오늘 은혜는 잊지 않고 꼭 갚을게."

자오치펑은 멋스럽게 몸을 돌리며 흰 가운을 벗어서 의자에 걸쳤다. 그러고는 세 걸음 가서 긴 팔을 뻗어 취샤오샤오를 끌어당기며 밖으로 밀어냈다. 나가면서 놀란 눈을 둥그렇게 뜨고 있는 관쥐얼을 향해 고개를 돌리며 한 마디 남기는 것도 잊지 않았다.

"나갈 때 문은 잠그고 가요."

"뭐하는 짓이야!"

결코 고분고분할 리 없는 취샤오샤오는 당황해서 시끄럽게 고래고래 소리를 질렀다. 간호사와 환자들의 시선이 두 사람에게로 쏠렸다. 자오치펑은 태연하게 간호사들에게 인사하며 엘리베이터 반대 방향에 있는 계단으로 취샤오샤오를 끌고 갔다. 그러고는 앞뒤 재지 않고 곧바로 거칠게 취샤오샤오에게 키스했다. 자오치펑의 주도권은 금방 취샤오샤오에게로 넘어갔다. 예상했던 수순이다. 두 사람에게 말은 필요 없었다. 오로지 키스에만 몰입했다.

취샤오샤오는 앤디의 현관문을 시끄럽게 두드렸다. 앤디가 문을 열자 취샤오샤오는 곧장 침실로 가서 베개를 어깨에 지더니 번개처럼 획 사라졌다. 번개가 칠 때는 당연히 천둥소리도 울린다. 그러나 방금 전 천둥소리는 특별하게도 High C 톤의 고성이었다. 앤디는 관쥐얼에게 전화로 상황을 전해 듣고서야 취샤오샤오에게 무슨 일이 있었는지 알았다. 관쥐얼은 앤디에게 임무 한 가지를 부여했다. 잉친의 어머니가 사람들을 부르려고 걸었던 전화번호를 취샤오샤오에게 물어서 알려달라고 했다. 앤디는 굳게 닫힌 2203호의 문을 보면서 관쥐얼에게 말했다.

"지금은 어렵겠는데."

"언니, 부탁이야. 제발. 잉잉이 울다가 지쳐서 곧 쓰러질 판이야. 원하는 걸 조금이라도 들어줘야 할 거 같아. 난 샤오샤오처럼 단호하게 못 하겠어."

앤디는 어쩔 수 없이 작은 망치를 들고 2203호 앞으로 갔다. 망치로 문어귀를 적당한 속도로 리드미컬하게 두드렸다.

"툭ㅡ툭툭, 툭ㅡ툭툭…."

예상대로 취샤오샤오는 머리가 헝클어진 채로 문밖으로 고개를 내밀었다.

"뭐야?"

"시간이 없어. 잉친 씨 어머니가 네 휴대폰에 남긴 전화번호가 필요해."

취샤오샤오는 순식간에 사라졌다가 쌩하고 다시 나타나서 휴대폰을 앤디 손에 쥐어 주고는 날쌔게 문을 쾅 닫았다.

앤디는 하마터면 문에 코를 찧을 뻔했다. 휴대폰을 받아들고 돌아
서니 판성메이도 시끄러운 소리 때문에 머리를 빼꼼히 내밀고 있었
다. 앤디는 작은 망치를 들어 보이며 불량하게 말했다.

"문을 좀 크게 두드렸어. 어쩔 수 없어서."

"너희 집에 눌러앉았다고 하지 않았어?"

"치펑 씨가 돌아왔어."

"허, 우리가 너무 태평했네. 너 나빴어."

앤디는 장난꾸러기처럼 웃었다.

"참, 내일 저녁 비행기 예약했어. 깜짝 이벤트는 할 거니까 이판 씨
에게 말하면 안 돼."

"바오 사장님은 위험한 분이야. 앤디, 너도 오늘 밤에 나한테 있었
던 일은 아무에게도 말하지 마. 방금 바이촨한테도 일에 방해가 안
되려고 택시 타고 왔다고 했어. 난 괜찮으니까 신경 쓰지 말라고도
하고."

"기분이 안 좋으면 바이촨 씨한테 얘기해."

판성메이는 고개를 저었다.

"기분이 나쁜 건 아니야. 그냥… 말로 표현할 수 없는 묘한 감정이
문득 차올라 왔을 뿐이야. 사는 게 다 그렇지 뭐. 다 알면서도 그러
네. 이제 환상은 품지 않을 거야. 그게 좋아."

앤디는 판성메이의 말이 무슨 뜻인지 아리송했다.

"얘기 좀 들어줄까?"

판성메이는 웃으며 고개를 흔들었다.

"괜찮아. 말할 힘도 없어."

앤디도 웃으며 말했다.

"기회가 왔을 때 잡아야 후회 안 해. 그럼 간다."

"아, 앤디. 앞으로 너희 고객한테 우리 호텔 많이 소개해 줘."

"두말하면 잔소리지."

관쥐얼은 결국 씨에빈 혼자 돌려보내고 자신은 추잉잉의 병실에서 밤을 보내기로 했다. 앤디에게 전화번호를 받은 뒤에야 추잉잉은 겨우 울음을 멈췄다. 침착한 성격의 관쥐얼이 앤디에게 받은 전화번호로 연락을 취했다. 그녀는 펜과 종이를 들고 적어가면서 조리 있게 현재의 상황을 상대방에게 설명했다. 상대방이 기억하기 쉽도록 종합해서 3가지 요점으로 정리하여 일러주고 끝으로 이름을 언급했다.

"전 추잉잉이에요. 잉친은 알아요. 그럼 안녕히 계세요."

추잉잉은 관쥐얼이 통화하는 동안 눈도 깜빡이지 않고 빤히 보더니 마침내 한숨을 길게 내쉬었다.

"잉친 아버지한테 방법이 있을 거야. 아들 일이니까."

"맞아. 너도 이제 손 떼. 잉친 씨 일은 이제 그만 잊어야…."

"알아. 헛꿈은 꾸지 않을 거야. 잉친이 보고 싶으면 마음으로만 생각할래. 내가 할 수 있는 일은 다 했어. 잉친이 나한테 잘 해준 거에 대한 빚은 갚은 거 같아."

관쥐얼은 추잉잉의 첫마디에 머리를 끄덕이며 맞장구치려고 했다. 그런데 마지막 말을 듣고는 뒷목이 뻣뻣해지고 머릿속이 뒤숭숭해져서 마지못해 고개를 끄덕이며 말했다.

"그래, 우린 떳떳해. 피해는 입었지만 마음은 편하잖아."

58

"쥐얼, 네가 최고야."

관쥐얼은 추잉잉을 꼭 안았다. 추잉잉은 이 순간 나이가 중요하지 않다는 것을 깨달으며 한 걸음 성숙해졌다.

금요일 새벽녘, 날이 완전히 밝기 전이었다. 어두컴컴한 복도에서 문이 열리는 소리가 차례로 났다. 앤디가 문을 열고 복도로 나오니 2202호 문 앞에 여행 가방 하나가 놓여 있었다. 앤디는 다가가서 집 안을 들여다보았다. 마침 판성메이가 옷 몇 벌을 안고서 걸어 나오고 있었다.

"주말 여행 가?"

"헤헤, 이게 내 옷으로 보여? 날씨가 약간 풀려서 잉잉한테 컬러풀한 옷 몇 벌만 가져다주려고. 예쁘게 입으면 기분도 좋아지겠지."

"정말 세심하구나."

"친구잖아. 도와줄 게 이런 거밖에 없네. 오늘 밤엔 내가 병원에 있을 거야."

"난 이판 씨 만나러 가. 내가 도와줄 건 없어?"

"휴, 가족들은 생각하기도 싫어. 생각만 해도 골이 지끈거려."

"재미없는 충고 한마디 할게. 문제를 해결하려면 일단 부딪쳐야 해. 타조처럼 숨지 말라고. 엘리베이터 왔다. 바이."

판성메이는 엘리베이터를 타는 앤디를 보며 슬며시 옷을 내려놓고 잠시 멍하니 서 있었다. 그리고 깊은 탄식을 내쉬며 다시 바쁘게 움직였다. 조용한 복도에는 판성메이의 슬리퍼 소리만 들렸고 불안할 정도로 고요했다.

판성메이는 가방의 지퍼를 채운 뒤 불현듯 무슨 생각이 났는지 얼굴을 쓰다듬으며 욕실 거울 앞에 섰다. 예리한 눈빛이 자유자재로 움직이는 손가락을 따라 화장기 없는 얼굴을 죽 훑었다. 모처럼 혼자 맞이한 아침, 문밖에서 재촉하는 사람이 없어서 그녀는 얼굴을 꼼꼼하게 살필 수 있었다. 그러나 몇 분도 안 되어서 시무룩해진 그녀는 바로 욕실에서 나왔다. 때마침 해가 떠올라서 관쥐얼과 추잉잉의 침실을 환하게 비추었고 방안에는 생기가 가득 맴돌았다. 강한 햇살에 비친 먼지는 공중에서 춤을 추는 듯했다. 판성메이는 계속 얼굴을 가볍게 어루만지며 그녀의 작고 어두운 방을 휘 한번 둘러보았다. 눈앞에 서른 살 된 그녀와 추잉잉, 관쥐얼 두 사람의 모습이 대조되어 그려졌다. 그녀 앞에 펼쳐질 운명을 생각하니 암담하기만 했다. 그녀는 또 한숨을 지었다.

그녀의 앞날은 이미 정해져 있었다. 가장 성공한 미래라고 해 봐야 100제곱미터도 채 안 되는 사무실에 차린 작은 회사의 깐깐한 사모님에 불과하다. 왕바이촨이 운이 좋아서 대박을 터뜨린다고 해도 어쩌면 부자 남편한테 버림받고 이혼녀 신세가 될 수도 있다. 만약 왕바이촨의 사업이 늘 지지부진하면 그저 그런 평범한 마누라로 평생을 살 게 될 것이다.

입원 병동의 아침은 일찍 시작되었다. 환자들은 여전히 꿈속에 있는데 간호사는 이미 덜컹거리는 작은 카트를 밀며 각 병실을 순회하고 있었다. 관쥐얼은 간이 침대에서 잔 탓에 온몸의 관절이 시큰거렸고 눈꺼풀도 퉁퉁 부었다. 그나마 다행인 점은 밤사이에 추잉잉이 무사했고 앞으로 밤새 간호할 필요가 없어졌다는 것이다. 간호사가 다녀간 뒤에 뜻밖에도 씨에빈이 아침 식사를 들고 노크하며 들어왔다.

추잉잉이 부러워하며 말했다.

"와, 좋겠다. 난 누가 사다 준 아침은 못 먹어봤는데."

문을 등지고 추잉잉의 침대를 정돈하던 관쥐얼이 고개를 돌려 보았다. 씨에빈이 양손에 먹을거리를 들고 선 모습에 달콤한 미소가 절로 얼굴에 번졌다.

"일찍 왔네요."

"듣기로 쥐얼 씨 회사 같은 곳은 옷차림이 굉장히 중요하다고 하길래 일찌감치 집에 데려다 주려고 서둘러 왔죠."

"아, 잘됐네요. 잠깐만요, 잉잉 아침밥만 차려주고 가요. 잉잉, 간병인이 8시에 오니까 1시간 30분쯤 남았는데 혼자 있어도 괜찮지?"

"당연하지. 거의 다 나았잖아. 부럽다, 쥐얼."

"부럽긴."

관쥐얼은 재빠르게 테이블을 당겨서 아침 식사를 차렸다. 식사 준비를 마치고 고개를 드니 추잉잉이 멍하니 앉아 눈물을 흘리고 있었다. 관쥐얼은 얼른 추잉잉의 눈물을 닦아주며 천연덕스럽게 시치미를 뚝 뗐다.

"일하러 가는 건데 이렇게 아쉬워하면 어떡해. 유치원 어린이 같네. 자, 이모 잘 다녀오세요, 라고 해 봐."

추잉잉은 울먹이면서 관쥐얼에 귀에 대고 속삭였다.

"넌 절대로 나처럼 되면 안 돼. 너무 빠르면 안 된다고. 무조건 천천히 신중하게 해."

"응, 알았어."

관쥐얼은 말이 떨어지기가 무섭게 대답했지만 마음으로는 받아들이지 않았다. 왜냐하면 추잉잉이 이런 지경에 이르게 된 이유는 관계를 너무 빨리 진행시켰거나 신중하지 못해서가 아니라고 판단했기 때문이다. 씨에빈은 들고 온 아침식사를 내려놓고 병실을 죽 둘러보았다. 병실에는 다양한 연령층의 여성이 있었다. 여자들 틈에서 쑥스러워진 그는 서둘러 병실을 벗어났다. 잠시 뒤에 관쥐얼이 나오자 그가 물었다.

"오늘 밤도 여기서 지낼 거예요? 아니죠?"

"별 일 없으면 간병인이 있을 거예요. 어제도 원래는 간병인이 있기로 했었는데 그렇게 됐어요. 주말 이틀간은 병원에서 지내려고요. 잉잉 혼자 병원에 두면 너무 매정하잖아요. 더구나 안 좋은 일도 많았는데."

"이렇게 좋은 친구를 세 글자로 '복덩이'라고 하죠. 보통 친구가 잘나가면 숟가락을 얻는 경우는 많아도 안 좋은 일이 있을 때 돕는 친구는 드물잖아요."

"엄밀히 말하면 룸메이트죠. 내가 생각하는 친구라는 개념과는 거리가 있어요. 솔직히 버거워요. 그리고⋯ 이런 말을 해도 되는지 모르겠지만, 퇴원하고 나면 잉잉과 거리를 좀 두려고요. 내가 너무 이기적인 걸까요?"

"성인군자도 쥐얼 씨처럼은 못해요. 내가 아는 쥐얼 씨는 잉잉 씨랑 거리를 두다가도 잉잉 씨한테 무슨 일이 생기면 또 옆에서 보살필걸요."

"내 마음에 이미 서운함이 자리를 잡았어요. 오늘 밤은 무조건 성메이 언니한테 미룰래요. 나도 자야겠어요."

"영화 보면서 잘래요?"

두 사람은 동시에 웃음을 터트렸다.

22층에 처음으로 올라온 씨에빈은 그리 넉넉한 대접을 받지는 못했다. 왼손에는 인스턴트 커피, 오른손에는 전자책을 들고 복도에 앉아서 관쥐얼을 기다렸다. 전자책은 관쥐얼의 것이었다. 씨에빈은 곧바로 한 권을 골라서 읽지 않고 우선 전자책 목록부터 훑었다. 관쥐얼이 어떤 책을 저장해 두었는지 궁금했기 때문이다.

그때 갑자기 인사하는 소리가 들렸다.

"안녕하세요, 여기서 잤어요?"

씨에빈이 소리가 나는 쪽으로 돌아보니 자오치펑이 2203호에서 나오고 있었다. 씨에빈은 바로 지난 밤에 보았던 장면이 떠올라서 표정에서 웃음기를 감출 수가 없었다.

"안녕하세요. 방금 병원에서 쥐얼 씨를 데려왔어요. 씻고 출근 준비를 마치면 회사에 다시 데려다 주려고요. 의사들은 원래 이렇게 일찍 출근해요?"

"잉친 씨 쪽에서 전화가 와서 가봐야 해요. 환자를 위해서라면 언제든 달려가야죠. 같이 갈래요?"

"전 거리를 두는 게 좋겠어요."

자오치펑이 웃으며 말했다.

"22층 사람들한테 소식이나 전해주세요."

씨에빈은 엘리베이터를 타는 자오치펑을 쓸쓸하게 바라봤다. 저렇게 말쑥하고 준수한 남자가 또 있을까 하는 생각을 했다. 관쥐얼은 씻고 나와서 잉친의 소식을 접하고는 곧장 2201호로 달려가서 문을 두드렸다. 앤디는 뉴스를 전해 듣고 머리칼이 쭈뼛 섰다. 관쥐얼과 앤디는 마치 약속이나 한 듯이 똑같은 생각을 했다.

'잉잉이 알면 또 기를 쓰고 병원을 탈출할 텐데. 전화를 못 받게 하는 수밖에.'

앤디는 잉잉의 일을 해결하기 위해 관쥐얼과 동행하기로 했다. 관쥐얼은 결국 씨에빈에게 "먼저 가세요." 라는 말을 남기고 앤디의 차에 올라탔다. 앤디와 관쥐얼은 차에 타자마자 각자 서둘러 휴대폰을 켰다. 관쥐얼은 추잉잉에게 전화를 걸어서 낮에 푹 쉬고 충분히 잘 수 있게 휴대폰을 간병인에게 맡기라고 듣기 좋게 타일렀다. 추잉잉은 관쥐얼이 다정하게 설득하자 순순히 따랐다. 한편 앤디는 자오치펑과 해결책을 의논했다. 일단 잉친 쪽에서 일어난 다툼의 결과를 막론하고 잉친 집안에 추잉잉의 연락처를 알려주지 않기로 했다. 잉친 집안의 접근을 차단해야 추잉잉에게 재차 불똥이 튀지 않기 때문이다.

이렇게 앤디와 관쥐얼은 사고 예방책을 완벽하게 수행했다고 생각했다. 그런데 전혀 예상치 못한 1통의 전화가 관쥐얼의 휴대폰을 울렸다. 수화기 너머에서 한 남자의 목소리가 들렸다.

"여보세요, 잉잉? 난 잉친의 아버지예요…."

관쥐얼은 말소리를 듣자마자 까무러치게 놀라서 덜컥 전화를 끊어버렸다. 그러고는 휴대폰을 가슴에 댄 채로 한참동안 생각하다 겨우 입을 열었다.

"아, 이제 생각났어. 어젯밤에 내가 잉잉인 척하면서 내 휴대폰으로 잉친 씨 아버지한테 전화를 걸었거든. 내가 잉잉인 줄 아셨나 봐. 어쩌지? 잉잉은 왜 찾을까?"

말이 채 끝나기도 전에 휴대폰이 다시 울렸다. 발신 번호는 방금 온 전화와 같았다. 앤디는 같이 들으려고 관쥐얼에게 자신의 이어폰을 건네며 꽂으라고 했다.

"안녕하세요, 방금 배터리가 방전돼서 꺼졌어요. 죄송해요. 잉친 씨 아버지세요?"

"맞아요. 잉잉이 아닌가?"

"잉잉은 어제 잠을 설치고 몸 상태가 안 좋아서 아직 자고 있어요. 무슨 일이신가요?"

"입원한 병원이 어디예요? 내가 당장 가봐야겠는데."

"그러실 필요 없어요. 잉잉은 이미 마음의 상처가 깊어요. 더 이상 힘들게 하지 않으셨으면 해요."

관쥐얼은 앤디를 보며 마음과 달리 최대한 완곡하게 말했다.

"이번 일은 만나서 다시 사과하겠어요. 방금 잉친 엄마와도 얘기했지만 잉잉 아가씨한테 사소한 잘못은 있어도 내가 보기엔 그만하면 좋은 아가씨예요. 중요한 건 두 사람의 마음인데 난 둘이 잘 어울리는 거 같아요. 그러니 다시 생각해 봐요."

"고맙습니다. 우선 잉잉의 생각을 한번 들어볼게요."

"우린 마음이 급합니다. 여기 버티고 있던 사람들도 다 쫓아냈고요. 그런데 그쪽에서 받아들이지 않고 싸움을 걸러 또 올 수도 있어요. 싸우는 거야 겁나지 않지만 잉친이 아파서 괴로워하고 있으니 당장이라도 병원을 옮기고 싶군요. 지금 잉잉을 깨워서 좀 물어봐줘요. 전화 기다릴게요."

"저희는 그쪽을 믿을 수가 없어요. 잉잉도 몸이 많이 아픈 상태니까 이 일은 이쯤에서 덮어뒀으면 해요."

"잉잉 엄마의 태도 때문에 불안하겠지만 이 일은 내가 처리해요. 아내도 나한테 맡겼어요. 연락 기다릴게요."

갑작스런 상황에 어안이 벙벙해진 앤디는 관쥐얼더러 당장 취샤오샤오에게 전화를 걸고 스피커 모드를 켜라고 했다.

취샤오샤오의 태도는 잉친 아버지보다 훨씬 명쾌했다.

"언니, 잉잉한테 또 무슨 사고가 터져도 날 찾지 마. 무지 바쁘니까."

"잉친 씨 아버지가 잉잉이 사소한 잘못은 있지만 좋은 아가씨고 마음이 중요하다면서 잉친 씨와의 교제를 허락하겠대. 그리고 이 일은 전부 아버지가 알아서 할 거고 어머니도 동의했대. 그 여자 친구의 친척들이 또 찾아올까 봐 도망가려고 하는데 잉잉이 있는 병원으로 옮기고 싶은가 봐. 넌 어떻게 생각해?"

"뭐? 결판이 났대? 여자 쪽이 그렇게 힘이 없는 집안이었어?"

"옆길로 새지 말고 진지하게 네 생각을 말해 봐."

"난 찬성. 딱 보니까 그 집안은 남편한테 주도권이 있나 보네. 어쨌든 재결합해도 최악의 결과는 기껏해야 잉잉이 실연의 충격을 한 번 더 받는 거뿐이야. 그보다 더 나빠질 것도 없잖아. 걔는 툭하면 실연을 당하니까 실제로 손해를 볼 것도 없을걸. 그쪽 집에서 하자는 대로 해."

관쥐얼은 취샤오샤오의 말을 인정하지 않을 수 없었다.

"듣기는 거북하지만 일리는 있어."

"하, 뭐야, 둘이서 결정을 못 내려서 나한테 묻는 거야? 두 사람은 대체 왜 그렇게 소심하냐."

관쥐얼이 말했다.

"너 정도의 사업가는 돼야 그쪽 집안의 사람들을 상대할 수 있지, 우린 아냐."

"와, 쥐얼이 날 너무 잘 아네. 며칠 있다가 씨에빈 오빠 고향으로 출장을 가는데 풍경 사진 많이 찍어 와서 보여줄게. 너한테 잘 보여야지."

앤디가 끝내 끼어들었다.

"주책 그만 떨고 치핑 씨한테 안부나 전해줘. 오늘부터 치핑 씨하

고 대화하려면 너한테 허락받아야 하잖아. 쥐얼, 넌 잉친 씨 아버지
한테 전화 걸어. 내가 얘기할게."

두 사람의 출근길은 추잉잉의 일로 몹시 바빴다. 관쥐얼의 회사가
있는 빌딩이 눈앞에 보이기 시작할 때 취샤오샤오에게 전화가 왔다.
취샤오샤오는 대뜸 날카로운 목소리로 호들갑을 떨었다.

"망했다. 이제 생각났어. 난 죽었어. 큰일 났다고. 대형 사고야."

앤디와 관쥐얼은 화들짝 놀라서 물었다.

"무슨 일이야? 방금 잉친 씨 집에 잉잉 병원을 알려줬단 말이야.
한발 늦었어."

"그러게, 늦었네, 늦었어. 무시무시한 가능성이 이제야 생각났지
뭐야."

"뭔데? 설마 잉친 씨 집에서 잉잉 병원을 알아내려고 우릴 속이기
라도 했단 거야? 세상에, 쥐얼은 내려주고 당장 잉잉 병원을 옮기러
가야겠어."

취샤오샤오는 박장대소했다.

"그 정도로 끔찍한 일은 아니야. 설마 그렇게까지는 안 하겠지. 내
생각엔 잉잉이랑 잉친 씨가 거의 재결합할 거 같거든. 그런데 그거
알아? 만약 잉잉이 재결합에 성공하면 자기 연애 경험을 본보기로
우릴 가르치려고 날마다 쫓아다닐 거란 말이지. 선무당이 사람 잡는
소리를 듣고 있자면 아주 죽을 맛일 거야. 특히 쥐얼과 성메이 언니
는 꼼짝없이 잡혀서 들어야 해. 죽음이지."

"너야말로 죽는다!"

앤디는 참다못해 험한 말을 내뱉으며 차를 세웠다. 앤디와 마찬가
지로 간 떨어지게 놀랐던 관쥐얼은 차에서 내렸다. 취샤오샤오는 전
화기를 들고서 계속 깔깔거리며 웃다가 웃음이 섞인 목소리로 비명

을 지르듯이 말했다.

"기분 완전 좋아… 아, 행복해 죽겠어. 아…."

앤디를 말없이 전화를 확 끊어버렸다.

판성메이는 점심시간에 메시지 2통을 받았다. 하나는 관쥐얼에게서 온 것이고 다른 하나는 오빠가 보낸 것이었다. 판성메이는 메시지를 받자마자 심장 박동이 빨라지기 시작했다. 2통 다 좋은 소식은 아닐 듯 했다. 그녀는 식판을 들고 구석자리에 앉아서 심호흡을 크게 한 번 내뱉은 다음에 관쥐얼의 메시지부터 열었다. 다행스럽게도 추잉잉에 관한 좋은 소식이었다. 그러나 판성메이는 메시지에 쓰인 '굿뉴스'라는 세 글자를 보고 탐탁지 않아서 고개를 절레절레 흔들었다. 추잉잉이 잉친 집안의 인정을 받은 것이 과연 좋은 소식일지 의구심이 들었다. 전 여자 친구 문제가 깔끔하게 정리되지 않은 건 차치하고 엄격하고 고집스러운 잉친의 어머니만 생각해도 앞으로 평온한 나날을 보내는 것은 쉽지 않아 보였다.

판성메이는 관쥐얼의 메시지를 닫고 오빠의 메시지를 열려는 순간 기분이 바닥을 쳤다. 현실적으로 생각하니 어쨌든 추잉잉에게는 앞으로 먹고 사는 기본적인 걱정은 안 해도 되는 미래가 곧 펼쳐진다. 반면 판성메이에게는 영원히 벗어날 수 없을지도 모르는 족쇄 같은 가족이 있다. 그리고 왕바이촨에게 희망이 보이지 않는다.

판성메이와 친한 동료가 식판을 들고 와서 그녀의 맞은편에 앉았다. 동료는 판성메이의 안색이 나쁘다며 다정하게 이유를 물었다. 판성메이는 어지럼증이 있고 룸메이트가 병원에 입원해서 간호하느라 잠이 부족한 탓이라고 둘러댔다. 두 사람은 식사하면서 타향살이의 어려움을 서로 나눴다. 판성메이는 대화하면서 휴대폰을 슬그머니

주머니에 집어넣었다. 그러나 마음은 딴 곳에 가 있었다.

점심식사를 마치고 탈의실에서 화장을 고쳤다. 동료는 못 다한 말이 남았는지 판성메이의 옆에 바짝 다가와 앉았다. 객실 담당 매니저인 동료는 립스틱을 꺼내 꼼꼼하게 바른 뒤에 거울에 요리조리 비춰 보며 말했다.

"다시 말해서, 집안에 천 가지가 좋아도 딱 한 가지가 치명적으로 나쁘면 그것만으로 자유를 잃어. 비록 지금은 이미 타성에 젖어 살긴 하지만 고향을 떠나오기 전만 해도 쇼핑몰을 전전하며 이렇게 다채로운 삶을 누릴 줄은 생각지도 못했잖아. 휴, 집 문제만 아니면 차라리 평생 비혼(非婚)으로 살고 싶다니까. 하하."

"독신으로 살면….'

판성메이는 이어서 "고생스럽잖아." 라는 말을 덧붙이려다가 불현듯 궁금해졌다. 싱글 라이프의 고충은 무엇일까? 생각해 보니 고개가 절로 끄덕여졌다.

"속상한 일이 생겨도 결국은 혼자 감당하고 삭여야겠네. 그렇지?"

"말하자면 우린 이미 살아가는 데 여러 조건을 갖춘 셈이기도 하고, 또 요즘 세상은 심한 육체 노동을 하는 시대도 아니니까, 우리 힘으로 감당 못 할 일은 없어. 주말인데 퇴근하고 같이 시간 보낼까? 아참, 안 되겠구나. 넌 남자 친구가 있지. 보내줘야겠네."

"오늘은 다쳐서 병원에 입원한 친구한테 가봐야 해. 다음에 하자. 너랑 같이 옷을 사러 가면 마음이 정말 잘 맞아서 좋거든."

두 사람은 탈의실을 나와서 각자의 근무 장소로 걸음을 옮겼다. 도중에 판성메이는 불쑥 휴대폰을 꺼내어 결심한 듯이 메시지를 확인했다. 아니나 다를까 암울한 느낌이 엄습했다. 판성메이의 오빠는 동생이 행복하게 살도록 내버려 두지 않으려나 보다. 메시지의 내용은 간단했다.

'내 집을 처분한 돈을 전부 돌려주지 않으면 고소하겠다. 시간은 사흘을 주마.'

취샤오샤오의 말이 맞았다. 판성메이의 오빠는 평생 사고만 칠 거고 판성메이는 영원히 그 굴레에서 벗어날 수 없을 것이므로 해결책은 맞서 싸우는 수밖에 남지 않았다.

판성메이는 오후 근무 내내 이를 악물고 겨우 버텼다. 당장이라도 컴퓨터 앞에 앉아서 관련 법률을 검색해 보고 싶었다. 마음이 복잡하고 불안해서 아무 일도 손에 잡히지 않았지만 고객과 동료가 요청한 갖가지 복잡한 일들을 처리해야만 했다. 그런데 할 일들을 척척 처리하다 보니 오히려 걱정거리가 잠시 잊혔다.

퇴근 시간이 되어서야 겨우 잡생각을 정리할 시간이 났다. 판성메이는 물 한 잔을 들고 고개를 숙인 채로 탈의실을 나왔다. 천천히 걸어 나오면서 비로소 생각이 분명해졌다. '소송할 테면 하라지. 누가 겁난대?' 그녀는 곧장 앤디에게 전화를 걸었다.

"앤디, 바오 사장님한테 갈 준비하고 있어?"

"응. 지금 공항으로 가는 길이야. 왜? 너도 가게? 널 데리러 가기엔 시간이 빠듯한데."

"당장 택시 타고 공항으로 갈게. 오빠가 나한테 소송을 걸겠대. 집값으로 받은 돈을 다 내놓으란 거지. 그 돈은 고향 은행에 넣어두고 매달 아빠 치료비 명목으로 쓰고 있거든. 그래서 한 가지만 부탁하려고. 은행에 가서 내 신분증이랑 비밀번호를 제출하고 계좌 거래 내역서 한 부를 발급받아 와줘. 서류를 준비해 둬야지. 소송은 겁나지도 않아. 계좌 내역을 제출하고 법정에서 사실대로 분명하게 밝히면 되니까. 해줄 수 있어? 시간을 많이 빼앗는 건 아닌지 모르겠네."

"그게 뭐 어려운 일이라고. 공항에서 기다릴게. 주말이라 길이 많이 막히니까 빨리 출발하고 가능하면 고가 도로를 이용해."

판성메이는 통화를 하면서 손을 흔들어 택시를 잡고 있었다. 그런데 운이 없게도 지나가는 택시마다 모두 승객이 타고 있었다. 마음이 급해진 판성메이는 발을 동동 굴렀다.

그때 공교롭게도 자동차 1대가 그녀의 앞으로 서서히 다가와서 멈췄다. 천자캉이 차창으로 머리를 내밀었다.

"성메이 씨, 모셔다 드릴까요?"

판성메이는 깜짝 놀라며 대답했다.

"공항에 가야 하는데 번거롭지 않으시겠어요?"

천자캉이 차문을 열어 주었다.

"어쩐지 급해 보이더군요. 미안해하지 말고 어서 타요."

판성메이는 머뭇거리지 않고 서둘러 차에 타며 앤디에게 말했다.

"방금 차에 탔어. 기다려."

판성메이가 전화를 끊자 천자캉이 바로 휴대폰을 들고 어디론가 전화를 걸어 간단하게 몇 마디 했다.

"친구를 공항에 데려다 주러 가는 길이야. 응, 기다리지 마."

천자캉은 휴대폰을 내려놓고 물었다.

"놀러 가요?"

"친구가 제 고향에 가는데 마침 부탁할 일이 있어서요. 거기에 필요한 자료를 전해주러 가요."

"중요한 일이군요. 내가 손 내밀길 잘 했네요."

"네. 신분증, 은행 카드, 비밀번호가 필요한 일인데 가장 믿을 만한 사람한테 직접 전해주는 거 외에는 다른 방법이 없어서요. 다급했는데 도와주셔서 정말 감사해요. 퇴근 시간에는 택시 잡기가 하늘의 별

따기예요. 참, 이번에는 왜 저희 호텔에서 안 오셨어요?"

"회의차 왔는데 고객 측에서 호텔을 예약해 뒀더군요. 게다가 성메이 씨는 내가 눈앞에서 알짱거려도 거들떠보지도 않잖아요."

판성메이는 멋쩍게 웃으며 대답하지 않았다.

"무슨 생각을 하는 거예요? 그냥 친구로서 밥도 먹고 수다도 떨고 그러고 싶은 것뿐이에요. 오해하지 말아요."

"하하, 정말로 제가 원망스러웠나 봐요. 젊고, 부자고, 잘 생기고, 멋있는 천 선생님을 보면 잡념이 생겨서 일부러 시선을 피한 거예요. 괜히 피해를 끼칠까 봐서요."

"피해 입혀도 돼요."

"아이, 참. 그런 말씀 마세요."

판성메이는 우스갯소리를 하면서 휴대폰을 꺼내 추잉잉에게 전화를 걸었다.

"잉잉, 내가 조금 늦을 거 같은데 간병인한테 1시간만 더 있어달라고 해. 넌 나 기다리지 말고 먼저 밥 먹어. 간병인도 식사하시게 꼭 시간 드리고."

"언니, 언니, 언니! 언니 전화를 기다리고 있던 참이야. 낮에 자고 일어났더니 잉친이 여기로 옮겨 왔더라. 지금 바로 옆 병실에 있대. 잉친 아버지는 안전하다고 생각하셨는지 같이 온 형제들을 먼저 집으로 돌려 보내셨어. 아직 잉친을 보진 못했고. 방금 잉친 어머니가 날 보러 왔었는데 엄격하시긴 해도 하시는 말씀은 다 일리가 있었어. 돈은 함부로 쓰면 안 되고 당장 편하기 위해 지출하는 돈은 결국 나중에 빚이 된다고 하더라고. 그러면서 간병인 1명을 그만두게 했어. 난 괜찮으니까 간병인은 이따가 정시에 퇴근하시라고 할래. 추가 근무하면 돈을 더 드려야 하잖아. 이제 혼자서도 식사할 수 있어. 정말이야. 기쁜 일이 생기니까 기운도 생기고 회복도 빨라지는 거 같아. 언니도 여기에 꼭 안 와도 괜찮아. 바이찬 오빠한테나 잘해 줘. 여긴 잉친 어머니도 계시니까. 어머니가 이제 한 가족이나 마찬가지라고 편하게 생각하라고 하셨어."

판성메이는 놀란 눈을 동그랗게 떴다.

"간병인 1명을 해고했다고? 밤에 무슨 일이라도 생기면 어쩌게?"

"옆방에 잉친 가족이 있잖아. 급하면 바로 전화해서 부르면 돼."

"음, 알았어. 어쨌든 밥부터 먹어. 난 공항에 다녀올게."

천자캉이 웃으며 말했다.

"전화 때문에 망했네. 저녁 같이 먹자는 말도 못하게 생겼어요."

"어머, 고의는 아니었어요. 정말이에요. 같은 집에 사는 동생이 다쳐서 병원에 입원했거든요. 지난 며칠 동안은 상황이 위급해서 저하고 다른 룸메이트가 번갈아서 퇴근 후에 간호했어요. 오늘은 한 숨 돌리려고 간병인한테 밤 근무를 부탁했는데 느닷없이 돈을 아끼겠다고 그만두게 했대요. 공항에서 볼 일이 끝나면 어쩔 수 없이 곧장 병원으로 가야겠어요. 다음에 제가 꼭 식사 대접할게요."

천자캉은 고개를 돌려 판성메이를 힐끗 보며 웃었다.

"농담이니까 마음에 두지 말아요. 난 자부심과 지조가 있는 사람을 좋아하거든요. 언젠가 친구로서 내 생각이 나고 나한테 밥 한 끼 사주고 싶으면 아무 때고 전화해요."

판성메이는 미안한 마음이 들었다.

"천 선생님, 일부러 그런 건 아니에요. 진짜예요. 못 믿겠으면 병원에 같이 가요. 요즘은 우여곡절이 정말 많아요."

"하하, 내가 또 부담을 줬군요. 난 원래 엔지니어였어요. 연구직으로 있다가 직접 회사를 차리고 성과도 웬만큼 냈죠. 그렇게 회사를 운영하다 보니 어쩔 수 없이 연구 방면은 소홀하게 됐고요. 사람이 참 우스운 게, 사업에 뛰어드니까 말만 번지르르해져서 현장 사람들 신임을 얻기가 참 어려웠어요. 게다가 주머니에 돈도 좀 생겼는데, 있잖아요, 남자는 돈이 있으면 영락없이 나쁜 마음이 생기거든요. 만약 성메이 씨가 나한테 먼저 접근했으면 오히려 내가 성메이 씨를 얕잡아 봤을 거예요. 이따가 병원에도 데려다줄게요. 상황을 보니 오늘 밤도 병원에서 지새워야 할 거 같으니 말이에요. 전 급하지 않으니 부담 갖지 말아요."

판성메이는 저도 모르게 한숨을 내쉬었다. 오빠 일을 한시가 급하게 처리해야 해서 오늘 밤에는 제대로 된 침대에 누워서도 잠을 못 이룰 판이다. 하물며 병원 간이 침대는 더 말할 것도 없었다. 그녀는 관쥐얼에게 전화를 걸어서 추잉잉에게 들은 자세한 상황을 전했다. 관쥐얼도 얘기를 들으니 눈이 번쩍 뜨였다. 그녀는 책상 위에 산더미처럼 쌓인 일거리를 쳐다보며 마른침을 꿀꺽 삼켰다.

"언니, 오늘 밤에는… 정말로 병원에 못 가겠어. 눈꺼풀이 지금 내 의지대로 움직이질 않아."

"넌 집에 가서 자. 원래 오늘은 내 차례잖아."

천자캉은 또 판성메이를 몇 번이나 힐끔 쳐다봤다. 판성메이가 통화를 끝내자 그가 말을 걸었다.

"성메이 씨 얼굴도 까칠해 보여요. 친구도 중요하지만 자기 몸도 챙겨요."

판성메이는 슬며시 고개를 천자캉 쪽으로 돌려 놀란 눈으로 쳐다봤다. 천자캉도 판성메이의 눈빛을 느꼈는지 고개를 돌려 판성메이와 눈을 맞췄다. 순간 두 사람 사이에 침묵이 흘렀다.

앤디는 대합실에서 초조하게 기다리다가 마침내 판성메이의 모습을 발견했다. 뒤따라오는 천자캉도 당연히 눈에 들어왔다. 어리둥절한 앤디는 천자캉을 한 번 더 쳐다봤다. 판성메이는 그가 호텔의 단골 고객이고 마침 만나게 되어 선의로 도와주었다고 급히 소개했다. 세상 물정을 잘 모르는 앤디도 두 사람이 저래도 되나 싶은 생각이 들어서 의심스러운 표정을 감추지 못했다. 그녀는 판성메이가 건넨 것들을 받아들고 예의 바르게 인사한 뒤에 서둘러 보안 검색대로 갔다.

취샤오샤오는 황금 같은 주말에 아쉽게도 자오치펑과의 데이트를 포기하고 출장을 떠나야 했다. 걸음을 재촉하여 공항에 도착한 그녀는 우연히 앤디와 판성메이가 인사를 나누고 돌아서는 광경을 목격했다. 취샤오샤오는 굳이 가방을 끌고 그들 앞으로 다가가지 않아도 상황이 눈에 훤히 들어왔다. 눈만 빤히 떠도 판성메이가 왕바이촨이 아닌 외간 남자와 함께 바삐 공항을 떠나는 게 확실히 보였다. 하지만 취샤오샤오는 앤디의 뒤꽁무니를 쫓아갔다. 단숨에 앤디를 따라잡고서 인사도 없이 대뜸 캐물었다.

"성메이 언니한테 딴 남자 생겼어?"

"무슨 소리야, 도와주러 온 친구야."

"친구? 외간 남자가? 이름이 뭐래? 직업은?"

"난 아무것도 몰라. 관심도 없고. 넌 어디 가?"

"하하, 경찰 오빠 고향에. 언닌 내 웨이보에 관심 좀 가져. 매일 새 소식을 업데이트한단 말이야. 아, 언니부터 탑승권 스캔해."

"쥐얼한테 귀찮게 안 할 거지? 적어도 실시간으로 중계하지는 마. 출장 다녀와서 나랑 상의한 뒤에 얘기해."

"나한테 돌아올 이득은?"

"치펑 씨 앞에서 네 험담은 안 할게."

"치, 나랑 오빠 사이를 갈라놓을 구실이 또 있나?"

"두고 봐."

취샤오샤오는 등골이 오싹했다. 솔직히 자오치펑이 앤디에게 무슨 말을 들었기에 제 발로 그렇게 빨리 자신에게 돌아왔는지 몰랐기 때문이다. 앤디의 파급력은 여전히 만만치 않았다. 하지만 입으로는 여전히 투정을 부렸다.

"싫어. 언니는 쥐얼만 예뻐하고 난 미워하잖아."

"너희들 마음 상하는 거 보고 싶지 않아서 미리 예방 차원에서 일러두는 거야. 난 탑승한다."

"아이, 날 버리고 가면 어떡해…."

취샤오샤오는 앤디의 뒤를 후다닥 따라갔다.

"뉴스가 또 있어. 바이촨 오빠가 집을 산다는 소문이 업계에 쫙 퍼졌어. 사람들이 젊은 사람이 일찍 성공해서 미래가 기대된다는 소릴 하더라, 하하하. 성메이 언니랑 바이촨 오빠는 찰떡궁합인가 봐. 둘 다 부자를 동경하고 사람을 잘 속이잖아."

"맞는 말이네."

"말이야 맞지만 신중해야지. 누가 어떤 집을 몇 채나 샀는지 자랑하지 않으면 아무도 모르잖아. 언니는 내가 과시하는 거 봤어? 내가 바이촨 오빠보다 돈을 훨씬 많이 버는데도 아직 낡은 소형차를 타고 다닌다고…."

"그만 놔주라. 비행기 타야 해."

취샤오샤오가 큰 소리로 깔깔 웃었다.

"알았어. 놔줄게. 사실 언니한테 가장 하고 싶었던 말이 있어. 고마워, 언니. 난 지금 너무 행복해. 얼마나 행복한지 몰라. 언니 도움은 평생 잊지 않을게."

"오버하지 마."

"아니, 할 거야! 나도 탑승하러 가."

취샤오샤오는 춤을 추듯 나풀거리며 걸어갔다. 앤디는 그녀의 뒷모습을 한참이나 멍하니 보다가 바오이판을 떠올리며 생각했다. '샤오샤오한테 바오이판 앞에서 덜 이성적이 되는 방법을 배워볼까?'

판성메이와 천자캉은 병원 입구에서 헤어졌다. 판성메이는 내린 자리에서 손을 흔들며 천자캉을 배웅했다. 그녀는 차 후미가 보이지 않은 뒤에야 몸을 돌려 천천히 병원 안으로 들어갔다. 그러나 몇 걸음 채 가지 않아서 커다란 기둥 뒤에 멈춰 섰다. 판성메이는 곰곰이 생각한 뒤에 병실로 들어가지 않기로 했다. 휴대폰을 꺼내 추잉잉에게 전화를 걸었다.

"잉잉, 있잖아…. 도저히 빠져나갈 수가 없어서 병원에 못 가겠어. 오늘은 일찍 자. 언니가 내일 보러 갈게. 옆에 사람이 많아서 그만 끊는다."

"언니, 내가…."

판성메이는 추잉잉의 말을 듣지 않고 바로 전화를 끊었다. 잠시 뒤에 추잉잉에게 전화가 왔지만 판성메이는 발신자 이름만 보고 종료 버튼을 눌렀다. 그러고는 병원을 빠져나갔다. 밖에는 자동차가 꼬리에 꼬리를 물었고 화려한 조명이 거리를 밝게 비추고 있었다. 도시는 눈부시게 찬란했다. 그러나 판성메이는 평소와 달리 생기가 전혀 없고 얼굴은 굳어 있었다. 눈을 들어 주변을 둘러보기도 귀찮았다. 그저 빨리 지하철을 타고 집으로 가서 인터넷으로 소송에 대해 알아보고 싶은 마음뿐이었다.

그 때, 왕바이촨에게서 전화가 왔다. 그는 친구를 간병하는 여자 친구에게 몇 마디 위로의 말을 하려고 전화했는데 뜻밖에도 주변 소리가 시끌시끌했다. 판성메이는 표정 하나 바꾸지 않고 태연하게 말했다.

"병원 앞에서 잉잉한테 줄 과일을 사고 있어. 미안해하지 말고 혼자 놀아. 난 잉잉이랑 같이 있어서 괜찮아."

왕바이촨이 말했다.

"그 단지에 유치원이 부설된 아파트도 있는데 내일부터 내부적으로 구입 신청을 받는다는 소식이 있어. 그래서 친구한테 부탁해서 입장권을 받아뒀거든. 흥분해서 가슴이 막 뛰어. 성메이, 잉잉 혼자 있으라고 하든지 아니면 다른 사람한테 부탁하고 같이 한잔하자. 내일은 계약하러 가야지."

판성메이는 말을 하려다가 말고 한참을 멍하니 있다가 다시 말을 꺼냈다.

"알았어. 데리러 와."

판성메이는 몸을 끌면서 방향을 바꾸어 병원 입구에서 왕바이촨을 기다렸다.

앤디는 비행기에서 한숨 자고 내릴 때가 되어 일어났다. 활기를 되찾은 앤디는 씩씩하게 바오이판의 집으로 가서 출입 카드를 긁고 안으로 들어갔다. 집에는 도우미 아주머니만 있었다. 주말에 바오이판이 집에 없으리란 것은 그녀도 이미 예상한 바였다. 집 안에 설치된 유선 전화로 그에게 전화를 걸었다. 그런데 연결되자마자 그가 바로 끊어버렸다. 앤디는 시무룩해져서 자신의 휴대폰으로 다시 통화를 시도했다. 이번에는 그가 기꺼이 받았다.

"빨리 끝내고 마님 알현하러 와요. 당신 집에 있어요."

"어…. 지금 회사인데 언제 끝날지 모르겠어요. 오느라 고생했으니 일찍 자요. 끝나면 곧장 갈게요."

"야근해요? 그럼 내가 가죠. 옆에 얌전히 앉아 있을게요…. 근데 거기 무슨 소리예요?"

"빌딩에서 회의 중이에요. 나중에 다시 얘기해요. 여기 일은 걱정 말고요."

바오이판은 딱 잘라 말하고 통화를 끝냈다. 앤디는 휴대폰을 든 채로 방금 전에 바오이판의 목소리 뒤로 들렸던 소리를 되새겨 보았다. 테이블을 세게 내려치는 소리가 분명했다. 대체 무슨 일일까? 할 일이 없는 앤디는 창가에 서서 바오이판이 말한 빌딩을 바라보았다. 그 빌딩은 바오 집안에서 직접 개발한 상업용 부동산이며 바오 집안의 부동산 회사가 위치한 곳이다. 앤디가 빌딩을 처음 방문했을 때도 많은 사람이 그곳에서 회의를 하고 있었다. 앤디는 잠시 빌딩을 바라보다가 도우미 아주머니한테 외출한다고 알리고 휴대폰, 신용카드, 잔돈만 챙겨서 서둘러 빌딩으로 갔다.

판성메이는 왕바이촨이 도착하자 황급히 손으로 얼굴을 매만지며 억지로 미소를 짜냈다. 그렇게 어색한 웃음을 띤 표정을 하고 그의 차에 몸을 실었다.

왕바이촨은 우선 사과하는 데 온 힘을 기울이기 시작했다.

"성메이, 어젯밤에는 내 명줄이 리 사장님 손에 달려서 어쩔 수가 없었어. 리 사장님이 자기는 술 한 모금도 마시지 않아도 우리더러 술을 마시라고 채근하면 감히 안 마실 수가 없어. 많이 서운했지? 네가 날 밀어낼까 봐 오늘 하루 종일 얼마나 불안했는지 몰라."

판성메이는 왕바이촨을 힐끔 곁눈질했다.

"흥, 그래서 집 구입 건으로 면피하려고 날 꾀어낸 거야?"

"아냐, 아냐. 집은 오늘 하루 종일 돌아다니면서 알아낸 정보야. 좋은 소식인데 당연히 너한테 알려야지."

"사실 어젯밤에 네 탓은 하지 않았어. 며칠 동안 잉잉을 간호하느라 너무 피곤해서 내 머리가 어떻게 됐나 봐. 내가 너무 경솔했어. 그나마 네가 센스 있게 나를 따라 나오지 않아서 얼마나 다행이었는지. 하마터면 다 된 죽에 코 빠뜨릴 뻔했잖아. 너한테 뒤탈은 없었지?"

"그럼, 괜찮았지. 나중에 리 사장님이 미안했는지 진짜로 술을 마셨어. 몇 모금 안 마셨는데 금방 취해서 어제 일은 기억도 안 날 거야. 씻고 나와서까지 우릴 붙잡고 안 놔주더라고. 결국 아무 일 없었어. 네 기분만 상하지 않았으면 그걸로 됐어."

"어젯밤에 내가 집에 어떻게 갔는지는 안 물어봐?"

"성메이, 난 네 능력을 아니까 걱정이 안 돼. 넌 제 앞가림을 누구보다 잘 하는 사람이잖아. 그 정도야 어렵지 않았겠지. 안 그래?"

"하하, 맞는 말이야."

판성메이는 어처구니없는 표정을 지으며 말을 이었다.

"하, 나도 나약한 여자이고 싶다. 손에 물 한 방울 안 묻히며 살고 싶어. 어휴, 됐다, 됐어. 당분간은 걱정 따윈 접어두자. 내일 지불할 계약금은 준비됐어?"

"물론이지. 우리 여기서 먹을까? 축하 파티하자."

판성메이는 고개를 끄덕였다. 왕바이촨은 판성메이를 길가에 내려주고 주차하러 갔다.

그동안 판성메이의 얼굴은 또다시 굳어졌고 그녀는 망연하게 오가는 사람들을 쳐다봤다. 그렇게 멍하니 잠시 있다가 겨우 식당 안으로 들어갔다. 잠시 뒤에 왕바이촨이 잰걸음으로 들어왔다. 애피타이

453

저는 이미 테이블에 차려 있었다. 왕바이찬은 분양 카탈로그를 꺼내 들고 흥분하며 판성메이의 옆에 앉았다.

"우리 어떤 집으로 할까? 오늘 밤에는 결정해야 해. 어느 타입이 마음에 들어?"

집을 완전히 파악한 판성메이는 방 세 칸짜리 평면도를 선택했다. 평면도를 펼쳐 보며 무심하게 물었다.

"내일 계약한다고? 어떻게 하는데? 신분증도 필요해?"

"정확히 물어보진 못했어. 친구도 잘 모르는 거 같아. 어쨌든 다 가져가야지."

판성메이가 당차게 말했다.

"계약서에 내 이름도 올려 줘."

왕바이찬은 놀라고 당황해서 즉흥적으로 대답해 버렸다.

"알았어."

판성메이도 상당히 놀랐다. 그녀는 어리둥절한 표정으로 왕바이찬을 한참 쳐다보다가 와락 그의 품에 달려들어 안겼다.

"이렇게 단박에 동의할 줄은 몰랐어."

왕바이찬은 여전히 놀란 표정으로 판성메이를 안았다. 그러나 그의 눈은 망연자실한 듯이 벽에 걸린 그림만 응시했다. 그는 오랫동안 주저하다가 다시 입을 열었다.

"밥 먹고 가서 밤새 줄을 서야겠어. 무조건 앞줄에 서야 마음에 드는 집을 고를 수 있을 테니까. 비공개 신청이긴 해도 신청자가 적지 않을 거고 틀림없이 관계자들이 많이 오겠지. 우린 인맥이 없어서 필사적으로 줄을 서는 수밖에 없어. 넌 내일 아침에 일찍 나와서 내가 있는 곳으로 와."

"그래."

판성메이는 유난히 사근사근하게 대답하며 손을 뻗어 왕바이촨의 얼굴을 가볍게 쓰다듬었다.

"정말로 집을 사다니 꿈만 같아. 학창 시절에 널 처음 만난 이후로 우리한테 이런 날이 올 줄 누가 알았겠어."

왕바이촨은 가슴이 떨려서 판성메이를 더욱 꼭 끌어안았다.

"이제 시작일 뿐이야."

두 사람은 음식을 먹어도 맛이 어떤지도 못 느끼고 오로지 평면도만 눈에 들어왔다. 그렇게 재잘재잘 3시간이나 의논하여 마침내 희망 순으로 세 종류의 집을 확정했다.

판성메이는 만족스러운 듯이 한숨을 내쉬었다. 피곤해진 그녀는 머리를 손으로 받치고 미소를 지으며 선택한 집을 메모하는 왕바이촨을 바라봤다. 그녀의 마음에는 온기가 피어올랐고 평화가 찾아왔다. 그녀는 한 손을 왕바이촨의 어깨에 가볍게 얹고 푸념했다.

"오늘 무척 우울한 하루였어. 오빠가 나한테 소송을 걸겠대. 집을 처분한 대금을 전부 돌려달라고…."

"뭐? 또 시작이야?"

"겁낼 거 없어. 벌써 소송에 필요한 자료를 수집하기 시작했거든. 법정에 서는 것도 전혀 두렵지 않아."

왕바이촨을 잠시 머뭇거리다가 말했다.

"오빠가 우리 집 사는 데 기웃거리지는 않을까? 하도 일을 막 저질러서 불안해."

"그건 불가능할 거야."

그러나 왕바이촨은 이미 겁을 먹었다. 수만 가지 가능성을 추측하던 그는 이따금씩 기운이 쭉 빠졌다.

앤디는 회의가 열리는 장소로 찾아갔다. 회의실 안에서 시끄럽게 다투는 소리가 새어 나와 멀리서도 들렸다. 그녀는 조용히 복도에 서 있었다. 간간이 바오이판이 큰 소리로 발언하는 소리도 들렸지만 영향력은 미미해 보였다. 사람들은 여러 파로 나뉜 듯했다. 진흙탕 같은 싸움판 속에서 테이블을 세게 탕탕 때리는 소리도 들렸다. 승복하는 사람도 없었고 목소리를 죽이는 사람도 없었다.

앤디는 살그머니 회의실 문을 밀어 열린 틈으로 안을 들여다보았다. 안에는 연기가 자욱했고 다툼은 한창 절정으로 치닫고 있었다. 아무도 문 쪽에서 나는 인기척에 반응하지 않았다. 그 안에서 가장 곤경에 처한 사람은 바오이판이었다. 바오이판의 헝클어진 머리칼과 걸레처럼 후줄근해진 셔츠가 눈에 띄었다. 게다가 온몸은 거의 녹초가 되어 있었다. 소스라치게 놀란 앤디는 잠시 그를 바라보다가 다시 살며시 문을 닫았다. 방금 전에 들었던 말과 살폈던 동태를 머릿속에 그리며 격렬했던 분위기를 상기했다. 진땀을 흘리던 바오이판의 모습도 다시 떠올렸다. 앤디는 참을 수가 없었다. 한 걸음씩 천천히 뒤로 물러나 엘리베이터 앞에 다다르니 거의 아무 소리도 들리지 않았다. 그녀는 벽에 기대어 눈을 멍하니 뜨고 잠시동안 얼이 빠진 사람처럼 서 있었다. 바오이판에게 저런 상황이 닥치리라고는 전혀 예상하지 못했던 것이다.

회의실 안에서 무슨 일이 벌어지고 있는지 앤디는 분명히 알았다. 그녀는 가장 밑바닥 직급인 인턴 사원에서 시작해서 차례차례 단계를 밟아 지금의 위치에 오른 사람이다. 경험상 지금의 싸움은, 말하자면 기선을 제압하기 위한 세력 다툼이었다. 이런 경우에 최후의 승자는 전적으로 실력에 의해 판가름이 난다. 바오이판은 판세를 확실히 장악하지도 못했고 부하 직원들에게도 배신을 당했다. 앤디는 자신의 경험을 떠올렸다. 자신이 상사를 이기려고 책상을 내려치곤 했던 당시에는 상사가 우습게만 보였었다. 그녀는 얼굴을 호두 알처럼 찡그렸다. 가슴이 찢어질 듯이 아팠다. 지금 그때처럼 사람들 앞에서 무시당하고 있는 상사가 바로 그녀의 남자 바오이판이기 때문이다.

앤디는 복도로 돌아가서 또렷하게 들리는 다툼 소리에 다시 귀를 기울였다. 들을수록 심장이 벌렁거리고 가슴이 답답해서 숨이 잘 쉬어지지 않았다. 그녀는 당장이라도 회의실로 쳐들어가서 깽판을 놓고 싶은 자신을 진정시키려고 아래층으로 내려가서 생수 2병을 사왔다. 느긋하게 물을 마시며 냉담한 표정으로 회의실에서 흘러나오는 소리에 다시 집중했다. 대략 30분쯤 지났을 때, 앤디는 갑자기 손에 들고 있던 물병을 집어던지며 악에 받친 사람처럼 엘리베이터 버튼을 눌렀다. 그러고는 뒤로 돌아 땅바닥에 나동그라진 물병을 다시 주워들고 이를 앙다물며 엘리베이터에 탔다. 그녀는 곧장 바오 회장에게 전화를 걸었다. 그러나 통화가 연결되자 순간 그를 뭐라고 불러야 할지 몰라 멈칫했다. 아버지? 이건 싫었다. 아저씨? 바오 회장에겐 어울리지 않는 호칭이었다. 바오 선생님 또는 바오 회장님도 어쩐지 적당하지 않은 것 같았다. 바오 회장은 전화를 받았는데도 아무 소리가 나지 않자 휴대폰 화면을 다시 보았다. 앤디가 틀림없었다. 그가 긴가민가하며 물었다.

"앤디?"

"네. 이판 씨를 만나러 왔어요."

"그런데, 나한테 볼일이 있나?"

바오 회장은 앤디의 의중을 몰라서 아리송하기만 했다.

"네."

앤디는 또 머뭇거렸다. 그녀가 바오 회장에게 전화를 건 것은 사

457

실 바오 부자 사이에 끼어들지 않겠다고 당당하게 말했던 자신의 원칙을 저버리는 행동이었다. 바오 회장은 다시 조심스럽게 물었다.

"앤디 맞아?"

"네, 저예요. 지금 빌딩 지하에 있어요. 방금 위층에서 회의하는 소리를 잠시 듣다가 내려왔어요."

앤디는 한 마디 한 마디를 느릿느릿 신중하게 대답했다. 바오 회장은 침착하고 끈기 있게 앤디의 말이 끝나기를 기다렸다가 다시 물었다.

"그래서?"

"화가 나요. 유능하던 이판 씨가 지금처럼 중요한 시기에 저렇게 망가지는 걸 보니 화가 나서 미치겠어요."

"그 애 탓이 아니야. 중역들이 모두 백전노장이라서 그래. 우리 회사를 나가서 직접 회사를 차려도 어디서든 꿀리지 않고 사장 노릇할 실력자들이거든. 내 아들은 아직 젊고 이제 막 전면에 나선 입장이라 그 사람들을 복종시키려면 시간이 걸릴 거다. 그러니 무능하다고 여기진 마라. 네가 중재에 나서지 않겠다고 해서 내가 돌아온 뒤에 어쩔 수 없이 경영권을 전부 넘겨줬어. 이판이 권한을 인수한 지 오늘까지 겨우 사흘도 안 됐는데 사람들을 불러 모아서 회의를 주재하는 것만으로도 이미 잘하고 있다고 본다. 넌 아직 빌딩이냐?"

"네, 그래도 화가 가라앉질 않아요. 아까 30분 동안 밖에서 회의 내용을 듣다가 너무 화가 나서 내려왔어요. 회장님과 협상하고 싶어요."

"고개를 동쪽으로 돌리면 푸른 불빛이 켜진 건물이 보일 거다. 거기 6층 사교 클럽에 있어. 우리 부자 사이를 간섭하고 싶으면 찾아오너라."

앤디가 말했다.

"금방 갈게요."

바오 회장은 휴대폰을 내려놓고 빙긋이 웃으며 같이 당구를 치던 친구에게 말했다.

"내 며느리가 곧 온대. 예쁘고 똑똑해. 둘이 아주 잘 어울려."

"벌써 며느리 편이 됐어?"

바오 회장은 당구공을 슬슬 문지르며 미소를 지었다. 그러나 바오 이판이 중요한 순간에 기를 펴지 못하고 있다는 앤디의 말은 인정할 수 없었다.

기다린 지 얼마 되지 않아서 앤디가 새로 산 생수 2병을 들고 클럽으로 들어왔다. 바오 회장이 손을 흔들자 앤디가 다가와서 앉았다. 바오 회장이 너그럽게 말했다.

"화가 나면 나한테 얘기하려무나. 말을 더듬거릴 지경으로 참고 있지 말란 말이다. 냉수도 마구 마시지 말고."

바오 회장은 종업원을 불러 따뜻한 물을 부탁했다.

앤디가 말했다.

"중국어 실력이 좋은 편이 아니어서요."

"처음 만난 사이도 아닌데 네 중국어 실력을 모르겠냐? 핑계대지 마라. 하고 싶은 말이 있으면 터놓고 해."

정곡을 찔린 앤디는 웃음이 났다. 미국에서 돌아온 이후에 줄곧 중국어 실력이 안 좋다는 핑계를 끌어다가 꽤 유용하게 두루 사용했었다. 그런데 오늘은 바오 회장한테 사정없이 속내를 들키고 말았다. 인사하러 다가온 바오 회장의 친구는 두 사람의 대화를 듣고 웃음을 터트렸다. 바오 회장은 앤디와의 본격적인 대화를 서두르지 않았다. 우선 듣기 좋은 칭찬으로 친구들에게 앤디를 소개했다. 친구들은 인사를 나눈 뒤에 흩어져서 계속 당구를 쳤다. 앤디는 바오 회장의 친구들이 간 뒤에야 다시 자리에 앉아서 물을 한 모금 마셨다. 그녀가 우울한 표정으로 바오 회장에게 말했다.

"방금 전 오너의 자리에서 억지로 버티고 있는 이판 씨의 모습은 굉장히 위축되어 있었어요. 꼭 허수아비처럼 보였죠."

"꼭 필요한 과정이야. 누구나 다 겪는 일이고."

"전 그런 모습을 보고 싶지 않아요."

앤디는 잠시 뜸을 들이다가 또 느릿느릿 힘주어 말했다.

"정말로 보기 싫어요."

"그 말… 진심이냐?"

"물론이에요. 늘 강경했던 제가 굳이 마음에도 없는 말을 할 이유가 없잖아요. 그래서 협상하러 왔어요."

"그럼 우리 집안의 일에 관여하겠다는 뜻이냐? 네가 그러겠다고 해도 문제될 건 없다. 이제 가족이니까 너무 체면 차리지 않아도 돼."

"관여하지 않기로 이미 약속했기 때문에 협상이라고 말씀드렸어요. 제가 바라는 건 딱 한 가지, 이판 씨가 예전처럼 혈기 넘치는 늠름한 모습을 되찾는 것뿐이에요. 밖에 잠깐 나갔다가 다시 들어와 복도에서 회의 내용을 들으니 금방 상황이 파악되더군요. 그 사람들은 사실에 입각해서 논리적으로 따지지 않고 일부러 생트집을 잡고 있었어요. 그렇게 달려드는 이유는 누군가가 그들에게 암시를 줬기 때문이라고 생각해요. 말하자면 현재 바오이판의 자리는 일시적이고 불확실하며 머지않아 스스로 자기 역량을 깨닫고 물러날 거라고 분위기를 조성했다고 짐작돼요. 그래서 사람들은 바오이판의 권한을 인정하면 줄을 잘못 서는 거라고 여기고 있죠. 한 마디로 지금의 상황은 이판 씨의 잘못이 아니라는 걸 이제 저도 알았어요. 어쨌든 문제의 근원을 알아냈으니 쉽게 해결되겠죠."

앤디는 입을 닫고 바오 회장을 주시했다.

"틀렸어. 소인배 같은 생각이야. 난 이미 물러난 사람이다. 내 아들을 상대로 음모를 꾸민 적도 없고 중역들한테 어떤 암시도 주지 않았어. 자리를 내놓기 싫었지만 어쨌든 물려줬고 그럼에도 문제를 해결하려고 널 부른 거다. 내가 고생스럽게 일군 사업이고 스스로 물러나겠다고 한 이상 내가 뭘 더 어떻게 하겠냐. 이렇게 혼란스러운 상황 앞에서 가장 고통스러운 사람은 나다. 그러니 중역들이 이판을 못 믿는 게 내 탓이라고 생각하지 마라. 내가 물러나는 척하면서 다시 복귀할 거라고 오해하지 말란 말이다. 아들은 내가 나서는 걸 원치 않으니 지금으로선 나도 방법이 없고 할 말도 없어. 일이 이 지경으로 꼬이니 다들 면목이 없어서 꽁무니만 빼고 있는 판국이야. 네가 나서서 중재했으면 좋겠다만 넌 안 하겠다고 하고. 내가 왜 널 불렀는지 알겠지? 그렇다고 해서 사태의 책임이 나한테 있고 내가 주도권을 장악하고 있다고 여기면 안 된다. 협상을 원한다면 좀 더 유연한 자세가 필요해. 차라리 네가 관여하겠다고 명쾌하게 밝히면 나도 너를 나무라지 않으마."

"저도 회장님 말씀을 믿고 싶어요. 회장님 같이 완강한 분이 거짓으로 자신을 비호하진 않을 테니까요. 하지만 그렇게 줄곧 완강하던 사람이 잘못을 회피하는 데 익숙해지면 아무리 노력해도 더 이상 발전하지 못해요. 그래서 결국 남한테 타협을 강요하죠. 우리 세 사람은 모두 이런 문제점을 안고 있어요. 특히 이판 씨가 그래요. 이판 씨는 회장님을 원망하기 때문에 더더욱 타협하지 않으려고 하죠. 제가 아까 빌딩 입구에서 고민하고도 답을 구하지 못한 건 저 또한 회장님과 타협하고 싶지 않았기 때문이에요. 그래서 심지어 웨이궈창한테 이판 씨의 바람막이가 되어달라고 부탁하고 제 말도 번복하지 않으려는 방법까지 생각해 냈어요. 회장님한테 전화하기 전까지 그 방법을 고려하고 있었죠. 하지만 이판 씨의 초라한 모습을 더는 볼 수 없어서 회장님과 협상하려고 마음먹었어요. 회장님을 설득하러 왔으니까 타협하시죠. 이번에 제가 처음으로 한 걸음 양보했으니 다음은 회장님 차례예요. 문제를 깔끔하게 해결하려면 이 방법밖에 없어요. 그러면 제가 관여할 부분도 줄어들고요. 제가 바오 집안의 일에 함부로 간섭하는 건 지혜롭지 못해요. 아직도 그 생각에는 변함이 없어요."

"한 가지 조건이 있어. 내가 경영 일선에서 물러나지 않는 거."

"저한테는 조건만 말씀하세요. 중재 방법은 제시하지 마시고요. 전 바오 집안의 일을 잘 모르니까요. 이판 씨의 무너진 모습을 보지 않았다면 타협을 결심하지도 않았을 거예요. 오늘 중으로 답을 주지 않으시면 내일 바오 집안 재산을 싹 다 처분하고 사라지겠어요. 그렇게 끝내야죠."

바오 회장은 놀라서 어리둥절했다. 앤디의 입에서 그런 말이 나올 줄은 몰랐다. 여자는 자신의 아내처럼 모든 걸 다 차지하려고 해서는 안 된다고 여겼던 것이다. 게다가 앤디는 그의 손자를 임신한 몸이었다.

"그런 말은 하는 게 아니다."

"실없는 소리 아니에요. 전 한다면 해요. 제가… 회장님이 지금 이판 씨 상황이 어떤지 직접 가서 보세요. 이판 씨가 회장님 아들이 아니고 부하 직원이었다면 저렇게 피폐해진 모습을 보고 어떤 생각이 들었을까요. 오죽하면 제가 웨이궈창을 끌어들이는 궁여지책을 다 짜냈겠어요. 정말 너무 괴로워요."

"쓸데없는 생각이야. 걱정이 지나쳐도 안 좋은 법이다. 가지 말고 여기 앉아 있어."

"친구 성메이와 상의할 거예요. 이런 일을 처음 겪어서 경험이 있
는 친구의 도움이 필요해요. 무능한 남자 친구 때문에 마음이 상했을
때 복잡한 심경을 어떻게 달랬는지 물어봐야겠어요. 여기서 통화하
는 게 불편하시면 말씀하세요."

"가지 마라. 가지 말고 어서 앉아."

바오 회장은 다급하게 말했다. 앤디를 바라보는 그의 표정이 복잡
해 보였지만 일부러 꾸민 것 같지는 않았다.

"네 말처럼 지금은 누가 그 자리에 있더라도 빼도 박도 못하는 상
황이고 기가 꺾일 수밖에 없어. 이건 이판의 능력 문제가 아니라 판
세가 다수 쪽으로 완전히 기울었기 때문이야. 말 몇 마디로 명확하게
설명할 수는 없는 일이니 일단 내가 통화를 해 보마."

"네, 통화하세요. 전 성메이와 통화할게요."

앤디는 마음이 어수선했다. 풀이 죽은 바오이판의 모습에 괴로워
서 몸부림칠 만큼, 자신이 남자한테 쉽게 흔들리던 여자였던 걸까?
이건 마치 오랜 기다림 끝에 얻은 사랑을 위한 행동이 아니라 오히
려 자신이 가장 혐오하는 색정광이나 하는 짓 같았다.

"전화부터 하지 말고 먼저 이판하고 만나서 둘이 얘기를 나누는
게 좋겠다. 흥분해서 혼자 앞서가다가 말실수하면 안 돼. 한 번 뱉은
말은 엎질러진 물이나 마찬가지야. 주워 담을 수가 없지. 사람들은
네가 한 말로 너를 평가할 텐데 말을 함부로 하면 수습할 수가 없어.
너는 워낙 고집이 세서 마구 밀어붙이는 경향이 있는데 이번엔 내
말을 들어라."

앤디는 바오 회장의 말에 따라 휴대폰을 내려놓고 그가 전화하는
것을 지켜봤다. 바오 회장이 중역들에게 암시를 주지 않았다는 말은

믿지 않았지만 그가 양보하기만 한다면 문제는 원만히 해결될 수 있다고 믿었다. 그가 나쁜 마음을 먹었던 사실을 인정하는 것까지 기대하지는 않았다. 조금 전에 보았던 바오이판의 망가진 모습만 생각하면 가슴이 찢어질 듯이 아팠고 절로 얼굴이 종잇장처럼 구겨졌다. 두 번 다시 생각하고 싶지 않았다.

바오 회장이 전화를 걸었다. 그의 말은 간결하고 직설적이었다. 투박스럽게 직설적인 그의 말투는 앤디가 업무를 다룰 때의 분위기와 무척 비슷했다. 앤디는 자기 고민에 빠져서 불만이 가득한 사람처럼 얼굴을 요리조리 꼬집고 있었다. 앤디를 보는 바오 회장은 가슴이 답답했다. 결국 보다 못한 그가 한 마디 했다.

"어디 불편한 것 같은데 먼저 들어가거라. 이 일은 주변 사람한테 얘기하지 말고 이판이 집에 오면 충분히 대화하도록 해. 내가 지시해 뒀으니 회의는 곧 끝날 거다. 그렇지만 내일 아침에 마무리해야 할 일은 남았어. 내가 할 일은 밤새 끝내 놓으마. 우리 앞으로 자주 만나자. 가족끼리 힘을 합치면 무슨 일이든지 다 해결할 수 있어."

앤디는 몸을 일으켰다. 선 채로 한참을 생각하다가 다시 앉았다.

"예전에 사모님한테 했던 말이 있어요. 사모님은 계속 못 믿겠다고 하셨죠. 전 원래 남의 재산에 관심이 없어요. 동시에 제 권리는 죽어도 포기하지 않아요. 이건 제 삶의 원칙이에요. 이판 씨는 저한테 철벽을 너무 높게 친다고 나무라지만 전 그렇게 해야 단순하고 순수한 인간관계를 맺을 수 있다고 생각해요. 제가 남의 일에 관여하지 않는 것도 이 원칙에서 비롯된 거죠. 회장님께 이렇게까지 강경한 태도를 보이는 것도 남의 돈으로 내 배를 채울 생각이 전혀 없기 때문이에요."

바오 회장은 한참 동안 앤디를 바라보다가 말했다.

"웨이 선생한테는 연락하지 마라."

"안 해요. 그만 가겠습니다. 안녕히 계세요."

모두 한 걸음씩 양보해서 문제는 해결된 것 같았다. 그러나 바오 회장의 낯빛은 여전히 혼란스러워 보였다. 앤디의 구겨진 얼굴도 펴지지 않았다.

앤디는 바오이판의 집으로 돌아갔다. 샤워를 하고 실내복으로 갈아입은 뒤에야 겨우 엉덩이를 붙이고 앉았다. 때마침 바오이판이 황급히 집으로 들어왔다. 앤디는 서재에 앉아서 밖에서 들리는 도우미 아주머니와 바오이판의 대화에 귀를 기울였다. 잠시 뒤에 바오이판의 발소리가 점점 가깝게 들렸다. 앤디는 잽싸게 책을 꺼내 얼굴을 덮었다. 차마 그를 볼 용기가 나지 않았다. 바오이판이 웃으며 말했다.

"화났어요? 너무 오래 기다렸죠. 당신이 올 줄 몰라서 시간을 못 냈어요."

바오이판은 앤디의 얼굴에 덮인 책을 치웠다. 앤디는 얼떨결에 바오이판에게 눈길을 주었다. 겉모습은 그럭저럭 괜찮았다. 힘없이 축 늘어져 있던 머리칼은 제자리를 찾아갔고 우울해 보이진 않았다. 물론 피로한 기색은 역력했다. 몸에서는 담배 냄새가 진동을 했지만 다행스럽게도 훈남 외모는 유지하고 있었다. 앤디의 마음도 그제야 편안해졌다.

"왜요? 며칠 못 봤다고 낯설어요?"

"냄새 때문에 토할 거 같아요. 어서 씻고 와요."

앤디는 바오이판을 안방으로 밀어냈다. 바오이판은 앤디가 입덧 때문에 힘들어하는 걸 알기에 재깍 씻으러 나갔다. 앤디는 뒤따라가서 문 앞에 서며 말했다.

"아까 빌딩에 당신 만나러 갔었어요. 그리고 당신 아버지하고 얘기했어요."

깜짝 놀란 바오이판은 동작을 멈췄다.

"봤어요? 아버지랑 무슨 얘기했어요?"

"솔직하게 다 까발리진 않았어요. 에둘러서 말했죠. 수렴청정할 생각은 말라고요. 그러면 나도 웨이귀창을 데려다가 뒤에 앉혀놓겠다고 했어요."

"아… 그런 거였군요."

"당분간은 잠잠하겠죠. 나도 어떻게 해야 할지 잘 몰라서요. 회의실로 뛰어 들어가서 당신한테 물어볼 수도 없고, 어쩔 수 없이 역겨운 웨이귀창의 이름을 팔았어요."

"잘 했어요! 후련해요. 어쩐지."

바오이판은 욕조 안으로 쏙 들어가 편안하게 눕더니 한 손을 내밀고 어리광을 피우듯이 말했다.

"앤디, 가까이 와서 얘기해요."

"방금 전에 하마터면 당신 아버지를 잡을 뻔했어요. 당신을 의기소침하게 만들었잖아요. 당신인 줄 몰라볼 정도였다니까요. 얼마나 속이 상하던지. 당신 아버지가 놀라서 쓰러지게 하려고 그랬던 건 아니에요. 아까는 당신 얼굴을 차마 볼 수가 없어서 빌딩에서 뛰쳐나왔죠."

"내가 안쓰러워서?"

"아니. 느끼하게 굴지 마요."

"이틀 동안 아주 진절머리가 났어요. 중역들이 모두 날 애먹이더군요. 게다가 오늘 회의까지 덤으로 얹어서요. 생각해 봐요. 경영권을 물려받은 지 겨우 이틀이에요. 아직까지 독대한 고위 임원도 몇 명밖에 안 되는데 회의를 열 타이밍은 아니잖아요? 아버지가 물러나

466

기 싫어서 백방으로 간계를 부리는 것도 이미 알고 있어요. 당신이 독한 수를 쓰는 바람에 정곡을 찔렸을 거예요. 나한테 화풀이하겠죠."

"첨부터 정곡을 찌르려고 시작한 일은 아니에요. 당신의 맥 빠진 모습이 보기 싫어서 궁지에 몰린 생쥐가 고양이를 무는 심정으로 덤빈 것뿐이에요. 좀 추악했지만 그 방법 말고는 당신을 본 모습으로 돌려놓기 위해 당신 아버지한테 맞설 수 있는 선택이 없었어요."

깜짝 놀란 바오이판은 저도 모르게 웃음을 거두고 앤디와 눈을 맞췄다.

"내가 얼마나 분통이 터지는 줄 알아요? 아버지가 어머니를 죽게 했다는 걸 분명히 아는데도 경찰에 신고하지도 못해요. 아버지가 법의 테두리 밖에서 자유로운 모습을 보고 있을 수밖에 없다고요. 원래 어머니께 충성을 맹세했던 사람들도 지금은 판세에 따라 모두 돌아섰어요. 오히려 아버지 밑으로 들어가서 잘 보이려고 갖은 애를 다 쓰고 나하고는 등졌어요. 아버지는 내가 어머니의 죽음과 관련된 기억을 지우길 바라죠. 마치 이 세상에 어머니의 존재가 없었던 것처럼 행동하시고요. 난 어머니의 사무실을 그대로 보존하고 싶어서 단단히 봉쇄해 뒀었거든요. 그런데 내가 출장을 간 사이 단 하루 만에 아버지가 흔적도 없이 치워버렸어요. 아버지는 일부러 나와 힘겨루기를 하고 있어요. 회사에서 나의 권위를 야금야금 뭉개고 있고 내 권력을 하나씩 박탈하고 있다고요. 그다음엔 심복이나 다름없는 중역들에게 협공을 지시해서 날 회사에서 밀어내려고 하죠. 내가 호래자식이 아니라 오히려 아버지가 내 목을 조르고 있는 거예요. 오늘 당신이 아버지를 협박하지 않았다면 아버지는 아마 좀 전에 목적을 달성했을 거예요. 이제부터 목표는 내 자리를 지키는 거예요."

바오이판은 격하게 속내를 털어놓았다. 하지만 앤디의 시선은 시

종일관 바오이판의 이마로 흘러내린 머리칼에 꽂혀 있었다. 바오이
판이 회의실에 있을 때 힘없이 축 처져서 그를 초췌해 보이게 했던
그 머리칼이 지금은 흥분한 바오이판의 몸짓에 따라 부드럽게 흔들
렸다. 머리칼은 그렇게 흔들흔들하더니 서서히 조금씩 다시 아래로
드리워졌다. 앤디는 기어이 손을 뻗어 그의 머리칼을 위로 쓸어 올리
고 반듯하게 눌러 매만졌다. 이제 갈 곳을 잃은 그녀의 시선은 곧이
어 바오이판의 눈으로 향했다. 그의 눈동자는 격분한 마음과 함께 흔
들리며 반짝반짝 빛을 내고 있었다. 앤디는 또 감정을 주체하지 못하
고 손가락으로 그의 눈가를 지그시 누르며 쓸었다. 눈가에 고였던 눈
물이 터진 둑처럼 와락 쏟아졌다. 앤디의 손가락은 뜨거운 눈물로 적
셔졌다. 그 순간, 앤디의 마음에서는 번뇌가 사라졌다.

"억울해하지 말아요. 당신이 어머니를 애도할 때 회장님은 큰 그
림을 그렸고, 당신이 어머니의 정을 그리워할 때 회장님은 일사천리
로 일을 해치웠어요. 그러니 사사건건 당할 수밖에요."

바오이판은 욕조에서 몸을 일으키며 앤디를 힘주어 꽉 끌어안았
다. 이 포옹은 예전에 했던 것과는 전혀 다른 성격의 스킨십임을 두
사람 모두 똑같이 느꼈다.

"오늘 밤엔 당신이랑 같이 있어 줄 시간이 없어요. 내일 아침에도
회의가 있어서 생각을 좀 정리해야 해요."

"하지 마요. 지금 당신의 행동 하나하나는 모두 아버지가 철저히
계획한 대로 움직이고 있어요. 아까 내가 훼방을 놓긴 했지만 예상컨
대 저녁 내내 새로운 작전을 또 구상해 뒀을 거예요. 당신은 내일도
꼼짝없이 아버지의 극본에 따라 연기하게 될 거고요. 그러니까 아버
지한테 예상을 뒤엎는 모습을 보여야 해요. 당신, 아버지, 어머니 앞
으로 된 것들을 전부 아버지한테 넘기고 당신은 자리에서 완전히 물

468

러나요. 아버지 혼자 실컷 새 출발하게 두라고요."

"족집게군요. 어차피 아버지의 목적은 날 회사에서 쫓아내는 거니까. 그죠?"

"난 가족이 뭔지 잘 몰라요. 하지만 내가 아는 범위 안에서, 이를테면 웨이궈창과의 관계로⋯."

앤디는 어김없이 토하는 자세를 취했다. 웨이궈창의 이름을 거론함으로써 불편해지는 마음을 그 같은 행동으로 희석시켰다.

"지금까지 나와 웨이궈창은 서로 부딪치기만 했는데도 그 사람은⋯ 어휴, 어쨌든 당신도 알잖아요. 당신하고 아버지와의 관계를 생각해 봐요. 아버지가 어머니한테 했던 것과 똑같은 태도로 당신을 대하진 않을 거예요. 아버지 연세에 지금 후계자로 삼을 자식 1명을 더 낳아 기를 수도 없잖아요. 많이 양보해서 당신이 다 내려놓고 회사를 나와도 당신은 이미 상권, 경험, 인맥, 일손, 자금을 보유하고 있으니까 미래를 걱정할 필요는 없어요. 아마 3년 뒤에는 지금보다 훨씬 성공한 모습일 걸요."

바오이판은 고개를 들어 한참이나 앤디를 바라봤다.

"혼자 생각할 시간을 좀 줘요."

앤디는 두 말 않고 일어나서 욕실을 나왔다. 바오이판은 다소 곤혹스러운 표정으로 그녀의 뒷모습을 바라보다가 이내 깊은 사색에 빠졌다.

59

관쥐얼은 드디어 씨에빈과 주말을 함께 보낼 수 있게 되었다. 다만 정시에 퇴근하기는 어려울 것 같아서 미리 씨에빈에게 메시지를 보냈다. 영화관까지 가는 동안 저녁으로 먹을 것 1인분만 사다 달라고 부탁했다. 마침내 일이 끝난 관쥐얼은 초시계를 움켜쥐고 사무실을 뛰쳐나갔다. 엘리베이터를 기다리다가 늦을까 봐 곧장 계단으로 가서 아래층까지 내달렸다. 씨에빈은 갖가지 야채를 그득하게 채워 먹음직스럽게 만든 서브웨이 샌드위치를 관쥐얼 손에 쥐어 주었다. 관쥐얼은 차 안으로 팔짝 뛰어 들어가 앉았다.

"우와, 내가 먹고 싶었던 거예요. 이렇게 채소를 잔뜩 넣은 게 당겼다고요."

"텔레파시가 통했네요. 이제 날 믿겠어요?"

관쥐얼은 얼굴을 붉히며 장난꾸러기 같은 표정을 지었다. 고개를 숙이고 한 입 베어 물던 관쥐얼은 불쑥 화가 난 것처럼 말했다.

"그렇게 보고 있으니까 못 먹겠어요."

"아, 내 것도 있는데 깜빡 했네요."

씨에빈의 것은 두꺼운 패티가 2장 들어간 맥도날드 빅맥 햄버거였다. 두 사람은 자연스럽게 커다란 햄버거와 샌드위치를 모아서 들고 크기를 대조하며 깔깔 웃었다.

씨에빈은 영화 시작 시간이 얼마 남지 않아서 차를 급하게 모느라 빅맥 한 입을 베어 물 겨를조차 없었다. 영화관 지하주차장에 도착해서 시계를 보았다. 마음이 급해진 두 사람은 저녁거리를 들고 미친 듯이 질주했다. 미들 힐 구두를 신은 관쥐얼은 빨리 뛰지 못해서 한참 뒤떨어져서 가고 있었다. 뜻밖의 상황을 맞닥뜨린 씨에빈은 관쥐얼의 손을 잡고 앞에서 그녀를 끌며 뛰었다. 그런데도 관쥐얼의 다리는 여전히 굼떴다. 당황한 두 사람은 달리던 자세 그대로 길 한복판에 우뚝 멈춰 서서 멀뚱멀뚱 서로의 얼굴만 쳐다봤다. 주차장은 드나드는 차들로 북적였다. 지나가던 자동차 1대가 그들을 향해 경적을 울렸다. 두 사람은 그제야 퍼뜩 정신을 차리고 다시 달리기 시작했다. 발걸음이 구름 속을 걷듯이 사뿐사뿐 가벼웠다.

검표하는 곳에 겨우 다다른 두 사람은 숨을 헐떡거리며 걸음을 멈췄다. 씨에빈은 관쥐얼의 손을 놓지 않고 저녁거리를 든 다른 한 손으로 어렵사리 영화표를 꺼내 검표원에게 건넸다. 그 사이에도 씨에빈은 계속 관쥐얼만 바라보고 있었다. 검표원이 짜증스럽게 그의 팔을 살짝 밀었다. 씨에빈이 표를 돌려받는 걸 깜빡 잊었던 것이다.

눈꺼풀을 거의 감다시피 내리깔고 있던 관쥐얼은 씨에빈의 크고 튼실한 손에 이끌려 영화관 안으로 들어갔다. 자리를 찾아 앉고 나니 어둠 덕분에 어색함이 덜했다. 관쥐얼은 그제야 고개를 살며시 들고 씨에빈을 힐끔 보았다. 씨에빈도 그녀를 보고 있었다. 어둠 속에서 그들의 표정은 변화가 없었다. 오로지 반짝이는 4개의 눈동자만이 서로를 응시했다. 씨에빈은 그녀의 손을 더욱 세게 잡았고 관쥐얼은 가만히 느끼고만 있었다.

그렇게 무르익던 분위기는 관쥐얼의 휴대폰 소리와 함께 삽시간에 꺼져버렸다. 관쥐얼이 한 손으로 휴대폰을 꺼내기 불편해하자 씨에빈은 하는 수 없이 그녀의 손을 놓았다. 관쥐얼은 당황해서 허둥지둥하느라 휴대폰을 곧바로 꺼내지 못했다. 더듬거리던 손이 휴대폰에 겨우 닿았을 때는 이미 벨소리가 그친 뒤였다. 그녀는 휴대폰을 꺼내 열어 보았다. 추잉잉의 전화였다. 관쥐얼은 아예 휴대폰의 전원을 끄고 가방 속으로 쑤셔 넣었다.

씨에빈은 마음이 불편했다.

"잉잉 씨한테 급한 일이 있으면 영화는 안 봐도 돼요. 난 괜찮으니까."

영화는 이미 시작되었고 사운드가 극장 안을 요란하게 울렸다. 대화를 나누려면 상대방에게 바짝 다가가야 했다. 관쥐얼은 얼굴이 발개지고 심장이 쿵쾅 뛰었다. 다행히도 주변이 캄캄해서 그녀는 부끄러움을 무릅쓰고 용기 있게 자리를 지켰다.

"이제 급하게 가지 않아도 돼요. 잉친 씨가 잉잉의 옆 병실로 옮겨 왔거든요. 잉친 씨 집에서도 잉잉을 받아들이기로 했어요. 무슨 일이 생기면 자기들끼리 알아서 해결할 거예요."

"예스!"

씨에빈은 환호하며 관쥐얼의 보드랍고 작은 손을 빤히 쳐다봤다. 관쥐얼의 손은 가방 위에 놓여 있었다. 그는 자신이 손을 덥석 잡으면 관쥐얼이 놀랄 것 같았다. 그런데 믿을 수 없는 광경이 눈앞에 펼쳐졌다. 관쥐얼의 작은 손이 살짝 위로 들리는가 싶더니 공중을 가로질러 두 사람의 좌석 사이에 있는 팔걸이에 자리를 잡는 것이었다. 씨에빈은 속으로 쾌재를 부르며 서슴없이 그의 큰 손으로 그녀의 손을 감쌌다. 관쥐얼은 돌아보지 않았다. 아니, 아예 씨에빈을 외면했다. 그러나 그녀의 손은 그대로 가만히 있었다.

두 사람은 겨우 몇 입만 먹고 남은 저녁거리가 있다는 사실 따위는 까맣게 잊었다.

　왕바이촨은 판성메이를 집에 데려다 주었다. 가는 길에 판성메이는 대시보드에 엎드려서 밤새 줄을 서서 기다릴 때 필요한 물품을 왕바이촨과 의논했다. 방석, 두꺼운 옷, 물티슈 등을 일일이 적었고 차가 환락송 입구에 도착했을 때는 메모지를 뜯어서 왕바이촨에게 건넸다.

　왕바이촨이 웃으며 말했다.

　"캠핑하는 것도 아닌데 너무 거창해."

　"잉잉이 설날 기차표를 사느라 밤새 줄을 섰던 적이 있거든. 그때 냉수를 마시는 바람에 배탈이 나서 병원에 입원할 뻔했어. 혹시 모르니까 대비해야지. 내일 아침에는 내가 따뜻한 콩국을 가지고 갈게."

　판성메이는 왕바이촨 쪽으로 몸을 돌렸다. 그의 얼굴을 두 손으로 감싸고 깊은 입맞춤을 했다. 그런 뒤에 환하게 웃으며 차에서 내렸다. 왕바이촨은 얼떨떨한 표정으로 판성메이의 뒷모습을 바라보는 한편 소굴 같은 집에서 죽치고 있을 판성메이의 끔찍한 식구들을 떠올렸다.

　판성메이는 모퉁이를 돌다가 무심코 고개를 돌려 보았다. 왕바이촨의 차가 떠나지 않고 그 자리에 계속 있었다. 그녀는 기분 좋게 웃으며 빨리 가라는 뜻으로 손을 휘휘 저었다. 그녀의 발걸음도 한결 경쾌해졌다. 엘리베이터 앞에 서 있는데 앤디의 메시지가 도착했다. 두서없는 내용이었다.

　'이판 씨의 기가 팍 꺾였어. 보기가 괴로워서 도망가고 싶어. 내가 그 사람을 덜 사랑하는 걸까?'

판성메이는 앤디에게 무슨 일이 일어났는지 전혀 몰랐다. 하지만 앤디가 그녀에게 도움을 청한 이상 진지하게 고민해서 신중하게 답장했다.

'풀이 죽은 애인의 모습을 보고도 마음에 동요가 없다면 그야말로 문제지. 도리어 기분이 좋아졌다면 더 심각한 문제고. 괴롭고 회피하고 싶은 건 당연한 반응이야. 대화를 나누면 좋아질 거야.'

'오케이, 접수!'

앤디는 판성메이의 답장을 받고 마음이 놓였다. 그녀는 이미 대화로 원만하게 마무리를 지었기 때문이다. 테이블 위에 놓여 있던 바오이판의 휴대폰이 울렸다. 바오 회장의 전화였다. 앤디는 목소리를 높여서 욕조 안에 누운 바오이판에게 물었다.

"아버지한테 전화 왔어요. 받을래요?"

"받을게요."

앤디는 휴대폰을 들고 욕실로 들어갔다. 바오이판은 앤디의 손을 끌어당겨 옆에 앉혔다. 물에 흠뻑 젖은 귀에 휴대폰을 대기 불편해서 스피커 모드를 켰다. 통화가 연결되었다. 그는 시큰둥하게 받았다.

"왜요?"

"사소한 오해가 있었어. 내가 중역들한테 얘기해서 바로잡았고 내일 회의는 계획대로 진행한다."

"네."

"집이구나. 앤디는 만났어?"

"네."

"앤디가 옆에 있는 동안 살뜰히 챙겨라. 벌써부터 초라한 네 모습에 실망한 기색을 비쳤어."

"네?"

바오이판은 얼른 앤디의 입을 막았다.

"앤디가 뭐라고 했는데요?"

"네가 내 아들이 아니고 부하 직원이라면 위축된 널 보고 어떤 생각이 들겠냐고 나한테 묻더구나. 그리 알고 신경 써."

부자간의 통화는 무척 간결했다. 원수 사이처럼 할 말만 하고 전화를 툭 끊었다. 바오이판은 "흥." 하고 콧방귀를 뀌며 말했다.

"들었죠? 당신 협박이 통했나 봐요. 우리 사이를 이간질하려고 저러는 거예요."

앤디는 할 말이 있었지만 하지 않고 입을 꾹 다물었다. 앤디가 그 말을 한 건 사실이지만 바오 회장은 앤디의 말을 이간질에 이용하고 아들에게 고자질했다. 하지만 그녀는 그 말이 진심임을 당장 시인할 수 없었다. 바오이판이 이간질이라고 여기는 이상 앤디가 진심을 말해도 그는 받아들이지 않을 것이 분명했기 때문이다.

바오이판은 앤디를 보며 웃었다.

"아버지 말은 무시해요. 생각해 봤는데 난 물러나지 않을 거예요. 공장을 지켜내야죠. 거긴 내 터전이고 내부 문제도 없어요. 그렇지만 부동산 쪽은 내일부터 헤집어 놔야겠어요. 아버지가 아끼는 건 사력을 다해서 망가뜨릴 작정이에요. 건설 쪽은 성과를 내기는 어려워도 무너뜨리는 건 간단해요. 누가 이기는지 두고 봐요. 앤디, 당신처럼 하지 못해서 미안해요. 당신은 웨이궈창을 상대하기 싫으면 눈앞에 나타나지 말라고 소리치고 멀리멀리 도망가잖아요. 난 그렇게 못해요. 이 분노를 절대로 그냥 삼킬 수가 없어요."

"고집 부리지 말아요. 난 어차피 제3자라서 당신 아버지가 약속을 어기면 비난할 수 있어요. 하지만 양심적으로 말해서 바오 집안의 사업을 이렇게 큰 규모로 키운 건 아버지의 공이 가장 커요. 그러니 당연히 아버지한테 지배권이 가장 많고 경영권에 연연하는 것도 비난할 수 없어요. 더구나 중역들도 이미 태도를 분명히 밝혔잖아요. 당신이 아버지를 밀어내고 부동산 쪽을 뒤흔드는 걸 절대로 용인하지 않을 거예요. 만약 내일부터 갖가지 비상식적인 방법으로 회사 내에서 아버지의 영향력을 배제하려고 밀어붙인다면 결국 당신 스스로 회사 분위기를 망치는 꼴이 되고 말아요. 이건 당신의 품격을 떨어뜨리는 일이라고요."

"아버지 같은 사람을 합법적인 방법으로 대하는 건 곧 파멸의 길이에요. 아버지를 다루는 방법은 딱 한 가지밖에 없어요. 살을 에는 고통을 겪게 하는 거죠. 그러면 마음을 접을 거예요. 걱정 말아요. 선은 지킬 테니까."

"선은 쉽게 무너질 수 있어요. 선을 꼭 지킬 거면 방어막을 확실하게 세워요. 그런데 지금 당신은 돌아가신 어머니 때문에 격앙돼서 눈이 뒤집힌 거 같아요."

"맞아요. 만약 당신이 내 경우라면 웨이궈창과 손을 잡겠어요?"

"난 당장 떠나죠. 웨이궈창과 맞붙어서 내 격을 떨어뜨리진 않아요. 그리고 어머니 죽음과 관련해서 그동안 담아두고 하지 못했던 말이 있어요. 죽음의 내인은 신체적인 문제지만 외인도 두 가지가 있죠. 하나는 내가 그 날 밤에 어머니한테 다이산을 떠나라고 종용했던 거고, 또 하나는 아버지의 질책이에요. 그런데 당신은 지금 분노를 모조리 아버지 한 사람에게만 터뜨리고 있어요. 난 당신의 분노를 곁에서 보고 있으면 너무 무서워요."

"앤디!"

바오이판은 무심결에 쩌렁쩌렁 울리도록 매서운 목소리를 냈다. 그러나 앤디 눈동자의 흰자위가 커지는 것을 보고는 이내 감정을 억누르며 낮은 소리로 말했다.

"나가 있어요. 헹구기만 하면 돼요."

앤디는 잠시 머뭇거리다가 어색한 말투로 농담을 건넸다.

"새삼스럽게 나가라고 하네, 치."

앤디는 곧장 자리를 비켰다.

대답할 기운마저 빠져 버린 바오이판은 멍하니 문을 바라보다가 겨우 일어나서 몸을 헹궜다. 바오이판이 잠옷을 입고 나오니 앤디가 헤어드라이어를 들고 욕실 입구에서 기웃거리고 있었다. 그가 드라이어를 건네받으려고 하는데 앤디는 꽉 쥐고 놓아주지 않았다.

"내가 말려줄까요?"

"됐어요. 내가 해요."

"당신 비위 좀 맞추려고요. 나한테 화난 거 같아서. 저기 앉아요."

바오이판은 앤디를 쓱 보더니 말없이 의자로 가서 등지고 앉았다. 따뜻한 바람이 부드럽게 머리에 닿자 바오이판은 기분이 좀 풀리는 듯했다.

"앤디, 우리 골치 아픈 얘기는 하지 맙시다. 내일 아침에 뭐 할 건지나 얘기해봐요."

"늦잠 자야죠. 당신은 내일 회의가 중요하니까 해결해야 할 일은 꼭 하고…."

"제발 그만. 나 너무 피곤해요. 몸도 마음도 다 지쳤다고요. 응? 그 얘긴 그만해요. 듣기 싫으니까."

'나한테 짜증을 내?' 앤디는 뒤에서 눈을 흘겼다. 지금껏 그녀가 다른 사람 때문에 짜증이 난 적은 있어도 그녀가 다른 사람을 짜증 나게 만든 경우는 처음이었다. 더구나 바오이판의 퉁명스러운 말투는 앤디의 마음을 상하게 했다. 앤디는 그때부터 입을 닫고 바오이판의 머리칼을 마구 흐트러뜨렸다. 그러더니 드라이어를 한쪽으로 던져 버리고는 아무 말없이 서재로 들어갔다. 앤디는 깜짝 이벤트를 하려고 고생스럽게 이곳에 왔는데 오히려 그가 더 큰 충격을 안겨 주었기 때문이다.

멍하니 바라보고만 있던 바오이판도 토라졌는지 드라이어를 더 멀리로 밀쳐내고는 말없이 침대로 올라가 누웠다. 이렇게 무뚝뚝한 반응은 상당히 의외였다. 두 사람은 각자의 자리에서 귀를 쫑긋 세우고 상대방의 움직임에 집중했다. 서로가 행여 사과하러 오지 않을까 기다렸다. 앤디는 시간이 지나니 차츰 화가 수그러들어서 바오이판의 입장을 생각해 보았다. 그는 하루 종일 중역들에게 폭격을 맞아서 이미 기가 다 빠진 상태로 집에 돌아왔다. 그런데도 앤디를 위해 남은 힘을 다 짜내며 참고 버틴 그였다.

앤디는 안쓰러운 그를 위해 져주기로 했다. 이런 경우에 취샤오샤오라면 무조건 침대로 뛰어들어 남자를 포로로 만들었겠지만 앤디는 한참을 생각한 뒤에 결정했다. 자신의 생각을 글로 적어서 아까 못다 한 말을 전하기로 했다. 다 적은 뒤에는 프린터로 출력했다.

바오이판은 한참이 지나도 앤디의 기척이 들리지 않자 잠이 쏟아졌다. 그때 마침 옆방에서 프린터가 작동하는 소리가 들려왔다. 그는 무슨 일인지 궁금했지만 앤디가 밖으로 나오지 않으므로 자신도 움직이지 않았다.

잠시 후, 침실 문이 빼꼼 열리면서 불빛이 쏟아져 들어왔다. 바오이판도 평화를 위해 올리브 가지를 흔들 준비를 하고 있었다. 그의 올리브 가지는 다름 아닌 그의 팔이었다. 앤디가 다가와 옆에 앉았다. 두 사람은 손을 꼭 맞잡았다.

"오늘 비행기도 타고 차도 타서 피곤할 텐데 일찍 쉬어요."

"네, 할 일이 하나 남았어요. 아까 다 못한 얘기가 있어서 간단하게 요점만 적어 왔으니까 읽어 봐요. 내가 읽어줄까요? 500자도 안 돼요."

바오이판이 벌떡 일어나 앉았다.

"앤디, 날 좀 봐요. 나 지금 너무너무 피곤해요. 마음도 지쳤고 안정이 필요해요. 쉬어야 한다고요. 난 위로 받고 싶으니까 그런 얘기는 그만 해요."

"문제는 해결해야죠."

앤디는 다투는 건 겁나지 않았지만 그가 짜증을 내자 살짝 움츠러들었다. 그래서 화를 돋우지 않으려고 간략하게 말했는데도 소용이 없었다.

"내겐 이미 방법이 있어요. 오케이? 내가 당신이 권한 방법을 거절하면 당신도 기분 나쁘잖아요. 앤디, 이건 당신 사업이 아니에요. 내 사업은 내가 가장 잘 아니까 내가 해결해요!"

"이성적으로 대처해야죠. 일단 내가 적은 걸 좀 봐요. 내 의견도 있고 해결 방법도 있어요."

"당신이 말하는 이성적인 방법은 당신 방법을 전적으로 수용하고 내 방법은 모조리 부정하는 오만한 발상이겠죠. 왜 내 방법은 우습게 여겨요? 당신이야말로 월권하지 말고 이성적으로 행동해요. 난 오늘 너무 지쳤다고 이미 얘기했어요. 내일은 회의도 있고 어머니 성묘도 하고 애도도 해야 해요. 제발 더 이상 날 성가시게 하지 말아요!"

앤디는 바오이판의 방법을 철저히 깔아뭉갰다. 고집불통 바오이판의 극단적인 방법은 문제를 해결하는 데 전혀 도움이 되지 않는다고 여겼던 것이다. 아무리 생각해도 자신의 방법이 명백히 옳은데 화를 내는 바오이판을 보고 있으니 그녀도 슬슬 짜증이 나기 시작했다. 앤디는 눈을 감고 그를 보지 않았다. 그의 말이 끝나기를 기다렸다가 이런 상황에서 아주 유용한 그녀만의 주문을 읊었다.

"임신부한테 그렇게 고함치면 안 돼요. 난 임신한 몸으로 산 넘고 물 건너서 먼 길을 힘들게 온 사람이라고요. 그러니까 이거 한 번만 읽어 봐요."

바오이판은 앤디의 손에 들린 종이를 휙 낚아챘다. 앤디가 스탠드를 켜자 종이를 그 밑으로 가져갔다. 앤디는 바오이판이 제대로 읽고 있는지 아리송했다. 그는 재빠르게 한번 쓱 훑더니 종이를 치우고 곧장 이불 속으로 기어들어가 이불을 머리끝까지 푹 덮었다. 앤디는 미동도 없는 바오이판 앞에서 심장 박동이 빨라지고 호흡이 가빠졌다. 덩달아 화도 점점 솟구쳐 올랐다.

"당신이 내 의견을 묵살할 수는 있어요. 하지만 당신을 도우려는 내 진심은 이런 식으로 대하면 안 돼요. 무조건 내 방법대로 하라고 강요한 것도 아니고 참고만 하라는 거잖아요. 당신 기분이 안 좋고 일이 뜻대로 안 돼서 힘든 거 다 이해해요. 하지만 문제를 하나씩 풀어 가야지 화만 내는 게 무슨 소용이냐고요. 그래봤자 상황만 악화돼요. 어쨌든 그만 진정하고 일단 푹 자요. 방해 안 할 테니까 잘 자요. 혹시 내일 상의할 사람이 필요하면 내가 있다는 것만 알아둬요."

앤디는 색색거리며 나가 게스트 룸으로 갔다. 잠이 오지 않아서 계속 물만 마셨다. 얼마나 많이 마셨는지 쉴 새 없이 화장실을 들락거렸다. 한밤중까지도 그녀는 화가 풀리지 않았다.

안방의 침대에 누운 바오이판은 앤디가 나가자 머리를 이불 밖으로 쏙 내밀고 큰대자로 반듯하게 누웠다. 그도 잠이 오지 않았지만 그렇다고 게스트 룸으로 가서 앤디를 데리고 오지도 않았다.

관쥐얼은 씨에빈과 함께 영화 2편을 연달아 봤다. 영화를 다 보고 나니 팔이 마비되는 것 같았다. 상영관 안의 불빛이 점점 밝아지자 관쥐얼은 얼른 휴대폰을 꺼내 전원을 켰다. 메시지가 여러 통 와 있었다. 씨에빈도 휴대폰을 켜서 메시지를 확인했다. 두 사람은 휴대폰을 보며 밖으로 걸어 나갔다. 당연히 추잉잉의 메시지도 있었다.

'저녁을 다 먹었는데 잉친의 어머니가 안 오시는 거야. 막 걱정하다가 생각해 보니까 요 며칠 잠을 제대로 못 주무셨을 거 같더라. 게다가 오늘은 병원을 옮기느라 바쁘고 피곤해서 녹초가 되셨겠지. 그래서 귀찮게 안 하려고. 잉친한테도 전화하지 않고 몸조심하면서 셀프 간호하고 있어.'

추잉잉은 앙탈로 메시지를 끝맺었다.

'오늘은 다들 바쁜지 아무도 나한테 관심이 없네.'

관쥐얼은 무척 미안한 마음이 들었다. 씨에빈이 내일 아침 10시에 만나자고 하자 관쥐얼은 잠시 생각하다가 대답했다.

"잉잉한테 먼저 들러야겠어요. 잉친 씨 어머니가 바쁘고 힘드셔서 잉잉을 세심하게 못 챙기나 봐요."

"내일 낮엔 간호를 해야 하는군요."

"네, 병가 연장 신청도 대신 해주기로 했어요. 지난번에 신청한 기간이 다 됐거든요."

"동갑내기 룸메이트가 아니라 꼭 엄마 같네요. 알았어요, 내일 데리러 갈게요. 병원에 같이 갔다가 데이트해요. 오늘 야식은 어디서 먹을까요?"

관쥐얼이 웃으며 대답하려는데 메시지 알림 소리가 또 울렸다.

"잉잉이 아직 안 자나?"

관쥐얼은 혼잣말하며 휴대폰을 열었다. 씨에빈의 고향에 간 취샤오샤오가 전해온 소식을 앤디가 대신 알리는 메시지였다. 흠칫 놀란 관쥐얼은 본능적으로 휴대폰을 가슴에 대고 긴장한 눈빛으로 씨에 빈을 보았다. 씨에빈이 의아해하며 물었다.

"왜 그래요? 무슨 일 있어요?"

"아니에요. 앤디 언니가 할 말이 있나 봐요."

"아, 급한 일이에요?"

관쥐얼은 고개를 끄덕였다. 그러나 씨에빈은 방금 전 당황하던 관쥐얼의 태도를 이미 본 터라 어색한 표정을 감추지 못했다. 빈틈없는 성격의 관쥐얼도 씨에빈의 얼굴 근육 하나하나의 미세한 움직임을 놓치지 않았다. 관쥐얼은 처음으로 씨에빈의 행동에 의문을 품기 시작했다. 혹시 씨에빈이 자신과 관련이 있는 일이라고 여겨서 이렇게 민감하게 반응한 것일까?

"오늘은 야식 안 먹을래요. 요즘 피곤해서 잇몸이 부었거든요."

"아, 그럼 집에 데려다줄게요. 그런데 오늘을… 우리가 새로운 출발을 하는 기념비적인 날로 삼으면 어떨까요? 쥐얼 씨와 같이 일출을 꼭 보고 싶어서요."

"저는… 무슨 말인지 모르겠어요. 새로운 출발이라뇨?"

관쥐얼은 피로 때문인지 영화를 오래 본 탓인지 머리가 어질어질하고 떵했다.

"아…. 갑자기 정색해서 놀랐잖아요."

씨에빈은 안도의 한숨을 쉬며 하하 웃었다. 그런데 웃음소리가 좀 기괴했다. 씨에빈도 자신의 웃음소리가 이상하게 느껴졌는지 멋쩍게 또 웃었다. 그러다가 갑자기 허리를 펴고 똑바로 서더니 관쥐얼의 앞을 가로막으며 진지하게 말했다.

"쥐얼 씨, 우리 정식으로 사귈래요? 내 여자 친구가 되어 줘요. 나는 정말로… 당신을… 사랑해요."

씨에빈은 하필이면 '사랑'이라는 단어를 말하면서 창피하게 혀가 꼬여서 이상하게 발음해버렸다.

관쥐얼은 넋이 나간 사람처럼 멍했다. 마치 오프로드 자동차를 탄 것처럼 흥분되고 어지럽고 극도로 긴장되었다. 긴장한 두 사람은 진지한 표정으로 서로 마주보았다. 초조해진 씨에빈이 재차 물었다.

"우리, 사귈래요? 아, 금방 가서 꽃다발 가져 올게요. 미안해요, 정말 미안해요. 준비도 없이 이렇게 어설프게 고백해 버렸네요."

"아니에요…. 괜찮아요."

관쥐얼은 손사래를 치다가 금방 다시 손을 거두며 물었다.

"우…우리 진지하게 만나자고요?"

관쥐얼은 숨이 막힐 듯했다.

"당연히 진지하게. 장난이 아니라 진심이에요. 쥐얼 씨가 날 받아 줬으면 좋겠어요. 영원히 함께하고 싶어요. 우선… 천천히 서로를 알아가면서…, 그렇게 만나다가 평생의 동반자가 되었으면 해요."

"좋아요!"

관쥐얼은 씨에빈의 말이 떨어지기가 무섭게 냉큼 대답했다.

대답하면서 스스로 깜짝 놀란 그녀는 저도 모르게 뒷걸음치면서 믿을 수 없다는 듯이 씨에빈을 쳐다봤다. 순간 자기 입을 틀어막고 싶었다. 자세히 물어보지도 않고 깊이 생각하지도 않고 어쩌자고 무턱대고 좋다고 대답했을까. 하지만 대답은 이미 해버렸고 이제는 그녀도 어쩔 수가 없었다. 마치 남의 일인 양 어리둥절하기만 했다.

씨에빈은 넋이 나간 사람처럼 반응이 없었다. 잠시 후, 정신이 들었는지 입이 귀에 걸리도록 기뻐하며 웃기 시작했다. 급기야 두 팔로 관쥐얼의 허리를 안아 번쩍 들어 올리더니 뱅글뱅글 어지럽게 돌았다. 요조숙녀 같았던 관쥐얼은 놀란 것인지 기쁜 것인지 아리송한 표정을 지으며 비명을 꽥 질렀다. 무서워서 씨에빈의 머리칼도 꽉 움켜쥐었다. 씨에빈이 아플까 봐 다른 곳을 잡으려고 했지만 쑥스러워서 마땅한 곳을 찾지 못했다. 관쥐얼은 씨에빈이 그녀를 자동차 보닛에 앉힐 때까지 어쩔 수 없이 그의 머리를 계속 잡고 있었다.

씨에빈은 숨을 헐떡거리면서도 관쥐얼을 바라보며 웃음을 멈추지 않았다. 관쥐얼은 감정을 자제하고 싶기도 하고 웃고 싶기도 하고 두렵기도 했다. 어색해서 볼을 부풀리며 씨에빈을 바라보았다. 씨에빈은 양손의 집게손가락으로 그녀의 볼록한 두 볼을 콕 찔렀다. 관쥐얼은 얼른 볼의 바람을 뺐다. 그녀는 창피하면서도 웃겨서 씨에빈을 때리려고 주먹을 꽉 쥐었다. 씨에빈은 자동차 뒤로 돌아가서 숨었다. 관쥐얼은 그를 쫓아가다가 기운이 빠져서 차에 기대고 깔깔 웃었다. 이상하게도 웃음은 멈추지 않았다. 차를 돌아 다시 관쥐얼 앞에 온 씨에빈은 순순히 두 손바닥을 그녀에게 내밀었다.

"자, 때려요. 갚아야죠."

관쥐얼은 주먹을 들고 잠시 생각했다.

"다음에요. 장부에 적어놔요. 하하."

"몇 년이나 묵히게요?"

"이자를 두둑이 챙기려고요."

"예스! 그럼 평생 복리로 이자를 불려야겠어요."

씨에빈이 차문을 열었다.

"집에 가지 말고 꽃다발 사고 야식 먹으러 가요."

"그래요."

이번에는 바로 대답했다. 관쥐얼은 좌석을 두 손으로 짚고서 차 앞쪽을 돌아서 오는 씨에빈을 보고 있었다. 얼굴에는 미소를 띠었지만 마음은 안절부절 못했다. 씨에빈이 문을 열고 차 안으로 들어왔다. 그녀는 쑥스러워서 그를 보는 둥 마는 둥했다.

"저는 사소한 일도 아주 신중해야 한다는 말을 늘 들어서…."

"쥐얼 씨는 신중해요. 고지식하진 않아요."

"어쨌든…. 우리 좀 더 신중했으면 좋겠어요. 그래서 작은 바람이 있다면 일단 주말 동안 각자 가정과 살아온 이야기를 적어서 월요일에 교환했으면 해요. 부당하면 거절해도 괜찮아요."

씨에빈은 잠시 생각하더니 "당연히 해야죠!" 하고 대답했다.

관쥐얼은 어색해하며 씨에빈을 힐끗힐끗 쳐다봤다. 반면 씨에빈은 차를 빼느라 정면을 주시하고 있었다. 관쥐얼은 씨에빈의 고향에 간 취샤오샤오의 꿍꿍이에 몹시 놀라게 될 것만 같았다. 하지만 쓸데없는 생각을 하지 않으려고 스스로 다독였다.

판성메이는 자기 방으로 들어가면서 천정 등과 스탠드부터 켰다. 작고 어둡던 방이 눈부시게 환해졌다. 차곡차곡 쌓인 옷더미를 뒤져서 내일 분양사무실에 입고 갈 옷을 골랐다. 듣자 하니 분양사무실의 여직원은 먼저 고객의 옷차림을 파악한 뒤에 상담을 시작한다고 했다. 그들은 훈련을 통해 안목을 예리하게 길렀기 때문에 가방, 옷, 액세서리 등의 브랜드를 한눈에 알아본다. 심지어 어느 시즌의 제품인지도 척 보고 알아맞힌다. 그래서 센스 없이 되는대로 입고 갔다가는 직원들한테 얕보이고 촌뜨기로 취급당해서 불공정한 계약을 하게 될 수도 있다.

판성메이는 자기 옷을 꽤 신경 써서 고른 다음 왕바이촨에게 메시지를 보내 옷차림에 공을 들이라고 당부했다.

그녀는 오랜만에 옷더미 속에 파묻혀서 행복감을 느끼느라 한동안 허리를 펴지 않았다. 사실 최근에 걱정거리가 끊이지 않아서 예쁜 옷들도 가방도 모두 푸대접했었다. 하지만 지금은 기분이 좋아서 다른 일은 아예 다 제쳐 두었다. 그녀는 세수를 하고 화장을 새로 한 뒤에 옷을 한 벌씩 꺼내어 입어보며 매치했다. 모처럼 멋을 내느라 분주한 시간을 보냈다.

그리고 나니 약간 피곤해졌다. 형형색색의 옷가지를 신나게 펼쳐 놓고는 침대 한 귀퉁이에 앉았다. 문득 룸메이트들이 생각났다. 추잉잉은 당연히 병원에 있으니 걱정이 없었다. 그런데 관쥐얼은 이상하게도 밤늦도록 돌아오지 않았다. 판성메이는 추잉잉이 병실에서 사라졌던 날, 젊고 밝은 경찰 씨에빈을 보았던 기억이 떠올랐다. 오늘은 주말 저녁이니 분명히 두 사람이 같이 있을 것 같았다.

판성메이는 자신이 신나게 놀고 즐기는 데 정신이 팔렸을 당시를 생각해 봤다. 그때는 그녀가 뭘 하든 간섭하는 사람이 없었다. 최근에 바로 곁에서 보았던 추잉잉과 바이 팀장의 사건도 다시 떠올랐다. 판성메이는 그 일로 후회하는 추잉잉이 용납되지 않았다. 아무리 생각해도 관쥐얼에게 메시지를 보내서 완곡하게 눈치를 주는 게 좋을 듯했다.

'먼저 잔다. 문은 열어둘게.'

관쥐얼이 씨에빈과 뮤직바에서 음악을 들으며 술을 마시고 있을 때 판성메이의 메시지가 도착했다. 당연히 씨에빈은 맥주를 마셨고 관쥐얼은 음료수를 마셨다. 관쥐얼은 메시지를 읽고 나서 갑자기 얼굴이 화끈거렸다. 언젠가 판성메이가 왕바이촨의 집에서 자고 오는지 떠보려고 자신이 판성메이에게 그와 비슷한 내용의 문자를 보냈던 기억이 떠올랐던 것이다. 관쥐얼은 마치 변명하는 듯이 곧장 답장을 보냈다. 지금 누구누구의 라이브 무대를 감상하고 있고 공연이 끝나면 바로 집에 갈 거라고 알렸다.

메시지를 보내고 고개를 드니 씨에빈이 보이지 않았다. 관쥐얼은 걱정이 되어 목을 쭉 빼고 사방을 살폈다. 이런 야간 공연장에 혼자 놀러 오는 건 흔치 않은 일이다. 씨에빈이 없었다면 아마 가슴이 조마조마해서 일찌감치 도망갔을 것이다. 어떤 사람이 친절하게도 씨에빈이 있는 위치를 알려주었다. 관쥐얼은 그 방향을 따라서 서둘러 그를 찾아갔다. 씨에빈은 거기 한 모퉁이에 숨어서 전화 통화를 하고 있었다. 음악 소리가 시끄럽게 울려서 씨에빈의 말소리는 들리지 않았다. 하지만 씨에빈을 보고 나니 마음이 놓여서 다시 자리로 돌아갔다.

잠시 후, 씨에빈이 빙그레 웃으며 돌아왔다. 그는 손가락으로 관쥐얼의 어깨를 가볍게 톡톡 쳤다. 관쥐얼이 돌아보며 웃었다.

"방금 씨에빈 씨 없을 때 술잔에 마취제를 넣었어요."

"아이고, 협객 나리, 목숨만 살려주시오. 원하는 건 다 드릴 테니 약만은 쓰지 마십시오. 술을 너무 많이 마셔서 화장실에 다녀왔습니다요."

관쥐얼은 어리둥절했다. 좀 전에 통화하는 걸 보고 왔는데 어째서 화장실에 다녀왔다고 얘기할까. 그러나 꼬치꼬치 캐묻기가 겸연쩍어서 가만히 있었다. 어쩌면 통화도 하고 화장실도 가고 두 가지 일을 다 보고 왔을지도 모른다.

하지만 갑자기 관쥐얼은 차츰 그에게 경계심이 생기기 시작했다. 씨에빈이 평소에 메시지나 전화를 받을 때 대응하는 방식이 각각 달랐기 때문이다. 메시지를 받았을 때는 빙긋이 웃으며 몸을 살짝 돌리고 답장을 보내곤 했다. 그러나 전화를 받을 때는 구석진 곳에 가서 비밀스럽게 통화했다. 관쥐얼의 심경에 변화가 일어났다. 그녀는 씨에빈이 잠시 자리를 비운 사이에 조심스럽게 취샤오샤오에게 메시지를 보냈다.

'씨에빈 씨 고향에 도착했다고 들었어. 혹시 괜찮다면 씨에빈 씨에 대해 좀 알아봐 줘.'

메시지를 보냈지만 답장은 오지 않았다. 관쥐얼에게 오늘은 아마 난생 처음 겪는 특별한 하루여서 취샤오샤오보다 훨씬 늦게 잠들 것 같았다.

씨에빈이 돌아왔다. 관쥐얼은 궁금함을 참지 못하고 물었다.

"뭐하고 왔어요? 한밤중에 전화가 왜 그렇게 많이 와요?"

씨에빈이 웃으며 말했다.

"포석을 놓는 과정이죠. 기다려 봐요."

관쥐얼은 조심스럽게 농담을 건넸다.

"날 팔아넘길 건 아니죠?"

"하하, 난 스파이에요."

"사실, 좀 겁나서 이제 집에 갈래요. 방금 룸메이트한테 전화가 왔었거든요."

"어, 안 돼요. 장난이에요. 겁내지 말아요. 정말 장난이에요. 무서워하지 말아요. 나쁜 짓 안 할게요. 내가… 오케이, 방법이 있어요. 친구들한테 도움을 요청해야겠어요. 좋아하는 아가씨랑 같이 있게 도와달라고 하면 영광으로 여길 거예요. 아마 자다가도 이불을 박차고 뛰어 올 걸요. 지금 팀별로 나눠서 움직이고 있거든요. 오늘은 집에 가지 말고 이따가 나랑 같이 야식 먹으러 가요. 그다음에 또 갈 곳도 있어요. 우리 같이 새로운 역사를 열자고요. 날 믿어 봐요."

"난 외박을 한 번도 안 해 봤어요."

관쥐얼은 머뭇머뭇 말을 덧붙였다.

"밖에서 밤을 새는 건 어쩐지 두려워요. 그리고 씨에빈 씨가 신비주의를 고수하려는 거 같아서."

"미안해요. 걱정시켜서 미안하지만 무조건 나만 믿어요. 안 잊었죠? 아까 우리가 말했…."

"그럼요, 그럼요."

관쥐얼은 애정이 뚝뚝 묻어나는 눈빛으로 자신을 바라보는 씨에빈의 말을 재빨리 뚝 끊었다. 달콤한 말을 듣는 건 직접 하는 것만큼이나 닭살이 돋는 일이었다.

"안심해요. 밤이라도 무서울 거 없어요. 내가 있잖아요. 고수가 있는데 뭘 걱정해요."

관쥐얼은 연거푸 고개를 끄덕였다. 씨에빈의 웃는 얼굴을 보니 몸도 마음도 편안해졌다. 하지만 신중함이 몸에 밴 탓에 한시도 긴장을 풀지는 않았다. 다만 더 이상 의심하지 말자며 고개를 거듭 끄덕이며 자신을 타일렀다.

관쥐얼과 씨에빈은 바의 영업이 끝날 때까지 놀았다. 길에는 인적이 거의 드물었다. 사람들로 흥성대던 거리가 자동차 경주를 하고도 남을 만큼 한산해졌다. 관쥐얼은 운전을 하고 씨에빈은 차창 밖으로 머리를 내밀어 두리번거리며 식당을 찾았다. 두 사람은 마침내 훈툰(餛飩, 중국식 만둣국)과 만두를 파는 식당 한 곳을 발견했다. 이렇게 고요한 새벽에 식당 안이 손님들로 가득차서 북적거릴 줄은 상상도 못했다. 식당 안은 귀가 전인 수많은 사람들이 발 붙이고 앉아서 뜨끈한 국물을 마시고 있었다. 씨에빈은 문을 열고 들어서며 예리한 눈빛으로 식당 안의 사람들을 한번 죽 훑어보았다. 이에 관쥐얼은 말로 표현할 수 없는 안도감을 느꼈다.

앤디는 차츰 화는 누그러졌지만 걱정거리 하나가 마음을 짓눌렀다. 내일 있을 회의는 보나마나 예상대로 결론이 날 게 뻔했다. 만약

이게 앤디의 일이었다면 그녀는 될 대로 되라는 식으로 가만히 앉아서 시간만 흘려보내지 않았을 것이다. 회의에 필요한 일을 처리하고 도움이 될 사람도 만나면서 지금쯤 한창 눈코 뜰 새 없이 바쁜 시간을 보내고 있을 것이다. 그러나 앤디는 오늘 완전히 지쳐버렸다. 몸에 힘이 다 빠져서 남은 기운도 없었지만 침대에 누워 있는 건 어쩐지 더 불편했다. 그녀는 아예 자리를 털고 일어났다. 바오이판의 자동차 열쇠를 가지고 나가서 목적지도 없이 차를 몰기 시작했다. 거리는 한산했다. 차창 안으로 불어오는 바람이 살을 에는 듯이 차가웠지만 그 덕분에 정신이 맑아지고 화가 깨끗이 가라앉았다. 그래서인지 머리도 쌩쌩 잘 돌아갔다. 앤디는 계획에 없던 전화를 바오 회장에게 즉흥적으로 걸었다.

바오 회장은 아직 클럽에 있었다. 그가 물었다.

"냉이 물만두 한 그릇 먹으러 올래?"

"아니요. 이판 씨가 제 말을 안 들어요. 내일 이판 씨를 어떻게 하실 거예요?"

"지금 뭐하고 있냐?"

"자요."

"연락한 사람은 없고?"

"없어요."

"내일 회의 준비는?"

"안 했어요. 회장님이 바라시는 타협이나 양해 같은 것도 당연히 없었어요. 정말 걱정스러워요. 내일 회의에서 이판 씨가 받을 타격도 걱정이지만 내일 이후에 두 사람이 받게 될 상처를 생각하니 걱정이 이만저만이 아니에요. 회장님이 어떤 계획을 가지고 계신지 궁금해요. 이렇게 대치하는 건 방법이 아니잖아요."

490

"몹쓸 녀석. 황소고집이 제 어미랑 판박이야."

"이판 씨를 바오 집안의 신예 경영자로 인정하세요. 내일 어떻게 할 건지 같이 상의하시고요. 이판 씨는 일이 부담스러워서 기가 꺾인 게 아니에요. 회장님이 주변 상황을 악화시켜서 자신을 압박하고 있다고 여기기 때문이에요. 그래서 지금으로서는 다른 해결책을 찾지 않으면 방법이 없어요. 이판 씨를 압박해서 회장님과 맞서게 만들지 마세요."

"난 압박한 적 없다. 압박할 이유가 없잖느냐. 난 내 자리를 지키고 싶기도 하지만 아들을 새로운 경영자로 내세우고 싶은 마음도 있어. 암 투병한 내가 앞으로 살면 얼마나 더 살겠니. 몇 년 더 산다고 해도 회사 전반을 혼자서 지휘할 힘은 없어. 그 놈은 그걸 왜 모르는지. 해결 방법은 아주 간단해. 나하고 같이 회의에 참석해서 우리 부자의 다정한 모습을 보여주기만 하면 문제가 말끔히 해결돼. 지금 그 애만 힘든 게 아니야. 부하 직원들도 누구 뒤에 줄을 서야 할지 몰라서 아주 난감한 처지지. 줄을 잘못 섰다가는 숙적이 돼버리거든. 회사 업무가 거의 마비돼서 매일 손실이 어마어마해. 그 놈은 그걸 아는지 모르는지 계속 나한테 등을 돌리는데, 내가 심근경색이라도 걸려야 속이 시원하려나. 아들만 아니면 흠씬 두들겨 패주고 싶구나."

"도저히 참을 수가 없어서 말씀드리는데요, 제 앞에서 결백한 척 하지 마세요. 방금 하신 말씀대로라면 회장님은 이미 이번 일에 깊숙이 관여하고 계신 거예요. 직접 일군 사업을 쉽게 포기하지 못하는 심정은 충분히 이해해요. 문제는 아들을 대하는 회장님의 태도예요. 사모님 장례를 치른 지 얼마 지나지도 않았는데 회장님은 별별 수작을 다 피우며 아들을 경계하고 통제하고 있어요. 오로지 회장님 자신을 위해서 말이요. 아들 입장에서 한 번이라도 생각해 본 적은 있으세요? 이게 아들을 돕는 건가요? 그럴 마음은 있으시고요? 무성의하지 않은가요? 회장님은 늘 말뿐이고 행동으로 보여준 적이 없어요. 회장님의 행동은 아들을 적대시하는 걸로 보인다고요."

"부끄럽지만 난 내 자신을 보호해야 해. 제3자를 동행하지 않으면 아들과 따로 만날 엄두가 나지 않는다. 무슨 말인지 알겠니?"

"궤변만 늘어놓으시는군요. 말끝마다 아들을 사랑한다고 해놓고 실제 행동은 아들을 원수처럼 대하고 계세요. 하물며 아들을 정말로 사랑하는지도 알 수 없는 일이고요. 이런 난국은 전적으로 회장님이 자초하신 거예요. 이제 어떻게 하실 건지 말씀해 보세요. 결자해지 하셔야죠. 어쨌든 이게 다 회장님이 아들을 사랑해서 벌어진 일이라고 이판 씨를 설득할 수도 없게 됐네요. 이판 씨도 회장님처럼 경계심을 늦추지 않고 있어요. 회장님한테 상처를 받을 걸 이미 알고 있거든요. 이판 씨가 회장님에 관해 언급하지 않으려고 했던 이유를 이제야 명확하게 알겠어요."

"내가 어떻게 하면 되겠냐. 넌 또 관여하지 않겠다고 할 테고."

"회장님 본인이 손을 놓고 계시는데 제가 어떻게 관여하나요?"

"그러면 나는 뭘 해야 하는 거냐?"

"저도 모르죠. 이판 씨는 절 안 보려고 해요. 전에는 부자가 어떻게 대화하셨어요? 사모님처럼 끈질기게 매달리는 방법은 통했었나요?"

"걔 엄마는 실성한 사람처럼 굴어서 내가 감당할 수 없었지. 관두자."

"그러…시죠. 오늘 밤에 두 번이나 기회를 드렸지만 다 소용없었으니 마음대로 하시고 제가 한 말은 잊으세요. 이판 씨 곁에는 제가 있으니까요. 웨이궈창의 도움은 받지 않을 거예요. 최악의 경우가 되면 제 돈으로 창업하고 다시 일어설 수 있게 하겠어요. 회장님은 아들이 없는 셈 치세요. 절대 협박은 아니에요."

바오 회장은 말이 없었다. 한참 뒤에야 겨우 한마디 했다.

"알았다. 너도 들어가서 일찍 자거라."

통화는 이렇게 끝을 맺었다.

그 사이에 앤디는 길을 잃고 말았다. 낯선 길을 가던 그녀는 문득 생각했다.

'나도 바오이판한테 끈질기에 매달려서 대화를 시도해 볼까? 바오 부인과 같은 방법으로?'

앤디는 이내 거부감이 들고 속이 메슥거렸다. 평소에 그녀 주변에서 끈질기게 매달리는 방법을 주로 써먹던 사람은 취샤오샤오뿐이었다. 그렇다면 취샤오샤오의 방법을 써볼까? 때마침 택시 1대가 근처를 지나갔다. 앤디는 서둘러 택시를 쫓아가서 따라잡고는 길잡이가 되어달라고 부탁했다. 바오이판의 집에 도착한 앤디는 미안해서 불을 켜지 않고 도둑이 제 발 저린 듯이 살금살금 안방 문을 열고 들어갔다. 바오이판이 깊이 잠든 걸 확인한 뒤에야 안심하고 뻔뻔스럽게 그의 옆으로 파고들어가 누웠다. 그러고는 편안하게 잠이 들었다.

식당에서 따뜻한 음식을 배불리 먹고 나온 관쥐얼은 졸음이 쏟아졌다. 눈만 감으면 곧바로 잠이 들 것 같았다. 어쩐지 시간을 보니 이미 새벽 3시가 훌쩍 넘어 있었다.

"씨에빈 씨, 우리 이제 어디로 가요?"

"택시 타고 가요. 쥐얼 씨는 운전 안 하는 게 좋겠어요."

길에는 아직 택시들이 오갔다. 식당 옆에는 정차 중인 택시도 몇 대 있었다. 씨에빈이 손짓으로 1대를 불렀다.

"뒷자리에 앉아서 눈 붙이고 좀 쉬어요. 도착하면 깨워 줄게요."

관쥐얼은 그러겠다고 대답했지만 차에 타서는 결코 잠을 청하지 않았다. 오히려 찬바람이 들어오는데도 창문을 열어두고 잠을 깨려고 안간힘을 썼다.

"어디 가요?"

관쥐얼은 택시가 고가 도로를 넘어서 총알같이 달리자 이상한 느낌이 들었다.

"바닷가로 가고 있어요. 하하. 친구들한테 준비가 다 됐는지 메시지를 보내야겠어요."

관쥐얼은 의심스럽게 차창 밖을 바라봤다. 또다시 긴장되기 시작했다. 그러나 앞자리에 앉은 씨에빈의 단정한 뒤통수를 보니 바른 기운이 느껴져서 다시 마음이 놓였다.

이윽고 택시는 사방이 탁 트인 교외로 진입해서 높이 우뚝 솟은 한 건물 앞에 멈췄다. 두 사람은 차에서 내렸다. 씨에빈도 이곳을 잘 모르는지 사방을 두리번거렸다. 그는 밝은 불빛이 걸린 큰 문을 발견하고는 관쥐얼의 손을 잡고 그곳으로 걸음을 옮겼다.

"지금 새벽 4시인데도 한밤중 같지 않죠?"

"요즘은 한밤에도 썩 어둡지는 않아요."

"맞아요. 아, 여기 경비실에 있네요."

졸려서 눈이 게슴츠레한 보안 요원이 나오자 씨에빈이 다가가서 인사했다.

"씨에빈입니다."

"아, 경관님. 여기서 엘리베이터를 타고 곧장 18층으로 올라가면 작은 문이 있어요. 문을 열어 뒀으니까 그냥 들어가시면 돼요."

"고맙습니다. 폐를 끼쳤네요. 쥐얼 씨, 이쪽으로 가요."

관쥐얼은 고개를 돌려 보안 요원을 보았다. 젊은 보안 요원이 의미를 알 수 없는 이상야릇한 미소를 지은 듯했다. 하지만 못된 짓을 저지를 것 같은 기분 나쁜 미소는 아니었다. 그녀는 불안한 마음으로 씨에빈을 따라 엘리베이터에 올랐다.

"대체 왜 이렇게 뜸을 들여요?"

씨에빈은 손가락을 교차하여 입술에다 대며 애매모호하게 대답했다.

"입에 자물쇠를 채웠어요."

관쥐얼은 웃음이 터졌다. 얘기를 나누는 사이에 엘리베이터는 18층에 도착했다. 작은 문이 바로 눈앞에 보였다.

"여긴가 봐요."

씨에빈은 옷을 단정하게 매만지더니 매너 있게 관쥐얼의 손을 잡으며 말했다.

"여기가 끝이에요. 이제 같이 이 문으로 나가요."

관쥐얼은 어리둥절했지만 씨에빈의 진지한 모습에 그만 입을 다물었다. 씨에빈은 멋스러운 손짓으로 문을 천천히 열었고 관쥐얼은 호기심 어린 눈빛으로 쳐다봤다.

그 순간 눈앞에 공중 테라스가 펼쳐졌다. 테라스 지붕 아래에는 커다란 하트 모양으로 놓인 수많은 초가 눈부시게 환한 빛을 밝게 비추고 있었다. 온기를 머금은 촛불이 바람에 가볍게 흔들렸다. 두근거리던 두 사람의 심장도 덩달아 요동쳤다. 관쥐얼은 놀라고 기쁜 표정을 감추지 못한 채 씨에빈을 바라봤다.

"이런 깜짝 이벤트를 하려고 저녁 내내 마음이 바빴군요."

"맞아요."

씨에빈은 뿌듯해하며 관쥐얼과 함께 밖으로 나갔다. 밤바람이 차가웠지만 두 사람의 뜨거운 마음을 식히지는 못했다.

"내 친구들이 그러는데 하이시에서 일출을 보기에 최적의 장소가 여기래요. 오늘 일출 시간은 5시 16분. 촛불이 하나씩 꺼지고 해가 떠오르면 우리 둘이 함께하는 인생에서 첫 번째 태양을 오늘 맞이하게 되는 거예요."

"정말 뜻밖이에요…. 상상도 못 했어요…."

관쥐얼은 전혀 예상치 못한 순간을 맞이하고 있었다. 평범하기 그지없는 그녀의 인생에서 이런 놀람과 기쁨이 동시에 찾아올 줄은 몰랐던 것이다.

동쪽은 아직 어두컴컴했지만 그녀의 얼굴과 눈에는 이미 아름다운 빛이 환하게 빛나고 있었다. 찬란한 빛은 씨에빈의 눈동자에도 흐르고 있었다. 두 사람은 양손을 맞잡고 서로 마주보며 사뿐사뿐 조심스럽게 걸어서 촛불 하트 안으로 들어갔다. 그렇게 두 사람이 함께 시작하는 인생의 첫 일출을 기다렸다.

(5권에 계속)

지은이

아나이(阿耐): 취미로 쓴 소설을 인터넷에 올리기 시작하며, 독자들의 수많은 공감과 찬사를 이끌어내 이 시대를 살고 있는 수많은 여성들의 현실과 감정을 대변하는 작가로 자리매김하고 있다. 기계공학을 전공했지만 글재주가 뛰어나고 이야기 구성이 치밀하다. 한 번도 공개적으로 얼굴을 드러내거나 자신의 프로필을 자세히 밝힌 적이 없어 신비한 작가로 불린다. 주요 작품으로《모두 좋아라》,《동쪽으로 흐르는 큰 강》,《환락송》등이 있다.

옮긴이

박영란: 베이징 어언 대학교 중국어영어과를 졸업하고 국제유치원 교사로 근무했었다. 현재 이화여자대학교 외국어교육특수대학원 국제중국어교육학과(TECSOL)에 재학 중이며, 번역에이전시 엔터스코리아에서 출판 기획 및 중국어 전문번역가로 활동하고 있다. 주요 역서로는《괜찮으니까 힘내라고 하지 마》,《말하기 힘든 비밀》,《마윈의 성공스토리 양쯔강의 악어(공역)》등이 있다.

환락송 4. 오로라, 블러드 메리

2020년 11월 10일 초판 1쇄 발행

지은이 아나이 **옮긴이** 박영란
펴낸이 김상현, 최세현 **경영고문** 박시형

책임편집 김명래 **디자인** 윤민지 **교정** 한진석
마케팅 양근모, 권금숙, 양봉호, 임지윤, 조히라, 유미정
디지털콘텐츠 김명래 **경영지원** 김현우, 문경국
해외기획 우정민, 배혜림 **국내기획** 박현조
펴낸곳 (주)쌤앤파커스 **출판신고** 2006년 9월 25일 제406-2006-000210호
주소 서울시 마포구 월드컵북로 396 누리꿈스퀘어 비즈니스타워 18층
전화 02-6712-9800 **팩스** 02-6712-9810 **이메일** info@smpk.kr

ⓒ 아나이 (저작권자와 맺은 특약에 따라 검인을 생략합니다)
ISBN 979-11-6534-264-7 (03820)

쌤앤파커스(Sam&Parkers)는 독자 여러분의 책에 관한 아이디어와 원고 투고를 설레는 마음으로 기다리고 있습니다. 책으로 엮기를 원하는 아이디어가 있으신 분은 이메일 book@smpk.kr로 간단한 개요와 취지, 연락처 등을 보내주세요. 머뭇거리지 말고 문을 두드리세요. 길이 열립니다.